让我们一起追寻

IN THE KINGDOM OF ICE

The Grand and Terrible Polar Voyage of the USS Jeannette

美国/军舰/珍妮特号/的极地/远征　冰雪王国

HAMPTON SIDES

〔美〕汉普顿·塞兹／著　马睿／译

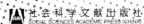
社会科学文献出版社
SOCIAL SCIENCES ACADEMIC PRESS (CHINA)

本书获誉

汉普顿·塞兹以精彩的笔触讲述了一个冒险故事，那是有史以来最伟大也最令人心碎的冒险之一。《冰雪王国》是个引人入胜的故事，它的航程不但远至最荒凉的北极，还深至最幽微的人性。

——戴维·格兰
《迷失Z城》作者

汉普顿·塞兹这部书令人眼花缭乱、爱不释手。《冰雪王国》充满了令人难忘的人物和生动真实的场景，让一个曾举世瞩目的极地冒险故事焕发出鲜活、豪放又充满人情味的生命力。

——纳撒尼尔·菲尔布里克
《大洋深处》和《邦克山》作者

凭借着从故纸堆里翻出的信件和日记，对极地景观的亲身经历，以及讲故事的高超技巧，汉普顿·塞兹用魅惑的神力召唤着注定沉没的美国军舰珍妮特号和她勇敢船员们的英魂。随着戏剧化升级——在冰上、海上和陆地上——这些人的性格，以及他们英勇非凡的领袖愈发突出。翻开第一页，读者就会被吸引到冰上不愿离开，直到每个人的结局真相大白。

——卡罗琳·亚历山大
《忍耐》与《恩惠号》作者

汉普顿·塞兹是全美国最豪迈、最迷人的故事高手之一，他用美国军舰珍妮特号的这个奇妙的冒险故事再次证明了这一点。《冰雪王国》远远不止是一个极地探险受挫的故事。塞兹描绘了一群非常了不起的人物——他们大胆、危险又有一些荒唐，他不仅讲述了一个经典的冒险故事，也细腻地描绘了美国历史上那个光怪陆离的时代，即所谓的镀金时代。它的趣味性大大超越了多数历史著作。

——斯科特·安德森

《阿拉伯的劳伦斯》作者

汉普顿·塞兹是个故事大王，在这本书中，他以极其生动的笔调讲述了或许是人们听说过的最激动人心的极地远征。这是一本让人爱不忍释的书。

——马克·博登

《黑鹰坠落》作者

先用两天时间读完整本书——快速阅读，因为珍妮特号那些勇敢船员的经历惊险刺激，然后再放慢速度，为的是细细品味叙事的明晰通畅以及结构的简洁质朴。这次探险所遭遇的巨大灾难，还有德隆船长及其同伴们英勇的、真正西伯利亚式的苦难经历，一切终于有了一个才华横溢的记录者，那就是汉普顿·塞兹。

——伊恩·弗雷泽

《西伯利亚游记》作者

汉普顿·塞兹写了一部北极惊悚小说，这是真实可信的叙事杰作，令我读不舍手，夜而忘寝。我迫不及待地想知道在那广袤荒凉的冰海上，这些非凡的人到底遭遇了什么。

——S. C. 格温

《夏月帝国》作者

这是个非同寻常的好故事，讲述者是我们这个时代最优秀的讲故事高手之一。美国军舰珍妮特号的故事本身情节阴郁、扣人心弦，而汉普顿·塞兹的讲述勾魂摄魄，书中魅力无穷的人物经历了那么多恐惧和英勇的瞬间。我一读完，就立刻翻开第一页又重读了一遍。

——坎蒂丝·米勒德

《探索困惑河》作者

《冰雪王国》把大放异彩的人物和丰富翔实的资料注入扣人心弦的悬疑故事中，让我们看到了美国历史中那个迷人但鲜为人知的时代，它无疑在当代有关气候变化的热烈讨论中引起了强烈的共鸣。本书生动地讲述了一个发生在地狱般幽暗背景下的荒野探险故事。

——T. J. 斯泰尔斯

普利策奖获奖作品《第一大亨》作者

这本出色的著作中处处是壮怀激烈的英雄人物，为读者呈现了一个年轻国家在全球施展抱负的伟大时代。它是叙事性非虚构类历史作品的佳作。《冰雪王国》已在伟大的海洋探险故事中占据了一席之地。

——米切尔·朱科夫

《迷失香格里拉》作者

扣人心弦……《冰雪王国》是一部才华横溢的非虚构叙事作品：其文生动、其情感人、其声悲壮，和任何一部节奏完美的恐怖小说一样引人入胜，但要有趣得多，因为这还是部纪实作品……美国的英雄主义往往是以战胜命运的单一视角来呈现的……这本书远为细腻精妙，它描述了场面宏大的灾难，以及人们明知不可为而为之的大无畏精神。

——《泰晤士报》

随着我们对世界的了解日益加深，英勇无畏的探险家必定很难再发现让他们激情澎湃的未知土地了。想必探险文学作家也同样会觉得沮丧，那毕竟是很有价值的文学门类：伟大的故事不都被讲完了吗？不过，千万别低估一流作家的创造力。汉普顿·塞兹的《冰雪王国》再现了一群航海家立志成为第一批到达和勘察北极的人——他们为此承受了常人难以想象的苦难艰辛——在各个方面都是一本出色的好书……这里就不剧透珍妮特号船员的命运了……这是一部了不起的非虚构作品，精妙刺激。

——《华盛顿邮报》

引人入胜……塞兹查阅了不为人知的文件、日志，并亲自前往珍妮特号及其船员们到过的北极地区考察，写出了一部节节递进的叙事作品。《冰雪王国》读来令人心碎神伤，因为它讲述了探险家们为生存而战的种种艰难困苦：疾病、致残的冻疮、雪盲症，还有随时会被饿死的危险。面对如此狰狞恐怖的细节，读者仍然忍不住一口气读完，想看看德隆和他的手下如何克服每一个障碍——即便永远有下一个障碍在前面等待着他们。

——《今日美国》

（塞兹的）《冰雪王国》充满生动的细节，他根据珍妮特号的悲剧加工而成的故事既是一曲英雄主义的赞歌，也表明人类为北极探险事业付出了惨重的生命代价……他关注心理描写，船员们在他的笔下成为鲜活的个体……如果只想知道珍妮特号船员的命运，谷歌一下自然不难，但如果你不知道这个故事，《冰雪王国》读来酷似一流的史诗级惊险故事。德隆和他的同伴们不仅成为未知地理疆域的探险者，也探知了人类苦难和绝望的极限。在如此刻苦自励地忍受失望和苦难方面，德隆能与劳拉·希伦布兰德《坚不可摧》中的主人公路易斯·赞佩里尼相媲美。

——列夫·格罗斯曼，《时代》杂志

一流的极地历史和探险故事……文采斐然，令人不忍释卷……塞兹生动地再现了（那次航程的）恐怖。《冰雪王国》是一个悲惨的故事，作者的讲述精彩绝伦。

——《纽约时报书评周刊》

难以忘怀……这是一部激动人心的史诗，讲述了人类在极不寻常的北极背景下忍受的种种苦难……（塞兹对）人们面对的现实挑战和他们周围怪诞场景的描述堪称杰出。随着德隆和船员们试图自救，故事开始变得悬念重重，心理活动日趋复杂……随后出现了更加陌生和古怪的转折，他们进入了一片在地图上没有被标注亦无人居住的土地，我很遗憾不能再说得更细了，那会让还没有读过《冰雪王国》的人觉得扫兴。塞兹的书是历史和故事的精妙结合。

——《洛杉矶时报》

这是美国自己尝试的一次壮丽的极地探险悲剧，汉普顿·塞兹这部极为引人入胜的新书，讲述了一个不那么家喻户晓的事件……随后发生的故事——为生存而战，以及将近1000英里跨越北冰洋的跋涉——则成为有史以来最危险的征程之一。塞兹用他高超的技巧展开的故事唤起了我们的悲悯和痛苦：德隆和他的船员们忍受了惊人的苦难。但这里亦不无美感……（塞兹）以老到的笔力描写了西伯利亚和北冰洋的地理环境，探险家们在征程中看到了丰富的鸟类和动物世界，他们在征程中穿越了一望无际的冰层、风暴肆虐的海面、危险难测的冻土、岩石嶙峋的海岸和熔岩炽烈的火山岛。

——《波士顿环球报》

故事令人心碎，叙述节奏完美。

——《纽约客》

献给我的哥哥

林克·塞兹

1957 ~ 2013

在远离尘嚣的荒凉冰国，

船里响起了沉痛的哀歌，

她在冰板中扭动，在咆哮的漩涡里肉搏，

终被紧扼住脖颈，再也动弹不得。

坚硬的浮冰不时碎裂，肆无忌惮，

鞭挞着船身厚板卷裹的表面，

疲惫的水手们终于倒下一片，

渴望着亲人的抚慰和温暖的家园。

毫不餍足的坚冰把铁钳握得更紧，

不能让到手的猎物侥幸逃离。

船长的命令在夜空中骤然响起，

"全体弃船，立刻离去！"

看着她蹒跚着悄然走远，

硬汉们也忍不住伤痛和悲叹，

她的魂魄在风中呼号，那高高的桅杆，

为最真最美的船拨响了哀戚之弦。

承载希望的船此刻已沉入虚空，

曾经骄傲的船呻吟着躺进黑洞，

当白日终于结束了无尽的劳动，

她的坟茔被极光染成了绛红。

——约阿希姆·林格尔那茨（Joachim Ringelnatz），

《珍妮特号的沉没》

并非每个人都能受到恩典……你必须先经历苦难，历尽艰险，
对大千世界的悲苦有所了解。那样，你的眼睛才能看到恩典。

——亨利·詹姆斯（Henry James），1881

目　录

第三部分　教人忍耐的荣耀领地

第四部分　勇气未消，血性尚存

第五部分　世界尽头

第六部分　星辰的低语

美国军舰珍妮特号全体成员名单

海军军官

乔治·德隆（Geroge De Long）上尉，指挥官

查尔斯·奇普（Charles Chipp）上尉，执行官

约翰·达嫩豪（John Danenhower）军士长，领航员

乔治·梅尔维尔（John Melville），工程师

詹姆斯·安布勒（James Ambler）医生，军医

民用科学家

杰罗姆·科林斯（Jerome Collins），气象学家、《纽约先驱报》记者

雷蒙德·纽科姆（Raymond Newcomb），博物学家

专责职务人员

威廉·邓巴（William Dunbar），冰区引航员

约翰·科尔（John Cole），水手长

沃尔特·李（Walter Lee），机械师

詹姆斯·巴特利特（James Bartlett），一级司炉

乔治·博伊德（George Boyd），二级司炉

阿尔弗雷德·斯威特曼（Alfred Sweetman），木匠

海员

威廉·宁德曼（William Nindeman）

赫伯特·利奇（Herbert Leach）

卡尔·格尔茨（Carl Görtz）

爱德华·斯塔尔（Edward Starr）

海因里希·凯克（Heinrich Kaack）

弗兰克·曼森（Frank Mansen）

阿道夫·德雷斯勒（Adolph Dressler）

沃尔特·沙尔维尔（Walter Sharvell）

路易斯·诺洛斯（Louis Noros）

亨利·威尔逊（Henry Wilson）

彼得·约翰逊（Peter Johnson）

亨利·沃伦（Henry Warren）

阿尔伯特·屈内（Albert Kuehne）

汉斯·埃里克森（Hans Erichsen）

内尔斯·艾弗森（Nelse Iverson）

乔治·劳德巴赫（Geroge Lauterbach）

厨师和乘务员

阿三（Ah Sam）

查尔斯－东星（Charles Tong Sing）

因纽特猎人和橇夫

阿列克谢（Alexey）

阿涅奎因（Aneguin）

序幕：冰上受洗

1873 年 4 月底，一个雾蒙蒙的早晨，母虎号三桅蒸汽帆船驶出纽芬兰岛的康塞普申湾，一路冲开拉布拉多海岸附近松动的浮冰和大冰块，前往季节性海豹猎场。[1] 快到中午时，母虎号遭遇了一桩怪事：一个因纽特人独自驾着皮筏子，远远地跟他们打招呼，那人使劲挥舞着双臂，声嘶力竭地叫喊着。这位土著显然遇到了麻烦。一般来说，爱斯基摩人[①]不会跑这么远，到北大西洋这片危险的开放水域上来。待母虎号慢慢驶近，就听他用口音浓重的英语高喊着："美国船！美国船！"

母虎号的船员把身子探出船栏，试图分辨出这个因纽特人在说什么。恰在此时，雾散了，他们看到不远处一片边缘参差的浮冰上有十几位男女和几个孩子，看样子是被困在那里了。看到船只，被困的人群欢呼起来，朝空中鸣枪庆贺。

母虎号船长艾萨克·巴特利特（Isaac Bartlett）命令船员将救生艇放下水。待到那群在漂浮的冰上的人——总共 19 人——上船，人们立即看出，他们经历过严峻的考验。他们蓬头垢面，面容憔悴，冻伤累累，眼神都有些恍惚了。他们刚刚在早餐上吃完海豹肠，嘴唇和牙齿上还沾着血污。

"你们在冰面上待多久了？"巴特利特船长问道。

---

① 一般认为爱斯基摩人带有贬义而用因纽特人代称，但实际上两者所指并不严格等同，本书中两个词皆有出现，译者据原文忠实译出。（本书脚注皆为译者注。）

人群里一位名叫乔治·泰森（George Tyson）的美国长者上前一步，答道："从 10 月 15 日就在上面了。"

泰森的回答在巴特利特听来匪夷所思。10 月 15 日距当时已经 196 天了，这些身份不明的人在这块浮冰上漂浮了将近七个月。那块承载他们的摇摇欲坠的浮冰，正如泰森所说，简直就是"上帝专为他们而造的筏子"。[2]

巴特利特又询问了泰森一些问题，惊异地了解到，这些可怜的漂流者曾在举世闻名的北极星号（Polaris）上航行。（也就是那个因纽特人喊叫的"美国船！"）北极星号是一艘蒸汽拖轮，因为要抵御冰山撞击，被加固得笨重丑陋。北极星号美国探险船的北极探险由美国国会提供部分资金，得到了美国海军部的支持，它两年前从康涅狄格州的新伦敦（New London）出发，在前往格陵兰岛的途中靠岸停泊了几站，从此便杳无音讯。

北极星号刚刚穿过北纬 82 度，创下了当时航海到达的最高纬度纪录，就陷在格陵兰岛西岸的冰面上动弹不得了。后来在 1871 年 11 月，其探险指挥官、辛辛那提人查尔斯·弗朗西斯·霍尔（Charles Francis Hall），一位心事重重、性情古怪的空想家，在喝下一杯他怀疑被下了毒的咖啡之后神秘死亡。霍尔死后，群龙无首的探险队彻底解散。

1872 年 10 月 15 日夜间，泰森和另外 18 名探险队员临时露营的一大块冰突然与母船旁边的冰断开，漂进了巴芬湾。包括几个因纽特家庭和一个新生婴儿在内的漂流者再也没能回到北极星号船上，就此把自己托付给了脚下的这块浮冰。他们身不由己，向南漂去，历冬经春，睡在因纽特人的圆顶雪屋里，以海豹、独角鲸、海鸟和偶尔捕获的北极熊为食。在漂浮的那些日子里，因为没有任何燃料可供取火烹食，他们即使运气好能找到食物，也只能生吃动物的肉、内脏和血。

泰森说他们这群人"被命运愚弄了"。[3]他说他们可怜巴巴地蜷缩在日渐缩小的冰面上，被汹涌起伏的巨浪、劈面而来的冰山和肆虐咆哮的狂风"像个毽子一样"[4]踢来踢去。然而令人惊奇的是，这群漂流者竟然全都活了下来。他们总共在海上漂流了 1800 英里①。

泰森的故事让巴特利特船长瞠目结舌，他欢迎这群不幸之人来到自己的船上，用热腾腾的鳕鱼、土豆和咖啡招待他们，又及时把他们送到纽芬兰岛的圣约翰斯②，然后美国海军的一艘船接上他们，径直驶向首府华盛顿。匆匆对泰森等幸存者盘问一番后，人们了解到一些真相，其中之一就是尽管北极星号有些破损，它可能依然完好无损，探险队其余 14 名成员也许还活着，守着那艘漏水的船，被困在高纬度的格陵兰冰面上。海军当局盘查了幸存者，了解到北极星号从一开始就遭遇了领导危机，船员们曾暗中商量过哗变，查尔斯·霍尔确实有可能是被毒死的。（近一个世纪之后，法医专家掘出了他的尸体，在身体组织样本中发现了中毒剂量的砒霜。）泰森虽不愿说出阴谋叛变者的姓名，却仍为霍尔之死鸣冤叫屈。"那些阻挠和破坏探险的人，"他怒吼道，"定逃不过上帝的惩罚！"[5]

听到举国瞩目的远航驶向歧途的悲惨故事，美国公众震惊了，纷纷呼吁派遣一支救援远征队重返北冰洋寻找幸存者。就

---

① 约合 2900 公里。本书均以英里和英尺作为距离单位，1 英里约合 1.61 公里，1 英尺约合 0.3 米。另外，本书中 1 英寸约合 0.03 米，1 码约合 0.91 米。

② 圣约翰斯（St John's），加拿大纽芬兰与拉布拉多省的首府及最大城市。

这样，在得到尤利西斯·S. 格兰特总统的批准后，美国海军立即派出一艘轮船，即美国军舰朱尼亚塔号（Juniata），前往格陵兰，搜救被困的北极星号。

朱尼亚塔号的指挥官是丹尼尔·L. 布雷恩，这艘单桅帆船在美国内战期间的大西洋封锁中参与过激烈战斗，船身上满是战争留下的伤痕。它在 6 月 23 日离开纽约港时，全美各地的报纸都报道了这一消息，祝愿它载誉归来。朱尼亚塔号的格陵兰远征具备一切新闻要素：这是举国关注的惊心动魄的救援故事——却也是个侦探故事，带着一丝阴谋的色彩，可能还沾着谋杀的血腥。《纽约先驱报》（New York Herald，也简称为《先驱报》）的一名记者将会在圣约翰斯登上朱尼亚塔号，报道整个搜救过程。很大程度上是因为《先驱报》记者的在场，寻找北极星号成了 1873 年夏末轰动一时的大事件。

朱尼亚塔号的副指挥官是一名来自纽约市的年轻海军上尉，名叫乔治·德隆。德隆只有 28 岁，一双蓝灰色的眼睛目光锐利，戴一副夹鼻眼镜，是个渴望建功立业之人。他身材高大，双肩宽阔，体重达 195 磅[①]。毕业于美国海军学院的德隆发色姜黄，肤色偏浅，浓密的小胡子在嘴角边的皱褶处突然垂下。只要有时间坐下来，他总是叼着一支海泡石烟斗，埋头读书。他微笑起来倒是很亲切，微胖的脸颊也略显柔和，然而这些都难掩他下巴轮廓的那股子尖锐苛责，看过他样貌的人常常会说起他的这一面部特征。德隆是个意志坚定、义无反顾的人，他严谨高效、一丝不苟，言行举止处处展示着巨大的雄心抱负。他

① 1 磅约合 0.45 公斤。

的一句口头禅是"马上就办"[6]，这成了他的座右铭。

德隆曾经航海到过世界上很多地方——欧洲、加勒比海、南美，以及美国整个东海岸——但他此前从未到过北极，对这次航行也不怎么望眼欲穿。德隆还是更习惯去热带地区。对北极的伟大探索让霍尔那样的探险家几欲疯狂地沉迷于斯，大众也跟着激动不已，但德隆却没怎么在意过。对德隆来说，朱尼亚塔号前往格陵兰岛的航行不过是另一次任务而已。

他似乎也不喜欢圣约翰斯，朱尼亚塔号停泊在那里采买补给，造船师们为船头包上铁板，以防它很快就会遭到坚冰的破坏。当朱尼亚塔号到达位于格陵兰岛西南岸那个已经天寒地冻的小村庄苏克托彭（Sukkertoppen）时，德隆在信中对妻子说："我一生中从没见过如此阴郁荒凉的苦寒之地，但愿我永远不会流落在这个被上帝彻底遗弃的地方[7]……那个所谓的'镇子'——姑且这么叫吧——只有两栋房子和十几间用泥巴和木头垒起来的茅舍。我到其中一间茅舍里待了一会儿，从那以后就浑身瘙痒。[8]"

德隆深爱着他的妻子艾玛，一位来自勒阿弗尔的法裔美国少妇。不得不离开妻子到这么远的地方，让他深恶痛绝。他和艾玛结婚两年多了，但聚少离多，因为德隆总是要执行海军的任务，接二连三地出海，几乎从不着家。他们刚出生不久的女儿西尔维对他这个父亲来说简直就是个陌生人。德隆家在曼哈顿的22街上拥有一套小小的公寓，但他根本没在那儿住过。艾玛说丈夫这人"命中注定不能和深爱之人长相厮守[9]"。对自己长期不能归家，德隆也无能为力，这就是职业海军军官的生活。

但德隆时而也会梦想有个假期，与艾玛和西尔维一起过上另一种生活，要么在美国西部的某个地方，要么在法国南部的乡下。他在格陵兰写信给艾玛，谈起自己的梦想。"我总忍不住想，我们在一起的日子该多么快乐，"他说，"每次分别，我都会制订那么多计划……我们一起去欧洲某个宁静的地方，在那里过上一年离群索居的生活，该有多好。在那里，没有海军部这样那样的命令来骚扰，也没有什么麻烦让我们不得安生。亲爱的，我觉得这次航行结束之后，我或许就能请一年的假，那时我们就能在一起，找个没那么昂贵的地方，拥有我们自己的小家。这没什么难的，你不觉得吗？"[10]

德隆对极地风光的鄙视不久就烟消云散了。随着朱尼亚塔号跨过北极圈，沿着世界上最大的岛屿那段参差不齐的西海岸线一路北上，他不由自主地被打动了。他对北极越来越着迷，那里遗世独立的壮观景象，那里的海市蜃楼和各种离奇光变，那里的幻月和血红的月晕，还有那里厚重氤氲的大气层改变并扩大了声效，让人觉得仿佛生活在穹顶之下。他觉得自己似乎在呼吸着稀薄的空气。他开始被"冰原反照"现象迷住了，这种低空光晕表明前方有很大一块浮冰。风景愈发瑰丽动人：冰凿的峡湾，冰山崩解后立即形成的高耸冰山，冰冷的海浪拍打浮冰的清脆声音，环斑海豹不时从冰层中探出头来窥视，弓头鲸在深灰色的海峡中喷出水柱。这是德隆见过的最纯粹的自然，他开始爱上这里了。

朱尼亚塔号在 7 月底到达迪斯科岛[①]，那是格陵兰岛最北端的狂风肆虐之地，处处是热气蒸腾的温泉和北欧海盗的传说，彼时，德隆的这一场冰上受洗仪式已近完结。他全副武装，裹

---

① 迪斯科岛（Disko Island），也称凯凯塔苏瓦克岛，意为"大岛"，是格陵兰的第二大岛，位于格陵兰本岛西海岸以西的巴芬湾中。

着毛皮，脚上穿着海豹皮制的靴子，完全适应了这里的环境。"我们在船上预备了12条雪橇狗，"他写道，"你真应该来看看我们现在的样子。船身被污垢和煤屑染黑了，我们把狗拴在煤堆里，把羊在船头套好，船两侧挂满牛肉，到处堆着鱼。我们补给充足，出海前往任何地方都没有问题。"

随船北上途中，德隆开始深思，查尔斯·弗朗西斯·霍尔和他的探险队到底经历了什么。探险队在哪里开始走向歧途，什么样的决定导致了它的毁灭？北极星号现在在哪里，还有没有幸存者？作为一名海军军官，他对等级、纪律和动机等问题很感兴趣——行动是如何组织的，以及这种组织可能会在何种情况下分崩离析。德隆觉得他在这个谜团上越陷越深，比起海上的无聊日常公务，解开这个谜团可要有趣多了。

7月31日，朱尼亚塔号到达位于北极圈以北400英里的冰封小村乌佩纳维克之后，北极星号极地侦探故事的情节变得更加扑朔迷离。德隆和布雷恩船长上岸拜访了一个名叫克拉鲁普·史密斯的丹麦官员，此人是丹麦王国派驻北格陵兰的皇家督察。史密斯督察说了些关于查尔斯·霍尔的很有意思的事，霍尔及整支探险队两年前曾在此地短暂停留，随后就在北极腹地消失了。史密斯也不知道北极星号此刻在哪里，抑或还有没有幸存者，但他道出了一个有趣的细节，他说霍尔曾经预感到自己将命不久矣。

霍尔到达乌佩纳维克时，曾暗示船上的人意见不合，有人正谋划着剥夺他的指挥权。他感觉到自己可能再也回不了家，就要客死北极了。霍尔对此确信不疑，因而把一捆重要文件和其他东西留给了史密斯督察，请后者替他保管。

《纽约先驱报》的记者马丁·马厄（Martin Maher）提到，史密斯"非常详尽地叙述了一次争吵的细节"，称探险队的某些成员在争吵中"力图让船员们对（霍尔）心怀偏见"。[11]

根据史密斯此刻的描述，早在进入冰面之前，霍尔的探险就已注定失败。"北极星号上的军官和船员们士气低落，"马厄写道，"霍尔船长显然对自己的死亡有了某种疑惧或预感。"[12]

在布雷恩船长看来，乌佩纳维克是朱尼亚塔号能够安全到达的最北边界。尽管船头包覆了铁板，但轮船在设计和装备上都不足以应对大量冰块的撞击。然而，朱尼亚塔号载有一条名为小朱尼亚塔号的备用艇，它更加灵活，能够穿越重重冰山和浮冰群。这条 28 英尺长的单桅帆船有一个小型蒸汽引擎，能为三叶螺旋桨提供动力。布雷恩想让六名下属驾驶小朱尼亚塔号沿着峡湾海岸继续北行 400 英里，到一个名叫约克角（Cape York）的地方继续搜寻。

布雷恩预计，这个从属性的搜寻工作大约需要几周时间，但此次任务危险重重，前途未卜。小朱尼亚塔号看上去弱不禁风，比一叶扁舟好不到哪儿去，要知道像眼前这样的冰原曾经导致不少捕鲸船队全军覆没。布雷恩知道自己无法命令任何人承担这次危险的任务，只能期待有人主动请缨。

德隆第一个举起手，很快大家就决定让他担任小船的船长。德隆的副官是来自纽约州北部的查尔斯·怀南斯·奇普（Charles Winans Chipp），此人稳重可靠，也是美国海军学院的毕业生。还有七人与德隆同行，包括一名爱斯基摩翻译、一名冰区引航员和《先驱报》的马丁·马厄。布雷恩跟他们一一告别，并在给德隆的书面命令上写道："我将竭诚恭候诸位完成这次自告奋勇的危险任务，早日凯旋。"[13]

8 月 2 日，他们带着足够 60 天的补给，还拖着一艘载有

1200磅煤炭的橡皮筏，驶离了朱尼亚塔号。德隆在一连串浓雾弥漫的岛屿和上千座小冰山（也称残碎冰山）中小心翼翼地穿行，小型蒸汽引擎一路铿然作响。他们在金尼托克、台西乌萨克等几个偏僻的因纽特人定居点稍事停留，便继续驶向茫茫大海，极力躲避着隐藏在四面的冰山。在巨大的冰山下，船身显得那么渺小而不堪一击。

马厄说他"从未目睹过如此壮丽的景观……在船上看那一望无际的冰原在阳光下熠熠生辉，成千上万峻峭的巨型冰山沉郁地漂进巴芬湾，谁都会对大自然的鬼斧神工心生敬畏，并苦苦思索如何才能不被它们撞得粉身碎骨"。[14]

最终，小朱尼亚塔号身陷一大片整块浮冰当中动弹不得，德隆无奈，只好驾驶着小船反复撞击冰块，把用于加固船体的绿心硬木板都撞成碎片了。他们被笼罩在一片冰冷的浓雾中，所有的绳索都结了一层冰。"我们身陷重围，正处于最危险的境地，随时有可能葬身冰原，"马厄写道，"我们最后总算开辟了一条西向的水道，在苦苦奋战12个小时后，终于再次看到了开阔的海面。"[15]

德隆喜出望外。他和奇普上尉一直很享受这次航行，并勇于直面挑战。"我们的小船美好如梦，除了说话，无所不能，"他在一封后来寄给艾玛的信中写道，"如果你有一段日子收不到我的来信，千万不要担心。我们可能会意外地陷在冰面上，整个冬天都出不去，你要到春天才会再次收到我的来信。不过放心吧，我觉得15天后就能返回母船了。"[16]

在约克角以南40英里时，德隆把船靠在一座大冰山旁边，用斧头砍下一大块冰，准备用作小朱尼亚塔号的淡水储备。突然，头顶高悬的冰山臂出现了一条大裂缝，德隆感到危险将至，赶紧驶离，片刻之后，巨大的冰块就劈头砸下，俯冲入海。这继而导致整座冰山摇摇欲坠，最终倒了下来。船身只要再靠近区区几英尺，德隆的小朱尼亚塔号就要葬身海底了。

截至目前，德隆还没有发现北极星号的任何踪影，也看不到幸存者的任何迹象；看着眼前这迷雾笼罩、杳无人烟的茫茫冰原，要说还有人能幸存，或许都是痴人说梦。然而随着小朱尼亚塔号慢慢挺进高纬度海域，越来越接近北纬75度线，他觉得自己进入了一个越来越大的神秘疆域。北极腹地错综复杂的环境像谜一样展现在他的面前。他从未觉得自己如此充满生机，如此陶醉于当下。他意识到自己已经变成了北极科学家们所谓的"喜冰之人"——一种只想置身于冰天雪地的生物。

8月8日，小朱尼亚塔号再次遭遇大雾。海水变得桀骜不驯，几小时后，海面上刮起狂风，小小的船身在冰块密布的巨浪中上下翻腾。"每剧烈晃动一次，"德隆后来写道，"海水就大量涌上船来，水花四溅，船上的一切都淹没在水中，我们拼命往外舀水，但无济于事。"[17]

风暴把海上原有的冰原变成了危险地带，又从周遭冰山上砍断新的冰块，将它们横扫入肆虐的大海。小朱尼亚塔号随时有可能粉身碎骨。"如今回首仍然令我战栗不已，"德隆写道，"我只能说，我们能够活着，完全是上帝创造的奇迹。"[18]马丁·马厄在《先驱报》中报道称："怒海的狂浪撞击着冰山，那些庞大厚重的冰块被劈开，以震耳欲聋的声响落入海中。小船和船上的一切眼看就要走向毁灭。我们身陷这可怕的地方，危险的冰块都是致命的兵器，铺天盖地地朝我们呼啸而来。"[19]

狂风肆虐了36个小时，小朱尼亚塔号居然没有散架，待风暴渐渐平息，德隆眼前是一望无际的可怕冰原，但他仍然决心继续驶向约克角。他写道："我可不愿意临阵脱逃。"但他的煤炭补给严重不足，船员们也都陷入饥寒交迫、浑身湿透的惨状。由于木柴和火种都被水浸透，他无法点燃锅炉。一名船员把一根摩擦火柴贴身捂了好几个小时，才总算点燃了一根蜡烛，他们想尽办法，不久后终于把蒸汽引擎噼里啪啦地点着了。

德隆一整天都在破冰而行，但此刻他觉得，继续航行只是鲁莽愚勇。他必须考虑"那会给我们这个小小的团队带来多大的危险"，他写道，说他觉得肩上的责任太重，"不想再担当如此重责了"。[20]德隆与奇普上尉商量了一下，他越来越佩服后者临危不乱的决断力。8月10日，乔治·德隆上尉一反常态，宣布放弃努力。他说道："已经不可能继续搜救北极星号的船员了。"[21]他们已经冒险行进了400多英里，越过了北纬75度线。但现在，就在距离约克角只有8英里的地方，小朱尼亚塔号转身踏上了归程。

（德隆不知道，北极星号的所有幸存者——总共14人——已在那年6月被一艘苏格兰捕鲸船救出。他们被带到了苏格兰的邓迪①，那年秋天才最终回到美国。）

德隆驾驶着小朱尼亚塔号穿越断断续续的冰原向南行驶。因为没有煤炭为蒸汽引擎供给燃料，他被迫因地制宜，把厚厚的猪肉片扔进锅炉里。

经过800多英里的往返航程，小朱尼亚塔号终于在8月中旬与母船团聚。布雷恩船长对小蒸汽轮船的这次航行任务没抱什么希望，但德隆却像英雄凯旋一般，受到了朱尼亚塔号全体船员的欢迎。"整艘轮船上的人兴奋得沸腾了，"德隆写道，"人们挥舞着绳索向我们欢呼。踏上母船的那一刻，我整个人

---

① 邓迪（Dundee），苏格兰第四大城市，位于苏格兰东部北海沿岸泰河河口。

裹在厚厚的毛皮里几乎看不见脸，但他们走上前来嘘寒问暖，仿佛我是死而复生一样。船长上来跟我握手时，激动得从头到脚都在颤抖。"[22]

朱尼亚塔号回到了圣约翰斯，又从那里返回纽约，9月中旬它抵达纽约时，受到了热烈欢迎。上岸后，德隆避开了新闻记者，悄无声息地溜到了妻女身边。

然而在夫妻重聚之后，艾玛立刻注意到丈夫变了。乔治在格陵兰度过了他的 29 岁生日，但变化与年岁无关，而是他整个人、他的神情举止都迥异于从前了。他像是生了一场热病一样，滔滔不绝地谈论着重返北极。他终日埋头于各种北极文献和北极地图中，并积极报名参加可能前往北极腹地的下一次海军探险。

艾玛写道："这次冒险对他影响至深，让他不得安闲。"她开始怀疑丈夫在格陵兰岛上的梦想，他们前往法国乡间度假的计划将永远不会实现了。"北极病毒留在了乔治的血液里。"[23]

那个基本的问题，曾经使得查尔斯·霍尔及以前的探险家们充满激情、不畏艰险的问题，也开始撕扯德隆：人类该怎样抵达北极，抵达之后会看到怎样的景象？那里有没有开放的航海路线？有没有不知名的鱼类和兽类，冰上有没有怪物，甚或某种消失的文明？这么多人相信那里有通往地心的漩涡，真是这样吗？有没有长毛哺乳动物和其他史前生物仍然在北极的荒野上游荡，这一路会不会还有其他自然奇观？或者有没有可能，极地根本就是另一番天地：因为受到大洋暖流的影响而绿草如茵？

艾玛说，他越是深思北极的问题，"就越渴望知道答案，那答案本身就足以让他满足。北极给他施了一道魔咒，从他返回纽约的那一刻起，就对北极的秘密魂牵梦萦"。[24]

第一部分

一片空白

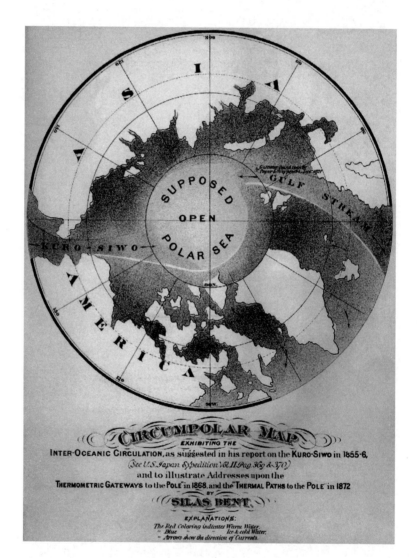

CIRCUMPOLAR MAP
EXHIBITING THE
INTER-OCEANIC CIRCULATION, as suggested in his report on the KURO-SIWO in 1855-6,
(See U.S. Japan Expedition Vol. II Pag. 369 & 370)
and to illustrate Addresses upon the
THERMOMETRIC GATEWAYS to the POLE in 1868, and the THERMAL PATHS to the POLE in 1872
BY
SILAS BENT.

EXPLANATIONS:
The Red Coloring indicates Warm Water.
" Blue " Ice & cold Water.
" Arrows show the direction of Currents.

1. 周日死亡狂欢惊魂记

1874 年 11 月 8 日，星期日，临近午夜时分，第二天的《纽约先驱报》早版即将问世，在百老汇街与安街（Ann Street）的交叉路口，一座被煤油灯点亮的建筑内正骚动和忙碌着。[1] 楼里，电报机响个不停，报社的压印滚筒转动不休，设备间里叮当作响地疯狂重排着金属活字，文字编辑们为最后的改动叫嚷喧哗；楼外，在瑟瑟寒秋中，送报员的长队已经排到了货运码头，他们驾着送货马车，等着把用麻绳捆好的一摞摞报纸装车后，带往沉睡中的城市的每一个角落。

按惯例，夜班编辑会让人把报纸的草稿版呈交出版人审查核准。这绝非易事：《纽约先驱报》的老板可是个独断专行、事必躬亲的管理人，他会把蓝色铅笔削得如猎刃一般尖利，常常会在报纸边缘的空白处潦草地写满很难辨认的批注，有时写不下还要在下一页接续。通常，他在德尔莫尼科餐厅享用过美酒佳肴后，会回到自己的办公室喝几壶咖啡，然后就开始折磨员工，直到报纸最终敲定付印。编辑们最怕他持续到凌晨的长篇大论，他可能会要求他们把整个版面废掉重来。

小詹姆斯·戈登·贝内特（James Gordon Bennett Jr.）① 时年 32 岁，瘦高个子，派头十足，留着一撇精心修剪的小胡子，

---

① 以下无特殊说明，均指小詹姆斯·戈登·贝内特。

双手白皙修长。他那双蓝灰色的眸子看起来冷淡傲慢，却闪着狡黠的光芒。他身穿剪裁合体的法式西装，脚蹬柔软的意大利正装皮鞋。为了适应黑白颠倒的长时间工作，他在顶楼办公室里放了一张床，他喜欢大清早在那里舒舒服服地补上一觉。

据大多数人估计，贝内特是纽约市第三大富豪，确定的年收入仅次于威廉·B. 阿斯特[①]和康内留斯·范德比尔特[②]。贝内特不仅是《先驱报》的出版人，还是主编和独资所有者，而当时的《先驱报》很可能是世界上规模最大、最有影响力的报纸。他从父亲老詹姆斯·戈登·贝内特（James Gordon Bennett Sr.）那里继承了报社的产业。《先驱报》素来有集新闻娱乐于一身的美誉，字里行间弥漫着报社老板那股子狡猾刁钻的幽默感。但是，《先驱报》也有首屈一指的新闻报道；为了通过电报和跨大西洋电缆获得最新的报道，贝内特花费的开支比其他任何报纸都要可观。贝内特费尽心思挖来美国赫赫有名的文学天才们为他撰写长篇特稿，如马克·吐温、斯蒂芬·克莱恩[③]和沃尔特·惠特曼之类的作家都曾为他效力。

贝内特还是纽约市最风流的钻石王老五之一，以跟粗俗歌舞明星闹出绯闻和流连于纽波特的欢歌酒宴而闻名于世。他是联合俱乐部[④]的会员，也是个醉心户外的运动健将。八年前，

---

① 威廉·B. 阿斯特（William B. Astor, 1792 – 1875），美国地产大亨，后成为全美国最富有的人。他父亲是靠跟印第安人做皮草生意起家的，他继承了父亲的大部分财产，并大量投资房地产。他用在曼哈顿地产的投资所得建成了纽约东村的阿斯特图书馆，后被并入纽约公共图书馆。

② 康内留斯·范德比尔特（Cornelius Vanderbilt, 1794 – 1877），依靠航运和铁路致富的美国创业企业家、慈善家。他是范德比尔特家族的创始人，也是历史上最富裕的美国人之一。他捐资创办了以他的姓氏命名的范德比尔特大学。

③ 斯蒂芬·克莱恩（Stephen Crane, 1871 – 1900），美国作家、小说家、诗人，属于写实主义风格，代表作为《红色英勇勋章》。

④ 联合俱乐部（Union Club），成立于1836年，是纽约历史最悠久的私人社交俱乐部。

他在首届横跨大西洋帆船比赛上获得冠军。他后来在把马球以及竞技自行车、竞技气球驾驶等运动引入美国方面扮演了重要角色。1871年，贝内特29岁时，成为纽约帆船俱乐部①有史以来最年轻的会长——他眼下仍担任着这一职务。

人称"会长"的贝内特不但能驾驶漂亮的帆船，也因快马加鞭驰骋城中而远近闻名。有时，在喝过几杯白兰地之后，他会于深夜驾着驷马马车横冲直撞，沿着月下的公路绕曼哈顿狂奔。警觉的路人往往被这夜奔的出格行为弄得莫名惊诧，因为贝内特纵马奔腾时几乎总是裸体。

詹姆斯·戈登·贝内特对现代新闻最有创意的贡献，恐怕要算他关于报纸不应只报道新闻，还应制造新闻的理念。他认为编辑的任务不该只是写报道，而应该精心安排大规模的公共戏剧化场面，激起公众的热情，为他们制造茶余饭后的谈资。正如一位美国新闻历史学家后来所写的，贝内特"能够利用静止的场景，让它们变得鲜活起来"。² 正是贝内特在1870年派遣亨利·斯坦利远征非洲腹地，寻找传教士探险家戴维·利文斯通②。虽说利文斯通当时根本就不需要寻找，但斯坦利在1872年发回给《先驱

① 纽约帆船俱乐部（New York Yacht Club），世界上最杰出、最有影响力的帆船俱乐部，多次承办世界性的帆船比赛，还是历史上美洲杯帆船赛的指定举办场所。会员只有通过俱乐部的邀请才能入会。

② 戴维·利文斯通（David Livingstone，1813–1873），英国探险家、传教士、维多利亚瀑布和马拉维湖的发现者，最伟大的非洲探险家之一。利文斯通深入非洲腹地，与外界失去联系六年，有谣言说他已客死非洲。1871年11月，《纽约先驱报》的斯坦利终于在坦噶尼喀湖畔的乌吉吉见到了利文斯通，见面时斯坦利说了一句著名的话："我想您就是利文斯通博士?"（"Dr. Livingstone, I presume?"）这句话的幽默之处在于利文斯通是方圆几百公里唯一的一位白人。无论真假，这句话因出现在1872年8月10日《纽约先驱报》的社论中而人尽皆知，后来又出现在《大英百科全书》中。

报》的加急报道却在全世界引起了轰动——贝内特一生都在找机会重现那一次的荣光。

批评家们对此嗤之以鼻，说这些独家报道只是"噱头"，或许如此吧。然而贝内特相信，如果派一流的新闻记者前往世界各地去追踪人类的秘密或解决某个地理谜题，必将带回有趣的报道，这不但能助报纸大卖，还能传播知识。贝内特愿意斥巨资让这类报道经常出现在自己的报纸上。他的报纸反响不一、毁誉参半，但从不乏味。

此刻，就在这个 11 月的清晨，《先驱报》的夜班编辑多半已把刚刚编好的早版草稿交给了他那善变的老板，这会儿心里也一定七上八下、忐忑不安呢。那天《先驱报》的头条新闻如果操作得当，定能在城里引发戈登·贝内特梦寐以求的轰动。那是《先驱报》自创报以来最不可思议、最悲惨的独家报道之一。新闻标题是《周日死亡狂欢惊魂记》。

会长粗略浏览了一下报纸，立刻就被那些惊悚的细节吸引住了：那个周日傍晚，位于纽约中央公园正中心的动物园正要关门时，一头犀牛从笼子里逃了出来。它在园内横冲直撞，杀死了一位喂养自己的饲养员——用犀角把他顶得面目全非。当时正在给动物们喂食的其他饲养员都奔赴现场，大概是趁乱吧，各种食肉巨兽——包括一头北极熊、一头黑豹、一头努米底亚雄狮、几条鬣狗和一只孟加拉虎——相继逃离了圈栏。接下来发生的事让人不忍卒读。那些巨兽有些起初还互相攻击，继而就开始袭击当时碰巧在中央公园散步的路人。人们被踩踏、被虐打、被肢解——还有更糟的。

《先驱报》的记者们不遗余力地记述了每一个细节。黑豹如何蹲伏在一个人的尸体上，"血腥地啃噬着他的头颅"。[3] 非洲母狮在好几个猎物身上"吸饱了血"[4]之后，如何被一伙瑞典移民开枪射死。犀牛如何顶死了一个名叫安妮·托马斯的女裁缝，接着又向北跑去，最后在一个为下水道工程挖掘的深坑里身陷囹圄。北极熊如何重伤并杀死了两个人，然后又阔步跑向了中央公园的上水塘。在贝尔维尤医院，医生们如何"为缝合可怕的伤口而忙得不可开交"，并觉得"有必要进行若干截肢手术……据说有个少女就死于手术刀下"[5]。

到截稿之时，很多脱离樊笼的野兽仍然在逃，这促使威廉·哈夫迈耶（William Havemeyer）市长发表声明，要求执行严格宵禁，直到"危险"平息。"医院早已人满为患，"《先驱报》报道说，"公园里满是伤员，野兽还在那片人工林里埋伏着，准备随时扑向没有警觉的行人。"[6]

贝内特根本没有取出那支蓝色铅笔。他仅此一次没有提出任何修改建议。据说他靠在枕头中间，为这篇精彩的故事发出了享受的"呻吟"[7]。

《先驱报》的报道通篇以平静客观的语气写成。作者们添加了不少私密的细节，受害人名单上充斥着纽约人的真名实姓，有些还是名人。然而，报道本身是一场恶作剧。在贝内特的怂恿下，编辑们炮制了这个故事，证明纽约市缺乏应对大规模紧急事件的撤离计划——编辑们还指出，中央公园动物园里的很多樊笼都很脆弱，亟待修理。编辑们随后写道，中央公园过时的动物园远不如巴黎植物园里那座先进的动物园。纽约是时候跟上世界一流城市的水准了，整个美国也是一样，距离建国一百周年只有区区一年半的时间，至少应该建一个世界一流的公园来展示地球上的珍奇物种。

为防止任何人指责《先驱报》欺骗读者，编辑们做好了充分准备。任何人如果读完了《周日死亡狂欢惊魂记》整个故事，就会（在最后一页的隐秘处）看到以下免责声明："当然，以上故事纯属虚构，切勿信以为真。"[8]报道还称，市议员们从来没想过，城市在真正发生紧急情况时会陷入怎样的一团乱麻。"纽约将如何面对这样一场灾难？"《先驱报》问道，"历史上最大的灾难正是由这类微不足道的小事引发的。"[9]

根据经验，贝内特知道没有几个纽约人会读完整篇报道并看到结尾的负责文字，他的估计没错。那天早晨，当被无烟煤的煤灰熏黑的云朵如往常一样，开始在熙熙攘攘的城市上空出现之时，人们读到早晨的报纸立刻就陷入了一片混乱。警觉的市民直奔城市码头，希望能乘坐小船或轮渡逃离城市。数万人注意到市长的"声明"，一整天都不敢出门，等着危机解除的消息。还有人荷枪实弹地朝着公园进发，准备猎杀恶兽。

哪怕是最天真的读者，也本该一眼看出那篇报道是假的，但那还是一个轻信的时代，那时还没有广播、电话和快速运输系统，城市居民主要从报纸上获得信息，并且往往很难分辨真相和谣言。

后来的几期报纸继续添油加醋。现在，《先驱报》报道说纽约州州长约翰·亚当斯·迪克斯（John Adlam Dix）——美国南北战争时期的英雄——亲自走上大街，开枪打死了一只孟加拉虎作为个人战利品。动物名单也加长了很多，详细列举了逃出动物园的其他动物，包括一头貘、一条蟒蛇、一只沙袋鼠、两只卷尾猴、一头白毛豪猪和四只叙利亚绵羊。一头灰色大熊进入了第五大道的圣托马斯教堂，在那里的中间过道上，它"扑上一位老妇人的双肩，用利齿死死咬住了她的脖颈"。

报纸同业的编辑们大惑不解。要说《先驱报》赶在他们前面并不新鲜，但面对这么明显的大事件，他们的记者怎么会全无收获，哪怕是只言片语？《纽约时报》的城市编辑奔向位于桑树街（Mulberry Street）的市警察局，责备警局为何只给《先驱报》提供消息，而全然无视他自己这家备受尊崇的报纸。就连《先驱报》的有些工作人员也上当了：贝内特手下最有名的一位战地记者显然没有看到最后那条备注，那天早上带着两把左轮手枪出现在办公室，随时准备冲向街道。

果不出所料，贝内特的竞争对手们严厉指责《先驱报》如此不负责任的行径，并称其传播的大规模恐慌可能会导致死伤。《纽约时报》的一位编辑写道："没有老板或编辑的同意，这样精心准备的报道根本不可能见诸报端——假设这家奇怪的报纸还有一位编辑的话，我大概得任由自己的想象力尽情驰骋，方才有'它还有编辑'这种怪异的想法。"[10]

人们对这些充满正义感的愤怒声音置若罔闻。"野兽骗局"——这是人们后来对该报道的昵称——为《先驱报》赢来了更多的读者。它似乎巩固了人们的观念，即贝内特总能把住这座城市的脉搏——他的日常新闻就是新鲜有趣。"该事件不但没有损害报纸的名声，反而为它赢得了美誉，"一位纽约新闻历史学家后来写道，"它让整个城市有了谈资，前所未有地激发了人们的兴趣。公众似乎很喜欢这个玩笑。"[11]

贝内特对整个事件大喜过望——它迄今仍然是有史以来最大的报纸骗局之一。该报道甚至成功地实现了它冠冕堂皇的目标：事实上，动物园的牢笼确实得到了修理。

诚然，它远没有斯坦利寻找利文斯通的报道那样轰动一时。贝内特还是得寻找机会，让那种有利可图的传奇故事重现报端。

他的记者们奔赴世界各个角落的现场，寻找下一个会一鸣惊人的新闻。他在澳大利亚、非洲和中国都派驻了记者。他们每天发回报道，讲述欧洲衰落王室的纵情酒色、华尔街的喧闹欢腾，以及狂野西部的枪林弹雨。他们也在南方重建区域四处游荡，报道着那里各式各样的奇诡骗局。

然而最让贝内特感兴趣的方向还是北方。那个方向上，在极地的午夜阳光下，他嗅到了世上最大的秘密。那些身穿毛皮、前赴后继地奔赴北极的人已经成为国家偶像——是那个时代的飞行家、宇航员和游侠骑士。人们总是渴望读到关于他们的更多故事。在贝内特看来，他们是一群特殊的科学家-冒险家，他们的探索完全凭借着某种残酷的传奇氛围和孤注一掷的骑士精神。贝内特本人在运动生涯中屡屡历险，他希望手下的记者们也能以同样的热情完成报道任务。他固执地认为，在这个冒险的英雄时代，手下最好的记者应该身赴冰区，追踪报道那些勇敢无畏、孜孜不懈地寻找圣杯的人物。

2. 世界之巅

北极。世界的顶端。顶点，极点，巅峰。那是个磁场，也是个充满磁力的观念。它是公众关注的焦点，也是个天体谜题，与金星或火星表面一样，因为不解，所以诱人。北极既是个实地场所，也是地理学家们提出的一个抽象概念，是地图上所有曲线的交会之地。谁能够站在地球最北端的那一点，他就名副其实地成了面南而立的无冕之王。那里每年有半年是无边的黑暗，另外半年则沐浴着灿烂的日光。在某种意义上，时间在那里停止了，因为地球上所有的时区在极地汇聚一处。

这些都是专家们了然于胸的，至少他们自以为心领神会。然而除此之外，关于极地的一切——它是冰原、陆地还是海洋，那里冷还是暖，湿还是干，荒凉孤寂还是有鸟兽栖居，山峦起伏还是有错综复杂的隧道通往地心，万有引力或地磁定律在那里是否适用——还是个巨大的谜团。

正是这个谜团让查尔斯·霍尔近乎走火入魔。在北极星号的探险之旅开始之前，他曾写道："在我们的地图和地球仪上，从北纬80度附近到北极是一片空白，这是令我们的时代蒙羞的巨大耻辱。亿万年前，上帝把这个完完整整的美丽世界赠予人类任其处置，然而时至如今，仍有一块必定是最美丽、最荣耀的地方不为我们所知，仿佛那不是上帝所造，每念及此，我便心有愧疚，无地自容。"[1]

"北极问题"——媒体有时会冠以这样的名头——已日渐

令人神魂颠倒、意乱情迷。人们必须要知道巅峰之上有些什么——不仅科学家和探险家们执着于斯，普罗大众也念念不忘。根据伦敦《雅典神庙》①的说法，北极是"我们梦想中高不可攀的目标"。当时著名的德国地理学家厄内斯特·贝姆（Ernst Behm）认为，人类迄今仍对地球的两极一无所知，就好像一家之主不知道自家阁楼是什么样子，他强烈的好奇心可想而知。"就像一家人必定要熟悉自家住宅里的每一间屋舍，"贝姆写道，"人类也一样，自鸿蒙初辟便渴望了解这个应许给他作为栖息之地的星球，了解其上的每一块陆地，每一处海洋，每一片区域。"[2]

《纽约时报》当时的一篇社论也呼应了贝姆的观点："人类不会任由一个谜团悬而未解，不会因为无法揭开谜底，而在地球的纵轴顶端留下一个永恒的问号。"[3]

到 1870 年代时，这成了地球表面最大的谜团。（南极当然也一样神秘陌生，但由于探险水平处于领先地位的国家碰巧都位于北半球，南极被认为是更难实现的目标。）很难理解北极何以如此令世人心痒难搔。从儒勒·凡尔纳的书籍到玛丽·雪莱的《科学怪人》（书中那位科学家主人公为了追杀自己制造的怪物，穿越浮冰直抵北极），通俗文化和世界文学里充斥着关于北极到底是何面目的猜想。人们还提出了很多现实考虑，为寻找极地圣杯正名——或许可以在那里占领大片陆地，开采矿藏，发现航海路线，建立殖民地，记述全新物种。这是悬而未解的地理难题，也是有待摘取的荣誉桂冠。然而，北极探险说到底还有更为根本的返祖原因：要抵达人迹未至的最远处，登上世界之巅。

---

① 《雅典神庙》（*Athenaeum*），伦敦著名的文学周报。

"在那个被施以魔法的北极圈内，"《大西洋月刊》宣称，"有地理学界雄心勃勃的目标……即最终解答北极问题。可以说，多年来历尽艰险却壮志未酬反而刺激了探险的欲望；我们越了解自己的星球，地理学家们就越渴望亲眼看到那个神秘莫测的极点。"⁴1871年发表在《自然》杂志上的一篇文章将人类寻找极地形容为当代首要的科学和地理难题："环绕着我们这个星球纵轴线的北端，那一大片迄今无人到访的陆地或海洋，是最大也最重要的探索领域，有待我们自己或未来一代人为之不懈努力。"⁵

诚然，爱国热情也让人们陷入痴迷。当时的美国人从南北战争的废墟之上慢慢崛起，渴望在国际舞台上证明自己。有人指出，极地探险有助于这个分裂的国家实现统一，可以成为所有美国人——不管北方还是南方——共同追求的事业。对一个仍在修复战争疮痍的共和国来说，雄心勃勃的探险考察使它有机会以一种准军事但说到底还是和平的方式施展自己的力量。

1827年，英国海军军官威廉·帕里领导的探险队被举世公认为第一次明确以到达北极为目的的严肃探险。自那以后，大多数最尖端的极地探险都是由英国海军部领导的。在很大程度上，这是因为海军部第二海务大臣约翰·巴罗①对北极的一切都有种近乎宗教狂徒的热情，也是因为自从大败拿破仑之后，皇家海军在整个19世纪的大多数时候没有几场大战可打。昔日最强海军的大船还没有怎么用就朽坏了，很多军官因为无事可做而被打入冷宫，只能领半数薪水，却仍胸怀壮志。英国人主

---

① 约翰·巴罗（John Barrow，1764–1848），英国政治家、作家。早年曾在英国第一个驻华使馆工作，在华期间迅速掌握了汉语。1797年，他作为马戛尔尼爵士的私人秘书，陪同后者前往好望角的开普殖民地。1804年，他回国在海军部担任第二海务大臣。在这个职位上，他是北极探险航行长期的积极推动者。

要的关注焦点一直是找到一条横跨加拿大最北端的航海路线——此外他们也一直在寻找此前失踪的英国探险队员，那些为探索这条难以捉摸的西北航线而消失在茫茫征途的探险家。

但时至 1870 年代，人们已经不再专注于寻找西北航线，而转而关注抵达北极本身，将其作为纯粹而抽象的探索目标。不光是英国，法国、俄国、瑞典、德国、意大利和奥匈帝国也都纷纷厉兵秣马或谋谟帷幄，都想让自己国家的探险队第一个到达北极。美国认为它有实力在这场伟大竞赛中一争高下，很多美国人热切地渴望将星条旗插到世界之巅。

从某些方面来说，美国渴望向北推进可以被视为"昭昭天命"①——整个国家一路西扩、开疆拓土的热潮——的延伸。1869 年，第一条横跨大陆的铁路建成之后，西进运动结束了——或者至少它的征服到达了一个新阶段，不再需要那么多冒险探索，而更多地开展起占领和殖民的人口填充工作，不过这也是个吃力不讨好的麻烦事儿。但在 1867 年，美国以区区720 万美元从沙皇手里买下了阿拉斯加，这片辽阔的新边疆有待开发，且在很大程度上还是个未知世界。因此，举国西进的运动在到达加利福尼亚州之后，就右转变成了北进运动。

1873 年，整个国家仍在谈论着这次收购，试图了解美国在那么遥远的北方拥有多大一片土地，以及要它来做什么。花在这片俄裔美属领土上的钱仍然充满争议——阿拉斯加仍被大众称为"苏厄德的冰箱""苏厄德的错误""苏厄德的北极熊花园"，以嘲讽主张并最终谈妥这笔买卖的前国务卿威廉·亨

---

① "昭昭天命"（Manifest Destiny）是 19 世纪美国民主党的政治标语和坚定信念，认为美国被赋予天命，应当向西扩张横跨整个北美大陆，直达太平洋。

利·苏厄德①。然而，美国人也想知道本国新的北部边疆之外还有些什么——他们渴望出现一个英雄，成为北进运动的化身。

乔治·德隆自认为他可以成为那个化身。自从亲自前往北极之后，他的心思就开始围绕着北极问题打转。他希望自己的名字能登上北极探险者的功德碑——当然也有人称之为耻辱柱。揭开终极谜题——到达北极——成了德隆唯一的目标。"如果我不能成功，"他写道，"起码也要因为曾经尝试过，而让后人记住我的名字。"6

探索的渴望先是让他殚精竭虑，继而又渐令他魂牵梦萦。终其一生，德隆苦苦纠缠着这个问题，再也没有放弃。

在他还未抵达纽约之前，德隆就已经因为指挥小朱尼亚塔号探险的勋绩而成为满城皆知的名人了。《纽约先驱报》的记者马丁·马厄曾通过电报从圣约翰斯发来长篇加急稿，报纸的编辑们以连载的形式让那些报道见诸头版头条。小朱尼亚塔号沿格陵兰海岸往返行驶了800英里，马厄认为这段壮丽航程几乎实现了重大的历史性突破。德隆自告奋勇担当起这一危险使命，去解救他素不相识的人，则引起了公众的强烈反响——当然，还有他面对自己小小的蒸汽轮船即将葬身坚冰，仍继续北行的坚定意志。

德隆和他的小朱尼亚塔号的故事被国人争相传颂。马厄在赞歌中写道，

---

① 威廉·亨利·苏厄德（William Henry Seward, 1801–1872），美国律师、地产经纪人、政治家，1861~1869年分别在林肯政府和安德鲁·约翰逊政府担任国务卿。

> 她（小朱尼亚塔号）那次前往约克角的著名征程，是整个探险队迄今最勇敢、最卓越的功绩。该计划想法之大胆、执行之纯熟，鲜有先例。然而形势紧急，召唤志愿者的呼声得到了意志坚定的回应。无须重述那一叶小舟如何在快速集结的冰凌中力度空前地克难攻坚；面对燃料极度短缺，英勇的船长孤注一掷一往直前，哪怕肆虐的狂风巨浪已经张开了血盆大口；他一次次被击退，却始终高呼着"前进！"；因为进入了一条在北极被认定为歧途的水道，小船陷入坚铁般的冰窟动弹不得，而在她全力以赴撞开冰面重获自由之后，又不幸遭遇了不可逾越的顽固障碍，这最终挫败了她继续前行的努力。如果你愿意，尽可以耻笑他们蚍蜉撼树、螳臂挡车，（但）德隆上尉及其勇敢的下属们正是以纯粹的自我牺牲和奉献精神投入这场举国振奋的高尚事业中，他们的英雄事迹将永垂史册。[7]

如此声名大噪让德隆很难堪。他"讨厌公众的喝彩声"，艾玛写道，"并小心地避开公众的目光。他只是尽到本分，认为没必要如此夸张"。[8]与此同时，他也看到了宣传的力量，意识到既然他计划重返北极，名人效应应该还是有用的。

报纸之所以如此大肆渲染德隆的光荣事迹，原因之一是那个秋天所有其他关于北极星号的零星报道都很令人沮丧。该探险队在离开美国之前就已是一盘散沙了。航行缺乏纪律，也没有明确的使命感。派系林立，酝酿着阴谋和疑心——例如，北极星号上的大部分德国人甚至很少跟美国人说话。探险队长查尔斯·霍尔先是被看扁，继而被质疑，最后显然是被谋杀了。

霍尔死后，其他人算是松了一口气，但随后便陷入了士气低落和群龙无首的困境。探险队的航海日志、记录和科学仪器全都无影无踪了。当他们扎营的浮冰块断裂，漂流得离母船越来越远时，北极星号上的人们显然没有为寻找同伴付出丝毫努力。与此同时，那群漂流者也始终对彼此充满疑惧，往往还会暗中筹谋同类相食的残忍暴行。后来进行的一项海军调查挖掘出他们各种令人不快的行径。那次探险从头到尾都是恐怖粗野的——整个过程鲜有英雄，给美国蒙上了浓重的阴影。伦敦的《泰晤士报》评论说："死神那可怕的阴影无处不在，紧紧尾随着这条幽灵船。"9

在明智的人看来，北极星号的远航当是一个警示，提醒人们只要进入北极，危险便如影随形。但是乔治·德隆不这么看。德隆分析过霍尔的探险，关于应该如何避免悲剧重演，如何更有效、更科学地探险，他已有决断。德隆暗自发愿说，如果他是北极探险的船长，就会更好地利用最新的技术。他会起用严格遵守纪律的海军军官，使哗变根本无法抬头。他会更小心谨慎地挑选船员——没有结党，确保职位和族裔均衡。他会把船身包覆得更加坚固以抵御坚冰，还会准备更加充足的粮食、药品和科学仪器等补给。

德隆觉得，有必要修正霍尔的错误，为海军争光——也为美国争光。

由于新近声名鹊起，德隆也进入了新的社交圈。1873 年 11 月 1 日晚，他受邀参加了亨利·格林尼尔（Henry Grinnell）的晚宴，后者是纽约赫赫有名的慈善家和富有的船业大亨。10格林尼尔是个北极迷，几十年里资助了无数次北极探险航行——有英国的，也有美国的。74 岁的他胡子全白了，但仍气质尊贵，穿着优雅时尚，虽眼球突出、目光呆滞，但头脑灵活，喜欢盘根问底。格林尼尔是美国地理学会的创始人之一，家里收藏有全美国最丰富的关于北极的书籍、地图和图表。他的名字已经不可磨灭地镌刻在北极——埃尔斯米尔岛①上有一大片区域被称为格林尼尔地（Grinnell Land），就是向他致敬。为了解决北极问题，没有哪一个美国人投入过比他更多的思考和财务支持。

这天是周六，当晚格林尼尔召集了一群科学家、地理学家、探险家和航海家来到他位于曼哈顿邦德街 17 号的豪宅中，讨论关于北极探险的最新理念。格林尼尔的客厅里，桌子四周摆放着大大小小的各种地图，在场的绅士们将德隆看作英雄，也是美国下一次北极之行理所当然的指挥官。集会的目的之一本是为了分析霍尔探险失败的原因——格林尼尔本人也为那次探险投入了大量资金。这次溃败留下了哪些教训？未来的探险当怎样组织？或许最重要的是，应该采取哪条路线？

越来越多的舆论似乎认为，格陵兰并非到达北极的最佳门户。霍尔这次灾难性的探险又为该地区乃不祥之地贡献了最新证据。德隆也一直在寻找更好的北极路线，并为此做了一番研究。从格陵兰返美之后，他曾前往马萨诸塞州的新贝德福德（New Bedford），即事实上的美国捕鲸之都。他在那里咨询了很多捕鲸船船长，这群饱经风霜的人比其他任何人都更加了解北极的洋流和风向。老水手们跟他说，如果通过格陵兰驶向北极，德隆必会事倍功半——有人说那是"上坡路"。他们认为格陵兰附近盛行的洋流和风向会把浮冰块往南推，所以朝那个方向航行需要一路与浮冰搏斗。

然而，他们说，如果德隆经由北太平洋和白令海峡驶向北

---

① 埃尔斯米尔岛（Ellesmere Island），加拿大北极群岛中最北岛屿，世界第十大岛，面积 196235 平方公里，南邻巴芬岛，与东边的格陵兰岛仅隔一条狭窄的内尔斯海峡。

极，航行会顺利得多；事实上，那会是一段"下坡路"。德隆非常理性地对待这些观点：它们是未经科学验证的事实，只是专业人员为得到珍贵的动物油脂，每年前往冰块边缘探险所获的实际经验之谈。然而，船长们讲的道理很简单，与其跟大自然作对，何不顺着它，让它与你并肩作战？

事实上早在 1869 年，一支原本应由一位名叫古斯塔夫·朗贝尔的科学家指挥的法国探险队，曾计划经由白令海峡抵达北极，但因为普法战争爆发，那次探险被取消了。两年后，巴黎被围，朗贝尔死于战斗之中，探险便再也无法成行。

此刻在格林尼尔豪宅里的人们啜饮着手中的白兰地，若有所思地抚摸着自己的胡须。他们似乎对经由白令海峡前往北极探险的想法很感兴趣。那是从未有人尝试过的路线——可以用美国新近购得的阿拉斯加领土作为出发点。在那个 11 月的寒夜，在邦德街烟雾弥漫的聚会上，这个绝妙的好主意呼之欲出。格林尼尔举杯说道：全力以赴，一路下坡，冲向北极！

德隆很庆幸得到了格林尼尔的邀请，也对格林尼尔支持自己作为下一次北极探险队长的人选充满感激。他大大方方地走到格林尼尔跟前，直截了当地问道：您愿意支持这次探险吗？

出乎在场各位的意料，格林尼尔说他不愿意。他已决定不再资助北极探险。北极问题仍令他着迷，但他老了、累了，很多健康问题不容小觑。他投入那些探险中的钱已经够多了。他作为北极探险资助人的时代已经结束。或许霍尔的探险队也把他吓怕了。

但有谁会承继他的志向，继续前进呢？德隆想。他应该去找谁？他意识到海军部的经费已经捉襟见肘。如果北极探险还将继续的话，他们需要一个新的赞助人。

德隆在房间里踱步思忖，眼前只有一个答案：贝内特。

3. 万物之主

几个月后，在 1874 年 5 月 5 日清晨，一群人聚集在纽约第
38 街和第五大道的交叉路口。人头攒动，其中不乏纽约城最时
髦的绅士们，他们站在自己锃光瓦亮的四轮马车和双座马车旁，
互相赌长较短。鬃毛修剪得光彩齐整的高头骏马排成长队，在
泥泞的街道上跺着蹄子。一阵北风吹得道旁的榆树沙沙作响，
晨雾中，树影下，林立着一座座褐砂石建筑的公馆府邸。两旁
的小巷里聚集着各式各样的马车——双座四轮折篷马车、四座
四轮大马车、出租马车以及公共马车。那是个星期二的早晨，
城市上空飘着细雨。大颗水珠从人们头顶上嘶嘶作响的电报线
上滴落。然而，第五大道上气氛欢乐，时间这么早，就能看见
有人在传递着威士忌酒瓶，还有人不时吸上一匙鼻烟。

人群正中央站着一个矮小强壮的男人，不停地伸展四肢，
做些柔软体操，他叫约翰·惠普尔（John Whipple）。惠普尔这
位年轻贵族是联合俱乐部的重要人物，虽然身材矮胖，却是相
当出色的运动员。和那个阶层的大多数绅士一样，他也通骑射、
善扬帆，但惠普尔最擅长的还是竞走这个只有少数人参与的运
动项目。事实上，他是竞走冠军，相传他是全国走路最快的人。
在那些年举办的竞走比赛中，无人能望其项背。这天早晨，惠
普尔身穿黑色马裤，头戴黑色运动帽，正准备跟他最新的挑战
者一决高下。

约定的上午 7 点将至的几分钟前，第五大道 425 号那座双

拼豪宅厚重的大门打开了一条缝，惠普尔的对手出现在门廊上。他身穿斜纹软呢运动衫，头戴白色运动帽，脚蹬一双及踝皮靴。看到他离开府邸，疾步走下漉湿的台阶，人群用一阵欢呼声来迎接小詹姆斯·戈登·贝内特。

贝内特从未在竞走运动中一试锋芒。他只是直言对惠普尔的运动天赋表示怀疑，希望把他从冠军宝座上赶下来。4月初的一天晚上，两人在联合俱乐部的大厅里约定了一场比赛，赌金定为6000美元，他们在地图上画出一条10英里长的路线，起始点是贝内特的褐砂石宅邸，终点是杰罗姆公园的赛马俱乐部会所，横穿布朗克斯区的哈林河。卫冕者和挑战者于是各自制订计划开始了艰苦训练。比赛日期定于5月5日，风雨无阻。

此刻贝内特走下台阶，来到人群拥挤的街道上，身边跟着他的教练。《纽约时报》的一位记者站在人行道上，在纸上快速潦草地记录着这一幕。他在报道中写道，两位竞技对手形成了强烈鲜明的对照："贝内特几乎要比对手高出半头。他的对手身材矮小，却浑身肌肉，举步生风。"[1] 两位裁判各持一块怀表，在起始线两旁各就各位，仲裁人向两位运动员问好，重申比赛规则：不得冲撞，不得偏离既定路线——当然，还不得变走为跑。

两个街区外的教堂钟塔开始敲钟报时，竞赛双方并排蹲伏着。待教堂的钟敲响了第五声……第六声……第七声，仲裁人喊道："开始！"竞走选手们出发了，两人沿第五大道向北，大步流星地走过克罗敦蓄水池（Croton Reservoir），走过镀金时代好几位贵族那带塔楼的府邸，走过前一年才刚刚开放的中央公园下游区。绵羊在公园的草地上吃草，偶尔还会听见第64街兵械库附近的动物园里传来几声大型兽类的嚎叫。

竞赛双方继续沿第五大道北行，各自的教练偶尔会跳到他们前面，指导己方竞赛者，或指出技术漏洞。"两人的步法极佳，"《纽约时报》的记者说，"都在一开始就拿出最好的竞技状态，显然是希望在比赛开始不久就让对方精疲力尽。"[2] 道路泥泞湿滑，两位竞走选手都很难保持步态平衡——这对比赛双方造成的压力实在"令人唏嘘"[3]。

与此同时，起始线附近的观众爬上等在一旁的马车，不久就"沿着第五大道疾驶，几乎与两位参赛者并行了"。贝内特每走一步就甩动一下双臂，"事实上"，记者写道，"他走这一趟用的臂力和脚力一样多"[4]。这个技巧似乎对《先驱报》的出版人很有效，快走完第一英里时，贝内特已经领先几英尺了。惠普尔对此显然很沮丧，但他"依旧保持着稳定的步伐，希望能在中长区段让对手耗尽体力而败"。

贝内特甩掉运动帽和斜纹软呢外套，"再次精神焕发地前进"。他不时抱怨靴子里进了不少小石子，但仍甩开对手一大截。惠普尔"当仁不让"，但两人在110街左转，沿圣尼古拉斯大道北上时，贝内特看起来已经有可能爆冷获胜了[5]。在《纽约时报》那位记者看来，惠普尔正"缓慢但确定无疑地败下阵来"。他气喘吁吁，一度索性坐在了路边的人行道上。

贝内特走到哈林河上的麦克库姆斯桥时，已经超过对手300码①，正"一鼓作气"向终点冲刺。他步履轻快地穿过福坦莫，沿中央大道向北，最终在8点46分55秒胜利穿过了杰罗姆公园的入口。7分钟后，惠普尔才摇摇晃晃地穿过终点线。当有人问他怎么回事时，前冠军只能猜测自己大概是"训练过

——————

① 约合274米。

度"了。

贝内特对自己的胜利倒是无所谓。他已经习惯了获胜，他是一个既期待胜利，又羞于成为关注焦点的人。当《纽约时报》的记者问他何以大爆冷门时，他竟不知该说些什么。"哦，我也一直在走路嘛，你知道的，差不多就是这样啦，"他如此说道。[6] 贝内特和惠普尔在杰罗姆公园的俱乐部会所共享了一顿便餐，然后就回到了曼哈顿——据后来概算，拥趸们凑起来的赌金高达 5 万美元。

亨利·格林尼尔晚宴上的客人们建议德隆前去一见的这位百万富翁平生最喜欢制造轰动。小詹姆斯·戈登·贝内特总是放荡出格、刁钻促狭，他的人生简直就是一场气势磅礴的表演。贝内特喜欢快，竞走、快艇、快马加鞭、快意情场、快战快决、快捷通讯，以及任何可能会加快整个国家脉搏跳动的大胆新技术或新设计。因此，1874 年年初，当乔治·德隆来到纽约，造访贝内特位于百老汇和安街交叉路口的那座白色大理石办公楼时，他遇到的是一位开明善解的倾听者。德隆表明心意，说自己渴望抵达北极，他阐述了此事为何刻不容缓，说他相信美国注定要在北极探险方面领先一步，并提到格林尼尔已经厌烦了为航行提供赞助。考虑到美国海军左支右绌的现状，由美国人带头的探险队需要一位捐助者来接替格林尼尔。德隆认为，任何前往北极的专业探险都必须是一个独特的合资事业——必须是由私人慷慨资助的国家项目。

贝内特喜欢这个雄心勃勃的北极探险构想，他甚至还闪过一个念头，要亲自加入德隆的探险队。向北极进发是国家之福、科学之光、体育之幸，当然更是他的报纸大卖之机遇。这正中他的下怀。

这位公子哥出版人喜欢德隆，喜欢他的坚韧毅力，喜欢他一腔热忱又不失克己，还有那副眼镜背后闪烁的熠熠光彩。因为在格陵兰的卓越表现，德隆理应成为指挥下一次北极探险的人，而他的探险依靠的将是《纽约先驱报》的赞助。贝内特的报纸可以就这一事件肆意发挥——这个探险故事要比斯坦利从非洲发回的报道更加精彩。德隆本人当然可以撰写主要叙事，但《先驱报》也可以派遣记者登上探险船，定期发回报道。贝内特将为这一切埋单。

两人商定的结果是，德隆去寻找一艘能够抵御北极坚冰的坚固轮船，并开始召集探险队员。与此同时，贝内特将去咨询欧洲一流的科学家和地理学家，收集关于如何解决北极问题的最新资讯。

德隆就此别过，分手时他和贝内特并非纯粹意义上的朋友，而是目标一致的同谋。"两人从一开始就彼此吸引，贝内特承诺尽全力资助探险项目，"艾玛·德隆写道，"贝内特一下子就意识到，德隆正是他要找的人。"[7]

他们还真是一对奇怪的组合。然而，尽管他们遭遇了重重障碍，导致探险迟迟不能成行，但德隆和贝内特都不会轻易放弃梦想。

乔治·德隆已经找到了他的美第奇①，但仅凭这短短的初

---

① 美第奇（Medici）家族是佛罗伦萨 13 世纪至 17 世纪时期在欧洲拥有强大势力的名门望族，其资助了很多艺术和建筑名人和作品，在文艺复兴时期起了很大的促进作用。该家族在科学方面也有突出贡献，曾赞助过达·芬奇和伽利略等天才。

次纽约之行，他根本无法想象贝内特其人有多刁钻古怪。德隆不知道贝内特有多少痴心妄想，多少怪异偏见，多少一时兴起、心血来潮。贝内特可能是纽约城最抢手的单身汉，但他也是纽约城最善变的顽童。

他是"可怕的贝内特、疯狂的会长、跨大西洋电缆的独裁者"，一个传记作家写道；他自认为是"万物之主之一"。[8]一位曾长期在《先驱报》任职的编辑后来评价他的老板"是浪漫文学领域里的统治者，他本人又是个满脑子浪漫想法的统治者。他兴之所至，无不可为，没有什么规则不能打破"。[9]

老贝内特有个习惯，就是漫不经心地走进巴黎或纽约某个最华丽的餐厅，在路过走廊时猛扯一下桌布，盘子和玻璃器皿掉在地上摔得粉碎，把周围的食客们吓个半死，他则若无其事地走到最后排自己提前预订的桌边坐下。[10]（他当然不会忘记开一张支票赔偿损失。）有一次，他在阿姆斯特丹听完音乐剧表演后，邀请美丽的女主角和整个演出团队到他的游艇上观光。然后，他悄无声息地把游艇开到海上，接下来的几天就在大西洋上漫无目的地航行，这事实上是扣下整个演出团体，让他们反复为他表演——其间还试图勾引涉世未深的年轻小演员。回到岸上后，贝内特很乐意支付一大笔钱给阿姆斯特丹剧院，以弥补后者的损失。[11]

贝内特有很多强烈的好恶，外人很难捕捉。他早餐喜欢吃麦鸡蛋①。他游艇上的服务人员不得留胡子。他有几百支温度计和气压表，天气的任何一点点变化都令他着迷。他溺爱博美犬，养了几十只，只给它们喝法国的维希矿泉水。贝内特认为

---

① 麦鸡是一种鸻科麦鸡属的鸟类，多数是候鸟。"麦鸡蛋"（plover's eggs）是维多利亚时代欧洲的一道昂贵的美食。

这种喜吠的小型犬能极其精准地判断人的性格，以至于他有时会完全根据应聘者进门时小狗的反应，来决定是否录用其做编辑。（有些应聘者了解到贝内特有此癖好并居然会在这个问题上顺从狗的意志之后，来面试时便在大衣口袋里塞几片生肉。）贝内特还对猫头鹰迷恋不已，他经常出入之地处处可见活的猫头鹰、猫头鹰图片、猫头鹰胸像、袖口链扣和文具上的猫头鹰图案等。它们装饰着他的褐砂石豪宅、游艇和乡村别墅。它们眨眼的瞬间、扭头的样子和黑夜出行的生活方式都令他深为心醉。

很难说到底是怎样一个人身上才会有这么多怪癖，而要不是因为詹姆斯·戈登·贝内特同时也是个无与伦比的优秀出版人，对美国公众可能为之感动和陶醉的东西有着惊人的敏锐和深邃的直觉，这些怪癖也不值一提。他是通讯时代的教父级人物，跟他一起工作固然可怕，但他创造了美国历史上最伟大的新闻机构之一。

德隆从来未曾了解他的恩主，但拥有这样一位恩主是他的幸运。他找到的这个人不仅腰缠万贯，而且对于能宣告现代世界即将来临的故事永远欲求不满。

4. 为你我将不顾一切

　　美国的新晋北极英雄是一位天赋异禀又矛盾重重的年轻人。艾玛·德隆认为，丈夫的内心"摩擦不断"[1]——一时兴起与艰苦奋斗形成鲜明对照，热爱冒险刺激和渴望长久基业显露强烈反差。德隆也可以是个很浪漫，有时甚至很放纵的人。他有着艾玛所谓的"一颗如饥似渴的心"[2]，但他也情愿大半生都生活在严苛纪律的束缚之下。他对自己的目标一清二楚，会以执着的信念不懈追求——阻力只会让他变得更加坚定。

　　德隆喜欢歌剧、交响乐和小说佳作，他的信也写得一丝不苟，能用优雅华美的辞藻表达细致微妙的感情。他宠爱自己的小女儿西尔维，讨厌被派到海上执行任务，因为这使他无法与娇妻幼女共享温馨的家庭生活。他把家里的一应事务和理财管账都交给艾玛打理，自己对家务事并不怎么上心。但在指挥船务时，他又刻板苛责，循规蹈矩。一位历史学家曾说他的指挥风格是"铁板一块"[3]。德隆是个标准的海军军官，但他最痛恨的，莫过于海军的等级森严、海军的官僚政治、海军的繁文缛节，所有这些都让他觉得厌烦和无聊。

　　德隆认为他的一些最糟糕的性格特点都要归咎于海军。他曾写道："海上生活会让人的脾气变得很差。马克·吐温曾在《异乡奇遇》里说，出海会彰显'一个人的所有缺点，还会让他养成一些新的坏毛病——他从未料想过自己会那般卑鄙'。我怀疑我自己那些生硬刻薄的性格缺点都是出海惹的祸。"[4]他承认他可能"对下属很严厉",但那正是一个海军军官的本分。"我只能说,我从不接受任何反对意见,"德隆有一次写道,"我的职责就是命令,他们的职责就是服从。"5

德隆知道,1870年代的美国还远远称不上一流的海军强国。虽说美国海军正在缓慢进步,但很多欧洲列强都把那支不成气候、落伍过时的美国舰队看成笑话。海军历史学家彼得·卡斯腾(Peter Karsten)的说法是,它是由"各种破损失修"的"笨重旧船"组成的"一支三流舰队……简直是全世界的笑料"。6身为美国海军也根本没有什么刺激的冒险,多半要被束缚在自己的岗位上,拿着可怜的薪水,遵守严苛的纪律,晋升过程低效缓慢,往往要为一个军衔争红了眼。

大多数任务不过是在外国海港上"亮个相",在船上执行一些乏味无趣的任务。当时的一位下级军官说,海军生涯"简直看不到希望。我们生命中最热血沸腾的青年时代"就浪费在"最无聊、最无趣、最无用的任务上"。7和很多年轻军官一样,德隆也常常觉得他在浪费风华正茂的青春。"一潭死水的海军,"一位海洋学者写道,"可不是朝气蓬勃的青年该去的地方。"8

乔治·德隆正是这样一位朝气蓬勃的青年,一腔热血,踌躇满志。难怪无论有多少艰难险阻,北极仍深深地吸引着他。他可以借此逃避无聊的海军日常生活,建功立业乃至名利双收,有可能得到更快晋升,更何况还能献身科学、报效国家。那条通往光荣的道路是普通的海军生涯无法给予的,至少在和平时期如此。无须参战,只要不畏艰险地奔赴北极即可培养和建立战时才有的锐气和殊勋。最重要的是,它还是当上舰船总指挥的快速通道,这是德隆年轻时就一直怀有的志向。

　　乔治·弗朗西斯·德隆 1844 年 8 月 22 日出生于纽约市，是布鲁克林一对下层中产阶级夫妇唯一的孩子。德隆的父亲祖上是法国胡格诺派①教徒，他沉着稳重，不问世事，对德隆没什么影响。家里是乔治那位信奉天主教的母亲说了算的，她很爱儿子，但对他过于保护，几近压制了他的青春期。母亲永远都在担心他会受到伤害，因而不准乔治在外玩耍或跟邻里的孩子们满街疯跑。她总是要儿子规矩守时，命令他每天上下学走很长的路。艾玛说德隆的母亲"对他有种病态的关怀"，严禁他溜冰、游泳或划船，因此他"被小心翼翼地与户外隔离开来，没机会参加一般男孩子的活动"。9

　　一天，一伙街坊男孩误以为他的独来独往是自觉高人一等，因此埋伏在路边，等他走近时用雪球打他。在混战中，德隆的耳膜被碎冰片扎伤了，造成了内耳感染。家庭医生担心德隆可能会丧失听力，照顾了他好几周时间。一位北极历史学家后来半开玩笑地写道，那次事件似乎是一个预兆——"那是德隆第一次遭遇充满敌意的坚冰。"10

　　因为整个少年时代都被关在家里，乔治虽愤愤不平，却仍然培养了十足的书生气。"因为在冒险那方面受到限制，他只好投入全部的精神和体力追求知识，"1880 年代由霍顿·米夫林出版公司（Houghton Mifflin）出版的一本人物略传如是说。11乔治几乎住在了曼哈顿中城的商业图书馆（Mercantile Library），

① 胡格诺派（Huguenot），16 世纪至 17 世纪法国新教归正宗的一支。胡格诺派受到 1530 年代约翰·加尔文思想的影响，在政治上反对君主专制。1555 年至 1561 年期间，大批贵族和市民皈依胡格诺派。在此期间，天主教会首次用"胡格诺"（意为"结盟会"）称呼加尔文的信徒，而胡格诺派则自称改革者。

甚至在十五六岁的时候还在那里担任图书馆员。他大量阅读历史书籍，帝王、政治家和将军的故事深深地吸引了他。虽然整个少年时代都被无趣地保护着，此刻他却开始向往冒险生涯。16 岁时，他觉得自己的中间名"弗朗西斯"太过娘娘腔，就冒出了正式更名为"乔治·华盛顿·德隆"的想法。父母不解，但他坚持要改，改名的事也就正式确定下来。

差不多在同时，乔治开始研究 1812 年战争中的海军战役，并沉迷于弗里德里克·马里亚特（Frederick Marryat）那些惊险刺激的远洋故事。这些书籍让他极度渴望进入海军学院学习。他想象着自己扬帆海上，参加海战，把船停靠在充满异域风情的海港。"由于长期受到压制，"霍顿·米夫林出版公司的那本人物略传指出，"他跃跃欲试，充满了对广阔天地的向往。"[12]

乔治的母亲坚决反对唯一的儿子参加海军，说那样的生活太危险了。她希望乔治成为律师、牧师或医生。然而，他在这个问题上寸步不让。凭借坚定的毅力和其他手段，他终于登上了南下前往华盛顿的火车，在海军部长面前力陈自己符合条件，为自己争取到了美国海军学院 1861 年秋季的入学名额。

内战期间，林肯政府觉得应当谨慎行事，遂把海军学院从安纳波利斯（Annapolis）迁至纽波特那个混杂的建筑群内，于是德隆就在罗得岛（Rhode Island）度过了海军学校学生生涯。（年轻时的戈登·贝内特也常在夏天前往纽波特度假，还常常把游艇停靠在那里。）在海军学院，德隆证明了自己是一个严肃的学者和一丝不苟的军校生。他在那里茁壮成长——"我总算是如鱼得水了，"他后来说道。[13]1865 年春，就在内战即将结束时，他以班级第十名的成绩毕业了。

内战刚刚结束后的那一代年轻人常常会有一种自卑情结，

觉得自己与历史擦肩而过，未能赶上父兄辈经历的伟大事件。上一代人在战场上浴血奋战，难免让德隆这样的年轻人觉得无用武之地，因而永远不可能真正成熟起来。如果德隆无法在战场上立下战功，他或许可以在冰原上创下伟业。

然而，德隆早期的海军任务却毫无光荣可言。他先是在美国军舰卡南代瓜号上服役，这艘七炮位的小军舰曾在北方对南部邦联实施封锁期间经历过激烈战斗。德隆到卡南代瓜号停泊的波士顿海军造船厂报到的那一天，做了件有趣的事。他在查看自己在船上的宿舍时，发现那个船舱被分来了四个军校生，但只有两个铺位。另外两个人似乎根本没有床位，要么就只能每天夜里在吊床上摇晃了。于是德隆大步流星地走到波士顿海军造船厂的司令官办公室，去找司令官——一脸威严的海军少将塞拉斯·斯特林厄姆（Silas Stringham）——提意见。

"将军，"他说，"我是被分配到美国军舰卡南代瓜号的海军军校学员德隆。长官，我查看了船上的宿舍，特意前来请求您在出海之前命人为我们加两个铺位。"[14]

斯特林厄姆将军盯着眼前这位鲁莽的年轻人。"你是美国军舰卡南代瓜号的海军军校学员德隆？"

"是的，长官。"

"哦，美国军舰卡南代瓜号的海军军校学员德隆，我命令你回到美国军舰卡南代瓜号上去，你能在统舱里有张吊床就很幸运了。"

受挫的德隆照做了。船员们为他如此莽撞奚落了他好一阵，但最终却是他们自己沦为笑柄：就在卡南代瓜号离港出海前夕，一群木匠上船来新建了两个铺位。斯特林厄姆将军记住了德隆的建议。（多年以后，斯特林厄姆和德隆提起这件趣事时还大笑了一阵。）

在他整个职业生涯，德隆为达目的，从不怕麻烦上司。"他总是能够得偿所愿，"艾玛说，"因为他敢于提出要求。"[15]

德隆在卡南代瓜号上服役三年。作为欧洲小分队的一部分，这艘小军舰在北大西洋和地中海上航行，保护美国的利益，在欧洲、北非和中东的各个海港中亮相。1868 年 6 月，军舰停靠在法国勒阿弗尔准备大修。勒阿弗尔的码头区有很大一片防波堤、干船坞和造船厂，那是个美丽的国际性城市，附近就是塞纳河流入英吉利海峡的入海口。它远处环绕着诺曼底地区绵延起伏的青山，近处不乏俯冲入海的悬崖峭壁。

这年 24 岁的德隆于是就有了一个假期，与同行军官在巴黎狂欢痛饮了一个星期才回到勒阿弗尔。在那里，他前往美国轮船大亨詹姆斯·沃顿（James Wotton）家里参加晚宴。此人外号吉米船长，是纽约和勒阿弗尔轮船公司的股东之一。他和妻子玛格丽特有很多孩子，他们的豪宅坐落在一个名叫"海岸"（La Côte）的山坡上，将热闹的海港城市和远处英吉利海峡翻腾的白色浪花尽收眼底。沃顿家喜欢宴请各种有趣的人，用美食和舞会招待他们，他们对驶入海港的美国海军军官更是出了名的慷慨好客。家里有个台球室和一个很大的舞厅，常常请乐手在那里演奏华尔兹。

这天傍晚，德隆被沃顿家的女儿艾玛迷住了。这个 17 岁的美丽少女长着一双亮晶晶的大眼睛，时常带着无忧无虑的表情，还有一头浓密的棕色卷发。艾玛在纽约和勒阿弗尔两地长大，在法国公立中校接受过良好的教育，自认为是"一位优雅的小姐"[16]。德隆对她一见钟情，华尔兹一开始，他便径直走过去找到她的跳舞卡，在空着的地方写满了他的名字。艾玛对这位年轻军官颇感兴趣——她觉得他"神气、高大，有着宽阔的双肩"，但有一点儿"太主动"，用她后来的话说，"此人显然意在征服"。

一周后，沃顿家又有一场舞会。舞会结束时，德隆领着艾玛走到舞厅中央的沙发那里，开门见山地说想要娶她为妻。

艾玛吓住了。"但我们还不怎么认识呢！"她抗议道。[17]

舞者旋转的裙裾在德隆的脸上飘来蹭去，但他一点儿也不为所动。"我觉得我已经认识你很久了，"他对她说，"就像我一直都在等着你出现。"

艾玛不知该如何回应他的狂热。一方面，她喜欢他。"我慢慢地被乔治·德隆吸引了，"她写道，"我在他身上看到了很多让我崇拜的品质。"[18]但又觉得他"强烈的感情"令她害怕。"他追求的攻势不减。"她说。那天舞会结束，乔治跟卡南代瓜号上的其他军官一起离开时，她很困惑。"我不知所措，"她说，"根本不知道自己是怎么想的。"[19]

造船工人完成了对卡南代瓜号的修理，小军舰计划几天后就离开勒阿弗尔前往地中海。德隆眼见无望，便写了一封信给艾玛：

> 因为离开之前或许没机会与你单独谈话了，我斗胆请你读这（几）行字……相信你定能看出它们出自一颗诚挚的爱你的心。此刻写信的我很消沉，我就要离开你了，在我和我热爱的人儿之间，即将横亘着如此难以跨越的鸿沟。我不能不争取一下便失去你。为你我将不顾一切。[20]

艾玛虽然被他的信感动了，却并没有回信。她决心不屈服于他热烈的表白。但就在他离开的前一天，她送了一份离别礼物给他——一个她自己缝制的蓝色丝袋，里面装着她的一绺头发，还有一个镶嵌了六颗珍珠的金色十字架。准备这个小礼物让她自己也很吃惊。"我不想让他两手空空地离去，"她后来写道，"即便在那时，爱情已经在一个自以为免疫的人身上施展它的恶作剧了！"

她的礼物让德隆心花怒放，他把她揽在怀里，第一次吻了她。第二天，卡南代瓜号离港出海了。

几个月后，德隆被派遣到另一艘船上，他来到纽约，安排了与詹姆斯·沃顿的会面，后者当时在美国出差。德隆想正式向沃顿先生请求迎娶他的千金。

会面起初进行得出奇顺利。"你父亲跟我说话的语气亲切而热情，或许我的德行还配不上他这般和蔼相待。"德隆在写给艾玛的信中说，"他说首先爱情是非常神圣的东西，容不得任何人有些许干预，并慷慨地说只有当事人才有资格自行决定这类事务。但尽管如此，父母应该担负起照顾子女的责任，以确保他们生活得幸福美满。"[21]

沃顿拒绝同意这门亲事。他提出要考验德隆一番。刚刚晋升海军上尉的德隆不久将出发执行新的航海任务——这一次是在美国军舰兰开斯特号上服役。这艘蒸汽动力的小军舰将前往加勒比海和南美，此行可能要三年之久。沃顿说，如果三年后，乔治和艾玛仍对彼此怀有爱意，那时他会全心全意地祝福两人的婚姻。

这么长时间的考验期让德隆很苦恼，但他以坚定的意志力接受了。"我下定决心，"他从巴西写信给艾玛说，"将我从自己的国土上放逐。我一心一意，坚贞不渝地爱着你，我将竭尽所能地让自己配得上你，要么就彻底屈服于压力。"[22]

因为热带又闷又潮，艾玛送给乔治的小礼物看上去有点儿旧了。它成了一件抱歉的吉祥物，象征着他迟迟无法得到的爱情。"可怜的小丝袋！"他写道，"海水、海风和潮热褪掉了它鲜亮的颜色。你若见到，大概都认不出它了。"[23]

一年过去了，第二年又过去了，德隆在南美的海上远航，爱意始终未变。他与艾玛的通信在 1870 年中断了，那年普鲁士军队攻入法国，包围了巴黎。普法战争让全世界看到了近代全面战争的丑恶模样。在长达五个月的时间里，被困的巴黎人靠吃老鼠、狗和猫维生，只能通过信鸽或热气球与外界通信。沃顿一家人害怕勒阿弗尔不久也会落入普鲁士人之手，匆匆收拾了几箱子银器和其他贵重物品，穿越英吉利海峡来到怀特岛①。

乔治得不到消息，他不懂为什么自己给艾玛的信全都石沉大海了。他绝望地在里约热内卢写道：

> 在这漫长的整整一年里，我望眼欲穿地徒劳等待着。我过高地估计了自己的力量。我日渐憔悴，越来越觉得活着是沉重的负担。我没有理想，没有生活目标。唯有你的只言片语才能救我于水火。[24]

到那年年底，普鲁士恐怖解除了，艾玛和家人一起回到了勒阿弗尔，才总算能给德隆回信了。"我实在是万分抱歉，"她

---

① 怀特岛（Isle of Wight），大不列颠岛南岸岛屿，南临英伦海峡，北临索伦特海峡，是英国英格兰的名誉郡、非都市郡、单一管理区，面积有 380 平方公里。

写道，"要让你经受这么长时间的考验，带给你这么大的折磨。我只希望和祈祷没有让你彻底伤透了心。请记住你是完全自由的。"然后，她写下了一句多少有些隐晦的结束语："而我心未变。"

乔治乐观地把这句话解读为她仍旧爱着他，并宣布他们漫长的考验期结束了。他对这一充满希望的解读如此确信，以至于两天后他就请了假，背上背包跨越 6000 英里路程，经由纽约到达了勒阿弗尔。他提前寄了一封短信宣告他此行的目的：这次，他终于要来迎娶他的新娘了。

然而，艾玛真实的情感还是犹疑不决。她喜欢他——这是真心的——也不想再折磨他了。但提到结婚，她仍然摇摆不定。在很大程度上，因为父亲的原因（他以前就是个轮船船长），她怀疑嫁给海军军官可能要面对生活的艰辛；她不确定自己能否忍受长期两地分居，疑心重重的漫长等待，以及常年若有若无的陪伴。她觉得嫁给他就意味着在等待中度过余生。

乔治在 1871 年 2 月到达勒阿弗尔时，很多外国军舰停泊在海港保护各国国民，以防仍在围攻巴黎的普鲁士军队突然进攻这个海港城市。代表美国的是美国军舰谢南多厄号，这艘小军舰的很多工作人员都是德隆熟悉的军官。沃顿一家邀请德隆住在他们位于海岸山的豪宅。一见到艾玛，乔治立刻将手伸到背心口袋里，取出一只漂亮的钻戒，套到了她的手指上。"我的心软了，"她写道，"但仍然七上八下，就是没法下定决心。"[25]

接下来的几周时间是一段疯狂的求爱期。他们有很多东西要补上——虽然有两年多的间歇通信，但这对年轻情侣对彼此还不怎么了解。乔治和艾玛常在防波堤上漫步一个下午，晚上，沃顿家仍继续举行他们经常性的晚宴和舞会。艾玛开始改变了对乔治的看法。"我很快就爱上了（他），"她说，"我对他越熟悉，就越爱他。"[26]他有一种"冒险精神"，她想，但"骨子里透着优雅"。日子一天天过去，她渐渐了解了他何以"如此执拗地追求我，我完全相信他的预见，我们的确很适合彼此。我（已经）找到了能给我一生幸福的伴侣"。

婚期确定了：3 月 1 日。那不会是个白色婚礼；因为战争，勒阿弗尔的白色锦缎和丝绸全部断货，艾玛只好临时凑合一下了。婚礼的地点也得凑合。在法国，婚姻是民事契约，但当时在勒阿弗尔找不到拥有法定权力主持仪式的官员——官员们都在巴黎，而停战协议还在协商中。不过，他们想出了一个绝妙的解决方案：严格来说，仍然停泊在海港的美国军舰谢南多厄号是美国领土。他们可以在军舰的甲板上举行婚礼。一个是海军上尉，一个是出身造船业大亨家庭的年轻女子，在船上举行婚礼似乎再合适不过了。

1871 年 3 月 1 日晚间，谢南多厄号装饰着喜庆的彩旗和中式灯笼（Chinese Lanterns）。来宾们身着晚礼服和海军制服，在防波堤上等待着谢南多厄号的小船从母船上划过来。最后来宾都到齐了，新娘和新郎走上甲板。一位名叫乔治·华盛顿——这名字一听就是美国人——的牧师主持了婚礼。艾玛和乔治在当晚 10 点整被宣布结为夫妇，甲板上响起了一片欢呼声，并久久回荡在深夜的海港之中。

5. 北极通道

从格陵兰归来的德隆孜孜探索的课题，建立在一个颇有诱惑力的宏大构想之上，这个构想的发展演变已有数百年，充满着对称之美和魅惑之力。德隆如饥似渴地阅读了所有跟北极有关的书籍，通晓这个构想的细枝末节：有多少探险者前赴后继地测试它的真伪，有多少思想家深思它更大的可能性。德隆对它深信不疑，愿意为此赌上自己的整个职业生涯乃至性命，因为他知道，如果他可以让这个构想走出理论的范畴成为现实，他定将被誉为有史以来最伟大的探险英雄之一。

这一广为世界顶级科学家和地理学家笃信的构想是这样的：北极的天气并没有那么冷，特别是在夏季。相反，世界之穹顶被一片无冰的温暖浅海覆盖，那里的水域完全可以顺利航行，跟加勒比海和地中海没有什么差别。这片温热的北极流域有着丰富的海洋生物资源——很可能还栖居着某个消失的文明。地图绘制者们对这片水域的存在深信不疑，将其画在地图上已是当时的惯例，且往往干脆把地球的顶端标记为开放极海。

杰拉杜斯·麦卡托发表于 1595 年的北极地图即便全然出于想象，却也美丽非凡，那幅地图上就显示了一片无冰的极海，虽为多山的陆地环绕，却能够通过位置对称的四条河道与大西洋和太平洋自由连通。伊曼纽尔·鲍恩绘制于 18 世纪晚期的地图称这片表面无冰的水体为"北大洋"（Northern Ocean）。英国海军部曾在整个 19 世纪制作了难以计数的地图，其上都显示有一片基本无冰的海域，美国海军委托制作的航线图大半也是如此。

　　谁也没有见过这片空想出来的开放极海，但那无关紧要。在其发展演变的过程中，这一构想已经形成了自身的逻辑。它被标定在地图上的同时，也深深地铭刻在人们的心中。与亚特兰蒂斯①或黄金人②一样，它也是建立在故事、传闻和吉光片羽的信息之上的美好想象。层层叠加，岁岁增补，科学家和思想家们论证了这一空想概念的可行性、可能性，最后又证明了它的必然性。没有任何相反的证据能够把它从人们的集体想象中驱走。

　　为解释开放极海的概念，很多荒谬可笑的观念流传开来。有人说这是地球自转的翻腾效应使然。有人说是排热口造成的，或是因为极地的太阳射线被极度放大。还有人坚持认为，因为每年有半年时间全天暴露在阳光下，积聚的热量足以使极地的寒冰融化。何况当时还有很多科学家认为，较深的盐水水体不可能结冰，只有靠近海岸线的浅表海水才会如此——因此极海必然是开放的。这些解释都透着一股焦灼的急切，跟试图运用复杂的神学论据证明上帝的存在一样孤注一掷。在数个世纪里，人们居然投入了那么多精力去解释一个被普遍相信但从未有人亲眼见过的事物，真是一桩奇事。

---

①　亚特兰蒂斯（Atlantis），意译为大西洋岛、大西国、大西洲，是传说中拥有高度文明发展的古老大陆、国家或城邦之名，最早的描述见于古希腊哲学家柏拉图的著作《对话录》，据称其在公元前 10000 年左右被史前大洪水所毁灭。

②　黄金人（El Dorado），它是一个古老的传说。最早始于一个南美仪式，部落族长在自己的全身涂满金粉，并到山中的圣湖中洗净，而祭司和贵族会将珍贵的黄金和绿宝石投入湖中献给神。

当然，也有人质疑开放极海的理论。在德隆出场的那个年代，最著名也是最直言批评的怀疑者是皇家地理学会的秘书长克莱门茨·R. 马卡姆爵士。在《未知区域的入口》一书中，马卡姆说开放极海是个"害人不浅"的观念，声称它"大大损害了探险进程和科学地理学的进步"。[1]支持开放极海的论调"显然全都不着边际"，马卡姆嘲讽地说，"居然还有精神正常的人相信它，真是令人震惊"。但马卡姆的否定只是少数派的观点；开放极海理论在大众的心中萦绕不去，成了令人浮想联翩、心痒难抑的固定观念。它必须是正确的。

自人类开始北极探险，无论何时，只要有人向北航行，就一定会发生同样的事：他通常会在北纬 80 度附近遭到坚冰的阻隔。但开放极海的理论认为，这一北极冰障只环绕在一大片温暖水域的外围，是一个"束带"，有时人们把这个外圈称为"圆环域"或"冰带"。如果探险者能用经过加固的轮船撞破这个冰圈，最终定会发现开放水域，顺利地到达北极。于是问题就变成了在冰带中找到一个缺口，一个冰面比较薄弱或能够融化的地方，类似于一个天然的入口。

德隆下定决心要找到那个入口——为此，他将利用最详细的地图、最先进的设备，以及最新的海洋学、气象学和航海理念。

一篇发表在《普特南月刊》（*Putnam's Magazine*）1869 年11 月那一期的长篇论文对德隆产生了很大的影响。该论文有一个诱人的题目——《北极通道》（*Gateways to the Pole*），在对每个支持开放极海观念的理论展开一番论述之后，提出了一个有十足把握的方法，声称这个方法可以帮助航海者找到一条易于航行的通道，从而前往那片神秘的温暖水域。"我们有理由相信，"文章开头宣称，"通往北极的道路这个迫在眉睫的问题最终有了答案。"[2]

这篇论文重点讨论了著名的海军军官塞拉斯·本特（Silas Bent）的思想。本特上校大半生都在太平洋上航行，在那里为美国海军进行了大量的水文地理测量。因为曾在 1852 年随海军准将马修·佩里[①]一同进行了打开日本国门的历史性航行，本特对一种名为"黑潮"（日语写作"Kuro Siwo"）的庞大洋流特别感兴趣，太平洋的黑潮差不多相当于大西洋的墨西哥湾流。

虽然日本、朝鲜和中国的渔民早在数世纪之前就已熟知黑潮的存在，但在本特敏锐地观察到它一望无际的浑浊之前，还没有人正式研究过它。黑潮从热带水域横扫而来，掠过中国台湾和日本，最终流入开放的太平洋。和墨西哥湾流一样，它也是一股暖流，因而成为一个传送带，为北太平洋的海洋哺乳动物送来各种营养物、浮游生物、磷虾和其他食物。从外围的公海看去，这股暖流就像一条清晰的分界线：它呈现出特有的蓝黑色，又深又暗，难免让水手们隐隐觉得有些鬼气森森。这股洋流是冰冷海域上的一条温暖河流，它势不可当地向北移动，似乎直奔白令海峡而去。

科学家们关于黑潮的确切流向提出过很多猜想，但本特有自己独到的见解。他觉得黑潮一定会流经白令海峡，藏身于北极的冰层之下，一直流向开放极海。本特觉得大西洋一侧的墨西哥湾流也大致如此，流经挪威，向西北横扫而去。（事实上，墨西哥湾流的力量之强，足以使俄罗斯的摩尔曼斯克港口全年无冰。）

---

① 马修·佩里（Mattew Perry，1794－1858），美国海军将领，1852 年就任东印度舰队司令官，奉命打开日本国门，当年 11 月从弗吉尼亚州的诺福克港出航，最终于 1853 年 7 月在日本浦贺入港。

本特认为墨西哥湾流继续朝北流去，最终藏身在北极冰层之下。

本特认为，这两股强大洋流的汇聚正是开放极海温暖无冰的原因所在。在本特看来，黑潮和墨西哥湾流在地球表面形成了完美对称；它们是一个巨大分布系统的两条水线，把热量从热带地区传输至北部区域，从热带到寒带。本特的推理是，地球就像一个精纯的有机体，自带设计精巧的循环系统。

本特写道："大气中有循环；一切动物的身体内都有循环；海洋也有循环——所有这些循环都有永恒不变的规律可循，无论循环如何调整、态势如何，均始终严格遵循那些规律。海洋、大气和太阳之于地球，就像血液、肺部和心脏之于动物机体整体。自然界的一切都有其平衡。"³ 本特认为，黑潮和墨西哥湾流向北灌输和流动，"就像血液带着其赋予生命的温暖和营养，从动物机体系统的心脏流向全身一样流向地球的肢端"。

《普特南月刊》的那篇文章指出，黑潮和墨西哥湾流合成一力，裹挟了足够的热冲击，将北极某些区域的"气候彻底改变了"："因为起源于热带，携带着太阳热量的潜能，它们，仅凭它们，就能刺穿极地的冰层，凿出通往极地本身的路线。"⁴ 本特提出了一个有趣的观点：如果他的理论是正确的，那么在探险家前往地球之巅的航行中，温度计比罗盘更管用。

再往前推，塞拉斯·本特的观点大多建立在美国海军天文台的海洋学者、天文学者和气象学者马修·方丹·莫里①的研

---

① 马修·方丹·莫里（Matthew Fontaine Maury，1806－1873），美国天文学家、历史学家、海洋学家、气象学家、地图制作师、作家、地质学家和教育家。他的外号有"海洋探路者"和"现代海洋学与海军气象学之父"；1855 年，在其著作《海洋自然地理学》（*The Physical Geography of the Sea*）出版之后，他又获得了"海洋科学家"的称号。

究基础之上。莫里有时被称为"海洋探路者"，他曾带头进行过关于海风和洋流的全面研究，收集了大量数据信息，并把那些信息整合进完备详细的航线图中，那些航线图至今仍有人在研究。

莫里与美国海岸和大地测量局（U. S. Coast and Geodetic Survey）的局长亚历山大·达拉斯·巴赫（Alexander Dallas Bache）一起，是美国支持开放极海理论的一股中坚力量。莫里关于极海理论的信念在很大程度上基于逸事证据：来自西伯利亚诸河流的浮木被冲刷至格陵兰沿岸。北极腹地的捕鲸者们曾报告说看见过大量海鸟在秋季越过杳无边际的浮冰向北迁徙。俄国探险者曾提到在西伯利亚北岸更靠北的地方发现冰间湖，即冰帽覆盖的大片无障碍水域。（莫里指出，每年 5～7 月，格陵兰岛西岸以外的巴芬湾极北端往往会形成一片规模可观的开放水域。早在 17 世纪初就有人描述过这片水域，久而久之，捕鲸人干脆就把它叫作"北部水域"。）

在他的权威著作《海洋自然地理学》中，莫里写到了一头在白令海峡附近捕到的露脊鲸。那头鲸鱼的肉里嵌着一根旧鱼叉，其上带有一艘轮船的印记，而该轮船只在格陵兰附近航行。如此说来，这头受伤的鲸鱼浮游千里，从北大西洋一直游到了北太平洋。这怎么可能呢？

"我们知道这些鲸鱼不可能在冰下游这么远的距离。"莫里的这一结论毫无问题。⁵它也不可能绕过合恩角①，然后沿太平洋一路北上至白令海峡。"海洋的热带区域，"他指出，"对于这头露脊鲸而言就像一片火海，它不可能穿过，也根本不可能

---

① 合恩角（Cape Horn），南美洲智利火地群岛南端的陆岬，被广泛认为是南美洲的最南端。

进入。"在莫里看来，这头鲸鱼在白令海峡附近被捕获就构成了"不可辩驳的证据，证明了至少在某些时候，从大陆的一侧到另一侧，通过北极海的开放水域是可以连通的"。

莫里之所以对开放极海理论近乎走火入魔，与他对另一个重要海洋现象的兴趣密不可分，他职业生涯的大部分时间都在研究该现象，即墨西哥湾流。莫里对这个洋流的宽度、速度、力度和热度等属性的理解远胜同时代的人。每次谈到它，这位航线图和细节的大师就会诗兴大发。"海洋中有一条河，"他在《海洋自然地理学》中写道，"墨西哥湾是它的源头，北极海就是它的入海口。世界上没有第二条水流如此波澜壮阔。它的水流比密西西比河或亚马孙河更加湍急，流量更比此二者大上千倍。就算远至卡罗来纳海岸，它的水体也呈现出靛蓝色。水体特征非常明显，在与一般海水交界之处，肉眼就能将其分辨出来。"[6]

塞拉斯·本特认为，黑潮的力量丝毫不逊于墨西哥湾流。"在流量、速度和范围上，它们几乎没有差别"，《普特南月刊》的那篇文章如此指出，二者的盐度、温度和对气候的巨大影响都不相上下。[7]本特猜测，如果有什么差别的话，那就是黑潮的力度更大，因为太平洋要比大西洋大得多。出于这个原因，他认为下一次通往北极的大进步应该来自白令海峡方向——那是从未有人尝试过的攻角。

塞拉斯·本特和马修·方丹·莫里的理论尽管都得到了他们所处时代科学的支持，却也从神话、寓言和信仰中汲取了养料。开放极海概念的各种说法在史前时代就已开始流传。在地球顶端有一个安全温暖的所在——那是冰漠上的绿洲，是极地的乌托邦——这一观念似乎早已深深嵌入了人类的心灵。

维京人传说在世界的北端有一个地方，有时被叫作"天涯图勒"①，海水都去补充地球各个角落的江河湖海了，所以那里有一个巨大的空洞。希腊人认为地球的最北端有一块"极北之地"（Hyperborea），那是一个日头永不落、泉水永不枯的所在，传说它毗邻俄刻阿诺斯河②和里菲山③，那里住着狮身鹫首的可怕怪兽。关于圣尼古拉斯——也就是圣诞老人——住在北极的观念，似乎是距现在很近的传说了。最早提及圣尼克家住北极的还是托马斯·纳斯特（Thomas Nast）在 1866 年的一期《哈珀周刊》上发表的一幅漫画——艺术家为他的圣诞季雕版画册"北极圣诞老人村"⁸ 做了插图说明。然而，纳斯特的奇想——在地球之巅有一处温暖、欢乐、友善、宜居的地方——背后更大的概念却有着古老的根基，与美国人在整个 19 世纪对北极的魂牵梦萦遥相呼应。

很多早期科学家曾想象，极地必然有巨大的涡流或排热口，以便逸出极大量的热能或电极能。牛顿假设地球是一个两极扁平的椭球——如果这是真的，那就意味着两极的陆地和海水距离地球的温暖内核更近，因而气候可能相当温和。18 世纪英国天文学家埃德蒙·哈雷，就是因为计算出那颗以他的名字命名的彗星的轨道而举世闻名的那一位，认为地球是一个空心球，内里充满发光的气体，栖居着各种动物，甚至还有人。哈雷认

---

① 天涯图勒（Ultima Thule），在远古地理中，"图勒"是指"遥远的北方"，常常被描述为人类所能到达的最北之地，后来用"Ultima Thule"（直译为"最遥远的图勒"）来指代遥远得无法企及的地方。

② 俄刻阿诺斯河（Okeanos），俄刻阿诺斯是希腊神话中的大海神，古希腊人认为一切江河湖海都源自俄刻阿诺斯河，那里是地球上一切水体的发源地。

③ 里菲山（Riphean Mountains），古希腊人把现今俄罗斯境内的乌拉尔山脉称为"里菲山"。

为地壳在两极变得非常薄，会把散热气体的气柱发散到大气层以内——这是他对于北极光的解释。

关于无冰开放极海的推理如此之多，其驱动力是一个现实的愿望：如果可以发现一条通往极地的无障碍路径，其商业潜力将十分巨大。数个世纪以来，英国人和荷兰人特别热衷于发现一条从北边通往亚洲的航线，以使他们在与西班牙和葡萄牙的竞争中获得先机，后两者已经垄断了绕过合恩角和好望角的南部航线。因此，找到一条无冰的北部通道就成为16、17世纪的人们苦苦追求的圣杯。威廉·巴伦支[①]和亨利·哈德逊[②]等著名探险家成为开放极海概念的各种说法的忠实信徒，尽管他们在长途远洋航行中从来没有发现过有说服力的证据，能够证明它的存在。

开放极海理论最早期也是最坚定的支持者之一，是18世纪英格兰的一位名叫戴恩斯·巴灵顿（Daines Barrington）的律师和博物学家。巴灵顿的证据充其量也是暧昧不明的——似乎主要就是在阿姆斯特丹的一家小酒馆里讲述的17世纪的荒诞故事，说的是一位荷兰捕鲸者声称自己曾航行到北极，背靠一片"自由开放的海水"，那里"气候和煦温暖，跟阿姆斯特丹的夏季没有两样"。[9]在巴灵顿看来，这就能够证明北极至少在一年中有一段时间是无冰且可以航行的，他不屈不挠地鼓动自己的政府组织一次通往北极的探险。

---

① 威廉·巴伦支（William Barents，1550 - 1597），荷兰海上探险家，曾于1594年抵达北纬77度15分，创造了当时人类到达的最北点的纪录。

② 亨利·哈德逊（Henry Hundson，1565 - 1570），英国探险家和航海家，以探索西北航线而闻名。虽未曾打通西北航线，但成功地到达了加拿大的部分地区，哈德逊湾、哈德逊海峡和哈德逊河都是以他的名字命名的。

接下来的一个半世纪，一大波骗子、探险家、科学家、伪科学家以及纯粹的怪人继承了巴灵顿的衣钵。1820 年代，一个来自俄亥俄州的奇异怪人小约翰·克里弗斯·西姆斯（John Cleves Symmes Jr.）在全美各地游走，极力主张地球的南北极都有很大的空洞，与它们相连的网络可能有很多地下洞穴。[10]科学家对此报以嘲笑，但他的"两极空洞"说被写入了他的畅销书《西姆斯的同心球体理论》（*Symmes' Theory of the Concentric Spheres*），引发了大量读者的共鸣，最终成为一个影响因素，促使国会在 1836 年拨款 30 万美元资助一次野心勃勃的南极之行。

两年后，埃德加·爱伦·坡显然受到了西姆斯的中空地球理论的影响，出版了一部奇异怪诞的小说，名为《楠塔基特的亚瑟·戈登·皮姆的自述》（*The Narrative of Arthur Gordon Pym of Nantucket*）。在爱伦·坡的叙述中，小说的同名主人公航海到了从未有人涉足的南极地区，并且穿过一道冰障，来到了一片温暖的极海，他在那里发现了一个岛屿，岛上居住着一个消失已久的人类族群。

然而，整个 19 世纪，跟开放极海有关的大多数行动和大部分文献主要关注的还是北极。该理论最百折不回的支持者是约翰·巴罗爵士，他在很长时间里担任英国海军部第二海务大臣。[11]整个 19 世纪上半叶，巴罗派遣了无数支探险队进入格陵兰和巴芬湾附近海域，去证明开放极海的存在，或者至少发现一条季节性的无冰路线——一条越过加拿大北部与太平洋相连的西北通道。

巴罗促成的最大也最著名的航行是 1845 年的富兰克林探险。约翰·富兰克林①船长和他的船员们驾驶着恐怖号

---

① 约翰·富兰克林（John Franklin, 1786－1847），英国船长及北极探险家，在搜寻西北航线之旅中失踪，他和其他队员的下落在其后十多年间成谜。

（Terror）和幽冥号（Erebus）这两艘装备出奇精良的船只，从英格兰起航了。在格陵兰沿岸停靠了几站之后，富兰克林和船员们——据称总共 129 人——冒险进入了一个未知领域，从此便杳无音信。尽管在 1840 年代末到 1850 年代初，有无数搜救探险队去寻找他们，富兰克林到底遭遇了怎样的神秘厄运仍然不得而知，在数十年里，这都是轰动一时的国际事件。一种主流说法是富兰克林和他的船员们还在开放极海航行——他们只是找不到出口。

1853 年，热爱冒险的美国探险家以利沙·肯特·凯恩驾船起航，他的目的有两个，一是搜救富兰克林，二是发现开放极海。第二年，在沿格陵兰岛西北海岸行进时，凯恩的一名探险队员偶遇了一片看似开放的海域。事实上那只是浮冰群的一个狭小的季节性缺口，但凯恩觉得他的探险队已经做出了史诗般的大发现。

"在这片开放海域上，海豹在欢腾，水鸟在觅食，"他后来写道，"它的浪涛翻滚而来，铿锵顿挫地拍打着海岸，仿佛（一个）古老的海洋发出庄严的咆哮。荒无人迹、冰冷博大，还有那绿色的海水发出的神秘喘息，所有这些都给此情此景染上了一股醉人的魔力。"[12]凯恩说，看到开放极海"完全能够激发至高无上的情怀……我相信我们中间没有人不渴望着想方设法进入这片明亮而孤寂的海域"。后来根据凯恩的探险报告出版的地图，把整个北极地区用明确的黑体字标注为开放海域。

1860 年，另一位美国探险家艾萨克·伊斯雷尔·海斯[①]医

---

① 艾萨克·伊斯雷尔·海斯（Isaac Israel Hayes, 1832－1881），美国北极探险家、医生和政治家。他在 1861 年北极探险归国后，声称自己和以利沙·肯特·凯恩在 1856 年报告的一样，也看到了传说中的开放极海。

生引领着一支北极探险队沿埃尔斯米尔岛海岸北上，在那里，他也认为自己瞥见了凯恩所说的开放极海。"北极周围的海水，"海斯报告说，"一定位于已知的包围着它的冰带之内。"[13]但海斯回到美国时，内战已经爆发，似乎没有人对他的断言有多少兴趣了。

开放极海构想消停了一阵子，然而关于空心地球的北极有排热口的说法却因为 1864 年儒勒·凡尔纳的《地心历险记》的出版而再度流行起来。凡尔纳小说的主人公是一位名叫奥托·李登布洛克（Otto Lidenbrock）的德国教授，他在冰岛落入了一个沉睡火山的火山口，之后来到一片温暖的地下海，其岸上有成群的乳齿象，以及一头巨大的古猿人怪兽，它们基本上可以被描述为进化过程中缺失的一环。至少在文学作品中，开放极海的概念已经从地上转到了地下。

内战过后，美国公众逐渐又重新燃起对该理论的兴趣。查尔斯·弗朗西斯·霍尔对开放极海带着近乎宗教的狂热笃信，但他的探险惨遭不测导致很多人开始怀疑，为了一个空想的抽象概念，再去牺牲更多的人和船是否不够理性。然而，塞拉斯·本特的理论又为该论调注入了新的生命力：或许开放极海归根结底还是存在的；或许只是因为霍尔等探险家选择了错误的路线，在某个错误的地方遭遇了坚冰。他们不知道强大的温水洋流能够为他们冲破坚冰。

就这样，随着本特的新理论的问世，人们对开放极海长达数个世纪的痴迷获得了最后一次机会。万事俱备，就差一个年轻的探险家勇敢地去测试本特的猜想了。

本特给纽约的美国地理学会主席写过一封信（《普特南月

刊》上的那篇文章引用了这封信），他在其中阐明了自己的观点。本特说，墨西哥湾流和黑潮"是唯一可行的通道"[14]，经由那里，船只可以到达开放极海，并继而驶向北极。未来的某一位航海家或许只需要跟随这两股洋流到达它与坚冰遭遇之处即可；在那里，他会看到冰盖在热带海水锲而不舍的温暖悸动下变得柔软薄弱——他也就能从那里穿过一个冰雪消融的入口直抵开放极海。本特给这个理论上的入口起了一个有趣的名字；他称之为"通往极地的温暖通道"。

《普特南月刊》以狂热的笔调写道："一个伟大而坚定的思想家已经成功地为我们搭建了一座跨越极地深渊的桥梁。"[15]该文章呼唤一位像德隆那样的年轻人出现，以验证本特思想的合理性。"这一深邃瑰丽的猜想或许不会得到最高当局的认可，也不会得到任何北极探险家的拥护。在一段时间内，它或许不得不停留在科学推论阶段，且只是一堆无人问津的数学算式。"

然而最终总会出现某个挑战者，某个北极英雄，找到那条"温暖通道"并一举得到圣杯。从纯粹发现的角度而言，没有什么比这更加荣耀，也没有什么比这更加冒险。"谁能说，"《普特南月刊》那篇文章的结尾写道，"在北极圈内不会发现某种人类的踪迹——人类的一些分支被我们已经听说过的这些强大洋流冲到此处，他们将用高声的欢呼迎接前来找寻他们的航海者，他们中间或许有些本是上帝的选民。"[16]

第二部分
国 魂

6. 世界发动机

1876 年 7 月的第一周，正值美国建国百年大庆，整个国家都把注意力投向了费城。这座博爱之城①不仅是一个世纪之前《独立宣言》的签署之地，它还在举办一个世界博览会，因而那一周，炎炎夏日中的费城吸引了来自全球各地的数十万游客。[1] 有 37 个国家参展的百年纪念博览会设在费尔蒙特公园近 400 公顷的园区，隔着斯库尔基尔河与费城相望。这是美国举办的第一届世界博览会，到那年夏天结束之时，共有近千万人前来参观，对博览会 250 个展馆和展厅中的近 3 万件展品惊叹不已。因园区太大，主办方启用了新近发明的高架轨道系统——一种早期的单轨铁路——在两个最受欢迎的建筑物之间来回接送参观人群。

人们已经眼花缭乱，所见果然令其目眩神迷。展出的新发明很多，其中包括雷明顿打字机，一种名为"计算机器"的带弦线的精巧装置，还有一个奇怪的小发明，留着胡子的苏格兰人亚历山大·格拉海姆·贝尔称之为"电话"。（贝尔在展厅的一端朗诵哈姆雷特的独白，展厅另一端的参观者从一个小小的扬声器里就能够听到发明者的声音。"天呐，它会说话！"贵宾参观者巴西的佩德罗皇帝惊呼道。）

---

① 博爱之城（City of Brotherly Love），费城（Philadelphia）的名称源于两个希腊语单词，philos 意为"爱"，adelphos 意为"兄弟"，所以费城也被称为"兄弟之爱之城"或"博爱之城"。

整个夏天，举国上下人人都在谈论着博览会。詹姆斯·戈登·贝内特几次亲自前往博览会，也设法确保他最好的记者都在费城现场，报道世界各国显贵人物——贵族与君主、作家与艺术家、科学家和铁路大王——的行踪。《先驱报》每天都有关于百年纪念博览会的报道——事实上，经过特别安排，贝内特就在现场用一台巨大的印刷机印制了数千份报纸发往全国各地。乔治·威斯汀豪斯和乔治·伊士曼等年轻的创业企业家也出现在百年纪念博览会上，在展品中贪婪地寻找那种相互激发出来的创意火花。29 岁的托马斯·爱迪生也在现场展示了一个名叫"电笔"的古怪小装置。另一位出色的美国发明家摩西·法莫发明的发电机也吸引了一大群观众，他用那台发电机为一套人工照明系统（即电弧灯）提供动力，明亮的灯光穿透了费城的夜空。

奇珍异品还不止这些。在日本馆，一种名为葛（kudzu）的快速生长的豆类植物出现在轻信的西方观众面前。在其他展馆，观众们会盯着罗丹的新作品，听着世界上最大的管风琴演奏的音乐，为弗里德利·奥古斯特·巴特勒迪的自由女神手持的巨大火炬（其他部分还在法国建造）连声惊呼。正是在这里，在百年纪念博览会上，美国公众首次了解到一种名叫亨氏番茄酱的新式调味料，一种用檫树根皮调制的滋滋冒泡的海尔斯乐啤露，还头一回尝试了一种新鲜的热带水果——它被端上来时用锡箔纸包着，用叉子食用，它的名字叫香蕉。

然而到目前为止，博览会上最受欢迎的还是机械厅，该展厅形似洞穴花房，占地 14 公顷——几乎是梵蒂冈城的圣伯多禄大殿占地面积的三倍。厅内展出了各种各样的机械，因为有无数抽泵、涡轮、发电机、车床、拉锯以及各种机械设备的精巧的新装置运转，充满着轰隆声、嗡嗡声和嘎吱声。展厅里摆放着一排排发明——大多数是美国人的发明，很多都具有跨时代的意义。莱恩－沃尔夫氨气压缩机就是一例，这是一种精巧的制冰装置。布莱顿·瑞迪发动机也是一例，这是内燃发动机的一种实用的早期原型。还有塞斯·托马斯钟表公司生产的重达7000磅的摆钟，经过调试，它可以控制零星分布在整个展厅的其他26口钟。还有新型机车制动机、新型电梯，以及各种改良版本的旋转滚筒印刷机。

然而，机械厅里最引人注目的展品还是为其他一切机械提供动力的大发动机。这一大型中央发动机也被叫作"百年纪念蒸汽发动机"，是当时世界上最大的发动机。它重逾650吨，是由天才的美国工程师乔治·科利斯（George Corliss）建造的，通过总共一英里长的地下轴承网络，能为整个大厅展出的8000多台小型机器源源不断地提供蒸汽动力。

5月博览会开幕的那天，尤利西斯·S.格兰特总统曾在15万名来宾面前拉动杠杆，启动了这个庞然大物。被启动之后，这台巨型发动机发出一声仿佛来自灵魂深处的呜呜声——《科学美国人》的一名记者将它们描述为"一声低语……可以妙喻为机械的乐音"。[2] 机器之巨，让总统的身躯也不再伟岸。它比五层楼还要高，被立在巨大的展厅正中心的平台上，像个活雕塑，有着前倾的机械臂、上下摆动的曲轴和细密的齿轮。单是它的调速轮就重达56吨，被调至当时最先进的每分钟36转。

整个夏天，大型中央发动机最终成为大众寄予厚爱的新宠，并以某种动人的方式成为博览会本身的象征。正如《科学美国人》所说，它是整个博览会"非凡的、跳动的钢铁之心"[3]。沃尔特·惠特曼前去参观博览会的那天，坐在这台精巧的庞然大物前面，一言不发地盯着它看了半个小时。作家威廉·迪安·豪威尔斯称它为"钢铁运动员"[4]，认为正是通过发明这样的新机器，"美国的天才们才最为充分自由地表达了自我"。

在为《大西洋月刊》撰写的稿件中，豪威尔斯提到"强大的活动梁将其活塞猛然插下，巨大的飞轮积聚全力地转动着，让一切为之颤抖，上百个生动传神的细节不差毫厘地精准运作"。[5]这个优美光洁的庞然大物的设计几近完美，基本上是自行运转的。"整个装置的强大难以言喻，其正中间，"豪威尔斯说，"放着一把椅子，工程师坐在上面读报纸就像坐在宁静的凉亭里。他偶尔会放下报纸，登上覆盖框架的一段楼梯，在这个庞然大物的身体某处滴上一滴油，然后从容不迫地走下来，重新拿起他的报纸。"

其他国家的游客也被机械厅里排列的超凡技术震撼了——特别是科利斯发明的发动机。美国正在经历着一场伟大的革命，一种全新的能量爆发，本土天才们进入了创造的全盛期。一种美国风格的制造业似乎正在兴起——它依靠的是自动化，是可互换部件，是机器制造的还可为其他机器提供动力的机器。伦敦的《泰晤士报》感伤地写道："美国人如今的发明就像希腊人的雕塑和罗马人的绘画：这是天才。"[6]其他英国观察家也发出了低沉的绝望之音："如果把我们跟1876年的美国人相比，"一位名叫约翰·安德森的著名英国工程师在关于百年纪念博览会的官方报告中写道，"那无疑就是在确认……我们已经失去了早先的领导地位，将它拱手让给了美国人。"[7]

在7月那闷热的一周，百年纪念博览会上最为卓越的贵宾之一，是一位名叫奥古斯特·海因里希·彼德曼（August Heinrich Petermann）的德国教授。彼德曼可以说是全世界最著名、最卓越的地理学家，但他一生深居简出，很少出门旅行，此前也从未到过美国。在美国东岸来回旅行期间，他在费城待了十天，看遍了所有展馆——为自己的所见而震惊和狂喜。在他看来，百年纪念博览会是"一个伟大的成就，超越了此前在欧洲举办的历届博览会。这里明白无误地彰显了美国在世界文化中所处的地位"。[8]

奥古斯特·海因里希·彼德曼博士是个严肃而内向的人，他的手很小，戴着一副金丝边眼镜，留着整齐浓密的胡子。他通常都穿一件正式的燕尾礼服，配上丝质马甲和领带。那年他54岁，有着一双珠宝商的慧眼——虽小但目光锐利，行动和谈话都一丝不苟，让很多人望而生畏。作为一个继承了洪堡传统的博学者，他可以就科学世界的任何话题滔滔不绝、有理有据地高谈阔论。然而，在那副冷静克制的外表之下，他有些急性子，很长时间都深受躁郁症的折磨。有时他的脸上会带有思慕的感伤，一丝忧郁，以及悲观主义的厌世情绪。他总是免不了跟人吵架，狂热地捍卫自己的观点，甚至常常在外衣口袋里放一把小小的左轮手枪。彼德曼说一口无懈可击的英语，只是稍稍带点英国口音，因为他曾在伦敦生活多年，是英国皇家地理学会的一名卓有成就却备受争议的会员。他在皇家格林尼治天文台工作过，还在很短的时间里担任过维多利亚女王本人的贴身"自然地理学家和石刻师"。

1850年代，彼德曼回到了他的故乡，森林茂密的德国内陆腹地图林根。正是在那里，在宁谧的中世纪古城哥达，他创建了一个地理学研究所，出版世界上最为精美的地图。他的工作就像一台精准调试的机器，受到了世界各地科学家和探险家的尊敬。除其他工作外，他还是颇有影响力的学术月刊《彼德曼地理通报》（*Petermanns Geographische Mitteilungen*）的编辑，该月刊主要发表来自探险前线的最新地图和文章。

彼德曼有一个广为人知的绰号，"哥达的智者"，他还是当时世界上最顶尖的"理论制图师"之一。也就是说，他时刻关注着地球上还不为人所知的少数几个空白处，那些人类从未涉足或描述过的地方。一点点填满那些空白，他把这看作自己个人的和职业的使命。彼德曼有一个习惯，即全面系统地采访新近从非洲丛林或澳洲内陆等地归来的探险家，把他们的报告和野外草图合成之后，他和他的制图师团队就能够为地球上的空白之处涂上一些更细部的阴影。英国著名制图师 J. B. 巴塞洛缪在描述彼德曼对未知地区的热情时写道："在自己的地图上填满那些未知的空白之处令他无比着迷，以至于只要有地方尚未有人探索，他的内心就不可能平静。"[9]

没有哪个地方比北极更让彼德曼神魂颠倒了。几十年来，他一直在英德两国鼓吹北极探险。他就此课题写过几十篇学术论文，发表过无数次演说。他坚信，了解北极——那里的洋流、风、热调节系统、地下的骚动和地磁偏差——是了解整个地球更大运作机制的核心。北极是关键，是解决更大谜题的万能钥匙。"没有对北极的了解，"他写道，"所有的地理学知识都只是碎片。"[10]

彼德曼或许是全世界最慷慨激昂、不知疲倦地支持开放极海理论的人。他确信在那条移动的北极浮冰"束带"之外，探险家可以找到他所谓的"极地流域"，那里充满相对温暖的海水。的确，他自己的公司制作的北极地图就清楚地显示着一个无冰的北极。"整体而言，浮冰形成了一条移动的束带，在其极地一侧，海水或多或少是无冰的，"他辩称，"冲破这一冰带的船只将在高纬度找到一片可以航行的海域，直达极地。"[11] 问题是如何在冰面上找到一条正确的通道，一个完美的门户。他坚持认为，到达北极会是"小事一桩。一艘合适的轮船在一年中适当的时候，就能前往北极一趟，两三个月就能返航"。[12]

彼德曼坚信蒸汽发动机将在到达极地流域的过程中发挥重要作用。他认为，技术的重大突破终将制造出一台发动机——它足够强大高效，能带领轮船冲破浮冰，到达更远的开放极海。这是彼德曼对机械厅展品体现的力量与控制如痴如醉的原因之一。乔治·科利斯的百年纪念蒸汽发动机在这位德国教授的耳边奏起了美妙的音乐。看起来，美国人终于拥有了合适的技术，能够制造出一台引擎，推动人类冲向北极。

就北极问题而言，彼德曼已经不指望英国人了。英国探险家们拒绝关注他的理论，固执地试图通过格陵兰岛西岸突入北极，他轻松就能预言他们将遭遇怎样的困境和灾难，并屡屡应验。近些年，彼德曼把所有关于北极的希望都寄托在他自己那个刚刚统一的国家。1868 年，以及之后的 1869 年，他亲自组织和资助了两支由德国人指挥的雄心勃勃的探险队，力图通过格陵兰东岸到达极地，他确信这条路线是通往"极地流域"的一条更有利的通道。（彼德曼本人并未冒险参与这些航行；他更喜欢在自己位于哥达的庄园里运筹帷幄，指挥千里之外的航行。）

两位德国探险家虽做出了英勇的努力，却没有收获多少成果。尽管如此，彼德曼仍然呼吁同胞们继续朝北极进发。然而，到 1870 年代初，德国财政入不敷出，面对整个北极探险的巨大成本和风险，实在有心无力，畏首畏尾。

但在百年纪念博览会上参观一周之后，彼德曼确信，美国人才是下一波领导北极探险的勇者。彼德曼一直密切关注着北极星号的航行，众人看到的是灾难，他却从中看到了机遇。他写道："美国人的北极研究已经超越了其他所有国家。"[13] 他说英国人"说了九年的大话，批评别人的努力和意见，自己却毫无建树"。紧随北极星号探险之后，彼德曼呼吁美国引领一次雄心勃勃的新航行，直通北极。这类"美国政府的崇高行动"，他说，"将会让英国人羞愧地闭上嘴巴"。[14]

"美国，"他宣称，"已经在北极英雄谱中加入了凯恩、海斯和霍尔的名字，我相信还会有更多的名字出现在这个名单上。"

他承认极地项目定会有巨大的风险。可能有人会在到达北极的过程中遇难，这个事实无须回避，但考虑到它对人类社会的裨益，纵有危险也值得尝试。为地理发现而做出牺牲对人类的回报显然要比战壕里的大多了。"我很难相信没有船只和生命的牺牲，怎会成就这样一番伟大的事业，"他写道，"（然而）为什么成千上万的高贵生命就只能在那些惨无人道的战争中被屠杀呢？这样一番伟大的事业，难道不值得少数几个人为之献出生命吗？"[15]

彼德曼不懂为什么欧洲社会曾经那般豪气地支持雄心勃勃的探险队前往遍地瘴气的非洲丛林，却不愿支持他们大胆冒险的青年前往北极腹地，偶尔牺牲几条生命。他坚信，如果有什么不同的话，那就是北极地区可要比黑暗大陆①安全多了。"几

---

① 黑暗大陆（Dark Continent），指非洲。

十年来，"他说，"我们的探险家们前赴后继地在最危险大陆的腹地遭到屠杀，尤其是在非洲，有些人死于疯狂的土著居民之手，还有些死于那里致命的气候，而在北极探险中遭遇的这类危险和牺牲充其量不过是罕见的特例。"[16]

但是，彼德曼在美国——尤其是在费城——所见到的一切，都让他坚信，美国拥有成就这一伟业的国民勇气。在参观百年纪念博览会之后，彼德曼游历了华盛顿、巴尔的摩以及安纳波利斯的海军学院。他还去了波士顿及新英格兰各城镇，后来又去了尼亚加拉瀑布。他在所到之处大受欢迎。美国的顶级科学家们热情款待了他。在华盛顿，他见到了总统候选人拉瑟福德·B. 海斯，官员们举办了一场正式的招待会。记者们处处跟随着他，大段大段地引用他的观点。他的美国之行就像他卓越的职业生涯结束之时的一个颁奖大典。整个行程是一场愉快的意外：彼德曼从不知道他在美国会有这样一群可爱的受众。

7 月 10 日，彼德曼受邀在纽约的美国地理学会演讲，演讲活动就设在第五大道和第 18 街交叉处的奇克林厅（Chickering Hall）。会堂里闷热难耐——那年东北地区遭遇了百年不遇的高温——然而观众却鱼贯而入，都想一睹这位德国名人的风采。彼德曼后来说："我都快要热死了。"[17]一位古典风琴师演奏了一小段协奏曲，彼德曼随后便走上了演讲台。

他说不尽这个国家的伟大非凡和勃勃生机，并感谢主办方如此盛情款待。"能在有生之年见到这个伟大的国家和它的人民，让我万分荣幸。"他的演讲开场白如是说。美国首都华盛顿给他留下了深刻印象。他说，这个首都是"建立在一个伟大的城市规划之上，广场和公园的规模超越了世界上任何一个城市"。他尤其热爱纽约，那几天他一直住在豪华的布雷伍特酒店（Brevoort Hotel）。"这个城市，"他说，"特别是它的百老汇，在我看来就像一条本初子午线，东西方两个世界在此汇聚。"[18]

在参观安纳波利斯时，彼德曼博士碰巧赶上了海军学院的毕业典礼，看到快乐的海军军校学生拿到毕业证书，把学士帽抛向高空，他也跟着激动不已。他坚信美国总有一天会拥有一支强大的海军——不仅在战争中，也在和平探险中发挥重要作用的海军。"当我在安纳波利斯了解到目前只有一艘军舰在役时，"他说，"我突然觉得这个强大的国家本质上是一个如此热爱和平的国家。"

奥古斯特·彼德曼不久就会回到德国，但这次美国之行改变了他的一生。"一切完美得超乎想象，"他说，"这一路的所见所闻让我充满欣喜。"他认为，美国如今已经是驱动世界运转的发动机。它是"地球上可能出现的一切人类进步和文化的源头，这是一个备受喜爱的富有国家，是一片拥有美妙的天然力量的国土"。

最后他提到令人惊叹的百年纪念博览会，总结说："这是你们第一个百年的里程碑，祝愿在座诸位和这个国家在未来能够成就同样非凡的进步和繁荣。"[19]

7. 心满意足

小詹姆斯·戈登·贝内特喜欢让人们觉得他是个横空出世的人物，是十足的天赋异禀，没有倚财仗势，全凭单枪匹马。但要想了解他在纽约的社交环境，以及在当时一片混乱的美国新闻界的非凡地位，就必须往前追溯，去看看他的父亲老詹姆斯·戈登·贝内特创下的同样卓尔不群的基业。

老贝内特是个冷峻严肃的书呆子，于1819年从苏格兰移民到美国，凭借着精明的生意直觉加上近乎受虐狂式的工作态度，终于在16年后创办了《先驱报》。从一开始，他就希望自己的这份廉价报纸"莽撞无理"[1]，此举大获成功。他对政客和商人的抨击丝毫不留情面，以致频繁受到死亡威胁，有好几次当街遭到暴打。他还收到过一个炸弹邮件。有个宿敌曾企图淹死他。但是，挫折只会让他越战越勇。他无所畏惧，也喜欢扮演因传播忠言而惹人讨厌的耶利米①的角色。他的报纸指名道姓，他的记者们也总是深入城市中充满奸邪丑恶的阴沟死角。1836年，他在报纸头条报道了一个妓女被斧头砍死的残忍故事，为报道这个下流故事，他进行了被认为是有史以来第一次刊载在报纸上的全尺度采访。（他采访了受害者所在妓院的老鸨，

---

① 耶利米（Jeremiah），《圣经》中犹大国灭国前最黑暗时期的一位先知，《旧约圣经》中《耶利米书》《耶利米哀歌》《列王纪上》《列王纪下》的作者。他的逆耳忠言遭到同胞的痛恨，但他仍忠心地传讲与国家政策相违的信息，甚至必须与政治、宗教领袖为敌。

这让上流社会的情感备受伤害。）

竞争对手报纸的财经页面往往对华尔街的诡计视而不见，但老贝内特的《先驱报》会定期发表他们关于最新的股市欺诈和诈骗的深入调查。一位名叫 A. A. 克拉森的投机商被《先驱报》上的一篇言辞犀利的文章激怒了，在街上伏击贝内特，用马鞭抽他。据贝内特的传记作者称："然而，马鞭只抽了一下就断了，掉在人行道上；贝内特礼貌地捡起断鞭，递给了袭击者。"[2]

老贝内特是这个城市里最众所周知的牢骚大王，他也的确名副其实：他过早地头发花白，一副没精打采的样子，有严重的斜眼及鹰钩鼻，棱角分明的脸不时会紧张得抽搐一下。因为长得太难看，他曾有一次被赶出妓院，姑娘们在身后追着他打，嘴上说道（反正他后来是这么说的）："你这么丑，没资格来我们这儿嫖。"[3]

老贝内特有多不招人待见，他的报纸就有多受人追捧。《先驱报》很快就成了全美发行量最大的日报。作为它的独资老板，老贝内特成了亿万富翁，但财富并没有为他在纽约社交圈赢得一席之地。老贝内特仍然是个贱民，被排斥在上流俱乐部和沙龙之外。但他又怎么会在乎这个？"美国社会包罗万象，"他吹嘘道，"自然会有拒不邀请我参加聚会的人。"[4]

老贝内特对任何问题立场分明。例如，他坚决反对妇女平权——"母性是治愈躁狂症的最佳疗法，"他说，"我们将为所有感染此病的人推荐这一治疗方案。"[5]他的人生观甚至没有一丝利他主义的拖累。"在他看来，崇高的社论和热心公益的改革全是扯淡，"一位传记作家如是说，"所有的人都是自私、贪婪，本质上不值一提的；人类境况根本不会改观，新闻媒体当然不会对此有任何贡献。"[6]相反，老贝内特整日忙于"出品全城最新鲜生动的报纸，看着自己的精明眼光转化成资产表格、发行数量和广告收入的可观增长"。[7]

　　然而，1840 年的一天，老贝内特的心突然被一种自己不熟悉的情感拉扯了一下：爱情。他迷上了一位爱尔兰女人，她只有他一半岁数，名叫亨丽埃塔·克雷安（Henrietta Crean）。克雷安小姐是个时髦的攀龙附凤者，至少精通六种语言，靠教授钢琴和辩论为生，被众人称为纽约城最优雅的年轻女子。老贝内特对此当然毫无异议；他在自己的报纸上没完没了地议论她，称她"有着最完美的身段——她的头部、颈部和上半身简直就是最纯正的古典雕塑的模样"。

　　出乎所有人的意料，老贝内特爱得神魂颠倒。他们很快就走入婚姻的殿堂，并在 1841 年 5 月诞下一个男孩，小詹姆斯·戈登·贝内特。（《先驱报》的死对头纽约《太阳报》适时通报了男孩的降生，但坚持认为这么漂亮的男孩不可能是贝内特的。）他们很快又生了三个孩子，但只有一个可爱的女儿没有早夭，她的名字叫珍妮特。

　　亨丽埃塔·贝内特痛恨自己的这一身份：美国出版界最有争议的反人类之人的妻子，是此人证明自己成功的战利品。1850 年 11 月的一天，她在跟丈夫沿着百老汇散步途中，老贝内特被一伙治安维持会的人袭击，领头的是个名叫约翰·格雷厄姆的人，当时正在竞选地方检察官，遭到了老贝内特的反对。亨丽埃塔充满恐惧地看着丈夫在大街上被打得奄奄一息，而两个警察就站在附近袖手旁观。老贝内特身体恢复之后，亨丽埃塔说她受够了纽约。她不想再参与丈夫那种大风大浪、沾满墨水的生活，觉得这里也不适合孩子们的成长。她带着年幼的詹姆斯和珍妮特一起逃往巴黎；除了几次短期旅行外，她再也没有回来。老贝内特很快就回到了自己坏脾气的单身汉生活，独自一人经营着报纸。

因此，詹姆斯和珍妮特是在海外长大的，照顾他们的是对他们宠爱有加的爱尔兰母亲，教育他们的是最好的法国家庭教师。他们不用整日面对大洋另一端那位阴沉严肃的父亲，却享受着他出钱资助的奢侈生活。

詹姆斯十几岁时，便常常回纽约跟父亲待一段时日。老贝内特希望儿子能最终接手报纸，因此给他分配了一张办公桌，还给了他几项职责，至少让他做做样子。然而，小少爷对新闻——或任何工作都毫无兴趣。他发现纽约的上流社会，也就是当年排斥他父亲的那个社交圈，对他却张开了怀抱，他也开始与一伙放荡不羁的人交往起来。《太阳报》的一位编辑说他受到人们的喜爱，还称他是"饱经世故的漂亮公子，处处冒险、无所畏惧"。[8] 早年间的一位传记作家评价说："若一一列举这个年轻人和他的'同伙'做的那些疯狂的荒唐事，能写一部《一千零一夜》。"[9] 如果不在欢场里纸醉金迷，他一定会花很长时间在自己的游艇上，所以后来就成了虽不无莽撞，但也还算杰出的水手。他的父亲在 1860 年专门为他建造了一艘帆船亨丽埃塔号，詹姆斯开始参加帆船比赛，在美国和英国都赢得过大赛。

内战爆发后，詹姆斯想去联邦海军服役，但他从未受过任何海军训练。发现这行不通之后，他很快为自己买到了美国海关缉私局（U. S. Revenue Cutter Service）的一个职位，被任命为"第三副官"，并在自己捐赠的游艇亨丽埃塔号上任职。他在长岛附近巡逻，还参与过佛罗里达海岸外的海军封锁。小贝内特报效国家的时间很短，但那有助于《先驱报》与美国海军建立密切联系，且持续了几十年之久。

1866 年，小贝内特赢得了第一届越洋帆船比赛的冠军，驾驶亨丽埃塔号用了 13 天 21 小时 55 分钟的时间，从新泽西州的桑迪胡克（Sandy Hook）航行至怀特岛。不在公海上航行的日子里，小贝内特开始对《先驱报》显示出越来越浓厚的兴趣。同年年底，病中的老贝内特把报纸的支配权彻底转交给了儿子。（老贝内特于 1872 年去世，享年 76 岁。）

打一开始，小贝内特就是个独断专行、高深莫测的老板。"我是这份报纸唯一的读者，"他常常跟编辑们说，"你们要取悦的只有我一个人。"但他关于好的新闻报道的直觉近乎完美，《先驱报》的发行量大幅增加。跟他吝啬的父亲不同，小贝内特愿意斥巨资收集新闻，并把记者们派到越来越远的现场去采访。1869 年，他突发奇想，派了一名记者去非洲寻找戴维·利文斯通。据说他派遣年轻的亨利·莫顿·斯坦利时，命令简洁得近乎可笑："去找利文斯通。"斯坦利当然照办了，他发回的独家报道进一步增加了《先驱报》的发行量。

贝内特不同于世界上任何其他出版人。他是个花花公子，一个喜欢户外冒险运动的人，一个绝对的独裁者，他那种走钢丝式的管理风格会把记者们逼得发疯，但也常常会激发他们在极短时限的重压下写出精彩的报道。报纸的整个运作架构非常微妙，但居然行之有效。在贝内特无比古怪的领导之下，《纽约先驱报》成为全美国——如果不是全世界的话——最有趣也最有影响力的报纸。一位在贝内特的高压下辛苦多年的记者兼编辑将在《先驱报》工作比作在法国外籍兵团①服役："暴戾的

---

① 外籍兵团（法语：Légion Étrangère），为法国的正规部队。自 1831 年，路易 - 菲利普一世批准建立至今。外籍兵团曾参与法国大小战事，拥有相当重要的功绩。军团成员以招募外籍人士为主。

老板那反复无常、蛮横无理的做派竟颇有魅力。据说女人们常会被这样的人迷倒。当然，报社记者也一样。"[10]

1877 年元旦那个大雪天，小詹姆斯·戈登·贝内特把马车停在了西 19 街 44 号，告诉马车夫在车里等着他，便摇摇晃晃地上了台阶，去参加未婚妻家里正开得热闹的节日聚会。纽约城里一直在流传的谣言是真的：詹姆斯·贝内特在戏弄调笑过多位女明星和名声可疑的女子之后，终于跟一位体面的上流社会的年轻女子恋爱订婚了。婚礼定在几周后举行。

这位幸运的女子名叫凯洛琳·梅（Caroline May），是名医之女，她家住巴尔的摩，夏季在纽波特度假，还在曼哈顿拥有这栋豪华的联排别墅。据称凯洛琳是"一位身材苗条的金发女郎，下巴骄傲地翘起"，[11]而且据另一份记述称，这个女人"美丽非凡……娇媚可爱，胆识过人"。[12]她自然不是一般女子，要不怎么会实现很多纽约人认为不可能的成就呢？一位传记作家写道："吉米·贝内特这位欢场老手，让体面社会望而却步的人，全裸的马车驾手，鲁莽的马球选手，生活奢侈大手大脚的交际家，看来也要回归温顺乏味的家庭生活了。"[13]

从当地人能记得的时代起，时髦的纽约人一直遵循着元旦那天"串门聚会"的传统。家家都会钻进自己的马车，在快乐的歌声和叮叮当当的马车铃铛声中，到全城各处去参加款待来宾的家庭聚会，那里觥筹交错，人们用白兰地和波本威士忌蛋酒（bourbon eggnog）传杯弄盏。这些聚会是"大醉的借口"[14]，一位贝内特的同时代人后来写道。贝内特整日都在各家"串门"，到下午 4 点敲响梅家的房门时，他已经醉醺醺了。

贝内特被请进温暖的门厅，且以他一贯的敏捷速度径直来到了吧台。他向来喜欢来梅家逗留，梅家人似乎也很赞赏他这个未来女婿。凯洛琳是贝内特的妹妹珍妮特的闺中密友，这进一步巩固了两人的关系。据说贝内特真心爱着凯洛琳，跟她结婚的打算看来也是真的。前一年夏季，报纸的社会新闻版面曾写道，她在纽波特坐上了他的马车车厢"上座"[15]，他也常常驾游艇带她出海。在纽约，这一对金童玉女，频繁出现在歌剧院、晚餐会和剧场中。

"女孩的闺蜜们都认为他们是绝配，"一份报纸写道，"（而）贝内特的朋友和父执辈也都很满意这桩亲事。"[16]应凯洛琳的要求，贝内特从巴黎最好的店家订了一整套婚纱、珠宝和内衣，运抵纽约港时，据称海关官员收取的关税就高达9000美元。婚礼规模不大，只有家人参与，其后贝内特和他的新婚妻子将登上俄罗斯号轮船航行至欧洲，他们在那里安排了一场行程满满的蜜月旅行。

在这个众人欢庆的元旦，婚礼计划一切照旧。然而，贝内特似乎并没有完全准备好安定下来，就算他全心全意地爱着凯洛琳，他对婚姻生活却仍有疑虑。在他们订婚期间，她好几次被迫跟他解除婚约，多是因贝内特喝得酩酊大醉，或跟着好友们寻欢作乐，做出让人羞愧难当的出格事儿来。一个八卦专栏作家断言贝内特会"在任何时候喝得兴高采烈"，还说酒精会"放大他的冲动个性……他在保持'自我'时所自诩的很多冷静高贵的品性，此时大多荡然无存了"。[17]

不过，某些社交圈内还是燃起了不灭的希望。一个纽约社会版专栏作家乐观地写道，贝内特"已经有一段时日"[18]没有痛饮，而且看似"很殷勤地照顾自己的未婚妻，以至于所有的朋友都开始希望，这一次他真的要走入婚姻了"。

眼下贝内特闯入了梅家的客厅，跟凯洛琳、她的父母和几个姐妹一一打招呼。客厅里还有许多人是贝内特联合俱乐部的好友，他一一与他们打招呼，很多人跟他寒暄玩笑，也有人亲密地拍拍他的背。屋内一角烧着壁炉，另一角放着一架巨大的钢琴，一群唱圣歌的人围在四周。贝内特说了几句下流话，一个仆人端过一盘增浓潘趣酒，他顺势又灌了自己一杯。

此时的贝内特完全丧失了理智。他站在大钢琴旁边，解开腰带，在众目睽睽之下开始小便，他的尿液呈弧形洒落在钢琴里面。（也有报道说他对着壁炉撒尿。）不管怎么说，沿用一位记录者的说法，贝内特显然认为他要"泵出污水"[19]，且一点儿都不觉得在上流社会的沙龙内部做此举动有何不妥。"贝内特忘记了自己身在何处，"《先驱报》的一位编辑多年后写道，"作为一个绅士——或者不管何人，这么做都有失体面。"[20]

客厅瞬间陷入混乱。高贵优雅的客人们仓皇后退，逃离现场。女人们高声尖叫，有的还昏厥了过去——或者佯装昏厥的样子。就在贝内特抖落尿液之时，他的一群朋友把他围在中间，希望知道看在上帝份上他到底想干什么。后来有两个壮汉动作敏捷地架着他离开梅宅，把他扔在自家马车旁的大街上，但即使到那时，他也并不知道自己犯下了多大的错。

直到第二天早晨，贝内特彻底清醒过来之后，才开始思考自己做了什么。梅家派人来送信，通知他婚约解除了——这一次是永久解除。在信步走向联合俱乐部的路上，他发现好友们跟他说话的口气有了一种前所未有的冷漠。街上的路人也向他投来尴尬的目光。纽约城上上下下对贝内特各种新鲜古怪的不端行径并不陌生，但这次他真是太过分了。

贝内特一定也感受到了这一点，但他为人傲慢，不想对梅家正式道歉，也不想与凯洛琳修好。或许他不觉得自己做错了什么。小詹姆斯·戈登·贝内特想怎么排尿、在哪儿排，干他人何事？他在自己的宅子里躺了一天，几家竞争对手的报纸纷纷猜测他出城了——《太阳报》报道说他"逃到加拿大去了"。[21]

但丑闻并没有消停。1 月 3 日，贝内特午饭后走出联合俱乐部，正打算登上在第五大道等着他的马车的台阶，一个站在人行道上的黑影朝他迫近。这是凯洛琳的弟弟，从巴尔的摩赶来的弗里德里克·梅（Frederick May）。梅时年 26 岁，身材魁梧，是个老派的南方人，信仰骑士精神和家族荣誉。他此番前来就是要报复贝内特如此公然让梅家（更不要说梅家的钢琴）蒙羞，誓要恢复姐姐的名誉。

梅挥舞着马鞭开始抽贝内特。贝内特起初没有动手，梅继续抽他，把贝内特抽得倒在地上奄奄一息。这个场景给人一种奇怪的似曾相识之感——《先驱报》创办早年间，贝内特的父亲也曾多次在公共场所遭到痛打。

"要不你干脆杀了我，咱们一了百了？"贝内特最后开口说道。[22]他抓住袭击者，跟他扭打在地。到这会儿，联合俱乐部的窗口已经挤满了看热闹的旁观者。有一两分钟，两人滚在地上，彼此痛揍，直到"从人行道到排水沟的雪地都沾上了鲜血"，一份报纸报道说。[23]

最后，联合俱乐部的几个会员冲到街上，把扭打在一起的两人拉开。梅沿着第五大道走了，而贝内特爬上了自己的马车，手捧着下巴，疼得龇牙咧嘴，鼻梁上有一道难看的伤口。

鼻子上的伤不算什么，但贝内特的骄傲受到了严重伤害，接下来的几天，他只好默默地品尝着自己酿的苦酒。之后他想到了一个办法可以解决自己的不快，他知道来自南方的对手一定会欣然接受这个方案。珍妮特一直在第五大道的宅邸里跟哥哥在一起，她泪水涟涟地希望阻止他这么做，但无济于事。贝内特已经下定决心：他要向梅提出决斗。

贝内特派去下挑战书的信使是他的朋友查尔斯·朗费罗（Charles Longfellow），就是那位大诗人①之子。梅跟朗费罗说他接受贝内特的挑战，两人决定将秘密决斗地点设在马里兰州和特拉华州的交界处，靠近一个叫屠宰沟（Slaughter's Gap）的地方。决斗的时间定在 1 月 7 日。

时至 1877 年，决斗在全美各地都已被定为非法，而且它也的确是个古老过时乃至野蛮的风俗。贝内特和梅都清楚，任何地方的检察官只要听到风声，都会不遗余力地告发他们；无论谁在决斗中存活下来，都有可能面临长期监禁。因此他们商定，关于决斗的一切细节都将绝对保密。

两位决斗者及其随从——包括外科医生——以化名乘火车来到了一个名叫屠宰站（Slaughter's Station）的乡间车站，下车后又在积雪的路面上步行了一段路程。他们用来安抚起疑的当地人的说法是，他们是宾夕法尼亚铁路局派来的官员，前来勘探一条新的铁路支线。一个小时后，他们来到提前说定的跨越两州边界的一片草地上，距离察普坦克河（Choptank River）飘满麝香味的河岸不远。他们派人在附近的高地上放哨，以确保

① 指亨利·沃兹沃思·朗费罗（Henry Wadsworth Longfellow，1807－1882），美国著名诗人、翻译家，世界上第一首被译为中文的英语诗就是朗费罗的《人生颂》（A Psalm of Life）。

决斗双方都没有被人跟踪。

大概 2 点，两人脱下大衣，各就各位，彼此相隔 20 步。两人各自选好手枪并装上子弹，他们的随从也都站在一旁，为他们说些打气的话。梅来时穿着深色服装，但他的随从觉得黑色在积雪的背景下会更显眼，就给他又套了一件浅色的外衣。纽约《世界报》的一篇报道后来说，梅侧身站着，后背迎着风，举枪的那只胳膊护着身侧，手肘顶着髋部——而贝内特先生"正面朝着对手，虽然身体更多地暴露在危险中，却能让他更好地瞄准目标"。[24]

"准备好了吗？"一位随从喊道，待两位决斗者都点头表示肯定之后，他开始报数："一、二、三……开枪！"两人同时举起武器对准目标。

随后到底发生了什么尚有争议，但最有可能的版本是梅先扣动了扳机。他的手枪显然哑火了（也有些记录说他故意放了空枪）。这让贝内特有机会气定神闲地从容射击。几秒钟过去了——目击者们看到贝内特的胡子都在抖动乃至直立了起来，觉得他可能非常紧张。据说他就在那一刻忽然对败局已定的对手产生了怜悯之心。他开枪了，但子弹只是擦伤了梅，击中了后者举枪那只手臂的肩膀下面几英寸处。伤势的严重程度刚好够梅的外科医生宣布其"丧失战斗力"。弗里德里克·梅无法继续决斗了。

贝内特和梅都宣布自己对此结果"心满意足"，的确如此——事件就此结束。双方都对这一最幸运的结果大感欣慰，但两人没有握手，甚至在拖着脚在雪地里往回走时，也没有跟彼此说一句话。

贝内特与他的随从查尔斯·菲尔普斯医生同行。"嗯，大夫，"他问道，"你觉得我做得对吗？"[25]

"如果我有权决定对方的生死，杀死他定会让我万分难过，"菲尔普斯医生回答说。随后，他看着贝内特鼻梁上那道难看的肿疤，又补充道："不过我绝对忍不住要朝他开枪。"

据说梅被带到马里兰州他一位叔叔的家里，没过多久，医生就宣布他痊愈了。贝内特及其随从团队入住附近的一家小客栈，在那里要了好多大罐啤酒。他的《先驱报》没有报道决斗的故事，但《纽约时报》发表了好几篇报道——其中一篇开心地提到整个事件"和谐友好地"结束了，"双方本有可能以惨剧收场，最终却显然兴高采烈地离开了现场"。据《纽约时报》称，两人都没有受到危及"生命、肢体或内脏"[26]的伤害。

贝内特-梅事件被称为在美国境内进行的最后一场正式决斗。如果说这样的断言不实，它的确可算是最后几场之一，而且因为参与双方都是名人，它吸引了全国乃至全世界的大量调查。好几个州的执法人员都对此事展开调查，但找不到足够的证据起诉；所有目击者都坚守着保密的誓言。菲尔普斯医生甚至曾因为拒绝对纽约地方检察官召集的大陪审团做证而被监禁。决斗双方团队的成员希望平息事件，因而放烟幕弹，匿名向新闻媒体散布谣言说梅根本没有受伤——这也是后来一直保留下来的故事版本。

尽管如此，当贝内特回到纽约，他发现自己在梅家所犯的大错既没有被遗忘，也没有被原谅，而他在其后参与的这场决斗，更是为人人笑传的社交恶行又增加了一层法律争议。他现在就跟他父亲以前一样，成了不受欢迎的人，只不过出于截然不同的原因。第五大道的主人们决定"他们不想再取悦一个显然没有家教的人"，贝内特的一位传记作者如此说道。[27]

对于自己被人排斥，贝内特的反应很奇怪，或许那也恰恰是贝内特的风格。如果梅家不再欢迎他，如果纽约社会对他避之不及，如果地方检察官下定决心要调查他，那么贝内特就会采取"以其人之道还治其人之身"的方式——他将永远离开纽约。跟他母亲曾带着他和幼小的珍妮特离开那样，他也会抛弃在美国的生活，把自己放逐到巴黎。他从此将与这个给他的报纸定名的城市断绝关系，而选择远隔大洋经营自己的商业帝国——每天依靠极其昂贵的跨大西洋电缆来跟编辑们沟通，传递他的每一个古怪要求。"看样子不像是贝内特放逐了自己"，一位传记作者后来写道，倒像是"他在自己的宇宙中抛弃了纽约"。[28]

1877 年 1 月中旬的一天，他悄然来到码头，登上了前往法国勒阿弗尔的一条轮船。他很快便在巴黎安顿下来，住在香榭丽舍大街上一栋很大的美好年代公寓①里。但住了一段日子之后，他从朋友那里听说弗里德里克·梅也来到了巴黎，还是想要为姐姐的名誉找他报仇。贝内特害怕遭到伏击，于是预订了一套据称"绚丽夺目"的盔甲——一副甲胄——并且把它穿在外衣里面长达几周之久。最后，他实在受不了那么长时间的紧张，也不想再整天穿着又热又沉的盔甲了，就差遣朋友去跟梅对质，问他到底想做什么。贝内特的一位巴黎熟人后来写道："梅先生宣称他没有杀人计划，大松一口气的詹姆斯·戈登·贝内特这才脱掉了盔甲。"[29]

---

① 美好年代公寓（belle époque apartment），当时的一种酒店式公寓。"美好年代"是欧洲社会史上的一段时期，从 19 世纪末开始，至第一次世界大战爆发而结束。"美好年代"是后人回顾这一时代的怀旧叫法。

贝内特一度与一位名唤"A夫人"的俄国贵妇厮混，后者相传是"巴黎社会最不受欢迎的女人"。他并没有对凯洛琳·梅旧情复燃——而是选择在接下来半生的大部分时间里都单身。他再也没有搬回纽约。

8. 哥达的智者

1877 年 3 月，詹姆斯·戈登·贝内特对北极探险的兴趣日渐加深，决定即刻前去拜访北极问题专家奥古斯特·彼德曼博士。贝内特换乘了好几列火车，先从巴黎一路向东穿越整个法国乡间，又辗转进入德国内陆。贝内特牢骚满腹，称乘坐火车真是"累人的旅行"[1]，在火车的哐哐声中穿越如此乏味的长距离，去一个他的报纸无法发行、他的游艇也无法深入的地方，实在有违他的品位。他穿过了图林根的森林，这片古老的大地倾斜起伏，像一片墨绿色的海洋。火车进入一片肥沃的盆地——一个到处是牧牛草原和芥菜田的地方，之后便轧轧地驶入整齐乏味的哥达镇内。

哥达是个中世纪风格的城镇，大约有 1.5 万人，极为古雅，处处是蜿蜒曲折的鹅卵石大街、高耸入云的教堂塔尖和简洁质朴的石砖建筑。公共广场喷泉的水来自一条运河，淡水通过它从 15 英里外的一条河流流过来。城镇附近是座巨大的巴洛克式城堡——建于 1650 年代的弗里登施泰因宫（Friedenstein Palace）。当时的一位新闻记者将哥达形容为"梦境一般让人昏昏欲睡的城镇……看似已经有 100 年没有发生过什么大事了"。[2]

贝内特去了尤斯图斯·佩尔特斯（Justus Perthes）出版社，也就是彼德曼博士的地理学研究所所在地。哥达虽然是个偏远蛮荒之地——以贝内特抱持偏见的视角来看一定如此——它却一直都是德国首屈一指的出版中心。说来很不协调，这个乡间小镇还是个书城。这里不光出品很多地图和地图集，还出品百科全书、字典、年鉴、杂志以及各种专业出版物。整个镇子沉浸在设计、平版印刷术、铜版雕刻、彩印、装订，以及该行业其他各个方面的艺术和精妙机械中。小镇生活的节奏中透出一股子认真的完美主义，夜深人静时人们似乎能感受到蒸汽动力的转筒印刷机那轰隆隆的震动声。

彼德曼在自己研究所的制图室里接待了贝内特，在那里，他的制图师学徒们蹲坐在倾斜的绘图桌旁，用圆规、马鬃画笔和晕滃笔忙碌着。彼德曼喜欢把客人带到这里。他的月刊《彼德曼地理通报》就是在这里设计制作的——他无数的地图集也一样。虽说哥达公爵已经授予彼德曼哥廷根大学——该大学位于哥达西北 75 英里处——荣誉博士学位和教授讲席，但那个职位充其量不过是个闲职，他也很少到校园里去。哥达镇上这个忙碌的工作室才是他真正的家。他在一个开放的办公室进行各种涂涂画画的案头工作。贝内特都不知道该如何称呼这位著名的制图师，索性就叫他"博士阁下"。

很长时间以来，彼德曼的研究所一直都是最新地理学知识的情报枢纽。探险为他的地图集补充信息，他的地图集又继而为探险提供帮助。他办的月刊的拉丁语座右铭是"Ubique terrarum"——意为"遍天下"——该口号的旁边还常常画着古老的衔尾蛇图案：一条蛇衔着自己的尾巴。这个形象反映出彼德曼的循环推理理念，这是他的哥达事业之核心：世故自行增衍，生生不息。

彼德曼一贯喜欢炫耀自己的小小帝国，他以完美主义的极高效率经营着自己的事业。他对劳碌工作的下属常常冷酷无情，也吝于表扬他们。"他善于教授知识，但很少表扬学生的功课，"佩尔特斯出版社的一位同事后来写道，"他是站在同事的背上成为世界顶尖学者的。"[3]

尽管如此，他建立的这座机构仍有着令人惊叹的非凡之处。在他繁忙的工作室里，一幅对地球这个星球刻画得极其精准的图画正在逐渐成形，其清晰度也日益提高。在这里，他们给世界的每一处冠以名字、画上轮廓并着以颜色——每处河流、海角、峡湾、冰川、沼泽和地峡。对彼德曼的地图制作师们而言，没有一个细节不值得关注。每个明显的海拔差异都被标注出来，每条主要的洋流、每条道路和铁路、每个绿洲和每条沙漠商队路线，哪怕是已经被连成串的跨大陆电报线和沿着洋底铺设的包线电缆，它们已知的位置也被标在地图上。

彼德曼的地图无出其右。它们信息可靠、更新及时、技术领先、制作精美，通常都是手工着色的。它们含有丰富的数据，将地势起伏和坡度表现得非常精细，还有无数环形和螺纹状的等温线来表现气候、人口密度以及海洋气候变化的微妙差异。他的工作人员能够极为迅速地制作一张新地图。法国大众词典出版商拉鲁斯（Larousse）出版社曾在几年前对彼德曼的工作脱帽致敬："如今彼德曼已被一切文明国家认定为我们这个时代地理科学首屈一指的权威。"[4]

参观了他的地理研究所之后，彼德曼又带贝内特参观了佩尔特斯出版工厂，那里有铜版雕刻机器和大型印刷机。随后，他们又漫步来到彼德曼位于火车站附近的庄园。他们经过花园前往书房，那里的书架上堆满了关于北极的书籍，几乎应有尽有。一位北极历史学家曾说，彼德曼已被视为全世界的"极地之父"，是所谓"地理世界的国际总裁"。[5]人们从世界各地来到哥达，坐在那里聆听他关于北极探险的高见。他赢得了无数的盛赞和荣誉学位，意大利、奥地利、西班牙及许多国家的皇室都曾授予他荣誉奖章。

然而，奥古斯特·彼德曼确实有些乖僻。他关于北极的许多见解在我们今天看来简直错得离谱，甚或荒诞不经。例如，他曾建议探险家们每当遇到北极腹地的一个土著部落，至少应从中绑架一男一女两名爱斯基摩人，以诺亚方舟的形式把他们带回来供科学家们研究，并带他们游街示众。他有个拿手的理论——根本没有什么具体的证据——那就是希腊人和意大利人一般都天生适合北极探险的艰苦旅程。（或许这是因为他真的相信北极的气候温暖宜人吧。）他还坚持认为多盐的海水不可能结冰，至少其结冰程度不可能让整个极地覆盖上冰雪；他认为浮冰只是挤在北极海岸线周围，主要是淡水河在北极的入海口结成的。有时他也会提出一个稍有不同的论点：海水或许可以结冰，而一旦结冰，其盐分就会被萃取或析出成为"盐霜"。不管怎么说，他认为，浮冰中没有或者只有很少的盐分——因此北极探险家们可以将冰帽看作未经过滤的淡水水源。

在北极问题上，彼德曼总是"一意孤行地每每猜错"，研究德国极地探险的历史学家大卫·托马斯·墨菲如此写道。"这些观念在现代读者看来绝无可能，简直有悖常理，而且回头来看，它们大错特错，都有点儿近乎离谱了。"[6]

彼德曼本人从未冒险前往北极。的确，在美国的短期逗留是他一生中到目前为止最雄心勃勃的旅行了。另一位历史学家曾说，他就是个"至高无上的摇椅漫游者"。然而，面对那些已经到过北极之人提供的相反证据，他反而更加固执己见。彼德曼在很多方面都是个谜一样的怪人——他是个充满斗志的浪漫主义者，一个热爱奇观的一丝不苟的梦想家。"他这个人不乏非凡卓越的优点，但缺点也糟得一塌糊涂，"墨菲写道，"他无疑富有远见、精力充沛且意志坚定，在他的领域极有天赋，也不乏公关技巧。"但他也是个"愚蠢的怪人，他关于北极地理那些古怪离奇的错误观念导致一个又一个北极探险家身陷困境"。[7]

尽管如此，贝内特仍然被彼德曼迷住了，对他所说的一切都洗耳恭听。贝内特在三个小时的会面中只做了一些粗略的笔记，因此没有人知道那天他们到底谈了些什么，但他后来又派遣了一位《先驱报》记者重返哥达，重新记录谈话内容，并报道了教授关于一流的北极探险的各种观点。

哥达的智者赞成贝内特资助新的极地探险的意愿。"北极是属于全世界的事业，"彼德曼跟《先驱报》记者说，"如今刚果河和尼罗河的源头问题已经探明，北极就变成了有待人类继续探索的一件大事。"[8]他说美国人将是当仁不让的先锋。如果说他以前对此还犹豫不定，这次参观百年纪念博览会就让他对此确信无疑了。

当然，英格兰在北极探险方面仍然拥有最多的专业知识和专家团队，但他对英国人怀有深深的疑虑。彼德曼对联合王国爱恨交加。[9]尽管他生长在哥达附近的布莱歇罗德，在波茨坦受的教育，但彼德曼职业生涯的前半部分一直在伦敦，也深爱英国文化。他于1850年代中期回到德国，但仍然每天阅读伦敦的报纸，每天下午都喝英式下午茶，密切关注着皇家地理学会的公告。他的妻子克拉拉是英国人，他们在家里也说英语。三个女儿都受到了英式教养，成长为体面的英国少女。

　　如果说彼德曼骨子里是个亲英派，英国却无情地抛弃了他。部分原因是自俾斯麦上台和普法战争之后，英国的民族主义和仇外情绪高涨。另外也跟风格有关：英国的主要探险家和北极思想家们都不喜欢彼德曼。他们觉得他越来越异想天开和固执己见。伦敦的《泰晤士报》开始冷落他，皇家海军也一样。一遇到北极这个话题，彼德曼就变得脾气暴躁，而且只要遇到不同意见，他就跟人争执不休。他曾在皇家地理学会担任过很长时间的重要会员，但那里的主管们后来也开始排斥他。看上去，彼德曼已经变成了一个不受欢迎的弃儿。

　　彼德曼在英国的劲敌就是皇家地理学会的克莱门茨·R. 马卡姆。马卡姆把彼德曼说成是招摇撞骗的假行家。"彼德曼博士对北极探险事业造成了严重伤害，"马卡姆争辩说。[10]他认为彼德曼最喜欢的课题——开放极海理论，纯属鬼扯。（由于屡受挫折，英国人开始放弃极地航海这个想法；考虑到那里除了冰之外什么都没有，马卡姆和英国其他几位主要的探险支持者都认为在前往极地的过程中，雪橇和补给站的作用要比轮船更大。）

　　"所有的经验，"马卡姆写道，"似乎都在证明，极地流域如果没有紧实的整块冰覆盖，就必定密布着无法航行通过的浮冰，其间只不过有些孔隙而已。"马卡姆警告说，彼德曼关于可以顺利航行至北极的观点将把年轻水手送上死亡之路。他讥笑说，彼德曼认为水手们可以"穿透环绕着他想象中的开放极地流域的冰带或束带……航行过去。在哥达写出这些话当然不费他什么力气"。[11]

　　谢拉德·奥斯本（Sherard Osborn）是皇家海军上将和探险家，同时也是皇家地理学会的卓越会员，他也添油加醋。"我觉得乘轮船深入北极是极其错误的，"他写道，"我不会参加任何为此目的而组成的探险队，除非彼德曼博士阁下亲自参与航行。"[12]

彼德曼感到被他曾经热爱的第二祖国唾弃，只好在遥远的哥达紧紧依附于自己的神秘世界，几乎不再关注英国人在北极所做的一切。

然而，美国人又前所未有地激发了彼德曼的兴趣。在他看来，他们有着最为怪异有趣的行事方式。美国人似乎无视阶级结构和资历辈分。他们能以一种灵活而积极的方式把国家利益和商业利益结合起来，让政府支持和民间资助并行不悖，军事荣耀和民众自豪互不冲突。美国人可以凭借着他们令人眼花缭乱的发明和组织活力到达北极，他对此深信不疑。彼德曼对于美利坚合众国能如此快速地从内战中恢复过来，并努力投身于北极探险十分钦佩。"全世界都能看到，"他写道，"美国人在结束了一场昂贵的战争并为之付出巨大代价之后，还有足够的资本投身科学。"[13]

当然，彼德曼也很清楚贝内特曾派遣斯坦利去非洲之事。他明白这是助报纸大卖的噱头，但即便如此，斯坦利的艰苦跋涉也带回了扎实的知识，还刺激了公众对更多探险发现的胃口。后来，斯坦利也在哥达见到了彼德曼，教授吸收了这位探险家实地考察收获的知识，制作了非洲内陆的最新地图。贝内特对科学做出了真实持久的贡献，彼德曼对此感激不尽。

彼德曼觉得，贝内特和德隆不乏斯坦利踏上黑暗大陆时所特有的坦率直接和充满干劲的实用主义，所以他们定能到达北极。"总有一天，"彼德曼跟《先驱报》记者说，"斯坦利在非洲所表现出来的常识和决心会体现在一位航海家身上，有了这些，他就一定能发现北极。我认为北极探险是对科学有益的。每一次探险都会提出新的问题。我们看到的越多，就越想要发现和了解。成功只是相对的。"[14]

贝内特真正想要咨询"博士阁下"的是攻角问题：德隆应该如何到达北极？有没有一条最佳路线，可以冲破坚冰，到达开放极海？

不出所料，彼德曼对这个问题有一整套详尽的理论。他说，首先要放弃格陵兰。通过史密斯海峡的路线产生的结果一再令人心碎。查尔斯·霍尔的探险只是朝着那个方向前行而身陷困境的最新例证而已。探险家们在那里将无一例外地遭遇彼德曼等人所谓的永冻海，这条古冰圈环绕着北极，绝对没有希望通过。

"经由史密斯海峡已经成了习惯，"彼德曼说，"人们对它坚信不疑，因为二三十年前，他们受到的教育就是要相信这条路线。富兰克林是沿着那个方向前行的，凯恩、霍尔、海斯，以及其他所有的著名航海家也都是一样，他们为那一大片区域涂抹上了一层浪漫色彩。于是人们就有了错觉，仿佛如果不能经由那条路线到达北极，就根本不可能到达北极。关于非洲的探索也曾有过同样的错觉。想想那些深入非洲的探险队吧，他们总是选择古老的、前人走过多次的路线，当然会遭遇同样的结局——失败和死亡。"

毫无疑问，是时候选择一条全新的路线了。彼德曼读过塞拉斯·本特关于黑潮的论文，很熟悉后者的"温暖通道"观点。彼德曼同意本特的观点。能够冲破坚冰前往北极的地方应该是白令海峡，这一点与德隆的想法不谋而合。那条路线不仅没有人尝试过，而且黑潮很可能会是一道强大的温水洋流，足以软化坚冰，开辟出一条通往开放极海的通道。

然而彼德曼指出，还有另一个强大的理由支持通过白令海峡到达北极的做法。在西伯利亚东北海岸之外，距白令海峡不远处，有一片神秘的大陆，在某些地图上被标注为"弗兰格尔地"（Wrangel Land）。数个世纪以来，它的存在不过是一个谣言、一片海市蜃楼、一个笼罩着迷雾的梦。人们对它是什么并没把握。或许它是一个岛屿，或许是一片大陆，或许还是一条通往北极的神奇通道，也有可能它根本就不存在。在被称为"弗兰格尔地"之前，在各种捕鲸路线图上还给它草拟过一系列其他名字：泰克根地、普洛弗岛、凯利特地，等等。

1822年，生活在西伯利亚东北海岸的楚科奇①土著跟俄国资助的航海家费迪南德·冯·弗兰格尔谈起了北边的一片陆地，大气条件适宜时，他们可以看到那片陆地。楚科奇人从未到达过那里，但每隔几年，在晴空万里、云开雾散的日子，北极折射光的情况有利时，海上会升起一座多山的陆地，宛如梦境。楚科奇人称之为"隐形岛"，他们还提到有一个被遗忘的民族居住在那里的传说。他们见到过野生驯鹿群从西伯利亚大陆穿过坚冰向北行进，据说它们是在季节性迁徙中到那片神秘的陆地上去吃草。也曾有人见到成群的野鹅和海鸟朝着那个方向飞去。动物们似乎知道一些人类不知道的秘密。

受到这些传闻的诱惑，弗兰格尔男爵朝着那个神秘的陆地航行而去，但他受到了坚冰的阻挠，甚至都未能一瞥真容。近30年后，一条英国船的船长前去搜寻约翰·富兰克林爵士消失

---

① 楚科奇（Chukchi），俄罗斯远东地区的一个少数民族，总人口约1.5万人。

的探险队时，认为自己看到了远处的北极地区有一个大岛。后来，捕鲸船船长们也坚称看到了它，尽管他们的说法尚存争议。德国捕鲸人爱德华·达尔曼（Eduard Dallmann）据说还在1866年短暂地登上了岛屿。

那里一定有些什么——彼德曼坚信这一点。而且他（基于北极捕鲸者的传闻和俄国探险家的古老报告）认为，这片陆地的周围是一片开放水域。"众所周知，"他曾写道，"在西伯利亚海岸以北，且跟它的距离相对较短的地方，有一片四季开放的海。"15

如今彼德曼径直阐明观点：贝内特和德隆应该利用那片开放海域，将弗兰格尔地作为他们探险的目标。终于可以了解到这片陆地，将会为科学做出多大的贡献啊！他说，在他们前往极地的路上，贝内特的团队应该试图登陆弗兰格尔地，并在那里探索一番，将它收归美利坚合众国所有。

彼德曼有自己关于弗兰格尔地的非正统理论。他认为它是北格陵兰岛的延伸——格陵兰岛包围着整个北极，构成了一片横越极地的巨大大陆。彼德曼已经制作出一张看上去相当荒谬的地图，其上显示着这片想象中的土地，他喜欢称之为"跨极地带"。随着格陵兰岛向北伸进从未有人到过的北极腹地，陆地越来越窄，变成长喙形，向北延伸1000多英里深入北极，最终到达弗兰格尔地。这一极长极窄的半岛两岸都有开放极海包围，显然有一条无冰的海岸线——这块有待证实之地的象鼻子——在地图上看上去非常荒谬。但彼德曼恰恰因为它的滑稽可笑而更加热切地对自己的理论坚信不疑。

彼德曼认为，贝内特的探险家们应该径直前往弗兰格尔海岸，看看它究竟通向哪里。如有必要，他们可以在陆地上过冬，以驯鹿或可能在岛上生存的其他猎物为食。他们可以将弗兰格尔地用作通往最终目标的阶梯。如果他们到达了开放极海，就能驾船冲向北极。如果不行，则可以用狗、雪橇或小船进行最后的冲刺。无论如何，他们一定能够对科学做出重大贡献——证实或证伪他的跨极地带猜想。这么做，他们很可能会比以往任何人到达的地方更加靠近北极。

彼德曼坚持认为这是通向北极的最可行的通道。"可能我是错的，"他如此对《先驱报》的记者说道，"但证明的方式是找出证据。在我看来，如果一扇门打不开，那就去推推另一扇门。如果一条路线屡屡受挫，不妨试试另一条。对于任何以诚实的态度探索北极地区的计划或探险，我都将给予最美好的祝愿。"[16]

但别搞错了，彼德曼说，北极航行可能充满危险。他总是强调这一点。"伟大的任务必须要三思而行，"他曾在一支德国北极探险队出发之前写道，"要完成这样的艰巨任务，必须有性格坚定的伟人。如果有任何疑虑或踌躇，现在退出还来得及。"[17]

彼德曼承诺为贝内特的探险队提供全套北极路线图和地图，并尽其一切可能为探险提供帮助。但在对贝内特的新计划如此热心的背后，彼德曼的内心涌动着一股痛苦的回潮，一种退隐的悲壮。他似乎是在哀悼着什么——在某种意义上也的确如此。他三个女儿中有一个在两年前死于一种不明所以的病症，根据某个记录，发病原因是"用脑过度"[18]。

女儿的死打破了他生活的平衡。他的情绪变得消沉。躁郁症是他的家族遗传病；家里的好几位男性成员——据说包括他的父亲和一位兄弟——都自杀了。现在彼德曼和妻子克拉拉的关系也几近崩溃。他全身心地投入工作，仿佛那是他唯一可做的事。彼德曼孤注一掷地紧紧抓住关于北极的梦想；彼德曼意识到，贝内特提议的探险可能是他在公众面前证明自己的理论的最后一次机会了。他渴望贝内特和德隆能够成功。

贝内特一回到巴黎，就匆匆写就了一封激情澎湃的短信给德隆。"我刚从哥达访问归来，我去拜访了彼德曼博士。你一定听说过他的大名。我向你保证，我跟他在一起的三个小时绝对大大回报了这一路上的疲惫和乏味。他告诉我，他过去30年一直都在研究北极问题，他坚信一定可以到达北极。"[19]

贝内特转告德隆，白令海峡恰是通往北极的正确道路——德隆的想法没错。"彼德曼说我们可以在夏季出发……只要有合适的船只和一个富有冰上航行经验的船长。"[20]

彼德曼让一切听起来充满诱惑且毫无困难，以至于连贝内特本人都染上了北极病毒。过去那只是他一时着迷，但现在他也想自己驾船前往北极。贝内特信末的话一定吓了德隆一跳。他写道："在你那条船之外，我正郑重考虑再准备一条船，我自己沿着彼德曼博士的路线朝北极进发。"[21]

9. 潘多拉号

自打戈登·贝内特初次见到乔治·德隆，这位出版人资助北极探险尝试的渴望就越来越热切。从 1876 年到 1877 年，他一直通过信件和电报与德隆保持着密切联系，想确信这位年轻军官的雄心没有减退。"他比以往任何时候都希望能做成这件事，"德隆写信给艾玛说。[1]1876 年秋，贝内特说服德隆向海军部请假，来英国寻找一条适合航行到北极的船。当然，贝内特会支付一切费用。

德隆立即抓住机会行动了。他正为此事烦心呢，因为最近有个名叫亨利·豪盖特（Henry Howgate）的美国陆军通信兵部队（U. S. Army Signal Corps）军官向国会游说一项在高纬度某处建立美国殖民地的新计划，这样一来，他们就可以从那里进军北极了。这个计划力图通过陆路而非航海到达北极，让德隆很担忧。这样一来，陆军，而非海军，就会引领探险行动，而德隆的领袖地位就会被替代。为了他自己，也为了海军，德隆觉得他很有必要去寻找一条船——而且还得尽快才行。

德隆乘坐轮船于 12 月到达英格兰，他发现那里的极地探险界正在热议英国领导的一支北极探险队最近刚刚归来，其通过格陵兰西岸到达北极的努力几近溃败。这支由英国海军军官乔治·内尔斯指挥的探险队创造了航行至"最北"的新纪录，但船员们得了坏血病，返航之前还遭遇了一系列其他问题。德隆在萨默比宅邸（这是出版人在林肯郡拥有的古典风格的乡村大宅）见到贝内特时，满脑子想着的都是内尔斯的惨败，然而两人都同意继续执行他们计划的任务。随后，德隆便开始了工作。他在英格兰各处漫游找船，并派遣雇来的代理人团队在他之前先去英国的各个主要港口打听，进行秘密调查。德隆连续三周几乎一刻不停地在路上奔波，偶尔在火车上打个盹儿或者凑合吃点儿什么。"我喝茶伤了胃，"他跟艾玛抱怨说，"因为喝茶太多再加上睡眠不足，我像猫一样紧张不安。"[2]

他把关注焦点放在了苏格兰各港口，由于该国成熟的捕鲸和海豹捕猎产业，他觉得一定能在那里找到一条"足以对付坚冰"的船。他巡行于邓迪和彼得黑德的各个船坞，与船长们亲切交谈——有时也试图用一点儿威士忌来让他们放松。但他没有发现哪个船主愿意放弃他们那些经历过坚冰考验的船。"市场对鲸须的需求极大，"德隆烦躁地写道，"这个春夏，他们恨不得随便逮着一条什么船就出发去捕鲸。"[3]

德隆原计划前往汉堡和欧洲其他主要港口，但他先在考斯（Cowes）停留了一下，那里是英吉利海峡的怀特岛上一个著名的游艇之都。他在那里打听到，一艘名叫潘多拉号的船刚刚从艰难的北极之行中成功归来——事实上那正是贝内特资助的航行，贝内特的《先驱报》记者们也尾随其后，写了很多加急报道。德隆听说，这艘小船目前没有出海，并有可能待售。在一个大风卷着雨雪肆虐的"可怕的一天"[4]，德隆赶往码头打听，总算找到了人们所说的那条船。

德隆对潘多拉号一见倾心，他觉得那是一条"微型"船。[5]潘多拉号是三桅船，但也有一台驱动螺旋桨的蒸汽发动机，长146英尺，宽25英尺。在充分装载和装备的情况下，她能吃水15英尺。她装备了三桅杆并携有八条小船，包括一条蒸汽驳船和三条捕鲸小艇。她的船头很尖——为防冰进行了加固——船尾呈收窄的圆形。潘多拉号上能舒适地睡下 30 个船员，这正是德隆觉得他应该带到北极的人数。她的排水量为 570 吨。

让德隆对潘多拉号印象最为深刻的，还是她可喜的历史：她似乎是一条沉浸在好运中的船。她在英格兰的德文波特（Devonport）建造，于 1862 年第一次下水，曾在非洲海岸外胜任皇家海军的炮艇达四年之久，后来才转卖给私人。随后，潘多拉号卸载了火炮，重新装配前往北极，而且曾两度航行至格陵兰，在那里她表现出色，成功地逃脱了坚冰的破坏。

潘多拉号是前皇家海军船只这个事实让德隆感到欣喜。直到那时，大多数北极探索都是由英国海军部执行的。德隆对这一领域的英国传统充满敬畏，作为一名来自海军弱旅的军官，他对这个在海上叱咤风云如此久的国家怀有一种尊敬。他觉得自己作为美国人，有望指挥一艘前皇家海军炮艇前往北极腹地，这一想法本身就让他很有成就感——仿佛探险的薪火跨越大西洋传给了一个更年轻、更有抱负的野心家。

潘多拉号的问题只有一个：她是非卖品。她的主人是很有成就却不无古怪的绅士探险家艾伦·扬（Allen Young），他非常宠爱自己的探险船。扬本人曾在她两度前往格陵兰的航行中担任船长。他喜欢这条小船的线条、她的可靠，以及，用他的话说，随时欣然"听命于驾驭"[6]。潘多拉号变成了他的第二个家，在她甲板上度过的日子给了他很多甜美的回忆。

有时，他的探险风格也有些古怪。有一次，在巴芬湾的浮冰边缘航行时，扬捕捉到一头活的北极熊，他把它捆绑在后甲板上，在用氯仿和鸦片混合物喂过它之后，他试图驯服这头巨兽，以把它当作自己船上的吉祥物。[7]（他还曾在船上养过一只宠物猪。）因为驾驶着潘多拉号为国家所做的勇敢而离奇的贡献，扬最近被授以爵位。

艾伦·扬爵士曾沿着巴芬岛的东岸航行，去追索英国海军部多少年来一直渴望完成的目标：找到一条跨越加拿大北部通往白令海峡的西北通道。不出所料，和以前所有的西北通道探险一样，厚厚的坚冰击退了他的努力。然而，潘多拉号在陷入嘎嘎作响的浮冰之后却表现得出奇地好。用扬的话说，船在航行期间"陷入重围"[8]。他能够听到船身木料的呻吟和断裂声。压力巨大，以至于他命令船员们用火药炸碎周围的浮冰堆，然而"浮冰仍然狠命压迫着我们这条可怜的小船。如果潘多拉号再出现更多无力抵抗的迹象，我们都准备好弃她而去了。我觉得她即将葬身冰窟，根本无望逃出生天"。[9]

但是，潘多拉号坚强地挺过来了。扬后来发现尽管"经历了艰苦的战斗"，船所受的伤害却不过是一片螺旋桨叶被压弯了。[10]仿佛这艘快乐的小艇有个守护天使一样。"我们都完好无损，"扬跟海军部大臣吹嘘他的航行时说，"又可以无比安全和舒适地在海上逍遥了。"

在格陵兰的历险过程中，船主跟他的船之间看似形成了一种永远形影不离的关系。尽管德隆出了高价，艾伦·扬爵士仍然不肯卖。他现在要潘多拉号已经没有什么特别的用处了；他就是想永远拥有她——完全出于感情因素。

反正他是这么说的。一年后，扬一时冲动决定要卖船，于是立刻联系了贝内特。贝内特从巴黎赶来，当场就用 6000 美金买下了她。但是，扬不久便对自己的鲁莽决定感到后悔，他再次找到贝内特，希望把潘多拉号买回来。贝内特当然寸步不让。

一从海军部请得长假，德隆立即回到英国监督潘多拉号的清理和重新装备，在纽约为海军服役的一年里，他一直全神贯注地阅读各种关于北极的资料。这一次，德隆带上了艾玛和他们五岁的女儿西尔维。他们在伦敦西区的新卡文迪什街15号一家简朴的旅馆里租了一个房间。1878年春夏之交的将近四个月的时间里，德隆每天都去泰晤士河，潘多拉号在德特弗德的一个名叫沃克斯工场的干船坞里。"现在的一点儿小小的疏忽，"德隆写道，"都可能会在最终的探险中让我们功亏一篑。"[11]为修缮船只，贝内特拆取了他自己的比赛用艇无畏号上的零件和固定件。艾玛说，德隆"在潘多拉号的准备过程中对她的关注真是无微不至"，而随着探险计划的加速，她觉得自己也被"卷入了这场巨大的旋涡"。[12]

那年暮春，他们辗转于各种晚餐会和聚会中，在德隆一家看来，那就像是一场开不完的送行会。德隆觉得他不过是北极部门的一名新手，然而他在伦敦的最后几周，人们待他却像他是个举足轻重的大人物一样。他见到了皇家地理学会的成员，以及形形色色的英国科学家和探险家。退休的北极探险家们纷纷要求加入他的探险队。英国最伟大的北极殉难者约翰·富兰克林爵士的一位亲戚为德隆即将启程的航行举办了一场盛大的欢送会——德隆在聚会上承诺将寻找已经消失很久的探险家和他庞大的探险队，任何迹象都不放过（到此时，他们已经消失33年之久了）。艾伦·扬爵士也为德隆举办了聚会，并捐赠了自己的大量北极书籍和地图，让它们留在潘多拉号上。

听到这么多关于探险的议论，连小西尔维也能感觉到有大事发生，但她太小了，不可能理解即将发生什么。

"爸爸要去哪儿?"她有一次如此问道。[13]

"去北极。"艾玛回答说。但西尔维耸了耸肩,大概觉得那是个玩笑,仿佛她的父亲即将前往某个故事书里所提到的神秘之所,比如地球中心或者月球表面。

伦敦《泰晤士报》注意到发生在泰晤士河沿岸的热闹场景。"潘多拉号已在沃克斯工场被整修一新,"该报纸宣称,"可以说几乎是一条全新的船了。不日即可出海。"[14]

德隆和贝内特决定在法国勒阿弗尔进行进一步的整修工作,潘多拉号还将在那里停靠一个月之久——他们也将在那里为船正式更名,并将其注册为美国船只。贝内特此时已经回到了巴黎,他正在为船想一个新名字,一个没有这么多不吉利的神话内涵的名字。出于良心,他无法让全体船员驾驶着有这样一个名字的船前往北极,毕竟在希腊故事中,用这个名字命名的盒子里装着世界上所有的邪恶和瘟疫。

德隆决定自己驾驶潘多拉号从英国前往法国,之后再绕过南美洲到达旧金山,在那里,船只还会在美国海军的造船厂进行进一步修理。艾玛和西尔维会陪着他,和一小队船员一起,驾驶着潘多拉号航行至加利福尼亚州。第二年仲夏,探险队将正式启程,前往白令海峡——以及北极。

1878 年 6 月下旬的一个晴朗的早晨,潘多拉号在伦敦市中心停靠补给之后,沿泰晤士河轻装上阵了。她顺流而下,威斯敏斯特大教堂和圣保罗教堂从眼前滑过。德隆和艾玛心情激动,他们正驶向她度过青春年华的地方,也是他们相爱和结婚的地方——法国的勒阿弗尔。

10. 一别三年，或一去不返

詹姆斯·戈登·贝内特在他的船边踱步，在海边的晴日下细看她优美的线条。跟他曾拥有过的几艘帆船相比，潘多拉号没有那么光鲜、快捷或雄壮，也不怎么好看。但他认为她是一艘"坚固"的小船——还拥有经历过好几次冰雪考验的优势。他们还会在她身上做很多工作。然而，贝内特是个倾向于认为自己随便看看就能找出航海漏洞的人，坚信他新买的这条船已经为航行至北极腹地做好了准备。他也说不出这艘坚固的小船给了他怎样的感觉，但他知道，她的远航必将成为报纸头条。

那是 1878 年 7 月 4 日，潘多拉号停靠在勒阿弗尔的防波堤背后一个安全的小码头上，那恰恰是谢南多厄号在当年那个夜晚停泊的位置，乔治和艾玛·德隆在其甲板上步入婚姻殿堂。事实上，这是潘多拉号存世的最后一天了——她将在当天下午举行的仪式上正式更名。

贝内特决定以自己妹妹的名字给她改名为珍妮特号（Jeannette）。他包了一列火车从巴黎赶来，带着惯常随从的一群时髦公子哥和运动健将，以及几位前来报道这一事件的《先驱报》新闻记者。珍妮特本人也来了，随她一道前来的——那当是维多利亚时代求爱规则的最大尺度了——是她的情郎艾萨克·贝尔，一位富有的纽约棉花经纪人和投资大亨。

然而，人群中最著名的嘉宾还要属亨利·斯坦利，那位以《先驱报》记者的身份深入非洲丛林的威尔士裔美国探险家，后来又因把那次探险写成了一本书而更加名声大噪，书名就是《我是如何找到利文斯通的》。

大家在弗拉斯卡堤海滨度假酒店和赌场的午餐会上集合。那里是上诺曼底海滨的一个单调的奢华之所，巴黎富人常在夏季来这里避暑。海滩上，小小的条纹帆布更衣室在海风吹拂下鼓起。穿着一件式泳衣的肌肉男们频频跳入冰冷的大西洋，孩子们在沙上建起沙堡，女士们身着灯笼裤，在遮阳伞下打盹儿。（当时，人们普遍认为女性在公共场所游泳是不得体的行为。）

在弗拉斯卡堤的招待厅，贝内特坐在一张狭长宴会桌的一端，德隆坐在另一端。出版人经历了一波又一波的敬酒和感谢，用疏远的眼神打量着这一切，他修剪整齐的两撇小胡子直立着，随着酒精开始起作用，他的脸上浮起了一抹坏笑。

但他没做什么，也没说什么，就好像是从远处观察庆典似的。贝内特在一大群人中间会奇怪地变得很害羞，也不习惯成为焦点，即使那摆明了是他自己的聚光灯。他像个冷静中立的钟表匠，是那种喜欢让周围的场景动起来，然后坐在一旁开心地欣赏后果的人。

德隆和斯坦利邻座，"整个午餐会上一直都在热烈地交谈"，艾玛后来回忆道。[1]德隆跟这位浮夸自大，有时还很粗鲁的探险家截然不同，但他和斯坦利也有很多共同点，有很多话可说。极地和非洲腹地——它们有时被称为寒带和热带——是当时地球上遗留的两大地理秘密，而且两人又拥有同一个古怪的赞助人，资助他们去探索那些未知的区域。

斯坦利有一种东西是德隆渴望的：经久不衰的声名，因为做出了非凡的成就，又在文学上大获成功而加持的声名。德隆也打算写一本关于自己的北极远航的书。但斯坦利坚称——他的口气可不全是玩笑——他会为德隆的探险写一本详尽可靠的记录。那将是贝内特一直心心念念的让报纸大卖的独家报道——是精彩的重演。

"你看，德隆，"斯坦利说，"我打算写一部《我是如何找到利文斯通的》的姐妹篇，书名就叫《我是如何找到德隆的》!"[2]

后来，聚会的人们逐渐散开，漫步前往潘多拉号停靠的码头。那是个温暖晴朗、薄雾弥漫的日子。西尔维头戴一顶手写着"珍妮特"字样的草帽，在码头上跑来跑去，吃着杏子，无忧无虑地在母亲长大的海边玩耍。随着人群慢慢聚拢，珍妮特·贝内特和艾萨克·贝尔一起走开了一小会儿——"这对情人，"艾玛说，"爱得如胶似漆。"[3]——直到典礼开始才再次出现。

从海神的视角来看，为潘多拉号更名要算一个非常暧昧的行为。就好像她原来那个源于神话的名字还不够沉重似的，水手们一直都有一个迷信，绝对不该给船改名字。有人说这是对船自身的灵魂的冒犯，还有人说这么做就是不好，基本上等同于玩命。

然而，戈登·贝内特一生都在藐视规则。他有很多自己的航海迷信，各种奇思怪想和莫名恐惧，而这一次实在不算什么；贝内特喜欢给他的船改个什么名字跟任何人无关。

的确，用"珍妮特"给一个北极破冰船命名实在不算高明，但这么做符合时代潮流。那个年代有一种日渐盛行的趋势，就是用妻子、母亲、侄女和姑母的名字给船只（哪怕是注定要历经艰险的船只）命名——仿佛召唤一个最喜爱的女性（不管她有多娇媚、多柔弱或者多像个老年贵妇），并因此能神秘地软化前路上的艰难险阻似的。

贝内特之所以选择这个名字，最大的可能性是出于对家人的愧疚。自打他离开纽约在巴黎奢侈地定居下来，贝内特很少见到妹妹。除了给珍妮特支付各类账单之外，他很少履行过父亲遗嘱中要求他细心照顾妹妹的条款。珍妮特本人不是很喜欢船，也从未要求哥哥用她的名字给船命名。然而，出于责任感，她还是从美国坐船赶来，又从巴黎乘火车来到勒阿弗尔，亲临现场为庆典增光。

德隆扶着珍妮特来到船头，人们拿出了一瓶最好的香槟酒。（贝内特在这个环节自是一掷千金。）剪彩后，珍妮特带着甜美妖艳的微笑，在刚刚漆好的船身上砸碎了香槟酒瓶。

潘多拉号就此便成了珍妮特号。根据贝内特的华盛顿代理人在国会促成的一个特别法案，她被注册为美国船只，并即将被宣布为美国军舰。一面美国国旗骄傲地在桅杆上随风飘扬。

亨利·斯坦利站在人群前排，举起手中的酒杯，劝德隆讲几句话。"还是不要让我讲了吧，"德隆说，"斯坦利先生，您才有权在这里讲话——您已经完成了自己的任务，而我的探险任务尚未开始。"[4] 正如德隆一贯所说的，他不希望做出任何"成就奇迹的承诺。前路坎坷，不是什么浪漫故事。我们可能一别三年，也有可能一去不返"。[5]

贝内特以自己惯常的超脱看着典礼进行。他始终"站在幕后"，艾玛说他"根本不可能让他到前台来积极参与"。[6] 或许出版人此刻所想的已是其他的事——他定好第二天乘船前往纽约，对《先驱报》的办公室来一次突然袭击式的视察。

这一小群人离开珍妮特号，走回弗拉斯卡堤酒店，当晚会有整晚的庆祝和敬酒活动，人们将在烟雾缭绕中推杯换盏。这一夜过后，贝内特和他请来的嘉宾都将散去，回到他们的日常生活中，让德隆基本上独立地去规划和开始自己的航行。珍妮特将和艾萨克·贝尔一起赶回纽约，几个月后他们就会结婚，很快就要在纽波特另建一所优雅的"木屋"。[7]斯坦利将回到非洲继续探险，那一事业既为他加官晋爵，也让他恶名在身，他残忍的探险经历为约瑟夫·康拉德①写作《黑暗之心》提供了部分灵感。[8]

贝内特祝愿德隆一路顺风，说两人要在珍妮特号于旧金山装载补给时才会再次见面。当德隆跟他汇报，说艾玛会跟他一起度过这 1.8 万英里（合 28968 公里）的航程到达加利福尼亚州时，贝内特很惊奇，还有点儿震惊。后来德隆觉得那一刻，他在这位终生单身的人身上看到了一丝悲哀。"你妻子一定很爱你，"贝内特说，"从来没有一个女人愿意为我做出这样的牺牲。"[9]

贝内特为德隆提供了三个人同行；如果一切顺利，他们愿意签约一同前往北极探险。其中两个人，阿尔弗雷德·斯威特曼（Alfred Sweetman）和约翰·科尔（John Cole）都曾在贝内特的游艇上工作过多年。斯威特曼是个瘦高个的英国木匠和机械师，他为人可靠，只是严谨得近乎沉闷。（他跟德隆说他的

---

① 约瑟夫·康拉德（Joseph Conrad，1857－1924），生于波兰的英国小说家，是少数以非母语写作而成名的作家之一，被誉为现代主义小说的先驱。他年轻时当海员，中年才改行写作。《黑暗之心》（Heart of Darkness，1899）是康拉德的代表作，讲述了在刚果河运送象牙的船员马洛的故事。这本书探索了人性中固有的黑暗面，涉及殖民主义、种族主义、野蛮、文明等多个主题。

年龄是"三十八又六分之五岁"[10]。）科尔这位爱尔兰人是个动作敏捷的水手长，虽然个头刚过 5 英尺，但据说他在绳索上攀爬的动作灵巧得像只猴子。科尔人称"杰克"，13 岁起就在海上生活了。"你会发现科尔是你能见到的最好的水手之一，"贝内特跟德隆说，"遇到危险时，他一个人便价值千金。"[11]

贝内特推荐的领航员叫达嫩豪，这是个古怪而聪明的家伙。约翰·威尔逊·达嫩豪（John Wilson Danenhower）军士长那年29 岁，出生于芝加哥，是海军学院毕业生，他曾受到美国前总统尤利西斯·S. 格兰特的高度推崇，后者最近乘坐美国军舰大丽花号在地中海附近航行时认识了他。达嫩豪是个高个子，讲究礼仪，相貌英俊逼人，双手修长，满脸的胡子修剪得很整齐，一头浓密的黑发剪成板寸。他的脸因为那种伶俐的敏感而时有抽搐，一对勺子一样的大耳朵和一双有穿透力的黑色眼睛给人的印象是他不会漏掉任何东西。达嫩豪长期以来一直热切地渴望到达北极。他跟德隆说他"一心一意"[12]只想去北极。

德隆一眼就喜欢上了他。达嫩豪是个聪明的健谈者，带着一丝嘲讽的幽默感。他阅读过大量天文学、磁现象、物理学和北极探险史方面的书籍。他的航海知识看似绝对权威。除执行过其他任务外，他还在华盛顿的美国海军天文台工作过。尽管如此，他的言谈举止还是让德隆有些犹豫。一天在勒阿弗尔，一位美国军官跟德隆说了一个有趣的八卦：他曾听说，达嫩豪一度出现过"脑子问题"，被判定为精神失常。当德隆把这条烦心的消息跟贝内特汇报时，后者阴沉着脸答道："还有什么比北极的冰层更能让人精神失常的么？"[13]

即便如此，德隆还是在环南美洲航行中雇用了达嫩豪作为领航员——并且将这段航行作为一次考验。德隆想，如果达嫩豪的精神仍然"不正常"，前往旧金山的漫长航行一定能让"他的旧病的任何潜伏症状"[14]显露出来。

贝内特同意这一计划。分别时，他对德隆提出的唯一的要求一如既往地有些奇怪：他和达嫩豪从勒阿弗尔乘坐珍妮特号出发，直到他们到达旧金山，其间任何人不得离开珍妮特号，一刻也不行。虽然整个航行可能长达200多天，但在珍妮特号穿过金门海峡之前，无论遭遇何种情况，任何人均不得上岸。

贝内特没有解释为何会有这么一条古怪的命令。那只是他脑子里的各种古怪念头之一———当然，他希望人们能遵守这一命令。

7月15日，珍妮特号从勒阿弗尔港出发了。那天早晨，艾玛的童年闺蜜们来到码头，为她举办了一场盛大的欢送会，用各式各样的法式奶酪和其他美味祝愿她一路顺风。"她们不知道我何以如此胆大"，她回忆道，并说大部分法国女人"都深爱着故乡，总是迟迟无法下决心离开"。[15]

作为临别礼物，朋友们送给了她一排开花的盆栽植物，让她在海上点缀她的船舱。她把它们放在穿过她房间的后桅周围——把那间小屋变成了一个微型的热带丛林——还用绳索把几十个硬陶土罐都扎牢了。

航行的前几周非常顺利，珍妮特号沿着葡萄牙和摩洛哥海岸朝西南斜下，之后途经加那利群岛，进入广阔的大西洋。天气晴好，海上很平静，风向也有利，以至于德隆根本就没开过蒸汽引擎。"我们航行的过程中，"艾玛说，"没有震动，没有噪声，海水只是在珍妮特号穿过时泛起涟漪。"[16]乘务员萨缪尔是个出生于瑞士的戏剧演员，有着完美无瑕的声线，常常会在船上的厨房里忙碌时高唱悦耳的咏叹调。（事实上，他曾在纽约的大都会歌剧院唱过一季。）

艾玛和乔治从未有过如此漫长的快乐假期。他们花了大量时间阅读珍妮特号上丰富的藏书，世上出版过的每一本关于极地旅行的书几乎都能在这里找到。艾伦·扬爵士把他的很多旧书都捐献了出来，贝内特也让出了自己收藏的一整套北极文献。德隆还收集了数量惊人的航线图和地图，其中很多是从彼德曼的哥达地图公司买来的，包括已知的北纬 65 度以北海域的每一张航线图。

"我们如痴如醉地研读着关于北极的一切"，艾玛说，一心一意地只想着"前方的伟大目标"。[17]达嫩豪也常常在海图室跟他们一起热切讨论，谈及穿过白令海峡的最佳路线，北极可能的风向和洋流，以及到达弗兰格尔地之后可能会发生什么。艾玛沉浸在这些交谈中，开始意识到"科学的力量如此巨大，难怪会有人前赴后继地为之献身"。

有时，德隆会把艾玛从她读书的椅子上拉起来，手挽着手在甲板上散步，在带着咸味的薄雾中聊天，小西尔维蹦蹦跳跳地跟在后面。"虽然西尔维和我将与父亲和丈夫分别很久，"艾玛写道，"但我们从未说过一句后悔或担忧的话——我觉得我们连想都没想过。"[18]

11. 祝福

　　1878 年 7 月 15 日，也就是珍妮特号从勒阿弗尔出发的当天，《纽约先驱报》特别关注此事，专门撰写了一篇关于奥古斯特·彼德曼的长篇报道。在这篇题为《未知的北极世界：专访著名德国教授奥古斯特·彼德曼博士》的文章中，作者及其专访对象都为珍妮特号即将在北极腹地做出的发现而激动不已。到此时，彼德曼已经成为这次探险的指路人——它最主要的理论支持者，它的幕后人物。虽说德隆和贝内特都没有把彼德曼的话当成千真万确的信条，但教授的观念确已构成了整个探险项目的科学和知识框架。彼德曼把他最好的北极航线图和地图都给了贝内特，而且多少有点儿诡异的是，哥达的智者把他最大的希望全都寄托在这次探险的成功上，期待着它能够证明他关于北极的猜想都是正确的。

　　因此，贝内特知道发表彼德曼对这次航行的关注自有其价值，于是就派了《先驱报》的一位记者从柏林出发，与这位"开明热心的哥达学者"[1] 待了一天时间。那个温暖的夏日是哥达的市集日，小镇十分热闹。农民们赶来出售大量的樱桃和刚刚宰杀的厚片小牛肉，幽会的情人们沿着林荫小道曳足而行。"金发的孩童们在街上顽皮地嬉闹，"《先驱报》的记者写道，"啤酒铺里挤满了身穿最古怪的乡村服装的人，他们就着奶酪喝啤酒。"[2]

　　彼德曼邀请记者进了他的庄园。一开始谈话，他就跟记者谈起了后者的雇主。"我很高兴贝内特先生提出了这次极地探险的计划，"他说，"以我的了解，珍妮特号完全能够胜任这次航行。"[3] 彼德曼仍然坚持他的开放极海理论。"极地的核心区域多少应该是无冰的"，他说，尽管他也有所让步，说那里或许不会"像地中海或墨西哥湾那样永远畅通无阻"。不过，他又说道："我确信像珍妮特号这样的一艘船一定能在那里航行。"

彼德曼坚守着关于船只的传奇，他并不认为可以通过雪橇到达北极。或许可以用狗拉雪橇作为一种"有用的辅助手段"，却不应将其视为"探险必不可少的元素"。他争辩说："那不是狗可以完成的，只有人类才能最终在北极成就大业。我倾向于走海路。你需要一艘很好的船，轮船也不错，我愿意对那些能驾船返航的人致以敬意。"[4]

哥达的智者在谈及德隆可能会在北极发现人类文明的前景时非常激动。"如果他们发现爱斯基摩人就住在北极，"他说，"我不会觉得奇怪。那并非全然不可能。"

他预言，从天气和健康的角度来看，珍妮特号的航行可能会顺风顺水。他说："就健康而言，北极区域要比斯坦利探险的刚果有利一百倍。"在他看来，缺少光照可能对某些人的神经是种折磨，但北极的天气并非如人们所想的那样糟糕。"你完全能够经受住寒冷，还能在那里健康地生活，"他说，"真正考验身心的是漫漫长夜。"

"这么说，"《先驱报》记者问道，"您认为人类无疑将终有一天会到达北极？"

彼德曼回答道："就像人类无疑已经到达了刚果。我希望贝内特先生的探险就能够发现北极。"[5]

《先驱报》的采访到此为止。"这些话，"记者最后说，"是在我们从博士的住宅穿过花园走到大门时，他神采飞扬地说出的祝福语。夕阳已经落下，夜幕降临，古老的小镇似已哼起了摇篮曲，正慢慢地进入宁谧的梦乡。"

彼德曼那天确实表现得很乐观，但事实上他已备受折磨。过去两年来越演越烈的躁郁症继续加重。几个月前，在1878年5月，他跟妻子克拉拉离婚了，几天后便一时冲动娶了来自贝恩堡镇（Bernburg）的德国女人托尼·普菲斯特。朋友和熟人们都觉得这一举动太过疯狂，因为他几乎根本就不了解这个女人。果然在几周后，人人都觉得这桩新的婚姻注定要失败。

他很难过，克拉拉也一样。彼德曼想念与克拉拉和女儿们在一起的熟悉的昔日时光，但她们都已经搬回英格兰了。"良心的谴责噬咬着他的骨髓，"早期的一位传记作者说，"他头上笼罩着不祥的阴影，生活越来越暗淡。"[6]

彼德曼的神经备受折磨。他吃不下饭，睡不着觉，根本无法集中精神。他对生活已经彻底丧失了热情，无法坐在钢琴前弹奏，也不再读报关心什么国际新闻。他对工作也显得无精打采。柏林已经替代哥达，成为地图制作、出版和探险辩论的中心。彼德曼感到自己丧失了前沿地位，他在这一领域的杰出才能江河日下。

1878年9月25日，他被人发现在自己的庄园里上吊自杀了。[7]自杀的念头显然已经压在他心头一段时日了，因为他留下了一张写于三周前的字条。在他生命的最后几个月里，他曾对朋友们说过很多含义模糊的话——回头来看，那些话的确让人心头泛起阵阵凉意。

收到他自杀的消息后，远在伦敦的克拉拉匆匆给彼德曼家的一位好友写了信。"我常常在想彼德曼庄园会发生什么事,"她写道,"哦,天呐,这一切简直是我的一场噩梦。"她的"命运很悲惨",克拉拉说,但她仍然认为自己是"他可怜的小妻子,尽管他严重地误解了我"。[8]

彼德曼作为当地的英雄被葬在哥达镇边的一个绿荫如盖的墓园,他在国际上被誉为地图制作的殉道者。在他生命的最后几个小时,没有迹象表明他对北极有什么特别的想法。他的书桌上放着一份新的手稿,那是他正在撰写的关于非洲探险的相关问题的文章。然而,即使在他抓住绳索之时,想必也知道那艘有希望实现他最美妙梦想的船只正驶向旧金山——随后将前往北极。

接受《纽约先驱报》的采访,成为奥古斯特·彼德曼公开发表的最后讲话。

12. 第二次机会

随着珍妮特号驶近赤道，海水变得出奇地平静，到处是鳗鱼、海龟和海豚。一天早晨，好几条飞鱼摔上甲板——"正好被船员们捉住当作早餐，"艾玛说。[1]

沿巴西海岸驶出几百英里之后，珍妮特号遭遇了一次巨大的热带风暴。在风暴最为肆虐之时，大浪横扫过甲板，珍妮特号的主帆杆断了。帆布制的主帆在索具上狂舞，船非常危险，几近倾覆。德隆和达嫩豪后来总算捆紧了松动的帆杆，但风暴呼啸了一整夜，船舱里处处是晃动泼溅着的海水。

艾玛待在自己的铺位上，把小西尔维紧紧抱在怀里，只盼着"速死"[2]。当轮船在公海中起落时，艾玛的朋友们送给她的那些陶罐植物纷纷倒在地上。在漆黑的船舱里，她能听到"花盆一个接着一个地掉下来"。第二天早上查看残骸时，艾玛看到所有被踩踏的植物和碎片都"陷入了万劫不复的境地"。

不爱讲话的木匠阿尔弗雷德·斯威特曼用一根备用的木料临时做了一个新桁杆，不久珍妮特号又挣扎着继续航行了。接近中午时，一对显然被卷进风暴中的鸣禽在船四周飞翔，最终落在甲板上。它们大概是从巴西来的，是两只燕雀类的鸟儿，船上谁也不认识这是什么鸟。其中一只就落在达嫩豪浓密的平头上。"它一定以为自己藏在灌木丛里呢！"艾玛笑着说。它们显然被风暴弄得筋疲力尽，这两只鸟儿可能已经飞行数千英里了。

两只"小客人"成了船上的吉祥物——每个人都很喜爱它们、欢迎它们，将它们视为某种吉兆。艾玛试图在自己的船舱里照顾它们，帮助它们恢复健康。她给它们喂食谷物、面包和切碎的奶酪，但两只鸟儿什么也不吃。其中一只很快就死了，大概是死于饥饿和疲惫。乘务员萨缪尔还写了一首诗哀悼"它悲惨的命运"[3]。在举行了一场肃穆的葬礼之后，他把自己的诗篇和那只死鸟一起装在一个瓶子里，扔进了大海。

另一只鸟儿似乎有所好转。但几天后，它飞出了艾玛的船舱，当时舱门竟无意中被打开了。船员们在甲板上乱作一团，力图逮住它，但鸟儿最终还是在船上高高腾起，飞向大海。"它有三次试图回到船上，我们以为它会成功，"艾玛写道，"但它很快就没了力气，落入海水淹死了，真让我们难过。"[4]

一天，珍妮特号正驶近阿根廷的最南端，距离火地群岛①不远，达嫩豪军士长把德隆拉到一旁，说有事要跟他坦白。

达嫩豪说他曾一度犯过"抑郁症"。那是在三年前，他驾驶着朴次茅斯号航行在夏威夷附近时。他也说不出是什么触发了他的抑郁症，但当时他华盛顿的家中的确有一些"麻烦事儿"。他海上航行了六个月，在各个海港上停靠，一直等待的一封重要信件却始终没有到达。在德隆听起来，他似乎是犯了心病：他觉得达嫩豪跟自己一样，有着某种浪漫主义的倾向。

无论如何，那时达嫩豪的抑郁症犯了。随船军医将他列入了病号名单。最后看他没有好转，就把他送回了华盛顿，他同意在那里接受政府精神病院一位医生的治疗。

————————————

① 火地群岛（Tierra del Fuego），南美洲最南端的岛屿群。

达嫩豪一心以为自己无论如何都不会被接收入院的。然而，精神病院的门一被关上，那里的人们对待他就跟对疯人一样了——控制、隔离，无视他的抱怨，他写给外面的信也被扔掉。他试图逃跑，但被制服了，又重新被关进软壁病房。达嫩豪想，要不是他在华盛顿的父母认识海军部长，八成现在都还被关在那里——海军部长听说达嫩豪被监禁，立即让他们把他放了出来。

"我觉得你应该知道全部真相，"达嫩豪跟德隆说，"我认为我跟任何海军军官一样健康。我从没有精神失常过。"[5]

这一切让德隆船长很难立即做出判断，但他赞赏达嫩豪的坦率，要知道他是自愿来讲述自己的故事的。"我相信他，"德隆写道。[6]因为达嫩豪的问题发生在三年前，且显然没有复发，德隆倾向于认为他是无辜的。或许这可能是错误的，但德隆一贯坚持的原则就是要给人第二次机会。除此之外，达嫩豪的推荐人实在位高权重：如果 U. S. 格兰特总统都觉得他不错，他也一定能胜任珍妮特号上的工作。

到目前为止，达嫩豪在航行中很好地履行了自己的职责，也一直是个健谈有趣的同伴。他似乎根本就没有抑郁。"他活泼开朗，"德隆写道，"对工作认真负责……是个很好的海员和合适的领航员。"[7]除非德隆在旧金山了解到其他信息，他心意已决：达嫩豪将随珍妮特号前往北极。

在海上行驶了 80 天后，珍妮特号驶入了麦哲伦海峡。德隆和达嫩豪有好几个星期都在应对那些危险的横流，它们横亘在一大片浓雾弥漫的岛屿中间。最后，珍妮特号终于进入了起伏涌动的太平洋。沿着智利海岸线缓慢行驶时，德隆知道他需要在某处上岸，去修理那个临时配备的桁杆，但船长深深铭记着贝内特坚持任何人不得上岸的命令。他决定不在岸边停泊，径直北行，这让艾玛很烦恼。"我们已经这么久没有看到陆地了，"她写道，"我想踏上陆地的渴望简直强烈得无法抑制。"[8]

当时正是南半球的春天，在南美大陆冰雪覆盖的最南端，天气仍然寒冷刺骨。乔治和艾玛大部分时间都蜷缩在一个冒烟的开放炉火旁，就着它忽明忽暗的火光读书。风暴如此频繁，以至于萨缪尔不得不在厨房和餐厅中间安装导向绳——但即便如此，他仍常常蹒跚摇晃，"餐盘中的菜经常会倾倒得甲板上到处都是，我们那顿饭就只好省略那道菜了"。

沿智利海岸继续向北时，一场暴风突然笼罩在珍妮特号上空。太平洋上的大浪"猛烈地暴起"，艾玛写道，珍妮特号会"在海浪掠过时浑身颤抖"。有那么恐怖的一刻，船严重倾侧，右侧边缘都浸到了海水中。"海面剧烈倾斜，风暴把我们的四周变得一片漆黑。我们只好坚持着，将命运交给轮船。"珍妮特号开始进水，似乎随时会有翻船的危险。

就在那时，转眼间，风暴过去了，海风平静下来，珍妮特号又四平八稳了。一片狼藉中，萨缪尔为紧张的船员们送来了坚果和咖啡，一脸平静的德隆从舰桥上下来，仿佛什么都没发生过似的。"没有人说起，"艾玛写道，"我们刚刚与死神擦肩而过。"[9]

离开秘鲁和厄瓜多尔海岸，天气温和下来，也暖和了。大多数的傍晚艾玛和德隆都在甲板上度过，尽情享受着热带的空气。她永远不会忘记他们一起度过的那些10月的夜晚——"一起看南半球的群星璀璨，船在海上平稳前行，乘务员轻声吹着口哨，我们几乎都不敢大声出气，生怕惊扰了那美好的一刻。"[10]木制的船身发出安静的吱吱声,帆索浅浅地呻吟着,风哼着歌儿穿过帆具。乔治·德隆和他的妻子从未如此快乐。那么多年来,他何以如此痴迷于航海在艾玛看来一直都很抽象,是导致两人无法团聚的障碍。如今在这短暂的航程中,它却把两人紧紧地连在了一起。

珍妮特号驶过墨西哥大陆,随后到达下加利福尼亚半岛,然后一路北上,到达山峦起伏的加州海岸。圣诞节后的两天,它穿过金门海峡时,煤仓里只剩下最后一桶煤了。

从勒阿弗尔出发,它用 166 天航行了 1.8 万英里。德隆觉得珍妮特号的表现好极了,达嫩豪军士长也这么看。大家都满足了贝内特古怪的愿望,在此期间没有一个人登过岸。

13. 美国北极探险

在金色的加州阳光下，德隆船长仔细检查了他那艘历经风霜的船，每一个气阀装备，长长的船身上的每一块列板，他都一一细看。他想看看她是否还有尚未显露的弱点。有没有腐朽的木料？漏水的接缝？最微不足道的缺陷都有可能造成他以及跟他一起前往北极之人的性命陷入险境。珍妮特号经受住了这次航行的考验——事实上表现得很出色——但他知道，她还没有为即将到来的北极航行做好准备。还有很多工作要做，而他们只有几个月的时间了。为了抵御大浮冰的压力，珍妮特号必须要比以往任何北极探险船都加固得更加结实才行。

1879 年 1 月的大部分时间，船都停泊在旧金山附近的马尔岛海军造船厂，等待着一个由特别指派的海军工程师组成的委员会对她进行检查。马尔岛是西海岸唯一的海军造船厂，有时候那里会建造新船只，太平洋分遣舰队的现有船只也定期开来进行维护和检查。那里的铸造厂、管件加工车间、机械加工车间、沥青车间、锯木厂、烟囱和起重机，都聚集在一个水上的干船坞周围，这一切都坐落在一个偏僻河口附近的湿软岛屿上，纳帕河水从那里流入旧金山湾。

每天早晨，钟声敲响，早班开始，整个造船行业的人——木匠和铜匠、锡匠和车把式、水管工和油漆工、捻缝工和桶匠——都在烟熏火燎的环境中开始了辛苦的劳作。马尔岛是国力日兴的美国的西部前哨，这个国家的海军仍然十分薄弱，但不久就会成为一颗冉冉升起的新星。一切都会逐渐被改善，帆布变蒸汽，木料变金属，而这里正是它装备良好的修理厂。在总部大楼顶上蹲踞着一只白头海雕的铜皮雕像，那只巨鸟保持俯冲下水的姿势，好像是在跟这个国家的船只告别，它们纷纷驶向广阔的太平洋。

很多大船——双桅帆船、浅水重炮舰、轻武装快舰、纵帆船、单桅战舰等——都曾在马尔岛下水启程或大修。但整个19世纪，这个造船厂流传最广的传说，还要数那艘在波士顿建造的54炮护卫舰，即古老的美国军舰独立号。按照一位海军历史学家的说法，这艘军舰在将近70年的时间里，"跟岛上的海鸥一样，成了马尔岛不可分割的一部分"。[1]

沿造船厂停泊了很多战舰，身形纤长的珍妮特号看上去脆弱而低调。刚开始正式检查时，海军工程师们对她颇不以为意。他们认为，要抵御坚冰，珍妮特号还需要大做修理——特别是她的船身。他们完全不明白在这艘探险船还是潘多拉号时，如何能够历经三次北极航行还能安然返航。

当然，这些人做这份有偿工作，就是要越谨慎越好，而且他们知道自己的建议不会对他们在海军的升迁有什么影响，特别是考虑到一切费用都是由贝内特支付的情况下。尽管如此，工程师们还是进行了非常彻底的评估：他们宣称，甲板必须拆除，舱壁得重建，要安装新锅炉，得改造煤仓，整个船身得用更多的木板进行加固。他们提出要增加无数的横梁和支柱。修理和改装清单越拉越长，他们预估费用将高达5万美元。

德隆虽然知道很多修理工作都是必要的，也知道他和船员们将是这些建议修缮工作的受益人，但还是对此感到非常震惊。工程师们的建议让他深受困扰。"必须阻止他们，"他写道，

"要不他们会把我们毁掉的。"[2]贝内特从来不会被账单吓倒，但德隆觉得他有责任确保工程师们没有炮制出不必要的修理项目来敲诈这位远在他乡——且出了名地大手大脚——的出版人。"我认为我们的利益是一致的，"德隆在到达加利福尼亚后不久写信给贝内特说，"我正在努力减少开支，我将像对待我自己的账单一样审慎严谨。"[3]

一切工作都将在马尔岛进行，但德隆知道，真正能够决定船只修理及其装备、供给、人员配备的权力中心，远在3000英里之外的东海岸。他想去咨询海军部、史密森学会①、海军学院，以及这个国家最棒的科学家和北极理论家们，更不用提贝内特在《先驱报》的代理人了。德隆在旧金山登陆不久就听说了奥古斯特·彼德曼在哥达去世的消息，这是此次探险本身的巨大损失，他觉得有必要找到各类专家和权威人士来填补这一空白，而他们只可能在东部。

然而最主要的是，德隆讨厌受到隐藏在背后的政治力量的挟制。在加利福尼亚时，他说："我没有足够的武力对他们施加影响。"[4]考虑到华盛顿"无疑是说话最管用的地方"，他给海军部长写了一封信，安排了一次遥远的跨国公差。

德隆将让约翰·达嫩豪军士长在这里负责监督马尔岛的日常运作。回到加州后，他对达嫩豪的欣赏更是与日俱增。德隆请领航员在与工程师们商谈时尽可能地得体周全——但也要密切监视着开支情况。"钱不经花，"德隆跟达嫩豪说，并强调他希望比对待自己的钱更加当心地对待贝内特的钱，"我现在把

---

① 史密森学会（Smithsonian Institution），美国一系列博物馆和研究机构的集合组织，也是美国唯一一家由政府资助、半官方性质的第三部门博物馆机构。

这一切交给你负责，希望你以最大的谨慎来履行我的愿望。"[5]

2 月的第一周，德隆跟艾玛和西尔维一起在奥克兰坐上了前往美国首都华盛顿的火车。

火车向东开了一周时间，其间德隆开始将注意力转向了另一个迫切的问题：谁将跟他一起前往北极？到目前为止，他为填补探险队员名单取得了一些间歇性的进展，他希望在华盛顿期间将大量时间都用来面试候选人。航行需要 30 个人，包括 20 个掌握不同专业技能的海员——他们将由 5 名海军军官来管理，再加上冰区引航员、1 名医生、2 名民用科学家，以及一两名橇夫。

然而，无论是军官、海员还是科学家，谁会自愿前往北极，完成如此危险而又困难重重的使命呢？有些事情的吸引力与当时那一代人有关：大多数申请人都跟德隆一样，刚刚错过了美国历史上最大的战斗。这些年轻人渴望得到他们的父亲在内战战场上赢得的荣誉，渴望在某个令人敬畏的冒险事业中证明自己的男子气概——如果不是战争，起码得是跟战争大致相当的东西。

有几位申请人以前到过北极，对那里奇妙的光晕、荒凉的天地、勾魂摄魄的美丽异景念念不忘。这些人跟德隆一样，也对北极痴迷到几近疯狂的地步，也因为无法完全解释的原因想要重返北极。

还有探险本身也自有其魔力。对某些美国公众而言，珍妮特号探险之伟大、之光荣、之迷人，怎么夸大也不过分。更何况还有民族主义情结掺杂在其中——他们要在北极打败其他国家——因而德隆的航行对某些年轻人而言有着不可抗拒的吸引力。

德隆接到了来自全美和全球各地的数百份申请，在那趟漫长而颠簸的火车旅行中，他给其中最有希望的申请人回了几十封信。（不过，其中很多申请者都很可疑。让德隆尤其困扰的是一位早熟的少年不断寄信来，说自己可以不收取任何报酬参加北极探险，声称他可以"编辑一份报纸并进行杂耍表演，在北极寒冬的漫漫长夜供船上的人们消遣取乐"。[6]）

德隆最想找的是身体健康的未婚男士——年富力强的海员，而且最好不饮酒、愿意领取海军微薄报酬的候选人。只要有英语读写能力，外国人也来者不拒。他更偏爱斯堪的纳维亚人，不过英格兰人、苏格兰人和爱尔兰人也都可以接受，而西班牙人、意大利人，尤其是法国人则应该"直接拒绝"[7]，他在一张纸条上这样写道——这真是个奇怪的偏见，要知道他娶的就是一位法裔美国女人，他自己也有法国胡格诺派的血统。他希望船上有个不错的音乐家，能在那些孤独的苦寒之夜让大家开心一下。厨子的手艺必须是最棒的，而且考虑到其不得不烹制一些古怪的食物，还得足智多谋才行。

不过，德隆最需要寻找的，还是一种绝对遵守海军纪律的品质——用他的话说，要"毫无疑虑地遵守每一项命令，不管是什么命令"[8]——这恰是北极星号以及其他下场悲惨的北极探险队所缺乏的品质。

约翰·达嫩豪将成为珍妮特号的领航员——德隆对此确信不疑。英国木匠阿尔弗雷德·斯威特曼和爱尔兰水手长杰克·科尔都在环南美的航行中表现出色，德隆决定也把他们都留下。瑞士戏剧演员和歌剧演唱家萨缪尔为船上带来了一股清新之风，但他不会跟他们一起去北极。他在船上做乘务员的任务结束了；

他一直渴望回到纽约的舞台上。这样一来，德隆还得再去别处招人。他离开旧金山之前就已经开始在城里越来越多的华人中间物色人选，希望为珍妮特号上的厨房填补空白。达嫩豪不久就会到中国城去面试候选人。

德隆已经决定了自己的副舰长和副指挥官人选：他的老朋友查尔斯·怀南斯·奇普上尉。德隆没有忘记奇普在小朱尼亚塔号上的英勇表现和明智决断。奇普在海军方面的经验广泛而又深入。在十多年的海上生涯中，他曾在单桅帆船、护卫舰和炮舰上服役，并且好像哪儿都去过：不光去过北极，还去过暹罗（泰国）、古巴、挪威、台湾岛、地中海东部及其岛屿和沿岸各国、朝鲜、北非。奇普是纽约州金斯顿人，那是哈德逊河上的古老城镇，位于曼哈顿以北 90 英里处。1868 年，他以优异的成绩毕业于海军学院。他人很清瘦，一头深色头发日渐稀少，从结实的前额梳到后面，留着一脸胡子，一双眼睛深陷，目光坚定。他的性情极为沉默寡言。"他很少笑，也很少说话"，德隆写道，但奇普"永远忠实可靠"[9]，是个绝对忠诚的军官。贝内特给海军部发了一封电报，当时还在中国服役的奇普就立即被调派到了珍妮特号。在德隆乘火车前往华盛顿的途中，奇普也正乘坐轮船越过太平洋，前往旧金山。

德隆也决定了另一名海军军官的人选：乔治·梅尔维尔（George Melville）将作为珍妮特号的工程师。据说他跟那位伟大的作家①是远房亲戚。梅尔维尔是个机器方面的即兴天才——

---

① 指赫尔曼·梅尔维尔（Herman Melville, 1819 – 1891），美国小说家、散文家和诗人，也担任过水手和教师，他最著名的作品是《白鲸》（*Moby Dick*, 1851）。这部作品出版后，读者的反应相当冷淡，直到 1920 年代之后才获得广泛认可，如今被誉为美国乃至世界文学的经典作品之一。

这位满手油污的专家似乎在轰隆隆的锅炉和蒸汽的强烈气浪中最为自在。他时年38岁，声音洪亮、身材矮胖结实，因为有一头稀少的卷发而显得头特别大，就像小小的鸟巢中放了一颗巨大的鸟蛋。他是纽约本地人——和德隆一样，也在布鲁克林长大。梅尔维尔嘴里脏话不停，但他远离酗酒和赌博，其他的毛病也一样没有。他在波士顿和纽约海军造船厂的表现都很出色，是一名鱼雷专家，也曾在各种战舰上服役，好几次都跟德隆共事。总的来说，梅尔维尔已经在海上度过了自己三分之一以上的人生。他还自学了矿物学、动物学和其他许多学科，并样样精通。

海军高层非常重视梅尔维尔多方面的才华，很不愿意批准他的长假，梅尔维尔那长期经受折磨的妻子海蒂也一样。海蒂跟他们的三个孩子一起住在宾夕法尼亚州的莎朗山（Sharon Hill），那是费城附近的一个小自治市镇。海蒂是个漂亮女人，也是个酒鬼，脾气很坏，有过精神病史——这大概就能解释梅尔维尔为何喜欢接受长期任务——这能让他远远地逃开家庭。"他的家庭和家人的秘密像一片乌云一样笼罩在他的心头，"一位熟人说。[10]但和德隆一样，梅尔维尔也在一次前往格陵兰执行任务时染上了北极"病毒"，决心一定要再次回到北极腹地。他阅读了大量关于"北极问题"的书籍，关于如何解决这个问题，也自有见解。德隆觉得梅尔维尔"是一流的男人和兄弟"[11]。本月之内，他就会来旧金山报到了。

德隆重点关注填补的空缺还剩下最后一个，那就是探险队的军医。他调查了各个军衔等级，唯一合适的人选是位一流的海军军医，他本人也随时准备且愿意去北极：合格的外科助理医师詹姆斯·马卡姆·安布勒（James Markham Ambler）。安布勒医生那年31岁，是个温柔安静的英俊男子。他来自弗吉尼亚州福基尔县（Fauquier County）一个显赫的家庭（父亲也是一位医生），那个县就坐落在华盛顿附近的蓝岭山脉脚下。安布勒少年时就在内战中作为骑兵参战，但他服役的大部分时间都是在一个肮脏的联邦监狱里思考人生。安布勒曾在华盛顿学院（如今的华盛顿与李大学①）接受教育，是马里兰大学医学院的毕业生。在1874年加入海军之前，他已在巴尔的摩行医三年。

安布勒执行过很多任务，其中之一就是随一艘轻型护卫舰在西印度群岛航行了很长时间。他最近刚刚订婚——因此根据一位历史学家的说法，"他显然对北极航行没有太大的热情"。[12]但作为一个在军事监狱里待过的人，年轻的医生似乎不会被任何有关北极的恐怖吓倒。德隆渴望在华盛顿与安布勒见面；医生正在附近的弗吉尼亚休假，跟家人一起共度闲暇时光。

德隆一家抵达华盛顿后，在艾贝特旅馆（Ebbitt House）住了下来，这家有名的旅馆坐落在14街和F街夹角处，在陆军和海军高层军官中颇受欢迎。那是一座六层建筑，有着复折式屋顶和欧陆风格的餐厅，提供诸如"红醋栗果酱烤鸭"之类的美食。威廉·特库姆塞·舍曼②将军在旅馆里包下了一间套房，

---

① 华盛顿与李大学（Washington and Lee University），位于美国弗吉尼亚州莱克星顿的一所私立文理学院。1796年，美国总统乔治·华盛顿向学校捐赠了2万元的股票，挽救了濒临破产的学校。为表达敬意，校董会决定将学校更名为华盛顿学院（Washington Academy）。美国南北战争结束后，1865年，美利坚联盟国前军队总司令罗伯特·E.李开始担任学校校长直至1870年去世，因此学校最终更名为华盛顿与李大学。

② 威廉·特库姆塞·舍曼（William Tecumseh Sherman，1820－1891），美国南北战争中的北部联邦军将领，以火烧亚特兰大和著名的向大海进军战略而获得"魔鬼将军"的绰号，曾与尤利西斯·S.格兰特将军制订"东西战线协同作战"计划。

内战期间的海军上将戴维·迪克森·波特①也一样。在接下来的三个月里，艾贝特旅馆将是德隆一家的住所和行动基地。

几天后，德隆见到了海军部长理查德·威金顿·汤普森（Richard Wigginton Thompson）。作为一名来自印第安纳州的乡村律师和政治家，汤普森是个瘦高且行动笨拙、显然没有什么幽默感的人，他年逾古稀，头发花白，长着一双凸出的眼睛和一个鸟嘴形的大鼻子。他是作为文官被提拔上来的，没有任何航海经验，据说对海军部长一职毫无准备，以致常常闹笑话。有个故事很能说明问题，不过也可能是讹传。那就是汤普森任职后不久，到一艘新战舰上去视察。当他下到船身内时，这位一脸狐疑的新水手失声喊道："天呐，真见鬼，这么长的船，里面居然是空的！"[13]

虽然对探险之事一无所知，但汤普森部长宣称自己将绝对无条件地支持德隆前往北极的行动，并承诺尽其所能为年轻的船长提供必要的权力，将其作为一项国家任务来进行。"在你的航行中，我打算赋予你与指挥舰队的海军将官同等的权力，"汤普森对德隆说，"这次探险必须成功，你应该为一切背叛、反抗和灾祸做好准备。"[14]汤普森是个乐观主义者，坚信通过白令海峡这条路线，德隆必能"打开北极通道"。

在汤普森的敦促下，国会立即行动，在2月27日通过了一项法案，正式宣布德隆的航海为一项国家行动，同时认可这次航行的几乎一切费用将由普通公民詹姆斯·戈登·贝内特承担。该法案指出，每一个在珍妮特号上服役的人都必须"遵守《战

---

① 戴维·迪克森·波特（David Dixon Porter, 1813 - 1891），美国海军上将，波特家族是美国海军历史上最显赫的家族之一。他在美国内战中建立卓越功勋之后，曾担任美国海军学院院长。

争条款》和《海军军规军纪》"。严格说来，德隆虽然只是一名
美国海军上尉，但他将行使探险队队长的职责，奉海军之命前
往北极，插海军军旗，并将拥有其他权力，"一旦船员发生叛
乱，立即将其制服"。该项目如今彻底披挂上了星条旗，也被
赋予了一个正式名称：美国北极探险。

接下来的几周，德隆将继续在海军部大楼里追着各类人
物——用他自己的话说，"一刻不停地敦促他们"[15]——看来他
已经得到了想得到的一切。德隆通过与达嫩豪定期联络，远程
监督着珍妮特号重建过程的每一个细节，同时也几乎每天都和
远在巴黎的贝内特联系。"来自旧金山的一句话就能把我鼓动
起来，我会立即向海军部开火，"他给出版人写信说。[16]贝内特
也回电报说他很高兴"你如今能在华盛顿说得上话了"。[17]

总的来说，德隆对自己的努力非常满意。汤普森部长承诺
在必要时干预，防止马尔岛的工程师们对珍妮特号进行琐碎或
过分的修理。汤普森还说海军将提供一艘军舰拉着更多的煤和
其他补给跟着他们，最远可到达阿拉斯加，"如果有合适的军
舰停泊在旧金山的话"。[18]

简言之，德隆这次来东部的一切任务都即将圆满完成。华
盛顿看来很支持他和他的探险——不光是海军部、国会、史密
森学会，甚至白宫都是如此。一天晚上，德隆一家受邀前去与
拉瑟福德·B. 海斯总统和第一夫人会面。艾玛觉得总统是个
"安静而和善的绅士，但没给我留下什么印象"[19]——这个描述
多少印证了人们关于这位胆小怕事的俄亥俄州人的传言。他是
内战英雄，曾五次负伤，他被选上——有人说"被任命"——
的这次总统选举，是美国历史上竞争最激烈的一次。他虽在民
选中输了，但在国会将 20 张颇有争议的选举人票判给这位共和

党候选人后，他最终入主白宫。（因此，很多民主党人拒绝承认他的总统职位的合法性，称他为"拉票福德"。）

德隆一家与海斯总统的会面在很大程度上只是走形式。"他对北极探险一无所知，"艾玛说，"接见我们只是完成任务而已。"[20]如果说那个晚上看上去很无趣，这可能部分要归因于第一夫人露茜·海斯和她的无酒政策——这个政策为她赢得了"柠檬汁露茜"的绰号。（据说，在海斯那个有节制的白宫，"水流似酒"。）

由于海斯总统看似对即将起航的北极探险不感兴趣，艾玛希望多少更活泼一些的海斯夫人能拯救他们的小小聚会，"但连她也未能让那个晚上的气氛活跃起来"。[21]德隆一家离开时，露茜给他们举办了一场盛大的正式宴会，艾玛对此举表示感激，但觉得宴会"刻板"极了。

几天后，德隆终于见到了珍妮特号未来的军医詹姆斯·安布勒。海军军医来到艾贝特旅馆做了自我介绍。德隆一眼就喜欢上了他，但安布勒医生要报告一个坏消息：他对约翰·达嫩豪"精神错乱"的病例进行了审慎的医学调查，情况看起来要比德隆料想的严重得多。

安布勒拜访了政府精神病院，在那里见到了曾经为达嫩豪治疗"抑郁症"的医生们。他们似乎觉得达嫩豪的精神病复发的可能性很高，特别是在像北极那样的恶劣环境中。

之后安布勒又做了一些更加深入的调查。他在海军医务局找到了达嫩豪从在朴次茅斯号上服役开始的病历，1875 年时达嫩豪就是在那艘船到夏威夷附近时首次发病的。这些病例显示，达嫩豪曾被宣布"不适合服役"，并提到除了让他变得衰弱的抑郁症外，他还出现了颈部脓肿。（安布勒认为，这些难看的破损有可能表明达嫩豪患有梅毒——事实上，朴次茅斯号的医生提到，它们的起源"跟服役无关"。）医生继而指出，"阴沉""抑郁"的达嫩豪"反复在我面前表现出强烈的跳海自杀倾向"。[22]

安布勒告诉德隆，他的明确评估结果是：一个被宣布为不仅精神不稳定、抑郁，而且还有自杀倾向的人，是无法胜任北极探险船的军官职位的。安布勒认为达嫩豪的症状——无论身体方面还是精神方面——随时有可能复发。"经过深思熟虑，我的意见是，"他后来写道，"潜伏的疾病在很多年后仍有可能复发。"[23]

这对德隆来说不啻为晴天霹雳，因为他非常喜欢达嫩豪，还把马尔岛的一切事务都交给他负责了。的确，达嫩豪对开支的私密细节的了解仅次于德隆本人。"我找不到人替代他，"德隆写信给贝内特说。[24]他担心把达嫩豪从名单中除去的做法会让后者陷入绝望的旋涡，可能再也无法恢复了。"如果他的精神真的不稳定的话，现在让他下船可能会招致我们都不愿意看到的极端情况。"但另一方面，德隆知道安布勒说得对。"看起来，"他写道，"我该做什么已经非常明确。"

德隆不知道这件事怎么做最为妥当，只好跟达嫩豪的弟弟倾诉，后者是华盛顿的一位知名律师。德隆请他想出一个家庭原因，使他哥哥不可能出发去北极，某种"家务事性质"的说法可以让达嫩豪的个人和职业名誉都免于受损。德隆跟达嫩豪的弟弟说，自己正"力图宽严并举，对所有相关方都显示出最大善意，你大概觉得奇怪，我对你哥哥的关心丝毫不亚于他的家人"。[25]但这位弟弟拒绝参与这样的阴谋。达嫩豪"非去不可"，他弟弟说。[26]

达嫩豪的家人跟海军部政治高层有交往，约翰的父母开始在背后操作，以确保儿子被正式宣布能够执行北极任务。几周后，海军部发布了一条通知，正式宣布所有关于达嫩豪的精神状况的疑虑都"毫无根据，特此声明"。德隆被告知"当手下官员看似完全可以胜任时，不得以任何方式显示出对其能力的不信任"。[27]德隆认为，这些文字的深刻含义是，将达嫩豪从名单中删除将被视为迫害下属官员——此举可能会把他推到军事法庭上。

德隆束手无策。不管他愿意与否，达嫩豪都将跟他一起前往北极。

在艾贝特旅馆的三个月里，德隆全身心地沉浸于这些琐事，几乎废寝忘食。"我忙得晕头转向，"他写道，"而且困难缠身。"[28]他花了很长时间为珍妮特号寻找补给、探险设备和科学器材。他买了一台便携式观测台，以便架设在浮冰上进行天文学和气象学观测。他买了一个小暗房来冲洗探险队的照片。他研究了最新的去盐蒸馏器，并收集了大量磁力和气象设备以及用于保存各种生物样本的化学溶液桶。

他预订了 4.5 万磅肉糜饼（一种用干肉、莓果和脂肪做成的肉干类食物）及各种罐头食品。为防止坏血病——北极探险队的经典克星——他用发酵的马奶试制了一种名为马奶酒的饮品，据说那是哈萨克斯坦大草原上的游牧民族广泛饮用的东西。发现此法不可行后，他又试验了一种浓缩柠檬汁配方，然后把十几桶这样的酸性黏液托运到了旧金山。

德隆想让珍妮特号上的人们尽可能舒适和便捷。船上会有藏书丰富的图书馆、一流的医务室、装备各种现代步枪和手枪的枪械库、一套精选的游戏和娱乐设施，甚至还有台小风琴，方便大家享受现场音乐。德隆"把珍妮特号在荒凉的北极所需的一切都想到了"[29]，他对此颇感自豪。艾玛从未见过丈夫如此奔波忙碌。德隆总是在"不停地"敦请催促，她写道，"他事无巨细都要亲自查看，什么细节也逃不过他的眼睛"。

他买来了电报键、电池和数英里的铜线，计划在浮冰上把它们串起来，以便军官们可以跟派遣到离船较远的小分队进行联络。他听从史密森学会的建议，与亚历山大·格拉海姆·贝尔进行了有关"电话"的协商，后者曾在百年纪念博览会上引发了巨大轰动。德隆买了两台电话，希望能有助于冰面上的长途通信。

德隆对在北极乘坐热气球也很感兴趣。这个点子让贝内特很兴奋，他总是急于尝试各种新发明或新装置。德隆考虑在珍妮特号的桅杆上绑一个热气球，以便"增加高度，扩大视野"[30]。在热气球的篮子里安插一个哨兵可以帮助德隆选择最佳水路，穿过厚厚的冰层。"在高处观察一次，"他写道，"就可以免去我们在错误的方向上走很多冤枉路。"德隆觉得气球也可以用于为很重的雪橇提供"起重力"，从而"降低将它们拖过大浮冰和小山丘的难度"。

然而，在咨询了当时两位最伟大的"气球驾驶员"——一位是来自美国费城的气球驾驶者萨缪尔·金（Samuel King），另一位是他的法国同事威尔弗雷德·德·冯韦尔（Wilfrid de Fonvielle）——之后，德隆放弃了这个想法。两位专家都表示，产生足够的热气让气球鼓起来并浮在空中，所需的煤量极大。德隆失望地写信给贝内特说，除非他碰巧在北极腹地"发现一处煤矿，否则，无论是出于实用性还是经济考虑，都不建议你采用热气球"。[31]

气球的想法或许就此搁置了，但电灯如何？据德隆观察，几十年来，那些前往北极的探险队"在漫长的冬季有好几个月没有光源，队员们深受折磨"。[32]他觉得电灯——当时被称为"人造太阳"——将是对船员们非常有用的设施，有时几乎能创造奇迹。他想象在船的绳索上高高捆起一个电灯网络，人们可以在灯下工作、活动，甚至下船在冰上玩玩球类运动。

那时，托马斯·爱迪生正在新泽西州的门洛公园（Menlo Park）那座摇摇欲坠的实验室里做实验，力图完善白炽灯泡的设计，用他的话说是试图挑出"瑕疵"。技术仍然有待改进，但电弧照明这种较低级的照明方式已经可以用于工业环境等场合了。电弧灯是在两根碳棒间的小块空隙里传导高压电流，产生的光不但极其明亮，而且还很刺眼。罗伯特·路易斯·史蒂文森①很讨厌电弧灯发出的焊枪般的强光。"如今夜间亮起了一种新的城市星光，"他写道，"它可怕、怪异，且对肉眼有害，简直就是噩梦之光！"[33]

尽管如此，德隆仍然渴望把光亮带到极寒的北部。"我想在北极的冬天偶尔为船提供照明，"他给爱迪生写信说，"让船员们享受它对心灵和身体的双重好处。"[34]为北极照明——这是个浪漫的想法，但也是可行的。年轻的发明家能否帮助德隆实现这一目的呢？

爱迪生热心地回复了德隆，他当然看到了将自己发明的灯

---

① 罗伯特·路易斯·史蒂文森（Robert Louis Stevenson, 1850－1894），苏格兰小说家、诗人与旅游作家，也是英国文学新浪漫主义的代表之一。他的代表作品有《金银岛》（*Treasure Island*, 1883）等。

带到北极去，会带来怎样的公关效应。他的白炽灯泡仍在测试阶段，但电弧照明系统已经可以使用了。他立即给德隆写了回信，建议贝内特派一位代表从《先驱报》来到他的实验室，亲自考察他的电弧灯和发电机。

《先驱报》立刻派来了首席科学记者杰罗姆·科林斯，现场演示安排在楼上的一间实验室里。一条电路上的15盏电弧灯发出强光——几乎有点儿太强了。它们是用爱迪生发明的一个手摇装置启动照明的。它能够发挥很好的作用，爱迪生在一封信中跟德隆解释说，"只需要你的船员们动动肌肉。如果没有蒸汽了，可以用传动带连接发电机，手摇这个装置来启动它，船员们可以帮着驱动机器，借此取暖"。[35]如果德隆的船员们厌倦了手摇，爱迪生还可以提供一个双马力小型蒸汽发电机，以让船员们休息一会儿。

德隆同意了这笔买卖，在爱迪生的电灯公司下单了：4条电路，每条有15盏碳灯（共60只电弧灯），还有所有必要的电线、一台发电机和其他设备。门洛公园的一个文员在笔记中写道："为北极照明的机器已经运出。"电弧灯系统通过火车运到旧金山，承诺可以提供比3000支烛光更亮的光源。德隆写道："连植物都能在它的照耀下生长。"[36]

14. 竭人力以征之

　　虽然德隆本人一直都在华盛顿，但在马尔岛修船工人们缓慢的努力下，一艘全新的珍妮特号即将问世。她从里到外彻底改头换面，外观整修一新，内部结构也进行了改造。

　　在船舱内，海军设计师们安装了双索具网状支架和铁制箱形梁来抵御坚冰的冲击。珍妮特号的船头填充了实木，外部也用最坚固的美国榆木制成的新木板进行了加固。她的船底也加垫了六英寸厚的俄勒冈松木列板。每一个裂隙和缺口中都填满了热沥青。船上更换了甲板。客舱进行了重新安排，安装了足够躺下33人的铺位。她的煤仓也大大扩充，可以装载超过132吨煤。新增了重型水泵，发动机也大修过。缝制了一套新的船帆，绑上了新的绳索。整条船被刷得焕然一新，缝隙中也填满了防漏的麻絮。

　　在轻甲板上，工程师们安装了一台蒸汽动力的绞盘，在遭遇厚重的坚冰时，它可以吊起船舵和螺旋桨，使之不致受损。该绞盘还可用于"拖曳"船只，也就是使用捆绑在冰锚上的绳索或锁链锚定浮冰，用绞盘牵引船只前行。马尔岛的机械师们建造了两个当时最先进的新锅炉，还安装了脱盐装置，每天可以过滤500多加仑①的淡水。

　　珍妮特号的生活区也根据严寒天气的需要进行了彻底改装。

---

　　①　1加仑约合3.785升。

她的客舱和前甲板上都装了厚毛毡做成的隔热层。木匠们为她做了新的突出船首和门廊，尾楼甲板上垫了很多层厚厚的油漆帆布。船上安装了新的保暖系统。已经提前在阿拉斯加下了订单，全面补给皮衣、皮靴、皮手套和毛毯。购买了雪橇，以及酒精炉和取暖帐篷，这些都是专为在北极地区露营而设计的。

根据一位海军历史学家的说法，珍妮特号已经"为遭遇坚冰进行了加固，比以往的任何探险船都要结实"。[1] 德隆和艾玛一起在那年5月到达旧金山时，他直奔造船厂，对自己的新船贪恋地看个没够。看到船只在他离开期间经历了如此彻底的改造，他深感震撼。"我对她满意极了，"他写道，"一切正合我意。"[2]

德隆对达嫩豪的出色工作表示祝贺。船长说："他圆满地完成了我交给他的一切任务。"[3] 如此改头换面的修理工程，最终的账单竟还不到5万美元。德隆认为这主要归功于达嫩豪的警觉，现在，他越发为自己曾考虑把领航员从船员名单中除去而内疚了。

6月，德隆在来自造船厂的一个军官委员会的陪同下，驾驶珍妮特号进入旧金山湾，以测试她的新引擎和回转能力。她的重建主要关注的是结构完整性，而不是灵活性或速度。珍妮特号在水上虽颇显迟钝，但还是完美地通过了测试。

整个5月和6月，德隆在东岸采购的商品和补给开始陆续到达马尔岛。爱迪生的电弧灯被送到了船上，还有贝尔的电话和电报设备。便携式观测台部分安装完成。暗房建造完毕，还有整箱的玻璃板和其他照相器材。装卸工们把珍妮特号的武器也运上了甲板——雷明顿步枪和霰弹枪、温彻斯特连发枪、英式自动击发手枪、2杆捕鲸枪、10支前装式步枪、2万匣子弹、

500 只雷管、6 大桶爆破火药和 70 磅弹丸。随后送到的是航海和科学设备：测时计、比重计、臭氧计、磁力计、无液气压表、定位导航仪、六分仪、摆锤、天顶仪、望远镜、试管、本生灯、经纬仪等。

虽然爱迪生的发明带来了新的可能性，但德隆知道探险队度过漫漫长冬的主要照明光源仍然是灯火。于是，珍妮特号携带了 250 加仑的鲸油、数百磅动物油脂、数千根灯芯以及各种灯——牛眼灯、球形灯、煤油灯和手提灯。

最后装载的是食物、饮料和药品——足够 33 个人健康存活三年的补给。只要仔细查看一下载货单，就会发现他们未来的饮食非常单调：珍妮特号携带了 2500 磅烤羊肉、3000 磅炖牛肉和腌牛肉、3000 磅咸猪肉和 100 磅羊舌。在大部分时间，船上的人要喝咖啡、茶和炖肉汤，以及每天定量的柠檬汁。但喜欢烈性酒的人看到清单可以振作一下：船上的一个仓库里放满了各种酒类，一直顶到天花板，大桶的白兰地、黑啤酒、浓啤酒、雪利酒、威士忌和朗姆酒，还有很多箱百威啤酒。

与此同时，德隆在填补珍妮特号的人员空缺方面也取得了很大进展。各位军官、科学专家和海员从各地陆续到达马尔岛，以便彼此熟悉——也熟悉一下他们这艘被加固的冰上方舟，未来几年，他们将以此为家。在海员中有三个广东小伙子，是达嫩豪从旧金山雇来的厨师、乘务员和船上侍者。军官查尔斯·奇普和乔治·梅尔维尔在一个月前到达了加利福尼亚州，一直在造船厂协助达嫩豪对珍妮特号进行最后的修缮。

如今其他主要参与者也动身前往马尔岛。德隆知道他需要一位"冰区引航员"，此人必须对浮冰和北冰洋的各种严酷脾性非常熟悉。在旧金山的各个码头上寻觅一番之后，船长终于找到了他需要的人。这是个经验丰富的捕鲸船船长，老家是康涅狄格州的新伦敦，名叫威廉·邓巴（William Dunbar）。邓巴现年 45 岁，坚忍的面庞饱经海上的风霜，他是个忠实本分的人，过早花白的头发修剪得又短又硬。他 10 岁就出海了。作为海豹和鲸鱼捕猎者，邓巴大部分时间都是在白令海峡附近的危险水域中度过的，他在那里练就了一套"对付坚冰的出色本领"，一份报纸报道说，"以及最有价值的各种智谋计策"。4

邓巴曾到过南极洲附近的严寒水域以及整个南太平洋，他的船曾经触礁沉没，后来有人从一个荒凉的珊瑚岛上把他救出。邓巴是探险队内年纪最大的成员，但梅尔维尔形容他"硬朗矍铄，是有经验的扬基船长的绝佳典范"。邓巴会是整条船的眼睛——他的大部分时间都将高坐在桅杆上搜索覆冰的海水。德隆觉得能找到他是自己的幸运。

德隆雇用的探险队博物学家是来自马萨诸塞州塞勒姆的民用科学家雷蒙德·纽科姆（Raymond Newcomb）。他 29 岁，为人害羞，面色苍白，长得像个地精，下巴周围毛茸茸的，看起来像个少年。纽科姆是史密森学会大力推荐的。他曾在美国鱼类及渔业委员会（United States Commission of Fish and Fisheries）工作过，自称是"自然史、鸟类学和动物学的初阶学生"。5 他来自一个显赫的新英格兰家庭（祖父是参加过莱克星顿战役的独立战争英雄）。德隆觉得纽科姆是个聪明认真的人，很容易相处，只是有些胆小。然而，这位博物学家很少旅行，几乎从没有在海上生活过。他似乎在解剖刀、甘油糊剂，以及制作动物标本时用的那些冒烟的酸性物质中感觉最为自在。他需要在北极证明自己。

另一位前来报到的民用科学家、爱尔兰人杰罗姆·科林斯是个风头更盛的人物。科林斯在科克郡学的工程学，但他是个口若悬河的健谈者，一直在贝内特的《先驱报》做首席气象学家。他是贝内特派到门洛公园去跟爱迪生谈论电灯问题的科学记者。作为天气预报领域的先驱，科林斯为国际气象科学的进步和人类对盛行风向模型的了解做出过很大贡献。从纽约，他就能分析出正越过大西洋向东行进的风暴前锋，并将警报发电报传给《先驱报》在伦敦和巴黎的办事处，以便欧洲的读者为即将到来的恶劣天气做好准备。他对天气预报所做的改进曾为他赢得了巴黎世界气象大会的称赞。

科林斯可不是个死板的天气呆子。他年轻时是一位重要的爱尔兰共和党活动家，也是秘密民兵组织"盖尔人之家"① 的创始人之一。来纽约之前，他曾在英格兰短暂生活过一段时间，在那里计划帮助几位被关押的芬尼亚②同志逃出伦敦监狱——但行动失败了，他不得不躲藏了一段时间。他后来还牵头进行过一项研究，考察利用潜水艇颠覆英国海军的可行性。

科林斯的政治立场显然已经不那么棱角分明，他的事业也经历过多次转折。在成为气象学家之前，他参与过港口建设、桥梁建设、铁路勘探，还参与过新泽西州曼哈顿附近一个盐沼的大型土地开垦项目。

---

① 盖尔人之家（Clan-na-Gael），19 世纪末至 20 世纪初在美国活动的一个爱尔兰共和主义组织，它是"芬尼亚兄弟会"的继承者，也是"爱尔兰共和兄弟会"的姐妹组织。

② 芬尼亚（Fenian），1850～1870 年代爱尔兰独立运动组织，是都柏林的爱尔兰革命兄弟会和在纽约成立的芬尼亚兄弟会的统称，其成员在爱尔兰大多是城市小资产阶级及知识分子，在美国主要是爱尔兰裔移民。爱尔兰共和兄弟会是芬尼亚的核心，并以爱尔兰共和国的名义行使权力。

贝内特建议科林斯参加航行。这位爱尔兰人将作为探险队的气象学家、摄影师和"首席科学家"，还将是《先驱报》的"特约记者"。科林斯是个多才多艺的妙人，会唱歌，也会弹钢琴——能就几乎一切话题高谈阔论一番。我们以后会知道，他还固执地喜欢说双关语俏皮话。

达嫩豪觉得科林斯就是个不折不扣的票友——按照领航员的说法，那种过于好辩的人"对什么都知道一点儿，却没一样精通"。[6] 不过，德隆虽然也有点怀疑，却似乎很高兴科林斯能加入。"他有大量的一般性知识，"船长写信给贝内特说，"我相信他必将在北极做出一番事业。"[7]

一直以来，一个重压在德隆心头的问题是，随着珍妮特号出发的日期越来越近，詹姆斯·戈登·贝内特将会在什么时候，以怎样的方式来到旧金山，祝愿珍妮特号的船员一路顺风。贝内特答应要来，但补充说他到达加州之前不会对任何人暴露行踪。这位出版人坚持不让任何报纸——哪怕是他自己的——对他在美国东海岸登陆之事有所耳闻。

他会乘坐白星航运（White Star Line）的一艘轮船从利物浦到达纽约。随后在夜色掩护下转乘等在那里的一艘游艇，一份记录说他"像个幽灵一样偷偷上岸"[8]，并在新泽西租下一列火车，车窗完全被遮住。根据计划，贝内特将乘坐火车到达奥马哈（Omaha），然后再转乘另一列联合太平洋铁路公司的专列火车，后者将很快把他送到加州，正好能赶上探险队出发。

德隆不明白贝内特干吗非要搞这么复杂的秘密行动。这一切如此古怪。"不管你怎么仔细计划着不露脸"，他对贝内特提出异议，每个人都会知道"你就是那个派遣船只并支付全部费用的人"。按照德隆的说法，贝内特是"探险行动的发起者和促成者"[9]这一事实天下皆知。

德隆不知道的是，贝内特需要超脱，需要神秘感，这是他最重要的性格。他喜欢阴影，就像那些装饰着他的庄园、游艇和报社办公室的猫头鹰一样。他无法直接或热心地投入任何事。贝内特的确是个幽灵——德隆这样坦白率真的人根本不可能了解他的这位赞助人。贝内特到达后自会前往现场。德隆能做的只是数次向白星航运和联合太平洋铁路公司询问到达时间，除静心等待之外无能为力。

正因为贝内特间谍式的恶作剧，导致事情出现了一个奇怪的走向，搅乱了德隆平静的内心。1878 年，著名的芬兰－瑞典探险家尼尔斯·阿道夫·埃里克·努登舍尔德①教授开始了为期好几年的航行，要走完东北通道——也就是从芬兰到白令海峡，沿着欧亚大陆的整个北岸航行。努登舍尔德和他的织女星号（Vega）轮船在那年大部分时间都杳无音信，贝内特渴望为他的报纸再造一次"斯坦利寻找利文斯通"式的凯旋，想让德隆先在西伯利亚东北岸寻找努登舍尔德，然后再前往北极。即便努登舍尔德没有消失，贝内特也觉得两位探险家的会面将是一个电光火石的瞬间，定能登上头版头条，让报纸在全球销量大增。然而，寻找斯堪的纳维亚人可完全是另外一项单独任务，这次绕道会耽误珍妮特号几周乃至几个月的时间，如此一来，它就无法充分利用北极冰雪融化的那个短暂的夏季窗口期了。

德隆对这个新命令非常恼火，但他并不知道是谁发起的。

---

① 尼尔斯·阿道夫·埃里克·努登舍尔德（Nils Adolf Erik Nordenskiöld，1832－1901），芬兰和瑞典地质学家、矿物学家和北极探险家。他是著名的芬兰－瑞典科学家家族——"努登舍尔德家族"的一员。

贝内特没有直接向德隆传达寻找努登舍尔德的愿望,而是通过海军部长汤普森转达的。"我相信你一定会同意我的看法,"贝内特写信给汤普森说,"人道主义动机表明,救援和帮助努登舍尔德教授是首要目标。"[10]部长在回信中承诺要"将救援努登舍尔德教授作为始终不变的重要目标",随后正式向德隆下达了命令。

"到达白令海峡后,"德隆接到的新命令写道,"你必须在你认为可能获得有关努登舍尔德教授下落之任何信息的时间和地点尽可能仔细地调查。如果你有足够充分的理由相信他是安全的,则可继续航行至北极。否则,你必须继续搜寻,尽你所知所能为他提供一切必要的救助。"[11]

德隆怒不可遏。他不明白为什么海军要置本次航行任务的成败于不顾,去救助一支其他国家的探险队,而且他觉得后者既没有消失,也没有遭遇任何重大危险。在他看来,人们对这位斯堪的纳维亚探险家的"担忧毫无必要",全球各地的大多数北极专家也持同一态度。努登舍尔德自始至终的计划都是紧沿冰雪覆盖的西伯利亚海岸线航行,所以他不会离陆地太远——而且无论如何,在接下来的四五个月里本来就不会听到他的任何音讯。"我一点儿都不担心努登舍尔德的安危,"德隆说,"就像我确信明天的太阳一定会升起一样。"[12]他完全没猜到这些命令背后的真正原因——贝内特渴望再次为他的报纸制造一个轰动的大新闻。让德隆担心的是,寻找努登舍尔德可能会耗尽整个夏天。"待我们找到他们再向北行进时,可能就太晚了,"他烦躁地想。这样一来,珍妮特号事实上就要耽搁一整年的时间。

德隆对这一插曲的反应是他面临新障碍时一贯的本能反应:以自己特有的固执和乐观态度埋头苦干。"我相信眼前越是出现困难，"他写信给艾玛说，"我的决心就会越大。"[13]努登舍尔德安然无恙——对此他确信无疑。德隆会在西伯利亚沿岸的几个村庄略停几站，很快一切疑虑都会烟消云散。幸运的话，这次绕道也不过耽误他一两周的时间。他会执行海军的命令，然后继续北行。

距出发日期还有十天，德隆在马尔岛上举行了一次委任庆典，在庆典上他规定整个探险队必须遵守海军军纪，并正式宣布珍妮特号为美国海军军舰。德隆召集所有军官和海员来到甲板上，向他们宣读《战争条款》以及珍妮特号的正式航行命令。船长那天身穿带有金色蕾丝和肩饰的军礼服，他的夹鼻眼镜反射着海湾远处的亮光，一把锃亮的剑挂在他的身侧。奇普、达嫩豪、梅尔维尔和安布勒站在他身边，他们的帽子都潇洒地斜戴在头上。艾玛也在场，手里拿着她自己为探险队缝制的丝质蓝旗——这面旗帜将被悬挂在新发现的土地和北极。

23 名海员身穿海军蓝服装，各就各位在甲板上站好，跟他们站在一起的还有冰区引航员邓巴和两位民用科学家纽科姆和科林斯。德隆大声宣读了贝内特电报信的一些段落，后者承诺一旦珍妮特号迷路或搁浅，他必会派人救援。"我将不惜利用一切金钱和影响力追踪你们并派去援助，"出版人如此发誓说。[14]如果珍妮特号上有人员死亡，已婚者至少可以放心，"我将会保护你们的遗孀"。

艾玛把丝质蓝旗升上桅杆，它跟美国国旗一起在微风中飘扬。轮船现在将驶向旧金山，在那里做最后的补给，但那是官方的补给。轮船已经正式服役，她的名字前面如今又增加了一个新的称号，她现在是"美国军舰珍妮特号"了。

德隆对自己的轮船和船员们充满自豪。"我心意已定，"他写信给贝内特说，"只要珍妮特号在海上漂流一日，只要我们活着一日，就会坚持不懈地追求目标……我们有优秀的船员、充足的食物、精良的轮船，万事俱备，定将竭人力以征之。"[15]

15. 新的入侵者

1879 年 7 月第一周的一个深夜，德隆和艾玛在旧金山皇宫酒店（Palace Hotel）包房的起居室里消磨时光。屋里到处都是书、航线图、账簿和轮船蓝图，随着出发日期的临近，德隆满脑子想的都是各种恼人的细节。

造价 500 万美元的皇宫酒店四年前刚刚开业，号称是当时世界上最大、最豪华的酒店——用安德鲁·卡内基的话说，"工程之巨，举世皆惊"。皇宫酒店的天花板有 14 英尺高，755 个套房全部装有私人卫浴设施、早期的空调，以及电动呼叫按钮，客人可以通过对讲机将其要求传达给酒店的侍者大军。皇宫酒店还配有液压电梯这种新奇装置，它们装饰着红杉面板，时人称之为"升降室"。

德隆和艾玛尽力在这家奢华的酒店里品味在一起的短暂时光。（西尔维暂时住在爱荷华州艾玛的姐姐家。）但即将分离的苦痛重重地压在两人心头。多日来，德隆一直被各种杂务分心，无法专注于跟航行有关的无数细节。艾玛全程陪在他身旁，阅读他的信件，跟他一起筹划，做他的参谋——整个过程"尽量不让我的情感占上风"。[1] 在环南美航行中，艾玛逐渐对珍妮特号的每个细节了然于胸，她还全神贯注地参与规划，德隆已经开始把她看作探险队的一名不可或缺的成员了。

艾玛暗自也希望能加入他的北极探险，但她知道那是不可能的。抵达极地是丈夫一个人单方面的梦想。他对北极的迷恋始终如一，像一团熊熊燃烧的火焰。过去五年他做的每一件事，每一次努力、奔波和准备工作，都是为了这一周的到来。"几年来，他的全部心思都凝结在这一点，"她写道，"他从没有想过靠时来运转而功成名就，他是那种一心关注伟大事业的人，不是为了自身的荣耀，而是因为成就伟大的事业本身就能让他的内心获得满足。"[2]

那天晚上，德隆从正在读的不知道什么东西上抬起头，凝视着艾玛。她穿一件黑色天鹅绒睡袍，戴着一条淡蓝色项链。他带着若有所思的表情看着她，让艾玛有点儿莫名其妙。

"我在想，"他说，"你会是一个多漂亮的寡妇啊。"[3]

艾玛的心突突地跳了起来。这样多愁善感不符合他的个性。德隆不是那种纵容自己胡思乱想或情感泛滥的人。她有种扑在他怀里的冲动，想要对两人都感受到的强烈情感投降，但还是打消了这个念头。正如她后来写道："我担心会一发而不可收拾，那样我们俩都可能崩溃。"[4]她担心如果他俩有一人踌躇不决，"那么无法言说的悲伤就会四处蔓延……毁了我们最后几天在一起的时光"。

然而，德隆还在给她压力。"如果发生了不幸，"他说，"千万不要披麻戴孝的。"如果他死在北极，他希望妻子的穿着依然简单优雅——就像她今晚这样摄人心魄。

艾玛努力镇定了一下，回答道："我不会当寡妇的。"[5]

德隆没再往下说。事已至此，即使他有不祥的预感，现在也不能终止航行了。正如他后来给她的信中所说："我从事的是伟大的事业，我们两人谁都无法让我后退。"[6]

后来，德隆让她过来坐在自己的膝上。"我用手抱住他的脖颈，把头靠在他的肩膀上，"艾玛回忆道。他们彼此爱抚，想要延长这片刻的欢愉，而此刻皇宫酒店的窗外已开始车马喧嚣，陡峭的街道上响起了市井嘈杂。"我们平静地聊了一个多小时，都极力地控制着自己，没有情感泛滥。"[7]

过去的几个星期，发生了一件非同寻常的事：乔治·华盛顿·德隆成了一个民族英雄。全美国和世界各地的报纸都在为他高唱赞歌。他能感觉到整个国家的希望压在他的肩上，也正是这些支撑着他度过了艰难时刻。他没想到的是，自己一时间成了彻头彻尾的名人。一夜成名多少让他有些尴尬。他没学过该怎么面对，天性也不爱出风头——于是他选择了逃避。

《旧金山观察家报》（*San Francisco Examiner*）说，德隆是敢于"迫使北方的斯芬克斯说出自己秘密"[8]的人。贝内特的《先驱报》的一位记者称赞德隆"把命运抓在手中，献祭给北极发现的圣坛"[9]。《纽约商业广告》宣称："如果这位英勇的指挥官通过自己的努力获得了成功，那将是有史以来人类最伟大的地理冒险之一。北方之谜的解开将成为本世纪的一件大事。"[10]纽约州北部的一家报纸更是激进，称珍妮特号的这次探险让"人类无限接近一次伟大的发现，在它面前，连哥伦布发现美洲都相形见绌了"[11]。

这些过度煽情的宣言表明，珍妮特号承载着一个年轻的共和国渴望成为世界强国的远大抱负；这次探险所体现的自豪感是那个时代的特征。"在勇敢的德隆的指挥下，珍妮特号将会发现什么，让我们拭目以待，"《旧金山纪事报》（*San Francisco Chronicle*）写道，"他将采取一条新的路线，尝试迄今未经考验的天才途径。这位新的入侵者能否成功迫使北极道出它深藏已久的秘密呢？"[12]

贝内特的《先驱报》在旧金山派驻了一位特约记者，事无巨细地报道探险队的启航，但贝内特本人仍然不见踪影。恩主的缺席让德隆极为失望，他将此看作一个不祥之兆。贝内特还是按照一贯作风，直到最后一刻才答复德隆，但也只是很含混地说他当然希望看到自己的项目启动。

后来，他又不知从欧洲的哪个地方发来了一封电报。"万分遗憾我无法亲自前往祝他一路平安，希望能在他凯旋时前去送上祝贺，"报文写道，"告诉他，我坚信他有足够的能量和勇气，衷心感谢他对我如此忠诚。祝愿这次探险大获成功，令举国振奋。"[13]然而，贝内特再次重申，如果德隆失败了，他将不遗余力地搜寻和救援。

这就是典型的贝内特：粗暴、冷淡、傲慢，但在金钱方面近乎无限慷慨。这是一个腰缠万贯的冷漠之人。贝内特大概根本没打算来旧金山——他讨厌人群，讨厌情感，最重要的是，他讨厌满足他人的"期待"。他已经在勒阿弗尔跟他们道别，那就够了。他会用开支票来表示对德隆的信任。

事实上，就在那一周，他刚刚开了一张大额支票。海军部长理查德·威金顿·汤普森此前曾跟德隆提过，将派出一艘满载优质煤的快船，最远跟到阿拉斯加，这样珍妮特号就不用承担这么大的载重量了。海军官员们还提过可以派一艘军舰为珍妮特号护航至白令海峡。但随后智利与玻利维亚的战争爆发，导致他们"必须增加我们在南太平洋的军力"。[14]

行期将近，海军部长给德隆发来最后一封信，祝他一路顺风，并祈愿"无所不能的上帝保护"[15]他那艘漂亮的船。他还通知德隆，已经找不到船只运煤或为珍妮特号护航了。德隆怒不可遏，不得不慌乱地寻找替代方案。"政府弃我们于不顾，"他写道，"让我们自行解决……令人绝望。"愤怒之极，他写道，这次航行"命悬一线"。[16]

贝内特几乎没有一句抱怨，发电报说他会花钱雇用一艘私人船弗朗西斯·海德号。这艘包租的纵帆船重达 92 吨，加上它额外的煤储备，将花费贝内特几十万美元，但那不是问题。他从巴黎发电报给德隆说："你的任何要求都必将得到兑现。"[17]

德隆感激地回信说："感谢上帝，在国家不能助我一臂之力时，还有一位支持者帮我渡过难关。"[18]尽管如此，贝内特不参加送别庆典的决定仍然伤害了他的感情。"我很震惊地收到了你最后决定不来的电报，"德隆写信给贝内特说，"对探险队的成功而言，这就像一次直指核心的打击。"

在珍妮特号启航前最后几天，德隆在旧金山处处受到祝福。他每到一处，便有人群为他欢呼，脱帽致敬。在皇宫酒店，他收到了数不清的来信。朋友和祝福者们送给他各种小饰品和护身符让他带上船，其中包括一支据说有魔力的长笛。"只要你在岸边吹奏这支长笛，"随附的纸条上写道，"我保证狼群都会冲下山来，嗥叫不止。"[19]一个圣经书社给船员们送来一箱子圣经。加州州长威廉·欧文召开了一次午餐会。旧金山商会通过了一项决议，赞扬"勇敢而成就卓著的指挥官"和他"挑选的意志坚定的队员"。[20]一位声称"有看透世事之神力"[21]的通灵者在本地颇受欢迎，她举办了一次降神会，其间她声称已经知道德隆"能够抵达的地方将要比任何在世者都远"，他会从这次探险中安然归来，最后"寿终正寝"。

德隆收到了来自各种北极理论家和怪人的无数信件。其中一位郑重其事地预言，在北纬 87 度，德隆及其探险队员们将

"到达一个区域……在那里，他们将遇到来自地球空心的热风"。[22]另一位作家确信，德隆的探险队将证明"太平洋和英格兰之间"通过白令海峡"进行跨大洋商业交流是可行的"——德隆要做的只是把路线记入航海图，该路线可以很容易通过灯塔和浮标系统予以标注。

与此同时，来自全国各地的新闻记者都争先恐后地要锁定对德隆的"独家"专访。船长拒绝了所有来者，通常只是生硬地回答说："我对此事无话可说。"德隆很久以前就知道沉默是金——而且他也没时间浪费在接受采访上。"他还未到北极就已冷若冰霜，"一位记者悲叹道，"什么也融化不了他的心。"

一天下午，加利福尼亚州科学院（California Academy of Sciences）为德隆和他手下的几位军官举行了一场招待会，来自西海岸各地的著名科学家都来参加了。他们想知道德隆想在北极了解到什么，以及他希望实现怎样的成就。面对这些质询，德隆踟蹰地站起身，简短地说了几句话。他在开场白中说：

> 这是世上最难的事情之一，事实上，让一个进行这样一场探险的人在出发之前说出自己"要做什么"，根本是一件不可能的事。在到达北纬71度之后，我们将进入一片空白领域。因此，请不要试图让我解释我们"要做什么"。如能承蒙诸位在我们远行之后仍念念不忘，我们将在返航时努力汇报"我们做了什么"，我敢说那一定十分有趣。对于各位有如此雅兴，希望了解我们这次罕见的任务，我只能报以诚挚的谢意。[23]

科学院的科学家们举杯祝福探险成功，并在德隆及其军官们离场时起立鼓掌。

几天之后，德隆前往旧金山的商业交易所（Merchants Exchange），探访一个与众不同的专家团体——一大群北极捕鲸船船长，那时他们正好在港口。这次会面是由德隆的好友威廉·布拉德福德（William Bradford）安排的，这位画家非常了解捕鲸者的世界，因其生动逼真的北极风景画而备受赞誉。布拉德福德觉得德隆应该了解"他们凭借其丰富经验所获得的一切信息，以及任何可能的建议"。[24]

聚会最终变成了关于北极自然条件的研讨会，布拉德福德成了研讨会的主持人。捕鲸船船长一个接一个地站起来发言。他们都是满身油腻、头发斑白的男人，大多数来自新英格兰，比任何人都了解北极有多残酷危险、反复无常。他们跟德隆几年前在新贝德福德遇到的那些人来自同一个兄弟会，他正是在那里了解到，通过白令海峡前往北极基本上是一条"下坡路"。现在，这些船长又跟德隆讲起他们了解的主要洋流和肆虐的狂风，以及白令海峡周围冰面的古怪行为。他们分享了自己的经验、故事和传言，还讲述了他们听说的关于神秘的弗兰格尔地的一切。

德隆对他们的建议深表感激，也细细追问了他们的看法。他们直言浮冰会有致命的危险。1871年夏，32条捕鲸船载着上千人进入白令海峡以北的浮冰区域，在那里船毁人亡。尽管如此，仍有许多捕鲸者认为如果德隆一直往前走，最终一定能够看到开放极海。"我们真羡慕德隆船长，"捕鲸人本杰明·富兰克林·豪曼（Benjamin Franklin Homan）船长后来写道，"北极附近那片温暖的海域该有多么美丽非凡、温暖宜人啊，那里一定生长着各种生物和夏季水果。住在那片葡萄园里的日子多惬意啊！"[25]

另一位捕鲸船船长一直"不祥地沉默着",布拉德福德回忆道,"一句意见也不说,一个建议也没提"。[26]这位沉默寡言的人名叫埃比尼泽·奈(Ebenezer Nye),是一位传奇的捕鲸人。他是沃拉斯顿山号(Mount Wollaston)捕鲸船的富有船长,也曾在很多其他捕鲸船上有过非凡经历。奈来自马萨诸塞州的新贝德福德,时年 57 岁,他从 9 岁起就一直在海上捕鲸,据说曾多次从公海奇迹般地生还。他曾有三次在北极遭遇船难,有一次在救生船上环南太平洋漂流了 21 天,体重下降了 70 磅。布拉德福德觉得奈船长"是该行业中年纪最大、最勇敢也最出色的人……关于航行至严寒海域会遭遇怎样的危险,谁都没有他知道的多"。[27]

奈的沉默让布拉德福德感到不安,他终于站起身来,点了奈的名。"奈船长还没有分享他的意见了,"布拉德福德宣称,"让我们来听听他怎么说。"

奈不情不愿地站起来,说了他的想法。"先生们,我就此事没有多少话可说,"他张口说道。[28]他说他本人也会沿着跟德隆一样的浮冰路线去寻找鲸鱼,在弗兰格尔地附近。"德隆上尉,"奈问道,"你的船很坚固,对吧?"

是的,德隆答道。在马尔岛经过所有加固之后,他认为珍妮特号已经"坚固得足以应付北极航行了"。

"配备精良?"奈继续问道。

是的,德隆说。

"你带有足够的补给,尽可能地带足了煤?"

德隆说他会的。

奈船长细想了一下他听到的回答。"好,那么,"他说,"就把它带到冰上让它去漂流吧,你也许会成功的。或者你也有可能走向毁灭——成败的概率大致相当。"

7月8日是珍妮特号出发的日子，那天一早便阴云密布，仿佛在应验奈船长的预言。整个早晨，旧金山上空乌云蔽日，风雨交加。商业交易所这边，船长们怒视着这样的坏天气，纷纷预言珍妮特号将"出师不利"[29]。"她沿海岸北行这一路估计都会遭遇这样的鬼天气了，"有人听到一位船长说。[30]然而到午前，阳光开始穿透云层，风也停了，变成了一股从西南方向吹来的微风，这恰是珍妮特号航海的有利风向。不久天气便晴朗如洗，只有一层稀薄的雾气笼罩着塔玛佩斯山。一位记者说："大自然终于大发慈悲了。"[31]

随着教堂的钟声响彻全城，人群涌向码头和电报山两翼，到午后，一位观察家称电报山上黑压压一片，看上去就像"一头巨大的豪猪那鬃毛直立的后背"。[32]在集市街的尽头，破旧的梅吉斯码头因人群拥入而岌岌可危。在内河码头，警察不得不设置路障，挥舞着警棍在人群中维持秩序。

公众关注的对象就停泊在芳草地岛的岸边，在浅滩轻轻地上下摆动着，帆桁挺直，偶尔会从烟囱里冒出几缕黑烟。"那条整装待发的小船"，《上加利福尼亚日报》（*Daily Alta California*）写道，是"上万双眼睛注目的对象"。[33]珍妮特号的主桅上飘动着美国国旗和艾玛缝制的蓝色丝质探险队队旗。船身新刷了油漆，被擦洗得干干净净。因为煤储备和补给都已装载完毕，船身明显低了一些。可以看到有几位探险队员在甲板上走动或爬上绳索。记者写道，其他队员靠在防波堤上，"用伤感的目光凝视着这座富庶奢华的城市，他们的双脚也许再也无法踏上这里的街道了"。[34]

几十艘游艇从海湾划过——那些漂亮的休闲艇都有着时髦的名字，像欢乐号、奇迹号、生机号、纯贞号、娇羞号等。当地游艇俱乐部响应会长的号召，全体出动前来护送德隆出海。与那些游艇一同出现的还有拖轮、渔船以及前来送行的祝福者们包下的轮船。在这些各式各样的船只上，船长们正在聊天打发时间，他们聚拢在一处，等待着出发一刻的来临。

下午 2 点，珍妮特号的军官和船员们全都上船了——除了德隆。船长还跟艾玛一起在皇宫酒店的套房里。他穿戴着整齐的制服，正在给华盛顿方面写一封正式的信函——

旧金山，加利福尼亚州，1879 年 7 月 8 日

尊敬的海军部长，

R. W. 汤普森阁下——

长官，

我十分荣幸地向您汇报，珍妮特号已经做好一切准备，将于今天下午 3 点启程前往北极地区。我深知此次出海任务庄严神圣，但我向阁下保证，我定当竭尽所能，为这艘船、为海军和国家增光。我坚信，到目前为止，詹姆斯·戈登·贝内特先生已经积极而慷慨地解决了一切补给问题。特此为记。

谨启。

乔治·W. 德隆[35]

写完这封信后不久，德隆对艾玛点点头，他们一起搭乘皇宫酒店的"升降室"下楼，坐进了在外等待的一辆马车里。车夫很快就把二人带到了位于华盛顿街尽头的码头。下午 3 点整，当德隆夫妇从马车上下来时，人群中响起一阵欢呼，据估计那

天有一万多人来到码头送行。

那真是"好大一群人"，[36]德隆说，电报山上"黑压压的全是人"[37]。他转过身，向人群脱帽致意；随后他和艾玛从一群名人中挤了过去，走向水边。那里有数千名旁观者在吹口哨和挥动着帽子。这对夫妇登上一条小船，轻松地划向珍妮特号。按计划，艾玛将陪伴德隆到金门海峡，在那里跟丈夫最终分别。她和德隆的密友、已经登上了珍妮特号的威廉·布拉德福德将搭乘一艘护航的游艇回到城里。

下午4点左右，珍妮特号起锚，螺旋桨在水中转动起来。船慢慢地转向阿尔卡特拉斯岛。因载有很重的煤和补给，有些怀疑者质疑德隆恐怕连移动最慢的北极冰山都躲不过。船"蠕蠕而动"，《旧金山纪事报》写道，"以致嘲讽之声四起，说在未来遇到危险之时，她大概逃不过缓慢靠近的冰钳的利爪"。[38]以她当前的速度，这家瓦列霍的报纸写道，"它到达北极大概不会超过十年……如果风向有利的话"。[39]

随着珍妮特号驶进海湾，游艇纷纷从她身旁掠过，人们抓住蒸汽渡船的栏杆，挥动着如云的手帕跟她道别。工程师梅尔维尔觉得这么多"快乐的船员叫好，鸣枪之声震耳欲聋"，真是"隆重"。[40]德隆看着这么"盛大的场面"，几乎落下泪来。

然而，船长没法不注意到，送行场面中并没有海军的身影。"出发盛典中见不到一名海军军官，"德隆写道，"这是对我的羞辱。"[41]正因为他知道有三艘太平洋舰队的轮船——警笛号、阿拉斯加号和塔斯卡罗拉号——就停泊在几英里外，他们的缺席尤其引人注目。仿佛这还不够让德隆丢面子，一条执行其他任务的海军拖轮就在珍妮特号附近驶离马尔岛，连汽笛都没有嘟嘟地响一声。在艾玛看来，这种"轻蔑的待遇"[42]是因为海军对珍妮特号在国际上备受关注妒忌不满，此次航海项目的公私合力性质也让其根深蒂固的政治特权阶级颇觉不适。

但就在珍妮特号即将穿过金门海峡时，陆军补偿了海军对她的轻视：第四炮兵队在旧金山要塞的城墙上鸣炮 11 响，以示敬意。响彻云霄的轰隆声飘过水面，让珍妮特号的人欣喜非常。科林斯看到那些大炮"冒出浓浓的白烟，翻滚着落在城墙下的海面上"，[43] 欢呼了起来。梅尔维尔称之为"人们祝他们一路平安的庄严祈祷……这是航海出发时最好的吉兆"。[44]

德隆行军礼回复了陆军的礼遇，附近的各条拖轮也响起了"刺耳"[45] 的汽笛合鸣。"这时我们看到在山姆大叔的要塞上，破旧的国旗在高高的旗杆上迎风飘扬，"科林斯写道，"再见了，勇敢的战士们，愿你们的枪炮永远欢迎朋友，吓退敌人。船上没有一人脸上露出一丝伤感。我们幸福地感受到，上百万人在向我们传递着友好的祝福。"[46]

不久，珍妮特号就驶进了太平洋，投身到海浪中，转舵向西北行进。头顶上的天空雾气蒙蒙，海风也带着一丝刚猛。科林斯坐在那台小风琴前，奏起了吉尔伯特和萨利文刚刚创作的喜歌剧《皮纳福号军舰》①，试图调节气氛，让艾玛和德隆开心一点儿。6 点左右，一条名为欢乐号的游艇停靠在他们的船尾附近。德隆知道它的目的：艾玛和布拉德福德要回旧金山了。"分别在即……时间到了，"科林斯写道，"我们要跟文明世界暂时告别了。"[47]

艾玛找时间单独跟安布勒医生待了一会儿，她已把他看作

---

① 《皮纳福号军舰》（*H. M. S. Pinafore*），一部两幕喜剧。1878 年 5 月 25 日，该剧在伦敦首演。剧本讽刺了皇家海军、议会政治和不合格的权威人士。

一位知己了。"请紧紧陪伴在我丈夫左右好吗?"她对医生说,"你知道,指挥官永远难逃孤独的宿命。"[48]

安布勒保证说他会的,但又给自己的话加了一句限定的注脚。北极是个怪异的所在,他说,"我们无疑都会丧失分寸感,请对我们宽大和仁慈一些"。

德隆插话道:"该走了。"一条小船从吊艇架上落下,艾玛与其他几位军官一一握手致意,在科林斯看来,她"有着英雄一般坚定的神情"。[49]随后,她转头对一些船员说话。"团结一心,振作起来……胜利属于你们!"她说,"我请求你们,始终跟船长并肩作战。"[50]

德隆和艾玛登上船,布拉德福德跟在他们身后。船上的水手们驶向欢乐号时,科林斯说:"珍妮特号的后甲板上几乎人人都潸然泪下。"[51]布拉德福德觉得这短暂的航程让他心如刀绞。"大家一言不发,气氛压抑,"画家后来写道,"只有船桨在桨架中砰然作响,海水的激流汹涌澎湃。"[52]到达欢乐号船边时,德隆握着妻子的手,只说了声"再见"。她把手臂缠在他的脖颈上,亲吻了他。只有到了那时,德隆写道,"我才真切地感受到了分别的压力……深觉错愕"。[53]

艾玛爬上了游艇,转身看了德隆一眼,在布拉德福德看来,那一眼便是"虔诚而沉默地祈祷他平安归来"。布拉德福德能够看到"她因为遗憾自己无法跟他一起面对考验而更觉得分别难以承受"。[54]德隆似乎有些犹豫,"好像就在那一刻丧失了勇气"。他随即恢复了平静,转身对水手们坚定地说:"走吧,伙计们"!然后,他便回到了自己的船上。

艾玛看着珍妮特号远去,直到它变成了海平面上一个灰色的点。当它终于消失在视线之外时,她走下甲板,随着欢乐号一起返回旧金山。"我只想一个人静一会儿,"她写道,"那一刻我仿佛对一切都提不起兴趣。就好像……一切都结束了。"[55]

珍妮特号上,德隆坐在指挥桌前。他欣慰地在日志中记录,美国北极探险终于启航了。他写道:"轮船开始了她的航行,正前往白令海峡以北那片未知的世界。愿上帝的慈悲与我们所有人同在。"[56]

《旧金山纪事报》的一位记者写道,珍妮特号成了"矗立在金色夕阳下的一道长长的暗影",随即便消失了。"三年后,德隆很可能载誉归来。此刻,他消失在世界的尽头。他将驶向无尽的未知,世界只能将目光投向黑暗之边,等待着终有一日,珍妮特号的孤帆闪起第一道白光。"[57]

第三部分
教人忍耐的荣耀领地

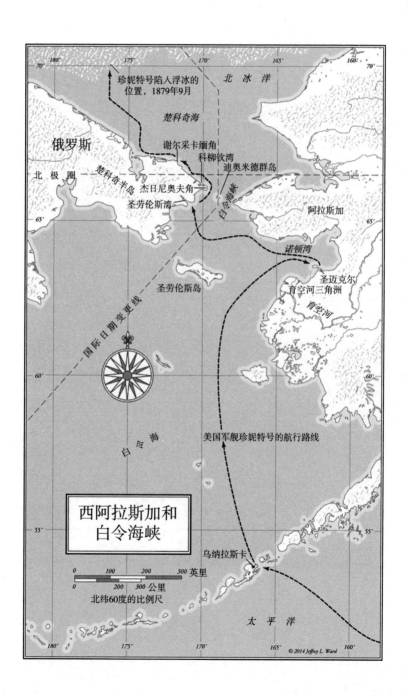

珍妮特号陷入浮冰的
位置，1879年9月

北冰洋

楚科奇海

俄罗斯

谢尔采卡缅角

科柳钦湾

迪奥米德群岛

北极圈

楚科奇半岛

杰日尼奥夫角

阿拉斯加

圣劳伦斯湾

白令海峡

诺顿湾

圣迈克尔

育空河三角洲

圣劳伦斯岛

育空河

国际日期变更线

白令海

美国军舰珍妮特号的航行路线

西阿拉斯加和
白令海峡

0   100   200   300 英里

0   200   300 公里

北纬60度的比例尺

乌纳拉斯卡

太平洋

© 2014 Jeffrey L. Ward

16. 死巷

就在珍妮特号朝北驶向白令海峡时，另一艘举世闻名的船正沿着俄国的北太平洋海岸南行，驶出白令海峡。那是阿道夫·努登舍尔德的探险船织女星号。此时世上还无人知晓，不过这位芬兰－瑞典裔科学家和探险家一个月前走出了他位于西伯利亚东北部的冬季营地，已在去往日本的路上，他将在那里宣布自己的伟大成就：努登舍尔德是第一个走完整条东北航道的航海家[1]——他航行穿越了整个欧亚大陆的北部。织女星号环绕了大部分欧亚大陆，已经成功走完了俄国北冰洋沿岸的8000英里海岸线。

德隆从一开始就猜努登舍尔德没事——的确，他根本未曾真正遭遇过什么危险。斯堪的纳维亚人不需要谁来"寻找"，就像远赴非洲的利文斯通无须搜救一样。但是，贝内特希望创造自己的"德隆遇见努登舍尔德"那电光火石的一刻，此时也宣告失败了。

然而，努登舍尔德从冰上出来的时机对德隆实在不利，他只差一星期就能跟努登舍尔德的船相遇。德隆驶近阿拉斯加海域时，织女星号正在前往日本千岛群岛的路上。正如一位北极历史学家所写："在阿留申群岛和诺顿湾之间那片浓雾深锁的白令海上，美国军舰珍妮特号和她意欲寻找的船擦肩而过。"[2]

与此同时，华盛顿正在酝酿着另一则坏消息。那年初夏，一艘由美国海岸和大地测量局派遣的纵帆船驶出了北冰洋，它刚刚对北太平洋和白令海进行了一次雄心勃勃的多年期研究。测量局雇用的水道测量家和气象学家们对洋流、水深、盐度、温度和盛行风向模型进行了全面细致的分析。具体说来，此次测量志在了解日本的黑潮。虽然大部分数据还有待分析，但清晰的模型已呼之欲出。

研究结果显示，黑潮在强度、温度和可靠度方面均无法与大西洋的湾流相提并论。黑潮横扫日本沿岸进入公海之后，会分解成数不清的次级洋流，其强度亦逐渐减弱。如果说它有什么影响的话，那就是白令海峡的主要趋势是向南流动的冷水洋流。

该测量的最终报告撰写人是从哈佛大学毕业的著名博物学家威廉·希利·多尔。多尔是一位兴趣广泛的科学家——曾在鸟类学、人类学、海洋学和古生物学等多个领域发表过论文，也为史密森学会进行过无数次气象学研究。多尔曾在阿拉斯加各处游历，他的名字在该地区广为人知。

多尔关于黑潮的报告十分明确。"黑潮不会向北边阿留申群岛和堪察加半岛之间的流域输送任何明显的支流，"他写道，"不会有暖水洋流从白令海进入白令海峡。白令海峡无法携带一股足够规模的暖水洋流，哪怕是对就在其北边的极地流域也不会产生任何明显的影响。就我们当前所知，更易于航行的北极通道无望存在，或者笼统地说，不存在什么北行的中间通道。在就此课题展开的调查中，目前尚未发现任何可能支持那个广泛传播但不合逻辑的概念，即在北极海的任何地方存在有大片无冰的海域。"[3]

在这些毁灭性的研究报告发表之时，德隆早已从旧金山出发了，所以他根本没机会看到它们。它们几乎对珍妮特号探险所依据的全部科学理论提出了质疑——那些都是在大众的想象中无数次被反复证实过的理论。（珍妮特号启程之后，《先驱报》曾宣称："毋庸置疑，白令海峡有一股温暖的洋流从太平洋流入北冰洋。"）然而，正如美国海岸和大地测量局的研究结果所显示的，冰盖下并没有什么温暖的洋流。没有通往北极的温暖通道，而且可能也没有开放极海。塞拉斯·本特、马修·方丹·莫里以及已故的奥古斯特·彼德曼都大错特错了。

珍妮特号还在一路向北颠簸而行时，华盛顿的科学家和官员们逐渐消化了这些最新数据。他们了解到的每一条信息似乎都表明，德隆的航行在远未正式开始之前，就已注定是竹篮打水一场空。

另一位即将深入研究这套测量数据的科学家是德高望重的物理学家和化学家托马斯·安蒂塞尔①。安蒂塞尔博士在纽约美国地理学会发表演说时，直言不讳地陈述了自己的结论。德隆前去寻找的那条通道"并非深入北冰洋的真正门户"，他说，"实际地讲，北太平洋在北边没有什么出口；白令海峡不过是一条死巷"。[4]

---

① 托马斯·安蒂塞尔（Thomas Antisell，1817－1893），美国物理学家、科学家、教授，以及"青年爱尔兰"组织成员。他参加过美国南北战争，还曾担任日本明治天皇政府的顾问。

17. 被咬住了

8 月 12 日，美国军舰珍妮特号穿过金门海峡出海后一个月有余，便悠闲地进入了阿拉斯加州圣迈克尔附近的海湾。她在诺顿湾抛锚之后，城堡上的一位哨兵为迎接珍妮特号的到来，在一门老掉牙的铸铁炮（那还是俄据阿拉斯加时代的大炮）里装填炮弹，发射了几枚礼炮。

圣迈克尔是沙皇尼古拉一世于 1833 年建立的一个贸易站，是美国与其位于远北①地区的新占领土进行大部分商品交易的收集站和交易中心。那个地方倒没什么特别的——几间破旧的仓库，一个弹药库，一些由几个小平房集成的村落，还有一个古老的俄国东正教教堂。然而，这大概是德隆在前往未知区域之前的最后一个补给站了。他将在这里采买补给、装满煤仓、收集毛皮、买狗并寄出信件。

他们的驻地坐落在距离育空河三角洲最北端出海口不到 100 英里的地方，红棕色的河水沉积物从那里远远地注入大海。圣迈克尔常常会有捕鲸人、海豹猎手、矿工、陷阱捕手和商人光临，还有些代理商出售补给给想要进入阿拉斯加腹地的人。据说，每年从圣迈克尔装船运出的大量毛皮和皮革价值超过了 100 万美元。

这个季节，来自旧金山的船只纷纷抵达，成百上千名印第

① 远北地区（Far North），指北极和亚北极地区。

安人和因纽特人会在城堡外扎营，与各个毛皮公司的代表见面，用生皮、皮革和鱼干交换印花棉布、枪支和朗姆酒。成群的印第安人围坐在篝火旁，用来点火的浮木是育空河的大浪冲下来的。在这个季节，人们常常在午夜的阳光下闹饮，进行摔跤、拔河竞技，这是"狂歌痛饮"的季节，捕鲸者们如此形容他们酒后的狂欢。

德隆也想让他的船员们享受几天北极的夏季时光，品味一下美利坚帝国最外延、最北端这个热闹城堡里的喜庆气氛。不过，他还是觉得圣迈克尔是个"悲惨的所在"[1]。德隆觉得，那里有一股腐败的气息，是由酒精和贪婪助长的堕落和放荡。但他知道在离开此地之前，这可能是他们对文明世界——姑且就算这是文明世界吧——的最后一瞥了。他写道："我们或许还能把（圣迈克尔）看成某种世俗的乐园。"[2]

从旧金山到圣迈克尔近3000英里的路程，德隆走了35天。他说轮船因为载煤过重而"像头猪一样地摇摆前行"[3]，但最初几天，他们享受了风平浪静的航海时光，船上的气氛也十分欢快。每到夜间，科林斯会坐在风琴前弹一些小曲，船员们有人打着手鼓，有人拉起小提琴，大家唱起歌来。

其他时候，起初没那么热情的科林斯会试图对船员们讲几句双关语俏皮话。不过一旦"开闸放水"，科林斯便一发不可收拾。"有些还不错，"德隆评价说，"有些就糟透了。"[4]他那些俏皮话往往很难理解，或许是因为它们的爱尔兰背景，其他人根本不明白有什么好笑之处。"起初我们全都拒绝他的俏皮话，"德隆写道，"每次他一讲，我们会一脸懵懂，像孩子一般探寻地看着他，请他解释两三遍，直到他最终受不了了，说我们离旧金山越远，智商就越是直线下降。不过现在我们让他随便讲，讲得好会受到表扬，讲得不好会被我们狠批一通。"[5]

总之，德隆极其享受跟船员们在一起的那段时光。他们是"我们的小家庭"，他说，"简直是世界上最亲密无间的船员了。没有任何人流露出一丝不满，也没有一句听上去像是愤怒的话"。他们是美国镀金时代的缩影——那是由移民组成的美国，意志坚定、自力更生，对未来充满希望，渴望过上比自己远离的旧世界更好的生活。他们中有德国人、两个丹麦人、两个爱尔兰人、一个芬兰人、一个苏格兰人、一个挪威人、一个俄国人，还有法裔美国人、荷裔美国人、几个苏格兰裔爱尔兰人以及三个华人。

德隆对华人厨子阿三（Ah Sam）和乘务员查尔斯 – 东星（Charles Tong Sing，也叫查理）尤其满意，两人都是从旧金山的中国城雇来的。德隆觉得阿三的厨艺很棒，而且越来越好。他是个非凡的面包烘焙师——虽说煮的咖啡对船员们的口味来说太淡了，但他很快就摸准了他们的好恶，看似过得如鱼得水。在德隆看来，阿三和查理"不谙世事"且"无忧无虑"，似乎"既不担心未来，也不怀念过去"。

但德隆雇来的第三个华人船员——船舱侍者阿兴（Ah Sing）——显然是个天大的错误。阿兴神经紧张，动作失调，简直无药可救；他不会说英语，还不停地在船上摔跤，把食物和饮料洒在就餐者身上，把杯盘碗碟摔在地板上。他"就是一根废柴"，德隆心想，"此人愚蠢至极，现在就已经让我觉得沮丧了"。[6] 阿三和查尔斯 – 东星不停地纠正这位侍者，用滔滔不绝的华语责备他。阿兴脸上的微笑颇让人心烦，他的微笑虚弱而甜腻，无时无刻不挂在脸上，后来谁都受不了了——特别是梅尔维尔。德隆说："只要我下个命令，梅尔维尔一定现在就把他带到岸上一枪毙了。"[7]

德隆在阿留申群岛上的乌纳拉斯卡岛短暂停留了一段时间采买货物，包括毛皮、海豹皮、鹿皮、毯子、6 吨鱼干和 150 吨煤。他通过一艘南行的轮船邮寄了一些信件，然后就向北进入了雾气蒙蒙的白令海继续漫长的航行，直奔圣迈克尔。

好几天来，珍妮特号都遭遇了巨浪，船上那些经验不足的新手因为晕船而死去活来。阿兴看起来"像一具行尸走肉"，德隆说，"他像是自己前世的一个影子，他的长辫子变成了在风中飞舞的一团乱发。我真害怕他会死掉"。[8]不过，最难受的还是爱尔兰俏皮话大师。"可怜的科林斯整日晕头转向，估计什么也想不起来了，"德隆如此写道，不过他又开心地提到，"总算有几天听不到他的俏皮话了。"[9]然而，让船长遗憾的是，随着珍妮特号驶近圣迈克尔，科林斯又恢复了活力，"又开始讲俏皮话了"。

德隆不得不在圣迈克尔停留了将近一个星期，等待贝内特在旧金山包下的补给纵帆船弗兰西斯·海德号赶上他们，带来最后一船煤。于是船长就趁此机会忙活其他事务。他买了熏鱼和生肉，委托当地的因纽特人为他们缝制毛皮大衣和豹皮毯子，还买了鹿皮靴，以及各色狼皮和貂皮。他在村民中间打探任何有关努登舍尔德行踪的消息，哪怕是传言也好（不过这里没人知道）。阿拉斯加商业公司的代表们又给他添置了一些武器和弹药。他从因纽特人那里买来 40 条雪橇犬——"它们很棒，都是充满活力的幼兽，我今天上岸去看它们，它们已经很友好地开始跟我亲近了。"[10]

　　带着狗上路一直都在德隆的计划中，但他知道自己和手下的船员们对如何驾驭或照顾这些动物一无所知。于是他又到村民中去雇用两位熟手加入探险队。他很快就找到了两个愿意签约的年轻人——一位自称猎人的阿列克谢（Alexey），还有一位是他的朋友，名叫阿涅奎因（Aneguin）。两位因纽特青年都能说一些英语，但对探险所知甚少——不知道他们要去往何方，要实现什么目的，以及会遇到什么样的危险。他们愿意来主要是因为那笔在他们看来高得离谱的报酬。阿列克谢每个月会得到 20 美元，还有一笔给他妻子和儿子的少量生活补贴。不仅如此，探险结束时，他还能带回一支温彻斯特连发枪和 1000 发子弹这些特别的礼物。年轻一点的阿涅奎因没有结婚，所以报酬稍低一些。

　　弗兰西斯·海德号总算载着一船煤姗姗来迟，德隆把出发日期定在了 8 月 21 日。那天早上，两位因纽特橇夫上了船，了解了珍妮特号的一些情况。一位因纽特姑娘也跟着上船待了一小会儿。她是阿列克谢的妻子——这位矮胖羞涩的少妇虽赔着笑，却难掩对丈夫的担心，他们年幼的儿子也跟着上来了。他们告别的场面让珍妮特号的每个人动容，许多人无疑思念起自己的妻子或女友。这对夫妇坐在舱门附近的一堆土豆袋上，手牵着手，难舍难分。

　　科林斯在给《先驱报》发的新闻急件中记录了这一场面，他觉得阿列克谢的妻子"在此情此景下表现得非常得体"，她"坚毅中透着对丈夫的眷恋"。他们逗留了一会儿，温柔地说了一会儿话，泪水涌上了他们的双眼。海鸟在他们头上盘旋而过，随着最后一批货物被吊上船，轮船吱嘎作响。这对因纽特夫妇"彼此发誓要永远相爱"，科林斯说，"令我深受感动"。[11]

德隆或许想起了自己跟艾玛分别的场景，也同样被感动了。他试着找了点船上的东西给这位因纽特少妇作纪念品，毕竟未来的两三年里，她的丈夫都将在这条船上生活。他能找到的最好的东西就是用烫金字印着"美利坚合众国海军"字样的瓷器茶托和茶杯了。德隆还送了一支口琴给他们的儿子。阿列克谢的妻子充满感激地接受了礼物。她"似乎因为得到这独一无二的宝贝而大喜过望"，科林斯写道，"立刻把它们藏在了她那件毛皮裙的大口袋里，那里简直就是个仓库"。[12]

德隆终于宣布所有来访者下船的时间到了，阿列克谢不舍得妻子离开。"他们拉着手拥在一起，在船上慢慢地挪动着步子，"梅尔维尔说，"直到最后，才总算带着无限的疑虑和恐惧，依依不舍地分开了。"[13]

在正式向北航行之前，德隆还要完成一个任务：他还要解决斯堪的纳维亚探险家阿道夫·努登舍尔德的行踪之谜。他不一定非得找到努登舍尔德不可，但必须提交有说服力的证据表明后者的船，即织女星号，已经安全过冬，无须帮助。德隆仍然对这一任务十分气恼，但既然这是海军部长本人亲自委托的，他就不能推诿塞责。当然，德隆并不知道谜底早已揭开。他担心不得不为此徒劳之举浪费几周乃至几个月的时间。8月21日晚，珍妮特号起锚了，一路向西前往西伯利亚沿岸，去打探"消失"的探险家的音信。弗兰西斯·海德号紧随其后。

珍妮特号在狂风中驶过白令海时，一排巨浪冲到船上，打在德隆船舱的前端。顷刻间，窗户被打得粉碎，他的屋里海水泛滥。"我当时正坐在椅子上打瞌睡，"他写道，"突然被淹在海水中，身边全是碎玻璃，我的东西全都在水上漂着呢。"[14]

船驶近俄国的圣劳伦斯湾，德隆派一群人上岸打听努登舍尔德的消息。楚科奇土著们似乎知道有一艘外国船曾在海岸北部的一个冰封的海湾过冬，还有些土著回忆说，7月时曾看到一艘轮船沿着海岸向南开走了。

德隆没有再浪费一点儿时间，他掉头北行，前往迪奥米德群岛①和白令海峡。8月27日，在白令海峡附近的开放海域，珍妮特号和她的供煤船弗兰西斯·海德号就要分道扬镳了。德隆给煤仓里加了最后一次煤，又把他的信件——包括他写给艾玛的最后一封家信在内——交给了另一条船。他还决定把不成气候的船舱侍者阿兴也送回旧金山，因为留着他已经没用了。"我开除了那个华人男孩，"德隆写道，"他带着一贯特有的、幼稚乏味的微笑上了纵帆船，以哲学家一般的淡定接受了宿命的安排。"15

随后珍妮特号便一路向北，而弗兰西斯·海德号则南行而去。在弗兰西斯·海德号携带的那捆信件中，有一封是科林斯给《先驱报》撰写的新闻急件，他在稿件最后写道："这一刻我们的感受跟所有留在家园的人一样，此去北行，相信上帝会保佑我们，给我们好运。再见了！"16

德隆径直前往东角——如今的杰日尼奥夫角——也就是亚欧大陆的东北端。在那里，靠新雇来的橇夫阿列克谢当翻译，他从当地村庄的一位老妇人那里获知，确实有一艘探险船曾在沿岸更靠北的一个名叫科柳钦湾的地方度过了寒冬。

穿过北极圈后，珍妮特号下一个登陆地点是谢尔采卡缅角。那里的土著领着德隆的一些船员在苔原上步行了好几个小时，

---

① 迪奥米德群岛（Diomede Islands），孤悬于白令海峡中央的一个群岛，分属美国和俄罗斯的领土。

终于找到了一个安全地点，他们说，一个外国团队曾在那里安全过冬。那里有几顶帐篷，德隆的船员们找到了一些印有"斯德哥尔摩"字样的锡罐，以及潦草地涂写着瑞典文字的纸条。船员们还发现了达嫩豪所谓的"一些斯德哥尔摩职业美女的有趣照片"。[17] 楚科奇土著给船员们看了一些他们收到的礼物：雕有花纹的海军服纽扣——显然是瑞典、丹麦和俄国的。楚科奇人通过手语和手势说明，冰一融化，那条外国轮船就安全出发，朝东驶去了。

在德隆看来，所有这些构成了足够有力的证据，表明谜底已经揭开——他也就不再负有任何侦查职责了。"我想每个人都心存感激，"他写道，"我们终于知道努登舍尔德是安全的，可以继续赶路，去往弗兰格尔地了……我们兴高采烈地出发了。"[18]

就这样，德隆终于可以自由地向北推进了。8 月 31 日，他掉转珍妮特号的船头，驶出科柳钦湾，朝着传说中弗兰格尔地的方向驶去。他必须把失去的时间夺回来，利用最后的夏季窗口期尽可能到达北极腹地。达嫩豪说，直到此时，"我们才觉得自己的北极航行真正开始了"。[19]

头两天，他们在风平浪静的无冰海面上顺利航行，但随后开始遭遇越来越大块的流冰。天气变得冰冷刺骨，温度骤然降到零下 7 摄氏度上下。一场暴风肆虐之后，绳索表面都包上了一层光滑的白色薄膜——这是突如其来的不祥先兆。"一大片积雪封霜，"德隆说，"煞是好看。"[20] 他不担心下雪，但害怕结冰。"我们注意到有大块浮冰在周围慢慢聚合，"他写道，"周围浮冰的平均厚度看似有 7 英尺左右。"

这么早结冰的确出乎意料，但有个好消息可以与之相抵：9月4日，邓巴在岗哨上看到了赫勒尔德岛（Herald Island），那是楚科奇海上一处很小的峭壁，在捕鲸者中赫赫有名。［它虽然跟贝内特的报纸同名，但两者可没关系，这个岛是1849年由第一个发现并登陆之人为其命名的，此人是奇力爵士①，是英国皇家海军赫勒尔德号（HMS Herald）的船长。］赫勒尔德岛显然被标注在德隆的航海草图上，但他知道离它再远一些，在它以西50英里外那片雾蒙蒙的海上，应该就是弗兰格尔地，也就是彼德曼口中那个高深莫测的跨极地带。无论在真实意义还是在引申意义上，那都是德隆的目标，然而到现在为止，他还看不到它的真面目。

第二天，船员们确实瞥见了弗兰格尔地——或者至少他们以为那是。"在午前有好几次，"德隆说，"我们分明看到赫勒尔德岛之外的西南方远处有陆地。我首先倾向于认为那是海市蜃楼造成的幻象；但我们看到了边缘轮廓清晰的高耸雪山形状，而那不可能是海市蜃楼，所以我才坚定了信心，认为我们确实看到了（弗兰格尔地）。"[21]

又见到几次之后，每个人都确信无疑了：弗兰格尔地！一想到距离这个目的地如此之近，可以在那里找到过冬营地并开始探索未知区域，他们便禁不住满心狂喜。

然而，喜庆的气氛并没有持续多久，因为这时船已轰然陷入越来越大的冰块之中，让他们头晕目眩地缓缓倒向船舷。德

---

① 奇力爵士（Sir Henry Kellett, 1806－1875），英国皇家海军中将和探险家。1848年，他受命协助搜寻失踪的约翰·富兰克林爵士。香港的奇力岛、奇力山和奇力湾都是以他命名的。他通过白令海峡航行穿越楚科奇海，发现了赫勒尔德岛，岛名"Herald"与《先驱报》（Herald）同名。

隆爬上桅楼瞭望台，试图看出漩涡的形状并继续前行，以从迅速缩窄的水道中突出重围。"我们的船舷刮擦受损，"他写道，"但这都是与冰作战留下的光荣负伤的痕迹。"[22]

眼前的景象让德隆想起了他指挥着小朱尼亚塔号在格陵兰岛附近的情形。他常常不得不突进某一条水道，反复猛击冰块，才能强行进入一个小小的缝隙。船头的撞击往往会在船头前方留下复杂的蛛网状裂缝。德隆说，珍妮特号通常能"在浮冰中挤出一条裂缝，勉强通过"。在强行挤过这些逼仄通道的过程中，他越来越依赖邓巴的建议。这位新英格兰怪人有着非同寻常的洞见，能看出别人无法察觉到的结冰模式。梅尔维尔说，他是"我们中间那位古老的水手和北极权威……他敏锐的眼光来自于海上漂流 40 年的丰富经验"[23]。

有时，船员们不得不把捆上绳索和滑轮的爪钳固定在前方的冰上，用蒸汽绞盘猛拉珍妮特号向前或"拖曳"其前行。珍妮特号的蒸汽引擎加足马力，蒸汽绞盘摇摇晃晃，发出巨大的叮当声，黑烟和热蒸汽喷涌而出。有时为了省一些煤，德隆会让船员和狗队跳到冰上，用尽全力拖拉船只。船员们和狗队发出咕哝和嗥叫声，伴随着浓重的潮气，在裂缝有望扩大的浮冰上使劲拉船。船员们立在原地拉紧绳索，嗥叫的狗群也竭尽全力，一起拖拽。

但德隆的选择越来越少。此刻他的四面八方全是冰，把前进的道路包围得死死的；水路和缝隙全都在闭合。"浮冰上的每一条哪怕有一点点偏北的缝隙都试过了，"梅尔维尔说，"冰阻断了我们所有的退路。"[24] 每当轮船劈开一条缝隙勉强通过，梅尔维尔都会看向船尾，看到那条缝隙又再次闭合，像一个巨大的钢制捕兽夹那样，啪地合上了它的利爪。

船四周聚集的压力惊人。炸裂声此起彼伏，参差不齐的锯齿状碎冰块以千钧之力相互撞击，不时形成冰脊。浪花四下喷涌，突破冰隙嘶嘶作响。巨大的冰板吱吱嘎嘎地彼此碾过，在巨浪中上下摇摆，慢慢将另一块冰磨成碎片，随之响起了刮擦声、刺耳的叹息和其他各种刺耳的声音。

德隆力图找到一条可以将他带往弗兰格尔地的水道，但纯属徒劳。大浮冰不断迫使他转轨朝向东北，离他的圣杯越来越远。他们又有几次看到了弗兰格尔——德隆估计"那是一块台地，山峦起伏"——但它渐渐淡出了视线。"这是我们两个月前从旧金山启航时的目标，我们希望能在今年冬天到那里探险，"德隆绝望地说，"真是谋事在人，成事在天啊！"[25]

此时，珍妮特号的船身在越来越大的冰板上连续撞击反弹，前所未有地震荡起来。现在，很多地方的冰已经有 15 英尺厚了。船头好几次在大浮冰上高高翘起，咯咯吱吱地被迫停下，被遏制了去势后又重新滑到水中。

然而，珍妮特号历久弥坚。德隆不得不信任那些曾竭尽全力为她加固船身的马尔岛的工程师；至少到现在为止，他们的努力工作似乎见到了成效。"她剧烈地摇晃着"，达嫩豪说，但"并没有给她造成任何损害。的确，我们的船坚挺地抵御着震荡"[26]。

9 月 7 日星期日，船员们觉得右舷又积聚起新的压力，然后突然间，一块巨大的浮冰将珍妮特号掀到冰面上，船身剧烈倾斜。其他浮冰块也密集出现在船周围。船身在压力之下滴答作响，发出呻吟。短短几分钟，珍妮特号就完全受限，动弹不得了。她负担过重的蒸汽引擎喘息不已，烟囱也冒出浓浓黑烟，但她一寸也挪不动。按照旧时北极捕鲸人的说法，船"被咬住了"——他们那个行当有一套颇为古怪的委婉行话。

达嫩豪写道："我们熄了火，用冰锚把船固定在原地。寸步难行。"[27]珍妮特号被固定的位置跟水平面有一个很不舒服的夹角，弄得船员们站不直也坐不住，躺在铺位上都怕滚下去。冰还在四周聚积，咯咯声不断，释放出大量气泡，又在冰面自身的空隙处破裂。但它已经变得坚不可摧了。

德隆望着眼前的大浮冰，努力思考是哪一步出了问题。水温计并没有显示有暖流朝北推进。黑潮在哪里？如果有温暖通道的话，显然不在这里。开放极海似乎遥不可及。"目力所及，只有一望无际的冰，"德隆写道，"它不光看上去从不曾破裂变成水……而且似乎永远也不可能。现在我们要想突出重围，至少得有一场地震才行。"[28]

他当然一直都知道，珍妮特号总有一天会像这样被围在冰中，但他没想到这一切会发生在如此偏南的地方，还是在季节这么早的时候。他本希望能在冬季到来之前到达北纬 80 度，但现在只不过才到北纬 72 度，就已经千里冰封了。这几乎令德隆感到难堪。他原计划在弗兰格尔地沿岸某处登陆，在那里找到一处安全的洞穴停船过冬，以免她遭到更大块浮冰的剧烈碾压。然而，此时珍妮特号所遭受的压力却要大得多——简直是德隆无法估计的无常之力。他从未像此刻这样恶毒地诅咒因为徒劳地寻找努登舍尔德而耽误的时间。德隆相信——他很可能是对的——正是在西伯利亚沿岸浪费的那一周时间，致使他无法在弗兰格尔地登陆，导致他在来年之前无法在探险路上实现任何重大成就，或突破人类航行的"最北"纪录。

　　然而，船只被困并没有让船长心灰意冷。他希望这块浮冰只是暂时的反常现象，是一反通常季节模式的意外。北极捕鲸人曾告诉他"9月下旬和10月上旬，这个纬度带会经历'秋老虎'"，他乐观地写道。温暖天气的再一次爆发"终会把我们解放出来"，他对此确定无疑。"我觉得我们现在经历的是异常的结冰现象，期待着9月的狂风会把冰吹化，为我们开出水路。"

　　但有时德隆似乎又接受了他要被困在这里过冬的事实。的确，他似乎欣然接受了逆境，并努力寻找它可能的意义。"这是一块教人忍耐的荣耀领地，"他说，"我确实很失望，大概没人了解我的失望有多深切。我们无可奈何，只有接受现实，原地不动。"29

　　就在珍妮特号遭遇冰封的同时，一支美国捕鲸舰队正沿着同一块浮冰的南缘行进，想在起程返回旧金山之前，寻找这一季最后的收获。这三艘捕鲸船的船长都看到北边远处大约10英里外，距赫勒尔德岛不远的地方有一艘船。就算隔着这么远的距离，海伦马尔号捕鲸帆船上的鲍德瑞船长也能看出那是一艘轮船，正在挣扎前行。

　　鲍德瑞拿出望远镜观察了一会儿，想看看那艘船有什么动静。他确信那不是一艘捕鲸船。时节太晚，不可能再有捕鲸船远离文明世界，朝那个方向航行了。然而从那艘船上冒出的黑烟不断变化的轨迹，他看出那艘船正在企图冲出浮冰，颠簸震荡着朝北边和西边前行，但显然未能如愿。

　　海伦马尔号和同行的船只海风号（Sea Breeze）及黎明号（Dawn）回到加州后，几位船长看到的景象被刊登在旧金山的报纸上。这是美国军舰珍妮特号最后一次被人看到。30

18. 兴风作浪

　　那年 8 月，就在德隆艰难北上之时，詹姆斯·戈登·贝内特正在罗得岛的纽波特跟好友们一起度夏，还拜访了妹妹珍妮特·贝内特·贝尔。他把游艇停靠在码头，那个月的大部分时间都花在航海、竞技马车以及同穿着白色法兰绒球衣的一伙人狂饮作乐上。他对梅家的失礼已得到了原谅，他也再次成为纽波特"别墅度假族"中的一员。的确，贝内特被认为是聚会上备受欢迎的灵魂人物。《纽波特水星报》（*Newport Mercury*）在他 8 月 2 日到达当天就报道说："大家立即意识到，又一个充满喜庆气氛和热闹活动的季节即将拉开序幕，因为贝内特先生有足够的能量和冲劲来开动这辆欢乐的马车。"[1]

　　贝内特是纽波特读书会（Newport Reading Room）的会员，这个沉稳体面的组织只吸收最杰出、最富有的绅士入会。他觉得那地方沉闷无趣，于是在 8 月中旬的一天，他决定搅动读书会的一潭死水。[2]他显然已经跟来自英格兰的马球老友、英国骑兵上尉亨利·奥古斯塔斯·坎迪豪饮一通了。贝内特挑战坎迪——显然是挂了彩头的打赌——问他敢不敢做点儿一定能让读书会那些乏味的会员大惊失色的事儿。坎迪接受了挑战，于是两人酝酿了一个计划。

　　当天傍晚，坎迪上尉身穿全套马球服，骑上他的小马驹，出发前往读书会坐落在贝尔维大道上的那座明黄色的豪华会所。他骑着马上了前门台阶，穿过了会所的两扇门，进入会所的前厅。据说一位身穿白色制服的管理员高声叫了起来："先生，您可不能骑马进来！"但坎迪丝毫不予理会，继续进入沙龙，穿过酒吧，出入其他房间，无视坐在那里阅读报纸、品尝杜松子酒和苏打水的俱乐部会员满脸困惑的表情。随后坎迪熟练地掉转马头，走出前门，扬长而去。

坎迪不但赢了这场跟贝内特的对赌，还展示了他无可挑剔的骑术，但读书会的会员立刻谴责了他的行为，并发誓不让他和贝内特再踏进俱乐部会所半步。读书会如此冷淡地对待这场胡闹虽在贝内特的预料之中，但也刺激了贝内特的好胜心。他一怒之下，决定另建一个俱乐部跟读书会分庭抗礼，他决心让那里更活泼、更喧闹，没有这么多传统束缚手脚。他决定称之为"纽波特游乐场"（Newport Casino）。

贝内特在贝尔维大道读书会的街对面买了一大块地。他立志将纽波特游乐场建成巨型的欢乐宫殿——让纽波特摆脱沉闷窒息的形象。那里将设置一个保龄球馆、一个台球厅、草地网球场、一家剧院、一家餐厅、几个酒吧和一个舞厅。他雇用了当时世界上最好的建筑师：年轻的斯坦福·怀特，他是纽约著名的麦金－米德－怀特建筑师事务所①的合伙人。短短几个月，设计图便画好了，建筑也破土动工了。游乐场计划来年夏天盛大开幕。

贝内特脑子里酝酿着一个新点子：纽波特游乐场将举办竞技网球锦标赛。他已经成功地把马球引进美国，如今还要引进这一在英国最热门的球拍类运动。他梦想着让自己的游乐场成

---

① 麦金－米德－怀特建筑师事务所（Mckim, Mead & White），美国著名的建筑师事务所，在 20 世纪初名噪一时。斯坦福·怀特（Stanford White，1853－1906）是事务所的创始合伙人之一。

为美国网球的摇篮。[3]

那年接下来的几个月，贝内特都在兴致高昂地构思这些宏伟蓝图。他要让世人看看纽波特读书会的那些人有多无聊、多扫兴。那个夏天，贝内特满脑子天马行空的构想，但它们都与北极相差十万八千里。

19. 万一遭遇不测

珍妮特号离开旧金山后，艾玛·德隆知道她必须"让自己心如铁石"——用她自己的话说——"才能熬过这漫长的等待"。[1]那天她回到皇宫酒店自己的房间后便陷入麻木状态。她心力交瘁，对一切不闻不问。"我什么也不想做，"她写道，"连想都不愿意想。"她没有什么迫在眉睫的任务，因为西尔维还在中西部的姐姐家里。她的父母此前去了澳大利亚，原本定在珍妮特号启程那天到达旧金山，结果他们搭乘的轮船在路上耽搁了，还要一个星期才到。有好几天，她把自己的房间变成了一个黑暗的洞穴，待在里面不见天日。

德隆的密友、珍妮特号启航那天从金门海峡陪伴她回到岸上的威廉·布拉德福德一年中有几个月住在旧金山，还在那里经营着一个工作室。一天他来拜访艾玛，看到她备受煎熬，就提议来点消遣活动：何不去约塞米蒂①玩儿一趟？

艾玛的脸上立即有了光彩。她还从未去过那里，也没有游览过加州的壮丽河山。威廉说会带上颜料和摄影器材，在他的妻子和艾玛一起野餐及游览河谷时，捕捉一些入画的风景。

---

① 指约塞米蒂国家公园（Yosemite National Park，又译"悠仙美地""优胜美地"），是美国加州中东部横跨图奥勒米县、马里波萨县和马德拉县东部部分地区的国家公园，占地747956英亩（3026.87平方公里）并延伸到了内华达山脉的西坡。约塞米蒂虽然不是第一个指定国家公园，但它对"国家公园"这个概念的发展起到了重要作用，这主要是由于盖伦·克拉克和本书后文中提到的约翰·缪尔等人所做的工作。

跟威廉·布拉德福德在一起总能让艾玛感到安心。他是个沉着冷静的人，长着一张和善的面庞，淡黄色卷发，鬓角处卷得特别厉害。他那年 56 岁，曾 9 次前往北极，大多数时候都在格陵兰岛附近，每次都安然返航，不仅身体毫发无损，心情也平和愉悦。[2] 他是那个冰封世界最有表现力和说服力的福音传播者之一。他的北极风景画讲究细节，在大西洋两岸都有很好的销量，维多利亚女王也曾委托他画过一幅作品。他还是位于纽约的美国地理学会的资深会员，他在全球各地的演讲大大助长了公众对高北纬地区的集体想象。布拉德福德描绘的北极充满异域风情和冒险乐趣，是一片有着独特壮观景象的地域。在他的著述、画作和摄影作品中，北极有其独特的美感，哪怕在它最可怕的时候，也不乏超凡脱俗的气质。

"一场暴风雪在大浮冰的边缘肆虐而过，没有什么比这更壮丽的景象了，"布拉德福德曾写道，"海水以其凌厉之势，一浪接着一浪，猛掷在浮冰上，把它撞碎、扯破、撕裂，把巨大的冰块抛掷在它负隅顽抗的表面。那是自然元素之间的一场大战，看一眼便永生难忘。"[3]

本质上，布拉德福德的作品关注的是人类的内心对未知的渴望。他骨子里是个探险家，跟乔治·德隆一样有着北行的冲动，两人亦惺惺相惜。布拉德福德出生在马萨诸塞州新贝德福德附近的一个小城，是哈德逊河派①的忠实信徒，他最著名的画作主题包括搁浅的捕鲸船、形状怪异的冰山、身穿毛皮的人

---

① 哈德逊河派（Hudson River School），美国一批浪漫主义风景画家发起于 19 世纪中期的艺术运动。之所以名为"哈德逊河派"，是因为该画派早期的主要作品描绘的都是哈德逊河谷及其周边景色，后来才有画家开始将描绘的范围扩展到新英格兰、加拿大海洋省份、美国西部和南美洲。

遭遇北极熊，以及午夜阳光照耀之下的冰川峡湾。那都是一些荒凉乃至危险的风景，他却总能在其中注入一股奇妙和美感。

能跟一个同样觉得那片天地如此严酷又如此诱人的朋友在一起，让艾玛心生宽慰。她试图想象心爱的乔治正朝着布拉德福德描述的那片浪漫天地行进。他的画作，以及他神情举止中的宁静，让她也更加安心了。

于是艾玛跟布拉德福德一家一起，先是乘坐火车，后又是马车，向东朝高脊山脉出发了。他们漫步在卡拉韦拉斯森林的红杉林中，其中一棵巨大的红杉树被命名为珍妮特，以纪念这次探险。他们去了约塞米蒂，那里的瀑布和巨大的扇形花岗岩美得令人咋舌，如埃尔卡皮坦、半圆石、哨兵岩。这次远足恰是艾玛此时最需要的。"我起初觉得对一切都没什么兴趣，"她说，"但也逐渐为眼前的美丽风光陶醉了。"这"有益于我从心如死灰的状态中恢复过来，我又开始享受生活了"。[4]

艾玛回到旧金山时，已经完全恢复了。她的父母也从澳大利亚抵达，已在皇宫酒店里等她了。艾玛很高兴与家人团聚并一起游览这座山城。他们乘火车前往爱荷华州的伯灵顿，艾玛的姐姐跟丈夫 S. L. 格拉斯哥将军住在那里。过去几个月，西尔维一直寄养在他们家，现在格拉斯哥一家邀请艾玛和西尔维在珍妮特号远航期间就住在这里。这座轮船城坐落在峭壁上，俯瞰密西西比河，艾玛将在这里"熬过漫长的等待"的大部分时间。她给德隆的信写得很勤，虽然知道它们很可能到不了他手里；她称之为"写给未知的信"，写信也变成了一种有治愈效果的仪式。每一封信她都额外抄写两份，分别寄往好几个北极地点——位于阿拉斯加、格陵兰和挪威斯匹次卑尔根的捕鲸和贸易前哨。之所以将后面两个目的地列入，是因为她满怀希望地设想珍妮特号在到达北极之后，可能会航行穿越开放极海，出现在北冰洋另一侧的漫漫冰川中。

在伯灵顿的格拉斯哥家住下之后不久，艾玛染上了一种不明所以的病毒，这迫使她不得不卧床休息了几周。那时，她尚未收到来自北极的任何报道，开始有些担心了。但就在她身体恢复、可以在床上坐起来之后，一扎来自阿拉斯加的信件到了。乔治写给她的信终于远渡重洋，来到她的手中。

其中一封信提到，他把她的一张照片还有西尔维的一幅肖像悬挂在床头。在他们漫长的环南美航行之后，乔治已经习惯了有她俩在珍妮特号上陪伴着他，以至于他总是想象她们就在身旁。"我每天会有六七次不小心叫出你们的名字，"他写道，"看到你们不在，我有多失望啊！我觉得自己大概再也无法习惯你不在身边的日子了。"[5]8月9日的信中则写道："有时我会想，世上所有北极探险带来的荣耀，大概也抵不上有你陪伴的五分钟所带给我的快乐。"

乔治还保留着艾玛在他们谈恋爱期间在勒阿弗尔给他的礼物，那个他还是单身汉时就随身携带的小小纪念物，这些年每次出海他都带着。"我又看到了那个有你一绺头发和十字架的蓝色小丝袋，"他写道，"现在我把它放在口袋里随身带着，我还是像11年前那样满怀相思。"[6]其中一个信封里有一张他的照片，上面写着："送给我的妻子，让她了解我的行踪。"

大多数信件都是得体直率、公事公办的风格，充满钜细靡遗的航海细节——这很自然，因为德隆已经把艾玛看成自己探险队的一名下属军官了。但在最后一封所署日期为8月27日的信中，他的语气变得温柔了。这封信被包在这一季的最后一捆北极来信中，也是他进入冰区之前写的最后一封信。

8 月 27 日

　　我们此刻正在把最后一批补给装船，今晚 7 点就要出发了。天气晴好——南风清凉，海面静如平湖，我去心似箭。然而，似乎还应该再说一次再见。我既以身赴险，就须有始有终。

　　再见了，送上一千个吻。愿上帝助我，让你为丈夫的名字感到骄傲。不要忘记我，终有一天，我会回来接我的妻子和孩子回家。愿上帝保佑你、赐福你，不管你在哪里，愿你对我的爱始终不渝。

　　万一遭遇不测，我们此生再也不能相逢，请记住你的一切，一举一动，一言一行，始终是世间男子所能娶到的最忠贞、最美好、最深情的妻子的模样。我全身心地爱着你……我的宝贝，亲爱的，再见了。[7]

20. 假象和陷阱

整个 9 月，以及整个 10 月，珍妮特号一直被困在冰上。德隆已经不存幻想：他们整个冬季都会被困在这里，是时候为此做准备了。他让船员们卸下船舵，把它在甲板上高高吊起，放在安全地带。他让他们用铅白粉和牛脂涂抹引擎，排空管道里的水以防冻裂。他分发了皮衣，还让木匠们又给甲板室加固了一层，在上面覆盖了好几层隔热毛毡。为减少船体散热，他命令船员们在珍妮特号四周建起高至舷栏的雪堤。

珍妮特号主要是往西北方向漂流，但浮冰的运动很不规律，每天甚至每一分钟都在变化。有很多次过了几周乃至几个月，他们发现自己绕了一大圈，又回到了原点。船身严重向右倾侧成一个锐角，有时会在阵阵强风中颤抖起来，不过除此之外她倒是相当稳定，夹在自己的冰板里岿然不动。梅尔维尔觉得船"就像被嵌在一个模子里"[1]。在德隆看来，珍妮特号"跟在干船坞里一样稳固"[2]。

在漂流中，他们始终关注着弗兰格尔地。他们从它的北边经过，看到了从未有人见过的弗兰格尔的景象，就像是从月球的黑暗一面越过一样。在珍妮特号穿过它的最北端时，德隆开始明白两件事。第一，他们不可能到达弗兰格尔了——浮冰群把他们冲得太远，且来势汹汹，让他们根本无法安全着陆。

德隆意识到的第二件事，是他们有了一个重大发现。从弗兰格尔地北侧望去，又漂流穿过了它可能与更北边的任何陆地连接的地方，他现在终于了解了真相：弗兰格尔地是一个大岛而非大陆。彼德曼关于大片跨极地带的说法是错误的。"彼德曼博士的理论已经站不住脚了，"达嫩豪写道，"因为它显然是一座孤岛。"[3]弗兰格尔跟格陵兰没有任何关系（"那备受吹嘘的大陆"[4]到此为止了，梅尔维尔讽刺地说）。地图也得改了：弗兰格尔地应该被降级，现在它只能是弗兰格尔岛。

德隆还成功地把另一个传说也扔进了垃圾堆：温暖通道。他们被身下这块坚不可破的冰牢牢困在这里，自然让德隆怀疑起塞拉斯·本特那个很受吹捧的理论，但还是珍妮特号缓慢而仔细地收集的很多科学数据，更加坚定了船长的看法。每天，他手下的船员们都会下船在海冰上凿洞，对海水的深度、洋流、盐度以及局部重力和温度进行仔细测量。他们从没有发现过有任何一点点证据表明有温水洋流朝北流动——或者说朝任何方向流动。这里根本没有黑潮。每次德隆凝视着眼前无边无际的冰面，都会诅咒那个华而不实的理论，正是它让他们陷入了眼前的困境。船长说："我宣布，通往北极的温暖通道是一种假象和陷阱。"[5]

德隆甚至开始怀疑世人尊崇的开放极海的概念。眼前这坚不可破的冰似乎不是一条可轻松通过的"束带"或"圆环域"。它像是永无止境地向外延伸，而浮冰内部积聚的压力表明，更厚的冰层正在集结，其广袤与浩瀚超乎想象。"这自古便是一片死海吗？"他心想，"冰面到底有没有一个出口？显然它一定有边界，如果你说这片大洋的冰一直凝结到赤道附近我也不会感到奇怪。在我看来，这片荒凉的冰川会一直蔓延，直到末日的号角吹响。"[6]

深夜，德隆和达嫩豪在军官室烟雾缭绕的会议上开始猜测真相：北极被一片无边无涯且不断变化的冰壳笼罩着。没有大片陆地，也没有开放水域，但这片冰盖确实是移动的，看似在捉摸不定的洋流和风的作用下顺时针移动。达嫩豪说："我们中间有人说，北极地区被一项巨大的'冰帽'覆盖着，它似乎以手表指针的方向缓慢地大面积移动；当然，在不同的地点，漂流的方向也不同。"[7]

珍妮特号的探险就此摆脱了它一开始的组织构想——那都是些毫无根据的浪漫想象——代之以探索真实的北极到底是什么样子。这继而使德隆逐渐明白，前路茫茫，行之维艰。他们或许还是能够到达北极，但几乎可以肯定的是，他们不可能航行到达那里。

现在，德隆不得不集中精力，建立一个现实可行的船上秩序。日常作息表开始形成。所有人必须在早上7点起床。厨房7点15分开火。8点供应早餐。接下来直到上午10点是船上自由活动时间。中午测量水深。

随后他们便出发前往冰上，做两个小时的活动。有时他们会穿上雪鞋在船四周踏步走，通常手里会拿着枪，以备海象、海豹或其他猎物出现。也有时如果冰上有不错的平坦点，他们会穿上滑冰鞋滑冰。他们还常常在浮冰上踢足球赛。

下午3点供应晚餐，之后厨房熄火以节省煤。晚上7点到8点之间会提供茶点。夜间达嫩豪会为所有新来者开设一节基础航海课，而其他军官会在军官室抽烟，并对当天的活动进行总结。10点熄灯。

除了德隆确定的少数节庆场合外，不得饮用朗姆酒或烈酒。每月第一天，安布勒医生会为每一名军官和船员做健康检查——

任何人不得例外。周日德隆会当众诵读海军《战争条款》，然后带领大家进行简短而虔诚的礼拜仪式。

日复一日，这成了大致安排，但某些人也有具体的任务要完成。达嫩豪大部分时间都在进行气象和天文观测。安布勒医生不看病时会在船舱里四处走走，测试二氧化碳是否超标，并给饮用水进行硝酸银测试，以确定它的盐度。

阿列克谢和阿涅奎因这两个因纽特人大部分时间都在忙着对付德隆所谓的"我们那群流氓"狗，它们几乎永远都在争斗、嚎叫，在甲板上随处便溺。阿列克谢和阿涅奎因讨厌待在闷热的船舱里，后来甚至在甲板上建起了他们自己的披屋。他们是了不起的猎人——每隔一天人们就会见到几头新鲜的海豹挂在绳索上——但这两个阿拉斯加人有时会在冰上做一些很奇怪的事，那些神秘的举动让其他人觉得很恐怖。他们对着月亮说话。他们用烟草作为给冰的献礼。他们预测狗的行为，其准确度常常令人震惊。有一次在射杀一头巨大的海象之后，阿列克谢裸着一条胳膊，一直伸进猎物的喉咙处，然后把胳膊拔出来，把温热的血擦到自己的前额上。他说："这样会有好运。"还有一次，阿列克谢杀死一头海豹后，从它的每条后腿上切下小块肉，还切下海豹的胆囊，把它们仔细埋在冰上的一个洞中。"这样会有更多的海豹，"他解释说。[8]不过，德隆还是对这两位因纽特人肃然起敬，认为他们的一举一动都带着一种"无声的高贵"[9]。

两个华人移民阿三和查尔斯－东星则守着船上的厨房，他们在那里学会了烹制海豹肉馅油炸面团、烤乳海鸥这样的美食，还有海象腊肠——那是所有人的最爱。（"那可是稀缺美食，"德隆宣称。他认定海豹和海象"都不容小觑"。）阿三和查理还在自己的伙房里睡觉，他们用帘子隔出一小块区域，把那里收拾得一尘不染。除了唱歌和玩牌外，他们在忙完锅碗瓢盆之后似乎只有一项娱乐活动：喜欢在冰上放飞五颜六色的风筝，那些风筝都有着纸质的长饰带，其他人看着他们放风筝也很开心。阿三和查理"看似无悲无喜"，德隆写道，"不管遇到什么天气，什么情况……这样的寒冷天气也对他们没什么影响，跟在热带享受春光没什么两样。他们跟船上的其他人没什么交流，但整日欢天喜地，有彼此做伴就很满足了"。[10]

史密森学会推荐的博物学家纽科姆终日忙着打鸟、在浮冰上猎奇、疏浚海底的蓝泥，以便捕获各种海洋生物。他的研究室变成了一个小型屠宰场，各种正在腐烂的动物尸体或肢体堆得高高的，跟他工作所需的收敛剂混合后，散发出一股令人作呕的恶臭。他的藏品包括一具海象胚胎、无数海星和双壳贝、各种北极鱼类、几只海鹦、一只翼幅 7 英尺的信天翁以及两只罕见的楔尾鸥。大多数人都觉得纽科姆——有人叫他宁科姆——古怪变态。梅尔维尔说："我还是离他越远越好。"[11]

德隆也觉得纽科姆是个怪胎，但还是很佩服他如此醉心于工作。"自然史得到了细致的观察，"德隆不得不承认道，"任何动物或鸟类只要来到船附近，都会有生命危险。"纽科姆很少跟其他人在一起。"他或许可以被看作我们中间那个沉默的一员，"德隆写道，"但他在海图室有自己的小空间，整日钻研着自己的各种工具，倒也乐在其中。"[12]

总的来说，船员们似乎过得还不错。德隆称他们为"我们这小小的侨民群体"，他很高兴看到"大家都身体健康，精神愉快……每晚都会弹奏起自己的乐器，还会唱歌。不少人都有优美的歌喉，我都想组建一支唱诗班了"。[13]

不过渐渐地，人们不可避免地感觉到生活单调乏味。"我们被迫组成如此亲近的小圈子，毕竟是违反自然的，"德隆写道，"生活空间太小了。"他承认在某些日子里，少数几个人看似"精神状态'不佳'"，因而觉得"日子变得冗长起来"——但这些都在意料之中。"如果北极圈内的生活舒适安闲，"德隆如此推理道，"那大家都会来这里生活了。我们的不适感本有可能更强烈了，对此我们得心存感激。"[14]

如果说日常作息安排得还算井井有条，那要归功于一个人：船上的执行官查尔斯·奇普上尉。奇普是个不合群的人，他说话干脆果断，不苟言笑，有时甚至会让其他人感到不适。他没事的时候，大多会研究夜空中闪烁的极光。但德隆已经越来越离不开这位副手了。"奇普会不言不语、不疾不徐地把一切安置妥当，"德隆说，"他已经将船上的大小事务都归位理顺了。今天我视察船只时发现它非常整洁，而且人人都衣着得体，一切看上去很像个军舰的样子。"[15]

奇普擅长保持各项事务正常运行，而一旦出了问题，德隆最信任的人则是梅尔维尔。似乎没有什么是这位工程师搞不定的，没有什么问题是他解决不了的。德隆"越来越发现他是个无价之宝"[16]。如果机器的某个部分出了故障，他会把它拆开重装，从其他机器中拆取部件。夏天时，引擎上的一个泵杆坏了，梅尔维尔轻松地跟德隆说他可以做一个新的——或者如果船长愿意，他可以做 20 个新的；对他而言这没什么区别。

通常，梅尔维尔手上都会拿个管道配件、烙铁或焊炬，走在哪里都修修补补，或者发明点儿新玩意儿，改善船上的生活。他想出了一种记录风速的新方法。他还设计了一种小型机器，可用来卷皮靴的鞋底，那些皮靴是船员们用在阿拉斯加购买的生皮缝制而成的。如果蒸馏器里滴出的水变得太咸，梅尔维尔就会把整个装置拆开重装，这样就能析出绝对纯净的饮用水了。每次德隆问他是否可以造一个这样那样的装置，梅尔维尔都会走到制图板前很快画出草图。通常答案都是"嗯，可以做"，那成了梅尔维尔的魔法咒语。

梅尔维尔唱歌声音洪亮，诅咒也中气十足，以至于德隆不得不当众批评他亵渎神明。但他"总是开朗健谈，友善快活"，德隆说。[17]他似乎有着"用不完的精力"以及"令人惊叹的创造力"。

"梅尔维尔是这次探险的亮点之一，"德隆说，"我相信他用几个桶箍就能做出一个引擎来。"[18]

珍妮特号每天的例行事务之一，就是设置陷阱用诱饵捕熊，通常诱饵就是阿列克谢射杀的某只海豹那血淋淋的内脏。截止到此时，船员们已经远远地看到过几只北极熊，还看见冰上有数不清的熊爪印，但德隆想在船上的餐桌上吃到新鲜的熊属动物烤肉。最初几周，他们用捕熊夹捉到的唯一猎物是探险队的两条雪橇犬——它们被从钢爪上拔下来时高声嚎叫，尽管受了伤，但总算没有造成不可挽回的伤残。

9月17日清晨，奇普与来自新英格兰的捕鲸者和冰上引航员邓巴出去检查熊阱。在距离船只大约1英里的地方，他们看到有一个捕兽夹弹开了。不过，被捕到的熊把捕兽夹从固定着它的冰锚上拽走了，邓巴看到冰上有一串血印。熊拖着捕捉器前行，在冰上留下了很大范围的刮痕，使得这头野兽的逃离路径一目了然。

奇普和邓巴马上回船报告了他们的发现，并收集装备，开始全方位的猎熊行动。梅尔维尔和德隆加入了他们的行列,不久四个人就冲到了冰上。在追寻血迹长达一个小时之后,他们开始看到另外两头熊的痕迹,受伤的熊两边各有一头。在德隆看来,那就像是"两个不离不弃的朋友在两旁鼓励它快逃"。

他们在冰上跋涉了 6 英里,因为穿着厚重的皮衣而气喘吁吁、大汗淋漓。最终他们来到冰上的一处地势较低的地方,看到了自己的猎物仍然带着捕兽夹,痛苦地嚎叫着。那是一头幼小的公熊,它的左边前爪只有一小块地方被钩破了。其中一个同伴仍然陪着它——一头幼母熊。"母熊根本没想抛下它不管,"德隆充满敬佩地说,"跑前跑后的,仿佛在诱导它继续跑。看见我们,两头熊都用后腿站起身,悲惨地嚎叫起来。"[19]

梅尔维尔说这两头熊在浮冰上狂奔起来,"笨拙得像母牛,却又快得像头鹿,弄得雪都像风中的羽毛一样飞了起来"。有时公熊的"好奇心战胜了它的理智,(会)停下来看看这些陌生的生物怎么敢来追它,要知道它可是北极地区的君王啊"。[20]

当被捕兽夹弄伤的熊和它的同伴终于被逼到绝境,邓巴和奇普用自己的温彻斯特步枪朝它们开了火,梅尔维尔也用自己的雷明顿后膛枪小试身手。德隆开枪给了它们致命一击,如他所说,"很快就结束了战斗"[21]。

奇普和邓巴被派回到船上去找人和雪橇犬来拖拉战利品。几个小时后,他们回来了,珍妮特号上的几乎所有人都一起跟来了。看起来大家都想参与这次猎杀活动,那个下午很快就"变成了一个节日"[22],德隆写道。大家搭起一个秤盘,称量了两头动物的重量:母熊 422 磅,公熊 580 磅。

事实上它们只是小熊——一个月后,邓巴又捕杀了一头更大的,重量高达半吨——但这两头是珍妮特号第一次猎杀到熊,因而成了大家愉快的记忆。科林斯带来了自己的照相器材，捕捉到了猎人及其战利品的形象。后来他们把熊剥皮处理，把肉和毛皮堆在了雪橇上。到下午，每个人身上都沾满了油腻和血污。但"大家都很开心"，德隆说，"就像获得了一场胜利"，因为他们知道，当天的晚餐要吃美味的鲜肉了。[23]

射鸟高手纽科姆可不会被这些大型动物猎人打败。他独自一人在冰上走了一段距离，射杀了"七只美丽的幼鸥"[24]，他骄傲地宣称，并把它们加入了他越来越多的尸体藏品中，留待制作标本。

到 10 月中旬，随着黑暗日益加深，德隆觉得是时候试一试爱迪生的电灯了。他一直期待着用它们鼓舞士气——在夜间照亮船只，那是美国天才发明的令人艳羡的新奇玩意儿。

让爱迪生的电灯亮起来这个任务对杰罗姆·科林斯来说极为重要。他的头衔是探险队的首席科学家。他是去门洛公园跟爱迪生商谈的人，亲自订购了电弧灯、发电机等器材。科林斯比德隆更加坚定地相信，电灯会让船上的人们恢复元气。

但德隆已经开始对科林斯的能力有所怀疑了。这位爱尔兰气象学家有多项职责，其中之一是探险队的正牌摄影师，他用那台从美国光学公司（American Optical Company）购买的双摆动锥形折箱相机拍摄了无数照片——大伙儿一起杀熊那天他就拍了不少，他也的确曝光了底板。然而出了点问题：科林斯把曝光后的底板带进暗室，却从没有拿出过洗好的照片。原因让他很尴尬，几乎令他非常羞愧：他找不到在旧金山订购的显影药液了。他在船舱里翻了个底儿朝天，在保存感光板的盒子里来回翻找。显然他们根本没把它带上船。他知道，这一疏忽完全是他的错。

所幸梅尔维尔还想着带来了自己的照相器材，包括显影药液。后来，探险队的大部分照片都是梅尔维尔拍摄的。

另一个特别分配给科林斯的任务是在冰上架起"观测台"——那是个便携式帆布装备，用冰锚固定之后将装满气象学仪器。应德隆要求，科林斯和奇普上尉连上了电话线，以便无论谁在观测台那里，都可以定期与母船联络。然而，当科林斯连接上贝尔的新发明之后，它们的作用却非常有限，信号很快就消失了。脆弱的铜线一旦受潮就无法正确传导，它在坚硬的冰面上状况频出，导致信号中断。显然，贝尔实验室提供的24号裸露铜线是个错误的判断。无论如何，电话成了摆设，这倒不该归咎于科林斯，但不知道为什么，德隆就是把这算作了首席科学家基本没用的另一个证据。

事实证明梅尔维尔才是真正的首席科学家，他知识更渊博，应变更机智，也更精通科林斯应该掌握的那些仪器。科林斯的确是气候专家，但他最喜欢的是俏皮话的"科学"，而此时他的俏皮话也将近枯竭。人们厌倦了他的文字游戏——"耳朵都听出茧子了！"[25]纽科姆有一次冲着他如此喊道——但科林斯还是不肯停。他在音乐方面也江郎才尽。当他坐在小风琴前弹奏活泼的吉尔伯特和萨利文精选曲目时，他看不出大家都已经对此厌烦透顶了。

但科林斯看得出，梅尔维尔霸占了他的角色。他既痛苦又愤怒，日渐躲进自己的房间里，开始藐视德隆的权威。他不出舱活动，拒绝安布勒医生每月给他检查身体。他很晚才起床，整个上午都在抽烟，无谓地忙活自己的琐事。日复一日，他跟大家的关系越来越疏远。

科林斯发觉自己陷入了尴尬的困境。他很可能压根儿不适合这类工作。这人有很多天分，但都跟航海生活无关。他此前从不曾长期在海上生活，无论是来北极还是去其他任何地方，也从未在一个像乔治·德隆这样严厉苛责的人手下工作过。他从根本上无法理解德隆就是这艘船的绝对权威，里里外外都是德隆一个人说了算。此外还有，科林斯有爱尔兰人那种长期培养的受迫害感——一旦被轻视，他就很难摆脱这种情绪。他与德隆的冲突是无法避免的。

问题的部分原因在于他的地位模棱两可：他既不是军官，也不是海员，而是介于两者之间——一个受过高级训练的平民，虽说他可以跟军官们一起就餐，却没有正式的海军军衔。他觉得这种情况让他从一开始就"陷入困局"，这一点很可能没错。[26]他或许是船上受教育程度最高的人，又是贝内特钦点的探险队随行记者，科林斯觉得自己应该有权不受海军纪律的约束，但德隆不这么看。显然，科林斯觉得自己应该得到更多尊重。

因为上述所有原因，爱迪生的电灯能否成功亮起来，就成了科林斯面临的重要考验，决定了他在美国军舰珍妮特号上真正的地位。

10月15日，科林斯从盒子里取出了60只碳灯，德隆让人将它们高高地挂在绳索上。一台名为巴克斯特锅炉的小型蒸汽引擎被点燃，用以提供蒸汽动力，科林斯把它连接在爱迪生的"发电机"装置上，后者又连接在电灯电路上。科林斯在一堆机器和电线中忙活了好几个小时，但即便他启用了70磅的蒸汽压力，仍然无法启动爱迪生的装置，装置上那个小小的电流计指针几乎根本就不动弹。

人们带着充满希望的表情不停地抬头看绳索，但电灯线路就是不亮。大家的脸上都露出失望的表情，仿佛美国辜负了他们。

科林斯困惑不已。他的确没有在旧金山测试过那些电灯，但在门洛公园他曾亲眼见到它们的作用有多神奇——以"大于3000支烛光的光芒"照亮了爱迪生的实验室。为什么现在就不亮了呢？

德隆请梅尔维尔帮着解决问题。把爱迪生的装置拆开之后，工程师得出的结论是，它一定在船经过白令海峡时的那次巨浪中泡过水了。他把装置晾干，试图解开所有的电线并再次绝缘，但还是没用，连梅尔维尔这位珍妮特号上的伏尔甘①都没法让电灯亮起来。

几天后，安布勒医生跟德隆说，他做了一个关于爱迪生的电灯的怪梦。在梦中，失踪很久的英国探险家约翰·富兰克林爵士来珍妮特号参观。安布勒医生领着富兰克林参观了整条船，激动地跟他说起爱迪生的电灯；当然，在富兰克林的时代，这个发明根本连想都没有人想过。但富兰克林直言不讳地打断他。"你们的电动机械，"他说，"一文不值。"[27]

"我开始担心富兰克林说的话没错，"德隆写道，"爱迪生的电灯绝对毫无价值。为了让这个机器工作，我们已经浪费了太多时间。"[28]或许是爱迪生的错，但德隆把大部分责任都归咎于科林斯。无论如何，按照德隆的说法，那些灯"都化为乌有，销声匿迹了"[29]——也就是说，被扔进了无人问津的垃圾堆。他厌恶地让科林斯把它们装进盒子里束之高阁。科林斯很

---

① 伏尔甘（Vulcan），古罗马神话中司火和冶炼的神。

沮丧，他的情绪跟无法点亮的北极一样黯淡阴郁。

就这样，白天越来越短，也越来越冷——自然光越来越弱。太阳慢慢从极地的天空中隐去。11 月 16 日，它彻底消失了，接下来的几个月再也不会升起。人们不得不靠鲸油蜡烛和煤油灯度日。托马斯·阿尔瓦·爱迪生和他的公司关于"点亮北极"的承诺也就此失败。

接下来的 71 天，珍妮特号将笼罩在一片黑暗之中。

21. 几乎永照不熄

在德隆宣布爱迪生的电灯"绝对一无是处"之后不到一个星期，这位发明家在位于新泽西州门洛公园的实验室就做出了历史性的重大突破。几个月来，爱迪生一直在研究一种安全可靠的白炽灯泡——这种电灯会发出稳定舒适的光亮，不会闪烁不定或突然熄灭。诀窍是找到一种合适的材料作为耐用的灯丝，为此他尝试过白金、炭精棒、木片、棉线和亚麻线，甚至钓线。而现在，爱迪生自豪地对记者们说，他已经掌握了原理。他声称原理"非常简单，连擦鞋童都不难理解"。[1]

1879 年 10 月 21 日夜间，爱迪生在试验中使用了一种用碳化缝纫线制成的灯丝。一只装有这种新型灯丝的真空灯泡被装在实验室的一个小平台上。接通电源之后，灯泡亮了起来，全无闪烁地亮了 1 个小时、2 个小时、3 个小时。试验持续了 40 多个小时，灯泡始终放射出稳定的亮光，此时爱迪生终于不耐烦了，又增强了电力，直到灯丝最终发出嘶嘶声，烧毁了。

"电灯已臻完美，"爱迪生对《纽约时报》得意地宣称。[2]这倒不尽然，但此时他的白炽灯泡的确即将成为现实——而且跟他卖给德隆的电弧灯系统相比，是个很大的飞跃。他的公司还大大改善了发电机的可靠性：爱迪生提供给珍妮特号探险队的那个型号给客户造成了无数的麻烦，但在他彻底修改设计之后，接下来的若干代发电机的性能都相当可靠了。

到那年 11 月，在申请了白炽灯泡的专利之后，爱迪生尝试了一种用碳化竹子制成的新型灯丝，它可持续照明达 1200 多个小时。12 月，爱迪生到处公开演示，并收到了首批商业订单。"我们会让电变得极其便宜，"他说，"到时候只有富人才用得起蜡烛。"[3]

新时代的曙光已经升起。德隆却与之擦肩而过，相隔不过几个月。当贝内特的《先驱报》的一位记者问爱迪生，他的灯泡将照耀多久时，这位发明家嚼着满嘴的烟叶，然后回答道："几乎永照不熄。"[4]

22. 看不见的手

　　大约在太阳消失的同时，冰面又开始移动了。声音震耳欲聋——先是冰块之间刮擦碰撞的声音，然后是更可怕的冰块撞船的声音。喧嚣是在 11 月的一个寒冷的清晨开始的。德隆被一股"混乱刺耳的声音"吵醒。"我在陆地上从未听到过这样的声音，"他说，"把轰隆声、尖叫声、呻吟声还有房子轰然倒塌的声音糅合在一起，大概就能想象当时的情形了。"[1]

　　他走出去研究那块浮冰，那里被他形容为"一个漂流无定的大理石采石场"[2]。没过多久，其他人也都来到了甲板上。在梅尔维尔听来，那声音起初像是"远处有人开炮"[3]，只是越来越大。"仿佛有巨石滚落和被看不见的手投掷下来，那些巨大的压缩体尖声唱起了一首刺耳可怕的丧歌。"

　　达嫩豪觉得大浮冰"比古老的土耳其墓地还要混乱"[4]。人们恐惧地看着巨大的冰块"像玩具一样被推来搡去"，纽科姆说，这偶尔会让船像"即将痛苦地死去的海中巨怪一样"呻吟起来。噪声如此吓人，连狗都开始哀鸣了；纽科姆听到那些狗"极其怪异地齐声嚎叫起来"[5]。

　　然后，冰块开始挤压轮船——事实上扼制住了这条船。填的絮柏油和马尾松树脂从接缝中被挤出来。甲板一度隆起。木板显然受到了重压，德隆觉得它们马上就要裂开了。

　　他有好几次都准备弃船了。补给都堆在了甲板上，小船随时准备放下，雪橇上堆着足够维持 40 天的必需品。德隆命令船员每天和衣而卧，各自把背包和铺盖卷都准备好。除了倾听——还有等待之外，他们无事可做。

"我们每天生活在焦虑中，十分疲惫，"德隆写道，"平日里坐在温暖的炉火旁读到有人在冰上过冬，一定会觉得浪漫而刺激，但事实上这足以让任何人愁得未老先衰。危机随时可能发生，但我们无能为力，只能在每天早上感恩一夜无事，每天夜里感恩一日平安。这是什么样的生活状态呢？有点像生活在一座火药厂上，每天都提心吊胆地担心血肉横飞。"[6]

有一个时刻，德隆觉得自己肯定要见证珍妮特号的毁灭了。在月光照亮的冰上，船员们可以看到正在发生的碰撞，听到爆裂声。两块巨大的浮冰撞在一起，造出一个冰脊。在撞击的前沿，大浮冰互相挤撞折叠，启动了一个隆起的连锁反应，看似直冲珍妮特号而来。德隆、奇普和几位船员站在甲板室的舱顶上眼看着它到来，就像一列狂奔疾驶的火车。德隆抓住一根柱子高声喊道："快抓牢！"当隆起迫近时，吓呆了的人们赶紧寻找最近的绳索或覆盖物，低声祷告着，迎接那巨大的撞击。"冻浪冲过来，离我们越来越近，"梅尔维尔写道，"我们震惊得说不出话来，只有眼看着它可怕地前行。"[7]

然后它越过舷栏，在右舷墙上撞出一个洞，整个甲板上都是浮在水面上的碎片。船突然倾斜，颤抖起来。船员们也在各自悬挂的绳索上扭动着身子。有些被飞来的冰块砸中了脸。然而，这暴虐的冰浪虽然来势凶猛，但几秒钟就过去了，浮冰仍在船的另一侧炸裂，仿佛有个巨大的海怪正从冰层之下穿过。人们鸦雀无声，只有吓坏了的狗不住地呜咽。

不可思议的是，珍妮特号竟没有伤及要害。"船目前还好，"纽科姆惊奇地说，"但谁也不知道她还能坚持多久。我已经准备好了枪支和背包，任何时候只要接到通知就离船……至于去哪儿，就只有上帝知道了。"[8]梅尔维尔对船居然经受住了这样的冲击感到震惊，只能猜测"她还大限未到"[9]。他把功劳归功于在马尔岛所做的工作——"强有力的桁架坚强地经受住了冲击，"他指出。

船员们就像一群罪犯被宣判缓刑，欢天喜地地开始动手修船。"他们唱着歌，带着表面上的镇定开着玩笑，"梅尔维尔说，"清理甲板上的碎冰，把碾碎舷墙薄板的悬垂冰块推开。各司其职，秩序井然。"[10]

德隆觉得珍妮特号获救只能是天意："浮冰上可不是船待的地方，我全身心地渴望着能够出去。但只有最顽固的无神论者，才会看不到我们能这样奇迹般地虎口脱险，乃是上帝伸出了援手。"[11]

到 11 月底，浮冰才总算安定下来。12 月 2 日，德隆对眼前的情况感到很安心，也能试着正常睡眠了。"我今晚应该能够脱衣服休息了，"他写道。[12]他已经连着三周没有过这样的奢侈。不过，作为一个失眠症患者，自从被冰围困以来，他很少能完整地安睡一个小时。

在上床休息之前，他迈步下船走到夜色笼罩的冰面上。他享受这样的午夜漫步，只有在这样的时候，他才能独自一人，沉浸在自己的思绪中。他套上皮衣，点燃海泡石烟斗，围着船只闲逛，走到他们堆放垃圾和灰烬之处以外的清洁冰面上。在清冷的月色星光下，珍妮特号再次安稳地镶嵌在坚冰中，看上去"仿佛是从仙境里飘落下来的"，他心想。站在离船 100 码之外，"能欣赏到最自然原始、令人生畏的美"[13]。这种"庄严的静寂"让人"感觉到自己在大自然的鬼斧神工面前，显得多么渺小和微不足道"。德隆散步时，常常会看到极光、流星雨、月晕或神奇的幻月的光影流动。一天夜里，一个神秘的光球在珍妮特号附近的大浮冰上舞动——它闪烁跳动着，忽明忽暗，寂灭之后再度发出前所未有的光辉，又在冰上跳了一会儿舞。

"我觉得今夜是我有生以来最美丽的夜晚，"一天夜里，德隆在漫步后写道，"夜空晴朗无云，月明如洗，群星闪烁，万籁俱寂，没有一点儿声响惊扰这静夜。船只和周遭的景象构成了一幅绝美的图画。几条长长的电线伸到三脚架和观测台上方，到处都会有圆圆的隆起，上面积着霜，狗儿在那里沉睡。珍妮特号在夜空的映衬下仿若一座浮雕，每一根绳子和翼梁上都裹着厚厚的雪和霜——真是难得的美景。"[14]

但德隆随后会审视自己，仿佛为自己的狂想曲略感尴尬。"我起了个头，却写不下去了，"他写道，"我好像知道曲调的旋律，却永远记不得歌词。如此诗兴大发对我来说太奢侈了。"

自从遭遇冰封以来，德隆一直很担心达嫩豪的精神状态。身处冰中的恐怖、漫长极夜的阴沉、近乎监禁的生活状态会让人担心焦虑，可能导致幽闭恐惧症——德隆觉得，北极的生活体验简直就是精神失常的完美孵化器。因此船长一直都在谨慎地观察着达嫩豪，担心领航员的忧郁症——他的"精神错乱"，他曾经的"脑子问题"——可能会复发。

到目前为止还没有。德隆对自己的领航员的表现出奇地满意和钦佩。与奇普及梅尔维尔一样，达嫩豪也是探险队的中流砥柱。他足智多谋，勤奋钻研，性情温良。很多个夜晚，他们在军官室里消磨时光，抽烟、开玩笑、看地图，召开他们自己的北极研讨会。达嫩豪不但没有复发忧郁症，甚至还是他的开心果。"他的努力让我们在很长时间里没有陷入消沉，"德隆写道，"他得到了我们每个人的高度赞扬。"[15]尽管如此，德隆说，"他身上还是有一种东西让我无法捉摸。我很想绝对信任他，却做不到"。

到目前为止，达嫩豪唯一的健康问题是他的左眼视力恶化。他显然得了某种结膜炎，让他的水晶体又痛又痒。安布勒医生起初还不以为意。领航员常常在灯光不足的桌前长期伏案，对着航海地图思索、计算，查看精密仪器，这些自然会让眼睛感到疲劳。严格说来，船在冰封期间没有多少"领航"工作可做，但达嫩豪一直都在细致地观察，想确定珍妮特号的精确位置，同时也在考虑跟探险有关的宏大科学问题。达嫩豪非常勤奋，德隆说，"你觉得他每天都在啃书本"。[16]每个人都觉得领航员需要停止工作，让眼睛休息一下。

但几星期后，达嫩豪的病情恶化了。疼痛折磨得他几乎无法思考。安布勒医生又给他做了检查，发现他的虹膜出了问题。它发炎了，显得"反应迟缓"，还奇怪地变了颜色——多少有点像泥浆的颜色——他的眼睛里流出了黏性的汁液。

12月底，安布勒决定彻底审查达嫩豪的整个病史。在盘问了很久之后，领航员终于承认，他确实染上过性病，不过他坚信已经治愈了。这时，安布勒医生跟他说没有：他得的病就叫梅毒性虹膜炎，是二期梅毒患者中相当普遍的症状。梅毒是一种奇怪的致命性疾病，会导致身体和精神的无数疾病。它往往会假扮成某种其他疾病，所以医生们称之为"大骗子"。安布勒以前见过并且治疗过梅毒性虹膜炎，它可能会非常严重。除非达嫩豪极为小心——或极为走运——他的左眼可能会彻底失明。而且，他的右眼始终有可能染上同样的疾病。

安布勒在达嫩豪臀部注射了一些汞——那是当时治疗梅毒的标准做法，虽然该疗法并不可靠，因为它有无数的毒副作用。（医生们有一句名言："金星一夜，水星一生。"①[17]）为减轻疼痛，安布勒将亚麻布在鸦片酊中浸泡过后为他湿敷。他还给达嫩豪的眼中滴了少量阿托品来扩大瞳孔，目的是保持瞳孔张开，防止虹膜黏结在水晶体上。如果这些滴液不管用，安布勒就不得不做手术，把探针刺进眼组织，放出黏性附着物，以防虹膜和水晶体接合在一起，成为永久的伤疤。

安布勒说，现在达嫩豪的眼睛不能再承受任何光亮——哪怕是烛光或月光也不行。安布勒命令领航员戴上被烟熏黑的雪镜，每天从早到晚都要把病眼蒙住。达嫩豪的铺位本来就已经黑得像坟墓了，但还需要再搭一个帆布帘把他的窗户彻底遮住。他的领航和天文研究必须停止。从现在起，达嫩豪得待在他的地牢里，哪儿都不能去。

听起来医生似乎是在宣判达嫩豪被无限期单独监禁了，不过，安布勒还是给了达嫩豪一点恩惠：他承诺不告诉德隆梅毒的事——至少暂时不告诉他。安布勒到船长所在的船舱报告，只说达嫩豪已被列入病号名单，他的左眼"出问题了"。安布勒没有提及性病，但他告诉德隆，领航员的左眼可能会失明。

德隆对事情发展到这一步深感震惊，也为自己的朋友和下属感到绝望。"他现在什么都不能参与了，"德隆写道，"我们无能为力，只能偶尔下去陪他在黑暗中坐一会儿，说会儿话。

---

① 金星一夜，水星一生（One night with Venus, a lifetime with Mercury），这里用了两个双关语，Venus 是"金星"，同时也是"维纳斯"，这里指代美女；Mercury 既是"水星"的意思，也是"汞"的意思。

不过他还是很开心的，他有着强大的意志力，下决心面对现实，跟病魔斗争。"[18]

圣诞节的早晨在黑暗凄冷中到来了，狂风怒吼，外面的气温低得螺栓和金属固件全都受冷收缩，在船身的木料中折断破裂。夜间，一条熟睡的狗在浮冰上蜷缩着，身体紧紧地附着在冰面上，得用铲子把它掀开才行。什么观察也不可能了，因为仪器的透镜上全是霜和水蒸气。船里长期积聚的凝结水汽形成一层绿色的浮垢，粘在墙面、天花板和防水壁，以及船内的所有其他表面之上。

"这是我一生中最凄凉的一天，"德隆写道，"显然，我正是在世界上最凄凉的地方度过这一天的。"[19]在这个圣诞节的早晨，他觉得自己根本没什么可庆祝的。他还不知道就在这一周，华盛顿的海军部已经把他提拔为海军少校。他想念着艾玛、西尔维和他们温暖舒适的家，几乎提不起精神起床。

当几个船员来到船尾，分发他们用珍妮特号的小印刷机私下里印制的菜单时，德隆的情绪高涨了起来。下午3点船上将举办圣诞晚宴，其后会有娱乐演出。德隆看着那份丰盛的菜单[20]，口水都流了下来——

汤

菜丝清汤。

鱼

香煎鲑鱼。

肉

北极火鸡（烤海豹肉）。冷火腿。

蔬菜

青豆罐头。豆煮玉米。

奶酪番茄通心粉。

甜点

英式罐头梅子布丁加冷酱。百果馅饼。

马斯喀特椰枣，无花果干，杏仁，榛子，英国核桃，

葡萄干，轮船从法国直购的各种糖果。

酒

奶白雪莉酒。

啤酒

伦敦烈性黑啤酒。

法式巧克力和咖啡。

压缩饼干。

雪茄。

北极轮船珍妮特号。

被困于浮冰，位于北纬 72 度。

    圣诞晚宴非常成功，大家都有些热泪盈眶了。后来大家举杯祝酒，每个人都喝了一两杯梅尔维尔用爱尔兰威士忌和几样秘制原料调制而成的"一种美味的饮料"[21]。饭后，阿列克谢表演了阿拉斯加土著舞蹈，随后在阿道夫·德雷斯勒（Adolph Dressler）的小提琴和阿尔伯特·屈内（Albert Kuehne）的手风琴伴奏下，有人跳起了踢踏舞。喜庆的气氛很有治愈效果。只有一个不和谐音符：科林斯拒绝参加。他正躲在自己的房间里独自忧伤呢。自从爱迪生的电灯拒绝发光以来，科林斯就畏缩在自己的小空间里，怎么都不肯出来。这一天，他尤其没有什么欢乐的心情。

但人们总算成功地说服科林斯负责他们准备在新年那天举办的杂耍演出。科林斯喜欢这个计划。他是杂耍的总导演，要写场景和穿插故事——还要在表演中点缀他想用的所有双关俏皮话。

31 日午夜，站岗的船员敲出一阵急促的钟声，宣布新年的到来。军官和船员们在后甲板上集合，为珍妮特号欢呼三声。第二天早晨，一位扮成黑人的船员为大家分发了打印好的节目单，宣布当晚将举办"欢乐的珍妮特号杂耍"表演。除其他节目外，它还包括一个交响乐序曲，小提琴独奏，由永远精力充沛的水手约翰·科尔表演的吉格舞，还有"举世闻名的大西北人（the Great Northwest）阿涅奎因以他独有的滑稽"表演的节目。

当晚 8 点 30 分，大家都来到甲板室，那里已经搭起了舞台，有帷幕，还有用作脚光的提灯，整个舞台前部都用彩旗装饰一新。达嫩豪的左眼包着厚厚的绷带，坐在后排。科林斯宣布演出开始，在开场白中读了一些他所谓的"机智的谜语"。那都是极其糟糕的谜语，但船员们很高兴他又回到了大伙儿中间，也就没人管那些谜语好不好了。

"为什么，"科林斯说，"那根立柱长得像詹姆斯·戈登·贝内特先生？"

为什么？

"因为它是甲板室的支柱。"[22]

"你们觉得为什么美国军舰珍妮特号从来不缺燃料？"

"因为我们的船上有科尔①！"

---

① 科尔（Cole）与"煤"（coal）同音。

　　科林斯如此这般地说下去，无视众人的大笑，最终把珍妮特号上每个成员的名字都编进了谜语或打油诗。然后，演出正式开始了——有唱歌、小品和舞蹈。各幕之间穿插有"活人画"——这是科林斯的叫法——就是一些哑剧场景，描述的主题包括"水手在哀悼一个死去的水兵"（两个哑剧演员对着一个空的白兰地瓶子黯然神伤）以及"我们的好女王安妮"（阿涅奎因身穿曳地长裙）。表演幼稚而业余，但每个人都很喜欢。德隆觉得屈内的小提琴独奏"真的不错，特别是考虑到水手的生活可不会让他的手指变得柔韧纤细"[23]。阿三和查尔斯-东星背诵了一段粤语民谣，然后就假装比起剑来。德隆说后来"科尔先生为我们表演了压轴的吉格舞"。

　　自从他们离开旧金山，各级军官和船员们还没有哪一天像这样欢乐、这样亲如手足。"我们晚上 11 点才散场，"德隆说，"大家都心满意足：我们的船很好，滑稽表演很成功，我们自己表现出色，又以这样美妙的方式迎接了 1880 年新年的到来。"[24]

第四部分
勇气未消，血性尚存

珍妮特号的
漂流

北 冰 洋

美国军舰珍妮特号
的漂流路线

1880年新年前夜

东西伯利亚海

弗兰格尔岛

赫勒尔德岛

1879年新年前夜

困在冰中，1879年9月

楚科奇海

科雷马河

楚科奇米岛

北 极 圈

谢尔采卡缅角

俄 罗 斯

迪奥米德群岛

圣劳伦斯岛

阿拉斯加

0   100   200英里
0   200公里
北纬75度的比例尺

白 令 海

乌纳拉斯卡

国际日期变更线

© 2014 Jeffrey L. Ward

我最亲最爱的丈夫——

　　我开始感觉到似乎是时候收到你的音讯了。我希望你留下了一些信件，会有人发现它们，给我带回来。我渴望看到你的字迹，更是如此热切地渴望见到你，而且愿为团聚的欢乐付出一切！

　　每天下午5点钟，我都感觉你很快就要回家了，我得准备好迎接你。我常常想象你坐在船上自己的房间里，端坐在大椅子上，饭后抽着烟斗，独自享受着你的荣耀，多想跟你分享这一切啊。

　　又是一整年过去了；这是1880年最后一封发往北极的信，也是我最后一次有机会让人给你捎信。愿重逢的快乐不会迟来太久，愿我不会在痴等中黯然老去。

艾玛[1]

23. 在孤寂的冰海上

珍妮特新剧场
盛大开幕！
地址：弗卡斯尔大道与鲍威利街路口
门票低廉：完全免费
演出将于晚 8 点 30 分开始
晚 10 点可预订雪橇

距离剧院几步远
即可品尝到李氏酒厂出品的美酒

　　一整年过去了，一切如旧：同样的煤气灯点亮的舞台，同样急需阳光的演员，同样的乐手们演奏着同样的乐器。外面是同样沉闷的天气，同样的胃在接受着同样的节日盛宴，同样张开的双唇在啜品着同样掺水冲淡的朗姆酒。科林斯还是晚会主持，把自己那些俏皮话强加给坐在那里享受另一场晚会的观众。科尔跳着疯狂的吉格舞，因纽特人表演着土著舞蹈，阿三和查理唱着粤语民谣。一切都没有变。

　　这是 1880 年年底的新年前夕，美国军舰珍妮特号仍然困在冰中。在 8 月份最热的那几天，它曾经看似能够逃离浮冰的牢狱，但冰很快又封住了去路，绝无可能消解。此刻他们已经在浮冰中被困 16 个月了，漂流了 1300 英里——距离倒是足以到达北极甚至更远的地方了。然而，他们漂流的路线却总是盘旋环绕着退回原处，因此他们目前所在地距离他们第一次进入浮冰群的位置不过 300 英里远，位于西北方向。

当然，他们对彼此都有些厌烦了，但大家都还活着，而且总的来说都还算健康。虽然煤储备在减少乃至告急，船仍然是个温暖舒适的所在。死了几条狗，但珍妮特号的全体船员都还健在——它已成为在冰海上缓慢漂流的一艘方舟。

但还要在浮冰上被困一年实在是个沉重打击，人必须要没心没肺一些，才能坦然接受这样的事实。于是，为迎接 1881 年的到来，大家排练了另一轮节目。到达"剧场"时，有人给嘉宾分发了用起皱的彩纸做成的花，让他们插在纽扣上。乐队奏完序曲，科林斯以一首诗开场——

> 在孤寂的冰海上我们欢聚一堂，
> 迎接新年的第一缕晨光。
> 此刻我们快活地聚在一起，
> 甲板室荡漾起欢声笑语。
> 我们的思绪早已飞出船舷，
> 回到远方的故土和亲友身边。
> 魔力悄然降临，他们轻声问询——
> "怎么还不见远去的亲人——我们的儿子、兄弟和夫君？"[1]

然后，盛会开始。服装比前一年稍稍活泼了些，舞台的布景也更精致了点儿，但除此之外，节目都似曾相识。到现在为止，演员中最出彩的是年轻的英国运煤工沃尔特·沙尔维尔（Walter Sharvell），他把自己变成了德隆形容的"一个姿容标致的年轻小姐"[2]，戴着假发，穿着白色长裤，还成功地把自己健壮的上半身塞进了一条婀娜的花布长裙里。这位颇受欢迎的变装皇后在台上调笑摇摆，在整船的孤独男人们看来实在是风情万种，要知道他们已经将近 500 天没有见到一个女人了。

　　船员们最后一个节目是高唱国歌《星条旗永不落》，之后德隆站起身，说几句新年寄语。船长总结了过去的 12 个月，语气中透着掩饰不住的辛酸和失望。自从第一次遭遇坚冰，他们并没有朝北极前进多远。他们一直"在四处漂流，简直就是现代版漂泊的荷兰人①"，德隆在日志中写道，"33个人已经心力交瘁"。1880 年一事无成。这一年完全是停滞的、毫无变化的、单调的——是在时间中凝固的一年。一切似乎都原封未动。

　　不过，那倒也不尽然。回首往事，德隆还是看到了一些高潮和低谷。有英勇悲壮的时刻，有细碎真实的快乐，也有出色完成的工作。有天才的机械发明，也有怪异得无法用语言形容的大气奇观。有令人振奋的猎熊活动——有一次他们打回的一头公熊竟重达 943 磅。有几天相当热，人们被晒成了龙虾般的红色；也有 2 月的一天，气温低到了零下 50 摄氏度。他们每天都在玩西洋棋和扑克、双陆棋和象棋。天气转暖时，他们曾把漂亮的珍妮特号几乎每个内外表面都擦洗一新，并重新刷了一遍。7 月 4 日，他们用旗帜和彩旗把它装扮一新，放礼炮祝贺美国国庆。当短暂的北极夏季再度变为寒冬时，冰面上"又开

---

　　①　漂泊的荷兰人（*Flying Dutchman*），传说中一艘永远无法返乡的幽灵船，注定在海上漂泊航行。漂泊的荷兰人通常在远距离被发现，有时还散发着幽灵般的光芒。据说如果有其他船只向它打招呼，它的船员会试图托人向陆地上或早已死去的人捎信。在海上传说中，与这艘幽灵船相遇在航海者看来是毁灭的征兆。

始充满了恐怖的尖叫声和摩擦声",德隆说,"听上去也像在庆祝着什么"。

梅尔维尔说,冰上生活的新鲜感早已褪去。"我们的笑话和故事彻底枯竭了,因为反复咀嚼过太多次,那些笑点也变得乏味,"他写道,"船上的人们,不管是军官还是船员,都找到了自己的伙伴,志趣相投的人开始三三两两一起散步、聊天、打猎。留在船舱里的人更多是在阅读而很少聊天,高级军官们每天似乎也要更亲近一些。"[3]

如果说他们所处的地理位置没有什么变化,他们却已经深深陷入很少有人经历过的心理困境,内在心理的变化让他们有了根本不自知的外在表现。很少有人能够想象,他们的个性以怎样的方式展现出了最真实的一面。每周日的礼拜仪式上,德隆总是不可避免地会想起《圣经》里约伯的故事①。"《圣经》里记录他以超乎寻常的耐心经受住了无数考验和折磨,"德隆写道,"不过据我所知,约伯从未被困在浮冰里。"[4]

在最沮丧的时候,德隆考虑过放弃珍妮特号,前往西伯利亚或阿拉斯加。但是,他不能放任自己那么做。"我憎恶那个想法——我们已经经历了这么多,"他说道,"船对我们始终如一,我们也该对她不离不弃。"[5]

最悲惨的时刻发生在 1880 年 1 月 19 日。从船身内部传来了奇普中尉的一声可怕的叫喊:"快开水泵!"珍妮特号终于受不了坚冰多日累积的扭绞和震动了。它漏水非常严重——据估

---

① 典出《约伯记》(*The Book of Job*),这是《希伯来圣经》的第 18 本书、基督教《旧约圣经·诗歌智慧书》的第 1 卷,也是《圣经》全书中最古老的书籍之一。《约伯记》讲述的是一个善良的人遭受了极度苦难的故事。

计速度超过了每小时 4000 加仑。被发现时，船舱里的海水已经齐臀了。但天气很冷——船外周遭的温度在零下 34 摄氏度上下——水一漏进来，就立刻变成了雪浆。

甲板上的德隆启动了弃船的紧急程序。但在船舱里，一位名叫威廉·宁德曼的船员挺身而出，展现了非凡的人格力量。威廉·弗里德里希·卡尔·宁德曼那年 30 岁，是来自德国吕根岛的移民，他的头衔只是普通水手，但此人可一点儿也不普通。他此前的人生经历已足以让他在船上脱颖而出。宁德曼是霍尔前往格陵兰岛的北极星号探险队的幸存者，曾跟随泰森在那块浮冰上漂流了 18 个月，又回到北极去寻找失踪的同伴。而早在北极星号的悲剧之前，宁德曼就已经因为在一次船难中大难不死而赫赫有名了：三年前，他曾在一条美国私家游艇上做船员，那条船在从北非离岸之后沉没了。宁德曼被突尼斯的阿拉伯人救起，却被后者扣为人质，索要 1.5 万美元赎金。宁德曼其人似乎总有着不可思议的好运，他不仅对北极痴迷不已，而且看似对船上的艰难困苦也不以为意。在珍妮特号出发的前几个月，他刚刚加入美国国籍。宁德曼上船时担任的职位是轮船舵手。

从珍妮特号出发那天起，宁德曼就在海员中脱颖而出。他是工作最勤奋、抱怨最少、最足智多谋，也是危险时第一个自告奋勇冲到前面的人。离开旧金山的第二天，一个很重的舱口盖掉下来砸到他手上，几乎砸断了他的一根手指。安布勒医生担心地给他缝合了，但宁德曼一声不吭地回到工作岗位上，拒绝被列为病号，哪怕一天也不行。"宁德曼像头牛一样任劳任怨，"德隆说，"似乎永远不知疲惫。"[6]

宁德曼还很抗冻。他的循环系统似乎与众不同。在冰冷刺骨的冬天出去打猎时，他几乎不穿什么衣服。他的船舱里比谁的都冷，他的双脚早已习惯了冰霜。他就是个彻头彻尾的北极生物。正如科林斯在他的一篇打油诗里所写的："自亚当以来从没有一个人像宁德曼/这样热爱北极的严寒和苦难。"[7]

此刻宁德曼又只身拯救被水淹没的船舱。在超过 24 个小时的时间里，他在冰窖一般的黑暗里辛苦劳作，把能找到的所有材料——毛毡、填絮、牛脂、灰泥、水泥、炉灰——往显然在漏水的木框中填塞。这期间的大多数时候，另一位中坚分子也在帮他，那就是英国木匠和机械师阿尔弗雷德·斯威特曼。两人似乎根本没有注意到冰冷的雪浆已经及膝；其他人想要加入，但几分钟就受不了了，双脚冻得抽痛发紫。

在他们干活的同时，梅尔维尔发明了一个蒸汽泵和虹吸管系统，其他人也连续不断地摇动手摇泵。梅尔维尔拆了爱迪生的发电机，用里面的零部件组装自己的系统。后来，他又设计了一架风车，能带出更多的水，它转动的叶片是用旧锡罐临时做成的。新装置很快就"咯吱咯吱地开始运转了"，德隆说，而且"完美得简直可以作为宝贝代代相传"。[8]

这时宁德曼和斯威特曼也没有闲下来。他们刚刚把漏水的速度减到每小时几百加仑，就开始在最前端的船首舱建造一个更加防水的隔板。他们总共连续工作了 16 天，几乎根本没停过，每人轮流睡上几个小时，常常顾不上吃饭。新隔板总算大功告成，彻底填补了漏洞，止住了进一步漏水。危机结束，船只得救了，宁德曼和斯威特曼也都累垮了。德隆在日志中做了特别标注，推荐两人获得国会荣誉勋章。

他们虽然出色地完成了任务，但漏水的问题根本没有彻底解决。水泵的咯吱声和铿锵声为余下的航程蒙上了持久的不安——它们总是在提醒着人们，大难随时可能到来，可能就在几声机械敲击之后。

德隆试图多了解宁德曼一些。他踏实的为人、坚定的意志和严苛的工作准则，在船长看来非同寻常。他是个绝对的受虐狂，似乎越是在酷寒中，就越是上紧发条。他没有军衔，但德隆认为，宁德曼早已经成为探险队的一线成员。

宁德曼对赞扬无动于衷，一如既往地反应冷淡。这人喜怒不形于色，留着黑色的胡子，皮肤粗糙，说话铿锵有力，带着浓重的德国口音——他是个实干家，而不是空谈家。他也不愿意参加德隆每周日主持的礼拜。"我信仰自然，"他说，"自然就是我的神。我不相信来世，这个世界就是我们接受所有惩罚的地方。"9

整个 1880 年，狗也成为珍妮特号冒险的一个核心部分。它们出门打猎、拖拉重物、给人们带来欢乐，也制造出无数麻烦，但已经成了人们不可或缺的同伴。有一次，海员们用 30 条狗把他们猎杀的一头重达 2800 磅的巨型海象拉回船上。人们已经逐渐了解了狗的习性，给它们起名字，还选出自己最宠爱的狗。卡斯马克、汤姆、快银、杰克、王子、斯麦克、俾斯麦、坏脾气、小瘦子、狐狸、丑栓、假蹄子、鼻头、呼噜、乔、吉姆、阿姆斯特朗、独狼、宾果。它们什么都吃——腐烂的鱼、海豹内脏、海象油脂、劣质食品、各种流质食物——还能出奇的健康。"一个个肥得跟包子似的，"德隆说，"还像热带的人一样懒得动弹。"10

那些狗总是在打架，有时还往死里斗，但它们也遵循着一些微妙的亲疏关系，因而它们之间也有很多极为温情脉脉的时候。只有阿列克谢看起来了解它们，能在决战关头到来之前很久，就看出狗之间正在酝酿的敌意。

有一次，他和邓巴一起带着一群狗出去猎杀海象。在路上，宾果逃脱了束缚，其他狗因为嫉妒而惊慌，纷纷跑去追它。阿列克谢对邓巴说："过一会儿，那些狗就会（因为它离队）好好教训它一通的。"[11] 狩猎队当天下午回到船上，一无所获。大约半个小时后，汉斯·埃里克森（Hans Erichsen）向德隆报告说，宾果在一场恶斗中被其他狗杀死了。

阿列克谢的预言恐怖地成真了。德隆写道："虽然过去了三四个小时，但那些狗还记得离队的事儿，在离船距离足够远的地方找到了宾果，在埃里克森走近之前扑上去狠命撕咬一番，以至于它被带回船上之后不到十分钟就死了。我们剥了它的皮，以备将来缝制皮衣，它的尸体放在甲板室顶上冷冻，很可能成为凶手狗们的美餐。"[12]

德隆自己也喜欢上了一条狗，一只名叫鼻头的意志坚定的幸存者。航行开始不久，鼻头卷入一场大战，受伤感染之后，头和鼻子都难看地肿得老高。让德隆深感钦佩的是鼻头"绝不放弃生命的神奇力量"，这是德隆的说法。"虽然我知道它对我们已经没有用处了，但在这严苛无情的苦寒之地，我愿意给它机会，让它尽全力抓住那根生命的稻草。它偶尔看似奄奄一息，比如今天，它躺在垃圾堆里的一块破垫子上，看样子只有一息尚存。我因为忙着观察四周的情况，就把射杀它的事儿推迟到了下午，但那时我出去看到它竟然没死，还自己走出了100码的样子，活蹦乱跳的，仿佛死神从来没有走近过。"[13]

德隆注意到另一条狗杰克时常会来到鼻头身旁。"杰克守护着它，不让其他狗接近它，为它带路，为它清理，"德隆如此写道。船长为这些温情脉脉的慈悲深深打动了——因为这么做似乎不会给杰克带来任何切实的回报。但最后鼻头的情况急剧恶化，德隆觉得让它活着反而对它是残酷的折磨。"多日来，"德隆说，"它像个影子一样越来越衰弱。它躺在冰上，身体的热量把身下的冰都化出一个洞，它渐渐地越陷越深，终于消失了。"[14]

于是鼻头被带到船的另一侧射杀了。"那可怜的野兽死了"，德隆说，而它的朋友杰克似乎"无法理解它消失的事实"。杰克在鼻头生前的那个冰洞旁徘徊了很久，"带着探寻的焦虑"，德隆说，"多么令人心碎啊！"[15]

达嫩豪是另一种斗志旺盛的幸存者。领航员1880年全年都被关在自己的暗室里。他的梅毒发展到后期，开始出现腿部溃烂和口腔内外溃疡等其他症状。他的左眼看来确实要彻底失明了。虽然安布勒医生定期给他用阿托品，但他眼睛里的黏性物质还是不断出现，使得虹膜和水晶体都黏在了一起。

1月，疼痛越来越剧烈，领航员已经无法忍受了，安布勒医生决定进行手术。他给达嫩豪服用了一些鸦片，找了三个壮汉进来抓住患者的胳膊和腿。然后，安布勒医生用一把刀和一支橡胶探针切开了角膜，查看左眼的前房。他用抽吸器"抽出了大量浑浊液体"，他在报告中这样写道。[16]疼痛钻心，但达嫩豪坚毅地挺住了。

德隆时而会把头伸进屋里看看手术的进展。"我不知道谁最值得钦佩，"他写道，"是外科医生的技术和决断，还是达嫩豪的坚毅和刚强。"[17]

手术算是部分取得了成功，但接下来的六个月，安布勒医生不得不一次次地做手术，将"化脓物质"从他的眼睛里排出。整个 1880 年，达嫩豪总共经历了十几次手术。

此时德隆已经知道了真相：达嫩豪患有梅毒，他本人早在签约登上珍妮特号之前就已知晓此事。安布勒尽力保守这个秘密，但当溃疡开始出现时，他做什么都没用了。船长听到这个消息的第一反应是震怒。原来如此，这才是为什么他的眼睛和皮肤会疼痛，还有他的"脑子问题"，以及他的病例中突然出现的抑郁症，全都有了答案；众所周知，梅毒会让人发疯的。达嫩豪自己认为他已经痊愈根本没用——那时还没有能够"治愈"梅毒的疗法。德隆认为，达嫩豪保守这一秘密已经构成了不可原谅的故意欺骗罪行，会让整个探险陷入万劫不复。达嫩豪既然知情，从一开始就应该回避。

尽管如此，船长仍不禁为达嫩豪承受病痛时没有一句抱怨的坚忍和沉着深深打动了。"现在他的病情要常常使用刀和探针，"德隆写道，"不过不见好转。他以超常的毅力忍受着监禁和手术的疼痛。但他再也无法为探险做任何工作，我担心他此生也做不了什么工作了。"[18]

回想整个 1880 年，德隆觉得最怒不可遏的，还是航行毫无进展：他们承受了这么多艰难险阻，却似乎始终在原地转悠。这让他想起了机器——只要燃料供应不断，就持续不停地进行同样的重复性工作的机器。他悲叹自己所谓的"机械地用食物、热量和衣物为系统提供支持，为的就是让人的引擎运转下去"。他说，人"归根结底也不过是一台高级点儿的机器而已。启动和上过发条之后，他就要单调不停歇地运转，跟钟表没什么两样"。[19]

他还想起了耕畜和其他役畜，它们总是沿着一条狭窄的路线辛勤劳作，从不出圈。"我常常想，拉锯的马有没有想过，它为什么要无休无止地在木板上踏步，这么做到底有什么意义。它一般看不见锯子，看不到自己完成了什么样的工作，它每天早起晚歇，生活却总是回到原点。而且以马的立场来判断，它应该可以预见到自己明天乃至余生的每一天都将如此重复。如果那匹马有推理能力，我会可怜它，现在却也佩服它的想法和感受。"[20]

然而即便在陷入如此感伤的思考时，德隆通常还是能控制住自己。"一个身负如此神圣使命的人怎么可以这般胡思乱想，"他写道，"这是多么荒谬的想法，日后我也会嘲笑自己吧。"[21]他坚持认为自己骨子里还是个乐观主义者。他的座右铭是"永不绝望"。"在这巨大的监牢里，"他说，"一种无法定义、无法解释的东西一直在告诉我，一切都会好起来的。我的身体里还有一个更小的声音告诉我，我付出了那么多努力和热情，一切不该就这么结束。"[22]

于是在 1880 年的最后一夜，当德隆起身站在全体船员面前时，他力图传递一些希望，那是他每天鼓励自己、让自己振作起来的希望。不过，他从不擅长演讲，也没有想好该说什么。他吸了一会儿烟斗，在当晚的气氛中喝了点酒，然后开口了。他说：

> 和生命中的每件事一样，这次航行也可以分为两部分：已经过去的，和尚未到来的。我们即将告别过去的一年，迎来崭新的一年。过去的 16 个月，我们漂流了 1300 英里，每天都与危险面对面地搏斗。我们被挤压、被翻滚、被撕扯，如果不是船里的人们意志坚强，船身早已破裂崩溃。

整整一年，我们每天都从渗漏的船身里抽水，让她容我们栖身。而我们仍然栖身在此。面对未来，让我们坚定希望，成就一番事业，对得起自己，也对得起飘扬在我们头顶的国旗。我们勇气未消，血性尚存。[23]

德隆的话让在座的船员备受鼓舞，他们的欢呼声响彻甲板室。永不绝望！我们勇气未消，血性尚存！午夜，他们按照传统，为过去的一年敲响了八声钟，又为新年敲响了八声。德隆跟船员们说晚安，然后在军官室里跟梅尔维尔和邓巴一起待了一会儿，才进屋去在他的日记上写下几行字。"在北纬73度48分，东经177度32分，美国北极军舰珍妮特号正式迎来了她的1881年。我在日记本上翻开新的一页，以此开始新的一年，希望在我们的运气簿上，上帝也能为我们翻开新的一页。"[24]

我亲爱的丈夫——我给西尔维搭起了一棵圣诞树，她高兴坏了。我们那天晚上一起装扮圣诞树，圣诞节早晨，我领着她走进客厅，那棵树上挂着无数的玩偶和小玩意儿，光芒四射地立在那里。那个晴朗的圣诞节早晨，我们俩站在树旁，显得那么孤寂，真让人悲伤。只好寄希望于来年的圣诞节了。

　　又到了一年一度下决心的时候，我给自己制订了好多宏伟计划，但首先最重要的是，我要停止担心焦躁，开朗乐观、活泼积极起来。我想此刻的你一定笼罩在无边的暗夜里，但到2月，你就可以看见阳光了。你早就渴望着阳光照耀了吧！

　　　　　　　　　　　　　　　　　　　　爱你的艾玛

24. 发现陆地

整个 1881 年春天，珍妮特号继续在北极浮冰上高低起伏地漂流，朝着西北方向蠕动着。冰上现出新的裂缝，那是它即将融化的先兆，但似乎并没有打算将他们放行。

5 月 17 日黎明，天色阴沉黯淡，但下午靠近傍晚时分，铅灰色的天空开始放晴，终于可以看到水平线了。晚 7 点，其他人在做些晚上例行的事务时，一贯警觉的邓巴正在岗哨上透过望远镜观察嘎吱作响的浮冰群。邓巴最近的表现很奇怪——好像有什么让他感到很不安。他凭借水手的敏感，注意到风向和冰的漂流模式发生了某种微妙的变化。过去一个星期左右，他似乎觉得远处背风一侧有什么东西在阻碍浮冰自由移动，把大块的海冰撞得支离破碎。

突然，邓巴对着下面的船员发出一声奇怪的叫喊，那喊声太奇怪、太意外了，以至于他们起初都没有分辨出是什么意思。"有陆地哦！"他高喊道，"有陆地哦！就在右侧船头！"

那是远处的一处景象，大约在 50 英里外，一个灰色的凸起小块，其上耸立着小山丘和压力脊。几天来，德隆一直在研究着这一新奇的事物，想知道那是不是幻觉——或许是光的折射，海市蜃楼。他对此没有把握，因为它常常被雾霭挡住，一片低低的云就在它的上方盘旋不去。但几天后云消雾散，用肉眼也能清楚地看到那个岛：一个火山样的圆锥形高地，其上沟壑纵横，高耸的两翼白雪皑皑。没错。那就是陆地，自从 1880 年年

初，弗兰格尔从他们的视线中消失之后，这是他们 400 多天来
看到的第一片陆地。在他的日记中，德隆的欣慰之情溢于言表：
"原来除了冰之外，这世上还有些别的东西。"[1]

他们朝着它漂流而去，德隆查看了他的航海图。地图上显
示他们所在位置方圆数百英里没有任何东西，哪怕贝内特从彼
德曼那里买到的最新地图也是一样。过去一年，他们已经漂流
跨越了从未有船只经过的大片北冰洋。德隆的脸上一定浮现出
一丝微笑，因为结论已经确凿无疑。"我们有了新的发现，"他
写道，"感谢上帝，我们的航行总算并非一无所获。"[2]

德隆在日志里的语气是狂热的。"我不知道这个矗立在冰
雪荒原中的无人孤岛在自然机体中占据着怎样的一席之地，事
实上我也不关心这个。那是坚实的陆地，而且它会一直在那里，
时间亘古绵长，足以让登陆之人了解到自己身处何方。"[3]

他为这片新陆地取名"珍妮特岛"，并开始规划登陆事宜。
船员们陷入了狂喜。"一时间，"梅尔维尔写道，"所有年轻的
先知们都出现在高高的冰丘上，查看那块被我们发现的陆地。
大家喜出望外，仿佛第二个歌珊地①突然出现在视野中。"[4] 船员
们用双筒望远镜研究那座岛，开始想象自己看到了活的猎物在
珍妮特岛遥远的海滨迁徙。"有些看得远的热心人士，"梅尔维
尔说，"还一五一十地描述那里有驯鹿正在四处欢腾；有些视
野更远的人甚至还能辨出雌雄。"[5]

后来，5 月 25 日，邓巴又看到了另一片陆地。他起初猜测
那不过是珍妮特岛突出来的一部分，但到 5 月 27 日，就可以明

---

① 歌珊地（Goshen），指 Land of Goshen，是《圣经》中约瑟在埃及为希伯来
人安排的居住地，位于尼罗河三角洲东部，后来在《出埃及记》的时代，
他们就是从那里离开埃及的。

显看出，它是另一个完全不同的岛，比珍妮特岛大得多，位置大概在后者西北方向 30 英里外。更何况，船此刻正在朝着它的方向漂去——已经与小小的珍妮特岛失之交臂了。

因此，德隆船长和船员们又把这个更新、更大的岩石岛作为新宠。德隆把它命名为"亨丽埃塔岛"，它既是贝内特的爱尔兰母亲的名字，也是贝内特用于赢得首届跨大西洋帆船比赛冠军的那条纵帆船的名字。（对于这样一块坚硬的战利品而言，这个名字和"珍妮特"一样，都太过女性化，不过还是要考虑到这些男人已经 23 个月没有女人陪伴了，如此取名完全可以理解。）他们总是忍不住抬头看那块岛屿。德隆说，亨丽埃塔岛"成了每一双眼睛追逐的目标……像沙漠上的绿洲一样赏心悦目"。它成了他们的法宝，他们的物神。"我们盯着它，"德隆说，"对它评头品足，猜测它的距离，盼望着一股强大的顺风把我们直接吹到它面前，毫无疑问，哪怕有人说那里有一座金矿，能把我们变成坐拥金山宝库的富翁，我们也欣然相信。"[6]

船员们想象着在亨丽埃塔岛上找到一个安全港，在那里露营一段时间——修补船上的漏洞、吃新鲜的肉、好好体会踏上坚硬的陆地是什么感觉，他们几乎都不记得那感觉了。"我们会好好享受双脚踏上坚硬地面时的感觉，彼时我们心中的快乐一定堪比走在纽约中央公园，"德隆说，"我们大多数人每晚就寝之前都要仔细看看我们的岛，生怕它会融化消失。"[7]

到 5 月底时，亨丽埃塔岛的轮廓变得越来越清晰和鲜明。科林斯和纽科姆忙着画草图：那里有险峻的陆岬、多礁的岬角、流动的冰河。它似乎是一个直径约为 4 英里的圆形土丘，是积雪覆盖、高温冶炼、海风削切、寒冰雕凿而成的一块造物主的杰作。然而，德隆暗自希望岛内腹地或海滨暗藏的小海湾是一片充满生机的栖居地。或许他们可以在那里猎杀熊和海象、收集浮木、饮用淡水，以及去鸟类栖息地掏鸟蛋。他梦想着初夏时节在那里度过一段田园牧歌式的生活，好让探险队休养生息，重整旗鼓。

但是，浮冰突然又剧烈搅动起来，德隆担心他们这艘大致朝向亨丽埃塔岛漂流的船可能会偏离航向，就像面对珍妮特岛一样错失良机。5月31日，他看登岛希望渺茫，决定选出一些人和狗，派一支先遣队率先登陆，在岛上粗略地考察一番。这是个极其危险的计划：周遭湍流密布，四下里到处有坚冰破裂，勘探者们很可能陷入孤立无援的境地——被困在某一块断裂的浮冰上漂流至死。冰上随时可能出现裂口将他们吞噬。单单一次风暴或意外降临的大雾就有可能挡住视线，让他们长时间看不到船，以致从此音信皆无。

然而德隆觉得，比起这些风险，勘察任务会带来太丰厚的回报，因此他选出了船员中的"菁英"去尝试登陆亨丽埃塔岛。才干出众的梅尔维尔将是先遣队的总负责人。邓巴将作为领队，他比谁都了解脚下古怪无情的冰。德隆派了四位最强壮、最能干的船员，宁德曼、埃里克森、沙尔维尔和司炉詹姆斯·巴特利特来拖拉装备。德隆本人渴望带队——他说，那是"我强烈的愿望"。但奇普最近好像患上了一种肠道疾病，不得不加入达嫩豪的病号行列。德隆断定他现在离开船只和船员们去奔赴这次光荣的使命，是不负责任的行为。

9点时，梅尔维尔和他的团队在冰上集合，他们将带领15条狗拉着一架麦克林托克雪橇（McClintock sled），上面放着一个筏子。他们带着手枪、子弹、一顶帐篷，以及能够维持10天的补给。装备和补给加起来有近1吨重。其他船员聚拢过来为他们欢呼，用大型铜炮齐鸣几响为他们送行。这是近两年来，第一次有探险队员与大伙分离。人们在主桅杆上挂了一面巨大的黑旗，作为梅尔维尔返回母船的标记。

梅尔维尔下令出发，在先遣队员嚓嚓的脚步声和犬吠声中，他们启程前往白雪皑皑的亨丽埃塔岛。据他们最好的估计，那座岛只有 12 英里远，但必须经过一段看似简直无法穿越的地带——一片"骚动的荒野"，梅尔维尔形容那是"乱七八糟的冰沼"[8]。

离船 500 码，冰上的一个裂口挡住了他们的去路，迫使他们不得不把筏子放下水，把雪橇和补给先运送到对面的冰上。但他们无法哄诱那些狗跳下冰冷刺骨的水中——它们拒不从命的嚎叫声响彻冰面。2 条哈士奇犬甚至逃脱了缰绳，朝母船的方向奔去。珍妮特号上几个跑得快的人拦住了 2 条逃兵狗的去路，把它们拖回到梅尔维尔这里，后者重新把它们拴在了队列中。

一整天以及整个明亮的极地之夜，德隆都派一位瞭望员在岗哨上注视着离去的人。梅尔维尔和先遣队员们在浮冰群上徐徐前行，总是路途不顺，绕道颇多。他们的进程缓慢得近乎可笑。看着他们，就像是观察一列蝼蚁在处处阻隔的沙漠中走远。他们先是变成了冰上的一堆黑点，之后变成了一块污渍，继而又变成一个小小的斑点——直到第二天中午，他们才彻底从视线中隐去，消失在坚硬的冰脊之后。

德隆船长很快就为另外的麻烦而焦头烂额。整整一周，船尾的冰压越来越大，自从首次困在冰中便开始折磨珍妮特号的漏水问题日益严重。德隆命令船员们不停地转动手摇泵，同时再次搭起了风车。它那椭圆形的巨大叶片在强劲的海风中摇动着，每小时能从漏水的船舱中带出 100 多加仑的水。然而，在做出了所有这些努力之后，还是很难跟上漏水的速度。据德隆估计，船每天漏进的水达到了 4874 加仑。

为了减少对船尾的压力，德隆让人带上铲子、大锤和冰锯，让他们在船舵和螺旋桨围阱四周挖出一条堑壕。"冰坚硬得像燧石，"德隆写道，"像个可靠的心腹旧友那般，不肯放手。"[9]冰牢牢地固着在船上，每铲下一块冰，上面都会附有裂缝中脱落的条状填絮。在有些地方，船板的纹理都清晰地印在了被铲下的冰块上。

祸不单行，德隆还面临着此次航行中最严重的一次健康危机。梅尔维尔带队出发的第二天早上，安布勒医生报告说，好些留在船上的船员——至少有 7 人——都出现了一种神秘的"热病"。不管那是什么病，安布勒担心它可能会变成瘟疫。（"下一步会是什么？"德隆恼怒地在日志中写道。）连着几周都有船员主诉一连串奇怪的症状：倦怠、入睡困难、没有胃口、体重减轻、贫血、舌上有金属味，尤其是肠部绞痛。有些人注意到手上有轻微的颤抖，还有些人似乎有尿血的症状。

最近病患又增多了，现在奇普、纽科姆、屈内、阿列克谢、阿三、查尔斯－东星，甚至安布勒医生本人都身染此疾。纽科姆尤其被病痛折磨得死去活来——"面如死灰"[10]，德隆如此写道。纽科姆原本十分渴望加入梅尔维尔的团队，去亨丽埃塔岛上探险，此刻他忧愤交加。纽科姆觉得自己作为整个航行的博物学家，有责任去研究可能生活在这座新岛上的鸟类和其他野生生物。然而，他却卧床不起。

安布勒医生没有把握，但经过好几天从早到晚的医疗检查，他现在凭借自己的专业经验猜测，这个怪病的根本原因应该是铅中毒。如果是这样的话，问题就非常严重了。铅中毒可能很快会发展成精神错乱、中风、肾衰竭乃至死亡。医生知道他必须立即找到污染源；探险队的生死存亡全在此一举。

连着几天，梅尔维尔带着他的 5 人先遣队在冰上奋力挣扎。岛的冰蚀围坝比以往任何时候都近在咫尺，但梅尔维尔的行程要比他所想象的更加艰难和缓慢。邓巴在前面领路，手里拿着一面丝质黑旗作为记号。他们每天只能前进几英里，在高高低低的冰板上辛苦地攀上爬下。"路上堆积起几百万吨冰块，"梅尔维尔写道，"仿佛支离破碎的冰块之间在进行着一场永恒的恶战，可怕的尸体堆积如山；那些巨大的冰尸看样子还在拼命奔逃，躲避身后的冰块那永无休止的追击。"[11]

那条装着帐篷和所有食物的筏子在麦克林托克雪橇上摇摆着。几人用长帆布绳系在自己身上拉着筏子，和狗并排拖拽行李。有时那些哈士奇犬与其说是帮忙，不如说是添乱的。它们不停地互相抓挠撕咬；有好几次，队员们不得不打断它们的混战。在这高低起伏的地带，狗总是在抢身上的挽具，把绳子缠在彼此的脖子上——梅尔维尔说，常常把"它们自己死死地缠在一处，活像一篮子鳗鱼"[12]。

到出行第四天，他们发觉，拖着近 1 吨重补给的筏子显然永远到不了亨丽埃塔岛。因此，梅尔维尔决定把船和其他东西都留下，只携带一天的补给，向岛冲刺。那是个万里无云的晴天，亨丽埃塔岛的轮廓清晰地展现在阳光下，梅尔维尔觉得它近在咫尺——它那"参差不齐的黑色岩石上"，他写道，"显现着铁元素的斑纹"，仿佛是在一个"巨大的高炉"[13]中冶炼过的。于是几个人赶紧把筏子放在一个高高的冰丘上，还把一面黑旗绑在船桨上，坚实地插进冰里，作为他们回程的标记。此外，埃里克森还把他闪亮的毡帽挂在桨尖上。

梅尔维尔知道把船和食物补给留在这里是个"危险的权宜之计"，如此一来，安全回到这里就要"在很大程度上依赖运气"了，万一再遇上坏天气就更糟糕。但他想不到其他办法既可以抵达亨丽埃塔岛，又有足够充裕的时间可以活着回到母船。

因为负重大大减轻，他们进展迅速。但到第二天早晨，早餐吃了羊汤炖猪蹄之后，他们立即出发，却出现了又一个大麻烦：前一天持续暴露在灿烂的阳光下对邓巴的双眼造成了恶果，他患上了严重的雪盲症。这位饱经风霜的捕鲸人大半生都在海上，常常就在北极地区，还从来没有患上过这种古老的疾病——光角膜炎，即所谓的雪盲症。邓巴本来是先遣队向导，应该是这群人中视力最好、在前面给众人指明道路的。但他此刻却连自己的手都看不见了。他的眼睛灼烧抽搐着，不停地流眼泪。他的瞳孔收缩，角膜也发炎了，整个视野跳动着奇异的光斑。然而邓巴为人骄傲倔强，不肯坦白这一令人苦恼的真相——他的确什么也没说，直到每个人都看出来他不对劲了。

梅尔维尔试图安慰邓巴，请他坐在雪橇上。他这样像个醉汉一样在冰上跟跟跄跄丝毫无益——还有可能伤着自己。但老冰区引航员拒绝成为别人的负担。当梅尔维尔命令他坐在雪橇上时，他怒吼道："那就把我留在这里好了！"

"他苦苦祈求我们把他留在冰上，那样子真令人心碎，"梅尔维尔写道，"这是他有生以来第一次被击垮，他悲从中来。"[14]虽说邓巴坚持不肯，但同伴们还是把他抬上了麦克林托克雪橇（"老绅士对此深恶痛绝，"梅尔维尔写道），他们继续前往亨丽埃塔岛，现在埃里克森拿起了丝旗，担任冰区引航员。

他们看不见岛了——它隐藏在暴风雪的背后。但梅尔维尔一直在用罗盘指示方向，知道他们离岛越来越近了。他们急速前进，后来雪橇落入冰中，几乎被冰冷刺骨的海水淹没。邓巴在雪橇中无助地骂着脏话，抓住雪橇的横杠，直到埃里克森冲过去帮忙。魁梧健硕的丹麦人蹲伏在麦克林托克雪橇上方，把它从似泥浆的水塘中拎上来放在冰上，仿佛那是个小孩玩具。梅尔维尔一面称赞埃里克森"力大无穷"[15]，一面想要是没有他，大家这会儿估计已经山穷水尽了。这一次，他几乎确定无疑地救了邓巴的性命。

6月2日那天晚间，6个人总算连拖带拽地登上了亨丽埃塔岛。他们兴高采烈，筋疲力尽，又心下甚慰。他们在狭窄的海滩上漫步，走上一片荒地，那里的岩石因为遍布苔藓和地衣，都变成了黑色。这是他们642天以来第一次踏上陆地。邓巴因为感觉到他所谓的"摩擦着我的蹄子"而喜上眉梢。在硬地上漫步的感觉美妙，但也有些陌生，全然不同于走在倾斜成奇怪角度的船上，也全然不同于走在浮动的冰雪块上；他们腿脚的肌肉已经不习惯了，因此起初他们的步态蹒跚而迟疑。

亨丽埃塔岛虽然是一片古老的陆地——岛上的火山岩可以追溯到5亿年前——但从所有的证据来看，梅尔维尔和他的同伴们显然是第一批登岛的人。了解到这一点让工程师感慨万分；好似觉得做出重大发现的那一刻美妙而难忘。对探险家而言，这是始终鼓舞和激励着他们的人生目标；这是他们历尽艰难险阻梦寐以求的幸福时刻。同时，梅尔维尔也不无恐惧。从没有人到过这里，或许从没有人想过要到这里。"我们站在那里，陷入了沉思，"他写道，"周遭的寂静令人生畏。"他们登陆的是"一个黑色的庞然大物"，它那陡峭的陆岬耸立着，"亘古不变，像哨兵一样，盘问着我们这些陌生的不速之客"[16]。

他们的确到达了世界尽头。由此向东 1000 多英里，向西近 1000 英里，亨丽埃塔岛都是最北端的陆地，是北极腹地的一颗孤星。在世界的这一端，再没有哪一片陆地如此接近地球之巅了。[17]

梅尔维尔"以伟大的耶和华和美国总统的名义"将这块处女地宣布为美国领土。之后他从一个小小的柳条瓶里撒出几粒玉米，算是为这个小岛行了"浸礼"。埃里克森在多岩的地面插上了一面美国国旗。后来他们又登上岛的侧翼，梅尔维尔和同伴们回望着他们挣扎前进的那片冰原，充满成就感。幽光之下，他们可以看到 10 多英里外的珍妮特号，它仍然困在冰中，又换了一个角度，尴尬地倾斜着。

明天他们得赶紧回去了。但此刻他们支起帐篷，爬了进去，用梅尔维尔的话说，很快"扑进了睡神的怀抱"[18]。

在珍妮特号上，安布勒医生和德隆船长还在疯狂地寻找污染源。又有好几个船员出现了中毒症状，安布勒有些惊慌了。

船上的过滤系统是最先被怀疑的对象。德隆让人把整个装置拆除了，细心地检查有没有把铅过滤到饮用水中的迹象。他们发现其中有几个铅制管件，但都状态良好，看上去不可能是导致主诉急性症状的致病因。

安布勒又用了一天时间才总算找到了罪魁祸首。晚饭时船员们每人喝了一碗番茄汤，几个月来他们几乎每晚都喝。其中一个人似乎嚼到了什么硬东西，从嘴里拿出来一颗金属丸。其他人各自在自己的汤碗里也找到了更多小金属丸。他们没在意，但有个人突然开了句玩笑："谁对着番茄开枪射击来着？"

这句话让安布勒医生的思绪飞转起来。仔细检查后，他确定那些小块金属就是铅，猜想一定是在漫长的航行中，番茄中的天然酸性物质与用于密封马口铁番茄罐头的铅焊料发生了化学反应。有些罐头都被挤压得不成样子，内里都蒙上了一层黑色的铅氧化物。船员们每天摄入的虽不多，但会逐日稳步积累。

关于有谁出现了这些症状似乎无迹可寻，亦无道理可讲——每个人的新陈代谢都不一样。"我很好奇为什么这么多人都没有感觉到任何影响，"德隆奇怪地说道，"大家每天吃的东西都一样啊。"另一方面，他注意到，查尔斯 – 东星——他和纽科姆是最严重的"铅中毒患者"——是个番茄狂，"他特别喜欢吃这种蔬菜，每天都吃很多"。[19]

从探险一开始，安布勒医生就坚持全体船员定期吃番茄来预防坏血病；和柑橘类水果一样，番茄也被认为是治疗坏血病的良药（虽然当时科学界尚且不知道其原因是它们含有大量的维生素 C）。然而在这次事件之后，北极探险的一个相互对立的危险又呈现出来：食物本身可能会救命，但保存它们的罐子又有可能会致命。

"好不容易两年没得坏血病，第三年又差点儿被致命的铅中毒害死，"德隆发牢骚说，"真是得不偿失。"[20]

安布勒医生本人也病得很重，但还是对此事负责到底。受污染的番茄被扔掉了，还制定了新的食谱，其中增加了浓缩柠檬汁的日摄入量。几天后，安布勒开始看到病人有所好转。最让他担心的是梅尔维尔和冰上的那几个人。他们可能因为同样的疾病倒下，动弹不得。

到这时，德隆船长对雪橇队的安全也开始感到"持续的不安"。按照他的估计，梅尔维尔和同伴们这时应该回来了。过去两天，冰上起了极寒的浓雾，致使能见度只有不到 50 码。瞭

望台上的哨兵不仅看不到梅尔维尔的先遣队，甚至连整个岛都
看不见了。

德隆盯着浓雾看了好几个小时，心里希望它能散去。他苦
苦地用目光搜寻着跨越浮冰急急赶路的人影。他们别无选择，
他说，只有"退回到我们熟悉的做法，在一片茫然中等待"。
既然看得见的灯塔已经没用了，他不时命人发射铜炮，作为听
得见的"灯塔"。德隆开始后悔派出先遣队探岛的决定，他担
心自己犯了一个可怕的错误。

6月3日大清早，梅尔维尔和同伴们匆匆吃了早餐，就出
发去亨丽埃塔岛探险了。岛上将近一半土地都覆盖着冰川。除
了很大一群鸟——主要是海鸠，它们在多岩的悬崖上筑巢，那
里到处都是海鸟粪——之外，并没有其他生命迹象。那些鸟此
前从未见过人，也不知道怕人。沙尔维尔端着鸟枪走向鸟巢，
射杀了一些。海鸠完全吓呆了，对死到临头毫无预感。

几个人环岛转了半圈，画草图、丈量土地、兴奋地行使他
们作为探险者的首要特权——命名权。那里于是就有了西尔维
峰、奇普峰、邓巴角、贝内特岬。梅尔维尔和手下爬上了一个
陆岬，邓巴宣布把它叫作"梅尔维尔岬角"，但其他人觉得叫
"秃头岬角"更好，以纪念总工程师亮闪闪的光脑袋。他们在
冰海面以上250英尺的岩石裂缝中竖起了一个堆石界标。梅尔
维尔在其中放置了一个锌条箱，其中有几份《纽约先驱报》和
一个18英寸长的铜质制版圆筒[21]，上面有德隆船长亲笔撰写的
珍妮特号航海到目前为止的书面记录。

梅尔维尔虽然"因为此次任务的成功而激动不已"[22]，却并
没有在亨丽埃塔岛上流连忘返。他知道他得赶紧回到筏子和补

给存放处，并尽快返回母船，以防它漂离视野或超出人力所及的范围。几个人从岛上收集了一些纪念物——一些苔藓、一些石头样本，还有沙尔维尔杀死的海鸟。在登陆火山岩岛不到 24 小时之后，梅尔维尔的团队重新整理雪橇出发了，埃里克森举着丝质黑旗在前面带路。

天气"阴冷"而"无情"，大雾弥漫，他们前两天都不得不靠罗盘指路。海水的开放水道阻断了前路，好几次雪橇都彻底湿透了。浮冰回旋爆裂，震荡声不绝于耳，狗都吓得惊慌失措。更糟的是，宁德曼病倒了。他因为剧烈的绞痛而直不起腰，几乎可以肯定是得了和船上的病号们一样的铅中毒。梅尔维尔从没见过宁德曼这种状态；他一直是船员中最健壮、最结实的，但此刻德国人也在"忍受着不知所以的剧痛"，梅尔维尔如此写道。[23]

那天晚上，所有的人都聚集在帐篷里，梅尔维尔在药箱中翻查，给宁德曼找出了一瓶辣椒酊。这种用红辣椒和其他几种强力辣椒过滤而成的辣椒酊提取物在当时是一种常见的痉挛解毒剂。但工程师的手指冻得麻木了，打不开瓶子。总是笑眯眯的埃里克森来帮忙，把塞子从小瓶中拔出，给了宁德曼几滴辣椒酊。健壮的丹麦人笨手笨脚地把辣椒酊提取物撒得满手都是。他不以为意，到药箱里找出了一瓶橄榄油缓和剂，大大咧咧地在酸痛的身体、磨破的股沟、刺痒的眼睛、被晒破皮的脸上都涂满了油。

突然埃里克森的身体就像起了火一样；他忘了手上还有辣椒酊油。"结果，"梅尔维尔说，"他大惊失色，我们却乐不可支。"[24]埃里克森尖叫着，阵阵刺痛，他惊愕地双眼圆睁冲出了帐篷，脱掉衣服，在雪地上翻滚，以冷却其刺痛的皮肤——梅尔维尔说他"像条鳗鱼"那样扭动着身子。帐篷里的每个人都好一通狂笑，连宁德曼也不例外。

邓巴斜眼看着帐篷外那个裸体的人，笑了好半天才挤出一句话："埃里克森，你身上热得把雪都化开了吗？"[25]

到 6 月 3 日时，德隆已经担心得坐立不安了。梅尔维尔在哪里？船长意识到在能见度这么低的天气派出探险小队可能是个徒劳甚至愚蠢的决策。他能做的只是不停地鸣响铜炮，希望梅尔维尔能用它导航，速速回到船上。

6 月 4 日早晨，天气放晴了。寒冷刺骨，风车叶片在冷风中发出呼呼声。哨兵看不到梅尔维尔的队伍，但亨丽埃塔岛却清晰地展现在眼前。德隆让人在冰上升起一团大火，点上焦油和麻絮，弄出浓浓的一团黑烟。梅尔维尔只要在 20 英里内就一定能看见。然而，还是看不见他的身影。

一头北极熊显然是受到了浓烟的刺激性气味的诱惑，笨拙地朝着船只缓缓而来，人们看见它时，它正在浮冰上支起的晾衣杆上蹭身子，在船后的冰上蜷缩着的几条雪橇犬周围吸鼻子呢。爱德华·斯塔尔（Edward Starr）第一个行动起来。他抓起手枪开了一枪，但没打中。他跳上冰，在熊的身后狂追，又开了两枪。"布伦熊①跑了"，德隆写道，那头巨兽"听到子弹在冰上响起"之后似乎跑得更快了，"但是，哎呀！我们的 600磅鲜肉就这样跑掉了"。[26]

第二天，6 月 5 日早晨 6 点，瞭望台上的哨兵拉响了警报，脱口喊道："看见小分队了！"德隆冲上甲板，果然看到了一面

---

① 布伦熊（Bruin），童话故事《列那狐》中的一只拟人动物。

闪亮的丝质旗帜在好几英里之外的冰丘间时隐时现。他太激动了，跑上高台，想用望远镜好好看看。他蹦上台阶，立刻就被当头一棒击倒在地，几乎昏了过去。他头晕眼花地站起来。血从他的脸上流下来，滴在后甲板上。阿三惊恐地看着船长，说："哦，天呐！好大的洞！"

德隆因为急于了解到梅尔维尔的消息，忘了最近刚刚重装上的风车。一个尖利的叶片划破了他的头，留下一个4英寸长的大口子，安布勒医生命令他立即到医务室去。但离开之前，船长必须要知道梅尔维尔的先遣队是不是每个人都安然归来了。从望远镜晃动的透镜中看去，几个人在一个冰脊后面出现了。德隆看到6个人形在浮冰上跋涉，埃里克森在前，戴着他的旧毡帽，手里举着旗子，德隆这才"如释重负"[27]。

"感谢上帝，"德隆写道，"我们在地球上一块新发现的土地上登陆了，我们没有遭遇灾难，完成了一次危险的旅程。"

安布勒医生为德隆缝合了伤口，上了石膏，不久，船长就在冰上和其他人一起欢迎出行者们归来。他们拥抱，大笑，喝威士忌，"狗们也高声嚎叫"。梅尔维尔看不出"谁更开心一些，是迎接者还是归来者"[28]。

当梅尔维尔问起船长头上为何缠着大绷带时，德隆羞怯地说他被"风车撞了一下"。然后，他微笑着拥抱了梅尔维尔。"干得漂亮，老伙计，"他说，"真高兴看到你们回来。"[29]

25. 寻消问息

就在德隆与船员们因为新征服了一角陆地而兴致高昂之时，同一周，另一艘美国军舰正从阿拉斯加经白令海峡沿着西伯利亚东岸向北挺进。这艘军舰就是加固的柯温号（Corwin）轮船，它正沿着参差不齐的浮冰边缘蠕蠕而行，等待着夏天的到来以融化冰雪，为他们打开通往北极的门户。

柯温号的船长加尔文·胡珀（Calvin Hooper）是美国海关缉私局——如今的美国海岸警卫队的前身——的委任官员。柯温号那年5月离开旧金山母港，在这趟季节性航行中有很多任务要完成：递送北极邮件，核实捕鲸舰队的安全，制止非法威士忌和军火交易，在阿拉斯加施行各类诱捕和交易条例，并深入各条船只内部，查看有无违反年度海豹捕猎规定的情况。然而柯温号这次航行最迫切的目的，是要打听美国军舰珍妮特号的下落，它生死未卜，牵动着万千国人的心。

胡珀在西伯利亚沿岸几个很小的聚居地停留时，听到了一个消息，它经过多种语言的过滤，在各个村庄之间口口相传，添油加醋地出现了各种不同的细节。楚科奇人提到在北部的某个地方，大概在沿海岸向北数百英里处，有过一次船难。一艘美国船被困在冰中漂流了好几个月，最后被碾碎了，木头被撕成碎片，冰上到处都是遗骸。船上的人经历了疾病等可怕的磨难。有些楚科奇土著大概还见过尸体。

胡珀对这些表现出有保留的兴趣。他写道："虽然众所周知，这一带的土著说谎成性，但他们报告的消息还是有一定的真实成分的。"[1] 他心想，发生海难的会是珍妮特号吗？会不会是几艘美国捕鲸船——包括前一年秋天失踪的警醒号（Vigilant），以及预言奇准的埃比尼泽·奈指挥的沃拉斯顿山号——其中的一艘？或者也有可能这根本就是狡猾的土著们编造出来骗取酬金的？

无论如何，胡珀船长都必须探知详情。到 6 月的第一周，他已经追踪着这一悲剧故事的线索，向北行进到了浮冰的边缘。

前一年，全美各地的报纸都在呼吁派出救援船，查找德隆的下落。有些报纸夸张地宣布德隆和所有船员都已遇难。艾玛·德隆整个冬天都在安静地游说，想激起公众支持救援的情绪。到 1881 年年初，要求探知珍妮特号之谜的呼声越来越高：人民必须要知道德隆和船员们在哪里。仿佛这个国家把它的同胞送到了地球的某个黑洞中，或者送到了另一个星球上，而现在，为了科学，为了国家自豪感和情感解脱，此事必须有一个了结。

事实上，许多北极"专家"对珍妮特号的航行都很乐观，认为她没有消息才是好消息——表明它已经越过了冰点障碍，正一路朝着极地前进。"我不明白为什么要……担心珍妮特号，"奥匈帝国的北极探险家卡尔·魏普雷希特[1]在报纸上直抒己见，"这艘船的目标是在无人区有所发现，不能指望它始终与家里保持联系……德隆先生没有理由为了那些期待得到他的音讯的人，而在外层冰面流连。没有消息……应该被看作探险

---

① 卡尔·魏普雷希特（Karl Weyprecht, 1838–1881），奥匈帝国探险家、海军军官。他是著名的北极探险家，也是北极科学探险国际合作的倡导人。

成功的迹象。"[2]

贝内特也持同样的看法。他曾写信给艾玛·德隆："我希望外面那些不负责任的报纸关于珍妮特号的预言没有吓到你。我完全相信船只和船员们绝对安全。她迄今杳无音信这一事实，在我看来恰是她探险成功的最佳佐证。"[3] 在纽约举办的一次美国地理学会会议上，北极探险家艾萨克·海斯认为，所有关于德隆的担心都毫无道理。他说："我并不认为珍妮特号已被坚冰撞毁，或困于其中动弹不得。"当他提到坐在观众席中的艾玛时，全体观众起立为她鼓掌。"我在台下看到了德隆夫人的面庞，"海斯说，"我想在此表达我的坚定信念，她的丈夫此刻如同坐在她的身边一样安然无恙，当然，没有她在身边，他不会那么幸福快乐。"[4]

或许如此吧，但国会被全国发来的行动请愿狂轰滥炸。美国地理学会恳请白宫和美国海军立即展开救援。那年3月刚刚就职的新任总统詹姆斯·加菲尔德亦全力支持救援行动。国会拨款近20万美元装备合适的救援船只，并仓促组建了珍妮特号救援航行委员会，由一位功勋卓著的海军少将率领，开始监督救援行动。贝内特会在需要之时另外捐助资金。救援委员会认为，严格来说，搜寻只是谨慎行事。人们的担忧没有什么绝对可信的理由。"整个北极探险的历史充满危险，九死一生，（且）总是在表面看来没有任何合理的生还希望之时大获成功，"委员会在初期报告的结尾写道，"我们相信珍妮特号和她英勇的船员们平安无事。"[5]

尽管如此，艾玛·德隆还是越来越担心丈夫和船员们的安全。她持续收到乔治·梅尔维尔的妻子海蒂的来信，后者坚称珍妮特号已全船覆没。海蒂·梅尔维尔的信很奇怪。她声称自己有超凡的感应能力，宣称"我此生再也见不到我丈夫了"。她固执地认为丈夫的鬼魂曾经来看望过她："他走到我跟前——他说过如果他死去，他的鬼魂就会来找我——还穿着一袭白衣。"[6]艾玛觉得梅尔维尔夫人的精神大概出了问题，但随着救援船在1881年春准备出发前往北极，她自己对珍妮特号的担忧也与日俱增。

柯温号是被派出的三艘美国船中的第一艘。另一艘船，联盟号（Alliance）军舰，将带着200人从诺福克①出发，向远至挪威北部的北极区域前进，理由是珍妮特号可能已经穿越了极地，会出现在冰盖的另一侧。第三艘救援船罗杰斯号（Rodgers）将在夏末从旧金山出发，其路线稍有不同，它将穿过白令海峡前往更北边的冻海。戈登·贝内特确保联盟号和罗杰斯号上都有《先驱报》的顶级记者，艾玛·德隆把写给丈夫的所有信件的副本——她一年到头从未间断的"写给未知的信"——交给两艘军舰的船长各一份。

柯温号的胡珀船长从华盛顿的长官那里接到的命令，字里行间都对珍妮特号充满希望，认为它遭遇灭顶之灾的可能性很小。"你须在北极仔细打听珍妮特号轮船的进展和下落，"命令上写道，"并在可能时与（它）取得联络，实施一切所需的援助。"胡珀接到的命令明确表示相信他一定会"带回一些（关于失踪探险家们的）消息"[7]。他们将利用这一路遇到的所有捕鲸人、海豹猎手、海象猎手、商人和土著之间的传言，寻找德隆的探险队，并悬赏以获得有助于发现珍妮特号的可靠消息。到这次季节性航行结束时，柯温号将在海上行驶超过1.5万英里。

---

① 诺福克（Norfolk），美国弗吉尼亚州东南部汉普顿锚地的一个独立城市。

胡珀的任务是尽快到达白令海峡，一旦冰情允许，就直奔弗兰格尔地。德隆从航行一开始便说过，他的目标是从弗兰格尔一路向北到达极地。德隆船长曾经跟艾玛说，他计划在弗兰格尔东岸每隔 25 英里便堆起明显的堆石界标，并于埋在石头下面的锌条箱里留下纸条，为将来的搜救者提供方便。因此，胡珀得到的命令便是寻找这些堆石界标，并根据隐藏于其中的纸条上书写的任何线索展开搜救。

托马斯·柯温号轮船（SS Thomas Corwin）是西海岸最适于航海的北极船只。她于 1876 年在波特兰建造，是一艘单螺杆蒸汽动力上桅帆纵帆船，船身长 137 英尺，用坚固的奥尔良杉木建造，并用镀锌铁和洋槐木栓加固。要说能够抵御坚冰，它大概远不及珍妮特号，但柯温号曾在三年里圆满完成了北极航行任务，她的船身最近刚刚加了厚厚的橡木板外壳，用于抵御浮冰。

船长是个头脑冷静的职业航海人，虽然没有受过多少正规教育，但在数学和航海方面天赋异禀。加尔文·莱顿·胡珀时年 39 岁，他出生在波士顿，是个不苟言笑、严肃认真的人，涂了发蜡的头发闪闪发亮，留着一脸浓密的络腮胡子。他 12 岁时就作为船舱侍者离家出海了，21 岁成为一艘快帆船的大副，内战之后就一直在美国海关缉私局工作。他从事的是一种全方位的事业，要求他既是船长，又是公海上的外交家、侦探、海关官员和边境治安官。他的船上装备有精良的武器，他也有充分权限没收财产、扣押船只、征收罚款、逮捕犯罪嫌疑人——如果有必要，还可以当场击毙他们。他那张老海员的面孔上执拗的表情似乎在说，他这么做丝毫不会感到良心不安。美国新近购得的阿拉斯加州人烟稀少，是一片充满野性和暴力的领土；如果那里还有法律的话，加尔文·胡珀就是法律。

除了胡珀在这次夏季航行中肩负的所有其他任务之外，柯温号上的船员们还要近乎不停歇地完成各种科学和地理任务：测量水深、测量温度和气压、修改路线图、画海岸线草图、收集样本。

柯温号上最著名的——或者说很快就会出名的——科学名人，是一位出生在苏格兰的植物学家，他最近一直在研究冰川在约塞米蒂河谷的形成中发挥的作用。这个瘦小结实的人长着一脸蓬松的红胡子，一双炯炯有神的蓝色眼睛是惊骇的吟游诗人所特有的。他定期为旧金山的《晚间公报》（*Evening Bulletin*）撰写文章——不过，他的内心深处还是一位诗人。他的名字就叫约翰·缪尔①。

在成为全美国著名的博物学家之前，在他发起自然保护的战役——这些不但启发了国家公园系统的建立，还促成了整个现代环保运动——之前，约翰·缪尔是个闲不住的博学者，利用给报纸和杂志写文章来支付自己前往渺无人迹的荒野之地远行的费用。和生活在湾区的每个人一样，缪尔也对珍妮特号的航行及全国上下渴望知道她的行踪之事了然于胸。旧金山自认是珍妮特号的母港，各大报纸都在不停地猜测德隆的下落。

然而，缪尔对珍妮特号之谜倒没那么感兴趣。他是胡珀的熟人，之所以决定接受船长的邀请登上柯温号，是因为这次航行让他有机会研究比珍妮特号大得多的谜题：在大陆的形成、

① 约翰·缪尔（John Muir, 1838 - 1914），美国早期环保运动的领袖。他写的大自然探险广为流传，特别是关于加利福尼亚的内华达山脉的描述。缪尔帮助保护了约塞米蒂山谷等荒原，并创建了美国最重要的环保组织塞拉俱乐部（Sierra Club）。他的著作及思想在很大程度上影响了现代环保运动的形成。

大陆桥的形成，以及古老海洋的潮涨潮落中，冰起到了怎样的作用。

缪尔曾两次前往南阿拉斯加，对其广袤无垠的原始荒野迷恋不已。但他还从未到过北极圈以北区域，没有见到过永久冻土层或极地浮冰那种磨碾乾坤之力。一位自然历史学家后来写道，登上柯温号航行的缪尔希望"回望远古洪荒……在他的内心深处，他是个热爱荒野之人，总是把目光投向更广阔的图景"[8]。他对造物的原始过程很感兴趣，尽管历经数百万年，在宏大背景下，那些过程或许仍然清晰可见。

缪尔少年时便移民到美国，但他的身上仍然透着一丝苏格兰人的轻快活泼。他在威斯康星州长大，在威斯康星大学麦迪逊分校念了几年书，之后曾徒步横穿美国南部 1000 英里，直到佛罗里达州，后来又到了古巴。基于复杂难解的奇思妙想，缪尔最后在加利福尼亚州定居，至今已在那里生活了 13 年。他大多数时候都住在内华达山脉，在那里放牧羊群，发现了一座高山冰川，对高耸入云的红杉进行了野心勃勃的实地考察，写了一本关于冰河时代的巨著却未能完成，是最早登上加州最高峰的几人之一，还在约塞米蒂做向导。

缪尔最近刚刚结婚，对妻子路易莎承诺说他将停止流浪的脚步，和她一起定居下来，住在奥克兰东北部金色丘陵上那片为她父亲所拥有的广阔果园里。然而远游的召唤终究不可抗拒：他们的第一个孩子出生后仅仅两个月，缪尔就加盟了柯温号，这次航行至少会持续六个月——当然，如果轮船陷入坚冰，还会再持续一年。在缪尔看来，那可是"绝妙的冰上时间"[9]。

柯温号在 5 月第一周离开旧金山时，马林山（Marin hills）

两翼开满了金色的罂粟花，祝福者们乘坐的游艇与出发的轮船一起驶入海湾——堪称旧金山人送别珍妮特号盛况的迷你版本。柯温号有 20 名船员，包括几个日本裔船舱侍者。它穿过金门海峡之后便转而向北，胡珀在太平洋上北行了两个星期，之后又摸索着穿过雾气蒙蒙的阿留申群岛，在那里他们遇到了暴风雪和一场来势凶猛的大风。

轮船在阿留申群岛停留了几次。就缪尔所见，阿留申土著居民因为接触了"文明"——先是俄国文明，继而是美国文明——而彻底被毁了。捕鲸人、海豹猎手、皮毛公司的代表让他们染上了各种新的恶习，却削弱了他们古老生活方式所特有的元气。"在偿还了公司的旧债之后"，缪尔写道，阿留申人"会把剩下的钱花在零星琐物上，买来远不如自己的毛皮厚实的衣服，买来啤酒，立即变得下流而堕落、互相羞辱、打老婆等。短短几年间，他们早已不再如以往那般强健，打猎也没那么在行了，生下的孩子也不管，任凭他们早夭。总的来说，他们在一步步走向毁灭"。[10]

柯温号驶进白令海，在普里比洛夫群岛①停靠了几站，那里的阿拉斯加商业公司每年为获取毛皮要射杀大约 10 万只海豹。柯温号越向北航行——到那些没受到多少外来影响的地方——情况就越有好转。在普洛弗湾附近的西伯利亚海岸，胡珀拜访了一个由 30 名楚科奇土著组成的小的定居点。他和船员们应邀进入了一间半埋在地下的小屋，屋顶极其简陋，就是用动物骨头和浮木组成的一张网，上面盖着海象皮。进到屋里，缪尔惊奇地发现了"一些很温馨、很干净、很奢华的卧室，其

---

① 普里比洛夫群岛（Pribilof Islands），美国阿拉斯加白令海东南部的群岛。

四壁、屋顶和地板都是用毛皮建造的，用一平盘鲸油点灯，灯芯是一点苔藓"。缪尔发现这些人很快乐，营养充足，与周遭世界和谐相处。"这些楚科奇人白天在风雪天气里打猎，晚上退回到他们用毛皮搭建的温馨小家，脱下衣服，伸展开疲惫的四肢全然放松下来，哪怕在最严寒的天气也要裸睡。"[11]

胡珀被楚科奇人在炉边的热情感动了，尽管他们提供给美国人的食物在这位船长看来完全不能吃：水煮海豹内脏、腌制发酵的海象肉、生的鲸鱼肉、整碗凝血块，还有漂在腐臭的动物油上的莓果。胡珀写道，那些食物"闻起来让人……阵阵恶心，但我们不得不敬佩生活在当地之人的慷慨天性，他们毫不犹豫地把自己最好的食物分给我们，在很多情况下可能是倾其所有"。[12]

这些美国人和楚科奇人一起抽烟喝茶，并受邀参加他们的体育比赛：赛跑、掷标枪、投石子，以及扛着巨大的浮木堆。那些土著力大无穷且动作灵活，但表示他们不会游泳。柯温号的随船军医欧文·罗斯写道，"他们极力避开水"，尽管他们能够非常熟练地使用自己的"小型梭状独木舟，那简直就是他们的海上脚踏车"。医生还提到他们对孩子非常和善（"那些孩子不像我们自己托儿所里的孩子一样整日胡闹"），他对楚科奇人在性交方面的混乱既感兴趣，又深恶痛绝——"他们慷慨地把女人免费提供给陌生人，那些女人明显更加偏爱白人。"[13]

缪尔后来会写很多关于楚科奇人的长篇著述——关于他们的微笑和大笑，关于他们轻易相信的天性，关于他们父子之间那些细碎的温柔场景。看到这样一种生活方式让他感到很兴奋，它虽然脆弱，却仍保留着一种自古已有的正直。看到一位丈夫跟他轻声抽泣的妻子告别的场景，缪尔深受感动，改写了莎士

/ 小詹姆斯·戈登·贝内特被讽刺漫画家画成了
一个老人（《名利场》杂志）（左图）//
/ 小詹姆斯·戈登·贝内特（右图）//

A Shocking Sabbath Carnival of Death.

SAVAGE BRUTES AT LARGE.

Awful Combats Between the Beasts and Citizens.

THE KILLED AND WOUNDED.

Gen. Duryee's Magnificent Police Tactics.

BRAVERY AND PANIC

How the Catastrophe was Brought About—Affrighting Incidents.

PROCLAMATION BY THE MAYOR.

Gov. Dix Shoots the Bengal Tiger in the Street.

CONSTERNATION IN THE CITY.

Another Sunday of horror has been added to those already memorable in our city annals. The sad and appalling catastrophe of yesterday is a further illustration of the unforeseen perils to which large communities are exposed. Writing even at a late hour, without full details of the terrors of the evening and night, and with a necessarily incomplete list of the killed and mutilated, we may pause for a moment in the widespread sorrow of the hour to cast a hasty glance over what will be felt as a great calamity for many years. Few of the millions

/ 1874 年 11 月 9 日《纽约先驱报》刊登的异想天开的动物骗局 / /

/ 利西翠妲号，贝内特的众多游艇之一（上图）//
/ 朱利叶斯·勒布朗·斯图尔特在画作中描绘了贝内
特的游艇纳莫娜号上的生活（下图）//

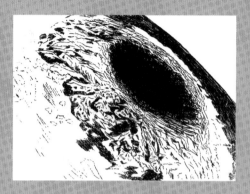

/ 杂志画家描绘的约翰·克里弗斯·西姆斯
颇受欢迎的地下空洞理论（上图）//
/ 杰拉杜斯·麦卡托大约在1600年所画的
显示有开放极海的北极地图（下图）//

/ 神秘"天涯图勒"地图，奥劳斯·芒努斯画于
1539年（上图）//
/ 塞拉斯·本特1872年设想的到达北极的"温暖
通道"（下图）//

/ 1876 年费城百年纪念世博会上的科利斯蒸汽发动机
（斯坦福大学报纸档案）/ /

/ 奥古斯特·彼德曼博士 / /

/ 纽波特游乐场草坪上的网球比赛，贝内特出现在前景中
（贝内特的收藏，《国际先驱论坛报》档案）//

/乔治·德隆（左图）//
/艾玛·德隆（中图）//
/乔治和艾玛·德隆的女儿西尔维（右图）//

/领航员约翰·达嫩豪（第一排左图）//
/博物学家雷蒙德·纽科姆（第一排中图）//
/工程师乔治·梅尔维尔（第一排右图）//
/气象学家、《纽约先驱报》记者杰罗姆·科林斯（第二排左图）//
/冰区引航员威廉·邓巴（第二排中图）//
/轮船舵手威廉·宁德曼（第二排右图）//

/ 探险指挥官乔治·德隆上尉（左图）//
/ 执行官查尔斯·奇普（右上）//
/ 随船军医詹姆斯·安布勒医生（右下）//

/ 珍妮特号,当时还叫潘多拉号,于1870年代中期在格陵兰拍摄的照片(上图)//
/ 珍妮特号于1878年在法国勒阿弗尔,即将启航前往旧金山(下图)//

/ 德隆以其队员的冰上长征（上图）//
/ 德隆以其队员到达了开放水域（下图）//

/ 亨利·莫顿·斯坦利（左图）//
/ 年轻的发明家托马斯·爱迪生（右图）//

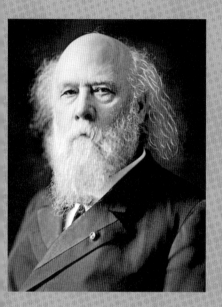

/ 海军少将乔治 · 梅尔维尔，摄于 1910 年（左图）//

/ 约翰 · 缪尔（右图）//

/《珍妮特号被弃》，詹姆斯·盖尔·泰勒画于
1883年（瓦列霍航海画廊／加利福尼亚州纽波特海
滩）（上图）//
/ 法国著名画家乔治·路易斯·普瓦勒－圣－安热的
画作《珍妮特号的沉没》（下图）//

/ 1881 年 12 月，珍妮特号的部分船员在西伯利亚的
雅库茨克摆好姿势，拍摄了这张照片 / /

/ 1884 年纽约市为乔治·德隆举行的葬礼（艾玛·
德隆文件）（上图）/ /
/ 马里兰州安纳波利斯美国海军学院广场上的珍
妮特号纪念碑（下图）/ /

/ 2000 年卫星拍摄的西伯利亚的勒拿河三角洲 / /

/ 本书作者在俄罗斯的勒拿河三角洲美国山的珍妮
特号纪念碑前（上图）//
/ 本书作者手拿一根古老的长毛猛犸象牙在弗兰格
尔岛（谢尔盖·戈尔什科夫／摄）（下图）//

比亚的名句："一丝人情味便让世界充满亲情，荒野里的楚科奇人有多少人情味啊。"① 在他看来，他们要"比白人更加自律，却远没有后者那么贪婪、无耻、狡诈……这些人让我很感兴趣，跨越这么远的距离来认识他们是值得的"。[14]

5 月底，在西伯利亚海岸圣劳伦斯岛西边的一个叫马库斯湾的地方，柯温号上的人第一次听到了关于美国船难的消息。一群楚科奇土著登上柯温号，声情并茂地讲了这个故事。他们说有三位海豹猎人曾前往谢尔采卡缅角——好几百英里外的一片荒凉的陆岬——西边很远的冰上，发现有一艘船困在浮冰之间，船员们都死在甲板上或船舱里了。海豹猎人们显然从船骸中拿了一袋子钱，缪尔如此写道，"以及他们能拿走的所有物品，他们给其他土著看了某些物品，这个故事就这样在沿岸的各个定居点之间传播开来"。[15]

缪尔认为这个故事是真的。他觉得楚科奇人在讲述时"神情非常诚实，而且他们似乎对自己所说的话确信无疑"。然而和胡珀一样，缪尔也觉得他们有可能想靠这个收取酬金。"我们倾听着他们水分极大的讲述，"缪尔说。[16]

第二天，柯温号在圣劳伦斯湾又遇到了更多熟悉船难故事的楚科奇人。他们来到船上售卖海象牙和海豹皮靴。一个名叫杰鲁查的老头坐在柯温号肮脏的甲板上，要了一杯水，就开始讲故事——"他讲话的声音很响亮、很激烈，带着吼叫和咆哮声，"缪尔回忆道，"还做出狂乱的手势。"通过一位楚科奇人

---

① 莎士比亚的原句是"One touch of nature makes the whole world kin"，意为"一丝人情味便让世界充满亲情"，摘自《脱爱勒斯与克莱西达》（*Troilus and Cressida*，1602）。

说着尚属过关的"捕鲸人英语"（缪尔觉得那是"四分之三的脏话加上近四分之一的俚语"[17]）给他们做翻译，杰鲁查描述了那条船的桅杆如何被冰折断、船身如何被穿透、内部如何被灌满海水。那老头又说四周的冰上随处可见"令人毛骨悚然的尸体"。不过，他似乎不确定到底有一次还是两次船难。

胡珀觉得可疑，因为杰鲁查太夸张，细节描述也太过生动了。"他讲故事的样子"，船长认为，"很认真，很有感染力，如果不了解楚科奇人的性格，还真不容易发现有很多内容都是现编的。"[18]杰鲁查根本停不下来——缪尔说他"滔滔不绝，像个常年喷涌的山泉，带着很深的胸腔共鸣音，有时听来就像狮吼……（他）就连吃饭的时候也很难抑制自己雄辩的口才"。[19]后来，他问胡珀有没有朗姆酒卖，并"带着猛烈的手势"强调那会"大大增加我的快感"。胡珀船长不久就从其他村民那里了解到杰鲁查是出了名的骗子——胡珀说，他是"当地最糟糕的老流氓之一"[20]。另一位楚科奇人则直言他是个"狼心狗肺的恶人"。

胡珀问杰鲁查是否知道弗兰格尔地，他觉得德隆此刻一定被困在那里，或者至少曾经被困在那里。船长给老头看了一张航海图，问他是否知道这个出现在北边海域的神秘大陆。杰鲁查连想都没想就说："啊，当然，那里有很多白狐狸嘛。"他说西伯利亚西北角海岸的土著常常到那里去射杀北极狐。"然而一旦进一步逼问他，他就答不上来了，"胡珀写道，"他承认从不认识任何穿越那片大陆的人，不过年轻时确实听说过这些事。"[21]

另一方面，杰鲁查描述的美国船只失事在重要细节上却与胡珀船长在马库斯湾听到的传言一致。"无论如何，"胡珀想，"看来确实有事实的成分，我现在已经比以前任何时候都更加确信，北边的土著确实看到了些什么。"

胡珀知道，柯温号无法到达传说中船骸的具体位置。浮冰挡住了他的去路，而且在接下来的一个月也不会融化。他不得不雇用几个楚科奇向导和狗队，派一支规模小一点的队伍在陆上沿西伯利亚海岸去调查真相。

当胡珀宣布他打算如此行动时，杰鲁查回答说去也没用；失事船只上的人都死光了，船也漂走了。

胡珀说："我们活要见人，死要见尸。"[22]

但杰鲁查还是说没用。眼下这个季节的冰雪太软，无法很好地使用雪橇。当他看到美国人还是打算去寻找他们失踪的同胞时，缪尔说，他"觉得我们简直就是蠢得不可救药的白人垃圾"[23]——并继续不管不顾地自说自话。

胡珀出发去白令海峡两端的各个村庄买狗，雇用当地人来驾驭它们。他在迪奥米德群岛成功靠岸，那是位于海峡正中央、分列国际日期变更线两边的两块火山岩颈。虽说两岛相隔不到3英里，但是大迪奥米德岛属于俄国，小迪奥米德岛属于美国。胡珀从迪奥米德的因纽特人那里买到了19条狗，每条狗的价格是一麻袋面粉。

胡珀掉转柯温号的船头，去西伯利亚寻找更多的狗和向导。在一个聚居地，船长找到了一个名叫"楚科奇·乔"的人，他英语不错，可以给探险队当翻译。胡珀又去了一个名叫塔普坎的地方，那是坐落在河口沙洲上的村庄，有20座小茅屋。村民们出来迎接胡珀的队伍，缪尔说："我们受到了热情款待，被让到驯鹿皮铺就的贵宾座上。双方握手时，他们都很和善地微笑，还努力重复我们的问候。我们谈到计划在陆上旅行时，女人们热情地加入了讨论，孩子们也听得很仔细。"[24] 两年前努登舍尔德曾把织女星号停在离此地很近的地方过冬，一位村民拿出了俄国制造的一把叉子、勺子和指南针，那是斯堪的纳维亚探险家送给他的礼物。

胡珀的队伍应邀走进了一间鹿皮小屋。一个女人正在喂孩子吃饭，另一个女人则在用煤火烤海豹肝。询问了几位塔普坎老人之后，胡珀成功地雇用了几个男人和好几条村里的狗陪他们一起完成登陆任务。正要出发回到冰上的柯温号上时，他们雇来的一名塔普坎男子听到了令他心碎的声音。"他的小儿子听说父亲要走，哭得很厉害，"缪尔写道，"无论女人拿什么来安慰他都没有用。我们在冰上狂奔，走出村庄半英里之外还能听到他的哭喊声。"[25]

柯温号离开时，村民们还聚在冰的边缘，许多人无疑在想，他们或许再也见不到村子里的那些人和狗了。

第二天傍晚，柯温号陷入了楚科奇海的浮冰，橡木船舵都被弄断了，只剩下甲板上方吊起的那一小部分还算完好，船员们花了好几个小时的时间，手忙脚乱地临时装配了一副新舵，真是狗嚎人叫，乱七八糟。

为了避开风力形成的浮冰群，胡珀艰难地驶向科柳钦岛，陆上探险小分队将带着狗队在那里登陆，开始漫长的陆地探险。小分队的队长是海军中尉威廉·赫林，他的同伴包括海军准尉雷诺兹，一位名叫格斯勒的水手，以及几个橇夫，还有作为翻译的楚科奇·乔。他们共有25条狗、4辆雪橇，足够维持两个月的食物，以及一条跨越开放水域的皮船。

胡珀确保赫林中尉对命令了然于胸。正如缪尔所写，他们此去是要搜寻海岸，"找到珍妮特号的船员或任何有关探险队下落的消息；询问见到的当地人；并查看海岸线的突出地块有无堆石界标或任何其他信号"。他们要尽可能地朝西北方向行进，至少要到达扎尔金角，然后返回塔普坎，柯温号将于大约一个月后试图在那里与他们会合。

　　船员们和狗队离开母船，越过浮冰一路跋涉，终于在科柳钦岛登上了陆地。"狗们满地打滚，兴高采烈地竞相奔跑"，缪尔写道，但"在阳光明媚的南国文明世界，很难想象这里阴冷的天空、肆虐的海水、顽固的坚冰、强劲的风雪构成了怎样一番骇人景象"。[26]柯温号转头朝阿拉斯加驶去，为的是完成其他任务和收集更多情报。"登陆小分队逐渐消失在寒冷阴郁的天海间，"缪尔在日志里写道，"我们也继续赶路了。"[27]

我最亲最爱的丈夫——

看到有这么多营救你们的行动，我们真应该无限感恩。这么多搜救船都启程了，应该总有一艘能找到你们。这个夏天将考验我们大家的耐心和毅力，我们期待着你的消息，乃至你的归来，如果不得不再等一年，该多令人失望啊！尽管如此，只要还有一线希望，我就要坚持到底。

纽约的冬天过得真快。我很少去剧院；说来奇怪，我一点儿都不想去了。从前我们一起去的时候好开心，而我一个人享受不到那份乐趣。

我有时候会想象你被困在冰中，无法控制船只，因希望受到阻滞而心力交瘁。我衷心希望并祈祷你们的友谊仍在，还能互相帮助，希望并祈祷你们那个小小的队伍无病无灾。

爱你的妻子

艾玛

26. 死神来袭

1881年6月的第一周，珍妮特号仍在继续往西漂流，亨丽埃塔岛已经在阴沉的天空下变成了一个小小的灰色影子。虽然梅尔维尔认为亨丽埃塔岛没什么可取之处——没有大型野兽可以捕猎、没有安全港，也没有可以烧火的浮木——但德隆还是掩饰不住自己的遗憾。他写道："可以说（亨丽埃塔岛）已成往事，早在多日以前就已经在视野中消失了。"[1]

船仍然困在一块巨大的冰板中动弹不得，但海水日益变暖，冰也破裂变软。船员们常常会在四周瞥见大片彼此隔开的开放水面。对于这么久没有见过此情此景的人来说，那是怎样一番景象啊——流水波涛起伏，激起朵朵浪花。宽阔的海洋是他们熟悉的，只要他们能进入开放水域，一条回家的路便豁然开朗。

然而，回家并不是德隆心中的首要目标。他盘算的是，船距离极地只有区区700多英里了，他内心里仍然渴望到达那里——或至少沿开放海水向北挺进，可以声称打破了"最北端"的纪录。考虑到船目前的糟糕状态，他知道那是不切实际的想法，但他就是不愿放弃北行的追求，特别是眼下看到周围有这么多开放海水。

德隆的想法有多坚定，春天的天气就有多善变。一个小时之内，先是阳光灿烂，接着下大雾、起强风、下雨、雨又变成寒雾、吹得到处都是冰，然后又见晴天。在船的四周，船员们总能听到剧烈的震动声，那是融化的浮冰解体并撞击其他大块浮冰的声音，新的旧的撞在一起，把碎冰片高高扬起。然而到现在为止，珍妮特号还安全地停靠在自己的冰岛中心——梅尔维尔称之为"我们那片友好的浮冰"——周遭的骚动尚且不能伤她分毫。德隆说："我们正缓慢而庄重地移动，在空旷的荒野中保持着一丝体面。"[2]

无论瞬间的天气如何多变，大趋势显现无疑：春天很快就要结束，夏天即将来临。德隆写道："天气看来总算准备变暖，也是时候了。"现在，太阳掠过地平线后，再也不会从它的背后消失。新夏和暖，开始出现生命的迹象。船员们仿佛能感受到地球本身也开始呻吟着倾斜了。

一天早晨，岗哨上的邓巴觉得自己看到有鲸鱼在远处冰面的一个豁口浮出水面。还有一天，估计有 500 多只的一大群绒鸭呈箭头形飞过天空，正向着北方低飞。（关于它们为什么要朝着那个方向飞，成了一个讨论的话题。此处以北的什么地方还有更多的海岛，甚或如彼德曼猜测的，有极地大陆吗？）众狗看到这一景象激动起来，跟着鸟群奔跑，最终却被开放水域挡住了去路。

这么多迹象表明，又要到夏天了，德隆的情绪也高涨起来；大家也都一样。暖空气和冰雪融化让他们预先尝到了自由的滋味。一定随时会开启一条大水道，最终释放珍妮特号。达嫩豪说："我们知道那重要的一刻即将来临，珍妮特号即将从巨大的魔爪中解放出来。"[3]

然而解放究竟是好是坏，他们没有把握。船已经被冰蹂躏了这么长时间，没有人说得清再度下水之后，她还能否航行。那块支撑着她的浮冰纵然危险重重，但或许是她唯一还能浮在水面上的地方。达嫩豪就这么看，他担心"我们下水之后会在狂暴肆虐中不知所措"。[4]他似乎确信，解放了的珍妮特号可能遭遇的危险要远大于"在魔鬼的铁钳中"。他认为船可能会"被浮冰块相互撞击的压力挤碎，在那些浮冰块中，珍妮特号简直就像个玻璃玩具"。[5]

6月的第一周，冰持续松动，现在看来，结果相当乐观。梅尔维尔注意到水下的船身松动了；因被压弯而开口的木板也恢复到原来的轮廓——它们再次放平，首尾衔接。漏水慢了下来，将近一年来第一次变成了水滴。

太阳的持续照耀让船员们看到他们整个冬天过得有多凄惨，梅尔维尔称之为"40条狗和33个人在一个小空间一起生活了6个月的可怕后果"。[6]人们积极投入了春季大扫除；德隆要求船员们每一个表面都要擦洗，每一条毯子都要敲打，每一张动物毛皮都要抖开。船舱里像奥吉亚斯①的牛圈一样臭气熏天，人们从中扫出来动物骨头、老鼠屎、毛皮垢屑、残渣和狗粪。他们用虹吸管从水池中抽出死水，如德隆所说，那味道很长时间一直在"刺激着我们的鼻孔"。每个可以移动的东西都被带到冰上擦洗一番，并在阳光下晾干。缺乏阳光的船员们享受着这一繁重的、多半在户外进行的劳动，因为经过漫长的冬天，每个人都"因缺乏阳光而异常苍白"，梅尔维尔说，"就像长在暗室里的蔬菜"。[7]

在发现珍妮特岛并成功登陆亨丽埃塔岛之后，全船上下都

---

① 奥吉亚斯（Augean），希腊神话中的埃利斯国王，太阳神赫利俄斯之子，拥有大批牲畜。因传说奥吉亚斯的牛圈三十年来从未打扫，污秽不堪，所以在西方常以"奥吉亚斯的牛圈"（Augean stables）来形容"最肮脏的地方"或"累积成堆的难以解决的问题"。

洋溢着一种谨慎的乐观。每个人都觉得这次航行尽管饱受挫折，但总算取得了重大成就——包括登上了地球上人类前所未见的数百英里土地。达嫩豪认为他们为地理学、对洋流的认识，以及北极气象学都贡献了不少新知识，同时也驱散了很多顽固的观念。德隆说他们起码"戳穿了其他人的那么多理论"[8]。开放极海理论总算要被终结了，温暖通道也一样。事实证明，黑潮根本无助于改变白令海峡以北地区的气候或融化那里的坚冰。他们了解到弗兰格尔只是一座孤岛，跟格陵兰没有任何连接点。德隆的探险队始终未间断地在冰下测量海底水深，这几乎已能证明一个重要的地理学真相：极地水域确实如彼德曼所说是一片海洋，但那是一片终年结冰的海洋。

他们还证明了其他事实。冰盖的旋转尽管变化无常——无论因为洋流还是风的作用——却有一个主流的方向，总的来说，它们始终在正道上——朝着北极方向。因此，捕鲸人的说法并非全错：在某种意义上，大自然通向北极的路线确实是"下坡路"。

珍妮特号还为营养科学和医学做出了贡献：令人称奇的是，没有一个人死亡，谁也没有染上可怕的坏血病。"如果我们（能够）在返程时无人死亡"，达嫩豪写道，这次航行就应该被判定为"巨大的成功"。[9]

到6月第一周时，船员们的情绪在这种新的乐观主义和日渐焦虑之间摇摆不定。他们投入日常工作中，却无法忽视那种激动人心的迹象，即很快会有大事发生——可能是美妙的奇迹，也可能是灭顶之灾。德隆宣称："这次航行的关键时刻就要到来了。"[10]

6月11日午夜时分，大事真的发生了。当大多数人都在明亮的极地之夜睡去时，冰面裂开了一个参差不齐的缺口，珍妮特号滑入水中。在达嫩豪听来，那声音就像是"她从山上或从滑道中落下一样"。[11]珍妮特号一下水，便立即平稳下来，在冰冷的海水中轻轻地上下摆动。

将近两年后，船终于……漂浮在水面上了。那是一种陌生的感觉。所有的人都从铺位上起来，穿上衣服，冲到甲板上去细细体味这一时刻。

珍妮特号不光开始漂浮，她还十分坚挺。梅尔维尔和德隆对船身内外进行了彻底检查。船舱里的漏水已经可以忽略不计。她漂浮于其上的那片坚冰包围的礁湖风平浪静，清澈明澄，此刻的船体轻盈平稳，自她从加利福尼亚的造船厂出来之后就没有这般从容过。他们擦净了每一寸可见的船身之后，船长的情绪更加高昂：船体看起来依然结实稳固。德隆说，"后舻什么损伤也没有"，他现在觉得"让船漂浮在水上继续航行没有任何问题"。[12]在马尔岛上花了几个月时间加固船体显然有了回报：珍妮特号经受住了将近两年的坚冰的钳制。

船员们为他们的好运而欢呼起来。正如达嫩豪所说，船最终被"从冰的枷锁中解放出来"，"平静地漂浮在美丽的碧水表面……那是个小池塘，她终于可以将两侧浸入水中了"。[13]附近仍有样子难看的旋转浮冰，但珍妮特号此刻看似平安无虞。

船悠闲地在她的小池塘里沐浴阳光，第二天，也就是6月12日，下午3时左右，德隆请梅尔维尔打开相机，为漂亮的船拍一张"肖像"。梅尔维尔欣然从命，拿着三脚架和其他照相设备摇摇晃晃地走到冰上。当他鼓捣照相机时，巴特利特和阿涅奎因打猎回来了，他们拖着一头新鲜的海豹，在浮冰上留下一串血迹。

冰面沉声静气，梅尔维尔说，船在明亮的阳光下轻轻摇晃着，样子"绝美如画"[14]。梅尔维尔把头伸到罩布下，为美国军舰珍妮特号拍摄了她存世的最后一张照片。

半小时后，梅尔维尔正在甲板下面的暗室里洗照片，浮冰又开始聚拢了。船员们听到了一声可怕的摩擦声，冰面开始前所未有地撞击船身。压力恢复了"巨大的势能"，德隆说，"船体到处开裂"。[15]他知道珍妮特号"大限已到"，迅速全副武装，冲上甲板。声响震天，仿佛珍妮特号正被殴至重伤。纽科姆显然感受到了她的"呻吟和颤抖"，听到"船体一片嚯嚯作响，甲板接缝开裂，水线之上的整个船体都摇摆起来"。德隆在船上四处奔跑，追踪每一个令人震惊的新情况。"轻甲板开始扣紧，"他说，"右舷似乎再次开始漏水。"两个单独的冰面正以无法估量的强大力量夹紧船只。船体这次没有像往常一样被压力拱起来，而是被压了下去。

德隆和邓巴一起站在冰上，审视着眼前的形势。"好了，"船长问，"你怎么看？"[16]

邓巴的语气很沉痛："到明天，她要么被压在浮冰下，要么被抬到上面。"

这一切发生时，梅尔维尔还在下面的暗室里，他不愿在照片洗出来之前离开工作岗位。他在黑暗中加紧进程，听着撕裂的声响，而他拍摄的珍妮特号的照片还在化学试剂盘里泡着。

时间一分一秒地过去，压力不断增加。之后一个巨大的冰爪冲破了右舷的煤仓，不久船身便灌满了水。"它受到了致命一击，正在迅速沉没，"纽科姆写道，"船再坚固也经不起这样的夹击。"[17]有些船员认为船一定没救了，便奔向各自的铺位抓起背包——为防备像这样的灾难发生，那些背包早就准备好了。

总算来了，很多个月以来他们一直害怕却也断断续续有所准备的这一声丧钟："弃船！"德隆喊道，"弃船！"

德隆的声音充满元气却并没有绝望。仿佛他很久以前就早已屈服于这一刻，仿佛他早已在头脑中为这一刻留下了庄严的一席之地。他站在船桥上，嘴里叼着烟斗，审视着眼前的一片混乱。

数月前，德隆就已经为应对这种情况制订了一个紧急计划——对于哪些设备和补给应当挽救、以何种顺序挽救，做出了周密的安排。船员们早已研究过计划并演练了多次。每个船员都有具体的工作要做，也都有一个时间表。现在，德隆从容地指挥行动，每个人都投入自己的任务中。

几块大木板被搭在船舷上端用作活动舷梯。珍妮特号的日志和其他官方文件被包在帆布里传递到冰上。安布勒医生护送铅中毒的病号。阿列克谢和阿涅奎因牵着狗下船。达嫩豪拆下眼睛上的绷带，抓住自己的领航仪器和航线图。斯塔尔下到已经迅速积水的弹药室，拖出一箱又一箱的弹药。科尔和斯威特曼在操作吊艇架，把驳船和一条捕鲸船摇到冰上。邓巴在研究周围的浮冰，看在哪里露营最安全。其他人都在拖拽食物、毛皮、帐篷、炉用酒精、药品、绳子、枪支、船桨、绳索、雪橇和小木筏。

听见船内的骚动，梅尔维尔放弃了珍妮特号的照片，把毛玻璃板留在了盘子里。从暗室里冲出来后，他发现机舱天花板上有一条可怕的锯齿状裂缝。然后他爬上甲板，投身于手边的工作。

到晚上 8 点时，珍妮特号已经向右侧倾斜成 23 度角。如果不抓住固定的东西，没有一位船员能够站立。冰继续扼紧船身。军官室里已经灌满了水。到处都有螺栓脱落、木料呻吟、金属开裂的声音。梅尔维尔写道："每个接连而来的打击都朝着船的中心传递，并出奇清晰地在两侧船舷轰鸣，听起来就像丧钟。"[18]纽科姆说，舷梯"从夹盘上跳起，像鼓面上的鼓槌一样在甲板上跳起舞来"。[19]

德隆很高兴他们挽救了最重要的东西。爱迪生那些没用的电灯被留在了船上，贝尔的设备也一样。所有在探险期间曝光的照相底板——包括梅尔维尔刚刚拍摄的那张照片——都存储在船舱下面最深处，再也找不回来了。考虑到船员们在逐渐沉没的船上攀爬很不安全，德隆命令所有人离开珍妮特号，待在冰上。水很快漫上来，在下面干活的最后一批船员已经来不及蹬着梯子上来，不得不通过顶棚通风窗逃离。

德隆船长似乎想跟他那艘将沉的船单独待一会儿。他摇摇晃晃地走在她倾斜的甲板上，抓住绳子或矮柱，或是任何能让他站稳的东西。他是珍妮特号的第一位、最后一位，也是唯一的一位船长，他不想弃她而去。过去三年，他爱船如命。是他找到了她，带着她绕过好望角，在旧金山给了她重生。他驾驶着她走过了数千英里的未知海域，超过了曾经穿过北极这一地区的任何船只。珍妮特号在任何情感意义上都是他一个人的。她葬身冰海也是他一个人的损失。

他失望得近乎自责起来。"未来的人们提起我时，会说此人曾指挥北极探险，却在北纬77度沉船了，真是难以承受……我觉得假如我跟我的船一起沉没，结果也没什么不同。"[20]

德隆又沉默地逗留了几分钟。船解体时那种可怕的动静小了许多，此刻只有海水涌进的声音了。德隆挥了挥他的熊皮帽作为哀悼，高声说道："再见了，我的老船。"[21] 然后他跳上浮冰，严厉地下令任何人不得再上船。

他们在冰上过夜，33 个人带着他们的狗，眼看着早先的家园缓缓地悄然远去。他们把所有物品整齐地摆放成长排，并搭起了帐篷。天气温和——气温是零下 5 摄氏度——奇怪的是，气氛居然很愉快。梅尔维尔甚至称之为"欢乐"——但只不过有点像小男孩路过墓园时吹口哨给自己壮胆的那种快乐。阿列克谢宣称他"感觉良好"。乔治·劳德巴赫（George Lauterbach）吹起口琴，有人唱歌，有人讲笑话，总之大家都想方设法不去想几百码外那艘正在沉没的船只。

午夜时分，珍妮特号整船侧翻，就像一头伤势严重的野兽侧身躺着。她的下桁端靠在冰上。德隆觉得这么盯着船临死前的痛苦毫无意义，就命令船员们进去睡觉了。

走进帐篷，他们就在冰面铺上橡皮布毯，爬进了睡袋。一个小时后，断裂的巨响惊醒了整个露营队伍。船长帐篷的正下方裂开了一个大口，位置就在德隆卧身之处的下面。如果不是很多人躺在他的两侧——用他们的体重固定着橡皮布毯——德隆，很可能还有埃里克森，或许会掉落在冰冷的水中。

人们在裂缝上面铺上厚木板，以确保不会有人掉下去。邓巴重新评估了露营地附近冰面的情况，宣布危险随时可能会发生。因此在德隆的指挥下，他们又朝远处行进了几百码，到一个更安全的地点——重新安置了食物、船只、雪橇和狗——再次安营扎寨。直到过了凌晨 3 点，他们才总算安定下来。

此时，珍妮特号几乎彻底消失了。排烟管的顶端近乎与水面齐平。她仍然侧身躺着，随着冰的变向而轻轻摇晃。不时会从船身内部发出一声叹息或呻吟，但战斗已经结束了。

4点钟换岗哨时，发生了一件非同寻常的事。木料和铁器咯咯声大作，珍妮特号突然像牵线木偶一样跳了上来，垂直地漂浮了几分钟，就像复活了一样。但她随后便开始径直沉入水中，并逐渐加速。哨兵屈内高声叫道："还有谁想最后看一眼珍妮特号——她就在那儿了！"[22]

船沉了，桁端折断向上，与桅杆平行，用梅尔维尔的话说，就像"一具巨大的可怕骷髅在头顶上拍手"。[23]

随后，海浪最后一次卷来，珍妮特号彻底从视线中消失了。达嫩豪说，"我们的老伙计、好朋友珍妮特号在忍受北极怪兽的拥抱那么多月之后"，什么也没留下。[24]她沉没的具体地点是北纬77度15分，东经155度，那里距离北极极点以南仅仅700多英里。

那种感觉很难形容。探险队员们彻底变成了孤家寡人，梅尔维尔说："那种感觉很少有人能够体会。我们寄托了那么多愉快情感在她身上的逃生手段，就在我们眼前毁灭了。我们现在几乎与世相隔，得到援助的希望十分渺茫。"[25]

他们距离最近的大陆——中西伯利亚的北冰洋海岸——也有将近1000英里。即便他们拖着所有的东西和小船到达了那里，那个目的地所呈现的也是地球上最荒凉、最无情的景观。他们几乎不了解中西伯利亚那些稀稀落落的聚居地，那里的海岸线和内河的地图绘制也很不充分。西伯利亚主要是作为沙皇流放——永久流放——罪犯和政治犯之地而闻名的。德隆和他的队员们对前方是怎样的穷途末路心知肚明：他们唯一的希望竟是个著名的绝望之所。

然而，在荒凉和绝望背后，队员们也感到一丝解脱。他们被困在浮冰中已有 21 个月，而现在，无法行动、不得不在无奈的漂流中等待和疑虑不安，并且忍受囚禁生活的单调乏味的日子终于结束了。他们知道前路上会遇到什么。他们只有几个月的时间逃出生天。他们意识到自己面临的将是一场前所未有的史诗般的生存之战——但他们渴望行动起来。梅尔维尔写道："我们欣然觉得，既然我们知道船已经没用了，现在就应该立即出发，越快越好，踏上南行的漫漫征程。"[26]

夜深人静，浮冰也怪异地安静下来，仿佛冰还在心满意足地消化它刚刚吞下的大餐。队员们盯着珍妮特号沉没留下的那个空洞。除了倒着漂浮在水上的一个木箱，她什么也没有留下。"一条狗发出了一声悲伤的嚎叫"[27]，纽科姆说，仿佛在为他们的船歌唱一首安魂曲。

第五部分

世界尽头

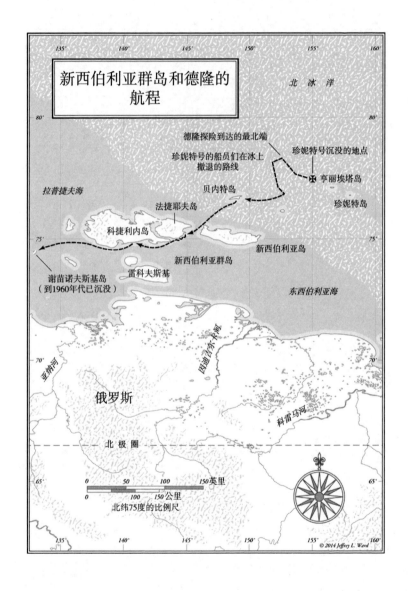

新西伯利亚群岛和德隆的航程

北 冰 洋

德隆探险到达的最北端

珍妮特号的船员们在冰上撤退的路线

珍妮特号沉没的地点

亨丽埃塔岛

贝内特岛

拉普捷夫海

法捷耶夫岛

科捷利内岛

珍妮特岛

新西伯利亚岛

新西伯利亚群岛

谢苗诺夫斯基岛（到1960年代已沉没）

雷科夫斯基

东西伯利亚海

亚纳河

印迪吉尔卡河

俄罗斯

科雷马河

北 极 圈

0   50   100   150英里

0   100   150公里

北纬75度的比例尺

© 2014 Jeffrey L. Ward

27. 都玩儿完了

　　整个 6 月，柯温号救援船都沿着白令海峡蜿蜒前进，拜访海峡两岸的堡垒和村庄。加尔文·胡珀船长穿过迷雾和坚冰缓缓而行，一边等待着雪橇探险小分队从西伯利亚海岸带回更多关于发生在北边的美国船难的消息，一边处理着自己的日常事务。柯温号遇到了不少美国捕鲸船——大多属于新贝德福德和楠塔基特的公司——那些船长说，这一年渔获丰富；经过了一个罕见的温和冬季，冰面后退的程度和速度都远超预期，现在很多船都已满载鲸油和鲸骨。胡珀有时从远处就能看到捕鲸船的炼鲸油锅冒出一缕缕炼脂的黑烟，在海上拖着很长的尾巴，那是他们正在煮鲸脂，把它变成一桶又一桶的油。

　　温和的冬季和快速退去的坚冰让胡珀船长有理由对德隆的下落怀有乐观的预期。如果他被困在北方某处，也一定可以在这一年走出困境。"如果珍妮特号还在，"胡珀写道，"她没有理由不能在今年驶入开放水域，因为毫无疑问，今年海水开放的程度已是多年未遇了。"[1]

　　胡珀的职责之一，是在阿拉斯加的海角和海岛上巡逻，搜寻朗姆酒商人——事实证明他们的非法酒类交易给当地人带去了灾难。6 月末，正是为行使这一职责，胡珀船长在圣劳伦斯岛靠岸了，那是位于极寒的海水中间的一处新月形火山岩，四周全是参差不齐的冰，就在育空河口的正西边。圣劳伦斯岛有将近 100 英里长，约 20 英里宽，是美国阿拉斯加领土的一部分。三年前，岛上还有逾 1500 个尤皮克人①，住在沿海岸分散的十几个已固定下来的村庄里。他们的文化古老而繁荣，主要以捕猎海象为生。但后来，仅一个冬天的时间，这些人就因为某种疾病或饥荒而近乎灭绝了。

1881 年 6 月 24 日晚 6 点左右，胡珀在该岛南岸一个小小的爱斯基摩村庄旁把柯温号停了下来。船长与缪尔、史密森学会的博物学家爱德华·纳尔逊，以及船医欧文·罗斯一起，划着一条小船前往岸边，拿出野外望远镜查看地形。缪尔说，那个岛"是块荒凉阴沉的黑色熔岩陆地，其上分布着不少火山，被冰雪覆盖，连一棵树也没有"。[2] 救生艇登岸后，他们步行越过一片沙砾石海滩，又走过一段长满苔藓地衣、有白雪覆盖的松软地面。处处可见盛放的石南和其他鲜艳的野花从雪中探出头来。但一行人走近村庄时，却看不到一个人。"我们开始害怕，"缪尔说，"这里大概一个活人也没剩下。"[3]

突然响起的声音吓了他们一跳。俯瞰村庄的高地上有一片适合夏季居住的茅屋，几个爱斯基摩人的喊声从那里传来，随后他们又下来迎接美国人——缪尔觉得他们"看见我们很高兴"。胡珀问他们村民都去哪儿了。他们咧开嘴露出古怪的笑容，答道："都玩儿完了——没啦。"[4]

"死了？"

"对，死了！"

胡珀问死去的村民被埋在哪里。当地人就把美国人领到一座房子背后，在那里的一个岩石坡上，晾着八具仍在腐烂的尸体。缪尔写道，他们的东道主"对着那可怕的场景微笑着，眼

---

① 尤皮克人（Yupiks），居住在美国阿拉斯加白令海沿岸和俄罗斯最东端楚科奇自治区的原住民，是爱斯基摩人在亚洲和阿拉斯加的分支。

前全是咧嘴的骷髅和从萎缩的棕色皮肤里露出的白骨"。[5]

他们跌跌撞撞地走在村庄附近时，胡珀一行人开始意识到饥荒有多严重。缪尔数了数，大约有 200 具尸体，大都"盖着正在腐烂的兽皮"，也有些尸体已经"被乌鸦掏空了"。[6] 很多"和厨余垃圾混在一起，因为幸存的亲戚们还有力气时，就是从那里把他们拖出来的"。

胡珀说，裸露在地上和堆在屋里的尸体那么多，以至于"如果不从他们身上跨过去，几乎就走不了路了"。[7] 缪尔在单单一座房子里就数出了 30 具尸体——"其中大约有一半就像柴火一样被堆在屋角，另一半在床上，看样子就像安静而冷漠地迎来自己最终的命运"。[8]

正是为了避开这可怕的景象，少数幸存者——大概十几个吧——才住到了山上的夏季茅屋里。

圣劳伦斯岛上到底发生了什么？很多捕鲸人怀疑是暴发了某种瘟疫，但还有人认为导致人口大量死亡的原因是尤皮克人在 1878 年夏季和秋季根本没有狩猎——究其原因，则是美国贩子向圣劳伦斯岛的岛民非法贩售了大量朗姆酒和威士忌。因为酒，尤皮克人的生活彻底停顿——"只要有朗姆酒，"胡珀写道，"他们就喝酒打架，别的什么也不干。"[9] 缪尔说，因为醉酒，"他们对于囤积冬天的日常食物储备也不上心了"。的确，胡珀在一个茅屋附近看到那儿堆着八个空的威士忌酒桶。

然后又遭遇了极寒的严冬，冰比以往厚得多，这样就更难找到海豹和鲸鱼了。到 1879 年年初，整个圣劳伦斯岛上的尤皮克人就开始挨饿。他们吃自己的海豹皮衣，吃茅屋上的海象皮屋顶，吃船上的海象皮封膜。这样做虽然能够暂时充饥，却导致他们病得很厉害。后来没有吃的东西，他们就把自己的狗也宰了，直到最终彻底找不到任何食物。随后，圣劳伦斯岛的村民就开始三三两两地死去。

全岛的人口数字令人震惊：1879 年，也就是珍妮特号启航并在北行路上途经该岛的那一年，逾 1000 人——占全岛人口的三分之二——消失了。传统的解释只提到了大饥荒这部分原因。酒和寒冬当然都是促成因素——特别是酒。然而，还有比这宏观得多的事件，使得这次大饥荒的发生无法避免：前十年，来到北极的美国捕鲸者为了增加其货运的价值，开始大量猎杀海象，数目之巨令人咋舌。整个 1870 年代，美国捕鲸船从白令海峡地区掳走了多达 12.5 万头海象。屠杀成为捕鲸业有利可图的副业。捕鲸者们把海象的脂肪熬成油，把砍下的象牙卖到远至英格兰和中国的象牙市场。仅 1876 年的一个季节，就有 3.5 万头白令海峡的海象被捕杀。

与北极捕鲸的危险和艰苦相比，"捕海象"简直容易得不像话。捕鲸者们发现，他们不用站在摇摇晃晃的敞舱船上挥动标枪和鱼叉，而只需走到冰上，用来复枪对着海象的头直射，就能杀死大量海象，然后就可以宰杀、剥皮和熬油了。在船上点起炼油锅，单单一头壮年雄兽的脂肪就足够捕鲸者们炼出 20 多加仑的油脂。在不到十年的时间里，工业效率惊人的屠杀在很大程度上破坏了尤皮克人的主要食物来源，以及他们赖以生存的季节性狩猎。到 1880 年代时，白令海的海象已经几近灭绝了。

这是美国人很熟悉的故事——野牛和大平原上印第安人的故事——的北极版。这里和大平原一样，在短短几年内，一个民族作为主食的猎物遭到大量屠杀，导致了毁灭性的大混乱和可怕的连锁反应——也带来了一个文化启示。

圣劳伦斯岛的经历让约翰·缪尔久久不能忘怀。"那场面太骇人了，简直令人难以置信，"他把好几种场景悚然并列，如此写道。"海鸥、麦鸡和鸭子自由自在地在天上飞翔、在水里游泳，纯白的海盐被浪涛拍上岸，苔原上鲜花盛放，一直铺到白雪覆盖的火山"，然而村庄却"沉浸在死亡中，惨状令人目瞪口呆"。[10]

在缪尔看来，美国人在北极的出现迄今为止有百害而无一利。发生在圣劳伦斯岛的惨象只是美国整个西北边境当前大趋势的一个极端的缩影而已。缪尔现在看到，这个冰封的荒原有多广袤就有多脆弱——其迁徙的脆弱节律、人口的相互依存以及生存的习惯模式经历了数万年才逐渐确定下来。然而，这一切似乎正在他的眼前迅速消失。

阿拉斯加归属美国领土不过十年出头。沙皇的影响本来就弱，现在已经逐渐消失了。虽然也不能说与俄国捕猎者和商人的接触改善了阿拉斯加土著的生活——远非如此——但俄国毛皮公司却很少能达到美国捕鲸者、贸易代理商和毛皮公司的企业组织水平及其追求的极高效率。只需系统性地引入几样东西——连发来复枪、烈酒、金钱、分割动物肉的工业方法——就足以让阿拉斯加的土著文化以创纪录的速度土崩瓦解。

"就算不考虑酒的因素，"缪尔写道，"商人们携带的几样东西，食物、衣物和枪支等，就能导致当地人堕落，使他们不再自力更生，不再练习打猎的技巧。"缪尔担心，"除非我们那个将这些人收归自己管辖的政府能够施以援手……否则他们将彻底从地球上消失，一个都不剩"。[11]

6 月 29 日，柯温号停泊在距离小小的塔普坎村几英里的一处冰缘。一股强风从北方吹来，船在巨浪中上下颠簸。用野外望远镜查看过海岸线之后，胡珀船长非常激动和欣慰地看到，在一个白色帐篷顶上，一面美国国旗迎风飘扬：赫林中尉和他的陆地探险小分队回营了。船上的每个人都行动起来，满怀期待。胡珀说："整个船上都开始热切地猜想，他们有没有大获成功。他们发现珍妮特号了吗？"[12]

胡珀开始安排派出一队人上岸，但后来他注意到赫林的人迅速撤营，正在冰上朝着柯温号的方向艰难行来，方才作罢。赫林他们用了大半天的时间，但最终总算来到了船上。那时，海浪已经汹涌澎湃，胡珀船长意识到他不能再停靠在当前的位置了。他们赶紧给塔普坎的橇夫支付了报酬——一支来复枪、一些弹药、一匹印花棉布和其他几样东西；然后，胡珀就把柯温号驶向了开放海域。

待海浪终于平息下来时，胡珀把赫林等几位美国探险队员召集到他的船舱，得知了过去一个月发生的事情。

赫林带领着三个美国人和三个土著橇夫，在 6 月 2 日离开了他们在科柳钦岛上的登陆地点，开始在冰上跋涉。[13]起初极为艰难——雪橇坏了，狗群吵闹不停，道路湿滑难走——但他们很幸运地遇上了几位土著海豹猎人，后者带他们到了自己的居住区，大概在那以西 25 英里远的地方。

科柳钦村有 26 座房屋和大约 300 人。镇子上的长者热情地接待了美国人，邀请他们到他的茅屋，在那里喝了一杯又一杯的俄国茶。赫林询问了西边一艘美国船遭遇海难的消息。他跟赫林说这里的大部分村民以前从未见过白人，那也是为什么他们对这些美国客人如此好奇的原因。土著们用驯鹿肉和新鲜的鳕鱼肉盛情款待访客们，他们一直到凌晨 4 点还没有睡，一直在喝咖啡，讲故事。

经过一天的休息，赫林带着小分队再次上路，沿着北冰洋海岸向西跋涉了一周时间，每天晚上用浮木点燃篝火，烤干他们湿透了的毛皮衣履。他们途中经过了好几个村庄，但大部分时间都在无边无际的荒凉冰原上艰难前行。在路上，他们搜索堆石界标或珍妮特号的任何其他迹象，但什么也没有见到。他们到达了一个叫"盎曼"（Onman）的小聚居点，那里有 5 间茅屋。几个村民跟赫林说他们听说过海船撞毁的故事，还说如果他继续朝西走 20 英里左右，就能到达一个名叫"旺科兰姆"的村庄，那里的人知道得更多一些。

于是赫林中尉就赶紧上路前往旺科兰姆，在那被热情地请进了村里的一间茅屋。他分发了烟草和咖啡等礼品，解释了来访的目的。村民们微笑着点头，然后立即招来三个人，说后者能给他们讲述自己亲身经历的船难故事。经过翻译楚科奇·乔的拼接，他们讲述的故事是这样的：

> 去年秋天，新冰刚刚结成之时，我们到一个我们称之为康卡皮奥的岛附近去打海豹，在那里看到一艘撞毁的船正朝着岛的方向漂流而下。我们到船骸上，船上已经灌了半舱水。三条桅杆都在甲板附近的位置被截断了用来生火。
>
> 我们在船舱里发现了四具尸体——其中三人躺在床上，一人漂在水上。他们都死了一段日子了。皮肤开始风干、发黑，紧紧地贴在骨头上。当时风向变了，我们害怕待的时间太长，就收集了几样东西离开了船。第二天晚上，风向转为南风，船骸就漂离海岸了。我们再也没有见过它。

赫林中尉询问他们从船上拿走了什么东西。你们有没有看到书或文件？他问。

没有，他们说，那些东西对我们没用。

赫林解释说，他最关心的是船的身份。它有没有什么非同寻常之处，有没有跟其他的船不一样的地方？

海豹猎人想了一会儿，说：我们看到有人把一对鹿茸高高地挂在船上。赫林对这个奇怪的细节很感兴趣——那听起来不像是德隆这样的指挥官用来装饰美国海军军舰的东西。在跟三位猎人大致画出了图形之后，赫林确定那对鹿茸就挂在艏斜帆桁上。

赫林想知道猎他们从船上还拿了些什么东西。三位猎人离开了，很快又带回来一小批战利品。其中有两把木锯、一把斧子、一支鱼叉、一瓶鸦片酊、一块刀片、一副眼镜、一个烛台和一只炉用金属平底锅，锅上有费城制造商的印章。没有一样东西上面有人名，但有一把餐刀的手柄上刻了一个字母V。

赫林谢过几位猎人，高价买下了他认为最能帮助确定船只身份的物件。他问村民们有没有听说过一个名叫弗兰格尔的地方，那是冰面以北的一片神秘地带。正如他后来跟缪尔说的，"他们都摇头，说不知道在那个方向还有陆地。但一个老人跟他们说过，很久以前曾听说有一群人从北方某个遥远的神秘陆地穿越冰面而来"。

赫林又反复问询，在确认他们在方圆几百英里内没有听说过任何其他美国船的消息后，他决定返回塔普坎，以免随着盛夏来临，岸冰变得更加难对付。他和小分队驱赶着狗向东行进，于6月中旬到达了塔普坎。

在等待柯温号返航的那段时间，几个美国人应邀参加了村里为第一次成功捕猎海象举行的庆祝活动。海象的头被砍下来带到了酋长的茅屋里，庄严地置于房屋中间的地上。一群村民聚在这个长着胡须的战利品周围，然后酋长开始了长篇演讲，命令幼子把受到福佑的驯鹿和海豹肉等祭品放到海象的嘴里。随后，仪式在户外继续，人们扯下片片海象肉，朝着东南西北四个方向扔出去。然后又是一番敲鼓唱歌跳舞狂欢；美国人因为长途跋涉疲惫不堪，这样的庆祝场景让他们振奋了不少。

在塔普坎，赫林中尉遇到了一群海象猎人，他们声称不仅见到过珍妮特号，还在她北行时上过那艘船。那是 1879 年夏末，德隆在打听努登舍尔德的消息时，曾在谢尔采卡缅角短暂停留。海象猎人们跟赫林说，那是"一艘有着三根桅杆的轮船"[14]，船上有两个来自阿拉斯加的因纽特人，他们是从后者戴的唇饰物——嘴唇上的饰钉——分辨出来的。他们还告诉赫林："她的甲板上有很多狗和雪橇。"

这些细节都对，赫林中尉把这些铭记在心。他认为这些描述"表明这些土著……留心观察着海岸附近发生的一切。如果有一艘船或者一群白人在那之后到访，土著们一定知道，我们也一定会有所耳闻"。[15]

胡珀船长仔细地聆听了赫林中尉的故事，有两个细节引起了他的注意。第一个是餐刀上刻的字母 V，他也亲自查看了那把餐刀。第二个是猎人们观察到一对鹿茸挂在艏斜帆桁上。美国捕鲸船警醒号（首字母是 V）曾在艏斜帆桁挂着一对锯茸。那是一种商标，捕鲸舰队的船长们对此都很熟悉。

胡珀认为，谜团解开了。这里提到的船难显然不是珍妮特号。那是警醒号，一艘在马萨诸塞州的新贝德福德建造、重达

215 吨的木质捕鲸小帆船，船长是查尔斯·史密瑟斯。1879 年 10 月，其他北极捕鲸人在赫勒尔德岛的西南方最后一次看到警醒号，她在那里被困冰中。警醒号本打算带回价值 1.6 万美元的鲸油和鲸须。史密瑟斯和 30 名船员驾驶着她从夏威夷扬帆启航；胡珀猜测，全体船员都遇难了。

然而，珍妮特号还有希望。胡珀船长仍然坚信德隆的探险队员都还在世，要么被困在神秘的弗兰格尔地，要么被困在那附近。

胡珀船长觉得快速变薄的浮冰和反常的温和气候是他到达弗兰格尔的最佳时机。7 月第一周，柯温号驶离了西伯利亚海岸，一路向东，前往阿拉斯加的圣迈克尔。

1881 年 6 月 12 日

我最亲最爱的丈夫——

我强烈地预感到今年夏天一定会见到你或者听到你的消息，已经有些迫不及待了。

无论你在哪里，愿上帝赐福你，保佑你，让你和所有同行之人安然归来。替我问候珍妮特号上我的朋友们——我不敢说下去，因为她可能已经葬身海底，此刻你们大概正在挣扎求生，或许在船上，或许在冰上。

没关系，我亲爱的，无论如何我都将振作起来，无论你怎样归来，何时归来，我都将张开双臂迎接你……

艾玛

28. 永不绝望

德隆带着探险队员们雄心勃勃地开始了冰海长征，一寸一寸地朝着他们熟悉的世界——至少是能看到人的地方——挪动着步伐。他们的队伍在冰上拉出去好几英里长，用梅尔维尔的说法，就像一群"流浪的昆虫"[1]。他们被冻得四肢僵硬，劳动量惊人，但奇怪的是居然很开心——开心他们终于摆脱了困在船上的监禁，欣慰他们又可以活动了，而且正热切地建立起同甘共苦的纽带。他们的目标是俄国中部和西伯利亚北冰洋沿岸，但在他们的想象中，此行的目的地是家，是回到妻子、母亲和女友身边，那里有肥嫩的鸡肉和新鲜的果蔬，有柔软的床铺和温暖的炉火，有饶舌的八卦也有捏造的故事，即使国人认为他们不能完全算是凯旋，但起码也会对他们报以激赏的欢呼。

德隆和邓巴带着野外望远镜和便携式棱镜指南针，在远处的浓雾中艰难攀爬，他们在队伍的最前方，把黑旗插在冰里，给后面的队员指路。他们称之为"路"，但事实上他们冒险的路线不过是一条没有那么危险的迂回路径，要穿越各种裂缝、冰丘、冰脊、闪着微光的融雪水塘的迷宫，这一切的形态无一稳定，不断变化。也就是说，船长和他的冰区引航员——后者早先的雪盲症已经痊愈了——前行所依靠的，不过是他们最好的直觉。

他们喊道，跟上队伍！沿路前进！后面的人听到这个词难免会觉得荒谬可笑。正如达嫩豪所说，所谓的"路"上只有

"齐膝的雪"和"需要一队工程人员才能夷平的隆起的冰块"。[2]
然而，他们步履沉重地蹒跚着，皮肤晒伤，嘴唇皱裂，穿着味
道发酸的生皮，带着裂开的冰镜，唱着船歌，顽强地行进在这
片一望无际的坚冰、碎冰块和雪地中。

6月的阳光只要穿过浓雾，就有一种奇怪的穿透力，仿佛
瞄准雪地发射 X 射线。在强光照射下，肮脏的冰原有时会出现
一些生命的迹象——蟹爪、熊粪、蚌壳、白骨、鹅毛、植物种
子、浮木、海绵，如此等等。回旋的海水和翻腾的冰块把一切
新的旧的动植物都搅在一起，变成一锅北极大杂烩。

安布勒医生照顾病人；阿列克谢和阿涅奎因照顾狗。而其
他人每天都过得像挽畜一样，辛劳地拽着麻绳和帆布挽具。他
们要用临时改装的雪橇拖拉重达 8 吨以上的补给和装备，雪橇
厚重的橡木条板用光滑的鲸鱼骨钉在一起，其上的横木是用威
士忌酒桶的桶板制成的。除了 3 条备受摧残的小船之外，他们
还要拖拽很多东西，包括药箱、弹药、炖锅、炉灶、帐篷杆、
船桨、来复枪、航行日志和日记、船帆、科学仪器、木筏子，
以及 200 多加仑的炉用酒精。

说到食物，他们起初盘点了 3960 磅肉糜饼、1500 磅硬面
包、32 磅牛舌、150 磅李比希①浓缩牛肉汁、12.5 磅猪蹄，还
有大量的小牛肉、火腿、威士忌、白兰地、巧克力和烟草。每
一磅、每一盎司在一开始都仔细称量过，然后又同样仔细地分
配给各辆雪橇和队员，除了病号之外，每个人拖拉的重量基本
相当。

---

① 尤斯图斯·冯·李比希（Justus Freiherr von Liebig, 1803－1873），德国化
学家，他创立了有机化学，最重要的贡献在于农业和生物化学。1852 年，
他发明了浓缩肉汁，用来研究如何治疗霍乱这种急性消化道传染病。

　　一趟拖不走这么多东西，他们要搬两趟——有时得三趟，才能把东西从后面拖到前面。这意味着对许多搬运者来说，每前进1英里，事实上要来回跨越5英里。这样西西弗斯式的苦役做一整天，可能意味着要一刻不停地跋涉25英里甚至更远。就算在坚实的硬地上这也是奴隶的劳动，而这到处是开裂的洞口和纵横交错的海水水道，其地形之艰难超乎想象——德隆说，眼前的景观"混乱得可怕"。[3]

　　队员们往往不得不把船放下水，通过一条窄窄的水道，再跳上来重新把船放在雪橇上。有时他们需要用一大片浮在水面上的冰块作为渡船，通过水道前往另一侧的冰岸。"修路队员们"得用镐在结着硬壳的冰中凿出一个光滑的凹槽，砍去高高的冰丘顶端，或者在冰雪融化之后形成的碧绿池塘上修建德隆所谓的"堤道"或"浮桥"。

　　梅尔维尔说，每天的行程结束时，大家全都"累瘫了"[4]。有人因为疲惫而晕厥。还有人因体温过低而发抖，那是因为浸在冰水中的时间太长了。德隆往往会选择跟队员们一起拖拉重物，他说"世上没有比我们更疲惫、更饥饿的人了……每一块骨头都酸痛"。[5]达嫩豪也跟船长一样，注意到每个人每天"都说那是他一生中最艰难、最辛苦的一天"。

　　尽管过着像驴子一样的生活，艰难至此，但出发后刚开始那几周，大多数人却出奇地满足。几乎每个人都说过自己很开心。他们睡得很香、胃口很大，每天的生活只有一个明确的目标，那是他们此前从未有过的。

　　"我们现在活得很有尊严……身体极其健康，"德隆起初惊奇地写道，"每个人都欢快活泼，整个营地看上去生机勃勃……处处都有歌声。"[6]梅尔维尔注意到队员们总是在"高声喧哗"，往往还会发出"大笑和善意的调侃……没有哪一条船在经历了如此严苛的困境之后会像这样，几乎没有人抱怨"。[7]每当他们在冰上行走，都会唱古老的爱尔兰民谣和旅行歌，像《去都柏林的崎岖路》之类的：

> 吵吵闹闹的一群人见我步履蹒跚，
> 和我一起加入混战。
> 我们迅速排除了障碍，
> 走上去都柏林的崎岖路。

虽然冰面粗粝难行，但冰景有时也很美。海水有节奏地拍打着浮冰群的底面，哗啦啦的响声不断，听起来悦耳宜人，就像上百万只昆虫拍打着羽翼。在有些地方，队员们会看到古怪而素朴的界碑闪着超凡脱俗的碧蓝光芒，这是由古老的压缩冰块隆起而成的。在浮冰的某些地段，会有一种海藻留下一片亮红褐色的东西——人们称之为"雪藻"。

德隆写到过太阳光如何穿透浓雾，它"闪烁着，像醉汉眨着眼睛"。[8]他注意到，"来自四面八方的呻吟声和尖叫声"把浓烈潮湿的空气都变得鲜活起来，那些声音是因为冰块相互碰撞，大型的"雪鼻子"一寸寸隆起所致。不时会有一块巨大的浮冰翻滚着突然颠倒过来，把小鱼儿纳入囊中。鱼儿们喷溅着唾沫，在小空间里蜿蜒回转，疯狂地寻找生路，要逃出这新造的牢狱。

德隆和队员们在 6 月 18 日傍晚离开了珍妮特号的沉没地点。出发前，德隆草草写下一张纸条："我们撤营了，在冰上朝南方出发，希望上帝保佑我们能到达新西伯利亚群岛，在那里乘船前往西伯利亚海岸。"[9] 船长把纸条用一片黑色橡胶卷好，放进一个小水桶中，把它留在冰上，希望"有人能看到它"。

像这次航行的几乎一切相关事务一样，德隆预见到了可能会有这次撤退——很久以前就对具体做法进行了详尽无遗的规划。他似乎什么都考虑到了。首先，他决定逆转作息安排：他们将在白天睡觉，在干爽凉快的傍晚行军——6 月底，傍晚的温度通常都在零下 7 摄氏度上下。夜间的冰雪更坚固，有足够的光照——绝不会有伸手不见五指的时候。如此便避开了正午刺眼的阳光，可以大大降低雪盲症和过热的风险。他们在早上 8 点吃"晚餐"，然后爬到帐篷里睡一个白天，其间把湿透的皮衣在外面晾干，因为白天的温度有时会超过 4 摄氏度。

德隆很长时间都在推敲人员组织系列。他把探险队的 33 个人分成了三个小队，每队大致 11 个人。每个小队都分配有一条船、一辆雪橇和一个扎营区，由一名军官指挥。每辆雪橇和每条船都有一个名字、一面旗帜，还有一句话刻在上面——其中之一是"凭此徽号汝必得胜"，另一个是"永不绝望"①。

在他们回家的漫长征途中，这一由小规模船员队伍组成的系统将是最主要的组织理念。每个小队一起拉货、一起休息、一起做饭、一起吃饭、一起睡觉，如果必要，还将共赴黄泉。德隆经过深思熟虑才做出了这样的安排。他希望能在这次远征中注入一种团队精神和团队忠诚的元素：谁也不想让自己的同伴们失望，谁都想让自己团队的表现超过其他团队。这一简单精巧的系统不仅能够充分调动个人的荣誉感，还能调动起个人对所在团队的自豪感。

---

①　原文为拉丁文，分别为"*In hoc signo vinces*"和"*Nil desperandum*"。

德隆认为，把探险队分成小队还有助于防止小小的不满发展到不可收拾的地步。德隆对北极探险进行过深入研究，他十分警醒，因为哗变的可能性始终存在。他永远忘不了霍尔船长在北极星号航行中的命运。德隆知道，在极度压力下，如果给人们以足够的自由表达不满而不加以遏制，会产生怎样致命的后果——某个错误，不管是真实的还是臆想的，都可能会在头脑中被无限放大；一个小小的误会事件或曲解的评论可能会在整个团队传播开来。

远征开始时士气高昂，但德隆知道，士气很快就会瓦解，他必须对一切有足够坚实的把握和掌控。他特别担心科林斯，后者一直很愤懑，对德隆的敌意也一直很明显。达嫩豪也是个潜在的导火索——哪怕他连在雪地里走路都摇摇晃晃得像个酒鬼，而且他也不像德隆那样，觉得梅毒致盲让自己变成了废人，因此对于被列入病号名单十分羞恼。德隆深知现有的威胁就有好几个，认为把这些人分在几个不同的小队，在冰面上相隔若干英里，可能会最大限度地遏制暴乱的种子在艰苦考验中日益长大。

在这样一次长征中，必会有抱怨和不满的声音出现，德隆对此确定无疑。他知道在北极冰原上朝着开放水域费力跋涉需要"超人的意志"。在各种探险年鉴上，他还不记得看到过哪一次航行的艰难程度可以跟他们此刻相提并论。他估计，他们现在距离西伯利亚海岸有将近1000英里，但也有可能会途经新西伯利亚群岛——地图上对这些岛屿标注得很不清楚，也很少有人知道，那都是一些无人居住的永久冻土层岛屿。当然，也就没有可能会遇到救援。就他所知，地球上根本没有人知道他们在哪里，或者他们是否还活着。

他们的命运掌握在自己手中。正如达嫩豪所说，他们将在真正意义上"为生存而战"[10]。德隆知道"只要朝正南方向走，我们必会到达开放水域"。几个月来，他们已经沦为牲畜，每天拉着挽具劳作 12 个小时。然而，至少有 6 个人病得太重而无法拉货——他们的铅中毒症状减退得很慢，"没有力气"。有些铅中毒患者如果不拉什么东西还能走，有些则虚弱得必须用病号雪橇拉着。最糟糕的是奇普。他连穿衣服的力气也没有，站都站不起来。因为不断地给他服用白兰地和鸦片，安布勒医生注意到奇普"感到非常疼痛、痉挛，而且得不到休息……当前的一切形势均对他的好转无益……他面色苍白，脉搏微弱"。

"怎么才能让他渡过难关？"德隆对老朋友奇普的状况深感忧虑，"昨晚他整夜都在呻吟，翻来覆去。我真的很担心他。"[11]

德隆知道，完成这次撤退的时机稍纵即逝：他们只有能支撑 60 天的补给。然后或许还能靠吃狗维持几周，但那以后就无以为继了。食物储备有限，北极的夏日也屈指可数。德隆船长知道，他们无论如何都必须在冬季到来之前抵达西伯利亚。这是一场与时间和现有的食物量争分夺秒的战役——他们不但要移动得快，还必须高效。然而，在这到处是雪浆和水坑的长路上，他们一样也做不到。德隆以极大的克制轻描淡写道："我们的前景不怎么令人振奋。"[12]他不知道队员们那点不可或缺的好脾气何时会耗尽。

他的主要支柱是梅尔维尔。德隆知道，如果没有他，自己根本无法面对眼前这冰上大逃亡。首席工程师跟橡木一样坚实，他的判断永远明智，他的公正感永远不偏不倚，他随机应变的本领似乎永无止境。他看来对疾病免疫，也根本不会抱怨。德隆对梅尔维尔的评价言简意赅，但说服力一点儿不减："只要有他在——身体强壮且健康——我就能渡过一切难关。"[13]

在珍妮特号船上时，探险队员们从没有过食物匮乏的时候。两年来，他们一直都食物充足，饮食的多样性也算令人满意。如今在冰上，他们的饮食基本上缩减为两样主食：李比希浓缩牛肉汁和肉糜饼，前者像法式清汤那样加热啜饮，后者是一种内容丰富的混合物，用各种肉干、剁碎的浆果和动物脂制成，过去几十年一直是很多探险队的主要食物来源。肉糜饼热量充足、营养丰富，可以保存数年，且重量轻、易储存，也很少变质。但它就是单调、单调、单调。德隆心烦意乱地提到肉糜饼已经替代了"我们的鱼、肉和鸡"[14]。它又黏又咸，乏味得令人作呕。它黏在口腔上颚，涂布在牙齿和舌头上。它因为难以消化而从胃里泛出一股酸臭气息。它黏在手上和指端。身体里里外外到处是肉糜饼：他们已经变成了行走的肉糜饼。

其次——这事儿也没办法委婉地表达了——肉糜饼让他们便秘。它像水泥一样沉在消化道底端，像是把人拖在地狱里动弹不得。比较粪便学变成了营地上围炉夜话的主题。安布勒医生的行医尊严也难免受损，因为他变成了各种通便剂、鳕鱼肝油和栓剂的分发者。（安布勒的行医日志很快就充满了这类迷人的条目："今早劳德巴赫的情况好转，排气通畅了……阿列克谢今天感觉很好，大肠蠕动正常……我自己有一次拉了很多血……"[15]）

每天吃肉糜饼还让人们开始做起关于食物的梦，这是前所未有的。他们怀念在珍妮特号上的每日三餐，虽然大家都承认有些寡淡，但比较而言简直堪称美味。他们坐在小小的炉火周围，一边把肉糜饼沫从牙齿上剔下来，一边热烈地讨论起回家之后要如何大吃大喝。奇普梦想着烤得软嫩多汁的鹬鸪。德隆一说到煎牡蛎就根本停不下来。纽科姆想念南瓜饼。其他人则喋喋不休地说着猪颈肉和新鲜蔬菜、玉米棒上的金色颗粒、一盘肉末土豆泥或者浓香的甜点。梅尔维尔幻想着整只的灰背野鸭——工程师滔滔不绝地讲述着他将如何烹制鸭子，不久人们都开始讨论起"根据个人的口味切下自己喜欢的那一部分，饕餮一番——啊！"[16]

除了无趣的饮食之外，队员们还面临着一个更讨厌的问题：持续的潮湿。由于北极世界正随着夏天的来临慢慢融化，人们根本无法干爽。他们的皮肤总是湿黏起皱，一层层地脱皮。他们的睡袋变得像纸浆一样。每蹒跚地走一步，靴子里就会喷出水和雪浆。梅尔维尔说，他们的生皮鞋底变得极软，感觉就像是"走在牛肚上"[17]。每当试图睡觉时，他们身体的热量就会融化橡皮毯下面的雪糊，不久就躺在冷水坑里了。安布勒医生写道："穿着湿衣服睡在湿冷的冰上，早晨起来每一块骨头和每一块肌肉都疼痛难忍。今天我浑身上下没有一刻不疼。"[18]

仿佛是嘲笑他们的悲惨境地，斯塔尔还曾在一袋咖啡的底部发现了一张手写字条——显然是 1879 年春天在纽约给咖啡封装的人写的逗趣的话，但在眼前的情形下却显得很残酷。斯塔尔忍住笑，大声把它念出来："特此预祝你们的伟大事业取得进展和成功。希望当你们读到这几行字时，会想起你们为了科学事业而抛在身后的温暖家园。如果方便，给我回信。我的地址是：纽约市鲍克斯街 10 号，G. J. K.。"[19]

不久又有新问题出现了：他们的狗不对劲了。先是吉姆，有一天在拉雪橇时发作了严重的癫痫。人们把吉姆从队列中拉出来，它在冰上躺了好一会儿，剧烈地扭动和颤抖着，仿佛很冷，但那是个骄阳似火的暖日。几天后，狐狸也出现了同样的问题，没过多久就在一个水塘子里淹死了。汤姆的症状不同。它有几分钟迷失了方向，显得很糊涂。其后就在它看似恢复意识时，它突然掉转方向对着跟它一起拉货的同伴独狼，毫无道理地发起了猛烈攻击。

德隆想不出是什么原因导致了这样的疾病。是食物出了问题？还是食物匮乏所致？传染病？还是疲惫？无论如何，他没办法放弃这么多狗劳力，因为他已经失去了一大群狗。有些狗在拉货时很火暴好斗，被判定不堪大用，最终被射杀，成了其他狗的食物。杰克是条好狗，也是众人最喜欢的狗之一，但因为后背受伤不得不暂时停止拉货。一天，在大伙儿乱七八糟地通过一条开裂的水道时，杰克被留在了一块浮冰上。好几个小时之后人们才发现它不见了，而那时，德隆宣称再回去寻找已经太危险了。杰克就此永远消失。

不久，某些人的行为也出现了跟狗没什么差异的情形。率先崩溃的人大大出乎德隆意料：爱德华·斯塔尔。德隆一直觉得斯塔尔是个"行为端正，无可指摘的人"[20]。他、宁德曼和埃里克森三人一贯是情绪最稳定、冲在最前面的劳动力。但有一天在与梅尔维尔等人一起拉货时，斯塔尔进到船里，拿出一双湿靴底，把它们扔在了冰上，厌恶地咒骂着。梅尔维尔转身瞪视着斯塔尔：那双靴底是梅尔维尔的，他又是粘又是缝，花了好几个小时才弄好备用。"你给我捡起来——下不为例！"梅尔维尔命令道。[21]但斯塔尔拒绝从命。"我才不管那是谁的靴底呢，它们放在了我的睡袋上！"他咆哮着。梅尔维尔脸色铁青，他重复了一遍命令，但此时斯塔尔变得愈发乖戾，就是不肯拾回靴底。

这时德隆说话了，命令斯塔尔照着梅尔维尔的话做。斯塔尔还是不肯。他站在船边，嘴里无端地咒骂着。"你倒是会挑地方放你那双湿嗒嗒的靴子底呢！"他嘟囔道。德隆不得不调动自己全部的人格力量，让斯塔尔闭嘴，并重复了让他拾起靴底的命令——第二次，然后又说了第三次。附近的人都一脸惊奇地看热闹。最后，斯塔尔总算不情不愿地服从了命令，但就是不肯闭嘴。

"站好！"德隆命令道。他走近斯塔尔质问他："你还有什么可说的？"斯塔尔奇怪地声称他不知道梅尔维尔跟他说了什么。"现在你处于监禁状态，"船长说。[22]他准备稍后再处理斯塔尔的违纪行为。

这是第一次有人公然藐视德隆的权威。这是个很小的裂口，导火线也是一连串荒谬的小事。但它是个先兆。

撤退的第八天，德隆进行了天文学测量，想看看他们的具体进度。那是 6 月 25 日，他测量时满怀希望，因为到目前为止他们投入了极大精力，全体人员也都极为乐观，一切都在最好的状态。他用六分仪测量的中天高度显示他们的位置是北纬 77 度 46 分。这很奇怪，显然是错了，因为这距离他们在珍妮特号的沉没地点测定的纬度大大偏北了——实际上，这是他们整个探险过程中到达的最北端。

第二天，德隆用了一种名为萨姆纳位置线的天文导航方法验证了他先前测得的读数。他奇怪是不是设备出了问题——或许他们在冰上跋涉这一路的颠簸摇晃把什么东西弄坏了，又或许他哪里犯了错。他猜想是因为星光的折射，或者北极腹地的某种现象干扰了仪器。他再三检查了测量数据，且绘制了更多的萨姆纳线，又在午夜进行了一次六分仪测量。读数还是跟先前一样。

德隆挖空心思搜遍了自己所有的航海知识。到底出了什么问题——错在哪里？第二天正午，他请梅尔维尔进行了一次上中天测量。最终测得的纬度仍然一样，他才总算接受了这个事实。他以为过去八天他们大概向南前进了 20 英里，但科学测量却得出了相反的结论。事实上他们向北和西北漂流了 28 英里多。换句话说，他们在其上跋涉的浮冰向北漂移的幅度超过了他们向南前进的速度。他们如此辛苦跋涉，却是南辕北辙。或者用梅尔维尔更偏爱的词，他们"后退了"。德隆再次用极其克制的口气写道，这"足以令人深思和不安"。[23]

德隆无法鼓起勇气对队员们宣布这个大挫士气的发现。他甚至无法对几个最亲密的军官承认这一事实。他说："我躲着（他们），免得他们问我。"[24] 船长讨厌如此畏首畏尾——他天生就不是个支吾其词或躲躲闪闪的人——但眼下的严峻形势，他也不知该如何解决。他确信，"这个令人不快的消息一旦公布，会引发巨大的挫折感，甚至会让全队上下一蹶不振"。

他只能向安布勒医生和梅尔维尔倾诉。工程师没有闪烁其词，直言他们确实陷入了困境。他说："眼前的形势实属无望。"他注意到队员们很快都变得"失望和疑心重重，猜中了首次测量位置结果保密的原因"。[25]

那是德隆船长第一次表达出真正的绝望。他写道："如果我们沿着现在的道路行进，就再也出不去了。"[26]

哦，我亲爱的丈夫——

　　我望眼欲穿地等着你回来，连信也写不好了。我已经等不及夏天结束，无论如何请给我个准信儿吧。我已经耐心等待了这么久，但现在似乎等不下去了。不过，我仍将竭尽全力。

　　你一定筋疲力尽了吧；漫长的流放生涯一定耗尽了你所有的耐心；你一定万般渴望着回家，回到家人和朋友们身边；你一定经历了旁人难以想象的艰难困苦。我祈祷你能克服它们走向胜利，为自己所做的牺牲获得丰厚的回报。等你回来，我和西尔维会设法让你忘掉那些噩梦。

　　我正在为你回家后我们未来的快乐生活做详细的计划呢，你一定也一样吧；我们一定要把那些计划付诸实施，让我们的余生充满红尘中应有尽有的欢笑。

29. 空想的大陆

在古老的俄罗斯东正教堂的双十字架下，萨满巫师们聚集在木栅堡垒外的草丛中。一个暖和的夏日，在北极的野花丛中，他们开始了召唤极地神灵的仪式。沿岸到处是来自沿海聚居点乃至从很远的腹地赶来的土著们。他们跳舞、唱歌、诵经、敲鼓，召唤着远北的神灵。

在前往弗兰格尔和北极腹地寻找德隆之前，胡珀船长曾在阿拉斯加的圣迈克尔短暂停留，采购煤炭和补给。此刻他虽然对这些仪式持怀疑态度，却又想让萨满人告诉他，他们能否听到有关珍妮特号下落的消息。神灵们知道些什么？德隆是否还活着？柯温号是否应该冒险深入冰原，去寻找消失的探险家们？

这些也都是圣迈克尔的当地人特别感兴趣的问题，因为阿列克谢和阿涅奎因这两位因纽特土著签约加入了德隆的探险队，已经两年没有消息了。圣迈克尔附近的土著对德隆的队员们记忆犹新——他们购买了毛皮，把狗们一起带上船，雄心勃勃地讨论要驾船深入人类从未到达过的极北之地。阿列克谢的妻子仍在等他，但和所有的村民一样，她也忧心忡忡。

约翰·缪尔惊奇地看到圣迈克尔沿岸、堡垒附近和阿拉斯加商业公司的库房里"忙碌的人群"攒动的古怪活力。"他们活动在岩石峭立的海滨，构成了一副奇怪而野性的图景，"缪尔写道，"女人们支起帐篷，割下一捧一捧的干草，铺在地上作为皮革地毯的垫子；孩子们睁着野性而好奇的眼睛；一群群衣着华丽的武士如彩虹的颜色般整齐排列着，严肃、残忍，又不失冷漠的尊严；还有……大包粗糙的黑色或棕色的熊皮、貂皮、鼬皮、狐狸皮、海狸皮、水獭皮、山猫皮、驼鹿皮、狼皮和狼獾皮，很多皮毛上还带着张开的爪子和直立的毛发，仿佛仍在为了生存而挣扎。"[1]

圣迈克尔四周是很大一片火山区，周围的冻土上零星分布有50多个火山锥、火山口和火山湖。来自四面八方的因纽特人认为，这片沸腾的、散发着恶臭的区域是刚刚死去之人的灵魂进入阴间的地方。缪尔沿着其中一个火山口走下去，注意到"火山口周围和锥侧尽是灰烬和浮石灰渣……偶尔能听到轰隆隆的声音，据说那是神灵在某个死去的人体内操控而发出的声音"[2]。

或许恰是这闷热窒息的景观中那种令人敬畏的力量，吸引着巫师们每年夏天都来这里探讨生死和阴间的问题。骗术和腹语大师们戴着花里胡哨的面具和样式古怪的长手套，他们的身上到处是文身，还戴着用熊爪和动物牙齿做成的饰物，行走时发出丁零当啷的响声。

萨满巫师们给胡珀船长的答案毫不含糊：珍妮特号毫无希望。它已经永远地消失在北极的海冰中。

德隆和他的队员们呢？他们在哪儿？

他们命运已定，萨满巫师们说。人们再也见不到他们了。

然而这还没完。巫师们还有一条严正警告是针对胡珀船长的。如果柯温号冒险进入冰中，它将遭受和珍妮特号一样的下场。他们对胡珀说，去了北边，你就再也回不来了。

这条来自阴间的紧急报告对加尔文·胡珀根本构不成任何

困扰。船长是个倔强而直率的世俗之人，他那新英格兰的血液里没有一丝一毫的迷信。然而，胡珀雇来做翻译的那位因纽特年轻人却被萨满巫师的预言吓到了，他恳求他们即刻停止航行。在他看来，柯温号此番无异于直奔地狱而去。

胡珀只好另寻他人，总算又雇到了一位他所谓的俄罗斯-因纽特年轻"混血儿"，名叫安德烈沃夫斯基，他似乎足以胜任，而且也不容易受到凶兆的影响。然而，为谨慎起见，胡珀决定带上足够柯温号度过整个冬天的煤、食物和补给，以防它像萨满人预言的那样陷入冰中。

缪尔觉得，很多在圣迈克尔露营的印第安人都很"野蛮"、"危险"。他能感觉到他们与商贩的关系大大损害了他们的自立能力："他们疏于打猎，闲暇时间都花在赌博和打架上。"[3]

缪尔确信，随着越来越多的美国采矿者进入阿拉斯加的这些地方，那些印第安人的不满还会进一步恶化。关于金银矿的传言正在不断升级；事实上，据说已经有人看到一群探矿者出现在距此地大约100英里的上游了。他们驾驶着纵帆船从旧金山赶来，缪尔写道，"为的是寻找一个纯银的矿山"。作为北加州人，缪尔太熟悉"淘金热"有多恶俗，此刻他带着一丝无奈，感觉到这里的未来也难逃厄运。"不久大概就会有无数人蜂拥赶来挖掘新矿了"，他如此写道，到那时，就连这个边远的荒野之处也会被挥动着淘选盘和尖嘴镐的人大举入侵。[4]

缪尔注意到这里和圣劳伦斯岛一样，也同样受到了来自美国人的有害影响。尤其是连发枪的引入，已经改变了当地人打猎的节奏。几年前，圣迈克尔周围的群山是数万头野生驯鹿的天堂。现在，因为装备了猎杀水牛的来复枪，爱斯基摩人和其他当地人会成百上千地屠杀驯鹿，缪尔说，杀死之后就把它们

"留在倒下的地方，连生皮都懒得剥"。猎人们"只把它们的舌头割下来，尸体的其他部分就留给狼吃了"。[5]

在出发前往北极腹地之前，胡珀曾在阿拉斯加商业公司的代表那里存放了一捆艾玛·德隆前一年写给丈夫的信。他还把一些重要托运物品转给了圣保罗号，那是隶属于该公司的轮船，即将开往旧金山。那些物品中有旺科兰姆村的西伯利亚海豹猎人从美国捕鲸船上拿走的遗物，胡珀认为那艘捕鲸船就是失事的警醒号。

（那年夏末，旧金山的商业交易所公开展示了这些和其他遗物，希望能确定失事船只及其消失的船员们的身份。可以确定的是，其中一样东西，即那副眼镜，是埃比尼泽·奈的，也就是曾经不祥地跟德隆说"就把它带到冰上让它去漂流吧，你也许会成功。或者你也有可能走向毁灭——成败的概率大致相当"的那位坚忍不屈的捕鲸船船长。这是合理的，因为大家都知道奈曾经在警醒号附近捕鲸。奈的预言应验在自己身上，他和警醒号及沃拉斯顿山号两艘船的全体船员都消失在他曾耸人听闻地警告过德隆的那块浮冰上。）

7月9日，胡珀船长起锚将柯温号驶离圣迈克尔时，海水似乎充满了凶兆。欧文·罗斯医生写了"奇怪的折射光等古怪现象"[6]。缪尔描述了一种"古怪的血色夕阳，陆地在雾气中幻化成最古怪的形状，（并）从燃烧的冻土上升起浓烟"。[7]但胡珀不会被这些不祥的气氛震慑住，他把船头转向西北，朝着白令海峡和更远的北极腹地行进。缪尔说，他们此行的目的是那"极北苦寒的世界尽头"。[8]

他们的目标是弗兰格尔地，但整个7月，那块陆地始终被深锁在冰中，也被笼罩在迷蒙细雨里，因而不可能到达，甚至连看都看不见。缪尔称弗兰格尔"这片神秘的陆地"是"从未有人涉足的海岸"和"消失已久的岛屿"。纳尔逊则称之为"地理学家们争议多时的"陆地。罗斯宣称它是"存疑的北方陆地"，并且开始认为它是"虚构的神话"[9]。

胡珀船长渴望能在寻找德隆探险队踪迹的同时，一举证明弗兰格尔地的存在。但直到7月底，胡珀能够到达的距离弗兰格尔最近的地方是赫勒尔德岛。胡珀知道，人们最后一次看到珍妮特号正是在距离赫勒尔德岛不远处，那是1879年9月的第一周，看见它的是三艘美国捕鲸船。

赫勒尔德岛很小——不到6英里长——但它很高，岩石耸立的顶峰高度超过了海平面1000英尺。胡珀想，如果能到达那里，就能眺望到北极的冰面和弗兰格尔，或许还能看到消失的珍妮特号。如此一来，他的目标就变成了首次登陆赫勒尔德岛，他知道有缪尔这位一流的登山家，他一定能到达顶峰。

7月30日晚10点，在经历了胡珀所谓的"穿过狭窄弯曲的水道，好一阵颠簸、挤压和急转弯"[10]之后，船长把柯温号停泊在了距离浓雾笼罩、寒冰深锁的岛屿几百码远的地方。大多数人一跳上浮冰，就以疯狂的征服者心态冲向到处是鸟儿的岩石，而缪尔却冷静地用野外望远镜观察了一下悬崖，确定了登山的最佳路线。他拿起斧子，向着一个陡峭的冰川山峡出发了，而船上的其他人无一例外是登山新手，正在几百码外吵嚷喧哗地往上走。他们很快就陷在厚厚的雪地里，随后又因卵石如雨滑落而身处险境，缪尔却进展顺利。他用斧子凿出一条冰道，稳扎稳打地往上走，身旁是成千上万只鸟儿"立在狭窄的岩架上，跟杂货铺货架上立着的瓶子似的"[11]。一个小时后，他就登上了悬崖，山顶已近在咫尺了。

缪尔享受着他的孤单。他花了好几个小时沿着顶峰漫步，一边记笔记、画草图，一边匆匆收集各种植物样本。他没有看到珍妮特号的任何踪迹——没有堆石界标，没有遗留物，也没有任何人类活动的证据。

然而，从那里俯瞰到的全貌威严壮观，他用望远镜仔细地观察了一遍。为表达那令人心生敬畏的庄严之美，他使用了自己特有的史诗般慷慨激昂的语句，在他后来成为自然资源保护者之后，也曾因这样的语言风格闻名遐迩。"午夜时分我独自一人站在山顶上，那是我一生中最难忘的几个时间片段之一，"他写道，"一种最深沉的静默仿佛压迫着眼前这无边无垠、人迹未至的景观，冰锁的重洋向北延伸到目力所及之外。"[12]

在西边，缪尔可以清楚地辨认出"神秘的弗兰格尔地……矗立在蓝白色的冰原上，是一条由山坡和溪谷构成的摇摆曲线"。那是个很大的岛屿，因为山峦叠嶂而更加诱人。看着它们，他迫不及待地想要冰雪融化，好登上那些山。"灰白色的山峦耸立在眼前，"他写道，"令我这个登山者心荡神驰。"[13]

又过了一个小时左右，罗斯医生赶上缪尔来到山顶，两人在一个岬角竖起堆石界标，标明他们来过了。罗斯写道："正值午夜，太阳闪烁的光辉照耀着这一大片冰海和花岗岩。"[14] 罗斯把一个瓶子放入堆石界标，里面是柯温号的登陆记录，以及一份1881年4月23日的《纽约先驱报》。

与此同时，柯温号的其他船员都分散在海岸边和岛屿的陆岬，寻找珍妮特号来过的踪迹。他们什么也没有看到。显然，不管德隆此刻在哪里，他从未来过这儿。"如果在任何明显的地方建起过堆石界标，"缪尔说，"我们不可能看不到。"[15]

就在他们离开赫勒尔德岛，开始摸索着穿过已经阻塞的纵横冰道回到开放水域时，一头壮年雄性北极熊朝着柯温号的船头游过来。胡珀觉得那头熊正"吸着鼻子闻着空气里的味道，仿佛是想通过嗅觉了解这个陌生的来访者"。[16] 船长拿起一支很重的上了膛的来复枪瞄准了目标。他想给船上的厨房添点鲜肉，也想给自己的床铺加一条漂亮暖和的皮毯。

熊努力想分辨这个侵入它的家园的"冒烟的黑色庞然大物"是什么，此刻缪尔觉得自己居然站在熊那一边。"它是一头模样高贵的野兽，力大无穷，在亘古不变的冰原上勇敢地活着。"然而，它终不敌胡珀的枪法。缪尔说："最后它的脖子上挨了一枪，鲜血染红了蓝色的海面。"[17]

8 月的前两周，柯温号在浮冰上探索着，想找到一条通往弗兰格尔的路。如罗斯所说，他们的小船"在迷宫般的水道上被挤压和撞击"，有时"被大块的冰彻底卡住，动弹不得"[18]。而弗兰格尔仿佛在戏弄他们——时而隐在云层后面，时而从迷雾中探出头来，时而又因为北极大气层的扭曲而怪异地耸立着。因为折射而凸起时，胡珀写道，弗兰格尔的山峦"仿佛出来迎接我们，继而又渐渐隐去，最终彻底消失在视线之外"。

有一次船员们在冰上发现了一块木头——最终确定为某一条船的前桅下帆横桁。"上面还黏着一些绳索的碎片，"缪尔说，"似乎已经在冰上搁浅了一两个冬天。"[19] 胡珀仔细研究了那块木头，觉得那可能是一条捕鲸船上的，不过也不能排除它有可能来自珍妮特号。

最后在 8 月 12 日，柯温号在冰上找到了一条很有希望的水道，可以把他们带到距离弗兰格尔足够近的东南岸附近，以便放下驳船。胡珀命令下属鸣炮。炮声在丘陵和山峰间回响着。
"通知我们的到来，以便附近如果有人的话可以听到，"缪尔
说。[20]他们乘坐驳船向岛驶去，其间胡珀和他的登岛团队开始意
识到弗兰格尔有多大，其内陆山峦如此绵长，地形如此多样，
难怪过去几十年里水手们偶尔瞥见它的刹那，会以为它是一块
大陆。这是个巨大的岛屿，有 78 英里长，起伏的冻土上点缀着
盛开的五颜六色的北极野花。时值夏日，早已没有了冬天那一
望无际的白，代之以短暂的褐金色，高山上只有几处仍被日渐
融化的白雪覆盖。

弗兰格尔岛的面积达 2900 平方英里，虽说他们只能看到它
的很小一部分，但胡珀和队员们知道，这里跟赫勒尔德岛有天
壤之别。这处原始的史前景观有一种特别令人难忘的神奇力量，
用缪尔的话说，"它那从未有人碰触的新奇中，有一种宏阔庄严
的野性"。在用野外望远镜观察岛屿时，缪尔能看到"起波纹的
小山窟和它们不同的色调，（以及）看似小河航道的沟渠……我
们凝视着一望无际的荒野，它那么诱人地展现在眼前，我们又
那么急切地想去探索——那些圆形的冰川凸起和丘陵，高山上
有美丽的冰雕景观，还有长长的峡谷伸向远方"。[21]

他们登陆的地点是一处黑色的狭长暗礁，它延伸到一条湍
急河流的入海口前。几名队员在距离一个弓头鲸骸骨不远处，
姑且用一块浮木做旗杆，竖起了一面美国国旗，胡珀宣布弗兰
格尔是美国的新占领土，并重新给它取名为"新哥伦比亚岛"。

几个人在海滩上分散开来，另一些人深入岛内腹地。他们
在沿岸发现了几个人造的物体：一个饼干盒的碎片、一块水桶
狭板、一根船索。但所有这些都是饱经摔打、磨损，又被碾成
碎末的漂流残骸，仿佛它们曾在浮冰中被翻搅过一通。胡珀和

手下没有找到珍妮特号上任何人曾在此生活过的迹象——甚至没有迹象表明曾经有人登陆过这座岛屿。

"在地球表面的任何地方，"缪尔想，"大概都很难找到比这更荒凉的陆地了。"的确，如果珍妮特号的任何人曾在这里登陆，他们一定会在这条河边留下堆石界标——他们一定会在这松软的冻土上留下脚印。"如果有任何人在冰雪融化之后，在夏天的任何时候行走于这片陆地上，其后几年，哪怕是最迟钝的观者，也能看到他的足迹。"[22]

然而，柯温号的船员们什么也没看到。

虽然他不能在此久留，但缪尔对弗兰格尔岛心生敬畏。他当然不知道德隆已经确定了这不是一片大陆，而只是一个面积很大的岛屿。无论它的面积有多大，缪尔觉得这是个动物可以繁荣生长而人类却无法长期生活的原始之地。（事实上，弗兰格尔岛的野生动植物资源惊人，以至于生物学家后来称之为远北的科隆群岛①。岛上生存着地球上数量最多的太平洋海象，也是最大的雪雁栖息地之一。这里还是雪鸮、北极狐以及大量旅鼠和海鸟的家园——然而，有别于西伯利亚大陆的一个好消息是，这里没有蚊子。）

缪尔觉得，弗兰格尔天然就是北极熊的栖息地（至今仍然如此——它是地球上最大的北极熊兽穴）。"我们在坚冰边缘到处都能看到很多北极熊，"缪尔写道，"它们胖乎乎的，且数量

① 科隆群岛（Galápagos）位于太平洋东部。群岛全部由火山堆和火山熔岩组成，赤道横贯其北部，因受秘鲁寒流影响，气候凉爽且极干旱。这些岛上有着加拉巴哥象龟，加拉戈斯陆鬣蜥，以及加拉帕戈斯企鹅等奇特的动物栖息，许多动植物都是全世界独有的。该群岛的生物独特性启发了1835年9月来访的达尔文，促使他开始重新深思物种的真正起源。

很多，自由自在，仿佛这片陆地从来就是属于它们的。它们是这坚冰包围的荒野中无与伦比的存在之王，弗兰格尔地完全可以改名为白熊地。"[23]

在某种意义上，弗兰格尔是一片存在于时间之外的陆地——这里的生命似乎可以追溯到数万年前。由于这个岛屿在冰川期从未彻底结冰，在冰川融化期间也从未被海水彻底淹没，其腹地峡谷的土壤和植被就成了地球上残存的未受到任何干扰的更新世冻土。

法老建造金字塔时，大象正在弗兰格尔漫步——这是地球上最后一个猛犸象生活过的地方。其中一个侏儒亚种直到公元前1700年还在这里繁衍着，那时别处的猛犸象已经灭绝6000多年了。岛上随处可见它们巨大的弯曲象牙静静地躺在碎石海滩、峡谷和河床上。

但胡珀和队员们无法在岛上长时间逗留，所以没有足够的时间去发现另一个地质时代遗留下来的任何石化纪念品。岛屿太大，一天根本看不完，一个星期都不够。胡珀烦躁地发现他不得不离开了。冰面出现了一个危险的新变化，对柯温号构成了威胁。他朝空中鸣枪几声，召集分散的探险者小队，一起爬进了驳船。在朝母船行进时，他们因为发现了新的陆地——并把它收归为自己国家的领土——而激动得满脸通红。"我们还无法确切地知道这块新领土有多大，"缪尔写道，"未来很多个世纪也不可能知道，除非极地气候[24]发生某种巨大的变化。"[25]

胡珀已经放弃了寻找珍妮特号。他掉转柯温号船头，朝白令海峡驶去，目的地是旧金山，他不知道如果他再往西行进一点儿，再沿西伯利亚的浮冰边缘航行短短几周，就很有可能会遇上德隆的队伍。

30. 又一块应许之地

距离弗兰格尔岛西北将近 1000 英里处，德隆船长和他的队员们正坐在潮湿的帐篷里护理自己的伤口，他们搭帐篷的地方是东西伯利亚海上正在快速融化的冰盖。那是 7 月 4 日——22 天前，珍妮特号沉没了；16 天前，他们开始了穿越浮冰的大撤退。

因为国庆，他们强颜欢笑。美国国旗在帐篷上方飘扬。他们拿出了一瓶白兰地。劳德巴赫吹起了口琴，蜷缩在倒扣的捕鲸船下面的众狗闻声嚎叫起来。但这些都掩饰不住士气低落的事实。前几周那苦中作乐的兴奋高亢、共同奋斗的兄弟亲情，全都消失了。船歌早已听不见了。

人们筋疲力尽，他们紧绷的皮肤上纵横着斑斑血痕，嘴唇开裂，面庞浮肿，手上都是结痂和水泡。每个人都出现了不同程度的雪盲症、烂脚病和胃肠疾病。他们已经沦为一群在冰上行走的伤员病患。每一根骨头都在刺痛，每一块肌肉都在抽痛，每一次呼吸都带着灼痛。

安布勒医生不再一一记录自己治疗过的那些扭伤、抽筋、撞伤和肌肉痉挛了。他的止痛药已经用完了。有些人的手脚出现了奇怪的震颤性神经疾病——以及冻疮带来的溃疡。达嫩豪的眼睛又发炎了，这是让安布勒尤其担心的事。奇普的铅中毒发作已经把他折磨得奄奄一息。海因里希·凯克（Heinrich Kaack）的双脚上全是难看的血泡。阿列克谢腿上的脓疮怎么也痊愈不了，安布勒不停地给他敷火棉胶溶液和干净的包扎带也无济于事。埃里克森因为牙痛整晚睡不着，劳德巴赫那刺痛的抽筋让他直不起腰，德隆说他看起来像是"随时准备去参加葬礼"[1]。

有些人还出现了剧烈的颤抖，还有人似乎正变得疯狂。饥饿与干渴如影随形。他们的帐篷漏水，身上的毛皮臭气熏天，靴子湿嗒嗒地渗出冰冷的海水。在辛苦的劳作中，新的绝望情绪又回来了。他们眼下正努力完成的任务本身——力图到达开放水域——似乎越来越可疑，因为他们拖着的那三条木船都已撞得不成样子了（"软得像篮子一样"，[2]达嫩豪这么形容它们），它们被放下水后还能不能漂起来都成问题。

与此同时，狗也饿得开始以皮缰绳为食；它们骚动不安，早已不堪大用。安布勒说："它们扭打得难解难分，看着真让人生气，打心眼里想骂人。"[3]那些狗正在慢慢地被饿死，这是明摆着的事实。"每个人都有一条自己最喜欢的狗，会把自己的食物分给它一些，"达嫩豪写道，"但这根本不够。"[4]许多病得最厉害也最饥饿的狗一条一条地癫痫发作然后命若悬丝——人们因而不得不拖拉更重的货物。

但许多人根本拉不了货。有些人连路都走不了，少数几个甚至都站不起来。德隆称这些人为"无力者"。梅尔维尔把他们的营地形容为有"看着让人难过的一群人"，以及一堆"老弱病残、破帆烂船"。[5]

到目前为止，德隆还能够在全体队员中维持纪律而无须诉诸武力——事实上，他在整个探险过程中还没有动用过一次武力。然而尽管如此，反对意见甚或哗变的想法已蠢蠢欲动，不过这不是说有人认为自己能比德隆指挥得更好，也不是说有人关于眼下该做什么或者该往哪儿走还有更好的主意。如果不满开始蔓延，那就是因为不高兴而凸起的反骨。很小的性格缺陷被放大，微不足道的失误被看成不可饶恕的罪行。抱怨变成了正义，占据了人们全部的心思。

两个民用科学家尤其让德隆觉得难以对付。纽科姆根本没用——这人除了安布勒医生所谓的"混日子"，什么活儿也不干。他整天在队伍后面待着，对军官们嘟囔着污言秽语。梅尔维尔觉得纽科姆"不仅没用，连样子也不装"。这位年轻的博物学家是整个团队中个子最矮、身体最弱的一个，但也是性格最倔的。安布勒对他都快要无计可施了。"他还没有学会一言不发地服从命令，"医生写道，"（好像）让他停止说话就是伤了他的自尊似的。"[6]

与此同时，科林斯也变得更难对付了。爱尔兰人对德隆的憎恶，以及反之，德隆对他的不满，已经变成了怨恨。德隆事实上把科林斯软禁起来，让他远离其他所有人，或许是因为害怕后者真的会试图激起哗变。其他军官似乎跟德隆一样鄙视科林斯。他们觉得科林斯虽然是个不错的来复枪手，但除此之外笨拙无能，往往会在冰上帮倒忙。（梅尔维尔说他笨得像头"爱尔兰母牛"。）有一次，德隆暴躁地对科林斯吼道："没有我的命令，不准你再碰任何东西！"[7]至少他现在孤独一人，再也不说双关语俏皮话了。

面对所有这些考验，德隆的日志里出现了更多克制的温和说法。望着眼前这一团挤在一处的冰和融水，他们得要好几周才能过去，他坚忍地预言道："我们还得在这里待几天。"一周有好几天的时间因为浓雾而辨不清方向，德隆只会写"我们看不清楚自己的位置"。被肆虐的暴风雪阻断了前路，他会潦草地写到那天的天气"一点儿也不宜人"。摔进冰窟，整个人脖子以下全都在冰冷的水中湿透了，德隆会不冷不热地提到那天的"行程有点儿棘手"。

德隆承认，像残废的驴子一样挣扎劳作，每天却也只能前进一两英里，"这的确令人沮丧"。但面对挫折，他似乎能把身板挺得更直——活得更好。他忍受痛苦的能力，他对任何怠惰行为的鄙视，他钢铁般的工作意志——这一切都是从哪里来的？他的确有受虐狂倾向，但这些也得益于他的乐观自信。他几乎总能在夹缝中寻找到一点儿乐观的理由。

有一次，在度过了噩梦般的一整天后，德隆在晚上打开日记本写道："疲惫、寒冷、潮湿、饥饿、困倦、失望又厌烦；但已经准备好明天再次面对这一切。"[8]

还有几个人也跟德隆一样目光远大、意志坚定。海员中最出色的有宁德曼、路易斯·诺洛斯（Louis Noros）、巴特利特、斯威特曼和埃里克森。他们强壮得像牛一般，似乎对一切疾病都免疫，而且总是热心帮助他人，有一股坚忍不屈的意志。军官中梅尔维尔仍然是德隆最坚定的靠山。工程师永远不会出错。

然而，德隆发现即便是对这些人，这冰上长征也几近无法忍受——无论在身体上、心灵上还是精神上。"世上再没有比这冰上雪橇远征更艰难的劳作了，"他写道，"每天就是拖拉、滑倒和颠簸，突然被横在胸前的拖绳带得离地而起，实在是可怕的考验；用冰镐在坚硬的冰上凿砍弄得人浑身骨头酸痛。每天十个半小时这样的苦役没法让人不崩溃。"[9]

安布勒更是直言不讳，坦承"从没有人干过这样繁重的劳动，我希望以后也再不会有"。回忆起自己在内战的战犯监狱里度过的日子，他补充说："我见过人面临艰苦考验的时候是什么样子，但还从没有见过有人经历这样的困境。我们已经行走了 40 天，承受了各种各样的……艰难；但每天 19 个小时的劳作之后仍毫无怨言，他们都很开心，微笑着面对一切。"[10]

德隆必须承认安布勒说的没错，但船长能看到人们的好脾气在逐渐耗尽。他们的肉糜饼已快吃完，也很久没有看到任何野生动物了。目力所及之处根本看不到开放水域——这些移动的雪泥和粗石的迷宫似乎延伸到无限的远方，没有界石可以作为目标，地平线上没有固定的目的地可以让他们的辛劳有个盼头。西伯利亚中心海岸距离他们似乎仍有 500 英里远。更何况，德隆知道，时间正在一点儿一点儿过去。北极的短暂夏季很快就要过完，他们即将被困在冬季的冰面上。

不过至少到那时，冰的行为会变得合理一些。至少到那时，它会冻成某个可靠的形状，有坚硬的表面可以踩踏。眼前的冰根本没有秩序、没有常性。它的每一项属性——颜色、质地、硬度、广度、晶体结构、破裂点、移动的趋势、断裂的可能、吸收或反射阳光的能力——似乎全都在一刻不停地变化。

这就是彼德曼所谓的永冻海。这是千年以来，各种元素在正欲冻结和已经冻结的、融化的和再次冻结的冰上撞击搅动的作用结果。盯着它看一整天，可能没有一刻连贯的时候。一会儿针状冰晶变成了条状的水坑，一会儿又变成厚厚的雪幕、波光粼粼的新的冰穴、雪沼、海水礁湖、碎片和冰砖的狼藉战场、鬼魅般的蓝色冰雕，然后又变成了经风搅打的皱纹状的雪——俄国人称之为雪面波纹。浮冰的逻辑、它的拒斥力和吸引力，根本无法预测。它准确地诠释了"随机"这个词的含义。

在冰上溅起四面水花并蹒跚而行的众人一直在努力寻找一

种模式，一种可预测或可用的规律，好让他们有章可循。然而，这里并没有什么模式或规律。这片融化的冰景似乎根本就是一种北极数学圆周率——是一连串永不重复也永远无解的数字序列。每一个弯曲的迷宫，每一条闪烁的水道，每一座冰丘和压力脊，每一处蜂窝般的裂缝都是全新的设计思路，神秘难解。

　　起初，德隆力图寻找词汇来描述冰的这一让人恼怒的特征。在一页又一页的日志上，他绞尽脑汁地想出不同的措辞。他说到"丑陋的裂缝"，说到"极其狂暴的开裂"冰原，"一团糨糊，到处都是洞"，"冰块像条纹样的大理石"，"水道在堆起的冰块之间缓慢而曲折地流出了一条条狭窄的支脉"，"骇人的大块冰丘和冰砖"，"谜一样的冰水交融"。最后他似乎厌倦了各种说明性词汇，索性干脆把它们替换成了一个"万金油"的词：一团糟。"可怕的一团糟"，他写道，"恶臭而丑陋的一团糟"，"这恶臭的一团……糟冰"，"令人烦恼的一团糟"，"松动的浮冰变成了一团糟"，"一团乱糟"，"这滑动转移的一团糟"。

　　轮番搅动的冰块还会导致另一个问题，就是几乎不可能找到淡水——真正的淡水。德隆命令负责淡水的队员只从最高的冰丘上刮下冰雪，只刮到表面以下一英寸处。他们收集来的水喝起来味道还好。但当安布勒医生对他们的饮用水进行硝酸银测试时，测得的盐度却高得惊人。结论再明白不过了：盐已经渗透到这片冰雪世界的角角落落，哪怕最高、最安全的地方也不能幸免。一个多月来，他们一直都在不知不觉地喝盐水——要知道他们饮食中的肉糜饼已经够咸了。德隆又能在长长的清单上记下奥古斯特·彼德曼的又一个危险的错误观念：已故地图制作师关于浮冰是取之不尽的淡水资源的理论，德隆说，"被彻底戳穿了"[11]。

无法分辨他们当前的哪一种健康问题应当归咎于一直以来摄入的盐水，或因此而进一步恶化。德隆尤其担心坏血病，当时很多人认为它在某种程度上跟摄入盐度太高有关——于是他增加了浓缩柠檬汁每天的配给量。然而，船长知道这也坚持不了多久，他们必须找到淡水。

在这个独立日，人们都试图高兴起来，他们开心地扔掉了开裂的冰镜，暂时不去想行走在这"一团糟"上的种种烦恼。然而，德隆独自一人待在他的办公帐篷里，一反常态地陷入了悲伤。他苦乐参半地想起三年前的这一天，黯然神伤。"冰上插满了国旗，庆祝着这一天的到来，而对我，这是忧伤的一天，"他写道，"三年前的今天，珍妮特号在勒阿弗尔更名，人们说了很多开心的话，有过很多美好的期待，现在那一切全都跟着船一起消失了。没想到三年后我们会这般困在冰上，只剩下一个冻海沉舸的故事，又当如何面对家乡的父老。"[12]

在勒阿弗尔那个晴朗的日子，艾玛就在德隆身边，贝内特说如果珍妮特号遭遇麻烦，他会派斯坦利去北极。然而现实地说，德隆知道他和队员们身处的位置是任何救援者都无法企及的。贝内特帮不了他们，祖国也帮不了他们，当太阳在地球的那一端升起时，他们的国家就要庆祝第一百零五个国庆日了。帐篷上方飘扬的美国国旗似乎在嘲笑德隆，似乎在预示着他的国家无能为力，他自己则孤独得要命。他知道自己唯一的希望是努力鼓舞士气。他们必须自救。

然而，保全所有人性命的重大责任开始让他心情沉重。"对那些跟我一同前来的人，我有义务带他们安全地回去，我必须尽心尽力地去完成这一目标，"他在那天晚些时候写道。

他不得不"直面惨淡……理解它可能的寓意"[13]。

八天后的 7 月 12 日，德隆的命运似乎有了转机。那天大清早，他们看见有什么东西在地平线闪烁。跟往常一样，是邓巴最先看到的。他走在队伍最前面，超过其他人一大截，把黑旗插在冰上。一瞬间，南边很远处的云层裂开了一条缝，邓巴发誓说他看到了岛——一个闪着亮光、山峦凸起的大岛。然而，云层又突如其来地闭合了，邓巴也不知道他是否真的看到了他以为自己看到的东西。

晚饭后过了一会儿，云层又裂开了，这一次，几乎每个人都看到了什么。"我们眼前升起了一个明亮的景象，"梅尔维尔写道。[14]全队上下爆发出一片欢呼声。达嫩豪将它形容为"'鲸鱼背'，看上去很像个被冰雪覆盖的岛"，不过它的样子"被大气现象严重扭曲"，以至于"很多人根本不相信它的存在"。德隆是极度怀疑派。"是有什么东西看上去确实很像陆地，"他承认道，"但浓雾会变出这么多骗人的形状，让人不敢轻易相信自己看到的任何景象。"

尽管如此，船长的兴趣还是被大大地激发了起来，他拿出彼德曼的地图，研究起上面画的新西伯利亚群岛的粗略地形。根据他对当前位置的推算，最近的已知岛屿——在他的地图上被标注为"法捷耶夫岛"（Ostrov Faddeyevsky）——距离也在西南方向 120 英里以外。那太远了，不可能是他们刚刚看到的那团模糊不清的陆地。"我不敢相信我们今天看到陆地了"，他最后写道，随即打消了这个念头，觉得那不过是海市蜃楼。

然而第二天，人们又看到了那个岛。这一次的细节生动清晰，他们不可能看错。"太阳在南方明亮地照耀着，"梅尔维尔写道，"陆地格外清晰地凸起在眼前；蓝色的山峰高高耸立，下面就是冰和海水，而一片白得刺眼的云正如梦一般从它的上方飘过。"那是"最完美的景象"，工程师说，"它给我们带来了新的希望"，就像"又一块应许之地"。[15]

德隆重新规划了他的行程，决定直奔这片陆地，他猜想这应当就是法捷耶夫岛。那一刻，整个长征的行进方向发生了重大变化。陆地可能意味着食物、淡水、浮木，还有可能获救。同样重要的是，陆地可以作为他们的目标、动机和焦点。岛屿距离他们所处的位置还有很多英里，然而它给人们带来了强烈冲击。大家又开始响应宁德曼那干净利落的"呦－嘿－呦"的集结号，仿佛前所未有地振奋起来。梅尔维尔说："每个人立刻都变成了大力士。"[16]

随着距离岛屿越来越近，野生动物开始出现了。天空中到处飞翔着海鸠、楔尾鸥、海雀、海鹦鹉，还有很多其他鸟类。在前面的冰原之外，偶尔还能瞥见海兽的形影。7 月 14 日，在德隆的准许下，科林斯拿起自己的温彻斯特连发来复枪，出发去打猎。一个小时后，他带着一头海豹回来了。人们已经太久没吃到鲜肉了，于是德隆放弃了他一贯坚持的把尸体挂起来散去热气的习惯。他们当场就宰杀了海豹，剔出脂肪和脊椎，把温热的肉切成小块，立刻就在一锅浓缩牛肉汁的清汤里炖上了。

那是无上的美味。"很久以后我还会记得这场盛宴，"德隆说，"我们觉得简直跟在德尔莫尼科餐厅就餐没两样。"[17]安布勒的说法更含糊一些。起初"它味道鲜美"[18]，他"吃了不少，但后来我就不像开始的时候那么喜欢它的味道了"。后来，他们又把脂肪熬成油脂，涂在了漏水的靴子和帐篷上。

几天后，科林斯和安布勒一起去打猎，拖回了更大的猎物——一头海象。科林斯先对着正在游泳的海象开了一枪，打中了它眼睛周围。"海象沉下去了，"德隆说，"我们以为再也见不到它了。"然而片刻之后，有人听到一声刺耳的咆哮，看到喷出的血液在浮冰上飞溅。那时安布勒追着海象跑过去，对着它的头颅又开了五枪。邓巴拿着一把小刀追了过去，在它的一只脚蹼上穿了一个洞，就在它快要沉下去的时候，用一条绳子将它穿身而过。

一大群人前去把海象拖回了营地。它是头幼小的雄性，重达1500磅。德隆对他们有如此好运惊奇不已。"单是最好的部分，腰部嫩肉、上腰肉、心、肝、脑、蹼，就足够我们所有的人吃三顿还绰绰有余，"他写道，"狗要是馋，可以整天吃个不停。"[19]他们宰杀海象时，在它的肚子里发现了虾、海葵、海参和胡瓜鱼。其尸体的每个部分都有用。皮可以切成小块做靴子底，脂肪可以用作油脂和做饭的燃料，骨头可以用来支撑他们已经开始摇晃的雪橇，象牙可以送给猎人科林斯和安布勒作纪念，但随后还可拿来改制成镐。德隆觉得炖出来的肉"很不错，不过没有炖海豹肉那么好，其肉质有点糙，也不够香"。[20]纽科姆觉得煮好的肉皮"跟猪蹄一样，要是加点醋就是一道美味"。[21]

四天之后，他们的食品贮藏更加丰富了。7月24日，他们看见一只小北极熊——因为行走在陆地上，它的表皮都变成了肮脏的棕色。阿列克谢和阿涅奎因追了这头巨兽一会儿，从远处开了两枪，但都没有打中。几个小时后，卡尔·格尔茨（Carl Görtz）再次看见了它。那头野兽已经到了距营地几百码远的地方，看样子是被炖海象肉的味道吸引过来了。"格尔茨悄悄爬到离他 100 码远的地方，" 德隆写道，"对它开了两枪，成果喜人。"[22]

熊肉餐比他们最近吃的其他盛宴都更加美味。他们用肉糜饼空罐头作炉子，煎了肉排和肉块。后来，梅尔维尔说，他们又 "用它的脂肪作燃料烤了熊掌，还把它的肋排肉炖了"。[23]两天后，尸体已经全都派上了用场。几顿饭的功夫，他们把一头 500 磅重的熊全都吃掉了。

这些鲜肉对探险队员们的好处怎么说都不过分。笑声又回来了，他们的观察力变得更敏锐，耐力也增强了。包括奇普在内的病号们全都痊愈了。他们继续朝岛屿进发，船歌再次响彻天地之间。

若干天来，那块大陆一度消失在浓稠的大雾之后。越来越多的动物的出现却似乎成了告密者，表明他们离岛越来越近，但他们仍然没有把握。一天，虽说岛屿仍然模糊，但头顶的天空却晴朗了挺长一段时间，足够船长仔细测量他们的位置。他得到了一个天大的好消息，一收起设备，他就让梅尔维尔立即去把这个消息告诉全体队员。

"伙计们！" 工程师用尽全力高声喊道，"船长说我们过去一周行进了 21 英里——现在的洋流也对我们有利。"[24]冰面北移的速度已经赶不上他们朝南行进的速度了，所以他们的努力不会白费。他们总算取得了真正的进展。

人群中爆发出响亮的欢呼声，他们以梅尔维尔所谓 "重新焕发的活力" 徒步前行，穿过浓雾继续进发。

正是在这个欢快但没有十足把握的时候，安布勒医生居然看见了一只活的蝴蝶在浮冰群中上下翻飞。在浮冰上能看到如此美丽，简直与周围环境格格不入的东西，众人的脸上露出了憧憬的微笑。一只蝴蝶——两年多来他们从未看到过这种扑腾的昆虫的任何亚种。它不可能是冰上的"常客"，德隆写道，"一定是从陆地上被吹过来的"——此刻，陆地一定就在附近，而且必将足够温暖和繁茂，才能养育这样非同寻常的生物。

这优雅美丽的小东西激发着众人继续前进。

就在他们朝着岛屿蹒跚而去时，一个人又回到了病号名单上。那就是达嫩豪——他的梅毒眼疾又进一步恶化了。安布勒医生不得不在这个问题上花费越来越多的精力。医生在他的笔记中写道，那只眼睛"充血……发炎……红肿"。安布勒觉得大概还需要做一次手术，但医生做手术所需的大部分仪器都随船沉入了冰海。他能做的只是用奎宁和消炎药膏治疗，并定期清理，但那只眼睛没有任何好转的迹象。

让达嫩豪的情况更糟的是，他断然否认自己有病。他说自己看得很清楚——且看似对此深信不疑。但在行进过程中，他不停地掉进冰隙里，哪怕是最小的障碍也会绊倒他。他那只病眼上扎着绷带，另一只眼因为戴着雪镜而光线很暗，也因为梅毒造成的神经症状可能影响了他的平衡感，用安布勒的话说，领航员现在"变成了累赘"。然而达嫩豪的自尊，他不希望让同伴失望的想法，不允许他承认现实。他坚持认为他也能拖拉重物——而且事实上还是冰上最强壮的人之一。

安布勒和达嫩豪的争执发生几天后，德隆不得不介入了。他让人把领航员叫到他的办公室帐篷里。"你看不见，"德隆说，"从你在冰上跟跟跄跄的样子就看出来了。"

达嫩豪不同意。他说，恰恰相反，他强壮而健康，视力一点儿不比旁人差。

　　德隆打断他道："达嫩豪——你真的很碍事！你做的每件事情都是在帮倒忙。"

　　那么你准备让我做什么？领航员问。

　　"在安布勒医生把你从病号名单上去除之前，我不准备给你分配任何任务。现在你给我回病号雪橇上躺着去。"

　　达嫩豪还试图解释，德隆再次打断他："你可以走了。"

　　达嫩豪从帐篷里出来时，一脸的错愕和愤怒。他再次去安布勒那里报到，并爬上了病号雪橇，像一大坨肉糜饼那样被别人拉着走。医生一脸厌烦地看着达嫩豪。他回想起在华盛顿时，他曾一开始就强烈建议德隆不要让达嫩豪参加探险队。他希望这位梅毒患者现在能"非常悔恨"来到北极，因为他清楚地知道"他病了，很可能会卧床不起"。然而，达嫩豪顽冥不化，一直"讳疾忌医"[25]。

　　现在达嫩豪的欺骗不仅让他自己，也让其他所有的人都陷入了危险。安布勒说："我想从没有人像我们现在这样……被这么一个病患弄得狼狈不堪。"但安布勒很快就忙着想别的事去了。他意识到，在弗吉尼亚老家，那天是他未婚妻的生日。他在日记中写道："我的小女人……一定21岁了。三年前的今天我们在一起好快乐。"晚餐时安布勒独自一人坐在那里，手里"只有一锡杯的茶，举杯遥祝她身体健康"[26]。

　　众人继续穿越迷雾艰难前行。好几次，云开雾散，岛出现在眼前，但折射光非常古怪多变，根本无法判断它到底还有多远——或者中间的冰面情况如何。德隆用望远镜仔细观察了眼前千变万化的情形。他说："我越看越糊涂。"安布勒在他的日志中写道："随着我们的前进，岛似乎在后退。"[27]起初它看似被冰包围着；过一会儿，它似乎又从开放的海水上升起。然后又消失了，不久又出现了。"我坐在那里，对着这个东西研究了一个小时，观察了每一次变化，"德隆写道，"我相当没有把握。"[28]

同样让德隆迷惑的是他们此番前往的到底是新西伯利亚群岛中的哪一个岛。他再次打开航线图，现在确定它一定是利亚霍夫群岛（Lyakhovsky Islands）——小利亚霍夫岛和大利亚霍夫岛位于新西伯利亚群岛的最南端——中的一个。然而，如果它的确是利亚霍夫群岛中的一个，那么他的地图就画得相当粗糙——差100多英里呢。德隆进一步研究了这个难题，忽然意识到他没有考虑另外一个可能性：或许这根本就不是新西伯利亚群岛中的一个。或许这是一个新岛，跟亨丽埃塔岛一样，是从没有在地图上标注甚至从没有人看到过的岛屿。"我又一次燃起了希望，"他因为激动而满脸通红地写道，"我们又有了一个新发现。"[29]

雾更浓了，人们又有好几天看不到岛屿。然而，他们可以感觉到正离它越来越近，因为能听到海岸的冰不停摩擦的声音，以及听起来像是数百万只海鸟发出的咯咯吱吱的啁啾声。他们常常看到单只的鸟从头顶飞过，鸟喙上还叼着食物。

7月28日，耀眼的阳光穿透了云层，岛屿突然无比清晰地出现在面前，距离不足1英里。它的最高处有数千英尺高，耸立在不规则的冻海上。这个岛的面积比亨丽埃塔岛或珍妮特岛大得多，在巨大的冰川中褶裥而立。海岬上长着苔藓，好几处陡峭的悬崖上都有鸟粪留下的条纹。梅尔维尔可以看到"悬垂的黑色玄武岩石块，上面不时有一块块红色苔藓，还有不知道多少个世纪以前的腐烂植被留下的脏污"。眼前的岛屿就是

"巨大的岩石，会被时间的大手劈开然后碾成粉末"。[30]

众人摘下茶色冰镜，放下肩上的拖绳，大口喘着粗气。在纽科姆看来，那片"陆地到处是奔腾的湍流、冰川，巨大得难以攻取的岩石据点（以及）高耸的峭壁，其雄伟庄严简直无法形容"。[31]数千只海鸥、刀嘴海雀、三趾鸥和海鸠蜂拥而来，"遮天蔽日"。就在鸟儿那震耳欲聋的喧嚣叫声背后，还有一种声音，一种稳定的低音，一种纽科姆所谓的"嗡嗡声，仿佛来自一大群蜜蜂"。[32]这混合低音是鸟儿们的轻轻碰触、喁喁轻语、吃吃傻笑，是在成千上万的岩壁和鸟巢间忙碌穿梭的声音。那是生命本身拨动的琴弦。

众人被眼前的景象惊呆了；有些人感动得落下泪来。他们从未见过或听过这么多鲜活的生物挤在一处。

虽近在咫尺，但德隆可以看到，登岛仍是个艰难的考验。他们与海岸之间的冰面险象丛生，是一轮"迷惑和麻烦"的旋涡——他想，它们造成的障碍足以"阻止歌利亚前进"[33]。安布勒预测说他们"全体要付出极大努力才行"[34]。然而，人人都被岛上的景观激发了斗志，德隆决定利用这重新焕发的活力，一鼓作气，向前冲刺。

7月29日，当他们终于踏上那多岩的海岸时，德隆把手下那群脏兮兮、湿淋淋的队员召集在一起发表了宣言。他必须要扯着嗓子大喊，才能让自己的声音盖过那群尖叫的鸟。"我们艰苦跋涉了这么长时间才来到的这个岛，"他说，"是一个新发现。我以美利坚合众国总统的名义将它收归美国所有。"[35]

人群中响起了三声欢呼，接着就散开到岛上去寻找生火用的浮木。虽然他们已经疲惫不堪——"个个都筋疲力尽，"德隆说，"已经不可能再走更远的路了"——但他们享受着脚踩着坚实大地的感觉。除了梅尔维尔和探访亨丽埃塔岛的小团队外，珍妮特号的队员们已经有 697 天没有走在干爽的陆地上了。安布勒医生开心地享受着他所谓的"在我的身体和土地之间恢复了电路连接"[36]的奇妙感觉。

　　不久，多岩的海滨便响起了篝火的噼啪声。美国国旗在德隆骄傲的营地上空飘扬——这一次，他想，那些国旗不像是在嘲笑他了。

31. 宝贵的八天

起初，那声音压根儿没对他们的耳膜造成任何冲击；那更像是一声来自地心的低沉震动。大多数人正在他们的豹皮睡袋里打着呼噜，因为太累而根本听不到什么声音。但随后大地"震动和颤抖起来"，梅尔维尔说，带着"远处轰隆的咆哮声"。[1] 这粗糙刺耳的隆隆声积聚了极大的力量和强度，连鸟儿都从它们悬崖边的栖息地被驱赶得满天乱飞。帐篷里，几双眼睛睁开了，面容因困倦而扭曲着，不解地皱着眉头。那是一种从没有任何人听到过的喧哗和骚动。很多人觉得一定是地震了。

德隆和队员们从帐篷里跌跌跄跄地走出来，透过北极的黎明之前越来越微弱的光，一脸惊愕地看着眼前的景象。在他们头顶1000多英尺高的碎石山坡上，正发生着剧烈的山崩。岩石碎片正"势不可当地朝我们迎面扑来"[2]，梅尔维尔说。

所幸，探险队扎营的砂石口跟那座山坡之间隔着一条窄窄的河流。哗啦啦坠下的岩石在河流中高高地堆积起来，"把河水抽打成泡沫"，纽科姆说，"水花溅得有50英尺高"。[3] 如果不是有那条河在中间挡着，梅尔维尔说，"我们就要被埋在这冲刷而下的石堆下面了"。

灰尘和沙砾遮天蔽日地笼罩在营地上空——众人被呛得几乎窒息，但同时也为他们的好运而陷入沉思。他们不得不惊奇：难道是岛屿想告诉他们什么？仿佛这片此前从未有人侵入的原始北极岩石以最强烈的声音反对探险队的到来。山崩沉积了

"数量惊人的落石"，德隆说。不过，这一近乎灭顶之灾也没让他特别铭记于心。他们此行经历了那么多考验，他写道："什么奇事都不足为奇，没有意外才叫出人意料。"⁴

德隆只对一件事情感到意外：事实证明，他们登陆的这个岛屿是一大片有待开发的宝地。7月30日，他们登陆后的第一天早晨，他派遣侦察小队到岛上各处去考察，他们带回来的报告着实喜人。他们发现了海岬、高原、火山锥、几个冰川，还有数不清的岩石矿苗，煤层密布。队员们收集了一对风干的驯鹿角，一些猫眼石、紫水晶和玄武熔岩的样本，以及好几副海洋哺乳动物的骨骼。他们发现了熊、狐狸、兔子和松鸡的足迹。岛屿延伸出若干英里，一两天时间根本考察不完。

德隆为他们有如此惊人的发现而倍感欣喜，决定把这个地方命名为"贝内特岛"。在他看来，这个岛现在已经是美国领土的一部分了。"我把贝内特岛加入美国的国土中"⁵，他写道，又把他们营地旁边那座高耸的悬崖命名为"艾玛角"。

如今，这个岛屿在俄罗斯地图上被标注为"贝内塔岛"，它的面积约60平方英里，到目前为止，是名为德隆群岛的那个无人居住的群岛中最大的岛屿。（与它相比，亨丽埃塔岛虽然也被认为是德隆群岛的一部分，却只有区区4.6平方英里。）贝内特岛上的最高峰有1400英尺高，岛上有四条冰川，其中一条有560英尺厚。虽然岩石嶙峋，没有树木生长，但岛上大部分地方都覆盖着低矮的苔原植物——非禾本科牧草、灌木、苔藓和地衣。数十亿年前，贝内特岛曾是更新世晚期白令平原底升起的一座孤山，白令平原曾经把西伯利亚和北美大陆连接起来，如今则已经被淹没在北冰洋下面了。

在贝内特岛上的那些天，德隆船长陷入了矛盾。一方面，他希望能在岛上探索一番并为之绘制地图——无论如何，这是探险队首个重大的地理发现。另一方面，他又知道自己必须与北极的时钟争分夺秒。他和全体队员要想存活下去，就必须迅速南移。然而，出发之前他们必须积聚力量、修补船只，只有重整旗鼓，方能面对前路的重重困难。休息、探险和继续前进，这个微妙的三角折磨着德隆。他知道无论他做出什么样的决定，他们都命悬一线。"如果在这里耽搁太久，"他意识到，"问题就严重了。"[6] 他当然无法忽略这样一个事实，像沙漠的绿洲一样，这个岛上也有生命，尽管它们都很脆弱。然而，在此流连不去必将把他们带向死亡。

梅尔维尔力劝德隆花些时间去探索贝内特岛。他写道，"任何有着英勇或恢宏气概的人"都能看到探索的价值。相反，梅尔维尔说，"孱弱的、胆怯的或过分谨慎的人却总是想办法逃避探索"。[7]

最终，他们在贝内特岛上待了宝贵的八天。在很多方面，他们在这里的生活都是田园牧歌式的——用梅尔维尔的话说，是"短暂地逃离我们压力重重的劳作"。他们的饮用水是冰川刚刚融化、从山上顺流而下的甘甜的清流。他们在篝火上把水烧热，几个月来第一次洗了个热水澡。由于沿海岸散落着大量浮木，取暖也很方便，那些浮木往往堵塞在那里，在德隆看起来像是个"朽坏了的码头"。[8] 岩石嶙峋的苔原上遍地是美丽的北极野花，还有一种可食用的辣根菜——德隆称之为"坏血病草"——这给他们的食物里添加了一些新鲜的绿色蔬菜。

而且他们根本不缺肉。到处都是海鸟，飞在空中，遮天蔽日，它们的繁殖地也满都是鸟蛋。德隆派几个小队上悬崖去大批杀鸟。很多鸟不怕人，乃至人只需要放慢速度走近它们，用石头就能把它们砸死。它们的肉口感强韧，但在熊油里煎一下还是很美味的。梅尔维尔喜欢"用潜鸟、信天翁、海鸥、刀嘴海雀和其他海禽炖的一锅鲜"，而德隆写道，"我还真不记得吃过比这更丰盛的美味呢！"

其他人起初觉得鸟肉太肥了，不易消化。"吃下去之后的反应有点像小牛肉，"达嫩豪说，"包括医生在内，几乎每个人都有恶心呕吐的症状。"[9] 安布勒言简意赅地写道："鸟肉餐——老鸟太硬，幼鸟较嫩。"[10] 纽科姆是个鸟类爱好者，但关于将这些有翼生物用作食物的评价也只是"还好"而已。不过，如果跟大量的坏血病草色拉一起食用的话，浓郁的炖肉要更容易消化一些。

德隆知道，找到这个岛纯属意外的幸运，是在他以为已经山穷水尽之时，一场纯粹的好运降临。日子一天天过去，此刻他看到大家又变得生机勃勃，他们的眼睛里又有了新的亮光。"仿佛主在指引着我们行动，"他写道，"要感恩的太多了；虽然工作这么艰苦，但每个人都身体健康；大家胃口好极了，睡得又香又长。"

还有些事情让德隆觉得贝内特岛是个快乐的避风港，其一就是他不需要再密切关注纪律之事了。他跟奇普说："让大家像在美国领土上一样自由。"[11] 在贝内特岛上的八天，德隆给队员们分配了很轻的任务——研究海潮、收集动物遗迹或地理学标本。除此之外，他觉得眼下几乎就像是到达了一个海港，在那里短期度假。他觉得这对大家的士气和身心健康至关重要——他自己也是如此。大家都需要暂时休息一下。

科林斯又可以跟大家交流了，也能随意在岛上四处走动，条件是他要带上笔记本，详细描画地形。达嫩豪也可以自由活动了，唯一的警告是他那只病眼必须包起来，且要尽力保护自己，不要走在营地上方那些危险的山坡上。纽科姆完全恢复了他受雇时的身份。他毕竟是探险队的博物学家，尤其精通鸟类学——在这个没有人探访过的荒岛上聚集着无数的鸟，很多都是极其罕见或鲜为人知的物种。

每天早晨，纽科姆都会拿起他的笔记本和鸟枪出发，用他的话说，往往是独自一人"徒步旅行"一整天。他总算来到了属于他的天堂。这是他最初加入探险队的理由；这是他的专业第一次直接派上用场。

一天，他顺着一个有着尖利岩石的山谷攀爬了很远，那些岩石"高耸，像是巨大的古老城堡"。一想到自己是第一个踩在这些古老岩石上的人，他又欢喜又畏怯。"我或许是第一个双脚踩在这里的人，"他写道，"我站在那里观望时，几乎期待着看到某个巨人骑士出现在我面前，问我怎么能，或者有什么权利胆敢入侵他的领地。"[12]

还有一天，纽科姆沿着他所谓的"四分五裂的危险岩石"爬了1200英尺去观察一个刀嘴海雀——一种大型的海雀科鸟类——的栖居地。纽科姆可以跟鸟在一起待一整天也不厌烦。他聚精会神地观察了好几个小时，从一个高高的岩架上观察它们，那里覆盖着红色地衣和鸟粪的污渍。"我真羡慕这些美丽的小东西，有这么温馨的家，"他说。那些刀嘴海雀"坐成一长排，像参加市政厅会议的公民一样，叽叽喳喳的，声音在峭壁间不停地回响"。那是"我所见过的最大的鸟类繁殖地"。[13]

纽科姆从陡坡上下来时，每走一步都不得不把鞘刀深深地齐柄插进岩屑里，以免一个趔趄摔下悬崖。突然，他听到有人从坡地对着他大喊："小心，长官！"那是满脸惊恐的沙尔维尔。纽科姆扭过头，看到身后发生了山崩，"巨石和土堆向我扑来"。正是他自己这一路上的动作使上面远处的什么东西发生了错位，才触发了这次大规模移动。"我看到还有机会躲在一块突出的岩石后面，就赶紧进去了，就在那些死亡投射物飞驰而下时，将将躲过一劫，"纽科姆回忆道。他把这次经历称为"死里逃生"[14]，并继续愉快地研究海鸟。

营地里，木匠斯威特曼正在上演着航海工程中少有的奇迹。他发现三艘船全都破旧不堪，怀疑它们还能否在水面上漂浮了。就拿那条捕鲸船来说，它的尾柱已经裂了，龙骨翼板——距离龙骨最近的木板——已被击穿。三艘船都需要填絮、修补和加固，还得特别设计索具，以支撑起简陋的船帆，为他们前往西伯利亚海岸提供动力。

手头的工具有限，且除了一些形状古怪的浮木和海象骨之外没有正经的木料，斯威特曼就在这样简陋的条件下着手修补和加固船只。留在营地测气压和进行天文学观测的船长看着斯威特曼，佩服得五体投地。此人就是个动手的天才啊，德隆想。当然，梅尔维尔也有一些聪明的点子，区区几天时间，三艘船全都补好，可以航海了。

除了这个好消息之外，宁德曼有一次在岛屿的南岸考察时，还看见了很大一片的开放水域。他跟德隆形容说，有"大型水道通向西南方，而且冰还在分解，正开辟出新的水道"。从他们的营地望向海面，较小的水道也开始变得开阔了。德隆知道机会来了。坚冰的世界终于打开了一个极小的出口——就在北极夏天即将结束的这几个星期。

德隆注意到，在营地旁边堆着的浮木中有一块上面有小小的刻痕。他仔细研究了一下，发现那是用斧子凿刻的痕迹，这根已经褪色的灰色木棒曾经被用作篱笆桩。没有人知道它是从哪一块大陆或岛屿漂过来的，但在这荒凉的海岸看到它却让德隆心有所感；这是他两年来第一次看到人类文明的迹象，隐约地暗示着在眼前的苦难之外，还有一个充满生机的美丽世界。

有了可以航行的船只和能够行船的开放水域，这块曾经作为工具的木块提醒德隆，他们的确能够以那个人类社会为航行的目标，而它就坐落在南边地平线上的某处。

然而出发之前，德隆还有一个迫切的问题要思考：他应该怎么处理那些狗？他们在阿拉斯加带了40条狗上船，它们如今还剩23条。它们很多都病弱体衰，或野性不羁，难以驾驭。德隆觉得没有必要再在它们身上浪费食物了——在登陆贝内特岛之前，它们已经每天要吃掉1磅肉糜饼了。无论如何，只有三艘船，也确实没有它们的地方了。

所以就不得不挑拣一些狗。德隆走到浮冰上，仔细地观察每一条狗。他跟阿列克谢和阿涅奎因商量，因为他们最了解那些狗。这不是容易的事，但他们最终挑选出11条狗。"这些，"德隆写道，"都已经很衰弱了，有的还有癫痫的毛病。（它们）干的活没法补偿它们的食量，我必须优先考虑人命。"[15]

8月5日，他给埃里克森下了命令。丹麦人把它们一条一条地拉到一个小山丘后面。11声枪响在山谷间回荡着。众人都不忍心去想这悲惨的事。（达嫩豪只说了句"可怜的牲畜"[16]。）德隆看到吉姆和汤姆走时特别难过；它们都是他最喜欢的狗，干活也老实忠诚。唯一的安慰是他还有12条健康的狗——包括呼噜，它已经成了整个探险队的吉祥物。

德隆不打算吃任何一条被枪决的狗。除了每个人都明显不喜欢狗肉之外，他觉得那些都是病畜。当然，他们在贝内特岛上待了一个星期，早就没有饥饿的危险了。

在这坚硬的永久冻土层上埋葬尸体也近乎不可能。于是在一个小小的葬礼之后，他们把那些狗的尸体投向了大海。

第二天，在扔掉了一些雪橇和所有不必要的东西之后，人们开始装船。他们在贝内特岛上的假期结束了。

出发的时机恰到好处。几乎的确是一夜之间，夏季之门似乎就要关闭了。冰雪的世界正在报复性地卷土重来。"我们在这里短暂的逗留期间，"梅尔维尔写道，"变化多大啊！我们登陆时，冰川融化的水还正汹涌澎湃呢！"而现在，工程师写道，"冬天真的已经来了……水流正在干涸，新冰开始结块"，北极的野花"曾经那么鲜艳夺目，转眼就穿上了冬衣"。[17]德隆注意到在一周的温暖天气过后，大家突然"冷得整日打战了"。有些人用木棍敲打自己的腿脚来行"笞刑"，为的是刺激血液回流。这可疑的土法子"让我们的脚很疼，但也没怎么暖和"。

8月6日早晨9点30分——珍妮特号沉没后第55天——德隆命人把三艘满载的小船推进了浅滩。那天，德隆说，"天气不好"[18]，约零下2.8摄氏度。变幻无常的阳光挣扎着穿破云层。小船因为载重而吃水很深，但斯威特曼的修补很牢固。

告别贝内特岛时，在邓巴高高建起在悬崖上的一处岩石界碑里，德隆留了一张纸条，旁边放着一根船桨做记号。纸条上写着：

贝内特岛，艾玛角。

　　北纬 76 度 38 分，东经 153 度 25 分。我们撤营了，开始越过浮冰向南航行，希望能蒙上帝的恩典到达新西伯利亚群岛，从那里乘船前往西伯利亚沿岸。我们有三条船，30 天的补给，以及足够的衣物，且因为在这里休息了几天，身体健康。起初上船的每个人都活着，没有得坏血病。虽然我们偶尔能看见很多通往西南方向的开放水域，但尚不能确定能否驾船继续航行，抑或被迫再次在冰上拖拽行李。

　　　　　　美国北极探险队指挥官乔治·W. 德隆[19]

　　就这样，他们消失在风暴中，三艘小船颠簸前行，肮脏的船帆绑在松动的桅杆和咔嗒作响的翼梁上。德隆深情地最后一次回望着他的发现，岛屿的最高峰"像穹顶般耸立着……在雾中若隐若现"。[20]他们一路向南，艰难曲折地穿行在冰块间，冬天已经来到了身边。"我们那美丽的岛，"梅尔维尔说，"穿上了一袭白衣……它最后在我们的眼中变成了一个隐约的轮廓，像鲸鱼背那样弯曲着，直入云霄，仿佛要将自身的雪白和云朵的银光融为一体。"[21]

我亲爱的乔治——

　　如果你知道珍妮特号及其船员的命运得到了举世关注，会很高兴吧。我收到了几十封电报和信件。当然，全国各地的报纸都急于采访我，但我礼貌而坚决地谢绝了采访。我不想再让我的丈夫去完成任何任务了。我希望他舒服地待在家里，要不我一定跟他离婚。

　　　　　　　　　　　　　　　　　　　　　艾玛

32. 已知的世界

那是骨骼浮冰肆虐的时段。那段时间，眼前尽是越来越窄的融水塘和没有出路的水道，处处是近乎无解的水之谜。浮冰堆太软，全是窟窿，很难放心地乘雪橇前进，但又没有足够的开放水域可供航行。于是他们就只有在这冰筑的迷宫里摸索着穿行，有时把三艘船放在水里航行，有时把它们从凝结的冰上拖到融化的冰上。这些没有尽头的水道"蜿蜒曲折，错综复杂"，德隆写道，"让我想起了迂回曲折的汉普顿宫①"。[1]

德隆称之为"骨骼浮冰"[2]，是因为他觉得那就像一堆骨头纠缠在一起。它像是一个漂浮在灰蓝色海面上的恐龙墓地，也像一个盛着冰的遗骨匣——干净的白色肋骨、带翼的椎骨，以及有眼眶的开裂头骨，白色的眼球在眼眶中松动地漂浮着。

他们在这样的浮冰上下内外奋战了 15 天。有时他们得花整整半天的时间沿着一条看似开通的水道前行，到头来却发现它渐渐变窄并最终堵死了。有时他们要把一切拖到一块冰板上，在冰上搬运半英里才能到达较宽的水道。有时他们得用凿子、冰镐和绳索撬开一大块浮冰，才能凿出通往另一条狭窄水道的

---

① 汉普顿宫（Hampton Court），前英国王室官邸，位于伦敦西南部泰晤士河边的里士满。王室虽已迁出，但王宫的历史魅力及其园林的艺术风格使之成为伦敦不可错过的人文历史景点，素有"英国的凡尔赛宫"之称，是英国都铎式王宫的典范。汉普顿宫内的迷宫由许多栅栏围成，布置错综复杂，如果没有向导或图纸的帮助，很难走出来。迷宫内蜿蜒曲折的小路长约 800 米。

路。他们就这样断断续续地向南前进——一天有时 9 英里，有时 5 英里，有时 12 英里。达嫩豪觉得这样的两栖旅行"非常严峻"，"但比在冰上拖动雪橇好多了"。[3]梅尔维尔称之为"泰坦巨人的苦役……穿过水池、水塘、裂隙和冰丘，它们深度不一，有些齐膝，有些快要没脖颈"。[4]

德隆试图靠近浮冰堆但又避免靠得太近，因为它们往往都有着从水下伸出来的尖利冰舌，可能会导致船只搁浅——或把船身刺破。海浪不断啃噬着坚冰，把它撕裂，弄得到处是暗道和隐形的孔洞。"冰化了很多，"德隆写道，"有大量的空洞延伸到海水里。"[5]梅尔维尔形容一块浮冰，说它"被疯狂打来的海水从下面洞穿，海浪直冲到 20 英尺高；当海浪透过厚厚的冰层从洞中冲上来时，一下子出现了上千个排水槽，活像一大群鲸鱼窜了上来"。[6]

有一次，连着好几天，大多数人都不愿意离开船舱。他们挤坐在那里，有几个人在划船桨，其他人在附近的冰上向前活动去搜索水道。船舱里的人长时间坐着发抖，在舱底板冰冷的泥浆里踩着麻木的双脚。吃饭时，他们嘴里嚼着肉糜饼或啜饮着热的牛肉汁，那些补给都像雪堆一样紧紧地堆在船的肋槽处。虽然他们进展缓慢，生活单调得令人沮丧，水手们却根本没时间睡觉——甚至不能有一刻放松，因为船随时可能漏水，他们不得不频繁地往外舀水。

不仅如此，三艘船载着太过沉重的人员和补给，一点点汹涌的浪涛就能让它们陷入危险。有时狭窄的水道通向涌着白浪的海湾，梅尔维尔说，船在那里"就像马戏团的马一样胡蹦乱跳"。[7]德隆担心其中一条船一定会翻，但也找不到应对之法——他们不得不考虑把总重量再减少三分之一。

于是船长就开始搜寻哪些东西可以扔掉。他对探险队携带的每一样物品都列了详细的清单——每一个线轴、每一块油灰、每一根木料，每一把斧头、锉刀和尖钻——继而把他认为并非不可或缺的东西抛出船外。

但在他的清单中，到目前为止最重也最累赘的东西，除了木筏之外，便是那些长长的雪橇，它们有着坚实的橡木滑槽，此前德隆一直用它们来拖动船只。自从离开了贝内特岛，他把雪橇横放着——把它们横跨在三艘船的船舷上端。这样导致它们笨重的木头两翼总是溅起两侧的水，船也跟着摇晃颠簸。"雪橇这个巨大的累赘，"安布勒医生说，"高高地架在船尾，拖我们的后腿，还干预我们的航向。"

德隆该怎么做已经不言而喻，然而这太冒险了。随着探险形态的变化，他们将不得不变成完完全全的水上生物——不再行走在冰上。他们将不得不把雪橇拆掉用作柴火，因为在到达西伯利亚海岸之前，这一路都将乘船航行了。如果再遇到很长的一段冰路，他们将没有任何东西来拖动脆弱的船，平底船在冰上颠簸、碰撞、斜滑可能会被毁坏而无法修补。更何况，德隆的队员们已经筋疲力尽了，没有任何滑槽，仅凭肉身拖动沉重的船只，对他们来说简直是无谓的挣扎。

于是，德隆不得不把希望寄托在大自然身上，希望前面再没有大块的浮冰挡住去路。他知道这需要谨慎的深思熟虑，因为北极的夏天已接近尾声，白天越来越短，黑暗慢慢地回到了夜晚的天空。不过，现在才 8 月中旬，他们每天都在向南挪动，正逐渐接近北纬 75 度线，这让他有理由乐观地认为冰海会继续开裂。

然而也有可能并非如此。他知道，北极文献中处处都是这样的故事：在很靠南的纬度，天气出奇地暖和，但落单的人却死在大得出奇的浮冰上。无法预测的北极有办法从四面八方挤压过来，人犯下的任何一点儿小错误都会被无限放大。毁掉雪橇虽能够让他们在一定程度上更加安全，但也有可能直接导致他们的毁灭。

不过，把雪橇用作柴火也是个迫切的需要；他们用来做饭的酒精已经所剩无几。至少在几天的时间内，有这堆新柴火，他们就不必烧宝贵的炉用燃料了。他们一有机会停下来，停靠在一块足以搭营的大块浮冰上，德隆就命令斯威特曼和宁德曼把船上的雪橇和木筏捣毁。那些木头将以最节省的方式燃烧——只用于做饭，不用于取暖。那天晚上，当他们在雪橇木燃烧得噼里啪啦的火堆上用小火炖煮可怜的晚餐时，有几个人怀疑眼前燃烧的或许无异于自己葬礼上的柴堆了。

德隆接着把注意力转向了剩下的 12 条狗的问题。它们的问题与其说是重量，不如说是它们古怪的行为。它们在船上很不安生，每次它们四处扭动，水就会从桨架那里灌进来。那些狗已经变成了危及人身安全的东西。德隆虽然知道应该怎么做，但还是难以抉择。或许他们还需要狗来拉货（尽管雪橇已经毁了，这一点也很可疑）；或者——求上帝饶恕——他们还需要狗的蛋白质。德隆骨子里是个爱狗之人，用他的话说，他真想把这 12 条狗全都"留到最后"。

然而不久又发生了新的意外。一天，三艘船刚刚沿着一块大浮冰的边缘慢下来，4 条狗——斯麦克、阿姆斯特朗、迪克和独狼——就跳到冰上蹦蹦跳跳地跑掉了。德隆驾着第一艘驳船大大领先，过了好一会儿才知道这个消息，但已经太迟了。

"时间太宝贵"[8]，他说，没法派出搜索队去浮冰上追上狗，再把它们拖回来。因此，三艘船又继续缓缓而行。那天后半夜，当众人烹煮和食用晚餐时，听到那几条离群的狗的"哀号"[9]在浮冰上回响。

几天后，又有几条狗以同样的方式逃走了，德隆终于不情不愿地宣布，"最合理的做法"是射杀所有的狗。他不想让它们再离群走失，那只会让它们受罪，最后在冰上饿死。"我很遗憾"，德隆说，他让人把它们"带出去枪决了"。[10]一下子杀死这么多狗，让有些人非常难过——埃里克森尤其悲伤，他最喜欢的王子也被射杀了。

最后，德隆选择留下两条：卡斯马卡和呼噜。用达嫩豪的话说，它们似乎是"仅有的两条行为足够理性，可以跟在我们身边的狗"。[11]然而，卡斯马卡太笨太大了，因而几天后它也被射杀了。在阿拉斯加上船的40条狗中，到现在探险队只留下了1条。"只要不危及我们的安全，"德隆暗自发誓，"我就要留下呼噜。"[12]

与此同时，达嫩豪上尉的眼疾再次复发，特别是在阳光充足的晴天。虽然他的左眼上仍然缠着绷带，右眼戴着雪镜，但情况还是不断恶化。他的病眼分泌出大量黏液，安布勒说它"肿得老高"[13]，角膜下面发炎的区域越来越大。医生用碘酒和奎宁治疗，每天都在自己的日志上记录着进展："发炎""粘滞""红肿""巩膜上出现血管"。安布勒不敢想做手术摘除达嫩豪病眼的事情。医生既没有合适的仪器，也没有麻醉药剂。他们得把达嫩豪按在冰上，安布勒得拿一把锉刀把那只眼睛摘除，除了一点点酒精之外，没有任何东西可以给病人缓解疼痛。

奇怪的是，达嫩豪仍然否认他的眼睛问题严重，坚称三艘船中的一艘应该由他指挥。他被安排在梅尔维尔的捕鲸船上，但他的军衔比梅尔维尔高，作为海军学院毕业生和领航员，他觉得自己的经验和权威被藐视了。然而，德隆关于达嫩豪的立场非常坚定：只要他还在安布勒的病号名单上，达嫩豪就不能领导其他人，也不能安排给他任何可能置他人于危险的职位。

领航员愤怒而郁郁不乐。暗自酝酿着阴谋。他声称要报复——指出只要他们一回国，他就要利用自己家庭的关系让德隆永远离开海军。安布勒仔细观察着达嫩豪，开始觉得他的行为接近于妄想症了。根据达嫩豪"很古怪的想法"，安布勒写道："他似乎觉得自己受到了不公正的待遇，并坚定地认为众人联合起来让他无法行使自己的合理职权。他反复试图回到自己的岗位上，已经制造了很多麻烦。无论如何，我都不觉得一个人病成他这样还……（是）个正常人，能够指挥一艘船和一队人。"[14]

然而，达嫩豪顽冥不化。他几次三番去找德隆，坚持要指挥梅尔维尔的捕鲸船。"你是病号，"德隆回答道，"你不适合指挥。你看不见。"

达嫩豪否认，说他一点儿也不瞎："我完全可以行使职责。"

"我不能让你拿其他人的性命当儿戏"，德隆说，然后又补充说领航员如此不停地抱怨"不像个军官的样子"。

"我能把这句话视为人身攻击吗？"达嫩豪质问道。

"你觉得是什么就是什么吧！"德隆咆哮着，命令他离开了自己的帐篷。[15]

8 月 20 日，离开贝内特岛 14 天后，德隆和队员们艰难航行了一整夜，在一块巨大的冰面上扎营。他们情绪高昂，因为在南边不远处，他们看到的全都是无障碍的水域。看样子，他们总算走到了那块骨骼浮冰的尽头，来到了开放海水的边缘。还有更好的消息，那天午前，乔治·博伊德（George Boyd）高兴地冲德隆大叫，说他在西南方向看到了陆地。

德隆一贯是个保守的人，他举起野外望远镜，亲自观察了那模糊的轮廓，表示不同意，说自己"拿不准"。然而到当天下午 2 点，"它已经足够清楚了"。[16] 德隆考察了彼德曼的航线图，顿时又重新燃起了乐观的希望之火。他说："我觉得那毫无疑问是新西伯利亚岛"——俄国人称之为 Ostrov Novaya Sibir①。它看上去大约距离他们 20 英里远。新西伯利亚岛是一个地势较低但面积很大的岛——方圆 4000 平方英里。根据彼德曼的记录，那个岛无人居住，但沙皇派去寻找猛犸象牙的化石猎人曾好几次探访那里。

德隆激动起来：他们总算来到了已知的世界。自从两年前漂过赫勒尔德岛之后，德隆第一次看到了一块存在于地图上的陆地。

马上就要开始第一次在开放水域航行了，他们那天白天剩下的时间，以及夜晚的大部分时间，都在修补船身、修理索具、重新分配物资，把雪装进船里，抛弃掉最后几盎司不必要的东西。那天晚上在他的帐篷里，德隆写道："我希望明天天气晴朗，愿上帝保佑我们能在水上起航。"[17]

---

① 原文为拉丁化的俄语，意为新西伯利亚岛。

然而第二天一早，德隆从帐篷里钻出来，被眼前的情景惊呆了：南边除了冰之外，什么也没有。一夜间，风向来了一个大转弯，把他们吹得背离了新西伯利亚岛。通往岛屿的路已经完全被堵死了。没有水道，没有河流，只有一大片翻搅的浮冰。"这么多冰聚合在我们周围，"德隆说，"看样子我们再也无法航行了。"[18]梅尔维尔掩饰不住自己的震惊："四周看不见一点儿水，风把浮冰都吹到了一处，我们似乎永远也走不出这片荒野了。"[19]

德隆派出一个侦察队去查看冰情。他们的侦察结果毫无希望，周围残酷地混合着坚硬的外壳和黏状物体。不可能通过或在其上前行，无论乘船还是乘雪橇都不行。说到底，德隆已经没有可以运船的雪橇，而且——除了呼噜之外——也没有狗来拉雪橇了。

他不敢相信他们的运气怎么会这么坏。几个小时前道路还是畅通的，但现在德隆和队员们被困在这里，再次成了冰的囚徒。除了留在原地，希望风向再次发生变化之外，别无选择。梅尔维尔说："我们只能等待有利的变化，除此之外无事可做……我们也是这么做的，因为已经习惯了不管遇到什么困难都往好处想。"[20]安布勒医生开始觉得有人在暗中活动，企图哗变。他说："命运似乎总是在捉弄我们。"[21]

一天，两天，三天，他们被困在冰上。无法行动让德隆感到压抑。他们浪费了宝贵的时间，同时还在消耗同样宝贵的补给——他竟无能为力。随后三天变成了一周，还是挪动不得。在每天日志的字里行间，德隆的焦虑逐步升级。"我们又失去了一天时间，这一天过得真是无聊而愚蠢……又一个厌烦的日子疲沓地过去了……已经浪费了七整天的时间……形势还是没有好转，令人沮丧而失落，我们消耗着补给，但毫无作为。"[22]

即便德隆将每个人的补给量减半，他们的储备还是以惊人的速度在减少。他们还有充足的肉糜饼——大概1400磅，但其他东西都在迅速耗尽。他们没糖了。没有压缩饼干了。柠檬汁喝完了。大部分浓缩牛肉汁都煮光了。最后一点儿咖啡也喝完了。用作木柴的雪橇也烧完了。"形势之严峻前所未有，"梅尔维尔说，"现在，我们的生存变成了单纯的补给问题。"[23]

烟草也用光了，这是最无法忍受的。几个人还有私藏，但大部分烟草都已抽完。很多人开始用茶叶和煮过的咖啡渣做成一种混合物替代烟草，它虽有种难闻的辛辣味道，但能缓解部分烟瘾。主要是让人有点儿事做，能暂时不去想眼前的辛劳和烦闷。

起初，德隆对这种假冒混合烟草嗤之以鼻，然而后来随着自己的存量也越来越少，他开始觉得这是个不错的主意。"我觉得明天我也（要）尝试一下了，"他写道，"因为今天晚饭后，我的最后一斗烟草就要抽完了。"

短短几天，德隆越来越烦躁易怒："我承认我这几天想抽烟想得要命。"[24]不过没过不久，永远兴高采烈的埃里克森就来施以援手了。大块头丹麦人"给了我一小包宝贵的东西"，德隆写道，"我说我只要一斗就行，但他坚持多给我一些，说他们六号帐篷里还剩下一些，够抽一阵子呢"。德隆谢了又谢，收下了礼物，又立即转送给安布勒和宁德曼一些。

那天晚饭后，德隆坐下来奢侈地抽了一斗烟。"现在，"他引用莎士比亚的台词说，"理查又是好好的理查了。"①25

几天后，德隆用完了埃里克森给的礼物，最终还是在人造烟草的诱惑面前屈服了。"因为没有烟抽难受了一整天，今晚我也开始抽茶叶了，居然惊喜地发现它能大大缓解烟瘾。"26

刑期还在继续。八天，九天——还是动弹不得。事实上那并非实情：虽然他们眼前滋生蔓延的冰堆拒绝消失，但它是移动的。他们宿营的那一大块带着融雪的冰沼一直都在漂移，方向也大致正确：向南。只要浓雾散去，德隆就能看出他们的位置发生了很大的变化。新西伯利亚岛虽已在东边很远的地方了，但一个新的岛屿溜进了视线，就在西南方向。

德隆确定那是法捷耶夫岛，是新西伯利亚群岛中另一个被描画模糊的碎片。这个无人居住的岛屿是以一个名叫法捷耶夫（Faddeyev）的俄国皮货商的名字命名的，他曾为寻找生皮在这里待了一个季度，还建了一座小茅屋。德隆发现，风向和当前的洋流都把他们所在的浮冰送到了新西伯利亚岛和法捷耶夫岛之间的那条狭窄水道中。虽然这么长时间动弹不得，他们事实上却取得了很大进展。

他们被困冰上的第九天，8 月 29 日，奇普兴高采烈地来到德隆的帐篷报告，说西南方向开通了一条大有希望的水道——基本上就是朝着法捷耶夫岛的方向。德隆立即撤营，把所有补给和船只在浮冰上拖出去好几百码，到达了这条新水道的边缘。那天夜里，他们在水边支起帐篷，第二天一大早，看见水道又开得更大了，德隆命令队员们准备把船放下水。水道里都是快

---

① 出自莎士比亚的戏剧《理查三世》第五幕第三场。

速移动的打旋冰块，然而在受了整整十天的监禁之后，德隆很想试一试。"在这样一个鬼门关把船放下水的确棘手，"他写道。[27] 但他们还是把船从浮冰上推了下去，开始沿着水道谨慎航行——希望它无论多蜿蜒曲折，最终都能把他们带到法捷耶夫岛。

他们用了一整天时间，但一直朝着岛的方向走，尽管有不少浅滩阻隔，但最终总算把船开上了荒凉的法捷耶夫岛海滨。他们享受过贝内特岛上的岩石嶙峋，但这里是他们离开阿拉斯加之后第一次踩在真正的土壤上。"经历了过去十天的巨大压力，我大大地松了一口气，"德隆说，"再次脚踩在苔藓和草地上让我很兴奋，我冻僵的双脚也恢复了正常温度。"他们从海滨移动到一个长着绵软地衣的台地上，在那里支起帐篷，收集了一堆浮木。"呼噜高兴地在四周疾驰着，追着旅鼠，这里的地上到处都是旅鼠洞，"德隆说，"我们一行人则开始更认真地寻找可食用的猎物。"[28]

队员们发现了新近排泄的鹿粪，一些毛茸茸的鹿角，还有一只野兔的足迹。一群黑雁鼓动着双翼掠过了苔原。另一群人找到了一个水塘，那立刻成了饮用水源。纽科姆找到了两根巨大的化石骨骼——说它们是一头长毛猛犸象的胫骨和腓骨。在距离登陆点1.5英里的地方，斯威特曼和阿三发现，在一处清澈的湍流溪水附近，有一座倒塌破败的小茅屋——可能是法捷耶夫本人几十年前建的。但没有痕迹表明最近有人登过岛。德隆派了好几个猎人去追踪野兽足迹，那头鹿显然已经跑远，进入岛内腹地了，无疑是看到探险队的到来而受到了惊吓。猎人们打了十几只鸭子，觉得没必要花费宝贵的时间和精力去追鹿，岛太大了——法捷耶夫岛的面积超过 3000 平方英里——湿软的苔原上分布有无数的水塘和湖泊。

于是德隆决定 8 月 30 日夜间暂时在此露营，然后再前进。第二天早上，他们划入海湾，沿着法捷耶夫岛的南岸向西前行。周围没有冰，但水往往很浅，行船很危险——三艘船总是在沙洲上搁浅。人们从船上可以看到，岛上到处都是野生动物——鸭子、鹅、猫头鹰，不久还发现了几只海豹。下午 5 点 30 分左右，德隆试图再次在法捷耶夫岛岸边登陆，在那里准备晚饭并再次宿营，但靠近岸边有太多沙洲，以至于他们进不到岸边 500 码以内的范围里。

天色渐晚，看样子他们必须要在船上过夜了——事实证明，这一晚上需要几乎不停地"改变航向，把船拉到有足够深的水的地方让它漂起来"，德隆写道，"谁都不可能睡觉了，我们在极度不适中等待着曙光。"[29]

接下来的三天，他们缓慢小心地沿着岛的轮廓前行，沿着海岸走了大约 70 英里。在法捷耶夫岛上射到的 12 只鸭子在德隆的驳船尾部扑腾着——他留着它们，以备晚些时候再享用。海水汹涌，德隆觉得除非他们全速前进，否则海浪必将越过船的栏杆，让船失控。"事实上，"他说，"海水不时地漫进来，浇得我们浑身湿透，还得一刻不停地往外舀水和用泵抽水。"每一波大浪打来，船上的人都彻底浸泡在水中。"我的天！"梅尔维尔写道，"这冷水澡洗得！"[30]

奇普指挥的第二艘驳船是三艘船里最慢的一艘，总是落在后面。它一度干脆不见了。那 48 个小时，德隆根本不知道奇普和他的小分队的下落，包括最受人敬重的冰区引航员邓巴。德隆和梅尔维尔把船拖上了一块冰台，在他们的桅杆上插上黑旗，等待着奇普的出现。德隆心焦如焚——奇普，他的得力助手、他的副官、他从格陵兰岛时期至今的老友。"如今焦虑和烦恼早已成了我的恒常伴侣，"德隆写道，他一心只想知道奇普可能的下落，"此刻焦虑的强度更是加倍。"[31]

9月3日傍晚，德隆终于欣慰地大松一口气：奇普的驳船出现了，正沿着北边那块冰的边缘缓缓前行。失踪的人终于和德隆团聚了，人群中爆发出一阵欢呼声。"真高兴终于又看到他们了！"梅尔维尔说。奇普和他的船员们没少受罪。他的驳船撞在一个沙丘上，一度几近倾覆。奇普、邓巴和所有的船员看上去虚弱而憔悴——尤其是邓巴。这位捕鲸人晕厥了几次，身体很难保持平衡。安布勒医生检查之后，发现他患上了"眩晕症"[32]和心跳过速。"邓巴看上去病得不轻"，德隆写道，他看到邓巴"坐下时总是栽倒和朝一侧摇晃。我担心他在第二艘驳船上受了很多罪，但他没有说。情况的确严重，因为这一个小时大家只顾着激动了，还没人说过到底发生了什么事"。[33]

就在安布勒尽可能地照顾邓巴时，德隆决定把他存着的12只鸭子烹煮了，庆祝奇普全队归来。"我担心它们会坏，"德隆说，"所以就用它们做了一顿丰盛的晚餐。"[34]在飘着香味的炖锅旁，他们举杯祝大家身体健康，并发誓在到达安全地点之前，再也不分开了。

第二天，9月4日，他们的宿敌——冰——又回来了，阻断了前进的道路。早上大部分时间，他们都不得不拖着沉重的船在冰上走，德隆称之为一块"崎岖而混乱的浮冰"。没有拉船的雪橇，对船的平底是沉重的打击，几艘船的船底不断遭到磕碰撞击。"很长一条木板从龙骨上剥落了，"德隆烦躁地说，

"船身上也有很多刮擦。"德隆一度掉进了一个几乎没顶的冰洞。在那天剩下的时间里，他的皮衣一直"不舒服地黏在身上"，他说，"虽然医生给了我一些白兰地喝下去取暖，我还是冻得钻心沁骨"。[35]

那天晚上他们终于把自己拖上了法捷耶夫岛临近的岛屿，科捷利内岛（Kotelny）的海岸（两个岛屿的形成与同一块海底平原有关）。科捷利内岛如今是新西伯利亚群岛中最大的踏脚石，也是世界上 50 大岛屿之一。它是由俄国猎人和商人伊万·利亚霍夫（Ivan Lyakhov）在 1773 年发现的，19 世纪初曾有毛皮商和化石象牙猎人登陆过好几次。和新西伯利亚群岛中所有其他的岛屿一样，它也无人居住。

在岛上那些德隆称为"灭烛器一样的山丘"[36]的包围下，他和队员们在科捷利内岛吃了一顿简单的晚餐，好在他们找到了成堆的柴火。"一长排浮木被扔在海滨，从水位标一直堆到了冰旁，"梅尔维尔写道。[37]不久他们就点起了熊熊燃烧的篝火。德隆说："虽然被烟呛到，又被火苗烫着，但我们站在篝火周围，算是把自己烤得半干了。"梅尔维尔觉得，那是"我们自离开美国之后第一次享受到真正的好营火……我们前身暖和，后背冰冷，湿透了的外衣已经基本上被烤干了"。

他们扔进火焰的好几根废料棍都有着梅尔维尔所谓的"友善的斧头印记"。这让露营者们的热情大大高涨起来。梅尔维尔说："这些沉默的文明印记对我们的内心有着多么大的吸引力啊，让我们想起了遥远的家乡和故人。"[38]

德隆和队员们非常享受围着温暖的篝火，就在科捷利内岛上待了两个晚上。德隆发现自己长了很多冻疮，这是很疼的血液循环疾病，导致他的脚上长满了溃疡，几乎走不了路。其他人也有初期冻伤。连着几周，每个人浑身上下里里外外又湿又冷。对他们来说，比食物更迫切需要的，是让自己干爽暖和起来。如果打猎的收获再大一点儿的话，德隆或许会在科捷利内岛上逗留更长时间。但打猎几乎不可能：一层厚厚的德隆所谓的"管制雾"[39]使人什么都看不见，把能见度减少到几码。他们唯一能接近的主菜原料是"几只黑鸭子"，梅尔维尔说，"它们胆怯地在海上拍着水"。[40]

在科捷利内岛上寻找遗留物和纪念物就开心多了。一行人潜入泥沼的山丘，像一群寻找宝物的快乐孩子。宁德曼带回了一个鱼桶上的铁环。赫伯特·利奇（Herbert Leach）带回了一根完整的猛犸象牙，还有人见到了小一些的象牙标本。阿列克谢发现了一个修建得很不错的小木屋，它的缝隙里堵满了泥和垃圾。他还带回来一只木制饮水杯、一些木制器具和一枚金属硬币，那是一枚1840年的俄罗斯戈比①。这些物品中有一些——尤其是硬币——在这浓雾弥漫的北极显得极不协调。钱的概念让人想起来就忍俊不禁，跟这偏僻的荒野实在风马牛不相及。

科捷利内岛上唯一兴盛的动物或许就是旅鼠了，这种北极的穴居啮齿动物的种群年度保有量从过剩急转至几近灭绝，后来又有所回升。那时它们一定处于循环的高峰期，因为根据德隆的描述，它们四处乱跑，"不计其数"——偶尔会被雪鸮追逐。这种毛发蓬乱的啮齿动物哪里都要走一遭，最后进入帐篷里。德隆写道："科林斯先生昨晚显然有个枕边人，那就是旅鼠，因为他今天早晨从帐篷里出来时，一只小生物从他皮衣的

---

① 戈比（kopeck），俄国、苏联及后来独联体国家使用的钱币，1卢布相当于100戈比。

帽子里跳出来，在沙子里打洞钻进去了，动作快得像一道闪电。"[41]

9月6日，德隆和探险队员们离开了科捷利内岛，但他们面对的条件堪称悲惨。风力更强了，把海水抽打成泡沫四起的白浪，其上还布满了浮游不定的冰块。"我们几乎被掀翻了，"[42]达嫩豪说，"只要撞上这些冰块中的一块，我们必死无疑。"[43]

在这样危机重重的海水中航行，其艰难程度超出了所有人的想象。"我们为了保命使劲儿地划桨，"梅尔维尔说，"海水咆哮着，嘶吼着……水手们被风浪遮住了视线，只有用尽全力拼命划桨，他们没有任何保护的双手冻僵了，流着血；船在巨浪中任意起伏颠簸。"自从珍妮特号启航以来，船员们第一次遭遇了最直接、最基本意义上的身为水手的考验。梅尔维尔非常感动："肆虐的冰海把他们浇透了，这些身负重任的人却创造了奇迹。"[44]

他们没日没夜地在巨浪中航行，目标是西南偏西。那些不适应航海的人——包括阿三和科林斯——被晕船折磨得死去活来。在30多个小时里，三艘船有时前跌有时侧滑，好几次都几近翻船。风太大了，德隆让人把帆折叠起来以减小面积；这让船身稳定了一些，但同时又大大降低了速度。谁也没有合过眼；大家都警觉地注视着梅尔维尔所谓的"以各种形式不断出现在面前的危险"。舵手稍有差池，他说，"我们就会葬身鱼腹"。[45]

梅尔维尔的捕鲸船最是危如累卵。有一次，达嫩豪写道："一股绿色海水裹足了力量冲过整个左舷，水瞬间灌进来，溅得桨手座板上都是；她摇晃着眼看就要沉没，但大家人手一只汲水斗，飞快地把水舀出去，她不久又漂上来了。我以前在船上从没有那么恐惧过，但这一次的形势最危险、最可怕。如果再有一波海浪打过来，我们中间没有一个人能活命。"[46]

9 月 8 日——珍妮特号沉没后第 88 天——德隆在拉普捷夫海（Laptev Sea）看到一块孤独的浮冰正懒散地上下摆动。他随即招呼另外两艘船，决定到那块浮冰上休息一下。"我实在可怜身边这些又冷又累的人，"德隆写道。[47]他们把船拖上了一小块冰，在那里扎营。用梅尔维尔的话说，他们"或许是世界上最可怜的一群人，哆哆嗦嗦地挤作一团"。[48]梅尔维尔冻得头脑混乱了，他唱起歌，为的是让自己"灌满了冰水的脑子"兴奋起来。安布勒说："我因为抽筋和寒冷而浑身麻木，除了脑子还在动之外，有几次都感觉不到自己的存在了。"然而，医生还是打心眼里佩服海员们能如此坚忍不拔地面对苦难的考验。他写道："大家的情况大概不会比我好，但他们都挺住了，没有一句怨言。"[49]

他们当时的位置就在北纬 75 度以南，在西伯利亚海岸东北方向 100 英里多一点儿。他们支起帐篷，脱掉冰冷的外套。呼噜在人们旁边蜷缩在冰上，人们嚼着大块的肉糜饼，喝着在酒精炉上烧热的茶。他们几乎一言不发就爬进了自己的海豹皮睡袋，如梅尔维尔所说，"问心无愧地进入了梦乡"。[50]

33. 怒海狂涛

　　8 个饥肠辘辘的猎人组成了一支侦察纵队，横跨这一小条陆地。每个人都手握来复枪或猎枪，集体向南行进。他们发现了一只牝鹿和它的幼鹿，此刻正在这潮湿的沙洲上扫荡——"准备作战，"德隆说[1]——坚信他们最终一定能遇上猎物。

　　9 月 10 日一大早，德隆和探险队员们在此停留，这是位于西伯利亚海岸东北方向 100 英里处的谢苗诺夫斯基岛（Semyonovsky Island）沿岸，海风狂舞。德隆派猎人们去岛的北端打猎，并约好几个小时后在南部会合。他们在岛上欢蹦乱跳的日子就要到头了——谢苗诺夫斯基岛是新西伯利亚群岛的最后一块陆地，之后他们就要投奔怒海，向西伯利亚大陆危险地冲刺了。

　　把谢苗诺夫斯基岛叫作岛屿是好听的叫法。它只有几英里长，八分之一英里宽，是拉普捷夫海上的一处偏僻的低地泥岬，有一半都隐没在海水之下，荒无人迹。这座岛屿正在快速萎缩，以至于安布勒医生预言这块"窄条陆地"[2]"很可能用不了多少年就会消失，只剩下一串小岛"。（他说得没错：在接下来的 50 年里，谢苗诺夫斯基岛持续被侵蚀，到 1960 年代初，它就消失了。如今它只是一处淹没在海水之下的沙洲，主要因对航海造成危险而得名。）德隆对这样的侵蚀程度也感到惊讶。"岛屿的南端已经被侵蚀成刀锋形了，"他写道，"大片陆地……低伏在海滨，（还）有巨大的裂缝，可能会继续发生滑坡。"[3]

　　谢苗诺夫斯基岛（有时也被拼写为 Semenovsky）是 1770 年由一位俄国商人发现的。他追逐着一群迁徙的驯鹿从西伯利亚海岸穿过浮冰来到这里。德隆派出的猎人们此刻正在追逐的牝鹿和幼鹿或许正是那群迁徙的鹿群的后裔。人们猜测那只牝鹿这一季诞下幼鹿的时间大概太晚了，以至于已经无法跨越冰桥回到大陆上，所以这两头鹿才会在这里离群度夏。

　　猎人们发现两头驯鹿之后，开了好几枪。幼鹿跑了，但牝鹿踉跄着，最终被神枪手诺洛斯一枪撂倒。猎人们把它的尸体拖回到泥泞的悬崖边缘，扔在了海滩上。德隆命令给船卸货，宰杀这头野兽，点燃篝火，立即做饭。肉被烤熟了，一个小时之内就被大伙儿吃得一点儿不剩——除了骨头和鹿角，他们准备把这两样留着炖汤。就连呼噜也享受了一番。"那头鹿有 120 磅，"梅尔维尔写道，"我们每个人都吃掉了整整 1 磅喷香的野味，喝掉了 1 夸脱的茶——简直就是一顿饕餮盛宴。"[4]

　　有人发现了一个沼泽水塘可供饮用。然而水中没有盐，正如梅尔维尔所说，它"颜色浑浊，味道腐臭，有一股子沼泽的味道，里面充满了微生物和红色幼虫"。但是他们对能够点起熊熊燃烧的篝火感到激动和高兴，而且那顿野味盛宴也余味无穷，所以倒也不怎么在意水的味道。梅尔维尔说："我们最后爬进去睡觉时，湿湿的睡袋有点讨厌，不过也没多大关系，因为此前我们几乎都忘记了美食吃到撑是什么感觉，这种感觉如此美好，身心都得到了满足，想到明天还有一锅鲜香的好汤，更是惬意舒畅。"[5]

　　他们很快就沉沉睡去，一夜酣甜无梦。"在谢苗诺夫斯基岛上的温暖和安全面前，"德隆写道，"我们那些不值一提的困难和不便似乎都慢慢消失了。"[6]

第二天，9月11日，人们在营地边缘发现了幼鹿，无疑是在寻找它的母亲。阿列克谢和其他几个猎人出发去追，一直追到岛的另一端，但最终也未能逮到它。在泥泞的山丘上，猎人们看到了一个更大的猎物的踪迹——大概是一只狼，也可能是一头熊——猜想幼鹿大概在那里遭遇了最后的劫难。

其他人也都各忙各的。安布勒出去做了一次地理学探访，发现了一样东西，他觉得是乳齿象牙化石；纽科姆走了很长的路去找鸟。其他人散在岛上各处，徒劳地想看看有没有迹象表明曾有救援队登上谢苗诺夫斯基岛，来寻找消失的珍妮特号。然而，大多数人一整天都在修补船只，准备迎接即将到来的航海考验。那天风平浪静、浓雾弥漫，气温在零下1摄氏度以下的低温区域徘徊。德隆计划第二天早上离开谢苗诺夫斯基岛。他们焦躁地讨论了接下来连续几天，船只将如何在汹涌的怒海上前进。它们经历了足够的考验，德隆深知三艘船的状态差异很大。

德隆指挥的第一艘驳船或许是最稳定的，但他带的人最多——总共14个——还要带最大分量的补给，以及探险队的全部航海日志、文件和科学标本。呼噜也将跟德隆一起航行。德隆的驳船从船头到船尾横梁共有20英尺4英寸长，最宽的地方有6英尺。和其他船一样，她也有着鱼鳞式的外壳——船身的木板以隔板间的方式重叠在一起。她用铜加固过，有六条桨，是艘很重的橡木平底船。虽然第一艘驳船很慢——梅尔维尔觉得她"是个迟钝的海员"——但她也"是一艘很棒的海船，能出色地完成航行任务"。[7]

梅尔维尔指挥的是一艘捕鲸船，设计跟驳船稍有不同。她的首尾两头很尖，因为用鱼叉捕鲸要做剧烈的动作和迅速辗转、腾挪。这艘捕鲸船有 24 英尺 4 英寸长，是三艘船里最长的，张满帆时，她也是最快的。达嫩豪回忆起马尔岛的首席造船师曾跟他说，"她是他见过的最坚固的船，我们的经验也的确证明了这一点，因为她在冰上航行经受了令人难以置信的考验"。[8]这艘捕鲸船似乎需要不停地修理，但她的骨架很坚固，梅尔维尔觉得她一定能坚持下去。

最让人担心的是奇普的船，也就是第二艘驳船。她是德隆这个小舰队里最慢的船，这一点已经得到了充分证明。它显然也是三艘船里最小的（从头到尾只有 16 英尺 3 英寸长），建得也还算坚固，但海浪一大，她就会陷入麻烦。德隆为了弥补这一弱点，已经让其他两艘船的载重远远超过额定量；第二艘驳船上只有 8 人。

虽然这艘小驳船有种种缺点，但有些人很喜欢她，因为她是三艘船里面受到撞击最轻的。在冰上那么长时间的拖拽中，奇普的小船在雪橇的怀抱中得到了很好的休息，因为她没有悬垂部分，几乎没有遭到破坏。此外，奇普的船员也都是探险队中最出色、最有经验的水手——包括邓巴、斯威特曼和奇普本人。如果说还有谁能带领这艘船躲过危险，就只有这些人了。

然而，德隆还是为第二艘驳船忧心忡忡，连奇普也开始对此持保留意见了。梅尔维尔写道："奇普第一次抱怨起他的船来。在那以前她一直是众人的宠儿，的确，大家都觉得她坚固而高效。"[9]达嫩豪附和奇普的担心，也觉得第二艘驳船"是条很糟糕的海船"。他虽然几乎看不见，但他那天下午跟奇普一起出去抓松鸡去了，领航员觉得虽然奇普的"健康状况比以往有所好转，也很高兴"，但他"对前景并不十分看好"。[10]

这天是星期天，德隆沉浸在沉思默想和谨慎喜庆的情绪中。

他花了好长时间读《圣经》。他注意到，那是"船被撞毁，我们被弃在冰上漂流的第 91 天"。经历了这么多危难艰险，在 500 多英里难以承受的冰上长征之后（如果算上所有的返程，就有好几千英里），他们马上就要到达俄国大陆了——全体人员都还活着。邓巴的心脏问题让德隆很担心，达嫩豪的眼睛也是，但除此之外，总的来说他们的健康状况还算良好。只要天气不错，他们清早就出发。

怀揣希望，又圆满完成了自己的准备工作之后，德隆写了一份登岛记录，让人把它带上悬崖，埋在一根 20 英尺高且深深插入泥土中的旗杆之下。

北冰洋，谢苗诺夫斯基岛
1881 年 9 月 11 日，星期日

兹证明我们已到达本岛并计划离开，在我们跟国内取得联系之前，如有任何人前来搜救，希望他能看到我们留下的这份记录。珍妮特号在浮冰上漂流了两个冬天之后，最终被撞毁而沉没了……沉没的位置是北纬 77 度 15 分，东经 155 度。船上包括军官和船员在内的 33 人已于昨日下午成功登陆本岛，准备明天早晨驾驶三艘帆船继续朝勒拿河口行进。全体人员均身体健康，没有坏血病，但愿上帝保佑我们在接下来的一周顺利到达勒拿河的聚居点。我们还有大约 7 天的补给。

美国北极探险队指挥官
乔治·W. 德隆[11]

第二天一大早，他们 5 点起床，6 点吃完早饭，7 点 30 分就出发了。天气看上去还不错——海面平静无冰，一股强风来自东北方向，气温也还算适中，为零下 0.6 摄氏度。德隆命令梅尔维尔和奇普紧跟着他——用他的话说，保持在"招呼得到的地方"。整个早晨他们一直照做，三艘船形成了整齐的单向纵列，进展顺利，一帆风顺地行驶了 16 英里多。有一次梅尔维尔发信号说他遇到了麻烦，三艘船在一块小浮冰旁边停留了一下。梅尔维尔的捕鲸船显然撞到了一块沉在水下的大冰块，右侧船底有一处受到重创。不过对于永远足智多谋的梅尔维尔来说，这只是个小问题，他很快就把漏洞补上了。

中午时分，他们在一处冰块旁边停了下来，吃了一顿茶和肉糜饼的简式午餐。士气高昂——"每个人都很高兴，"梅尔维尔写道，"满怀希望，因为当前的风向，只要它别变得太凶猛，我们完全能够在海上航行一夜便可以到达（西伯利亚）。"[12] 当船员们在船上堆满雪作饮用水时，德隆、梅尔维尔和奇普在浮冰上徘徊，商量着航行策略，以及在三艘船的状态差异如此之大的情况下，如果起风了，该如何尽可能让三艘船紧跟着彼此。

德隆想让他们尽一切可能一起航行。他们的目标是勒拿河三角洲，具体而言是一个在地图上标注为巴金角（Cape Barkin）的地方。三位军官一起站在冰上，对着彼德曼的区域地图思索着。德隆跟梅尔维尔和奇普说，巴金角距离他们有"八九十英里远，正西南方向"。德隆说，他们可以从巴金角朝内陆行进，沿河行驶，最终能够到达某个当地人聚居点。根据他的航线图和笔记，整个三角洲上的这类村庄不计其数，他们应该能够与当地居民取得联系。那时他们就安全了，他向他们保证说："因为无论冬夏，那里都有很多土著。"[13]

但是，万一他们在航海时走散了，每条船的船员都必须尽可能照顾自己。在确保自己安全之前，不需要担心其他任何船只的安危。最终的目标是在勒拿河的一个大村庄，即地图上标注为布伦（Bulun）的地方集合，看上去它的位置大概在海岸上游100英里左右。"不要等我，"德隆说，"寻找一个土著向导，沿河继续前进，尽快到达安全的地方。一定要确保你们自己和团队全都安全，才能分心考虑其他人的事。"[14]

此刻，德隆全神贯注地思考着近在眼前的航行——情况又出现了让人担忧的新转折。他盯着海水看时，可以看到海风正逐渐变强，海浪马上就要起来了。天气似乎在酝酿着暴风雨。德隆拿出仪器测量，注意到气压已经下降。如果他们要在暴风雨之前赶到西伯利亚，就一刻也不能耽误了。

就这样，三位军官互相道别，祝彼此好运。然后就出海了，彼时他们面临的，按照达嫩豪的说法，已经是"怒海狂涛"[15]。德隆又高喊着提醒大家保持在可以招呼的距离。就这样，三艘船乘风破浪，往西南方向驶去。

三艘船的顺序本来应该是德隆在前，梅尔维尔紧随，奇普殿后。

德隆希望三艘船的样子像一只母鹅领着两只小鹅，但越来越恶劣的天气很快就破坏了他的计划。保持在可以招呼的距离显然已经不可能了——看见彼此都难。虽然德隆已在全帆航行，但她沉重的负载导致驳船在水中行走得太慢，海浪总是拍到船的边缘，阻碍着她的前行，14个人也都被浇透了，大多数人还要一刻不停地往外舀水。（呼噜蜷缩在地板上，很快就被浇得像一只湿老鼠。）安布勒也在德隆的船上，他抱怨说："船尾和中部舷侧全是海水……我们航行的海洋几乎要把我们淹没了。"

正如预测，奇普的船大大落在了另外两条船的后面，有时完全被甩在了视线之外。小船显然受到了重创。每次德隆回头看时，奇普、邓巴和其他船员似乎都在拼命挣扎，一边拉扯着船帆，一边费力地把船转向正轨。整个下午，海上的风浪越来越大，奇普的船每次落入浪底，都会彻底从德隆的视线中消失。德隆无法想象奇普怎么能经受住更多这样的重击。

与此同时，梅尔维尔的捕鲸船又太快了，以至于他已经无法保持原本指定的位置——紧跟在船长的驳船后面。梅尔维尔试图收卷船帆，但还是在加速。随着风浪越来越强，他发现让船慢下来反而很危险。海浪前进得比她快，不断拍打着船尾，几乎漫过了梅尔维尔和船上其他 10 个人的头顶。

傍晚时分已是翻江倒海的惊涛骇浪。德隆意识到狂风正全速呼啸而来，而且似乎越来越大。德隆船上的人虽然也在为生存挣扎，情况却要比梅尔维尔的船员好多了。海水一浪接着一浪，击打着捕鲸船，梅尔维尔最终向德隆发信号，有一刻靠近后者时对他高喊："我必须全速前进了，不然会翻船的！"[16]德隆似乎打手势让他走，梅尔维尔于是打开了船帆。突然间，他向前一个踉跄，冲到了老远之外。德隆能看出梅尔维尔还在挣扎，但至少他的速度很快。

然而，德隆回头却已经看不到第二条驳船的影子了。它消失了。德隆心想奇普这次死定了。德隆的一些船员仔细盯着海平面，觉得有一刹那间，他们瞥见了远处的浪峰漂荡着一艘倾覆的船，但天色太暗，他们并无把握。德隆知道他不能回去找自己的朋友，在这样的大风中，转向几乎必死无疑——何况他的船上已经没有多余的位置坐下哪怕一个人了，所以救援是根本不可能的。如果奇普的驳船翻了，他和船员们只有几分钟时间存活。冰冷海水的温度不超过零下1摄氏度。

此刻，在海上急速前行的德隆已经看不到梅尔维尔了。他也消失了。大浪的泡沫、飞溅的海水和冰雨完全遮挡了视线，什么也看不清，但每次冲上大浪的浪尖，德隆船上的人都能瞥到灰色的海平面，那里什么也没有。黑暗彻底笼罩了拉普捷夫海，暴风雨还在继续咆哮着，德隆和他的13名船员知道，此刻他们已是一片孤帆，在狂风恶浪中踽踽独行。

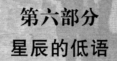

第六部分
星辰的低语

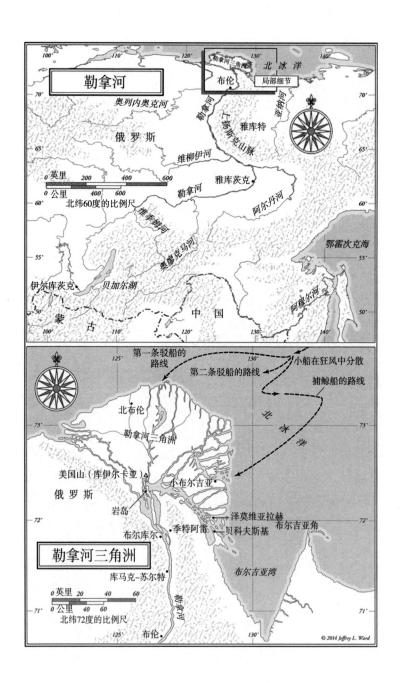

我亲爱的爸爸：

　　你好吗？我此刻正在上音乐课，我上学了。……我会把考试卷子寄给你。我学习很努力，想等你回来时给你惊喜……

　　总有一天我们会一起回到我们自己温馨的家。妈妈现在在拼命攒钱，要为我们买一所房子。

　　我们非常想念你，希望你早日归来……我每晚都为你祈祷，请求上帝保佑你，保佑你成功，保佑你安然无恙地回到我们身边，这里有妈妈，还有

爱你的女儿，

西尔维·德隆

34. 十四个幸运儿

整个晚上，狂风不断击打着德隆的船，它在大浪中上下颠簸，抛戈弃甲。一阵强风把主帆撕成了两半，另一阵风干脆把桅杆折断了。德隆和宁德曼开始临时思考解决方案，但不久就发现，在这样凶猛的大风中航行根本无济于事。所以他们干脆一头扎进暴风雨，尽全力划出去。

宁德曼受命负责做一个海锚。他很天才地用几支船桨、一个水桶和一些废木料做出了一个类似的东西，用丁字镐把它坠下去。这个装置让他们稍微稳了一些，但水还是不停地往船里灌，让舀水的人整夜不得安生。一个轰天裂地的大浪打来，让驳船的"水漫到了横梁"，宁德曼说，"要是再有一点儿海水进来，她就要翻了"。[1]那是他们有生以来最悲惨的一夜。"风越来越大，"安布勒简略地写道，"我们的船严重受损，水灌进来，整夜在海浪的峰谷间颠簸。我们刚舀出去一点水，就又有新的灌进来……舀水，争分夺秒地舀水。"[2]

黎明时分，风还没有发泄完它的愤怒。在微弱的光线下，德隆不停地看向地平线。没有陆地的影子，也没有奇普和梅尔维尔的踪迹。德隆船上的人只要有一刻空闲就为其他船员的命运担心。这时，每个人似乎不得不这样想了，他们的姐妹船均已倾覆，两艘船的船员——总共19人——都死了。1条狗和14个人坐在第一艘驳船上：德隆、安布勒、宁德曼、诺洛斯、埃里克森、凯克、格尔茨、科林斯、阿三、阿列克谢、沃尔特·李

（Walter Lee）、德雷斯勒、内尔斯·艾弗森（Nelse Iverson）和博伊德。他们的处境虽然悲惨，但此刻都觉得自己是幸运儿。

在一整天中，他们能做的就是在冰冷的灰色海浪中颠簸，等待着天气大发慈悲。傍晚 6 点左右，那一刻似乎真的来了。带着一股意外的突然，风小了，德隆的情绪激动起来。然而，海水还是不肯平静；的确，浪涛跟之前一样汹涌。于是众人不得不在船里再蜷缩一夜，在狂浪中翻滚着，因为不断有海水打进来而神经紧张。"简直就是受难，"科林斯写道，"我们挤作一团，除了祈祷万能的主施以慈悲之外，无能为力。"

"我们 36 个小时没有合眼了，"安布勒写道，"这一夜到底漂到了哪里，只有天知道。"[3] 至少他们还可以抬头看天。云突然散去，月亮和星光清冷地闪耀着。极光不时会在蓝色的苍穹上翻滚。

到第二天早上，9 月 14 日，海终于恢复正常，可以继续航行了。德隆问船员们有什么可以贡献出来做成船帆的，宁德曼拿出一张吊床和一条破旧的雪橇罩子。格尔茨和凯克拿出缝纫针，动手把两样东西缝在一起，做成主帆的样子。在宁德曼修理旧桅杆时，德隆命人拉起海锚并拆除。不久后，他们竖起桅杆，支起现做的船帆，再次起航了。

原本应该高兴才对，但大多数人——尤其是德隆——没有心情庆祝。船长的冻疮又复发了，弄得他无法掌舵。他抱怨说双脚已经麻木了，还被安布勒形容为"从喉咙里（发出）神经质的轻笑"。[4] 德隆在船尾他自己的睡袋里勉强坐起来，喝了点白兰地，想写日志，但连这个也做不到——他的双手也麻木了。

埃里克森的双脚虽然也冻得不像样子，但他勇敢地接过了船舵，他们整个下午和晚上都在航行。第二天，9月15日早上10点左右，宁德曼在小船尾台上站起来，窥见地平线上有低低的黑点，在他看来那像是陆地。他跟德隆报告了这一发现，后者当时还在船舱里护理着手脚。船长似乎很怀疑，安布勒也站起来观察，却什么也看不见。但几个小时后，陆地突然清晰地出现在了眼前——每个人都明确无误地看到，那不是幻觉。

西伯利亚！亚洲大陆……宽阔浩大的勒拿河三角洲。过去三个月，有多少次他们怀疑自己再也到不了这里了？自从开始撤退以来，他们第一次有了一个明显的理由，一个近在咫尺的清晰理由，相信自己或许可以得救。

然而，还有一个问题。站在船舱跟前的埃里克森看不到任何类似于正经河口，即一条主干道、一个通往三角洲的合理路口的地方。不仅如此，在研究了其间的水流后，他看见一层薄冰正在沿海流域形成，它的位置就在勒拿河的入海口与更大的海洋流域相接的地方。

几个小时后，他们就与新的障碍迎面遭遇了。那是淡水冰——最近刚刚结成的，脆弱易碎，厚度不过四分之一英寸。起初他们倒是可以硬闯过去，但第二天早上，9月16日，他们就动弹不得了，不得不用船桨把冰敲碎，才能蠕行通过那些沟槽和水道。

这个办法起初还管用，但很快又突然遇到了新的问题：船搁浅了。虽然距离陆地还有3英里，但他们却深深地陷入了泥潭中。这里的潮滩不及2英尺深，德隆和手下的船员们牢牢地陷在了一个塞满了淤泥的狭长入海口，而从这里冲向大海的，是地球上最大的河流之一。

勒拿河发源于北冰洋以南近 3000 英里处、贝加尔湖附近的一条山脉，它位于俄罗斯腹地，距离蒙古国边境不远。河水流经雅库特①那些森林茂密的荒野时，吸收了一条又一条支流——基棱加河、维季姆河、奥廖克马河、阿尔丹河、维柳伊河。勒拿河是全世界第十一长的河流，流域面积逾 96 万平方英里，居世界第九，那是一片沼泽密布、到处是蚊子的苔原和针叶林地。勒拿河携带的沉积物数量巨大——这条河浩浩荡荡，把淤泥和沙砾排进北冰洋长达 50 多英里。

勒拿河向北流入一片全年大部时间是冰冻的海水，世界上最长的河流水系中鲜有如此的。每年秋天，它最先结冰的地方不是源头，而是入海口，也就是说在那里构成了一道天然屏障，阻碍了它自己悬河泻水的巨大力量。随着北冰洋的冬天来临，河水继续以不可阻挡之势流动，到下游就会遭遇不断加厚的坚冰的阻塞。

面对阻塞，河水唯一的反应就是向四周扩展，疯狂地寻找其他水道入海。换句话说，每条河流都有在入海口呈扇形展开的倾向，而在这里，冰扭曲和放大了这种倾向。在勒拿河的冰坝背后形成的压力之巨，致使河水急剧拓宽，超过了 1.1 万平方英里。这些奔腾喧嚣的膨胀水流形成了世界上最大、最复杂的三角洲之一。

从空中看，勒拿河三角洲很像是从西伯利亚大陆长长地伸入拉普捷夫海的一个巨大肿瘤。在这块 125 英里宽的突出陆地内，无数的河水支流形成了一张纵横交错的网络，蜿蜒扭曲地

---

① 雅库特（Yakutia），苏联加盟国之一，1991 年正式更名为萨哈共和国。

通过多沙的浅滩，那里密密麻麻地分布着成千上万的水塘、湖泊和牛轭沼泽地。勒拿河三角洲有 1500 多个岛——只不过这个数字一直变化不定。河水冲过这片淤积层形成的烂泥地时，分成了 7 条主要的支流，后者又再分成几十条更小的支流，构成了一列列水渠，这些水渠在不同的季节变换着航道，像毛细血管一样流入北冰洋。河水这种不停歇的探索一直持续到初冬，最终，天气变得非常寒冷，以至于这一巨大的自然探路工程随即彻底受阻——逆流而上，整个 3000 英里的流域全部结成坚冰，变成了一条冰的超级高速公路。

如果有一份 1882 年出具的报告，它会写道："这个荒凉的地区没有路线图，也的确不可能为它描画任何固定的路线图，因为随着每个新季节的到来，这里的水道不断变化。"[5] 彼德曼的地图是当时出版的唯一还算详细的地图，但它在很大程度上都是推测出来的，处处是重大错误。他的地图显示有 8 条通道可以到达三角洲，但事实上有 200 多条——而他的地图上标出的仅有的几个地名、地标和村庄要么就是位置相差了十万八千里，要么就根本不存在。

这就是德隆和船员们在 1881 年 9 月 16 日下午面对的错综复杂的前景。他们距离三角洲只有 3 英里，但已经动弹不得了，在河流的大量沙砾沉积物上搁浅了。

德隆站起身来评估形势时，脑子里只有一个解决方案。他让大家爬到船外去减轻船的重量，这样船就能在水面上高出几英寸。人们费力地走在湍急的河水中，聚在驳船周围开始引导她朝陆地走去，有时则需要猛推。只有呼噜和几位无法行动的人还留在船上。

在清澈的浅水中，涉水的人能看到他们路过的凝结淤泥层上华丽的花纹，这是由水流的作用而形成的。小鱼在水中到处奔逃。水深不一，有的地方是 1.5 英尺，而有的地方足有 4 英尺，但总的来说越靠近陆地的地方就越浅。他们的靴子踩进泥里，有时候根本拔不出来。几个人受够了，干脆把皮靴扔进驳船，光脚涉水前行。

船时常搁浅，迫使船员们把她抬起来，把船头转个角度冲着更开阔的水道。这是很累人的活，因为水冷而更让人难受，很快他们的腿脚都麻木了。大多数人都在舷缘咕哝着用力拖拉，还有几个人在最前面艰难跋涉，用船桨砸碎刚刚结成的新冰，搜索到达陆地的最佳通道。

整整一天，他们只能走走停停，前进了大约 1 英里。只有涨潮时才能移动——退潮时船就会陷入泥潭。宁德曼说，到傍晚时"大家都已经累得不行了"。[6] 他们爬进船里跟呼噜躺在一起，吃了一顿只有牛舌的单调晚餐。后来，安布勒请大家脱掉靴子让他检查一下脚，结果吓了他一大跳。在冰水中跋涉一天让他们付出了巨大的代价。人们的脚都高高地肿起，呈现出难看的青白色。安布勒担心冻疮会在船员中蔓延。博伊德、埃里克森、科林斯、阿三和德隆船长的情况最糟糕，每个人的手脚都冻坏了。

浅水湍急起来，"不停地流进船里"，宁德曼说，"大家身上都湿了"，睡袋也"用不成了"。[7] 他们浑身打战，蹲在船的弧形肋板上，熬过了德隆所说的"最悲惨、最难受的一夜"[8]。驳船被架在沙洲上，随着河流和海潮的来回涨落而不时摆动着。

第二天早晨，德隆和船员们又开始艰难前行。到那天中午，他们在河水与淤泥的迷宫里只前进了 0.5 英里。形势险恶；看起来陆地似乎在戏弄他们。它就在 1.5 英里之外的地方，但他们就是到不了。德隆担心这样永远也上不了岸——即使上了岸，他们的脚也一定在这个过程中冻僵了。

就这样，他被迫做出了背水一战的抉择：把驳船丢弃在浅滩上，带着自己的东西走向海岸。德隆一直希望无论如何把船留住，因为知道他们可能需要它逆河流而上。但现在他开始坚信，等不到船发挥作用拯救生命，他们就已经被船拖死了。必须弃船。

人们把自己的东西抱在怀里，排成长长的一列往海岸走去，呼噜挣扎着，在他们中间溅着水前行。宁德曼和诺洛斯是 14 个人里最强壮的，在前面带路。他们用船桨和奇形怪状的木料做了个代用的筏子，驮着肉糜饼和其他沉重的东西。

德隆抓着一些珍妮特号的记录和日志，因为冻疮严重而在队伍的后面艰难跋涉。这些大开本是极其沉重的负担，而对船长来说却已经成了不可亵渎的东西。它们是珍妮特号探险唯一的遗留物，是他们此番远航的唯一记录，也是他们的探险和科学成就的唯一真实可见的证据。"只要还有人能拿得起它们"，他将不惜一切代价把它们留住。

穿过泥泞的浅水之后，水变得及膝深了，有时及腰深，往往每前行一步，都有湍急的水流在他们的大腿旁嗖嗖流过。即便在水稍浅一些的地方，人们仍然无法高抬起他们麻木的双腿踏破新冰的薄片；只能在这些冰的中间挤过去，胫部都被割破了，流着血。呼噜拼命地挣扎，以至于阿列克谢大部分路程都是拎起它扛在自己的肩上走过的。

一个小时多一点儿之后，宁德曼和诺洛斯把肩扛的筏子扔在干爽的陆地上。后面的 12 个人也蹒跚地涉过海潮涌动的浅水，一个一个来到陆地上。他们疲惫地高呼起来，在海岸边集合了——虽头晕眼花，但兴致勃勃，为他们终于跨过了这巨大的门槛而松了一口气。从珍妮特号沉没的位置到这里，他们行走了近 1000 英里——但由于大多数人要在冰盖上来回行走很多次去拖拽行李，事实上跋涉的距离已经超过了 2500 英里。他们的长途漂泊终于告一段落，现在开始了全新的旅程。不管前路上还有什么障碍，那总不会再是咸水和海洋浮冰。变形的探险之旅结束了。一直以来，他们都是冰上生物，后来又是海上生物，现在终于回归了陆地生物。

海滩荒无人烟。一排杂乱的浮木顺着一条看似停滞的河道轮廓堆积着。几只海鸥在天空中盘旋。狂风荡荡，冷雨斜斜。天色太暗，德隆无法测量方位，因而也就无法确定他们到底在哪里。他看不见梅尔维尔或奇普的影子，周围根本没人——没有人造物品、没有足迹，也没有房子。这个地方看起来跟新西伯利亚群岛的任何一处同样荒烟蔓草，凄凉冷僻。

这让德隆很吃惊。他只能猜测他们是沿着大河的某条不知名的荒僻水道上岸的，彼德曼的地图上没有画出这条水道。彼德曼的航线图和注释指出，整个三角洲有无数的聚居地，勒拿河口常常有繁忙的小船穿行。德隆一直确信他们很快就能遇到当地人——这是他选择西伯利亚沿岸的这个地点作为目的地的主要原因。

但是，彼德曼提供的信息基本上全是错的。雅库特土著和当地其他部落的人群的确会冒险来到勒拿河三角洲这一带的北部边缘，但只是小规模前来，且只会在夏天的几周时间这么做。他们住在简陋的茅屋里，靠诱捕狐狸、猎杀驯鹿和捕鱼为生，数百年来一直如此。然而到 9 月中旬，他们总会回到河流上游的村庄里去，躲避因北冰洋秋冬季结冰而形成的危险水患。

也就是说，德隆来晚了一个星期。"我们必须直面眼前的形势，"他心情沉重地写道，"走到某个聚居点去。"[9]

德隆不知道的是，海滨附近的确有一个很大的村庄，位于三角洲的西北边缘。那个村庄名叫"北布伦"（North Bulun），是个百人聚居点，海拔很高，足以躲过勒拿河的季节性水患。如果德隆登陆的地点再靠西8英里，他就能看到一条清澈的支流，顺着它航行，一天之内即可直达北布伦。那样的话，他和船员们就根本不需要弃船了。然而，他不可能知道这些。彼德曼的地图上既没有那条水道，也没有那个村庄。

还能走路的几个人又艰难地涉水走回搁浅的驳船，第二次运了些东西回来，然后又是第三次。夜幕降临，他们捡拾了好大一堆浮木，不久就在海滩上生起了明亮的篝火。他们把湿透了的皮衣和贴身衣物挂在篝火上烤干，半裸着站在周围，不停地敲打、挤压和揉捏麻木的四肢，想找回一点儿感觉。

他们双脚的情况让安布勒医生感到触目惊心。大多数人都有明显的冻疮症状——紫色的水泡、苍白的皮肤、神经损伤，这些都是组织坏疽的先兆。"每个人都冻坏了"[10]，宁德曼说，但情况最糟的是科林斯、博伊德、埃里克森和阿三。华人厨子爬进自己的睡袋，痛苦地呻吟着。

安布勒最担心埃里克森。丹麦人的腿可怕地肿胀起来，小腿变得坚硬，脚上全是难看的水泡，安布勒医生把那些水泡一割开，就有带血的黄色浆液喷出。安布勒为埃里克森的双脚涂上碳兑凡士林，并用棉絮包扎好，扶着他坐到篝火旁。

当大多数人在篝火旁休息复原时，宁德曼和诺洛斯两个人还在干活。他们在漆黑的暗夜里涉水回到船上，想再取几样东西。一个小时后，他们回来了，把东西放在海岸上，又扭头回去再来一趟。

这两位坚强不屈的人简直就是超人——他们的双脚不怕湿冷，循环系统强健得超乎想象，仿佛他们的血管里流着跟别人不同的血液。没人能跟得上他们的节奏。"回船的路上漆黑一片，我们看不到篝火，也看不到海滩；不过我们还是挤过破裂的新冰，摸索着又回来了"。这两个人总是让德隆大吃一惊——尤其是宁德曼。船长已经在德国人遏制珍妮特号船里进水那一次推荐他荣获国会荣誉勋章，现在看来，他还配得上再来一次嘉奖。

宁德曼和诺洛斯一直到半夜才睡觉。但他们睡得很香，似乎没怎么把在冰冷刺骨、潮水弥漫的浅滩上来回跋涉的两栖劳动放在心上。

9月19日，他们重整旗鼓，把大部分不大必要的东西——包括文件、经线仪和自然史遗物——都埋在一个隐蔽处，并在沙滩上插了一根帐篷支柱作为记号，德隆准备越过三角洲的荒原向南进发了。他们剩下的食物只能支撑几天，德隆知道他们必须找到一条路，走出眼前这泥沙淤积的困境，找到勒拿河的主道。他给船员们读了一段《马太福音》：

> 所以，你们不要忧虑吃什么，喝什么，穿什么……你们要先寻求上帝的国和祂的义，这一切都会赐给你们。所以，不要为明天忧虑，因为明天自有明天的忧虑，一天的难处一天担就够了。

安布勒医生这几日都在忙着治疗那么多冻伤发紫的脚，对他们能够到达某个聚居地的前景很是悲观。"从现在的情况来看，我们的希望并不大，"医生如此写道，"必须行动起来，走到河边。"[11]

德隆虽然行走也很困难，但还是对未来抱有更大的希望。船长像以往任何时候一样刚毅。在营地附近的隐蔽处，他在一个废弃的工具盒里留下了下面这份记录：

1881 年 9 月 19 日，星期一

勒拿河三角洲。

以下 14 位具名人士均属珍妮特号船员，于本月 17 日晚间在此登陆，将于今天下午继续起程，力图到达勒拿河沿岸的某个聚居地：德隆、安布勒、科林斯、宁德曼、格尔茨、阿三、阿列克谢、埃里克森、凯克、博伊德、李、艾弗森、诺洛斯、德雷斯勒。我们在谢苗诺夫斯基岛留下了一份记录，埋在一个木桩下。珍妮特号上包括军官和船员在内的 33 人于本月 12 日（一个星期前）早上分三艘船离开该岛。当晚在强风中走散，自那以后便再也没有其他人的音信。我的船于本月 16 日早上到达本岛，我认为我们所处的位置是勒拿河三角洲。在连续两天试图登陆或到达某个河口都遭遇搁浅之后，我抛弃了船只，我们带着补给和装备涉水登陆。现在必须在上帝的帮助下步行前往某个聚居点。我们都很健康，还有可供四天用的补给、武器和子弹，从船上只带走了书和文件、毯子、帐篷和一些药品。我们似乎还有希望度过眼前的困境。

指挥官乔治·W. 德隆[12]

我亲爱的丈夫——

　　我不得不对周围的人强装出一副勇敢乐观的样子，不能因为我的忧伤让他们担心。我想在西尔维面前表现得高兴一点儿。她无法理解眼下的形势，我也不想让她理解。我觉得我以前不知道自己爱你有多深，也不明白为什么我现在会愿意跟你说这些不够淑女的话，你知道我这人一贯很克制拘谨。但我知道你一定跟我一样渴望爱与安抚。

　　现在天色已晚，我在书房里给你写信。小西尔维已经香甜地睡着了，睡前她对主祈祷父亲健康平安。壁炉里的火烧得很旺，两条狗舒展着四肢卧在壁炉前的皮毯上。如果你在，会怎么跟我一起共度良宵呢？还是你那里更舒服温馨？我还是不要这样挑逗你了——在我们见面之前，我不知道你还能经得起多大的挑逗。

艾玛

35. 等你到了纽约，请记住我

漂流者们在三角洲上潮湿的迷宫里穿行了两天，因为总是担心走错而烦恼不已。他们没法走直线，永远都到不了另一块更干爽的河岸、更可靠的某一角陆地，也找不到更清晰的线索，好把他们带离这恶意满满的荒凉之地。他们根本无法确定自己沿行的河流是不是那条河流——而不是随时可能断裂，或逐渐消失在某个无路可行的沼泽之中的某一条支流。在彼德曼的航线图上，这片陆地被标注为永久冻土上的沼泽地。

远处有几个隆起的弓状山形，在大小不一的河水另一侧若隐若现。河水的形态千差万别：曲折的河渠、微咸的水塘、宽阔的水湾、凝滞和断流的水道。这一切都在迅速结冰。当地人和动物知道是时候离开这里了——事实上他们已经走了。每一项本能都在告诉他们，大片寒冰即将卷裹而来，而那些冰会导致水灾，水灾会让现有的冰激烈重组。这样的突变每年准时发生。远处有几只落在后面的鸭子和鹅看似正在集结，准备迁徙。在这个节点，任何还留在这里的动物，不管是鸟类还是哺乳动物，都是漂泊者、落后者，同德隆及其队员们一样流离失所。

这是一片险恶的陆地，似乎更适合猛犸象、剑齿虎和披毛犀生存，是一片无边无垠的更新世冻土。沿着那些流动的水道，混乱地堆积着被冲刷成白灰色的木头，它们都曾是俄罗斯针叶林地带绿色森林里的树木，从那里漂流了 1000 英里才到达下游的此处。德隆除了沿着树木聚积的河道前进之外别无选择——他无法远离这么多热源，就像沙漠旅者无法远离某条维系生命的溪流一样。

在某些方面，这是一年中最不该在这片水泽迷宫中跋涉的时候。夏天，人可以涉水走过大部分河流，实在不行用个筏子即可。冬天，所有的溪流和水道都冻得很结实，会在水上形成一条高速公路，尽管寒冷刺骨，通行却也相对容易。但现在正好尴尬地处在中间，是一种进退两难的困境。积雪开始让陆地的线路和形态变得模糊，而且河道表面结的那层薄冰尚无法支撑起一个人的体重。他们身处冰天雪窖，却享受不到天冷的任何好处。

还好没有蚊子。夏天最热的时候，蚊子会让任何凭着蛮勇穿越勒拿河三角洲的恒温动物吃尽苦头。据称，黑云般席卷而来的蚊子能杀死驯鹿，或让人发疯。德隆总算晚了两个多星期，没有碰上那些厉害的昆虫。

在行进过程中，德隆最担心的是几位冻疮患者。博伊德和阿三的状况都很糟糕，但他们似乎有所好转，而埃里克森的情况却在继续恶化。过去两天的行走让他痛苦不堪。即便宁德曼用浮木给他做了一根拐杖，埃里克森还是只能跛行，每次笨重地跳一下，他眼里就充满了泪水。大家觉得他的冻疮最严重着实有点儿讽刺，他可是全队中唯一一个斯堪的纳维亚人。此外，他们一直都觉得埃里克森的顽强是不可战胜的。科林斯曾在一首打油诗中写道："他强韧得像一张晒得黝黑的皮革／一个人能顶仨大个子帅哥。"[1]丹麦人是个友善的大块头，身体结实、性格开朗，他非常乐于助人，以至于这一次，同伴们很久才意识到他的情况有多严重。

　　前一天最糟糕的时刻，埃里克森坐在白雪覆盖的苔原上，拒绝再移动半步。"我走不动了！"他哭喊道，"我一步也走不动了！"[2] 宁德曼过来帮忙时，埃里克森恳求他走开。他准备待在这里等死，不想再拖大家的后腿了。宁德曼让他的朋友别放弃。他安慰埃里克森说，他们会好起来的，不久就能在彼得堡庆祝获救了。但是，埃里克森对他吼道："想去彼得堡你们自己去——我一步也不走了！"

　　德隆和安布勒医生走到埃里克森近旁，好说歹说才哄他站起来，又开始走路。但德隆忧心忡忡，他写道："他的情况确实很严重。"[3]

　　关于他的情况有多严重，那天晚饭后安布勒把绷带从埃里克森的右脚上拿下来时，就一目了然了。医生被眼前的情形吓呆了：一大块腐肉从他的脚掌脱落下来，掉在地上。安布勒没跟埃里克森说起这个。他小心地把它扫走了，接着就埋头包扎伤口。但医生看见有骨头裸露出来。他忍着难过给埃里克森把脚包好，然后走出去跟德隆商量。

　　埃里克森虽没有仔细看自己的脚，但也知道事情不对劲了。他转身悄悄地问宁德曼道："宁德曼，你知道冻疮是怎么回事吗？"[4]

　　宁德曼在格陵兰时曾经得过冻疮，他努力装出一副不动声色的样子，说道："见过啊。刚开始发作的时候，肉会变青，然后发紫嘛。"

　　埃里克森想了一会儿，说："医生拿掉绷带的时候，我看到有什么东西从我脚上掉下去了。"[5]

　　宁德曼不忍心说出实情。"埃里克森，我猜你刚才在做梦呢。"

"不是，"丹麦人坚持说，满脸都是担忧的神情，"我敢肯定，我确实看见有什么东西从脚上掉下去了。"

9月21日下午，他们离开海滨后两天，德隆一行人看见远处的景象而激动起来。前方，在蜿蜒曲折的河流沿岸，并排立着两座木屋。一座已经破落不堪，而另一座看上去像是新盖的。德隆觉得它们不像是粗糙的夏季茅屋，而可能"是为长期居住而建造的"。大家的心都因为同样强烈的想法而怦怦直跳：会有人住在里面吗？

在队伍前列当先锋的几个人——阿列克谢、宁德曼和诺洛斯——冲了上去。他们把两扇门各打开了一条小缝儿，却沮丧地发现两座房子都是空的。不过火炉里有新烧的灰烬，且从房子的情况来看，宁德曼断定不管它们的主人是谁，他们离开这住所的时间应该不超过两周。安布勒觉得这两座小房子"状况不错"，他们还在房子里看到了象棋棋盘、木叉子、铅笔头，以及，照德隆的说法，"多少有点技术的工匠使用工具的迹象"。附近有个陷阱，一只狐狸的头还在里面——但狐狸的身体，德隆说，"已经被吃掉或者从颈部割掉了"。[6] 他们还在河岸边看到了显然是为了悬挂和风干兽肉而设的其他装置。

木屋的主人在哪里？这显然是个猎捕营地，但给人感觉建造得还是十分讲究的。它有可能是德隆的地图上标注的一个叫乔尔博戈耶（Tscholbogoje）的聚居点吗？这个想法让他不寒而栗。万一他的地图上标注为"村庄"的地方都是无人居住的打猎小木屋可怎么办？德隆写道，这是个"严重的问题，因为如果这两间小木屋就是所谓的'聚居点'，我们获救的机会就真

的非常渺茫了".[7]

德隆想，如果这的确是乔尔博戈耶，那么他距离地图上标注的下一个可能的聚居点还有80多英里。他觉得队员们肯定走不了那么远。他注意到他们只剩下能维持两天的肉糜饼了，还有"三个跛足的人，每天走不了五六英里"。这伤残三将——阿三、博伊德，尤其是埃里克森——让船长很为难。他写道："我当然不能抛下他们，（但）他们确实无法跟上需要达到的速度了。"[8]

于是德隆制订了一个计划：他们将在这两座小屋里过夜。早晨，他会派出两名最强壮的人先往前走，希望能找到某个聚居点并确保有人来帮助他们。其他人都将留在这里，把这两座小屋作为大本营，等待救援。因为小屋里相对暖和一些，阿三、博伊德和埃里克森至少还有机会恢复，万一救援在一周内到达不了的话，他们还能继续朝前走。

那天下午，人们收集了浮木，不久就在小屋里点起炉火。宁德曼在附近发现了一只死海鸥，因为鱼饵的诱惑，它落入一个捕猎狐狸的陷阱。很快这只海鸥就被送到阿三手里让他炖汤，但他一开始拔毛，就发现海鸥已经完全腐烂了。

趁天还亮着，德隆让阿列克谢带一支雷明顿猎枪出去打猎。他祈祷阿列克谢能有好运——否则，船长知道，他们很快就会饿死。"除非上帝赐我们以食物"，德隆写道，要不就只好把呼噜吃掉，然后就无计可施了。德隆在日记里写下了一个无解的问句："等到狗也被吃掉了呢？"[9]

那天夜里9点左右，阿列克谢回到小木屋。他敲门的声音惊醒了大家，好些人都已经不知不觉地睡着了。他带来了好消息——事实上，他怀里正抱着好消息呢：一头刚刚被射杀的野兽的臀肉。阿列克谢激动地说："船长，我们逮到了两头驯鹿。就在 3 英里外。"他带回了这块臀肉和两条鹿舌为证。德隆写道，阿列克谢"用无与伦比的策略成功地悄悄接近兽群，在离它们 25 码处打死了两头。真棒，阿列克谢！最黑暗的时候一过去，就是黎明"。[10]

剩下的鹿肉可以等早上再去取，但这成了眼下大家庆祝的理由。德隆命令厨房立即烹肉给大伙儿吃。大家谁也不睡了，高兴地把鹿肉切开，一个小时之内就吃上了美味的鹿肉排。

第二天早上，德隆派宁德曼、阿列克谢和另外 5 个人去把那两头鹿的尸体拖回来。他们接下来的两天都在吃鹿肉，好让安布勒尽力照顾埃里克森、阿三和博伊德，以便其身体条件可以步行。看到这么多鲜肉，德隆改变了计划，他决定还是别派两个人先去寻找聚居点了。现在大家都要在一起。"我们可以在这里待一两天，让病号们恢复过来，"德隆写道，"还可以一边吃鹿肉一边再去寻找更多吃的东西带着一起走。"[11]

然而，阿列克谢好运不再，找不到鹿了，两天后，德隆决定继续向南行进。他很不舍得离开这两座温馨舒适的住处——因为烧着炉火，小木屋的温度始终在 21 摄氏度左右——但他们不得不继续前行。埃里克森似乎好一点儿了，阿三和博伊德已几近痊愈。德隆在其中一座小木屋里留下了一支破旧的温彻斯特来复枪，作为"给下一个访客的惊喜"[12]。出发之前，德隆写了一个记录，翻译成六种文字，放在其中的一座小木屋里，请求发现该记录的人把它转交给美国海军部长。

珍妮特号北极探险轮船

在勒拿河三角洲的一座小木屋里

据信位于乔尔博戈耶附近

1881 年 9 月 24 日，星期六

以下具名人士，珍妮特号上的 14 名军官和船员，于 9 月 21 日从北冰洋步行到达此处。我们射杀了两头驯鹿，当前有了足够的食物，还看到有更多的驯鹿，也不必担心未来几天的情形。三位伤残人士现在可以走路了，我们即将继续踏上征程，还有能够维持两天的鹿肉，另有能够维持两天的肉糜饼和三磅茶叶。

乔治·W. 德隆

四天后，德隆和船员们碰到了另一座小屋，这一座就足够所有人住了。它在德隆的眼中就像"一座宫殿"，虽然他猜想如果在美国，他们会觉得这就是个"连给狗住都嫌破的小脏屋"。小屋高高地建在山坡上，下面是宽阔的河流，和前两座小屋一样，它看上去也是最近刚有人住过。从房子周围"新烧的灰烬和剩肉"[13] 来看，德隆觉得它的样子就像是前一天晚上刚刚有人住过。阿列克谢在附近的雪地上发现了鹿皮鞋印，他觉得也就是一两天前留下的。几英里外，他和宁德曼发现了另一座很小的木屋，里面有一条鱼还新鲜着呢。

德隆试图确定他们的位置。最合理的猜测是，他们正走向三角洲的尽头，朝着一个在他的地图上被标注为萨加斯特尔（Sagastyr）的地方行进。至于萨加斯特尔是个聚居点，还是又一座无人居住的小屋——或许这个就是——他就不得而知了。他开始意识到自己手上的地图有多粗略。他写道："地图和眼前这片陆地很难对得上。"[14]

德隆不知道他在哪里。但这些鹿皮鞋印——以及第二天发现的另外两串脚印——让他心怀希望，或许某个聚居点的人就在附近呢。这些在雪地上留下脚印的人是谁呢？德隆时不时会有种奇怪的感觉，觉得有人在跟踪和监视着他。这是个幽灵的国度，居民们不愿意暴露自己。他猜想奇普或者梅尔维尔的船只的幸存者已经到达了某个聚居点，开始寻找他们了。"如果奇普或梅尔维尔成功了，"德隆写道，"他们当然会派人回来找我们。"[15]他觉得这或许能解释那些新鲜的脚印：此时此刻，或许正有人在外面寻找他们的下落。

德隆心里想着有此可能，便命人在陆岬的最高处点燃一团烽火，并立起一根（用浮木）临时做成的旗杆，用一张黑色毛毯作为旗帜。接下来的几天，他们将待在小屋里，尽可能地让人注意到他们。安布勒写道："上帝保佑，我们的烟火可以被前来救助的人看到。"[16]

安布勒觉得小屋就是"上帝所赐"，因为"每个人或多或少都筋疲力尽了"。[17]每个人都急需休息。他们在极端恶劣的条件下跋涉了四天，每晚都在低至零度的气温下露营，用大块的帐篷布盖在身上取暖，对此德隆说："跟在货物上搭块防水布没两样。"[18]他们无数次跌进冰洞里，有一次用一个临时凑合的摇摇欲坠的筏子渡过一条湍流的大河时，差点翻船。然而现在他们又安全了，至少还有足够的食物。前一天，就在德隆发现他们的食物补给只剩下最后一点儿肉糜饼时，阿列克谢又射杀了一头高大的雄鹿。

"毋庸多言，这极大地缓解了我的压力，"船长提到阿列克谢的捕猎成果时如此写道，"万一（阿列克谢）失败，我们的补给就只剩下可怜的呼噜了。"德隆开始觉得他们能够遇上猎物和住所都是上帝的恩赐："如果神圣的主真的能显灵，帮助贫困交加、流离失所的人，我们眼下就是一例。现在如果再能听到那两艘船及其船员的消息，我就真的无忧无虑了。"[19]

那样说当然言过其实了。船长还有一长串的忧虑——排在首位的仍然是埃里克森。如果说他刚刚在前一座小屋里有了一些好转，过去四天，那些成果又消失殆尽了。他现在情况极其悲惨。询问过安布勒医生之后，德隆在日志中写道："埃里克森脚上的溃疡已经导致大面积皮肤脱落，他脚上的筋和肌肉都露出来了。医生担心大概不得不把他的两只脚各锯掉一半，甚至还有可能全都得锯掉。"[20]

肉体腐烂的味道非常难闻，安布勒一直忙着把它们剪下来。埃里克森的脚趾变成了血肉模糊的黑色残肢。他还说自己觉得下巴僵硬，以及安布勒所谓的"右侧无力"。医生怀疑埃里克森大概一步也走不动了。"天知道这样的情况还能维持多久，这人可能再也坚持不下去了，"安布勒写道，"如果我们很快就能找到聚居点，我还有希望救治他的脚，但如果不行，他的双脚，甚至他的生命，乃至整个团队的生命，大概都要牺牲了。"[21]就在这最后关头，安布勒的态度仍然很坚定；尽管埃里克森曾几度祈求，但他们就是不能抛下他不管。安布勒说："我们不能把任何人独自留下。"

第二天，一只海鸥在营地上空飞过，显然是被山坡上飘扬的黑毛毯吸引来的。阿列克谢果断地射中了那只倒霉的鸟，把它变成了一顿将将够喝的肉汤。几个人用海鸥的内脏作饵，去冰上钓鱼，但什么也没有钓上来。宁德曼出发到附近乡村去打猎，看看"有没有任何收获"，但也没什么好运气。

与此同时，安布勒医生每天大部分的时间都要进行那个臭气冲天的工作，对此他在日志中做了医疗记录："从埃里克森的右脚上截除了四个脚趾，左脚也截掉了一个，是从跖骨关节周围锯掉的。"[22] 截肢手术对埃里克森来说倒是出奇地容易，因为他的脚已经完全没有知觉了。后来当他开始感觉到疼痛时，安布勒给他服用了一些鸦片并试图安慰他。但医生对这位病人已经绝望了，其他人也不敢相信那位强壮坚忍的丹麦人会沦落到这番境地。科林斯难过地哀叹，手术"让一个高大能干的人变成了残废，他的海员生涯就此结束了"。德隆觉得自己对埃里克森的惨状负有不可推卸的责任。他写道："真是让人揪心啊！我多希望能把这个人原原本本地带回给他的朋友们，然而现在却不得不截去他的骨肉。愿上帝怜悯我们。"

每天晚上，他们都保持小屋外的烽火燃烧着，黑旗一直在风中飘扬。但无人前来救援。不管那些脚印是谁的，也都在越来越深的积雪中消失了。德隆还是无法甩掉被人监视的感觉，但监视者就是不肯现身。他想象中的场景——珍妮特号的其他幸存者们正在整个三角洲仔细寻找他们——也没有希望出现了。他写道："我不明白到底为什么，如果其他人活着，为什么不来寻找我们呢?"[23]

事实上，过去几天，德隆他们的确被跟踪了；那不是他的想象。一周前，两位来自泽莫维亚拉赫村（Zemovialach）的雅库特猎人在雪地里看到了船员们的脚印。两位雅库特猎人跟踪了好几天，最后在这群美国人休息复原的第一对小屋里停了下来。他们看到不久前烧火的碳迹，也看到了德隆留下的那支老旧的温彻斯特来复枪。他们把枪揣了起来，又跟踪了德隆一行人好几天。

但后来他们就不再跟踪了。两位土著从安全距离研究了这些陌生人，开始怀疑他们是"走私者"[24]，用他们后来的话说是走私犯、罪犯、小偷。雅库特人担心如果他们现身，这些肮脏不堪、蓬头垢面的外国人一定会杀死他们。他们悄无声息地转身朝自己的村庄走去，那个村庄位于西南方向近100英里处，在勒拿河一条偏僻的支流沿岸。

即便仍在小屋里流连，德隆也计划着继续前行。在侦察了地形之后，他开始确信他们到达一个名叫萨加斯特尔的地方——如果这个地方确实存在的话——唯一办法，就是横穿身下的那条河，他们所处的小屋就建在那条河高高的堤岸上。但过河可不是说说那么容易：这里的河道有500多码宽。要么现在动手做一个坚固的筏子，要么就不得不等到河面结更厚的冰，步行过河。

现在冰太薄、太危险了，所以他们动弹不得。德隆说："身陷困境的滋味真不好受啊。"[25]

另一个问题是拿埃里克森怎么办。他还能经得起远征的折腾吗？宁德曼能否建造个雪橇之类的东西，抬着他走过河水的冰面以及过河之后的冻土呢？安布勒再次手术，又锯掉了埃里克森的几根脚趾，医生现在觉得，大概两只脚都得彻底截肢了。安布勒还注意到病人患上了破伤风，他猜想一次高烧"很快就会发生并要了他的命"[26]。埃里克森常常神志不清，整晚都在用丹麦语说胡话，让其他人不得安睡。德隆说："他身体虚弱，浑身发抖，闭着眼睛不停地说胡话……我们已经处境凄惨，他的样子更让人不忍卒视。"[27]安布勒跟德隆说："除非能尽快在某个聚居点待很长一段时间，对埃里克森给予精心的照顾和治疗，否则他危在旦夕。"[28]

德隆无计可施。在他看来，埃里克森的状况此刻已经严重威胁到整个团队的生存了。德隆写道："如果继续前进的话，很有可能会缩短他的生命；如果我把大家和我一起留在这里，埃里克森倒是能多活一阵儿，但我们可能都要饿死了。我们的生命面临着巨大危机。"最后，德隆还是顺从了更好的直觉：绝不能把任何人留下不管。无论前路有多艰险，都必须抬着埃里克森一起走。

10 月 1 日上午——珍妮特号沉没后第 111 天——德隆发现河道已经冻得差不多，可以尝试着过河了。他在小屋中留下了一份记录，说尽管他们"不畏前路艰险"，但队伍中有一个人的身体状况很糟，"脚趾因为冻疮而被截除了"。

他们慎重地在冰冻的大河上前行，队伍分散开来，以防重量集中到某一个地方把冰压破。即使如此，每走一步，还是能听见冰面嘎吱作响，有时立刻就会出现可怕的锯齿形状。他们用两根残破的浮木桩临时做成了一辆雪橇，把埃里克森绑在雪橇上，用几根长绳子拖着这位一路呻吟的残疾人，绳子必须很长，与地面形成一个锐角，这样拖者和被拖者才能分隔出安全的距离——还是怕重量过于集中。

最后他们总算安全过河，在河对岸再次集合，开始了更为艰难的行军。他们在坑洼不平的地形上行走了超过 12 英里，用"雪橇"拖着可怜的埃里克森高高低低地颠簸着。两天后，他们仍然游走在荒野中，进展缓慢。他们一度在雪地中看到一个人的脚印，那天的大部分时间都在追着那些脚印走，但最后脚印却消失了。德隆开始意识到，他们离萨加斯特尔还远着呢，甚至开始觉得萨加斯特尔是否存在本身就是"一个谜"。

德隆现在确信无疑，他的地图"根本没用，我必须一直向南走，相信上帝会引领我到达一个聚居点，因为我很久以前就知道，我们已经无力自救了"。[29]此处复杂得像个迷宫，地形纵横崎岖，德隆根本找不出它的逻辑。"我们经常碰到一条河缩窄成一小条冰，这让我困惑不已，"德隆写道，"它的路线蜿蜒曲折、凌乱无序。在这一带挣扎着寻找出路既耗费体力又浪费时间。毋庸讳言，我们虚弱不堪。"

德隆意识到以他们当前的状态，他可能应该放弃他背负的那些沉重的日志了，但他就是做不到——它们早已变成了他的命根子。他说："只要我还能拖得动双脚，就必须带着这些记录。"[30]他可以把它们埋在某个安全的地方——再用浮木堆成的界标作为记号——但他知道此处全都是勒拿河的泛滥平原。在地里埋进任何东西都会被春天的河水泛滥毁掉。

科林斯尤其不同意德隆带那些沉重的书本。（他在自己的日记中抱怨那些"日志本之类的东西让大家根本无力负担了"。）但时至今日，爱尔兰人怒火中烧，早就开始挑剔德隆"指挥队伍的整体计划"[31]的方方面面，他把船长比作"马蛭"，说他"毁了我们逃生的机会"。他跟好几位心腹好友说，他一直都小心记录着事件的发展——大概都是对德隆的严厉批评——他把日记本藏在自己的大衣口袋里；万一他遭遇不测，希望有人把那份记录寄给贝内特的《纽约先驱报》的编辑。

阿列克谢曾几度离队打猎，也没有打到什么猎物。德隆储备的最后一点肉糜饼吃完了，现在他和队员们真的要挨饿了。他别无选择，10月3日，他给艾弗森指派了任务，后者把呼噜领到他们的露天营地后面，照着它的头开了一枪，然后他们就开始宰杀剥皮。德隆写道："不久就做好了一锅肉汤，大家急切地分着吃了，只有医生和我自己没吃。我们俩觉得那些肉让人想吐。"[32] 他们用狗的头、心、肾和肝炖了肉汤。宁德曼说："其中有几个人不怎么在意。"[33]

那天夜里的气温骤降到零下 17.8 摄氏度，大家都靠在火的周围，挽臂挤在一起。阿列克谢和德隆试图一起取暖。德隆说："要不是（他）用自己的海豹皮围着我，（让）我靠他的体温取暖，我觉得我多半已经冻死了。真的，我一直都在打战发抖。"为了保护埃里克森，他们把他牢牢地捆在那辆代用的雪橇上，把他拉到火旁边。但他的"呻吟和胡话在夜风中响起"，德隆写道，"这是多么悲惨凄凉的夜晚啊，但愿我此生再也不会经历了"。[34]

那天夜里不知什么时候，埃里克森因为精神错乱把自己的手套摘下来扔在一旁。人们直到早晨才注意到，但为时已晚：埃里克森的手都快冻僵了。博伊德和艾弗森赶紧给他揉搓，好让他的手恢复一点儿血液循环，但安布勒知道，埃里克森的双手现在也要跟他的双脚一样受罪了。他丧失了意识，显然不知道自己做了什么。早晨 6 点左右，他们把他在雪橇上捆得更紧，又开始向南跋涉。

几小时后，他们看到了另一间小屋，立刻进去避寒生火。安布勒仔细检查了一下埃里克森的情况，发现他已濒于死亡。德隆说他"只剩一息游魂了"。他的脉搏微弱，一直处于昏迷状态。衰变的痕迹已经从他的脚踝处上移到了小腿。德隆领着众人一起为他祈祷。

两天后，10 月 6 日早晨 8 点 45 分，安布勒转向在小屋里集结的人群，摇了摇头。"他总算解脱了，"医生边说边合上了埃里克森的双眼，"愿他安息。"[35]

33 岁的职业海员，来自丹麦艾勒斯克宾的北海渔民汉斯·埃里克森就这样死去了。德隆写道："我们的队友离开了人世，上帝啊，我们又将迎来怎样的结局呢？"[36]

他们没有工具掩埋他，即使有，在永久冻土层上也几乎无法掩埋任何东西。德隆认为"海员的坟茔当在水上"，因此决定把他的尸体交付河流。他们脱下他的衣服分发给大家，把他的尸体用一块帐篷门帘包好缝起来，里面放了一些土块，好增加重量让它下沉。艾弗森拿到了他的《圣经》，凯克剪下了他的一绺头发。他们把一面旗帜盖在尸体上面，把他拖到了岸边。

简短庄严的仪式过后，他们用斧头在冰上凿了一个洞，把埃里克森推入了冰冷的勒拿河中。河水上空回荡着三轮齐射的枪声。宁德曼用他在茅屋里找到的一块旧木板刻了墓碑，把它悬挂在门上。碑文写着：

> 纪念
> 汉斯·埃里克森，
> 1881 年 10 月 6 日。
> 美国军舰珍妮特号。

10 月 9 日早晨，天空晴朗干爽，天气在连续几天寒冷的降霜之后相对暖和了一些。德隆把宁德曼叫到跟前，跟他商量自己酝酿了好几天的计划。他想让宁德曼利用天气暂时转暖，走在队伍前面，去寻找救援。

自埃里克森死后，又有好几个人出现了冻疮症状，德隆本人尤其严重，科林斯和李也是一样。他们只剩下几磅狗肉了，靠着在煮开的河水中放入白兰地和用过的茶叶，做成一种掺水烈酒来维生。如果全队一起行动，每天走不了几英里。德隆说："我们全都没力气了，而且好像是在迷宫中到处乱走。"[37] 他觉得把宁德曼派出去是他们最后的机会。

德隆之所以选择宁德曼，是因为后者一直是队伍中最强壮的人，而且最有可能成功。德裔舵手的足智多谋、能力超凡自是毋庸置疑，他在格陵兰经受过的考验也已经证明，此人有着非同寻常的生存本能。科林斯自告奋勇随宁德曼一起去，但德隆嘲笑爱尔兰人说："以您现在的状态，科林斯先生，您出了营地连 5 英里都走不到。"[38] 当然，船长也确实信不过科林斯；后来有人猜想，即使没有确凿的证据，船长仍然担心如果科林斯最先到达了安全地点，他一定会奔向最近的电报站，把一份充满偏见的探险记录发给《先驱报》。

阿列克谢或许是除宁德曼之外最合适的人选，但德隆希望因纽特人能跟大家在一起，因为他是最好的猎人。有阿列克谢这个神枪手在，再加上一点点儿上帝的眷顾，船长对未来仍心存乐观。他说："我相信上帝，也相信既然祂此前一直都在喂养我们，现在也不会让我们饥饿而死。"[39]

路易斯·诺洛斯是第二强壮的人。他会陪着宁德曼并服从后者的命令。他们将轻装上阵——如宁德曼所说，"就穿着我们身上一样的衣服"[40]，再加上一支来复枪、40 发子弹、几条毯子和一点儿供饮用的掺水的烈酒。德隆跟两人说："如果你们找到了猎物，就回来。"

然而如果他们找不到，船长希望他们能一直朝南走，目标是一个名叫库马克－苏尔特的村庄，他觉得到达那里需要四天的行程。德隆说："宁德曼，你要竭尽全力，如果能找到救援，就尽快回来找我们，如果不能，那你就跟我们一样了。你知道我们目前的状况。"[41]

德隆让安布勒选择是否跟宁德曼和诺洛斯一起走，医生拒绝了。安布勒写道："我觉得，我的职责要求我现在必须和他以及大部队在一起。"[42]

船长说了一句祈祷词，然后大家聚在宁德曼和诺洛斯周围，跟他们一一握手。每个人都满含热泪。科林斯因为动情而声音颤抖地对诺洛斯说："如果你将来到了纽约，请记住我。"[43]

就这样，两人转身开始了他们的征程，沿着河岸一路向南。安布勒说："上帝会帮助他们的。"[44]看着他们的身影消失在河流的一个拐弯处，德隆的队伍为他们欢呼三声。

我多想和你在一起，多想见到你，多想照顾你啊！我不敢想象你现在的处境有多悲惨。我一直试图耐心等待我那受苦受难的丈夫的音信，不用说我有多担心，多焦虑了。这三年我备受煎熬，但都勇敢地挺了过来，现在还会继续挺下去。我不是个愚蠢的女人，不会丧失理智。我会努力让自己不去沉迷于一切凶兆和感伤的思绪。我多希望此刻能和你在一起啊！

艾玛

36. 哪怕为此财殚力尽

到 1881 年秋，艾玛·德隆早已因为担心珍妮特号的命运而寝食难安了。柯温号于 10 月 21 日驶进旧金山港，报告说它在阿拉斯加和西伯利亚的 8000 英里北冰洋海岸进行了地毯式搜查，船员们没有发现有关珍妮特号下落的任何蛛丝马迹，连传言都没有听到过一句。此外，柯温号团队历史性地登陆弗兰格尔，证明了它只是一个岛屿，这让艾玛的最后一丝希望也破灭了：她原本希望丈夫和船员们可以在假设的跨极地大陆北上，直达北极甚至更远的地方。

她如今心不在焉得近乎可笑。一会儿摔碎了这个，一会儿掉落了那个，在商店里买东西忘了付钱就神不守舍地往外走。她满脑子除了珍妮特号什么也想不起来。11 月 11 日，当美国军舰联盟号在挪威以北的水域搜查归来时，艾玛更加担心了。联盟号带着近 200 名船员于那年 6 月 16 日从诺福克启航，行驶了 1200 英里。船长乔治·亨利·沃德利（Geroge Henry Wadleigh）中校报告说，根本没有发现关于珍妮特号及其船员的丝毫迹象。贝内特最好的记者之一哈利·麦克唐纳也在船上，后来发表了一系列颇受欢迎《先驱报》电讯，描述了他们的航程。

联盟号曾在雷克雅未克停留，成为第一艘在冰岛该海港停泊的美国海军船只。（冰岛人对美国人非常着迷，尤其是船上的几位黑人海员，麦克唐纳说当地人觉得那些黑人海员简直就是"从博物馆里逃出来的新奇玩意儿"[1]。）随后沃德利又掉转联盟号船头，驶向挪威的哈默菲斯特，后来又去了挪威以北的北冰洋上的斯匹次卑尔根岛。一路上，联盟号遇到了无数捕鲸人、海豹猎人和海象猎人，但没有收获到一丝有关珍妮特号的消息。沃德利的船员们印刷了很多种语言的布告分发出去，悬赏有助于发现珍妮特号下落的任何消息。

联盟号到达了北纬 80 度 10 分、北极以南 590 英里左右的地方，据信是有史以来所有军舰到达的北纬最高点。但紧接着沃德利就被浮冰阻断了去路。看着眼前冰障的肆虐无情，麦克唐纳开始怀疑人类大概永远也到不了北极："任何人，只要他见过这片冰雪荒原，被人类无法想象的巨大力量堆成冰丘、挤压成山一样的冰脊，都会冒昧地断言，人类到达那至高无上的巅峰之前，不知还需要经历多少艰难困苦。"[2]

回到美国后，联盟号的一位军官也言简意赅地呼应了艾玛·德隆的担忧："关于珍妮特号的船员们是否安全，我们现在不像之前那么信心满满了。"[3]

与此同时，第三艘肩负寻找德隆任务的船只，美国军舰罗杰斯号，也在那个夏天走遍了堪察加半岛和西伯利亚的数千英里海岸。但其船长罗伯特·贝里（Robert Berry）上尉发回的报告也一模一样：没有发现珍妮特号的迹象。罗杰斯号的一队船员曾经在约翰·缪尔及其同事登陆的几周后登陆弗兰格尔岛，他们有能力展开大规模勘察，因而深入岛内腹地逾 20 英里。现在，罗杰斯号停靠在西伯利亚东北沿海的一个小海湾过冬，计划派遣一队人带着狗沿海岸线打探德隆的消息，一直向西走到科雷马河。罗杰斯号船上也有一位《纽约先驱报》的记者。[4]

1881 年夏天的全部搜索都失败了，却大大刺激了公众想要了解德隆命运的渴望。各方都在规划着 1882 年春开始的多个救援探险行动——如今搜寻珍妮特号已经成为国际性事件。自从寻找约翰·富兰克林爵士以来，全世界还没有对哪一支北极探险队有过如此强烈的关心。在哥本哈根，一位名叫霍加德的皇家丹麦海军尉官正在筹集资金，准备在整个西伯利亚沿岸开启一次雄心勃勃的大搜索，重走努登舍尔德最近刚刚成功穿行的东北线。在圣彼得堡，俄国当局向北西伯利亚的每一位指挥官和部落代表发出警报。在加拿大，联合王国的殖民地部写信给哈德逊湾公司的所有总督，敦促他们通知北美北冰洋沿岸的捕猎者和公司雇员，要密切关注珍妮特号的消息。

与此同时，伦敦的皇家地理学会也开始规划自己的救援行动。12 月，该学会的克莱门茨·R. 马卡姆发表声明说："美国人民应当坚信，英国地理学家们不仅对珍妮特号上英勇不屈的探险家们怀有最深切的同情，还欣然积极动用一切力量，确保搜查无一处遗漏。"[5]

在《纽约先驱报》的一位社论作者看来，善意的呼声超过了富兰克林消失后的公众反应。"在北极探险史上第二次，又一支伟大的探险队很可能消失在北冰洋了，"《先驱报》如是说，"还将有另一次与富兰克林一样的搜救，但只有一点不同——那一次是英国和美国人搜索了北极圈附近一个有限的区域；而这一次将是在整个'未知区域'进行一次彻底搜索，参与者包括地球上几乎所有的文明国家。"[6]

过去一年，贝内特也一直都在关注救援行动的话题，但他还有其他事情要忙。他怀揣着要开办一份新报纸的梦想，报纸的名字就叫《巴黎先驱报》（*Paris Herald*），目标读者主要是跟他一样侨居海外的美国人。他在蔚蓝海岸的一个名叫博略

（Beaulieu）的风光秀丽之处买下了一座漂亮的海滨庄园。他还在自己位于凡尔赛宫附近的乡间住处主办了多次奢华的打猎活动，同时那一年中的大部分时间，他都在地中海航行。

此外，贝内特也为他的新创造——纽波特游乐场——的开业而忙碌，其成功超乎所有人的想象。那是个巨大的木石结构的鱼鳞瓦建筑，有宽阔的阳台、露天酒吧，庭院里还有修剪得完美无瑕的网球草坪，其规模足够容纳几千名观众。"旧世界和新世界都无出其右，"一位报社记者在游乐场盛大开业时夸下海口，"我怀疑世上没有什么地方比这里更热闹、更豪华了。"[7]

8 月，纽波特游乐场举办了刚刚成立的美国国家草地网球协会（United States National Lawn Tennis Association）的第一届全国冠军赛[8]。那是第一次在美国国土上举办网球锦标赛。一位名叫理查德·达德利·西尔斯的哈佛毕业生大出风头，连赢五场。贝内特的梦想实现了，纽波特游乐场确实成为美国竞技网球运动的摇篮，那里一年一度举办的锦标赛就是美国网球公开赛的前身。（纽波特游乐场一直都在举办全国冠军赛，直到1915 年夏天，锦标赛才移师纽约州的森林山。）

就算忙于游乐场事务，贝内特也不忘定期与艾玛·德隆联络，1880 年夏末还曾邀请她北上到纽波特来他的"寒舍"做客。[9]那座名叫"石头庄园"的小型宅邸地段很好，就坐落在贝尔维尤大道沿街，游乐场的对面。他邀请艾玛乘坐他的新游艇冰隙号出海，据说这艘游艇造价5.5 万美元。贝内特的妹妹珍妮特·贝尔那年夏天也来到了纽波特。她和丈夫最近刚刚有了一个儿子，但贝内特可不想扮演宠溺外甥的舅舅的角色。贝内特写了一张 10 万美元的遗产支票塞在了外甥婴儿床的床尾，就再也没有看过外甥一眼。

贝内特向艾玛承诺，他将不遗余力地寻找她的丈夫。在他看来，北极问题就像一场惊心动魄的马球或网球比赛——一场让人血流加速的运动、一场心神爽快的挑战、一场游戏。一切都会好起来的，他对此确信无疑。如果事与愿违，那就是玩游戏本应承担的风险。他觉得没有什么比为探险事业而死更加光荣了——那是为国家争光、为海军牺牲、为科学献身。当然也是为《纽约先驱报》服务。他曾经跟一位记者说："《先驱报》就是一切，而人什么也不是。"

然而，到1881年年底时，就连贝内特也开始觉得珍妮特号一定遭遇了不测。他也开始相信，船只很可能已经撞毁，现在正静静地躺在海底。至于德隆和船员们，詹姆斯·戈登·贝内特还是满怀希望的。他从巴黎给艾玛发了一封电报：

> 不要担心你丈夫和他英勇的船员。如果政府太小气，拒绝另派一支搜救队的话，我将自费组织搜救，哪怕为此财殚力尽。我自己对珍妮特号的安全信心十足，希望能对你有所启迪。贝内特。[10]

37. 疯狂地比手画脚

宁德曼和诺洛斯穿越勒拿河的荒原艰难跋涉时，西伯利亚的冬天就像个自由落体的重物一样轰然降临了。[1] 夜里一天比一天冷，气温早就降到了零下。有时候他们似乎只能靠不停地动才能不让自己冻死。声音变得清脆，脸上的液体都冻住了。雪在脚下嘎吱嘎吱地响。寒冷已经变成了有形的存在，默默地横扫三角洲的一切生命，猛烈的态势不亚于在充满氧气的房间里燃起一堆火。在夜间最冷的那几个小时，他们的呼吸都在空气中凝固成一团闪亮的云朵飘落在地上，根据当地部落人的说法，它落地时会发出一声微弱而清脆的金属音，他们称之为"星辰的低语"[2]。（北半球有史以来的最低气温，零下 67.8 摄氏度，是后来一个苏联气象站在勒拿河以东测得的。[3]）

宁德曼和诺洛斯前行的进度稳健而坚定，但他们身体太虚弱，根本走不快。他们平均每天走 13 英里。诺洛斯吐血了，甚至有开枪打死自己的冲动。他最低落的时候，因为想到了远在马萨诸塞州福尔里弗的家人，才没有自杀。

他们的大部分行程都像做梦，一长串单调的日子组成的毫无变化的乳白色梦境，只有少数几个时刻清晰地在脑子里萦绕不去：一只雪鸮瞪着他们。他们把一堆破旧的雪橇劈碎了当作柴火。一个土著的尸体葬在山坡上的一口箱子里。一只乌鸦，一直在头顶上不住地盘旋。

在那冗长走不到边的平地上，唯一竖起的地标是一座岩岛，像桩子一样矗立在勒拿河水中。那巨大的危岩名字就叫"岩岛"。天晴时，从 100 英里外就可以看到它。在北极大气的折射下，岩岛耸立在泛滥平原的那一端，呈现出各种扭曲的形状；它时而像城堡要塞，时而像从海里探出身子的鲸鱼，时而像某种史前兽类的雄壮脊背。不管它呈现出什么形状，宁德曼和诺洛斯一直把它作为他们向南前进的路标。

两人没有帐篷或任何形式的屋舍，每晚都像穴居动物一样。他们睡在某个河岸上的一处天然洞穴里，睡在某个峭壁的背风处，睡在被扔在冰上的一个破旧的平底船的篷子下面，有时候则须自己在雪地里挖个洞睡在里面。

他们赖以为生的营养更是稀缺。一天，宁德曼射死了一只雷鸟，那是北极松鸡的一个物种。后来他还逮到了一只旅鼠，他们把这个小小的啮齿动物连毛带皮串在木棍上烤着吃了。他们用一种低矮的柳树类植物的根泡茶。一天在河水附近，他们发现了一些可以吃的鱼头。其余的时间，他们不得不啃自己的靴底，或把海豹皮长裤一块一块地揪下来放在嘴里咀嚼，为了让它更可口一点，他们会把它泡在水里，然后在火上烤焦。

行走了一个星期后，两人虚弱不堪，往往根本无法逆风前进。就在他们几近绝望之时，10 月 19 日夜间，他们在当地人称为"布尔库尔"（Bulcour）的地方看到了几座小屋。他们在其中一间里面点上火，就瘫在地上再也起不来了。从 10 天前离开德隆，他们总共行走了 129 英里。

第二天，在附近的一座小屋里，他们在一堆破烂的网中发现了大量干鱼，看上去像是粗糙的锯末。那种鱼几乎没有味道，当地人把这种鱼肉加热粉碎后提取灯油，根本不宜食用。宁德曼和诺洛斯全然不管它上面全是青色的霉菌，急不可耐地将腐臭的粉末一把一把地塞进嘴里。他们很快就病倒了，第二天出现了严重的腹泻，排泄物里还有带血的黏液——显然是患上了痢疾。即使如此，他们还在吃那些鱼，为了胃里有食物的快感，患病的痛苦也是值得的。

10 月 22 日中午时分，他们听到小屋外面有一种飞速移动的奇怪声音。在他们听来，仿佛有一大群大雁在头顶上俯冲而过。剧烈的饥饿感严重影响了他们的听力，以至于他们都不再相信自己的耳朵了。宁德曼把门开了条小缝儿，看到有东西在移动；他恍惚间看到一只驯鹿的头和鹿角。他抓起来复枪，正要上膛，门突然开了。门槛边上站着一个穿着暖和皮衣的当地人——他的身后有一辆雪橇，套着一队驯鹿，正在雪地里打着响鼻、跺蹄子呢。

当地人大吃一惊，怎么会有两个灰头土脸、半死不活的外国人住在自己布尔库尔的部落小屋里。宁德曼和诺洛斯看见这个访客，高兴地流下了眼泪，因为除了珍妮特号的船伴之外，他们已经 809 天没有看到过一个人了。

宁德曼跟跄地上前迎接他。那人看到宁德曼怀里的枪，害怕地往后退了一步，举起双手，跪在地上，求宁德曼不要开枪。宁德曼把枪扔在角落里，恳求当地人进屋来。那人犹豫了一下，但后来看到宁德曼给他递来一口鱼，就往前走了一步。当地人名叫伊万，他看了看那发霉的粉末，摇了摇头，用手势和表情表示那不能吃。

伊万注意到宁德曼的靴子破旧得不像样子，就回到自己的雪橇上，拿来了一双新的鹿皮靴作为礼物。宁德曼谢过了他，开始跟诺洛斯一起疯狂地比手画脚，企图向伊万表明并不是只有他们 2 人，还有 11 个人正在北边某地的冰天雪地里待着呢。此举毫无用处——伊万没做出一点儿他听懂了的表示。相反，他表示他得走了，并举起四根手指，宁德曼解读为他要么四个小时、要么四天后回来，也不知到底是哪个。伊万爬上雪橇，吆喝着那群驯鹿走了。他沿着河朝西走去，几分钟后就消失不见了。

宁德曼和诺洛斯陷入了沉默，面面相觑，担心他们犯了一个严重的错误，不该让当地人抛下他们自行离去。他们开始绝望，害怕再也见不到他们的访客了——他们失去了最后的获救机会。宁德曼诅咒自己不该拿枪，他现在确信，一定是那支枪吓跑了伊万。

但那天傍晚，伊万回到了布尔库尔，还带来了另外两个矮小结实的人，这两个人是坐在由几十头驯鹿拉着的雪橇来的。访客们带来了一条已经被剥皮切成块的鲜鱼。诺洛斯和宁德曼二话不说把那些鱼块囫囵吞下，根本不管那还是生的。随后，伊万给两位可怜的人穿上了鹿皮衣，盖上毯子，引导他们出门上了雪橇，像对待宝贝货物一样把他们细心地安顿好。

没过多久，一行人在夜间的冰雪上飞奔起来。他们向西行进了大约 15 英里，看见了前面山坡上支起的一群鹿皮帐篷。大约有 100 只驯鹿在附近圈着。透过半透明的鹿皮帐篷，宁德曼和诺洛斯可以看见里面闪烁的火光，还闻到了空气中烹制食物的香气。他们能听到帐篷里传来的笑声和热闹的聊天声，还隐约有女人和孩子的声音。

直到此时，两个漂流者才敢相信自己的好运：他们要得救了。

宁德曼和诺洛斯当时并不知道，他们来到了一群雅库特人中间——这是个以打猎和捕鱼为生的大型半游牧部落，他们的世界是围绕驯鹿建立起来的。雅库特人的面部特征很像蒙古人，但其语言更接近土耳其语。雅库特人兴起于 13 世纪，从贝加尔湖附近的森林里迁徙至中西伯利亚的高纬度北部大陆。到 1830 年代，俄国政府让大部分雅库特人皈依了东正教——有时是用枪杆子逼着，但他们仍然坚持着自己的万物有灵论信仰，相信自己的萨满巫师的神力。

雅库特人是骄傲而慷慨的民族，很久以前便解开了三角洲的谜题，并在数个世纪以来，日益完善了在极寒条件下繁荣生存的技艺；的确，在有些人看来，他们似乎宁可在极寒中生活，享受它带来的清净，以及不受沙皇辖制的独立感。他们的大部分自由就来自于能够在别人根本不愿意居住的地方生活。在雅库特人的土地上流传着一个说法："上帝高高在上，沙皇远在天边。"

宁德曼和诺洛斯被迎到雅库特人的营地里，后者给他们递来了热水，让他们清洗肮脏的手和脸。但宁德曼自己洗不了——他的手几乎冻成了残废，指甲变成了参差不齐的长爪子。一个雅库特女人看他可怜，跪在他身边温柔地为他擦拭肮脏而长满冻疮的脸。这善意的举动，这来自人类的第一次触摸，让宁德曼百感交集。他一生都没有忘记过她。

吃过鹿肉盛宴之后，宁德曼和诺洛斯在炉火旁待着，企图向当地人解释他们的困境：还有其他经历船难的水手正在北边挨饿呢。有 11 个人被困在雪中。他们试图用棒线画、疯狂的手势，以及在炉灰里画小人儿来表达自己的境况。但雅库特人似乎根本不知道他们在说什么。他们只是尴尬地微笑点头。他们或许仍然在琢磨这两个流浪汉怎么会在三角洲着陆，他们从哪个方向来，来自哪个国家——或者星球。雅库特人可能怀疑宁德曼和诺洛斯是逃犯、被流放的政治犯或海盗。两个美国人发现他们根本无法沟通，那天晚上就放弃了，沉沉睡去。

第二天一早，雅库特人撤营了，开始向南进发——如果想救德隆，那实在是南辕北辙。中午时分，驯鹿队伍登上了一个高高的山坡，从那里可以看到岩岛，就是宁德曼和诺洛斯作为指路标的那座巨型岩岛。宁德曼指着岩岛的方向，再次试图讲述珍妮特号，以及自己的船伴们正在北边挨饿受冻的故事。他在雪地里画图，请求队伍首领把队伍往那个方向带。但雅库特长者只是露出苦笑，一点儿都没有流露出多一些理解的样子，也没有任何将带队掉转方向的表示。

接下来那天，雅库特人的队伍到达了一个名叫库马克－苏尔特的小村庄，也就是德隆在派遣宁德曼和诺洛斯先行时本来想要到达的地方。那天是村里的宗教吉日，宁德曼和诺洛斯被队伍带着四处走，成了人们好奇的研究对象。宁德曼后来回忆说："大家都停下来看我们，都想知道我们是谁，从哪儿来。"4

有人递给宁德曼一艘玩具船，他又开始用它讲述珍妮特号的故事。所有村民都聚在四周，听他讲述那个悲伤的故事：船如何离开美国驶入大海；它如何陷入冰中漂流了两年；它如何瓦解，在远北之地沉入大海；33 个人如何在冰上拖着三艘船跋涉了三个月才走到开放的海水；然后，三艘船又如何在一场海上风暴中离散。

"然后，我又给他们看一幅海岸线的地图，"宁德曼复述道，"我们的船到了这里，不知道另外两条船情况怎么样。"他用铅笔记号表示他们搁浅了，又用夸张的手势和表演再现了他们如何沿着勒拿河岸跋涉，队伍中的一人在哪个地方死去，被埋尸河里。宁德曼说："人人都在拼命地摇头，仿佛在说，这个故事让他们很难过。"[5]

然后，宁德曼又跟他们做手势，表示他和同伴离开了船长和队伍，已在三角洲上行走了 10 天。他用恳求的语气说他现在需要村民们的帮助，回去救助他的船伴，要不然他们全都要死了。

故事讲完后，宁德曼看着聚集在他四周的雅库特人，从他们空洞的表情可以看出，他们或许为他的表演所吸引，但根本不知道他在说什么。"有时候我以为他们了解了我希望他们了解的一切，"宁德曼说，"然后突然发现他们一个字也没听懂。"[6]有些人或许觉得他是个疯子，在说胡话。毫无疑问，库马克－苏尔特的村民们根本没有表示他们会提供帮助。

宁德曼无法让他们明白船伴们的悲惨困境——同时他无时无刻不焦急地注意到时间正在一点一点地消逝——这让他近乎精神崩溃。第二天，他们仍然在库马克－苏尔特的小屋里躲着，他终于因为悲伤难过和心灰意冷而崩溃，止不住地抽泣起来。一个雅库特女人可怜他，陪着他坐了很长时间，终于明白了他新提出的请求：希望他们带他去布伦，也就是德隆提到过的坐落在勒拿河较南边的那个更大的聚居点。宁德曼希望能在那里遇到会说英语或他的母语德语的人。或许他还能在布伦找到能听懂他的话的俄国当局——帮助他启动救援行动。

当村民们安排一个驯鹿队和一个橇夫准备带他们走时，两位美国人写了一份书面报告，解释自己是谁，以及德隆遇上了什么麻烦——他们计划把这张纸条交给驻布伦的政府当局。

就在那时，一个名叫库斯玛（Kuzma）的多少有些神秘的大块头俄国人来到了村里，认识了宁德曼和诺洛斯。库斯玛当然没有主动说，但他事实上是个被流放的犯人，因为偷盗罪被流放到西伯利亚，但他受过教育，显然也见过不少世面。没人知道库斯玛来库马克－苏尔特做什么，因为他住的地方距此地将近100英里，在三角洲的东北边缘呢。库斯玛不说英语，也不说德语，但他立刻就燃起了宁德曼和诺洛斯的新希望。他一看到这两个肮脏的漂流者，开口就说："珍妮塔？美国人？"宁德曼猜想库斯玛在某份俄国报纸上读到过珍妮特号探险的报道，或者与官员谈话时听说过它。无论如何，他似乎对他们的身份有点儿概念——这是个极好的开端。

当宁德曼和诺洛斯提到包括船长在内的另外11位遭遇船难的美国人还在冰上受罪时，库斯玛拼命地点头。仿佛库斯玛一下子就懂了他们在说什么。看见宁德曼和诺洛斯写的纸条，库斯玛做了件奇怪的事：他把纸条从他们手中拿走，揣进了自己的口袋里。宁德曼大声抗议，但库斯玛就是不肯还给他，不久他就什么也没说，从村里逃走了。

村民们慷慨地送给两位美国人新鲜的毛皮和很多熏鱼，让他们在去布伦的路上吃，第二天，他们由驯鹿队带着出发了，橇夫是个能干的雅库特人。他们10月29日晚间到达布伦。那是个温暖舒适的聚居点，大概有35座茅屋和木屋，还有个很小的俄国东正教教堂。宁德曼和诺洛斯受到了热情接待——不久村里的神父和俄国指挥官就接待了他们。人们给他们分了一间小茅屋居住，接下来的几天，他们一边从痢疾中复原和休息，一边等待着指挥官的消息。他们看上去仍然十分可怜——双脚一瘸一拐、浑身冻疮、面容憔悴、胡子拉碴、衣衫褴褛。他们又有过几次无力的尝试，企图让村民们知道启动救援刻不容缓，但都没有成功。

11 月 2 日晚，他们听到自己茅屋的大门被推开了。然后，里屋那个用毛毡和鹿皮做的隔热门也被推开了几英寸，一个身穿毛皮、面无表情的人出现在门缝儿里。屋里很暗，哪怕访客正安静地往里走，两位美国人也看不清他是谁。宁德曼躺在所谓的床上，诺洛斯在桌子边站着，正用带鞘短刀削下一块黑面包往嘴里塞。

访客好像有点奇怪的样子。他站在门边，停在那里，一句话也不说。脸上现出奇怪的笑容。

"嘿，诺洛斯！"那人用洪亮的声音说，"你好吗？"

诺洛斯从正在被切成片的面包上抬起头，看到了朝他走来的陌生人。那人拿下斗篷，露出了一张熟悉的脸——还有一个熟悉的光头。

泪水一下子涌上了诺洛斯的双眼，他失声尖叫起来："天呐！梅尔维尔先生——您还活着！"[7]

38. 恐怖的梦魇

自三艘船在暴风中走散，51 天过去了——德隆那条驳船上的人最后看见梅尔维尔的捕鲸船在拉普捷夫海上的风暴中翻滚，已经是 51 天以前的事，他们以为另外两条船上的船员全都葬身鱼腹了。[1] 此刻，宁德曼和诺洛斯看见梅尔维尔，就像看见一个死而复生的人走进他们的小屋。他们难以抑制自己的喜悦之情，终于又见到了活着的船伴，又听到了英语，知道自己在这片陌生的土地上并不孤独。

诺洛斯哭喊道："梅尔维尔，我们还以为只有我们两个人活下来了呢！我们曾以为捕鲸船上的船员都死了，第二条驳船也一样。"

梅尔维尔脱下皮衣，在阴暗小屋的湿暖空气中拥抱了两位朋友。他浑身是伤，满面风尘，那张坚毅的脸上有几处发紫的冻疮疤，但他看上去比宁德曼和诺洛斯好多了。梅尔维尔看见自己的同志也不禁泫然泪下——那是高兴和欣慰的泪水，但也是难过的泪水，一想起他们曾经历过怎样的惨状，工程师就悲从中来。他能看出来，这两位黑眼圈的生魂定然已经尝过了死亡的滋味。

梅尔维尔要讲的故事跟宁德曼和诺洛斯的经历有很多相似之处。和他们一样，他要讲的也是在荒野中困苦挣扎四处游走的故事。他说，他们的经历就是"一场恐怖的梦魇"。然而，好运站在了梅尔维尔一边。

9月12日下午，捕鲸船上的11个人——梅尔维尔、达嫩豪、纽科姆、利奇、巴特利特、科尔、查尔斯－东星、亨利·威尔逊（Henry Wilson）、弗兰克·曼森（Frank Mansen）、劳德巴赫和阿涅奎因——跟德隆的驳船分开了，用梅尔维尔的话说，"疾行而去"[2]。但海上的风暴越来越狂暴，船舵有一部分被吹走了，船受到重创。梅尔维尔船上的人担心他们可能无法躲过巨浪的袭击。看着茫茫大海，他们确信此刻自己就是探险队仅有的幸存者。梅尔维尔说："大家都觉得只有我们的船没有在风暴中倾覆。"

梅尔维尔让船头顺着风向，跟德隆的做法差不多，他也用帆布、船桨和帐篷杆子的杂烩制作了一个复杂的海锚，用帐篷支架和铜壶绑在绳子上坠着它。那装置当然说不上精致，却是个天才的作品，取得了惊人的效果，帮助梅尔维尔和他的船员们度过了这场风暴。

然而，那一整夜他们都在不停地"全力以赴地抽水舀水"。海浪每三波一组地冲过来，船员们计算着舀水的时机，以便赶得上下一轮冲进来的海水。最好的舀水员是阿涅奎因和查尔斯－东星——他们一起蹲伏在船底，奋不顾身地往外舀水。不过每组之间的间歇太短了，不久"无情的海浪还是会击打过来，在我们身上结冰……它一灌进来就立刻变成雪泥"。于是，疯狂的舀水又得再来一遍。梅尔维尔后来发现，晨光"并没有丝毫改善我们的惨状，因为它让我们看到了彼此的可怜样"。[3]梅尔维尔浑身僵硬得像个人体模型，他的手"肿着，全是水泡，还因为寒冷和血液凝固而裂开了口子"。他们看不见陆地，眼前只有望不到边的青灰色海水翻搅着。船底的隔间原本小心翼翼地堆着用作饮用水的清洁的雪，现在也被海浪淹没，他们没有能喝的水了。

因为没有仪器，梅尔维尔和达嫩豪只能靠太阳和星光让捕鲸船朝三角洲的方向行驶。梅尔维尔行船的路线与德隆的驳船完全不同。工程师把捕鲸船掉转到几乎正南方向，朝着三角洲的东南扇面而去，而德隆的方向太偏西，是朝向三角洲北部入海口那片更阴暗、因而也更少有人居住的流域。两队在靠近陆地时，之间相隔了好几百英里。

9月14日，捕鲸船在一个泥泞的浅滩上搁浅了，但梅尔维尔还是看不到陆地。他们从浅滩那里退出来，朝着东南偏东的方向走，穿过沙洲的泥沼，最终进入一条开阔的河道，结果表明那是勒拿河的一条主要支流，它棕色的缕流深注大海，河水汹涌而湍急。他们在这里转向正西，轮换使用船桨和船帆逆流而上，一个小时后，水就从半咸变成了微甜。随后在9月17日，他们看到了远处的两片陆地——标志着这条宽阔支流的真正河口。他们终于到达了西伯利亚。

但是，在驶入勒拿河逆流而上一天之后，梅尔维尔却越来越糊涂了。他的地图是从《彼德曼地理通报》上复制下来的，上面有无数的地方被标注为当地人的冬季茅屋。但船员们朝河水的两岸看去，根本看不见任何有人居住的痕迹——只有一条湍急、宽阔，散发着麝香味的河，其宽度超过4英里，沙岸上堆着浮木。梅尔维尔说："我们恶毒地诅咒彼德曼，他所有的作为都引我们步入了歧途。"[4]

他们已经在狭窄的捕鲸船上蜷缩了超过120个小时，此刻的境况实在不堪。梅尔维尔后来写道："寒冷让我们失去了活力，头脑、行动和语言都变迟钝了，纽科姆抱怨牙龈痛——据说是坏血病的先兆——其他人出现了不同程度的失明和剧烈的耳鸣。"[5]

但最折磨他们的还是四肢。"我们的手流着血，裂开的口子不忍卒视，"梅尔维尔写道，"血泡和溃疡都挤在一起，身上的肉摸起来胀湿松软。脚、腿和手彻底失去了知觉。"利奇的双脚尤其糟糕（几乎跟埃里克森上岸时的情况一样惨）；利奇脱下靴子，看到自己的脚趾已经变成黑紫色，皮肤和指甲向后卷着，梅尔维尔说，活像在火中烤过的羽毛。

船员们不光境况悲惨，有几个人已经神志不清了。人们经常看见科尔自言自语，他有时看上去与现实脱节。达嫩豪仍然因为德隆决定让梅尔维尔指挥船只而愤懑不已——要知道领航员的军衔更高——此刻更是满嘴胡言乱语，有时还高声骂人。（梅尔维尔是否知道达嫩豪患有梅毒不得而知，但这种疾病确实会出现间歇性发疯的症状。）有一次纽科姆不过犯了点儿小错，达嫩豪就扑在他身上掐他的脖子，弄得无助的博物学家几近窒息，达嫩豪嘴里还喊着："你要是不听我的，我就杀了你！"[6]其他船员不得不把两人拉开。

在这些最艰难的时刻，只有一件事能让他们团结，能让他们忽略所有的罪过和差错，那就是同甘共苦的兄弟情谊，他们坚信在一起渡过的危难面前，一切都微不足道。他们一起艰苦奋斗，锻造了宽大仁慈的手足之情。"共同走过的历历艰险与重重危难，让我们培养了更亲密的友谊，"梅尔维尔说，"那条纽带把我们所有的人连在一起。"[7]

眼看着煎熬就要到达极限时，他们遇到了恩赐：9月19日上午，他们看到几间小茅屋，像是个打渔用的营地。梅尔维尔说:"当时,我们心中的喜悦不亚于突然看到了一个现代化大都市。"[8] 他们上了岸,在那些风吹日晒的破烂小屋旁边用浮木烧起了一团熊熊篝火。然而,火的融融暖意却让他们的身体更痛了,仿佛有无数带电的钢针扎着他们的四肢。

虽说营地看起来在这个季节已经被弃置不用了,但几分钟后,三个当地人驾着三条独木舟出现在一个沙洲附近。他们正朝着另一个方向行进,显然没打算理会这些探险队员和他们的哀号——又或许只是因为看到这 11 个貌似野人的入侵者盘踞在他们打渔的营地上,让他们震惊不已。

当地人退到勒拿河的另一岸,梅尔维尔命令几个手下跟他一起跳上捕鲸船去追。他们很快就来到三条独木舟的旁边,但当地人"显然因为害怕或怀疑,极其腼腆",一个劲儿往后躲,想跟他们保持距离。梅尔维尔用英语跟他们打招呼,然后用德语,继而又用法语,但都没有用。他后来回忆说:"我们都微笑起来,嘲笑我相继使用各种我哪怕略知一二的蹩脚外语,徒劳地企图跟他们说上话。"[9]

好说歹说,在一番哄劝之后,一个比其他两人胆大一点儿的年轻的土著划着桨朝他们走近了一点点。经过反复地说和手势,梅尔维尔终于了解到他的名字叫托马特。他的样子像个骄傲的武士,又像个花花公子,身上吊着烟袋和一个很讲究的烟斗,皮裤上点缀着铜饰,大腿上捆着一把刀。但他只是个少年——不大可能解救这群来自地球另一侧、衣衫褴褛的船难海员。他的船里有一些用白色马毛织成的渔网,一条新钓上来的鱼,还有一只死雁。梅尔维尔命手下抓住托马特的船,别让他走掉。年轻人似乎被这截留的举动吓了一跳,但梅尔维尔又打了一会儿手势,终于说服他和两位同伴到篝火旁,跟美国人一起坐一会儿。

托马特和同伴们都是鄂温克部落的成员，这是另一个以打猎和捕鱼为生的半游牧部落，广泛分布在西伯利亚中北部。鄂温克人有蒙古人血统，且因拥有大量耐寒的长毛北极马而闻名，他们至少部分皈依了基督教，使用的语言全然不同于雅库特人。梅尔维尔等人与三个土著坐在篝火旁，后者拿出死雁和鱼让他们做熟了吃。

端着仓促熬好的肉汤，美国人试图跟这三个鄂温克人沟通，但他们很快就放弃了，只是拿出自己的东西给对方看。托马特对美国人的枪尤其感兴趣——还被纽科姆随身携带的一张家人的照片迷住了。托马特从来没见过照片，他不停地亲吻着那神奇的图片，在胸前划着十字，显然以为那是什么圣人的画像。

托马特和他的同伴们相当友好，但过了一会儿，梅尔维尔就明显看出，这几位贫穷的当地人无法真正帮助他的团队，他们显然不愿意领美国人回到自己的村庄，不管它在哪里。对于勉强能在北极糊口度日的民族来说，11 个美国人实在太多了，他们养不起。托马特似乎觉得梅尔维尔和他的队员是来自北方遥远的冰上的超自然物种。梅尔维尔开始"从他们的举止中看出，他们对我们有疑惧感"。看他们的行为，他怀疑他们"准备悄悄溜走，置我们的危难于不顾"。[10]

此刻，梅尔维尔充分意识到，虽然他们总算遇到了人，但还远远没有获救。他们多半不得不继续深入勒拿河三角洲，到达一个有足够规模，能够容纳像他们这样庞大而穷困的群体的聚居点。梅尔维尔反复询问关于布伦——在彼德曼的地图上被明显标注出来的地名——的情况。托马特又是闭眼睛又是打呼噜，表示布伦距离此地要"睡好多觉"才能到，又表示前往那里的路途很危险。

相反，托马特领他们到了他自己的家，一个名叫"小布尔吉亚"（Little Borkhia）的荒凉偏僻的小地方，那里墓园的十字架的数目要比活人多得多。好几个晚上，美国人被安置在一个类似圆顶帐篷的建筑物里，用梅尔维尔的话说，那里"肮脏不堪"，而且"到处是陈鱼腐骨的臭气，但我们还是很开心有了这么舒服的住处，因为夜间的室外狂风呼号，暴雪肆虐"。[11]

梅尔维尔及其队员们从小布尔吉亚沿着"蛇一样蜿蜒的河流"北上，不断地踩碎刚刚在河面上结成的新冰。9 月 25 日，他们到达了一个名叫阿尔扈（Arrhu）的茅屋聚居点。四天后，又到了一个被建在河水中的沼泽岛上的聚居点泽莫维亚拉赫。那里大约有 30 个鄂温克人和几个雅库特人，是他们这一路上遇到的第一个可以勉强称为村庄的地方。

梅尔维尔原本打算继续马不停蹄地赶往布伦，但他们到达泽莫维亚拉赫时正赶上冬季刚刚开始——乘船航行为时已晚，而在冰上行走又为时尚早。那是航行和乘雪橇之间的过渡期。村民们又是咕哝又是夸张地打手势，坚持说在河水彻底冻住之前，前往布伦太危险了。

梅尔维尔请求他们至少派个人带他去布伦，但没有任何当地人愿意冒险开启这样危险的旅程。梅尔维尔知道，在没有向导的情况下一意孤行无异于自杀——是"可笑的英雄气概"[12]。泽莫维亚拉赫没有足够的狗组建雪橇队；梅尔维尔看到的只是几条"可怜的野狗"。显然，梅尔维尔手下的探险家们已经走不动了。"我看了看手下的人——他们虚弱、饥饿、眼神空洞，"梅尔维尔写道，"再看看四周，褴褛的衣衫，跛行的腿脚，我断定那确实太冒险了。"[13]

于是他们把捕鲸船从河上拖到没有冰的地方，在村庄附近的几个巴拉干（balagan）——一种金字塔形的木头建筑，泥瓦屋顶，皮革铺地，冰板当窗——中住了下来。他们不得不等待两三个星期甚至更长的时间。这样的延误让他们极其不满——"无法行动要比死在路边更糟，"梅尔维尔如此说——但他们别无选择。他们被困在勒拿河中间这个小岛上，周遭的冰正在慢慢闭合。他们对与外界取得任何联系不抱任何希望，认定自己就是美国军舰珍妮特号仅有的幸存者了。

事实证明，他们被禁锢在泽莫维亚拉赫是因祸得福，因为梅尔维尔和他的探险家同伴们太需要休息了。村民们似乎比梅尔维尔更了解这一点，他们出奇地慷慨仁慈，照顾着这些冻坏了的客人。梅尔维尔注意到，村里的女人们尤其对他们感同身受——"她们在仔细检查我们冻坏了的四肢后，同情地摇摇头，甚至为我们的惨状流下了同情的泪水"。[14]（半瞎的达嫩豪说："当地的女人们虽然很丑，但真是体贴善良。"[15]）土著们不大清楚这些外国人是谁、来自哪个国度，或者为什么会降临在世界的这个地方。有些人似乎觉得他们是从冰里蹦出来的。然而，居住在泽莫维亚拉赫的人每次邀请他们前往自己烟熏火燎的温暖的巴拉干里面时，总是请捕鲸船的船员们坐在贵宾席上，并倾其所有地招待他们。

事实上，他们的财产并不多。这是个穷苦的民族，眼下又是冬天——的确，他们的饮食中严重缺乏维生素和矿物质，以致失明非常普遍。但即使如此，他们还是每天捐出四条很大的河鱼，再加上梅尔维尔所谓的"少量腐臭的油煎鹿脂——煎锅很脏，里面全是鹿毛"。[16]他们还熬制出大桶大桶的"稀汤"——少量鱼鹿肉汤加入大量河水"稀释"而成的汤。

鄂温克人每天还跟他们分享三四只死雁。这种食物让美国人难以下咽，因为按照当地人的古怪传统，他们食用禽类的方法是把它们深度发酵。他们喜欢在脱毛季宰杀大雁，而在余下的夏日里把未经清洁的尸体整个挂在茅屋旁边晾干。到秋天，那些禽类就变得，用某些人的话说，"相当臭了"。梅尔维尔写道："那些大雁……不知道是多久以前的了，散发着臭味，以至于我们想把它们挂起来，却只见其下水和汁液往下掉。"就算是对这些早已习惯了饥不择食的探险队员来说，这也实在有点儿恶心。

梅尔维尔把困在泽莫维亚拉赫的那段日子称为"被迫消闲"的时期，其间队员们靠唱歌和玩牌来打发时光，那纸牌当然是破破烂烂、七拼八凑的。他们把肿胀的四肢放在热水桶里浸泡；修补自己破旧得到处是洞的衣服，补丁摞补丁；喝下一杯又一杯苦茶，抽一种粗糙的俄罗斯混合烟草。他们用鄂温克人的象牙梳子梳理自己蓬乱的毛发，那种梳子是用长毛猛犸象的象牙化石制成的。他们用浮木雕刻出的粗糙的象棋棋子，进行激烈的象棋比赛。他们写信，希望一到某个文明的地方就寄给家里。早晨，他们会游逛到结冰的河边，帮着鄂温克人拖回当天的猎物。

阿涅奎因甚至还有时间开始一段罗曼史。作为因纽特人，他长得有点像招待他们的鄂温克人——至少后者似乎认为如此——他也能说一点儿对方能听懂的俄语。他们很快就把他当成自己人了。梅尔维尔写道："阿涅奎因四处拜访他那些古铜色皮肤的兄弟姐妹，他们开始给他修理鹿皮靴，给他缝补衣物；最后，终于有传言说阿涅奎因在村里找到了一位心上人——他羞涩地承认了，称赞她人品好，称她是'他棒棒的小老女人'。"[17]

梅尔维尔担心他们有可能患上坏血病，考虑到他们大多数时间都吃着散发着恶臭的腐坏食物，他意识到有些队员可能还会感染上痢疾或伤寒症。就算当地的食物如此可疑，梅尔维尔知道，他的生命，以及团队中每一个人的生命，全都指望着这些慷慨的鄂温克人和雅库特人，哪怕他们传统上还是游牧民族。梅尔维尔说："我最担心的是，既然这些土著的生活方式多少是四海为家的，他们可能会在某个夜里像阿拉伯人那样卷起帐篷，不声不响地悄然离去。"[18]

梅尔维尔还担心科尔。他的精神状态急剧恶化，似乎已经进入了梦境，整日胡言乱语。梅尔维尔断定科尔精神失常了，"不是易怒的那种，而是很欢乐，整日唠叨着各种胡话。他对时间和周围的情境彻底丧失了感觉"。科尔总是说他"厌恶了（自己周围）这些陌生的神秘同伴"。他一再坚称想见那个"老女人"。他想象自己是个职业拳击手，开始练拳击，对着虚空猛击，有时还会挥击某个从他眼前路过的人。

利奇的病情也在恶化——他那长了冻疮的双脚让他疼痛难忍。他待在火旁边，越来越没精打采、身体发热、情绪低沉，好像灵魂慢慢离他而去。他脚趾上的肉坏死脱落，露出了骨头尖。他的好朋友巴特利特自告奋勇做医生，照顾他的每一个需求。梅尔维尔写道："（他）显然出现了坏疽，只要有一天不管他的脚趾，那味道就难闻得厉害。巴特利特每天都准备一壶热水清洗溃疡，手拿一把大摺刀，非常娴熟地割去腐肉。"[19]

得益于巴特利特不间断的悉心照顾，利奇最终好转了。他一有精神，思绪就飞回了老家，写了一封信给他远在缅因州佩诺布斯科特的母亲：

> 我亲爱的妈妈：
>
> 起初我们待在冰上，后来我们的船（我们的家）没有了，艰难的日子就此开始。我们遇到一场大风，几乎把我们从苦海中解脱了。我的脚冻僵了，寒气从双腿一直窜到整个身体，我觉得谁把它们砍下来我估计也感觉不到。我们上岸时，我整个人都是僵的，走不了路，疼得厉害，双脚也开始腐烂。我的一位伙计巴特利特拿一把刀把腐烂的地方割掉了，我大约有一半大拇脚趾都被割掉了，只剩下骨头在那里凸出来。我现在走路还有困难，而且我觉得还得一段时间才能好。我尽可能地和气待人。我的命还没有彻底被夺走。哦，妈妈，你不知道我们经历了什么。回想起来，那些日子与其说是现实，倒不如说是一个奇怪的梦。
>
> 我想我已经唠叨了不少我的苦难经历了。天啊！我多想念家里人啊！替我向城里城外的所有人问好，对自己慷慨一些，相信我，爱你的儿子。
>
> 赫伯特[20]

美国人在泽莫维亚拉赫待了近两个星期后，偶遇了一位有趣的访客。他是个满脸大胡子的俄国大块头，样子像个战士，靠在整个三角洲频繁往来，贩卖和交换货物为生。这就是库斯玛。他住在一个名叫塔姆斯的极小村庄，狗拉雪橇要走半天才能到。库斯玛有股子神秘的气质——像是个颇有手腕的人——但他显得很能干，对梅尔维尔的困境很感兴趣。梅尔维尔写道："他看上去开朗聪明，我一看见他就燃起了很大的希望，超过了我们之前遇到的任何人。"[21]

到那时，梅尔维尔已经学了点不纯正的俄语，库斯玛很快就理解了美国人讲述的故事梗概：梅尔维尔和队员们是经历船难的美国人，他们的船是珍妮特号，他们划着一条小船到了泽莫维亚拉赫，困在这里等待冰面变硬。库斯玛给美国人提供了一些烟草、五磅盐、几袋子黑麦面粉、糖和茶叶，还弄来一头驯鹿给他们吃。

梅尔维尔跟库斯玛做了一笔交易：如果俄国人能去布伦，带回食物、衣物和驯鹿队，梅尔维尔将把那条捕鲸船送给他，外加 500 卢布。库斯玛每到一处都要散播消息，说美国人悬赏 1000 卢布，希望有人能带信给梅尔维尔，告知失散的其他两支小队的下落——哪怕只是报告被冲上岸的遗骸。库斯玛接受了交易条件，但坚称他还有一个星期才能安全启程，因为河水冻得还不够坚硬。

梅尔维尔没把握他是否应该信任库斯玛——那人显得有点儿滑头。在西伯利亚的这一带，梅尔维尔说："我了解到，人们不觉得撒谎是罪过；相反，如果谎撒得聪明，会被看成一种成就。"[22]但梅尔维尔别无选择，只能敲定这笔交易。

严格说来，库斯玛倒也没有撒谎，只不过没有道出全部实情。梅尔维尔不知道，库斯玛这个流放罪犯如果冒险只身前往布伦，就会被判死刑。他得等他村里的长者——一位名叫尼科莱·恰格拉（Nicolai Chagra）的人——陪他一起去那里。这样错综复杂的情况会耽搁更长时间，但 10 月 16 日库斯玛终于出发前往布伦了。他估计如果一切顺利，来回需要五天时间。

人们在泽莫维亚拉赫等了近两个星期。梅尔维尔写道："我们无数次爬到茅屋顶上，焦急地寻找着库斯玛的身影，但都失望而归。"最后在 10 月 29 日，他真的回来了，"从没有哪个消失的爱人受到过如此热切的欢迎"。[23]

然而大家一眼就看出，库斯玛并没有履行自己的交易义务。他没有带来食物、衣物和驯鹿队——而且他很快就解释说，他根本就没去布伦，但他在路上遇到了一些有趣的进展。在一个名叫库马克－苏尔特的小地方，库斯玛了解到一些情报，他觉得有必要立刻赶回来通知梅尔维尔。为了解释，库斯玛把手伸进口袋，取出了一张皱皱巴巴的纸条，上面的文字让海军工程师愕然失色。它有一部分写道：

> 北极轮船珍妮特号沉没……于9月25日左右在西伯利亚登陆；急需救援，去寻找船长、医生和其他（9个）人。
> 美国海军海员
> 威廉·F. C. 宁德曼
> 路易斯·P. 诺洛斯
>
> 请速回复：急需食物和衣物。[24]

库斯玛解释说他遇到了两个半死不活的美国人，他们写了这张纸条，现在看似正在布伦歇脚。他不知道的是，宁德曼和诺洛斯在库马克－苏尔特提到的那11个幸存的船伴并非梅尔维尔团队的成员；库斯玛不知道还有11个美国人正在北边某个地方挨饿受冻。库斯玛以为宁德曼和诺洛斯所提到的"船长"就是梅尔维尔呢。

梅尔维尔立即行动起来。他现在要把其他人留在泽莫维亚拉赫，只身赶往布伦，在那里，他将和宁德曼和诺洛斯一起前去搜救德隆。现在他知道实情后，责备自己没有早一点儿强行前往布伦。库斯玛帮助他从塔姆斯村组织了一支狗队，找了两位鄂温克橇夫，还找人做了一辆新雪橇。

10月31日上午，气温降到了零下28.9摄氏度，梅尔维尔和他的橇夫出发了。他们一路穿越坚硬的冻土，拉雪橇的是11条"颜色和大小各异的杂种狗……队伍混乱，叫声震天，所有的狗都在嚎叫、撕咬，从后面咬住彼此不放"。[25] 由于河道冻得很结实，他们赶路的速度出奇地快。橇夫只需偶尔用带铁尖的木棍抽几下雪橇犬，他们就在暴风雪中一路不停地前进，终于在三天后到达了布伦。

梅尔维尔从雪橇上下来，走进村庄中央时，天色已经很晚了。好奇的雅库特人聚拢在他四周，很快就引他到了两位美国人居住的小屋。梅尔维尔打开门闩，门开了一条小缝儿，露出了两位心爱的船伴的面庞，他已经51天没有看见他们了。

当他们得知不仅梅尔维尔活着，捕鲸船上的11个人都活了下来，宁德曼和诺洛斯喜形于色。他们跟工程师一起彻夜不眠，给他讲述自己悲惨的故事，包括埃里克森被截肢，后来又被埋葬在冰中的事。梅尔维尔决心一旦可行就立即出发前往勒拿河三角洲。他听说德隆一行人有可能还活着，又错愕又惊喜。他会尽一切努力寻找狗队、雪橇和补给，并进行为期几周的搜寻。他一定要在北极的冬天真正到来之前赶紧行动。

梅尔维尔本希望宁德曼和诺洛斯跟他一起去，但他说，这"根本不可能"[26]。他们"病得厉害，几乎走不了路，剧烈地上吐下泻——都是因为吞食了那些腐臭的鱼"。梅尔维尔只好拿出他自己的彼德曼画的三角洲地图，让宁德曼和诺洛斯把他们行走的路线详细地标画出来——他们在哪里登陆，在哪里离开德隆，他们被雅库特游牧民救起的小屋在哪里，以及这一路上的各种地标。

梅尔维尔那一夜的大部分时间都醒着，在起草一封电报，要分别呈送给《纽约先驱报》伦敦分社、驻俄国首都圣彼得堡的美国公使，以及远在华盛顿的美国海军部长威廉·亨利·亨特。梅尔维尔的急电将由一连串的狗队和驯鹿队分程递送到伊尔库茨克（Irkutsk）市，那是南边最近的电报站所在地。梅尔维尔知道，他的电报要好几个星期甚至好几个月才能被送到目的地；伊尔库茨克位于距贝加尔湖不远的西伯利亚南部，距此地将近3000英里。

梅尔维尔将把宁德曼和诺洛斯留在布伦，并安排捕鲸船上的其他人来这里集合。后面那些人将一起南行1000多英里，前往位于勒拿河岸上的小城雅库茨克（Yakutsk），那是西伯利亚这一带距离"文明"世界最近的地方。

在找到了狗队、一位哥萨克向导和几位雅库特探路人后，梅尔维尔于11月5日出发前往勒拿河三角洲。他在宁德曼的小屋里留下了一张给达嫩豪的纸条，要求领航员带领全队前往雅库茨克。"我有一张很不错的路线图去寻找失踪者，"梅尔维尔说，"如果时间和天气允许的话，我还可以到北海岸去寻找船上的文件、经线仪等物品。我可能要离开一个月。不要担心我的安全，这些当地人会照顾我的。"

39. 白色的幽暗

梅尔维尔跟两位船伴告别，准备重返勒拿河的冰雪荒原。他一定是铁下心来继之以死，才会做此选择，因为他也得了冻疮，疲惫不堪，饥饿难耐，连续几个月食用半腐坏的食物，他的消化系统也饱受蹂躏。他重返三角洲的季节也如同赴死——西伯利亚的寒冬笼罩着大地，带来了直欲摧城的暴风雪和不见天日的极夜，气温也会骤降至零下 40 多摄氏度。

工程师知道他准备不足得近乎可笑。他虽然颇有外语天赋，但对雅库特语一无所知，他觉得当地人"每次都要大大折腾一番才能听懂我的俄语"[1]。他对狗队也几乎没有经验，也不知该如何在望不到边的冻土上生存。他将要穿越的这片大多数地方都无人居住的迂曲荒原——面积相当于佛罗里达大沼泽①的三倍，而且还是一个冰冻的大沼泽，只有少数几个可以辨认的地标，如今还都被冰雪遮盖住了。

他知道在这样一片白茫茫的世界里寻找德隆是不切实际的，也知道在这个季节如此行事有多危险。然而，船长和船员们有可能还活着；只要情况属实，他知道自己就必须去。他试图想象自己的同志们憔悴不堪地在那荒郊野外，啃食着鱼头或生皮靴底，四肢冻得发紫，身体的热量一点点流失。他只能希望他们像宁德曼和诺洛斯一样遇到好心的游牧民，或者在勒拿河的

---

① 佛罗里达大沼泽（Florida Everglades），位于美国佛罗里达州南部的亚热带沼泽地，面积逾 1.5 万平方公里，有上万个岛屿。

某条支流遇到一艘船，或者已经被某条北极救援船派遣的搜救队接走，或者有好运碰到一群迁徙的驯鹿，能用它们的皮肉维持生命。

梅尔维尔觉得，即便他此去发现德隆和船员们全都死了，搜救仍然至关重要。他知道三角洲有狼、狐狸、吃腐肉的猛禽，偶尔还有北极熊，所以即便船伴们都死了，他也希望"让他们的尸体免受野兽的毁损"。[2]

春季河水泛滥是更大的问题。梅尔维尔写道："看这片土地的样子，显然如果我耽误到春天，同志们的一切痕迹都会被泛滥的河水冲走，那时洪水会彻底淹没三角洲，把巨大的浮木桩冲到冲积平原以上 40 英尺的高处。"[3]

只要有可能，他还决心拯救探险队埋下的记录或科学仪器，以防它们被洪水冲走。宁德曼给梅尔维尔标画出了他们在岸边埋藏航海文件、记录、经线仪和自然史遗物的具体位置。梅尔维尔知道，找到那个埋藏点非常困难，但为拯救这些遗失的东西，付出努力是值得的。

在布伦，梅尔维尔认识了一位俄国官员，格雷戈里·比尔绍夫（Gregory Bieshoff）指挥官——梅尔维尔形容他是"哥萨克英勇男子的典范，很大的块头，气度威严，凛然难犯"。[4] 比尔绍夫神通广大，已经安排好了狗队、补给和两位当地人向导。虽然梅尔维尔此时没有什么作为回报，但他承诺哥萨克人，美国政府最终会给当地人支付日薪，补偿搜救过程中发生的一切费用——以及比尔绍夫本人可能收取的任何经纪费用。

两位向导——瓦西里和托马特——都是年轻强壮的土著，熟悉三角洲，也熟悉那里分布的茅屋和打猎住所，但对眼前的行动持极大的怀疑态度，觉得梅尔维尔一定是疯了。他们有生以来，一到冬天，人人都从三角洲逃走，还没见过谁在这个季节往那儿奔的。这次行程与他们的一切本能和习惯相悖；在瓦西里和托马特看来，这次任务无异于自杀。不过两人有钱花了，而且听说有人命在旦夕，他们说自己愿意一试。

11 月 5 日，瓦西里、托马特和梅尔维尔爬上雪橇，朝着北方出发了。梅尔维尔后来写道："我出发时对未来既满怀希望又不无恐惧，既希望能有最好的结果，又害怕迎来最坏的结局。"[5]

日复一日，他们都在穿越白色的幽暗。那是一个梦幻世界，浓雾弥漫，雪堆遍地，很少有动物或人的痕迹——"一片荒凉的不毛之地，"梅尔维尔说，"毫无生气。"雪橇的滑索在冰上刮擦受阻。托马特和瓦西里用他们奇怪的突厥语高声叫喊着命令。众狗拼命地拉着绳索。西伯利亚的寒风在耳边怒号。

梅尔维尔的目标是布尔库尔，也就是那个名叫伊万的土著第一次在供打鱼的小屋中发现宁德曼和诺洛斯的地方。托马特和瓦西里说他们对那个地方很熟，所以尽管地形在梅尔维尔看来毫无特点，但他们似乎对路线了如指掌。

连日来一直站在颠簸的雪橇后部，梅尔维尔得了冻疮的双脚已经让他难以忍受了。它们肿胀发炎，还起了水泡，而且，据他说，"似乎丧失了一切知觉"。[6] 在一个名叫布鲁劳赫（Buruloch）的极小的茅屋聚集点，一个消瘦的雅库特女人可怜梅尔维尔，用温热的大雁油脂敷在他的脚上，那臭气熏天的药物居然有着神奇的效果。

一行人到达布尔库尔时，梅尔维尔生起了一团熊熊烈火，在火旁暖脚后才总算是恢复了知觉。他在茅屋里四处查看，发现了"宁德曼和诺洛斯留下或丢弃的好几样小东西"。梅尔维尔还看到了他的船伴们吞食的鱼粉，不过他可不打算分享这些散发着臭味的东西。然而，他和两位向导的食物也好不到哪儿去：瓦西里和托马特把生的冻鱼切成能一口吃下的碎块；还把驯鹿角和鹿蹄在锅里熬煮，撇去表面的浮沫喝汤。三个人用一点儿茶叶冲下这些食物，然后就沉沉睡去，众狗则蜷缩在茅屋门外的雪堆上。

第二天早上，梅尔维尔仔细研究了地面。在有些地方，风把雪吹走了，他能隐约看到宁德曼和诺洛斯在结成硬壳的冰上留下的旧足迹，用梅尔维尔的话说，他们就是从那里"逃出死亡的魔爪"[7]的。他还在几个地方看到宁德曼或诺洛斯"在新冰上跌入冰窟"的痕迹。接下来的好几天，梅尔维尔和两位雅库特向导沿河追溯足迹，最终到达了宁德曼在地图上标注为"雪橇之地"的地点。宁德曼和诺洛斯曾在这里把一些雪橇劈碎了当作柴火，现在梅尔维尔还能看出他们燃烧篝火的炭灰残余。几天后在一间小茅屋里，他还发现了一条在珍妮特号上的煅铁炉里制作的皮带——他认出了皮带扣上的标记。

梅尔维尔觉得自己就像个执行搜查任务的侦探，在穿越难以想象的巨大荒原时拼凑微小的线索，整理出一张粗略的地图，居然出奇地精准。到目前为止，宁德曼的路线图是正确的；三角洲确实如他记忆的那样在眼前展开。梅尔维尔此刻所在的位置距离宁德曼和诺洛斯与德隆分开的地方只差几英里远了。

但接下来的几天，随着他们驾着雪橇深入到冰雪荒原内部，梅尔维尔确信他"丢了线索"。脚印褪去了，或者被雪盖住了，他们碰到的几间茅屋显然很多个月都没有人住过。宁德曼的路线图似乎不适合这片纷乱迷惘的荒地。梅尔维尔心烦意乱地说，整个三角洲"不过是一群岛屿的集合"[8]。

瓦西里和托马特开始质疑继续搜寻是否值得。狗已经饿得半死，也筋疲力尽了。气温骤降至零下 40 摄氏度，肆虐的暴风雪把能见度降到了只有几英尺。两位向导恳求梅尔维尔返回布伦。但工程师，用他自己的话形容，"不为所动"。梅尔维尔不停地驱赶着他们，他这一路上已经学了一点雅库特语和俄语，在它们中间掺杂着"我从自己丰富的母语中随机选择的几句激烈的骂人话，他们总算从我强烈的语气中推测出了它们的含义"。[9]梅尔维尔觉得他离德隆所在的地方越来越近了，确信他们马上就要取得重大突破；他不能在此时放弃寻找。

然而，条件越来越恶劣，梅尔维尔开始怀疑他的雅库特向导们在谋划着抛弃他。一天早上，他们确实试图这么做了；托马特和瓦西里溜出他们住的茅屋，绑好雪橇，准备出发，置他于不顾——或许就把他永远地留在这里了。工程师直到最后一刻才意识到这一点，他跟跄地出了门，抓起托马特的铁尖棒，"给了他重重一击"。看到托马特和瓦西里继续朝雪橇跑去，梅尔维尔抓起枪朝空中放了一枪。"子弹在他们的头顶呼啸而过"，梅尔维尔说，"听到枪声后，两位土著都趴在地上。然后他们转身跪在地上，开始惊惧地划着十字"，恳求梅尔维尔别杀他们。[10]

虽说暂时避免了危机，但梅尔维尔意识到，他必须制订一个新计划，重拾起两位雅库特人的信心。他决定他们先去一个名叫北布伦的小村庄，那是距离北冰洋海岸不远的一小块有人迹的陆地，是冬天三角洲地区少数几个有人居住的地方之一。北布伦应该位于他们西北方向 120 俄里，即 80 英里。他们可以在那里尝试采购更多的补给和健康的狗。他们将从北布伦沿着北冰洋海岸朝东行进，希望能发现德隆埋葬日志簿和仪器的地方。利用埋葬地址作为新的出发点，就又可以追溯德隆进入内陆的足迹了。

瓦西里和托马特似乎很喜欢这个新计划——至少在他们理解的程度上是这样——几天后他们到达了北布伦，那里的村民们热情地欢迎梅尔维尔的到来。他被领到一个位于村子正中的圆顶帐篷里，熏脏而油腻的室内满满地挤坐着十几个人。梅尔维尔写道："我从未见过如此斑驳混杂又臭味浓烈的一群人挤在一个这么小的空间里。"[11]

雅库特人听说了关于三角洲这一带的雪地上出现了陌生脚印的传言。他们还发现，有很多诱捕野兽的罗网都被连根拔起当柴火用了。梅尔维尔说，他们"很奇怪那些都是谁的脚印，起初还担心有什么海盗团伙或流放罪犯来到了自己的地盘上"。

然后，几个雅库特人拿着他们在三角洲荒地上发现的物件来到梅尔维尔跟前。一位土著给他看了一支损坏的温彻斯特来复枪，说是有人留在一所茅屋里的——梅尔维尔一眼就认出那是珍妮特号探险队的枪。然后一个老女人走上前来，梅尔维尔说她在"前胸深处"掏了半天，才取出一张德隆写于 9 月 22 日的纸条。那张纸条是有位猎人捡到的，上面写着：

1881 年 9 月 22 日，星期四。

珍妮特号北极探险轮船

在勒拿河三角洲的一座小茅屋里

据信位于乔尔博戈耶附近

无论谁发现这张纸条，请务必转交给美国海军部长。9 月 19 日，星期一，我们把一堆物品留在海滩附近，竖起一根长杆作为记号。那里有航海仪器、经线仪、轮船过去两年的日志簿、帐篷、药品等，东西太多，我们已完全无力携带。因为有队员伤残，我们花了 48 个小时才走了 12 英里。昨晚我们射杀了两头驯鹿，当前有了足够的食物，我们还看到有更多的驯鹿，也不必担心未来几天。

指挥官乔治·W. 德隆上尉[12]

有了这些线索的启发，梅尔维尔恨不得立刻就上路。第二天，11 月 13 日，他带着健康的狗队，又新增了几位雅库特向导陪伴托马特和瓦西里，一起出发了。一天后，他们到达海滩，那里的冰块"在岸上堆着，像无数个德鲁伊石①"[13]。几小时后，梅尔维尔找到了作为埋藏点记号的旗杆，跟德隆描述的一模一样。梅尔维尔一把它指给橇夫们，他们"便抑制不住急切的心情，想要看看那里埋着什么"。他们把雪和沙子挖开，发现了各种各样的东西，有枪、帐篷、医疗用品、航海仪器、一本大开本的《圣经》，以及让梅尔维尔看后倍感欣慰的船只的航海记录，这些全都完好无损。雅库特人"满脸惊喜……（他们）还从未看到过一个雪堆里能挖掘出这么多战利品"。[14]

同一个埋藏点内还有一个很大的锡箱，里面全都是岩石样本、苔藓等在贝内特岛上发现的自然界的小零碎。梅尔维尔把它仔细打包，和其他东西一样放在雪橇上时，雅库特人一脸迷惑。他们怀疑地盯着锡箱内部，用手翻了翻里面的物品。梅尔维尔说："他们彼此议论了一番之后，终于爆发出一阵狂笑——怎么会有人傻到这种地步，自己马上就要饿死了，还会

① 德鲁伊石（monuments of the Druids），位于英格兰北约克郡的伯明罕荒野。在该荒野方圆 50 公顷的范围内分布着各种奇形怪状的石头；维多利亚时期，人们曾认为怪石林立的伯明罕荒野为德鲁伊（古代凯尔特人的祭司）所创造，直到 20 世纪才最终确认它们是侵蚀和持续风化的结果。

带着一堆没用的石头长途跋涉。"[15]

梅尔维尔花了好几个小时,徒劳地寻找第一艘驳船——德隆在泥泞的浅滩上抛弃的那条船——最后他只好断定那条船一定被冰撞碎了。他也看不到奇普的船及其团队的任何迹象。

梅尔维尔和橇夫们在距离海岸不远的一间茅屋里安营扎寨,生起了篝火。雅库特人在德隆的埋藏点里挖出的东西中发现了一个柳条瓶,里面有少量酒精。梅尔维尔写道:"那些土著很快就发现我有酒精,全都聚在周围想要分到一口。"

"就一点儿,就一点儿嘛!"托马特恳求道。

梅尔维尔拒绝了,说那酒精"只能用来点火"——是炉用燃料,不能喝。然后,另一个年轻的雅库特人抓住瓶子扭身跑了。"我在他出门前抓住了他,"梅尔维尔说,"酒精洒得满地都是,他趴在地上急切地舔光了那宝贵的液体。"梅尔维尔一怒之下把剩下的酒精全都倒进了炉灰里,"它着起火,燃烧了很长一段时间,可怜的托马特和他的朋友们只好眼睁睁地看着它消失了"。[16]

梅尔维尔利用宁德曼的标注,沿着德隆的路径,从北冰洋海岸转向内陆开启了搜索。起初好几天,他们的路线显然是正确的——梅尔维尔不时能看到脚印,他甚至还找到了那辆代用雪橇的痕迹,驳船的船员们曾在冰上用它拖着奄奄一息的埃里克森。又过了几天,梅尔维尔还是找不到埃里克森死去的那间小茅屋,也就是宁德曼在一块破木板上刻下粗糙碑文的地方。

梅尔维尔担心他又一次丢了线索——同样,雅库特人也再次为继续搜寻而惴惴不安了。但托马特跟梅尔维尔透露的一个情报给了他希望,让他觉得德隆有可能还活着:雅库特人在整个三角洲都藏着食物，类似于一个个食物存储站。他们在严酷而无法预测的气候中四处游走，就是靠这种方式活下来的。为了预防自己在长期狩猎的过程中遭遇灾难，他们会在这里存一堆冻鱼，在那里藏一些死雁。托马特提到，事实上就在几英里外就有23头驯鹿的肉被存放在某个高架平台上，以防它遭遇洪水或被食腐肉的禽兽掳走。梅尔维尔想象着德隆和他的人有没有可能奇迹般地发现这些食物存储站，那么充足的食物能够支撑他们存活到现在。否则，他心想："若是他们没有意识到自己距离救命的食物如此之近，那真是令人疼惜不已。"[17]

到11月20日时，梅尔维尔还是没有任何新的发现，最终准备放弃搜寻。连他也看出来，这么做是置自己的生命于不顾。他们身体冻僵了，士气极其低落，他说狗队也"彻底走不动了"。事实证明，西伯利亚的冬天实在是人类不共戴天之敌。

1860年代，法国科学家路易斯·菲吉耶曾在《地球与海洋》一书中生动传神地描写过这一片陆地。菲吉耶说："冻土是大自然的坟墓，是洪荒世界的茔冢……大气变得浓稠；星辰渐弱，忽隐忽现；大自然的一切都沉沉睡去，如死寂一般。"他说，在冻土上，"人，甚至雪，都不断地冒烟，水蒸气立刻变成数以百万计的冰针，在空气中发出声响，像厚重的丝绸因摩擦发出的噼啪声。驯鹿为了相互取暖挤在一起，只有乌鸦，那代表寒冬的黑鸟，在清冷的天空中展翅凌云，它孤独地飞过，留下一长串稀薄的白色水汽"。[18]

这就是让梅尔维尔绝望败北的自然景观。他不得不计划另一个季节再来。此刻他必须掉头向南回到布伦，在同样冰冻的迷宫中，那需要一个星期的行程。他关于这趟行程的记忆模糊而悲惨。梅尔维尔说："当寒夜降临，我觉得我们在雪地上毫无目的地辗转挣扎，真是生不如死。在我看来，这可怕的行程简直盼不到头。我对周围发生的一切都很清醒，但就是丧失了知觉，而且连句话都说不出来，活得像一具行尸走肉。"[19]

梅尔维尔开始更充分地理解了德隆为什么要把这一切物件埋在沙子里：它们对狗造成的负担太重了。他担心拖着这么重的货物最终可能不仅让狗丧命，整个团队也要跟着遭殃。"我偶尔会决定在下一个安全地点把那些物件埋藏起来，在可能的时候再回来取；但沉思片刻，回想起我们这一路有多珍视这些宝贝——那是我们两年历尽艰险的全部记录和宝贵积累——我就对眼前的风雪咬紧牙关，再次发誓我无论如何都要带着它们一起走。"[20]

梅尔维尔于 11 月 27 日到达布伦，他的脸被风吹得红肿，满是冻疮，几乎都认不出来了。他和雅库特向导们这一趟走了23 天，在冻土上蜿蜒曲折地行走了逾 1400 英里。

珍妮特号的大多数幸存者都跟达嫩豪一起向南出发，前往河水上游 1000 英里外的雅库茨克了；只有宁德曼、诺洛斯和其他几个人还在布伦迎接梅尔维尔。工程师对他们说，他很难过，没有带回好消息，只找到了海滩的埋藏点。他说，"我很遗憾未能找到我失踪的伙伴"，但还比较"欣慰的是，我已经尽力了。如果德隆和他的队员们还活着，受到土著的照顾，他们一定跟我自己一样好好的。如果他们死了，那么土著对我的规劝也是明智的，如果我一意孤行，非要在这个季节继续搜寻的话，我自己也要没命了"。[21]

这趟搜寻至少让梅尔维尔做了一些有价值的工作：勒拿河三角洲的精确地图，那无疑比现存的任何地图都更加精确——

跟彼德曼那张错误的地图相比更是天上地下。如果德隆在登陆时能有这张大大改善的地图，他和队员们就不用受那么多罪了。

在布伦休养几天之后，梅尔维尔也准备出发南行。布伦这座贫苦的小城无力再供养他们——的确，美国人已经占用了当地本来刚刚勉强够吃的食物和牲口。梅尔维尔、宁德曼、诺洛斯等人将乘坐驯鹿队拉的雪橇向省府雅库茨克行进，在那里与珍妮特号的其他幸存者再度会合，复原养伤，试图跟外界取得联系，以及更加周密完备地规划搜救德隆和奇普的行动。他们会在春季返回三角洲——那时天气会暖和一些，不过希望能在勒拿河的洪水泛滥之前赶回来。

梅尔维尔感谢比尔绍夫指挥官提供的帮助，并敦促他在梅尔维尔本人去雅库茨克期间继续给三角洲各处分散的土著施加压力。梅尔维尔写信给比尔绍夫说："我和美利坚合众国政府都渴望能为寻找我失踪的同伴们进行细致而不间断的搜救。有必要对一切——每一处住所和茅屋，无论大小——进行仔细检查，看看有没有书籍、文件或该团队的成员。"[22]

12 月 1 日，梅尔维尔一行人带着在海岸上找到的珍妮特号的遗物，朝着南边的雅库茨克出发了。

1881 年 12 月 22 日，伦敦

以下报文是《先驱报》伦敦分社今天凌晨 2 点 20 分收到的：

12 月 21 日下午 2 点 5 分，伊尔库茨克

珍妮特号已经在北纬 77 度 15 分、东经 157 度被冰撞毁。

船只和雪橇成功撤退至勒拿河西北 50 英里，三艘船在那里因强风而失散。

总工程师梅尔维尔掌舵的捕鲸船于 9 月 17 日到达勒拿河东部河口。受到冰的阻隔，它被困在河中央。我们发现了一个土著村庄，而且河水一闭合，我就跟指挥官取得了联系。

10 月 29 日，我听说德隆船长、安布勒医生及另外 12 名船员所在的驳船曾在勒拿河北部河口登陆。每个人都境况堪忧，冻伤累累。指挥官派遣当地的探路人寻找他们，我们将继续努力搜寻，不找到他们绝不罢休。

第二条驳船仍杳无音信。请速汇钱至伊尔库茨克，急用。

（签名）梅尔维尔[23]

美国首都华盛顿哥伦比亚特区

海军部

1881 年 12 月 22 日

致伊尔库茨克，美国海军梅尔维尔工程师：

　　请尽一切人力和财力[24]确保第二条驳船上船员的安全。请为那些已经获救的生病和冻伤之人提供最好的照顾，一旦可行，请把他们转送到暖和的气候条件下。海军部将支付一切必要的费用。

部长亨特

美国首都华盛顿哥伦比亚特区

国务院

　　华盛顿的海军部长已于今天收到美国驻圣彼得堡公使霍夫曼先生发出的急电，保证俄国当局将采取最积极的措施寻找和救援失踪船员。[25]

　　一收到珍妮特号的消息，居住在巴黎的詹姆斯·戈登·贝内特先生立即利用电报转了 6000 卢布，通过罗斯柴尔德先生转账至圣彼得堡，并要求今后为救援和照顾德隆上尉及其队伍支付的一切费用均从贝内特先生那里支取。

最亲爱的乔治：

　　如果你的身体条件允许，能到圣彼得堡，我希望最快能在一两个月后见到我亲爱的丈夫。我渴望到那里去跟你会合。我多想跟你在一起，照顾你啊。我害怕去想你此刻有多憔悴，但我不怕这趟旅行。如果你还在病中，我不知道前往西伯利亚是否可行，否则我定会不远万里地到你身边去。我给贝内特先生发过电报，问他能否让我到你的身边照顾你。贝内特回答说他已经派了一名记者过去；即便我可以早一点儿，跟他一起出发，但为了让一个女人能在严冬的西伯利亚安全地行进，需要大量额外的准备工作，会造成严重的耽搁。但我觉得我可以给你世上任何人都给不了的更好的照顾，我可以让你身体复原，健康起来。

　　　　　　　　　　　　　　　　　　　　　　　艾玛

40. 整个俄国都会支持你

从远处看去，城市像幻影一样矗立于冰冻的勒拿河西岸：城关塔楼、木头尖顶、洋葱形屋顶，成百上千的桦木火堆在熊熊燃烧，风吹日晒的老房子蔓延开来，被滚滚浓烟环绕着。梅尔维尔不敢相信自己的眼睛。

西伯利亚这一带很大一片的土地都隶属于雅库特，雅库茨克是它的首府，是个5000人的聚居地，居民大多是土著，也有大量被流放至此的政治犯和罪犯。它在1632年建立时是个哥萨克要塞，后来一直是沙皇毛皮垄断的前哨和繁荣的猛犸象牙贸易中心。雅库茨克被公认为世上最冷的城市——它至今仍保留着这一称号，也是世上最大的完全建立在永久冻土层上的城市。虽然它很冷，但每到夏天，土壤表层的几英尺会融化成充满瘴气的泥塘，因此房屋必须建在加厚的木桩上，以防地基在泥塘中下陷。

梅尔维尔翻越上扬斯克山脉，深入亚纳河谷，花了近一个月的时间才随驯鹿雪橇队到达雅库茨克。他晚上睡在小木屋里，偶尔也睡在雅库特人家的马厩里。这一路先是穿过北极圈以南，继而重返勒拿河，完全冻住的勒拿河就像一条高速公路。这1000英里的行程虽然艰苦，却也没有遭遇灾害和危险。

12月30日，梅尔维尔驶进雅库茨克后，就被带到了当地俄国最高官员、大总督乔治·恰尔涅夫（George Tchernieff）家里。大总督是个全副军装的健壮男子，一个60岁出头的单身汉——梅尔维尔说他"像标枪杆一样挺拔，白发飘逸，大鹰钩鼻子，面庞英俊，举止洒脱，很有军人的威严"。[1]

恰尔涅夫上下打量着梅尔维尔，仔细查看他结痂的脸和肮脏的皮衣，热情得一度让梅尔维尔有些不知所措。但随后恰尔涅夫便拥抱了工程师，亲吻他的双颊。"我的孩子，我的孩子，"梅尔维尔受过的苦让他难过地唉声叹气。他一次次拥抱梅尔维尔，泪水滑过面庞。梅尔维尔写道："他是个军人，所以并没必要为我的样子感到难过。"[2]

过去一周以来，大总督一直都在期盼着梅尔维尔的到来。恰尔涅夫邀请他进屋，让他坐下来享受了一顿丰盛奢侈的午餐：汤、鱼、牛肉、土豆和其他蔬菜，以及一点儿红葡萄酒、一点儿马德拉岛产白葡萄酒、一杯伏特加。午饭后他们还享受了雪茄和一瓶香槟酒。

过去一周，恰尔涅夫与达嫩豪定期会面，后者在 12 月 17 日就带着珍妮特号的幸存者们到达雅库茨克了。大总督给这些美国人装备了合适的衣物，安顿他们住在清洁的公寓里，那里有煤油灯照明的温暖卧室，还安排他们定期洗蒸汽浴，享受正宗的俄罗斯浴。他还给他们零花钱，以及他们需要的所有食物。他安排了一位哥萨克卫兵看守和保护着科尔——发疯的科尔的精神问题比离开勒拿河三角洲的时候更加严重了。医生们为利奇治疗冻疮，为达嫩豪治疗眼睛。恰尔涅夫对珍妮特号船员的接待规格不亚于款待自己军营里受到嘉奖的战士。

此刻大总督希望确保梅尔维尔也能舒适安心。还有什么他可以为美国人做的吗？

有，梅尔维尔答道。他想在天气允许的时候立刻重返勒拿河三角洲，继续寻找他失踪的指挥官。他想要狗、驯鹿、一个经验丰富又会说多种语言的向导。他想要钱和烟草，将它们作为这一路上分发给土著的礼物。他想要一些官方的支持信件，以及足够的补给，以支撑他们进行可能会长达两三个月的搜查。

"我的孩子，你的希望都能满足，"恰尔涅夫跟梅尔维尔保证说，"整个俄国都会支持你。"[3]

梅尔维尔与珍妮特号其他幸存者在他们暖和的宿舍里再次见面时，惊异地发现他们一个个看上去都好极了。他们穿着紧实合脚的靴子和漂亮的硬领白衬衫，用俄式铜壶煮茶。梅尔维尔写道："他们看样子很舒服、很开心，而且已经跟当地居民很熟，时常相互走动了。很多人也有了心上人，如果在这里住的时间再长一些，有些人可能会在这里娶妻了。"[4]

达嫩豪的左眼已彻底失明，用他自己的话说，他的右眼也"在跟着受苦"。不过除此之外，他看上去倒是健康快乐，兴致高昂。"我总是朝好处想，"达嫩豪在雅库茨克写给母亲的信中说道，"我天性就喜欢看光明的一面。过去三年的经历那么惨痛，正是这样的处世原则让我熬过来了。"[5]

只有一个人的情况更加糟糕。杰克·科尔现在精神完全失常了——如果不考虑他的悲惨遭际，他的疯狂倒颇有点儿喜感。他跟梅尔维尔说他不久将要迎娶维多利亚女王。他还说自己最近走了好运，并相信那位为了他的安全看护（有时监禁）他的哥萨克卫兵是他的"贴身侍卫"。不知何故，科尔不停地问同伴们要火柴，好让他点火。

雅库茨克的一位摄影师给珍妮特号的 13 名幸存者照了一张合影：梅尔维尔、达嫩豪、纽科姆、宁德曼、诺洛斯、威尔逊、查尔斯 - 东星、阿涅奎因、劳德巴赫、巴特利特、科尔、曼森和利奇。这张照片后来变成了印版，出现在世界各地的报纸上。队员们身穿厚厚的皮衣紧紧聚在一起。达嫩豪的左眼上盖着一块黑色绷带。整个看去，他们的表情无悲无喜——只有执着、坚定和骄傲。

雅库特人对美国人非常好奇。如人们所知，自 1787 年以来，还没有一个人到访过这里。[6] 那一年，生于康涅狄格州、热爱冒险的探险家约翰·莱德亚德（John Ledyard）曾在当时还是驻法国大使的托马斯·杰斐逊的鼓励下，进行了一趟环球旅行，到过西伯利亚的这一带。在雅库茨克冰雪覆盖的宽阔街道上，土著们簇拥着珍妮特号的船员，送给他们食物和礼物。这些居住在城市里的雅库特人和梅尔维尔在三角洲上遇到的那些贫苦土著全然不同。他们住在结实的木结构的房子里，门都是用生皮制成的。和蒙古人一样，他们也爱马，数个世纪以来，他们培育出一种高大的长毛马品种，非常耐寒。雅库特人狂饮马奶，更喜欢吃马肉而不是牛肉。他们的语言跟现代土耳其语非常接近，以至于据说"君士坦丁堡人完全能够听懂"[7]。

他们是灵巧的金属匠和象牙雕刻大师。这一带的猛犸象牙数量惊人——永久冻土层中保存着大量原始状态的巨大象牙。雅库特人用象牙做成珠宝、扣饰、器具、梳子、小雕像以及各式各样的劳动工具。根据他们的部落传说，猛犸象是一种生活在地下，像鼹鼠一样掘洞的动物[8]，一接触新鲜空气就死了。

在雅库茨克期间，珍妮特号的幸存者们才首次获知了外部世界的消息。他们距离最近的电报站，即伊尔库茨克，仍有近 2000 英里远，但这个聚居地偶尔也会听到些传言，还有些似是而非的国际新闻。比方说，梅尔维尔就听说，1880 年，当珍妮特号还被困在冰中时，一位名叫加菲尔德的人当上了美国新一任总统。然而在 1881 年 7 月，加菲尔德总统被一个患有妄想症的暗杀者开枪射中。总统坚持了几周，最终还是由于伤口感染不治身亡。

加菲尔德遇刺尤其引起了梅尔维尔在雅库茨克遇到的俄国人的强烈共鸣，因为同年 3 月，俄国也经历了一场非常类似的突变：沙皇亚历山大二世在圣彼得堡遇害了，无政府主义者引爆炸弹，炸死了他。亚历山大二世解放了农奴，本来计划进行更大规模的改革，然而即位的沙皇亚历山大三世却废除了父亲很多开明的举措。圣彼得堡距离雅库茨克足有 5000 英里远，但这里还是能感受到暗杀的影响。

虽说雅库茨克的流放犯已经够多了，但每天还是有很多新的流放犯拥入。他们来自俄罗斯帝国的各地，有从莫斯科来的，有从克里米亚来的，还有从波兰来的。很多人受过很好的教育，大多数人根本不知道自己做了什么而被流放至此——且往往要终身在这里度过。很少有人被控告犯罪，他们只是被分发了一张"行政命令"就被送到东边，要在这没有铁窗的监狱里度过余生。这片土地本身既无边又无情，一定能禁锢住他们。他们的故事天愁地惨，这让梅尔维尔意识到，珍妮特号的悲剧也只是这片惨淡哀伤的大地上的悲剧之一罢了。

梅尔维尔遇到过一个流放犯，名叫莱昂，是个年轻的虚无主义知识分子——工程师说，那是个"消瘦、阴郁、面容憔悴的年轻人，头发又黑又长，一直留到肩膀"。[9]莱昂在莫斯科大街上的一次抗议活动中被捕，被终身发配到西伯利亚。在路上，一位哥萨克军官给莱昂看了他的拘捕文件，上面写着："我们无法证明此人做了什么违法的事，不过他是个法学院学生，无疑是个危险人物。"

　　莱昂还介绍梅尔维尔认识了一群流放犯——那些年轻的理想主义知识分子多年来一直在筹划着坐船逃出西伯利亚。梅尔维尔知道，"我的到来给他们带来了最大胆的希望，因为在此之前，人们认为从北冰洋的冰上逃离这里根本就不可能，无异于穿越熊熊燃烧的火海。然而在我离开之前，他们跟我说他们打算尝试一下"。他们把珍妮特号的船员们看作"最不同寻常的现象"，梅尔维尔如是说。在珍妮特号这样悲惨的船难故事中寻找安慰，其绝望程度可想而知。梅尔维尔说："在他们的眼中，我们就像希望的灯塔一样。"[10]

　　莱昂和他的流放犯同伴们找来了几个罗盘和其他仪器，试图做一个六分仪。他们一直在收集地图和路上的补给。他们的计划听起来很荒谬，跟珍妮特号的航程正好相反。他们打算建一艘小船，顺着勒拿河漂流 1000 多英里到达北冰洋，然后再试图沿西伯利亚海岸航行近 2000 英里到达白令海峡和阿拉斯加，到了那里，他们就可以在自由的美国寻求避难了。"我衷心希望（他们）能够成功，"梅尔维尔说，"因为我在这里看到了这么多年轻、聪明、优雅的人被终身监禁在北极荒漠中。"[11]

　　（第二年，梅尔维尔听说莱昂和其他 12 名流放犯一起，的确实施了大胆的逃亡计划。梅尔维尔写道："他们避开了追捕者，经历了很多困难，成功地沿勒拿河顺流而下，经过了河口附近的一个小村庄，眼看就要到达大海。但翻滚的海浪让他们害怕了。"[12]他们中的两名逃犯向当局自首；其他人很快被捕，被发配到了西伯利亚更加恶劣绝望的流放之地。）

　　为迎接新年到来，大总督恰尔涅夫在公共活动室举办了一场盛会。大家喝酒、跳舞、娱乐，整晚都有一支大型乐队演奏助兴。雅库茨克的精英全体出席了晚会，珍妮特号的船员们也一样。一位高级官员扭头跟梅尔维尔笑着解释说："只有在这个晚上，男人们才跟自己的老婆出双入对，而不是搂着别人的老婆寻欢作乐。"[13]

随着午夜的钟声敲响，恰尔涅夫高声宣布 1882 年的到来。他提议为新任沙皇的长寿、为美国军舰珍妮特号英勇无畏的船员们的身体健康干杯。梅尔维尔被他的热情打动了，但随着晚会继续进行，人们不加节制地豪饮香槟酒和伏特加，他开始觉得厌烦透了。在他看来，雅库茨克的每个人都已经醉了好几个星期，这种状态至少还会持续一个星期，因为后面还有宗教节日和公共假期。梅尔维尔写道："在俄国，喝得酩酊大醉是个障碍和祸根。俄国人总是想方设法逃避劳动，沉迷酒精，他们在这方面表现出的智慧远超地球上的其他任何国家。"[14]

珍妮特号的幸存者们还有一个星期就要离开雅库茨克了。梅尔维尔最终收到了美国海军部的电报，海军部确认收到了他早先的电报，并通知他将大多数幸存者送到南边"更温和的气候"中，好让他们身体复原，为回国的漫长行程做好准备，他们要跨越六个时区去圣彼得堡，从那里去伦敦，再乘坐轮船回到纽约。达嫩豪将带领 9 位船员出发——除了巴特利特和宁德曼，梅尔维尔认为这两个人最能干，能够在他即将进行的勒拿河三角洲大搜索中发挥重要作用。

1882 年 1 月 9 日，达嫩豪一行人乘坐着驯鹿队的雪橇朝伊尔库茨克方向出发了。在梅尔维尔所谓的"阴郁霜冻的一天"，大总督恰尔涅夫和雅库茨克的半数居民都来送行。梅尔维尔、巴特利特和宁德曼眼含热泪地跟自己的同胞告别，然而，很多

雅库茨克市民也热泪盈眶——特别是那些流放犯，他们想象着
这些出发的旅人到达终点之后便可以享受自由了。梅尔维尔说，
那些流放犯"觉得美国人就要回美国了。他们用渴望的目光望
着这些旅人，羡慕着他们的这趟旅行。我同情这些可怜的流放
犯，他们一脸向往地凝视着我们的船员小队，好像他们是要去
往天堂的快乐精灵"。[15]

写上一封信时，我还没有完全了解形势。我以为你跟梅尔维尔先生在一起，得到了很好的照顾。现在，报纸上都在说，他们还没有找到你，而且当宁德曼和诺洛斯离开时，你冻伤累累，眼看着就要饿死了。这一切在我眼前构成了一幅可怕的画面，让我连想都不敢想，也不知道此生还能不能再见到我最最亲爱的丈夫了。

　　一想到你受了那么多苦，我的心都碎了。多希望我当时能一意孤行，立刻启程到你的身边啊，不管那么做会有什么后果。多希望我能启程去找你，为你做点什么啊！你这人最没耐心，一定能够了解这日复一日望眼欲穿的等待是何等的煎熬。我最亲爱的丈夫，我绝不放弃。

　　我能做的只有相信上帝。我日日在希望与恐惧中挣扎，每一分钟都在对上帝祈祷。我的精神状态极差，此刻连信都快写不下去了。每一天的每一个小时都是折磨啊。只能寄希望于你能遇上善良的土著。时至今日，我想你的命运早已决定，非此即彼。

41. 等候天亮的守夜人

一个星期后，梅尔维尔也离开了雅库茨克，但是朝相反的方向——北边——出发了，他要重回勒拿河三角洲。[1] 这一次他不仅带着宁德曼和巴特利特，还带着一个由士兵和雇来的向导组成的随行队伍。大总督恰尔涅夫兑现了诺言，看样子确实是整个俄国都在支持梅尔维尔。工程师总算拥有了进行彻底搜索所需的一切资源：官方支持信件、翻译、探路人、劳力、挖掘工具、健壮的狗和驯鹿、结实的雪橇，从雅库茨克一路向北贯穿全程的补给，以及散布在三角洲各处的食品存储站，那里存储着1万条干鱼。在西伯利亚的这一带，人们还从没有看到过这么多资源集中在一起。

然而即便有了这一切，搜寻还是举步维艰。梅尔维尔光是到达三角洲就花了一个多月的时间，又在那里遭遇了一刻不停的狂风。风暴肆虐了一月有余。大多数时候梅尔维尔根本动弹不得。

3月中旬，天气终于暂时好转，梅尔维尔赶紧趁势出发。他和宁德曼还有一些雇来的最能干的雅库特人一起，马不停蹄地赶往宁德曼和诺洛斯跟德隆分开的地方。梅尔维尔打算从那里往南分散开来，以系统的方式，分四个象限逐一搜寻。

连续一周他们什么也没有发现。但3月23日，梅尔维尔沿着河流的一条偏僻结冰水道的宽阔弯道前进，发现前面几千码外的雪地中有个黑色的东西。他们赶紧朝那里走去，发现那应该是一种记号：四根木棍用绳子捆在一起。这个临时搭建的小工程上悬挂着一支猎枪。梅尔维尔立即认出那是阿列克谢的雷明顿。梅尔维尔陷入了沉思：这是个坏兆头。阿列克谢是队伍里唯一一位真正的猎人，是德隆的支柱。梅尔维尔查看了枪管，里面没有纸条。他不懂为什么要把猎枪放在这里。如果这是个记号，它想要标记什么呢？

虽然一切都深深地掩埋在雪地下面，但梅尔维尔有一种强烈的感觉，德隆和他的人曾在河流的这处荒凉的弯道上扎营。他请雅库特人在平地上仔细搜索，自己和一位名叫拉康迪的土著到坡道上去，拿罗盘测位置，也在高处俯瞰这一大片地方，看看会不会有什么发现。梅尔维尔一上到坡道，就发现了一块衣服的碎片，然后又找到了半埋在雪中的一双手套。他来到一个生过火的地方。这里有大量浮木——有些已经烧得炭黑——都是从河那边拉过来的。附近还有一大块河冰，显然是准备作饮用水的。

接着梅尔维尔看到雪地里露出来一件熟悉的东西，距离炭黑的圆木不远。那是一把铜质茶壶，因为在火上烤了无数次，已经被熏黑了。梅尔维尔大踏步走上前想捡起它，而就在那时，他被另一样东西绊了一下：一个人的胳膊和手，从雪地里伸出来，冻得僵硬，弯成一个奇怪的角度。拉康迪手里的罗盘掉在地上，吓得后退几步，在胸前划着十字。

在火坑附近，梅尔维尔发现了另外两具尸体。他让人把宁德曼找来，那时宁德曼正在很远的河边往下游搜查呢。在这重要的时刻，他希望宁德曼在场，跟他一起面对和消化这样的发现，做一个见证人。

等待宁德曼的工夫，梅尔维尔和拉康迪在雪地四周巡视。

他们发现了一个药箱、一把斧头和一个近 4 英尺长的锡筒，里面装着珍妮特号这一路航行绘制的大量路线图和地图。

在距离露出地面的手臂几英尺远的地方，梅尔维尔发现了一个小笔记本。他拾起来，立刻就认出了笔迹。那是德隆船长自珍妮特号沉没那天起开始记录的"冰上日志"。皮面日记本已经很破旧，上面都是水渍，但里面的记录仍清晰易读。根据其上的记述，也根据梅尔维尔从眼前的情境中猜测出来的细节，一幅关于德隆的移动路线和他们苦难经历的清晰图景浮现出来。梅尔维尔先看了看最后一页日志，然后又翻到前面开始仔细阅读，寒风把纸页吹得噼啪乱响。

10 月 9 日，就是宁德曼和诺洛斯离开大家，出发向南走的那一天，德隆和队员们碰到了好运。那天阿列克谢打回三只雷鸟，他们炖了一锅热汤。因此而有了点力气之后，11 个人跟跟跄跄地往南走了几英里，循着宁德曼和诺洛斯的足迹。在河水边上，他们发现了一条已经腐烂的独木舟，就在里面躲了一夜。

第二天，10 月 10 日，阿列克谢看到雪地里有更多雷鸟的足迹，但他无法让任何猎物现身。他们在一处雪堤的洞穴里扎营，没有吃的，只能一人吃一勺甘油，那是从安布勒医生的药箱里找到的一种无色无味的软膏。这显然不够，几个人开始啃自己身上的鹿皮衣。德隆写道："大家都很虚弱，求上帝帮助我们。"[2]

接下来的两天，他们根本动弹不得，无力再迎着狂风前进了。他们越来越饿，只好从地里挖出一簇簇地衣和北极柳科植物，用它们烧茶喝。"每个人都日渐虚弱，"德隆说，"都快没力气去捡柴火了。"[3]

10 月 13 日，德隆写到那已经是珍妮特号沉没的第 123 天了。他开始绝望。他们没有吃的，只能多喝点儿柳枝茶。德隆一直眼望南方，希望宁德曼在土著的帮助下再次出现在视野中，但没有人来。"我们无法逆风行走，待在这里就意味着饿死，"他写道，"没有宁德曼的消息。我们只有寄希望于上帝，除非上帝施恩，否则我们就完了。"[4]

他们又把自己往前拖动了一两英里，然后发现沃尔特·李不见了。他们在后面几百码的地方发现了他，他躺在雪地里，求众人别管他，说他只想死在那里。他无精打采，看上去心烦意乱。大家聚集在他身边，诵读祷词。终于说服他又站起来走路，随后就在一条溪流对岸有雪堤的地方扎营。不久又刮起了大风，又一个"可怕的夜晚"降临了。

第二天他们又有了一点儿好运：阿列克谢射死了一只雷鸟，那天晚上除了柳枝茶外他们又能喝点汤了。10 月 15 日早晨，他们煮了两只旧靴子做早餐，费好大力气啃皮革。阿列克谢状况不佳。德隆在日志里说他"垮了"，不想再出去打猎了。大家都望眼欲穿地等待着宁德曼的身影，黄昏的薄暮中，德隆觉得他看见南边地平线上有营火的黑烟。

第二天早上，安布勒宣布阿列克谢只剩下了最后一口气。医生已经无能为力。他的脉搏很微弱，瞳孔已经放大。安布勒为因纽特人施了洗礼，德隆为他向主祈祷。

那天傍晚，阿列克谢死了。安布勒记录他的死因是"饥饿与寒冷造成的身体衰竭"。[5]德隆把一面海军军旗盖在他身上，第二天，他们把他放在河面上，用冰板覆盖了他的身体。人们想起阿列克谢的妻子和年幼的儿子，在阿拉斯加的圣迈克尔，他们曾登上过珍妮特号。

德隆知道阿列克谢不会孤单——现在每个人的生命都在衰竭。他们浑身发抖，什么也做不了，双手的动作极不协调，因为循环系统正把血液从四肢抽回，以供应重要器官。因为阵阵的饥饿感，他们的身体开始分解代谢肌肉和结缔组织。他们正从机体内部一点点走向终结。

到 10 月 19 日时，10 个人都动弹不得。他们得把帐篷分了当鞋用——因为一直在吃自己的靴子和海豹皮靴，不得不这么做——而那把他们最后一点儿力气也耗光了。

现在李和凯克也要走了。德隆说他们"完了"。德隆为病人念祈祷词，传统上，祈祷词包括《诗篇》^①里的这一段："我从深处向你求告，主啊……愿你侧耳听我恳求的声音……我的心等候主，胜于守夜人等候天亮。"

凯克死于 10 月 21 日午夜时分，李是第二天中午死去的。剩下的人想把他们的两位同志放到安置阿列克谢尸体的那块冰上，但没有力气。科林斯和安布勒帮船长把凯克和李拉到帐篷的角落里，至少把尸体挪到视线之外。

现在只剩下了 8 个人。当时，每个人都显现出凯克和李死前出现的那种茫然的眼神。即便他们看到猎物，也根本无法端枪瞄准了。他们的腹部可怕地肿胀起来。几个将死之人缓缓爬向火堆，有的甚至就躺在阴燃的灰烬上。他们思绪模糊，判断也变得飘忽不定，对世界的意识越来越弱。到此时，几个最虚弱的人可能已经心律失常了，有些人甚至可能出现了幻觉。

德隆写道：

---

① 《诗篇》(*Book of Psalms*)，《圣经·旧约》的组成部分，是古代以色列人对上帝真正敬拜者所记录的一辑受感示的诗歌集，包括 150 首可用音乐伴唱的神圣诗歌。这些诗歌除了对主的颂赞之外，更含有许多祷告。

10 月 23 日，星期日——（珍妮特号沉没后）第 133 天。[6] 大家都很虚弱。一整天都在睡觉或休息，后来总算在天黑前拉进来一些木头。读了部分礼拜词。脚疼。没有鞋。

自那以后，日志变成了一连串对天数和死亡事件的触目惊心的平铺直叙，仿佛德隆是荒岛上的漂流者，为保存体力，只做了最简单的事实记录。

10 月 24 日，星期一——第 134 天。难熬的夜。

10 月 25 日，星期二——第 135 天。

10 月 26 日，星期三——第 136 天。

10 月 27 日，星期四——第 137 天。艾弗森不行了。

10 月 28 日，星期五——第 138 天。艾弗森清早死了。

10 月 29 日，星期六——第 139 天。德雷斯勒夜里死了。

10 月 30 日，星期日——第 140 天。博伊德和格尔茨夜里死了。科林斯先生也快死了。[7]

德隆的日志就写到这里。梅尔维尔合上了日记本，抬头望着结冰的勒拿河。

宁德曼到达时，梅尔维尔摇了摇头，说："他们都在这儿了。"三具冻僵的尸体躺在梅尔维尔的脚下：分别是阿三、安布勒医生和德隆船长。根据梅尔维尔读到的记录，他相信在河边距离阿列克谢的猎枪不远的地方，他们还能找到另外 8 具尸体。

梅尔维尔派两位雅库特人在河边的雪地里挖掘。他们连着几个小时"没命"地干，梅尔维尔说。最终挖出了一个老火坑的木头和灰烬。他们发现了一个锡制水壶、一些衣服残片、一只毛手套，以及两口锡箱，里面装着书和文件。突然间，两位雅库特人从火坑转身跑开了，梅尔维尔说："就像大恶魔本人在后面跟着他们似的。"[8]

他们用土著语言上气不接下气地喊着："死人！死人！两个死人！"

梅尔维尔爬进洞中，看到了一具尸体部分暴露在外的头，然后是另一具尸体的脚。雅库特人不情不愿地继续工作，不久就挖出了第三具尸体的后背和肩膀。

这种残忍可怕的工作持续了两天。有些尸体紧紧粘在冰上，不得不跟木头块一起撬出来。最后，梅尔维尔和劳力们找到了凯克、李、艾弗森、德雷斯勒、博伊德和格尔茨。他们找了好长时间，都没有找到阿列克谢。

他们开始把尸体一一摆放在冰上。宁德曼仔细搜了他们每个人的口袋，把他能找到的东西全都分别放进袋子里，袋子上标着死者的名字。梅尔维尔吃惊地看到那些尸体的样子都很"自然"。他写道："死者面部保护得极好，看上去像大理石一样，脸颊上的红润也冰封得好好的。他们的面庞丰满，因为冰冻的过程让脸部稍微肿胀了一些；但四肢就不行了，样子惨不忍睹，还有他们的腹部，也都缩成了一个巨大的洞。"[9]

梅尔维尔还注意到他们的鞋都被吃光了。他写道："我在他们中间没有看到一只完整的鹿皮靴，哪怕一块生皮和皮革也没有。死者的衣服都被烧得不成样子，（因为）他们离火太近；先死的几个人身上残破的衣服被扒了下来。博伊德几乎整个人都躺在火中，衣服已经烧焦了。"[10]

挖掘者们最后总算找到了科林斯。爱尔兰人的脸上盖着一块法兰绒红布。他的一个口袋里放着一串念珠，脖子上放着一只青铜十字架。他身上还有各种文件和一个笔记本。宁德曼仔细看了科林斯一会儿。他有些地方与众不同。在探险的大部分时间里，科林斯一直很悲愤，或许他把对德隆的怨恨带进了阴间。宁德曼说："他面朝上躺着，双手紧握拳头，表情非常愤怒。整个团队中没有哪个人有他那种表情。他牙关紧咬，样子很辛苦，仿佛死得非常痛苦。"[11]

凯克和李的衣服都被人扒了下来，但除此之外，尸体全都保存完好。没有任何同类相食的迹象——不过梅尔维尔一定考虑过阿列克谢的尸体不见了可能与此有关，因为他们怎么也找不到因纽特人的尸体。如果德隆他们几个真的把他吃掉了，营地里一定会有泄露内情的证据，但梅尔维尔找来的劳力们翻遍了这个地方，也没有发现任何能够支持这一猜想的证据。梅尔维尔和宁德曼最终得出了一个简单得多的结论：阿列克谢的墓地破冰而出，他的尸体被勒拿河的暗流冲走了。

除了阿列克谢，梅尔维尔已经能够解释德隆小队中全部11个人的下落了。工程师把德隆、安布勒和阿三的情况分开考虑，因为他们的位置距离其他尸体被发现的地方有近1000码。

现在，梅尔维尔开始分辨出这一场景的逻辑所在。由于船伴们是从北边过来的，阿列克谢第一个死去，他们把他放在了不远处的冰上，在上面竖起了他的枪。梅尔维尔本以为那个记号是给未来可能路过此地的搜寻者竖起的界标，但也有可能是为他们倒下的猎人而立的墓碑。阿列克谢死后，他们在河水上游100码的地方扎营，生起篝火。7个人在这里死去——凯克、李、艾弗森、德雷斯勒、博伊德、格尔茨，最后是科林斯。

然后就只剩下阿三、安布勒医生和德隆船长三个人了。现在梅尔维尔觉得自己理解了他们的逻辑。德隆决定朝高一点的地势移动，部分原因是要生起烽火，最后一次努力吸引土著的注意。但到那时，船长知道，他们无论如何都会追随其他同志走向死亡。他担心大家的尸体以及珍妮特号所有的记录在春天发洪水时被冲走，那样一来，关于探险队的所有记忆就全都不复存在了。于是，三个人用尽自己最后一点儿力气试图在峭壁上扎营。他们把木头拖上去，还拖了一块河冰当作饮用水。他们把航海路线图的圆筒、安布勒的药箱、茶壶和斧头都带了上去。接下来，他们大概要下来取那些记录和书籍，或许还想把尸体也运上去，但他们的身体太虚弱，根本无法在那么深的雪地里把这么多东西拖上山。

梅尔维尔写道："他们一定完全没有力气了，不可能完成这样的任务，所以就倒下了，让那些记录听天由命去吧。他们生起一堆火，煮了些柳枝茶。我发现茶壶时，里面有四分之一是冰块和柳枝。"他们在南边支起帐篷布挡着火，但冬天的寒风还是把它吹灭了。[12]

阿三应该是三人中第一个死去的。当梅尔维尔从雪地里把他挖出来时，华人厨子脸朝上躺着，表情平静，双手叉在胸前，仿佛是他小心地摆成那个姿势的。

德隆可能是第二个走的。10月30日之后他的日志里就一片空白了——"科林斯先生也快死了"——不过梅尔维尔注意到，有一页纸从本子上被撕了下来，他觉得德隆有可能提笔给艾玛写了一封家信。如果是这样，那封信也不见了。

德隆向右侧身躺着，右手放在脸颊下面，头朝北。他的双脚微微并拢，左臂抬起，臂肘弯成一个锐角，手里什么也没拿。从体位来看，梅尔维尔觉得德隆最后的动作可能是抬起左手把日记扔到身后的雪地里，好离余烬远一点。他的胳膊被冻成了那个奇怪的姿势——正是梅尔维尔刚开始搜查山坡时，差点被绊倒的那个硬东西。

拂去积雪，梅尔维尔发现德隆在海军军服大衣上面还套着一件乌尔斯特大衣。他把经线仪挂在脖子上。身旁是艾玛·德隆为珍妮特号探险队缝制的那面蓝色丝质队旗，那面本应飘扬在北极上空的旗帜。在船长的口袋里，梅尔维尔发现了一块银表、五枚 20 美元的金币、两副眼镜，还有一个丝袋，看上去像是个信物。丝袋里面有一绺头发，还有个镶嵌有六颗珍珠的金色十字架。

只剩下安布勒医生了。梅尔维尔没有十分的把握断定安布勒是最后一个死去的，但医生右手拿着德隆的海军指挥官手枪。那或许是他在船长死后，从船长那里拿过来的。

梅尔维尔仔细检查了安布勒医生的尸体，发现他嘴上和胡子上有血迹，头上还有积雪。他的第一个想法是安布勒医生是自杀，自己结束了折磨，但梅尔维尔找不到伤口，他仔细检查了手枪，枪膛里有三发上了膛的子弹：枪没有开过。

工程师又细细查看了一番，很快就发现了血的来源：安布勒把左手抬到离嘴唇很近的位置，梅尔维尔注意到他食指和拇指之间的肉上有一道很深的咬痕。医生临死之时啃了自己的手——可能是想要一点儿热量或水，也可能根本就是无意识的行为。

梅尔维尔试图想象安布勒最后的时刻——一只手握着手枪，另一只手给自己提供奇怪的安慰。梅尔维尔写道："在那种凄凉的死亡场景中，安布勒等待着，无疑还希望有鸟或野兽来扑食尸体，也好给他自己提供点儿食物。他手拿武器，站岗放哨，孤独地守望到最后一刻。"[13]

艾玛·德隆在旧金山离开珍妮特号时，曾请求安布勒医生："请紧紧陪伴在我丈夫左右好吗？你知道，指挥官永远难逃孤独的宿命。"外科医生说他会的，他的确践行了自己的承诺，直到生命尽头。德隆和安布勒是并肩死去的。

在安布勒医生的腰带下面，梅尔维尔发现了医生自珍妮特号沉没那天起记录的日志。那多半是技术日志，详细记录了药品分发、疾病治疗和手术的进行过程。但在最后几页，梅尔维尔看到了一封信，是安布勒写给远在弗吉尼亚的弟弟的。那封信写于 10 月 20 日，就是凯克和李死的前一天，宁德曼和诺洛斯在距离此地以南 120 英里的布尔库尔被雅库特土著救起的前两天。安布勒医生已经预见到自己的结局，想跟家人说句再见。

勒拿河畔

1881 年 10 月 20 日，星期四

弗吉尼亚州玛科姆福基耶尔公司

爱德华·安布勒先生亲启

我亲爱的弟弟：

我写下这封信时怀着微弱的希望，不知道上帝能否仁慈地施恩，让家中的你们看到它。我本人已经没有多少生还的希望。我们越来越虚弱，已经一个多星期没有任何食物了。我们几乎没法去拉木头过来取暖，再过一两天，木头就要用完了。

我写信给你们所有人，我的母亲、妹妹、凯利弟弟和他的妻子家人，想跟你们说我此刻，跟以往任何时候一样，

深深地爱着你们。如果拜上帝的恩赐，让我有生之年还能见到你们大家，我希望能再次享受家的宁静温馨。母亲知道我自幼便对她十分依赖。上帝保佑她在人世间好好生活，愿她舒适快乐、健康长寿。愿上帝保佑你们每一个人。

　　至于我自己，我只能恭顺地低下头，服从上帝的意志。永别了，我所有的朋友和亲人。

爱你的哥哥，

J. M. 安布勒[14]

伊尔库茨克

1882 年 5 月 5 日

下午 1 点 20 分

以下为发自雅库茨克的特别加急电报，刚刚到达本地：

我已经找到了德隆上尉和他的团队成员；全都死了。

还找到了所有的簿册和文件。

我将继续寻找奇普上尉带领的团队。

梅尔维尔[15]

42. 穿越时间长河的荒野哀歌

众人把 10 具尸体用帐篷布仔细包好，装上了雪橇。[1] 举行了简单的葬礼后，梅尔维尔领队向南走了 12 英里，十几支狗队奔驰着穿过冻土，朝一个当地人称库伊尔卡亚的小山上跑去，那里比泛滥平原高 400 英尺。这个岩石嶙峋的峭壁"像斯芬克斯一样冷峻严苛"，梅尔维尔说，它"不满地俯视着队员们消失的地方"。雅库特人通常都躲着这座山——据说这里住着巫师——不过这是北部三角洲最突出的地形，地势很高，永远不会被洪水冲走。

梅尔维尔带人用从河边各处找来的木条打造了一口巨大的棺材——7 英尺宽，22 英尺长，22 英寸深——用榫卯钉在一起。他们把尸体脸朝上放在里面，对着升起的太阳。随后钉死了棺盖。

接下来，他们从永久冻土层中挖来了数百块附着地衣的岩石，堆在棺材上面，高高地堆出一个三角形的纪念碑。巴特利特和宁德曼用浮木搭起了一个巨大的十字架，足有 20 英尺高，横木有 12 英尺长。他们用狗拉雪橇把它吊起来，在纪念碑上固定好。还用凿子和木槌刻下了碑文：纪念 1881 年 10 月死于勒拿河三角洲的北极轮船珍妮特号军官及船员。[2]

4 月 7 日，他们终于完成了这沉痛哀伤的任务。梅尔维尔把这个地方叫作"纪念碑角"（Monument Point），但雅库特人给它另起了一个名字，那个名字持续了一个多世纪："美国山"

（America Mountain）。在晴朗的日子里，从 100 英里外都能看到那个十字架，在北极的大气中"悬浮"着。

梅尔维尔、巴特利特和宁德曼还将在北极沿海待上一个月——寻找奇普及其船员的下落，不过最终什么也没找到。但此刻他们在自己的雅库特朋友的见证下，向乔治·德隆，向美国军舰珍妮特号恢宏而严酷的远征，致以最后的敬意。

"在一望无际的荒原上，在可怕的静默中，"梅尔维尔写道，"我们小心地安葬了死去的同志。葬礼如此简单，寂静如此深远，白色的荒原如此美丽，令我们肃然起敬。在那里，永恒的冰雪就是他们的裹尸布，肆虐的极地暴风将为他们歌咏穿越时间长河的荒野哀歌。没有什么地方比那里更适合英雄长眠了。"[3]

到我们重逢之日，会很快把这一切全都忘记吧；一切像个噩梦——一个总算醒来了的可怕梦魇。不管你此刻的处境有多危险，我仍然坚信上帝，把希望维持得再久一点儿。我常常梦到你，你的样子还不错，只是很难过，不像素日那般强壮了。哦，我的最爱！我说不出有多爱你。你受了那么多苦，我感同身受，疼在心里。我一直向上帝祈祷。我最最亲爱的丈夫，再坚持一下，活下来，回到我的身边来吧！

尾声：只要还有一块冰让我立足

1882 年 9 月 13 日中午刚过，库纳德邮轮①帕提亚号穿过奈洛斯海峡驶进纽约港。那是个凉爽的秋日，天空碧蓝如洗，水面波光粼粼。[1] 远处，曼哈顿暗灰色的高耸楼群悄然映入眼帘。梅尔维尔已经四年没有见到自己的家乡了。对他而言，这是生命中最快乐的时刻，是他已经迟来太久的回家的时刻。然而，他没有忘记，这也是个沉重的日子：就在一年前的这一天，他的捕鲸船与德隆和奇普的船在暴风中离散了。

珍妮特号的大多数幸存者在达嫩豪的带领下，于那年 5 月回到了纽约。但梅尔维尔一直是整个国家讨论的焦点，他的归来被视为需要见证的历史时刻。成千上万人聚集在码头上等待着他的到来。在公众眼中，工程师寻找死难船伴的不懈努力，即使没有希望也要向西伯利亚的荒野深处挺进，已经成为颂扬忠诚的同志情谊的壮丽史诗。人们为他写歌、写诗，写报刊文章，更不要说《纽约先驱报》还有几十篇报道。如果说德隆是为珍妮特号探险而牺牲的英雄，那么梅尔维尔就是生还的英雄。现在不光《先驱报》，所有的报纸都迫不及待地想要采访他。

詹姆斯·戈登·贝内特不在港口上欢迎的队列中。出版人兑现了为珍妮特号埋单的所有承诺，自然也收获了爆炸性新闻：他派遣多位记者前往西伯利亚，他和报社编辑们利用珍妮特号

---

① 库纳德邮轮（Cunard liner），或译为冠达邮轮，是一家拥有百年历史的英国邮轮航运公司，成立于 1840 年。

的故事大做文章的方式甚至超越了斯坦利从非洲发回的报道。他的一名记者威廉·亨利·吉尔德曾乘坐美国军舰罗杰斯号救援船前往白令海峡，但随着轮船在一场大火中付之一炬，他被迫登上了陆地。随后，罗杰斯号的一名海军军官查尔斯·帕特南在一块浮冰上漂进了大海，从此杳无音信。吉尔德乘坐狗拉雪橇向西穿过西伯利亚行进了 2000 英里，才听说珍妮特号船难的消息。他截住一个装满梅尔维尔的信件的密封口袋，快马加鞭地前往伊尔库茨克的电报站发回报道，吉尔德成为第一个向全世界公布珍妮特号沉没的人。

《先驱报》的另一位记者约翰·P. 杰克逊找到了德隆和队员们下葬的地点，暂时掘出了尸体，跟外界说是为了收集遗物和文件，但更有可能是想找找有没有同类相残、谋杀等不当行为的证据（当然他什么也没找到）。当艾玛·德隆听说丈夫的埋尸之所遭此亵渎时，她对贝内特说这是"我一生中吞下的最苦的一杯毒药"。尽管如此，杰克逊耸人听闻的报道还是跟吉尔德的报道一样，轰动一时。

那天跟梅尔维尔同在帕提亚号上的，还有珍妮特号的另外两位备受瞩目的幸存者——宁德曼和诺洛斯——以及一些非常珍贵的货物。他们把美国军舰珍妮特号这次航行的所有航海日志、航海图、文件和自然史物品全都细心地装在板条箱和盒子里。梅尔维尔还带着德隆的日志以及船长分开记录的关于冰上长征和穿越三角洲的日记，后者一直记录到死前最后一刻。他还带着他们在珍妮特号死者尸体上找到的所有纪念品。六个月来，他小心地看护着这些宝贵的盒子。

为了回到纽约，梅尔维尔、宁德曼和诺洛斯环球航行了

1.2万英里：从勒拿河三角洲穿越冻土到达雅库茨克，然后穿越针叶林带到达伊尔库茨克，然后又乘坐马拉雪橇穿越大草原到达奥伦堡的铁路起点，从那里乘火车经过900英里烦闷的旅程到达了莫斯科。

在圣彼得堡，沙皇邀请三位来到皇家宫殿之一的彼得霍夫宫（Peterhof）。在乘坐皇家马车到达后，三个美国人受到了款待——享用了干邑白兰地和雪茄，然后被带进皇宫的一个大厅里。

亚历山大三世是个秃头、粗暴、虎背熊腰、目光炯炯的人，他接待了梅尔维尔和两位海员。沙皇很了解珍妮特号的经历，希望代表整个俄国对美国人表示哀悼。他说："我相信，你们的同志的牺牲只是因为我们的气候恶劣，并非我的人民心肠冷酷。"[2] 皇后玛丽亚·费奥多罗芙娜温柔地查看梅尔维尔的双手和手指，那上面还有冻疮的疤痕。她说："我真希望你们再也不要到冰天雪地的北方去冒险了。"[3]

梅尔维尔一行离开俄国后途经柏林，后来又在宁德曼的出生地，波罗的海的吕根岛上停靠了一站。在那里，这位在当地出生的德国人在村口受到了"一大群农村姑娘"[4] 的欢迎，一家报纸报道说，"她们都手拿鲜花，头戴花环"。

然后又到了英格兰，美国探险家们在利物浦登上了帕提亚号，开始跨大西洋航行。随着轮船离纽约越来越近，一艘名叫海洋之珠号的私家游艇前来迎接她，上面全是城里的达官贵人、海军军官和他们的家人。三位探险者换乘海洋之珠号，受到了迎接者的夹道欢迎。梅尔维尔的弟弟、两个妹妹和一个侄女都上前拥抱他。宁德曼的未婚妻，一位姓纽曼的小姐，安静地在甲板上等待着他。《先驱报》的一位记者注意到这对恋人

"相对无言，只用目光传情，脸上满是喜悦，把微笑播撒在周围每个人的脸上"。[5]

艾玛·德隆的父亲詹姆斯·沃顿船长也在海洋之珠号上。他以德隆家代表的身份上前迎接了几位幸存者。走到梅尔维尔跟前时，沃顿忍不住泪流满面。梅尔维尔也哭了，他说："上帝啊！您失去了儿子，而我失去了一位挚友！"[6]

虽然受了那么长时间的苦，梅尔维尔看上去却很健康。他的一位家人觉得他"看上去几乎跟以前一样，只是有点儿瘦了"。[7]《先驱报》的一位记者说，他的眼睛"仍一如既往地闪烁着深情的光芒"。然而在那光芒的背后，一定有无限悲伤，因为梅尔维尔了解到在他探险的路上，妻子海蒂已经彻底精神失常[8]，她饮酒无度，几乎要了自己的命。在宾夕法尼亚州的莎朗山，邻居们见到海蒂推着一辆空的婴儿车四处走，跟里面一个假想的婴儿说话。让梅尔维尔欣慰的是，海蒂没有来纽约，但他知道几天后他一回家，就得面对现实了。

海洋之珠号在第 23 街的码头边靠了岸。在两长排全副武装的海军陆战队军官中间，探险家们走出码头，朝等着他们的马车走去。梅尔维尔这一天有很多事要做，要公开讲话，还要会见政要。但他首先要拖着几盒文件和遗物赶往市郊，去见艾玛·德隆。

最初收到确切消息，知道丈夫已死时，艾玛陷入了短暂的紧张性精神分裂状态。她住在爱荷华州的伯灵顿，远离喧嚣，远离东岸的报纸和人们窥探的目光。她几乎无法接受这样悲惨的消息，仿佛那只是一个抽象的概念，是来自另一个世界的讯息。"我仿佛被大海淹没了，"她说，"只想一个人静一静。没有人打扰，不跟人说话，无知无觉。"[9]

　　但她随后便意识到，她有责任为珍妮特号探险代言，筛选丈夫的文件，编辑和出版他的日志，照顾他的遗产，以及同行的其他各位——无论是牺牲者还是幸存者——的遗产。按惯例，要为所有沉没的海军军舰组建一个官方调查法庭，这需要她的配合和证词。她需要安慰那些死难者的亲人，为他们争取勋章、嘉奖和抚恤金。不管她是否愿意，她知道，她代表着珍妮特号探险的公共形象。或许，她一生中余下的岁月都要扮演探险家的妻子的角色。

　　她一再地问自己，珍妮特号探险到底值不值得——他们经历了那么多艰险、苦闷、牺牲，却只是在人类最终寻找北极圣杯的路途上前进了那么一小步。"为了这点儿知识，让那么多人付出了生命，代价是不是太高了？"她问道，"人类的努力是不能这样衡量的。牺牲永远比安逸高贵，无私的生命在孤独的死亡中得到升华，世界因为苦难的赐予而变得更加丰饶。"[10]

　　艾玛搬到父母位于纽约的公寓里，在9月这个晴朗的日子，刚刚从码头下来的梅尔维尔敲响了公寓的门。他想来表示敬意，也送来了德隆的文件、日志和个人物品。但他同时几乎带着中世纪骑士的侠义精神，前来向她效忠。他为妻子海蒂给艾玛写的那些信及其对媒体歇斯底里地说的那些话向艾玛道歉——他称妻子为"我娶到的那个不幸的妇人"[11]。他后来写信给艾玛提到自己的家庭生活时说："我已在不幸中生活了17年，除非死亡能清除障碍，否则我似乎无力逃脱这一切。"

　　梅尔维尔对艾玛说，他仍将为珍妮特号探险队献身，为成为它的一员而倍感自豪。他提醒她说，在接下来的若干年里，珍妮特号的航行可能会遭受诟病和怀疑。作者们可能会书写矛

盾的历史，哗众取宠的人或许会利用这个故事为己牟利。梅尔
维尔想让艾玛知道，为了纪念她的丈夫——他敬爱的船长——
他将奋斗到底，一寸也不退让。

"我将与你和德隆并肩站在一起，"他对她说，"只要还有
一块冰让我立足。"[12]

那天晚上，纽约市在德尔莫尼科餐厅为梅尔维尔、宁德曼
和诺洛斯举办了盛大的欢迎晚宴，那里很可能是曼哈顿最豪华
的餐厅了。150 多人身着盛装，前来为 3 位幸存者举杯庆祝。

整晚，名人政要们——联邦法官、美国参议员、海军总工
程师，如此等等——一一起身讲话。在亦悲亦喜地为死难者举
杯之后，人们请梅尔维尔本人起身说几句话。他的话简短得近
乎草率。"先生们，"他以低沉的声音开口说道，"我谨代表我
自己和两位同志，只能说我们已经尽了全部本分，我们尽力了，
如果我们没有努力过，就根本算不上男人。"[13]

当晚最有表现力的赞辞是纽约市市长威廉·罗塞尔·格雷
斯发表的。格雷斯市长望了望宁德曼和诺洛斯，回忆起他们跟
德隆和挨饿的队友们告别的情景。他说："分别之时，在勒拿
河两岸，站在及膝深的雪地里，人们对两位先行去寻找救援的
队友发出了三声欢呼声，彼时坟墓已在召唤他们，而从那里传
出的最后的话语是'等你到了纽约，请记住我'。是的，我们
记得他们。我们记得他们冒险的勇气，也深知忍受苦难需要更
大的勇气。他们的故事，我们将永远铭记在心。这个城市和这
个国家在欢声笑语中迎接在座的三位绅士回家，但欢乐的背后
是沉痛的哀伤，我们失去了那些勇敢的人，他们再也无法重归
故土。"[14]

晚宴后梅尔维尔和两位船伴应邀乘坐马车环游全城。路过百老汇时，那里的情景让他们眼花缭乱。宽阔的大道上闪烁着明亮的灯光，刚刚安装上的明亮的电弧灯网把纽约的黑夜变成了白天。

1883 年，乔治·德隆的遗体和他的同志们的遗体一起，被从美国山上搬走，在由美国海军和俄国政府联合安排的一场漫长而盛大的送葬行程中，运到了美国。海军部长称德隆和他的队员们是"为科学事业献身的烈士"。在曼哈顿为他们举行的葬礼上，成千上万的哀悼者来到现场，随后德隆和他的五位探险家同志一起被葬在了布朗克斯的伍德朗公墓；同一年，他的航海日志经由艾玛·德隆编辑后出版，大受欢迎。虽然珍妮特号探险遭到海军调查法庭和国会听证会的质询，产生了大量争议，但两个法庭都维护了德隆的威严和声誉。1884 年，纽约市将东河沿岸的很大一片地命名为"珍妮特公园"（如今的越战老兵广场）。六年后，梅尔维尔在勒拿河建造的那块纪念碑和十字架的复制品在安纳波利斯的海军学院广场上矗立起来，俯瞰着塞文河。阿拉斯加东北部的一座山脉以德隆的名字命名，海军的两艘舰艇也是如此。在俄罗斯，德隆在北极腹地发现的那一片岛屿——珍妮特岛、亨丽埃塔岛和贝内特岛——被称为德隆群岛。

在他死后一个多世纪里，奥古斯特·彼德曼的工作仍然是地图制作界不可忽视的力量。2004 年，《彼德曼地理通报》在出版了近 150 年之后，终于在哥达停刊，永远地关上了大门。这位地理学家的遗产仍然出现在地球各个角落的地名中，包括澳大利亚的彼德曼山脉、南极洲海岸外的彼德曼岛，以及世界上最大的冰川之一，格陵兰岛的彼德曼冰川。他的名字甚至在太空中得到永生：月球北极地区的一处地形被天文学家们称为彼德曼环形山。如今，彼德曼的地图已十分罕见，往往会在拍卖会上拍出数万美元的高价，受到世界各地美术收藏家的追捧。

在珍妮特号航行之后，开放极海理论基本上无人问津了，不过最近的气候预测显示，到 2050 年，大片大片的北极浮冰将在夏季全部融化。在珍妮特号之后，再也没有其他北极探险家严肃地将寻找开放极海作为探险目的。然而有一个著名的探险家，挪威的弗里乔夫·南森（Fridtjof Nansen）曾故意把自己困在西伯利亚以北的冰中，想重走珍妮特号的漂流轨迹。1885年，他读到一篇文章，说乔治·德隆的海豹皮衣被冲到了格陵兰岛西南沿海，它用了四年时间，沿着浮冰的水流缓缓前行了5000 英里——穿过了北极，或至少离那里已经很近了。他猜想这件遗物的漂流路线显然遵循了北冰洋浮冰的主要走向，于是在 1893 年尝试乘坐一艘设计更为精良的船只重走珍妮特号的航线。南森的探险几乎到达了北极，三年后他那条结实的船法拉姆号（Fram）从浮冰中跃入北大西洋，他没有成功，但也没有受伤。

乔治·梅尔维尔一生都未曾把冰雪北国抛诸脑后。他在1884 年重返北冰洋，寻找另外一次灾难性的美国极地探险——格里利探险（Greely Expedition）——的幸存者，且一直孜孜不倦地支持美国挺进北极。梅尔维尔跟海蒂离婚后又再婚了，一生中的大部分时间都住在华盛顿。他在海军内部晋升为美国海军总工程师，最终的军衔是海军少将。在梅尔维尔的监督下，美国海军舰队经历了大规模重组，在很大程度上完成了从木头到金属、从风力到蒸汽动力的改革。他在 1903 年退休时，美国海军拥有了一支跻身世界前列的现代化海军舰队。他总是受邀到各地巡回演讲，写了一本关于珍妮特号探险的畅销书《在勒拿河三角洲》(In the Lena Delta)，誓死捍卫德隆的名誉。梅尔维尔 1912 年死于费城。有两艘海军军舰——一艘驱逐舰供应舰和一艘海洋学研究舰艇——以他的名字命名。如今，乔治·W.梅尔维尔奖是海军奖励航海工程成就的最高奖项。

从珍妮特号航海的痛苦折磨中复原之后，约翰·达嫩豪也成为演说圈很受欢迎的人物，成了对德隆的探险乃至整个北极探险持否定态度的著名批评家。达嫩豪雄辩道："是时候叫停了，不要再去探索北极中部海域了。我们有更好的事业去展示真正的男子气概和英雄主义。"达嫩豪结了婚，有两个孩子，有好几年时间，他当上了一名成功的海军军官，看上去也很快乐。但 1887 年，他的抑郁症再次发作。达嫩豪独自一人住在安纳波利斯的寓所里，将一把史密斯文森点 32 手枪对准自己的头，扣动了扳机。

约翰·缪尔再也没有返回北极腹地。他在随柯温号航行之后，逐渐卷入了环保战役，最终在 1892 年年初与人共同创立了塞拉俱乐部①。缪尔为约塞米蒂国家公园的设立发挥了重要作

---

① 塞拉俱乐部（Sierra Club），或译作山峦俱乐部、山峦协会、塞拉山俱乐部、山岳协会、高山协会和山脉社等，是美国历史最悠久、规模最庞大的草根环境组织。

用，被认为是环保运动的先驱。他死于 1914 年。缪尔死后出版
的《柯温号航海纪实》（*The Cruise of the* Corwin）记录了他参与
寻找消失的珍妮特号的海上航行，如今已是北极文学的经典。

在赢得勋章和海军嘉奖之后，查尔斯 - 东星沉迷赌博和犯
罪，好几次入狱服刑。作为纽约一个华人犯罪大帮派的头子，
他据说要为至少六起谋杀案负责；他变成了传说中的"刀疤脸
查理"，因为他曾在珍妮特号上受伤，脸上留下了一道五英寸
长的伤疤。1883 年《纽约时报》的一篇报道中写道："他最近
因为残暴无情和力大无穷在唐人街臭名昭著，被怀疑涉嫌数起
大胆而手段娴熟的抢劫案。"查尔斯 - 东星晚年改邪归正，据
说在洛杉矶开了一家中餐馆，曾做过法庭口译，还曾在俄勒冈
州的波特兰做过很短一段时间的警察。他的死亡信息不明。

威廉·宁德曼被授予国会荣誉勋章。他在纽约如期迎娶了
纽曼小姐，但很快就鳏居，独自一人抚养他们唯一的儿子比利。
在 20 年时间里，宁德曼都跟爱尔兰裔美国工程师约翰·霍兰德
（John Holland）密切合作，后者被公认为现代潜水艇之父。作
为霍兰德造出的原型艇的炮长和鱼雷发射员，宁德曼把好几艘
新造的潜水艇运送到日本，供后者在日俄战争中使用。1913
年，在儿子比利于哈德逊河的一次独木舟事故中淹死的一周年
纪念日那天，宁德曼死于布鲁克林。

小詹姆斯·戈登·贝内特到死都是《纽约先驱报》及其姊
妹刊《巴黎先驱报》（《国际先驱论坛报》的前身）的出版人。
他一生都过着奢华的生活，其做派的最佳体现或许就是他在

1901 年为自己建造的梦幻游艇了。总长 314 英尺的利西翠姐号各种豪华设施一应俱全，居然还有一个土耳其浴室、一个剧院，以及一个铺了草垫的牛圈，他在里面养奶牛，每天早晨为自己提供新鲜的牛奶。贝内特对体育事业的兴趣随着年龄的增长有增无减。他创建了数个帆船和汽车的杯赛，1906 年，他还资助了一次国际气球比赛"戈登·贝内特航空杯"，该赛事一直持续至今。他一生中大部分时间都是个单身汉，不过最终在 73 岁时，娶了路透新闻通讯社家族的乔治·德·路透的孀妇莫德·波特为妻。

贝内特 1918 年死在自己位于法国博略的庄园里，死时身边围绕着他心爱的狗狗们。他被葬在巴黎，陵墓以很多猫头鹰石雕作为装饰，距离戈登·贝内特大道不远。1924 年，《先驱报》与它的主要竞争对手《纽约论坛报》合并了。除贝内特岛外，一颗小行星——305 号戈登尼亚小行星——也是为纪念他而命名的。他的声名在大不列颠依然响亮，在那里"戈登贝内特！"这个惊叹句仍然时有人用，表示大大出乎意料。

珍妮特号探险队的成员中最后一个去世的是赫伯特·利奇，就是梅尔维尔小队中那位差点在勒拿河三角洲死于冻疮的海员。出生在缅因州佩诺布斯科特（Penobscot）的利奇一生中大部分时间都在马萨诸塞州的一个鞋厂工作。1928 年，他跟艾玛·德隆一起，为伍德朗公墓的一座献给乔治·德隆和珍妮特号其他死难者的巨大花岗岩雕像揭幕。利奇死于 1933 年。

1909 年，美国探险家罗伯特·皮尔里和马修·汉森到达了北极——不过他们声言的很多细节都存有争议。在他早期的一次北极探险尝试中，皮尔里曾发现一封艾玛·德隆在1881年手写给丈夫的信。那封信仍然用红色的蜡油完好地密封着，不知何故到了格陵兰的一座荒凉的小茅屋里，在那里20年无人问津。他把那封从未打开过的信还给了艾玛。

1938年，年过80的艾玛·德隆出版了自己的回忆录《探险家的妻子》（*Explorer's Wife*）。（那一年，随着一本名为《冰上地狱》的畅销小说的出版，珍妮特号的故事再次受到瞩目。后来，奥森·威尔士把《冰上地狱》改编成了家喻户晓的广播剧。）艾玛·德隆一生都没有再婚，她晚年孤独一人住在她在新泽西购买的一处农场里——但她说自己很快乐。她说："我一无所有，只剩下对丈夫的回忆了。"她不仅是个寡妇，还失去了唯一的孩子：西尔维·德隆。西尔维在第一次世界大战期间做过红十字会的护士，后来结婚并生下了两个孩子，1925年死于乳突炎。艾玛·德隆1940年去世，享年91岁。她被葬在伍德朗公墓，长眠在丈夫的身边。

致 谢

　　研究和写作珍妮特号探险的故事是一场游历四海的大冒险，历时三年、跨越三大洲，有太多的好心人要一一感谢。首先我必须特别感谢凯瑟琳·德隆，作为乔治·德隆的远亲，她送了我一份所有历史学家都梦寐以求但鲜有机会一睹为快的神奇礼物：一口从阁楼里翻出来的旧箱子，里面全是发黄的信件。我看到的那口箱子里放着艾玛·德隆的所有信件和私人文件，凯瑟琳体贴地把它们借给我，让我在研究期间尽情使用。

　　我在巴黎和勒阿弗尔的工作进展顺利，全依仗时代生活出版机构的资深研究员玛莉亚·温琴扎·阿卢瓦西孜孜不倦的努力。还要感谢《国际先驱论坛报》的贝尔纳黛特·墨菲领我去该报社的地下室，打开尘封多年的关于詹姆斯·戈登·贝内特的档案。伊丽莎白·艾丽丝对贝内特位于滨海博略的庄园和他在法国南部的其他住所进行了很有价值的考察。此外，我能去巴黎首先要感谢戴维·霍华德和《单车》（*Bicycling*）杂志的编辑，那次我还肩负着报道环法自行车赛的任务。

　　在德国，我的实地考察员、翻译和向导是永远足智多谋的米克·哈格纳。感谢霍斯特·理查森和米夏埃拉·卡斯滕在爱尔福特的慷慨款待，以及哥达佩泰斯－费尔拉格档案馆的彼得拉·魏格尔博士。感谢安德烈娅和斯文·约翰斯在柏林热情地接待我。关于奥古斯特·彼德曼的生平，感谢历史学家和传记作家菲利普·费尔施给我的指导和启发。

　　感谢斯坦福的曼迪·麦卡拉和爱德华兹媒体研究金项目（Edwards Media Fellows Program）为我提供了一笔可观的资助金，让我能沉浸在斯坦福大学卷帙浩繁的镀金时代报纸档案中。位于加州马丁内斯的约翰·缪尔国家历史遗址、马尔岛博物馆，以及瓦列霍海军和历史博物馆，都为我提供了宝贵的帮助。

　　华盛顿国家档案馆的马克·莫伦帮我筛选了那里堆积如山的珍妮特号的一手资料，真是帮了大忙。还要感谢吉姆和佩尼·科纳韦、杰西卡·戈尔茨坦和彼得·布拉斯洛以及肯和弗洛丽·德塞尔在我驻留华盛顿期间的款待。位于安纳波利斯的美国海军学院博物馆的资深馆长詹姆斯·奇弗斯对本项目早期的研究工作提供了必不可少的帮助。

　　特别感谢波士顿大学的新闻记者和历史学家米切尔·佐科夫跟志趣相投的我分享了他收藏的珍妮特号的研究资料。纽波特的雷德伍德图书馆和读书室的档案员们慷慨地为我的研究提供帮助，贝内特的纽波特游乐场的博物馆员们也是一样，纽波特游乐场如今已经变成了国际网球名人堂及博物馆。

　　《国家地理》杂志以多种方式为本书的撰写提供了支持，包括送我到挪威，我正是在那里第一次听说珍妮特号探险，后来又送我到白令海峡和俄罗斯的弗兰格尔岛。在该杂志内部，我特别想感谢杰米·施里夫、维多利亚·波普、奥利弗·佩恩、布拉德·斯克赖伯、尼古拉斯·莫特和克里斯·约翰斯。我在俄罗斯的工作全仰仗卢德米拉·梅克蒂切娃的出色工作，她是《国家地理》杂志的研究员、翻译和全方位协调人，是个传奇人物。在莫斯科，新闻记者吉姆·布鲁克和杰弗里·泰勒、摄影师谢尔盖·戈尔什科夫、弗兰格尔岛自然保护区主管亚历山大·格鲁兹杰夫，以及世界自然基金会的米哈伊尔·斯蒂绍夫等人的深刻见解让我受益匪浅。我曾乘坐破冰船前往弗兰格尔岛和西伯利亚北冰洋沿岸，如果不是因为文化遗产探险邮轮项目的工作人员，特别是戴维·博文、罗德尼·拉斯和利安娜·邓希尔的慷慨接待和艰苦努力，那次旅行根本不可能成行。

《户外》杂志从一开始就鼓励我撰写本书，并为我提供了一笔差旅资助金，最重要的是，送我到地球上最难以到达的地方之一——俄罗斯的勒拿河三角洲——去寻找美国山上的珍妮特号纪念碑。衷心感谢玛丽·特纳、克里斯·凯斯、艾米·西尔弗曼和整个《户外》团队。在雅库茨克，我要感谢北方民族博物馆的全体馆员。我必须要感谢维塔利·日丹诺夫船长和他的副官安德烈·克鲁科夫在他们工作的柴油引擎小轮船普特斯基耶 405 号为我安排了一个铺位，才帮我到达了德隆最后在勒拿河三角洲上艰难跋涉的那片荒野原址。

在圣菲，我幸运地拥有两位一流的研究助理；德文·麦克劳德和亚历克西·霍罗威茨有创意、有毅力、有热情、有干劲，绝对是不可或缺的。感谢我的德语翻译和朋友达格·达舍，感谢两位古董地图的专业鉴赏家威廉·塔尔博特和理查德·菲奇。还要感谢迪克·施托莱、詹姆斯·麦格拉思·莫里斯、凯文·费达科、莫里·伦纳德、马修·赫克特、吉恩·阿克、伊丽莎白·洪克、勒内·利维博士和罗伯特·里迪博士。雷维尔·卡尔真是让人惊喜，总是能就一切有关航海的问题给予宝贵建议。我还要大声感谢伊科内克咖啡馆的人们，那里是我的写作大本营，感谢我的好朋友和摄影大师加里·奥克利。

非常感谢梅伯恩文学非虚构会议（Mayborn Literary Nonfiction Conference）的乔治·盖茨乔，该会议在我最艰难的时刻让我吸收了不少创作之氧。感谢科罗拉多学院的斯蒂文·海沃德和巴里·撒切特，我在那里当客座教授期间，为写作本书注入了急需的灵感。凯洛林·亚历山大、奈特·菲尔布里克、约翰·伯克斯托斯、戴维·夸曼、吉姆·多诺万、伊恩·弗雷泽和比尔·布罗伊尔斯都发表了宝贵见解。尤其感谢大气与海洋联合研究所的凯文·伍德博士和美国海军战争学院的约翰·哈滕多夫。我有幸与珍妮特号探险队成员的几位后人取得了联系，尤其是艾米·诺索姆·约翰逊、杰弗里·威尔逊和麦琪·贝克，这对我的写作颇有助益。肯·德塞尔的好眼力大大改进了我的手稿质量。

这本书，乃至我的每一本书的写作和出版都离不开人格魅力无穷的斯隆·哈里斯和国际创新管理公司（ICM）的全体工作人员。我特别感谢 ICM 纽约公司的海瑟·卡帕斯，以及洛杉矶公司的罗恩·伯恩斯坦。衷心感谢双日出版社（Doubleday）的托德·道蒂和梅丽莎·达纳茨科，当然还有永不停歇的比尔·托马斯——15 年来，他一直是我忠诚的编辑和朋友。

最高的赞美留在最后：从伦敦到勒阿弗尔，再到旧金山，最后到西伯利亚，我的妻子和家人陪伴、鼓励我艰难地走过了写作这部极地英雄故事的每一小步——他们总是让我最深切地感受到，回家真好。

注　释

序幕：冰上受洗

1. 我关于泰森及其团队被发现这段故事的描述主要摘自泰森在其著作《北极历险》（*Arctic Experiences*）中的叙述，该书于 1874 年首次出版。其他主要资料包括昌西·卢米斯著《奇异悲惨的海岸》（*Weird and Tragic Shores*）、理查德·帕里著《冰的考验》（*Trial by Ice*）以及《纽约先驱报》1873 年的新闻报道。

2. Tyson，*Arctic Experiences*，230.

3. Ibid.，310.

4. Ibid.，322.

5. Ibid.，232.

6. Emma Wotton De Long，*Explorer's Wife*，54.

7. Ibid.，70.

8. Ibid.，71.

9. Ibid.，58.

10. Ibid.，85.

11. *New York Herald*，September 10，1873.

12. Ibid.

13. George Washington De Long，*The Voyage of the* Jeannette，1：14.

14. *New York Herald*，September 10，1873.

15. Ibid.

16. Emma De Long，*Explorer's Wife*，74.

17. George De Long，*The Voyage of the* Jeannette，1：18.

18. Ibid.，1：22.

19. *New York Herald*，September 10，1873.

20. George De Long，*The Voyage of the* Jeannette，1：21.

21. Emma De Long, *Explorer's Wife*, 81.

22. George De Long, *The Voyage of the Jeannette*, 1∶22.

23. Emma De Long, *Explorer's Wife*, 89.

24. George De Long, *The Voyage of the* Jeannette, 1∶40.

第一部分 一片空白

1. 周日死亡狂欢惊魂记

1. 关于这次巨大的动物骗局，我的叙述主要摘自该新闻报道本身，即最初发表于 1874 年 11 月 9 日的《纽约先驱报》，有好几个版本。另见塞茨的《詹姆斯·戈登·贝内特们》（*The James Gordon Bennetts*），第 304 ~ 309 页，以及奥康纳的《丑闻频出的贝内特先生》（*The Scandalous Mr. Bennett*），第 131 页。

2. Seitz, *The James Gordon Bennetts*, 271.

3. *New York Herald*, November 9, 1874.

4. Ibid.

5. Ibid.

6. Ibid.

7. Seitz, *The James Gordon Bennetts*, 337.

8. *New York Herald*, November 9, 1874.

9. Ibid.

10. O'Connor, *The Scandalous Mr. Bennett*, 132.

11. Seitz, *The James Gordon Bennetts*, 338.

2. 世界之巅

1. From a letter by Charles Hall, reprinted in Loomis, *Weird and Tragic Shores*, 229.

2. Ernst Behm, quoted in T. B. Maury, "The New American Polar Expedition and Its Hopes," *Atlantic Monthly*, October 1870.

3. Editorial in the *New York Times*, July 26, 1879.

4. Maury, "New American Polar Expedition."

5. C. R. Markham, "Arctic Exploration," *Nature*, November 30, 1871.

6. Emma De Long, *Explorer's Wife*, 116.

7. From a series of articles published in the *New York Herald* in the fall of 1874, reprinted in Emma De Long, *Explorer's Wife*, 87.

8. Emma De Long, *Explorer's Wife*, 88.

9. *Times* (London), May 24, 1873; also quoted in Clements R. Markham, "Arctic Exploration," *Nature*, May 29, 1873.

10. 我关于在格林尼尔家举办的聚会的描述摘自艾玛·德隆著《探险家的妻子》，第89页；乔治·德隆著《珍妮特号航行》1∶25；以及格特里奇著《冰封》（*Icebound*），第21页。

3. 万物之主

1. "A Walking Match," *New York Times*, May 6, 1874.

2. Ibid.

3. Ibid.

4. Ibid.

5. Ibid.

6. Ibid.

7. Emma De Long, *Explorer's Wife*, 91.

8. O'Connor, *The Scandalous Mr. Bennett*, 8.

9. Crockett, *When James Gordon Bennett*, 19.

10. See Seitz, *The James Gordon Bennetts*, 239.

11. See Crockett, *When James Gordon Bennett*, 234.

4. 为你我将不顾一切

1. George De Long, *The Voyage of the* Jeannette, 1∶8.

2. Emma De Long, *Explorer's Wife*, 41.

3. Hoehling, *The* Jeannette *Expedition*, 62.

4. Emma De Long, *Explorer's Wife*, 65.

5. George De Long, *The Voyage of the* Jeannette, 1∶24.

6. Karsten, *The Naval Aristocracy*, 278–79.

7. Ibid. , 281.

8. Ibid. , 282.

9. George De Long, *The Voyage of the* Jeannette, 1 : 6.

10. Guttridge, *Icebound*, 8.

11. George De Long, *The Voyage of the* Jeannette, 1 : 6.

12. Ibid.

13. Emma De Long, *Explorer's Wife*, 9.

14. Ibid. , 9.

15. Ibid.

16. Ibid. , 22.

17. Ibid. , 26.

18. Ibid. , 29.

19. Ibid. , 33.

20. Ibid. , 29.

21. Ibid. , 36.

22. Ibid. , 38.

23. Ibid. , 35.

24. Ibid. , 40.

25. Ibid. , 44.

26. Ibid. , 51.

5. 北极通道

1. Clements Markham, quoted in John K. Wright, "The Open Polar Sea," *Geographical Review* 43, no. 3 (July 1953).

2. T. B. Maury, "Gateways to the Pole," *Putnam's Magazine* 4, no. 32 (November 1869).

3. Ibid.

4. Ibid.

5. Maury, quoted in Wright, "The Open Polar Sea. "

6. Maury, *The Physical Geography of the Sea*, 25.

7. Maury, "Gateways to the Pole. "

8. For a detailed examination of Thomas Nast's depiction of Santa's polar

home，see www. nytimes. com/learning/general/onthisday/harp/1225. html.

9. The Dutch tale is quoted at length in Wright，"The Open Polar Sea."

10. 值得一提的是，西姆斯的"两极空洞"说至今仍有市场，相关理论构成了"地球空洞说"这样一个活跃而坚挺的同种亚文化，可参见www. hollowplanet. bogspot. com 等网址。

11. See Fleming，*Barrow's Boys*.

12. Maury，*The Physical Geography of the Sea*，219.

13. Hayes，quoted in Mowat，*The Polar Passion*，117.

14. Maury，"Gateways to the Pole."

15. Ibid.

16. Ibid.

第二部分　国魂

6. 世界发动机

1. 我对于百年纪念博览会的描述主要摘自《纽约先驱报》整个 1876 年夏天的连续的新闻报道。另见琳达·P. 格罗斯（Linda P. Gross）和特丽莎·R. 斯奈德（Theresa R. Snyder），《费城 1876 年百年纪念博览会》（*Philadelphia's 1876 Centennial Exhibition*），南卡罗来纳州查尔斯顿：阿卡迪亚出版公司（Arcaclia Publishing），2005 年。

2. "Machinery Hall Notes，" *Scientific American Supplement*，June 10，1876.

3. "Closing Ceremonies of the Centennial International Exhibition of 1876，" *Scientific American Supplement*，December 2，1876.

4. William Dean Howells，"A Sennight of the Centennial，" *Atlantic Monthly*，July 1876.

5. Ibid.

6. See the Centennial Exhibition Digital Collection（http：//libwww. library. phila. gov/CenCol/overview. htm），offered by the Philadelphia Free Library，under the heading "Machinery Hall."

7. Ibid.

8. Petermann's remarks in *The Annual Report of the American Geographical Society for the Year 1876*, 148 – 56.

9. J. G. Bartholomew, "The Philosophy of Map-Making and the Evolution of a Great German Atlas," *Scottish Geographical Magazine* 18 (1902): 37.

10. Oswald Dreyer-Eimbcke, "Heinrich Berghaus and August Petermann," *IMCoS Journal* 79 (Fall 1997).

11. Petermann, quoted in Murphy, *German Exploration of the Polar World*, 18.

12. Ibid., 22.

13. Guttridge, *Icebound*, 17.

14. Ibid.

15. Murphy, *German Exploration*, 1.

16. Ibid., 22.

17. Petermann, quoted in the *New York Herald*, July 15, 1878.

18. Petermann's remarks in *The Annual Report of the American Geographical Society for the Year* 1876, 148 – 56.

19. Ibid.

7. 心满意足

1. O'Connor, *The Scandalous Mr. Bennett*, 16.

2. Ibid., 23.

3. Seitz, *The James Gordon Bennetts*, 46.

4. O'Connor, *The Scandalous Mr. Bennett*, 27.

5. Ibid., 26.

6. Ibid., 30.

7. Ibid.

8. Seitz, *The James Gordon Bennetts*, 266.

9. Ibid., 234.

10. Ibid., 224.

11. O'Connor, *The Scandalous Mr. Bennett*, 136.

12. Seitz, *The James Gordon Bennetts*, 267.

13. O'Connor, *The Scandalous Mr. Bennett*, 135.

14. Seitz, *The James Gordon Bennetts*, 267.

15. O'Connor, *The Scandalous Mr. Bennett*, 132.

16. *Quebec Saturday Budget*, January 20, 1877.

17. Ibid.

18. Ibid.

19. O'Connor, *The Scandalous Mr. Bennett*, 136.

20. Seitz, *The James Gordon Bennetts*, 268.

21. O'Connor, *The Scandalous Mr. Bennett*, 140.

22. Seitz, *The James Gordon Bennetts*, 268.

23. O'Connor, *The Scandalous Mr. Bennett*, 139.

24. *Hartford Weekly Times*, January 13, 1877.

25. *New York Times*, May 17, 1878.

26. *New York Times*, January 15, 1918.

27. O'Connor, *The Scandalous Mr. Bennett*, 142.

28. Ibid. , 144.

29. Ibid.

8. 哥达的智者

1. Bennett letter to George De Long, quoted in Emma De Long, *Explorer's Wife*, 116.

2. "The Unknown Arctic World: Interview with Dr. Augustus Petermann," *New York Herald*, July 15, 1878.

3. Ludwig Friedrichsen, quoted in Espenhorst, Petermann's Planet, 200.

4. Ibid. , 202.

5. Murphy, *German Exploration*, 62.

6. Ibid. , 20 – 21.

7. Murphy, *German Exploration*, 17.

8. *New York Herald*, July 15, 1878.

9. 德国学者菲利普·费尔施在他最近出版的传记《奥古斯特·彼德曼如何发现了北极》中令人信服地阐释了这一主题。费尔施 2012 年 7 月在柏林接受采访时再次分享了自己的看法。

10. C. R. Markham, "Arctic Exploration," *Nature*, November 30, 1871.

11. Ibid.

12. Murphy, *German Exploration*, 62.

13. Undated correspondence from the 1870s, Correspondence of August Heinrich Petermann, Perthes Collection, University of Erfurt Gotha Research Library.

14. *New York Herald*, July 15, 1878.

15. Petermann, *The Search for Franklin*.

16. *New York Herald*, July 15, 1878.

17. Petermann, quoted in Murphy, *German Exploration*.

18. See Felsch, *Wie August Petermann*, 239.

19. Bennett letter to George De Long, reprinted in George De Long, *The Voyage of the* Jeannette, 1 : 27.

20. Ibid. , 1 : 28.

21. Ibid.

9. 潘多拉号

1. 乔治·德隆写给艾玛·德隆的信件，见艾玛·德隆所著《探险家的妻子》第 155 页。

2. Ibid. , 110.

3. Ibid. , 113.

4. Ibid. , 109.

5. Guttridge, *Icebound*, 28.

6. Young, *The Two Voyages of the ' Pandora' in 1875 and 1876*, 38.

7. Ibid. , 40.

8. Ibid. , 115.

9. Ibid. , 116.

10. Ibid. , 137.

11. George De Long, *The Voyage of the* Jeannette, 1 : 27.

12. Emma De Long, *Explorer's Wife*, 188.

13. Ibid.

14. *Times* (London), May 23, 1878.

10. 一别三年，或一去不返

1. Emma De Long, *Explorer's Wife*, 123.

2. Ibid. , 123.

3. Ibid. , 124.

4. Ibid.

5. Guttridge, *Icebound*, 28.

6. Emma De Long, *Explorer's Wife*, 124.

7. One of the nation's best surviving examples of shingle-style architecture, the Isaac Bell House in Newport is now a national historic landmark.

8. See Tim Jeal, *Stanley: The Impossible Life of Africa's Greatest Explorer* (New Haven: Yale University Press, 2007); and Frank McLynn, *Stanley: The Making of an African Explorer* (London: Random House UK, 2004).

9. Emma De Long, *Explorer's Wife*, 119.

10. Hoehling, *The* Jeannette *Expedition*, 17.

11. Emma De Long, *Explorer's Wife*, 122.

12. Guttridge, *Icebound*, 27.

13. Reference to Bennett's comment is made in De Long to Bennett, May 15, 1879, *Jeannette* correspondence, National Archives.

14. Ibid.

15. Emma De Long, *Explorer's Wife*, 124.

16. Ibid. , 127.

17. Ibid.

18. Ibid. , 128.

11. 祝福

1. *New York Herald*, July 15, 1878.

2. Ibid.

3. Ibid.

4. Ibid.

5. Ibid.

6. Hugo Ewald Weller, *August Petermann*: *Ein Beitrag zur Geschichte der Geographischen Entdeckungen der Geographie und der Kartographie im 19. Jahrhundert* (Leipzig: Wigand, 1911), 27.

7. 有几个早期记录声称或暗示彼德曼是开枪自杀的，但如今大多数研究彼德曼的学者，包括他的传记作者菲利普·费尔施，都认为彼德曼是上吊自杀的。

8. Letter from Clara Petermann to a friend in Gotha, Correspondence of August Heinrich Petermann, Perthes Collection, University of Erfurt Gotha Research Library.

12. 第二次机会

1. Emma De Long, *Explorer's Wife*, 130.

2. Ibid. , 129.

3. Ibid. , 131.

4. Ibid.

5. De Long to Bennett, May 15, 1879, *Jeannette* correspondence, National Archives.

6. Ibid.

7. Ibid.

8. Emma De Long, *Explorer's Wife*, 134.

9. Ibid. , 138.

10. Ibid. , 137.

13. 美国北极探险

1. Lot, *A Long Line of Ships*, 32.

2. Guttridge, *Icebound*, 41.

3. De Long to Bennett, *Jeannette* correspondence, National Archives.

4. Ibid.

5. Guttridge, *Icebound*, 43.

6. George De Long, *The Voyage of the* Jeannette, 1:38.

7. Ibid.

8. Ibid.

9. Ibid. , 43.

10. Guttridge, *Icebound*, 72.

11. De Long to Danenhower, *Jeannette* correspondence, National Archives.

12. Guttridge, *Icebound*, 44.

13. Hamilton, President McKinley, *War and Empire*, 21.

14. Guttridge, *Icebound*, 5.

15. De Long to Bennett, *Jeannette* correspondence, National Archives.

16. Ibid.

17. Bennett to De Long, *Jeannette* correspondence, National Archives.

18. Thompson to De Long, *Jeannette* correspondence, National Archives.

19. Emma De Long, *Explorer's Wife*, 147.

20. Ibid.

21. Ibid.

22. Guttridge, *Icebound*, 47.

23. Ibid. , 48.

24. De Long to Bennett, *Jeannette* correspondence, National Archives.

25. Ibid.

26. Ibid.

27. Guttridge, *Icebound*, 49.

28. De Long to Bennett, *Jeannette* correspondence, National Archives.

29. Guttridge, *Icebound*, 52.

30. George De Long, *The Voyage of the* Jeannette, 1：29.

31. Ibid.

32. De Long to Bennett, *Jeannette* correspondence, National Archives.

33. Stross, *The Wizard of Menlo Park*, 77.

34. De Long to Edison, April 21, 1878, and Collins to Edison, May 2, 7, and 9, 1878, Papers of Thomas Alva Edison, Rutgers University.

35. Guttridge, *Icebound*, 51.

36. De Long to Bennett, *Jeannette* correspondence, National Archives.

14. 竭人力以征之

1. Guttridge, *Icebound*, 60.
2. George De Long, *The Voyage of the* Jeannette, 1:34.
3. De Long to Bennett, *Jeannette* correspondence, National Archives.
4. *New York Herald*, July 9, 1879.
5. Hoehling, *The* Jeannette *Expedition*, 27.
6. Ibid., 30.
7. George De Long, *The Voyage of the* Jeannette, 1:37.
8. Guttridge, *Icebound*, 53.
9. De Long to Bennett, *Jeannette* correspondence, National Archives.
10. Guttridge, *Icebound*, 38.
11. George De Long, *The Voyage of the* Jeannette, 1:39.
12. De Long to Bennett, *Jeannette* correspondence, National Archives.
13. Ibid., 64.
14. Ibid., 56.
15. Nourse, *American Explorations in the Ice Zones*, 372.

15. 新的入侵者

1. Emma De Long, *Explorer's Wife*, 159.
2. George De Long, *The Voyage of the* Jeannette, 1:40.
3. Emma De Long, *Explorer's Wife*, 159.
4. Ibid.
5. Ibid., 160.
6. George De Long, *The Voyage of the* Jeannette, 1:44.
7. Emma De Long, *Explorer's Wife*, 160.
8. *San Francisco Examiner*, July 9, 1879.
9. *New York Herald*, July 9, 1879.
10. *New-York Commercial Advertiser*, July 8, 1879.
11. Hoehling, *The* Jeannette *Expedition*, 32.
12. *San Francisco Chronicle*, July 9, 1879.

13. George De Long, *The Voyage of the* Jeannette, 1:40.

14. *San Francisco Examiner*, July 9, 1879.

15. Hoehling, *The* Jeannette *Expedition*, 31.

16. Guttridge, *Icebound*, 6.

17. Emma De Long, *Explorer's Wife*, 157.

18. George De Long, *The Voyage of the* Jeannette, 1:40.

19. De Long and Newcomb, *Our Lost Explorers*, 39.

20. Ibid. , 22.

21. "Interview with a band of Spirits, interestd in Arctic Explorations," June 30, 1879, Emma De Long Papers.

22. George De Long, *The Voyage of the* Jeannette, 1:38.

23. De Long and Newcomb, *Our Lost Explorers*, 21.

24. Ibid. , 29.

25. see www. south-pole. com/aspp005. htm.

26. De Long and Newcomb, *Our Lost Explorers*, 29.

27. Ibid.

28. Ibid.

29. *New York Herald*, July 9, 1879.

30. Ibid.

31. Ibid.

32. *San Francisco Chronicle*, July 9, 1879.

33. *Daily Alta California*, July 9, 1879.

34. *San Francisco Call*, July 9, 1879.

35. De Long and Newcomb, *Our Lost Explorers*, 19.

36. George De Long, *The Voyage of the* Jeannette, 1:164.

37. Ibid. , 1:165.

38. *San Francisco Chronicle*, July 9, 1879.

39. *Vallejo Times*, July 9, 1879.

40. Melville, *In the Lena Delta*, 2.

41. Guttridge, *Icebound*, 6.

42. Emma De Long, *Explorer's Wife*, 164.

43. *New York Herald*, July 9, 1879.

44. Melville, *In the Lena Delta*, 2.

45. *San Francisco Call*, July 9, 1879.

46. *New York Herald*, July 9, 1879.

47. Ibid.

48. Emma De Long, *Explorer's Wife*, 161.

49. *New York Herald*, July 9, 1879.

50. Emma De Long, *Explorer's Wife*, 162.

51. *San Francisco Call*, July 9, 1879.

52. William Bradford in the *Boston Herald*, quoted in Emma De Long, *Explorer's Wife*, 162 – 63.

53. Guttridge, *Icebound*, 7.

54. Emma De Long, *Explorer's Wife*, 163.

55. Ibid.

56. Guttridge, *Icebound*, 7.

57. *San Francisco Chronicle*, July 9, 1879.

第三部分 教人忍耐的荣耀领地

16. 死巷

1. For the navigator's first-person account of the voyage, see Nordenskiöld, *The Voyage of the Vega Round Asia and Europe*.

2. Guttridge, *Icebound*, 65.

3. *Annual Report of the Superintendant of the United States Coast and Geodetic Survey* 15 (1883), 101 – 32.

4. Nourse, *American Explorations in the Ice Zones*, 368.

17. 被咬住了

1. George De Long, *The Voyage of the* Jeannette, 1:48.

2. Ibid.

3. Ibid., 1:42.

4. Ibid., 1:49.

5. Ibid.

6. Ibid.

7. De Long to Emma De Long, August 18, 1879, Emma De Long Papers.

8. Ibid. , 1：42.

9. Ibid. , 1：43.

10. Ibid. , 1：48.

11. De Long and Newcomb, *Our Lost Explorers*, 24.

12. Ibid.

13. Melville, *In the Lena Delta*, 3.

14. George De Long, *The Voyage of the* Jeannette, 1：51.

15. Ibid. , 1：52.

16. De Long and Newcomb, *Our Lost Explorers*, 26.

17. Danenhower, *Narrative of the "Jeannette,"* 3.

18. George De Long, *The Voyage of the* Jeannette, 1：57.

19. Danenhower, *Narrative of the "Jeannette,"* 4.

20. George De Long, *The Voyage of the* Jeannette, 1：59.

21. Ibid.

22. Ibid. , 1：60.

23. Melville, *In the Lena Delta*, 16.

24. Ibid. , 6.

25. George De Long, *The Voyage of the* Jeannette, 1：61.

26. Danenhower, *Narrative of the "Jeannette,"* 5.

27. Ibid.

28. George De Long, *The Voyage of the* Jeannette, 1：64.

29. Ibid. , 1：60.

30. See De Long and Newcomb, *Our Lost Explorers*, 26 – 27, and Hoehling, *The* Jeannette *Expedition*, 44.

18. 兴风作浪

1. *Newport Mercury*, August 2, 1879.

2. 我关于坎迪在读书会的恶作剧的记述主要摘自纽波特报纸在 1879

年夏季的报道，也摘自约翰·汉隆的《网球的摇篮注定摇晃得厉害》（The Cradle of Tennis Was Meant to Be Rocky），该文章刊登在《体育画报》（*Sports Illustrated*）1968 年 9 月 2 日那期。

3. See International Tennis Hall of Fame & Museum, *Tennis and the Newport Casino* (Charleston, SC: Arcadia, 2011), and C. P. B. Jefferys, *Newport: A Concise History* (Newport: Newport Historical Society, 2008).

19. 万一遭遇不测

1. Emma De Long, *Explorer's Wife*, 171.

2. For more on Bradford's biography and art, see Frank Horch, "Photographs and Paintings by William Bradford," *American Art Journal* 5, no. 2 (November 1973), 61 – 70.

3. Anne-Marie Amy Kilkenny, "Life and Scenery in the Far North: William Bradford's 1885 Lecture to the American Geographical Society," *American Art Journal* 26, no. 1 – 2 (1994), 106 – 8.

4. Emma De Long, *Explorer's Wife*, 169.

5. Ibid., 177.

6. Ibid.

7. Ibid., 188 – 89.

20. 假象和陷阱

1. Melville, *In the Lena Delta*, 9.

2. George De Long, *The Voyage of the* Jeannette, 1:77.

3. Danenhower, *Narrative of the "Jeannette,"* 13.

4. Melville, *In the Lena Delta*, 9.

5. George De Long, *The Voyage of the* Jeannette, 1:180.

6. Ibid., 2:448.

7. Danenhower, *Narrative of the "Jeannette,"* 18.

8. De Long and Newcomb, *Our Lost Explorers*, 280.

9. George De Long, *The Voyage of the* Jeannette, 1:133.

10. Ibid., 1:133.

11. Melville, quoted in Hoehling, *The* Jeannette *Expedition*, 47.

12. George De Long, *The Voyage of the* Jeannette, 1∶43.

13. Ibid., 1∶44.

14. Ibid., 1∶99.

15. Ibid., 1∶43.

16. Ibid., 1∶48.

17. Ibid., 1∶43.

18. Ibid.

19. Ibid., 1∶65.

20. Melville, *In the Lena Delta*, 7.

21. George De Long, *The Voyage of the* Jeannette, 1∶65.

22. Ibid.

23. Ibid.

24. De Long and Newcomb, *Our Lost Explorers*, 280.

25. Newcomb, quoted in Hoehling, *The* Jeannette *Expedition*, 59.

26. Guttridge, *Icebound*, 75.

27. George De Long, *The Voyage of the* Jeannette, 1∶82.

28. Ibid.

29. Ibid., 1∶77.

21. 几乎永照不熄

1. Stross, *The Wizard of Menlo Park*, 79.

2. *New York Times*, October 21, 1879.

3. *Thomas Edison: Life of an Electrifying Man*, 14.

4. *New York Herald*, October 12, 1879.

22. 看不见的手

1. George De Long, *The Voyage of the* Jeannette, 1∶85.

2. Ibid.

3. Melville, *In the Lena Delta*, 9.

4. Danenhower, *Narrative of the "Jeannette,"* 8.

5. De Long and Newcomb, *Our Lost Explorers*, 284.

6. Guttridge, *Icebound*, 106.

7. Melville, *In the Lena Delta*, 12.

8. De Long and Newcomb, *Our Lost Explorers*, 282.

9. Melville, *In the Lena Delta*, 13.

10. Ibid. , 10.

11. George De Long, *The Voyage of the* Jeannette, 1 : 94.

12. Ibid. , 1 : 95.

13. George De Long, *The Voyage of the* Jeannette, 2 : 472.

14. George De Long, *The Voyage of the* Jeannette, 1 : 81.

15. Ibid. , 1 : 105.

16. Ibid. , 1 : 94.

17. See Flaubert, *The Letters of Gustave Flaubert*, 1830 – 1857, 1 : 239.

18. George De Long, *The Voyage of the* Jeannette, 1 : 105.

19. Ibid. , 1 : 102.

20. the bill of fare is reprinted in De Long and Newcomb, *Our Lost Explorers*, 284.

21. George De Long, *The Voyage of the* Jeannette, 1 : 101.

22. Ibid. , 1 : 104.

23. Ibid.

24. Ibid.

第四部分　勇气未消，血性尚存

1. 这里及本书其他地方选摘的所有艾玛·德隆的信件节选均摘自艾玛·沃顿·德隆的私人文件，系德隆一家借给本书作者使用的。

23. 在孤寂的冰海上

1. De Long and Newcomb, *Our Lost Explorers*, 296.

2. George De Long, *The Voyage of the* Jeannette, 2 : 495.

3. Melville, *In the Lena Delta*, 15.

4. George De Long, *The Voyage of the* Jeannette, 1 : 196.

5. Guttridge, *Icebound*, 133.

6. George De Long, *The Voyage of the* Jeannette, 1:44.

7. De Long and Newcomb, *Our Lost Explorers*, 297.

8. George De Long, *The Voyage of the* Jeannette, 1:156.

9. Hoehling, *The* Jeannette *Expedition*, 49.

10. George De Long, *The Voyage of the* Jeannette, 1:156.

11. Ibid., 1:81.

12. Ibid., 1:82.

13. Ibid., 1:160.

14. Ibid., 1:212.

15. Ibid.

16. Guttridge, *Icebound*, 121.

17. Ibid.

18. Ibid., 125.

19. George De Long, *The Voyage of the* Jeannette, 2:468.

20. Ibid., 2:480.

21. Ibid.

22. George De Long, *The Voyage of the* Jeannette, 1:185.

23. *The Voyage of the* Jeannette, 2:500.

24. Ibid., 2:501.

24. 发现陆地

1. George De Long, *The Voyage of the* Jeannette, 2:544.

2. Ibid., 2:545.

3. Ibid.

4. Melville, *In the Lena Delta*, 16.

5. Ibid., 17.

6. George De Long, *The Voyage of the* Jeannette, 2:546.

7. Ibid.

8. Melville, *In the Lena Delta*, 19.

9. George De Long, *The Voyage of the* Jeannette, 2:561.

10. Ibid., 2:562.

11. Melville, *In the Lena Delta*, 19.

12. Ibid. , 18.

13. Ibid. , 19.

14. Ibid. , 20.

15. Ibid. , 21.

16. Ibid. , 19.

17. 1979 年，亨丽埃塔岛——在俄语中写作"Genriyetty Ostrov"——成为一支著名的苏联滑雪探险队前往北极的出发地。

18. Ibid. , 22.

19. George De Long, *The Voyage of the* Jeannette, 2：559.

20. Ibid. , 2：560.

21. 这个孤寂的纪念物在那里封存了 57 年之久。1938 年，一个随苏联破冰船考察的俄罗斯生物学家团队爬上了梅尔维尔岬角，在一个倒塌的堆石界标旁边找到了锌条箱和制版圆筒。制版圆筒已经被北极熊啃食过，但其中那份德隆用飘逸的草书手写的记录却仍依稀可读，只是羊皮纸长期被水浸泡，近乎毁掉。在圆筒附近，俄罗斯科学家们找到了埃里克森插在地上的旗杆，一些用过的各式猎枪子弹——无疑是沙尔维尔杀海鸠时留下的。那些遗物被送到了圣彼得堡。

22. Melville, *In the Lena Delta*, 22.

23. Ibid. , 24.

24. Ibid.

25. Ibid.

26. George De Long, *The Voyage of the* Jeannette, 2：562.

27. Ibid. , 2：566.

28. Melville, *In the Lena Delta*, 25.

29. Ibid.

25. 寻消问息

1. Calvin Hooper, *Report of the Cruise of the U. S. Revenue Steamer Thomas Corwin, 1881*, 9.

2. De Long and Newcomb, *Our Lost Explorers*, 38.

3. Emma De Long, *Explorer's Wife*, 192.

4. Guttridge, *Icebound*, 148.

5. Ibid., 155.

6. Ibid., 148.

7. Muir, *Cruise of the* Corwin, xxi.

8. Bill McKibben, in his foreword to Muir's *Cruise of the* Corwin, xv.

9. Muir, *Cruise of the* Corwin, xxxviii.

10. Ibid., 15.

11. Ibid., 33.

12. Calvin Hooper, *Report of the Cruise of the U. S. Revenue Steamer* Thomas Corwin, *1881*, 18.

13. Ibid., 42.

14. Muir, *Cruise of the* Corwin, 70.

15. Ibid., 31.

16. Ibid.

17. Ibid., 105.

18. Calvin Hooper, *Report of the Cruise of the U. S. Revenue Steamer* Thomas Corwin, *1881*, 10.

19. Muir, *Cruise of the* Corwin, 57.

20. Calvin Hooper, *Report of the Cruise of the U. S. Revenue Steamer* Thomas Corwin, *1881*, 10.

21. Ibid.

22. Muir, *Cruise of the* Corwin, 34.

23. Ibid.

24. Ibid., 41.

25. Ibid., 43.

26. Ibid., 49.

27. Ibid.

26. 死神来袭

1. George De Long, *The Voyage of the* Jeannette, 2：569.

2. Ibid., 2：567.

3. Danenhower, *Narrative of the "Jeannette,"* 36.

4. Ibid. , 30.

5. Ibid. , 37.

6. Melville, *In the Lena Delta*, 14.

7. Ibid. , 15.

8. George De Long, *The Voyage of the* Jeannette, 2:636.

9. Danenhower, *Narrative of the "Jeannette,"* 37.

10. George De Long, *The Voyage of the* Jeannette, 2:554.

11. Danenhower, *Narrative of the "Jeannette,"* 37.

12. George De Long, *The Voyage of the* Jeannette, 2:572.

13. Danenhower, *Narrative of the "Jeannette,"* 38.

14. Melville, *In the Lena Delta*, 29.

15. George De Long, *The Voyage of the* Jeannette, 2:574.

16. Melville, *In the Lena Delta*, 28.

17. De Long and Newcomb, *Our Lost Explorers*, 306.

18. Melville, *In the Lena Delta*, 28.

19. De Long and Newcomb, *Our Lost Explorers*, 306.

20. George De Long, *The Voyage of the* Jeannette, 2:623.

21. Melville, *In the Lena Delta*, 30.

22. Ibid. , 31.

23. Ibid. , 32.

24. Danenhower, *Narrative of the "Jeannette,"* 43.

25. Melville, *In the Lena Delta*, 32.

26. Ibid.

27. De Long and Newcomb, *Our Lost Explorers*, 306.

第五部分　世界尽头

27. 都玩儿完了

1. *New York Times*, July 21, 1881.

2. Muir, *Cruise of the* Corwin, 106.

3. Ibid. , 108.

4. Ibid. , 110.

5. Ibid. , 86.

6. Ibid. , 109.

7. Calvin Hooper, *Report of the Cruise of the U. S. Revenue Steamer* Thomas Corwin, *1881*, 22.

8. Muir, *Cruise of the* Corwin, 109.

9. Calvin Hooper, *Report of the Cruise of the U. S. Revenue Steamer* Thomas Corwin, 1880, 11.

10. Muir, *Cruise of the* Corwin, 109.

11. Ibid. , 111.

12. Calvin Hooper, *Report of the Cruise of the U. S. Revenue Steamer* Thomas Corwin, *1881*, 24.

13. Ibid. , 24 – 29.

14. Ibid. , 31.

15. Ibid.

28. 永不绝望

1. Melville, *In the Lena Delta*, 43.

2. Danenhower, *Narrative of the "Jeannette,"* 48.

3. George De Long, *The Voyage of the* Jeannette, 2 : 602.

4. Melville, *In the Lena Delta*, 34.

5. George De Long, *The Voyage of the* Jeannette, 2 : 600.

6. Ibid. , 2 : 611.

7. Melville, *In the Lena Delta*, 39.

8. George De Long, *The Voyage of the* Jeannette, 2 : 601.

9. Ibid. , 2 : 589.

10. Danenhower, *Narrative of the "Jeannette,"* 50.

11. George De Long, *The Voyage of the* Jeannette, 2 : 605.

12. Ibid. , 2 : 638.

13. Ibid. , 2 : 604.

14. Ibid. , 2 : 631.

15. Ambler, "Private Journal," 193.

16. Melville, *In the Lena Delta*, 41.

17. Ibid. , 38.

18. Ambler, "Private Journal," 196.

19. George De Long, *The Voyage of the* Jeannette, 2 : 605.

20. Ibid. , 2 : 641.

21. Ibid.

22. Guttridge, *Icebound*, 181.

23. George De Long, *The Voyage of the* Jeannette, 2 : 606.

24. Ibid. , 2 : 611.

25. Melville, *In the Lena Delta*, 41.

26. Guttridge, *Icebound*, 173.

29. 空想的大陆

1. Muir, *Cruise of the* Corwin, 83.

2. Ibid. , 115.

3. Ibid. , 82.

4. Ibid. , 114.

5. Ibid. , 128.

6. Rosse, *The First Landing*, 2.

7. Muir, *Cruise of the* Corwin, 117.

8. Ibid. , 202.

9. Rosse, *The First Landing*, 1.

10. Ibid. , 52.

11. Muir, *Cruise of the* Corwin, 155.

12. Ibid. , 154.

13. Ibid.

14. Rosse, *The First Landing*, 3.

15. Muir, *Cruise of the* Corwin, 178.

16. Calvin Hooper, *Report of the Cruise of the U. S. Revenue Steamer* Thomas Corwin, *1881*, 54.

17. Muir, *Cruise of the* Corwin, 156.

18. Rosse, *The First Landing*, 4.

19. Muir, *Cruise of the* Corwin, 165.

20. Ibid. , 167.

21. Ibid. , 221.

22. Ibid. , 176.

23. Ibid. , 177.

24. 弗兰格尔后来被俄罗斯据为己有，后者如今控制着这块无人居住的岛屿，将其作为高度限制的联邦荒野保护区。2012年夏季，我为了给《国家地理》杂志撰写稿件，曾前往该岛实地考察。由于柯温号团队首先在该岛插上了美国国旗，美国的某些团体坚持认为弗兰格尔应属美国领土，曾积极游说美国国务院向国际法庭施加压力，争回领土权利。

25. Ibid. , 169.

30. 又一块应许之地

1. George De Long, *The Voyage of the* Jeannette, 2:601.

2. Danenhower, *Narrative of the "Jeannette,"* 55.

3. Ambler, "Private Journal," 199.

4. Danenhower, *Narrative of the "Jeannette,"* 57.

5. Melville, *In the Lena Delta*, 43.

6. Ambler, "Private Journal," 198.

7. Guttridge, *Icebound*, 175.

8. George De Long, *The Voyage of the* Jeannette, 2:668.

9. Ibid. , 2:636.

10. Ambler, "Private Journal," 202.

11. Guttridge, *Icebound*, 124.

12. George De Long, *The Voyage of the* Jeannette, 2:623.

13. Ibid.

14. Melville, *In the Lena Delta*, 42.

15. Ibid.

16. Ibid. , 43.

17. George De Long, *The Voyage of the* Jeannette, 2:646.

18. Ambler, "Private Journal," 200.

19. George De Long, *The Voyage of the* Jeannette, 2:659.

20. Ibid. , 2 : 660.

21. De Long and Newcomb, *Our Lost Explorers*, 309.

22. George De Long, *The Voyage of the* Jeannette, 2 : 667.

23. Melville, *In the Lena Delta*, 42.

24. Ibid.

25. Ambler, "Private Journal," 197.

26. 同上，第 200 页。有些记录称安布勒医生是举杯遥祝自己的妹妹生日快乐，而不是未婚妻。

27. Ibid. , 201.

28. George De Long, *The Voyage of the* Jeannette, 2 : 654.

29. Ibid. , 2 : 651.

30. Melville, *In the Lena Delta*, 43.

31. De Long and Newcomb, *Our Lost Explorers*, 310.

32. Ibid.

33. George De Log, *The Voyage of the* Jeannette, 2 : 661.

34. Ambler, "Private Journal," 202.

35. George De Long, *The Voyage of the* Jeannette, 2 : 679.

36. Melville, *In the Lena Delta*, 51.

31. 宝贵的八天

1. Melville, *In the Lena Delta*, 44.

2. Ibid.

3. De Long and Newcomb, *Our Lost Explorers*, 313.

4. George De Long, *The Voyage of the* Jeannette, 2 : 690.

5. Ibid. , 2 : 679.

6. Ibid. , 2 : 690.

7. Melville to Emma De Long, August 27, 1883, Emma De Long Papers.

8. George De Long, *The Voyage of the* Jeannette, 2 : 686.

9. Danenhower, *Narrative of the "Jeannette,"* 55.

10. Ambler, "Private Journal," 203.

11. Ibid.

12. De Long and Newcomb, *Our Lost Explorers*, 313.

13. Ibid. , 312.

14. Ibid.

15. George De Long, *The Voyage of the* Jeannette, 2：691.

16. Danenhower, *Narrative of the "Jeannette,"* 57.

17. Melville, *In the Lena Delta*, 46.

18. George De Long, *The Voyage of the* Jeannette, 2：692.

19. Ibid. , 2：689.

20. Ibid. , 2：694.

21. Melville, *In the Lena Delta*, 47.

32. 已知的世界

1. George De Long, *The Voyage of the* Jeannette, 1：205.

2. George De Long, *The Voyage of the* Jeannette, 2：706.

3. Danenhower, *Narrative of the "Jeannette,"* 57.

4. Melville, *In the Lena Delta*, 47.

5. George De Long, *The Voyage of the* Jeannette, 2：705.

6. Melville, *In the Lena Delta*, 57.

7. Ibid. , 48.

8. George De Long, *The Voyage of the* Jeannette, 2：699.

9. Ibid.

10. Ibid.

11. Danenhower, *Narrative of the "Jeannette,"* 57.

12. George De Long, *The Voyage of the* Jeannette, 2：699.

13. Ambler, "Private Journal," 209.

14. Ibid. , 205.

15. See Guttridge, *Icebound*, 186.

16. George De Long, *The Voyage of the* Jeannette, 2：713.

17. Ibid. , 2：714.

18. Ibid. , 2：715.

19. Melville, *In the Lena Delta*, 47.

20. Ibid. , 50.

21. Ambler, "Private Journal," 205.

22. George De Long, *The Voyage of the* Jeannette, 2∶717.

23. Melville, *In the Lena Delta*, 50.

24. George De Long, *The Voyage of the* Jeannette, 2∶719.

25. Ibid.

26. Ibid. , 2∶721.

27. Ibid. , 2∶722.

28. Ibid. , 2∶723.

29. Ibid. , 2∶726.

30. Melville, *In the Lena Delta*, 59.

31. George De Long, *The Voyage of the* Jeannette, 2∶729.

32. Ambler, "Private Journal," 210.

33. George De Long, *The Voyage of the* Jeannette, 2∶741.

34. Ibid. , 2∶732.

35. Ibid. , 2∶736.

36. Ibid. , 2∶742.

37. Melville, *In the Lena Delta*, 52.

38. Ibid. , 56.

39. George De Long, *The Voyage of the* Jeannette, 2∶741.

40. Melville, *In the Lena Delta*, 52.

41. George De Long, *The Voyage of the* Jeannette, 2∶737.

42. Danenhower, *Narrative of the "Jeannette,"* 63.

43. De Long and Newcomb, *Our Lost Explorers*, 318.

44. Melville, *In the Lena Delta*, 57.

45. Ibid. , 58.

46. Danenhower, *Narrative of the "Jeannette,"* 62.

47. George De Long, *The Voyage of the* Jeannette, 2∶743.

48. Melville, *In the Lena Delta*, 59.

49. Ambler, "Private Journal," 208.

50. Melville, *In the Lena Delta*, 60.

33. 怒海狂涛

1. George De Long, *The Voyage of the* Jeannette, 2∶745.

2. Ambler, "Private Journal," 211.

3. George De Long, *The Voyage of the* Jeannette, 2 : 745.

4. Melville, *In the Lena Delta*, 60.

5. Ibid.

6. George De Long, *The Voyage of the* Jeannette, 2 : 746.

7. Melville, *In the Lena Delta*, 63.

8. Danenhower, *Narrative of the "Jeannette,"* 61.

9. Melville, *In the Lena Delta*, 49.

10. Danenhower, *Narrative of the "Jeannette,"* 64.

11. George De Long, *The Voyage of the* Jeannette, 2 : 747.

12. Melville, *In the Lena Delta*, 61.

13. Ibid.

14. Ibid. , 62.

15. Danenhower, *Narrative of the "Jeannette,"* 66.

16. Melville, *In the Lena Delta*, 64.

第六部分　星辰的低语

34. 十四个幸运儿

1. Navy Department, *Loss of the Steamer* Jeannette, 175.

2. Ambler, "Private Journal," 211.

3. Ibid.

4. Ibid.

5. George De Long, *The Voyage of the* Jeannette, 2 : 802. Also see De Long and Newcomb, *Our Lost Explorers*, 102.

6. *Loss of the Steamer* Jeannette, 177.

7. Ibid. , 178.

8. George De Long, *The Voyage of the* Jeannette, 2 : 753.

9. Ibid. , 2 : 754.

10. *Loss of the Steamer* Jeannette, 179.

11. Ambler, "Private Journal," 212.

12. George De Long, *The Voyage of the* Jeannette, 2:756.

35. 等你到了纽约，请记住我

1. De Long and Newcomb, *Our Lost Explorers*, 298.

2. Nindemann testimony before the Committee on Naval Affairs, *Loss of the Steamer* Jeannette, 180.

3. George De Long, *The Voyage of the* Jeannette, 2:761.

4. *Loss of the Steamer* Jeannette, 181.

5. Ibid.

6. George De Long, *The Voyage of the* Jeannette, 2:763.

7. Ibid.

8. Ibid.

9. Ibid. , 2:758.

10. Ibid. , 2:765.

11. Ibid.

12. Ibid. , 2:767.

13. Ibid. , 2:774.

14. Ibid. , 2:769.

15. Ibid. , 2:774.

16. Ambler, "Private Journal," 214.

17. Ibid.

18. George De Long, *The Voyage of the* Jeannette, 2:762.

19. Ibid. , 2:772.

20. Ibid. , 2:772.

21. Ambler, "Private Journal," 214.

22. Ibid. , 214.

23. George De Long, *The Voyage of the* Jeannette, 2:778.

24. Hoehling, *The* Jeannette *Expedition*, 125.

25. George De Long, *The Voyage of the* Jeannette, 2:775.

26. Ibid. , 2:776.

27. Ibid. , 2:784.

28. Ibid. , 2:776.

29. Ibid. , 2 : 782.

30. Guttridge, *Icebound*, 225.

31. Ibid. , 210.

32. George De Long, *The Voyage of the* Jeannette, 2 : 787.

33. *Loss of the Steamer* Jeannette, 190.

34. George De Long, *The Voyage of the* Jeannette, 2 : 787.

35. Ambler, "Private Journal," 215.

36. George De Long, *The Voyage of the* Jeannette, 2 : 790.

37. Ibid. , 2 : 792.

38. Hoehling, *The* Jeannette *Expedition*, 130.

39. George De Long, *The Voyage of the* Jeannette, 2 : 791.

40. *Loss of the Steamer* Jeannette, 194.

41. Ibid.

42. Ambler, "Private Journal," 215.

43. De Long and Newcomb, *Our Lost Explorers*, 137.

44. Ambler, "Private Journal," 215.

36. 哪怕为此财殚力尽

1. De Long and Newcomb, *Our Lost Explorers*, 72.

2. Ibid. , 75.

3. *Chicago Tribune*, November 12, 1881.

4. For a thorough first-person account of the voyage of the *Rodgers* in search of the *Jeannette*, see Gilder, *Ice-Pack and Tundra*.

5. De Long and Newcomb, *Our Lost Explorers*, 80.

6. Ibid. , 81.

7. *Newport Daily News*, July 29, 1880.

8. See International Tennis Hall of Fame & Museum, *Tennis and the Newport Casino* (Charleston, SC: Arcadia, 2011), and C. P. B. Jefferys, *Newport: A Concise History* (Newport: Newport Historical Society, 2008). See also Hanlon, "The Cradle of Tennis Was Meant to Be Rocky."

9. See Emma De Long, *Explorer's Wife*, 199.

10. Ibid.

37. 疯狂地比手画脚

1. 我关于宁德曼和诺洛斯向南跋涉的叙述主要摘自宁德曼对美国海军事务委员会所作的证词，见《珍妮特号军舰的沉没》（*Loss of the Steamer Jeannette*），第196～211页。另见德隆和纽科姆著《我们那些消失的探险家们》（*Our Lost Explorers*），第130～138页，以及乔治·德隆著《珍妮特号航行》2：801－826。

2. See Middleton, *Going to Extremes*, 50.

3. See Riordan and Bourget, *World Weather Extremes*, 27.

4. *Loss of the Steamer* Jeannette, 206.

5. Ibid. , 207.

6. Ibid. , 205.

7. Melville, *In the Lena Delta*, 164. See also *Loss of the Steamer* Jeannette, 211.

38. 恐怖的梦魇

1. 我关于梅尔维尔的团队穿越拉普捷夫海上的狂涛恶浪到达安全地带的描述基于乔治·梅尔维尔的长篇记录《在勒拿河三角洲》，第65～164页，以及他对美国海军事务委员会所作的证词，《珍妮特号军舰的沉没》，第126～134页。另见达嫩豪著《珍妮特号纪实》（*Narrative of the "Jeannette"*），第65～93页；以及德隆和纽科姆著《我们那些消失的探险家们》一书中纽科姆的叙述，第318～331页。

2. Melville, *In the Lena Delta*, 65.

3. Ibid. , 71.

4. Fleming, *Ninety Degrees North*, 222.

5. Melville, *In the Lena Delta*, 77.

6. Guttridge, *Icebound*, 213.

7. Melville, *In the Lena Delta*, 78－79.

8. Ibid. , 81.

9. Ibid. , 88.

10. Ibid. , 94.

11. Ibid. , 93.

12. Ibid. , 143.

13. Ibid.

14. Ibid. , 113.

15. Danenhower, *Narrative of the "Jeannette,"* 87.

16. Melville, *In the Lena Delta*, 111.

17. Ibid. , 129.

18. Ibid. , 128 – 29.

19. Ibid. , 127.

20. Leach's letter home is reprinted in De Long and Newcomb, *Our Lost Explorers*, 138 – 39.

21. Melville, *In the Lena Delta*, 135.

22. Ibid. , 138.

23. Ibid. , 143.

24. Ibid. , 144.

25. Ibid. , 150.

26. Ibid. , 165.

39. 白色的幽暗

1. Melville, *In the Lena Delta*, 279.

2. Ibid. , 209.

3. Ibid.

4. Ibid. , 170.

5. Ibid. , 172.

6. Ibid. , 174.

7. Ibid. , 181.

8. Ibid. , 216.

9. Ibid. , 189.

10. Ibid. , 185.

11. Ibid. , 192.

12. Ibid. , 193.

13. Ibid. , 228.

14. Ibid. , 202.

15. Ibid. , 206.

16. Ibid. , 207.

17. Ibid. , 198.

18. Figuier, *Earth and Sea*, 225.

19. Melville, *In the Lena Delta*, 220.

20. Ibid. , 218.

21. Ibid. , 221.

22. De Long and Newcomb, *Our Lost Explorers*, 122.

23. Melville's telegram is reprinted in its entirety in De Long and Newcomb, *Our Lost Explorers*, 84 – 85.

24. Ibid. , 86.

25. Ibid.

40. 整个俄国都会支持你

1. Melville, *In the Lena Delta*, 273.

2. Ibid. , 274.

3. Ibid. , 276.

4. Ibid. , 272.

5. Danenhower's letter home to his mother was published in the *New York Herald*, December 30, 1881.

6. For an excellent account of John Ledyard's improbably adventurous life, see Gifford, Ledyard: *In Search of the First American Explorer.*

7. De Long and Newcomb, *Our Lost Explorers*, 145.

8. Ibid. , 96.

9. Melville, *In the Lena Delta*, 247.

10. Ibid. , 248.

11. Ibid. , 250.

12. Ibid. , 251.

13. Ibid. , 279.

14. Ibid. , 282.

15. Ibid. , 276.

41. 等候天亮的守夜人

1. 关于梅尔维尔搜寻并最终发现德隆最后的营地的记述主要摘自梅尔维尔的《在勒拿河三角洲》，第 283~331 页；以及梅尔维尔对美国海军事务委员会所做的证词，《珍妮特号军舰的沉没》，第 145~156 页。另见宁德曼的证词，《珍妮特号军舰的沉没》，第 217~223 页。

2. George De Long, *The Voyage of the* Jeannette, 2∶796.

3. Ibid.

4. Ibid.

5. Ambler, "Private Journal," 215.

6. George De Long, *The Voyage of the* Jeannette, 2∶797.

7. Ibid. , 2∶800.

8. Melville, *In the Lena Delta*, 336.

9. Ibid. , 335.

10. Ibid. , 338.

11. See Hoehling, *The Jeannette Expedition*, 163.

12. Melville, *In the Lena Delta*, 333.

13. Ibid. , 335.

14. Ambler, "Private Journal," 216.

15. Melville's telegram is reprinted in Henry Llewellyn Williams, *History of the Adventurous Voyage*, 70.

42. 穿越时间长河的荒野哀歌

1. 我关于梅尔维尔为他的同志们建立的纪念碑的描述部分，是基于我本人于 2012 年夏季对美国山的考察。还可参见梅尔维尔的《在勒拿河三角洲》，第 340~345 页；宁德曼的证词，《珍妮特号军舰的沉没》，第 221~222 页；以及德隆和纽科姆的《我们那些消失的探险家们》，第 371~373 页。

2. De Long and Newcomb, *Our Lost Explorers*, 372.

3. Melville, *In the Lena Delta*, 344.

我在 2012 年夏季前往美国山原址时，梅尔维尔建造的纪念碑还保留在那里。一群俄罗斯科学家最近又对该原址整修一新，也修缮了那个大十字架，天气晴朗时，在去往北冰洋的一路上都能看到它。

尾声：只要还有一块冰让我立足

1. 我关于梅尔维尔到达纽约的情景描述主要基于《纽约先驱报》1882 年 9 月 14 日的报道。

2. Melville, *In the Lena Delta*, 412.

3. Ibid.

4. De Long and Newcomb, *Our Lost Explorers*, 398.

5. *New York Herald*, September 14, 1882.

6. Ibid.

7. Ibid.

8. See Guttridge, *Icebound*, 264 – 65.

9. Emma De Long, *Explorer's Wife*, 220.

10. George De Long, *The Voyage of the* Jeannette, 2：869.

11. Melville to Emma De Long, August 24, 1882, Emma De Long Papers.

12. Emma De Long, *Explorer's Wife*, 225.

13. De Long and Newcomb, *Our Lost Explorers*, 476.

14. Ibid. , 476 – 477.

部分参考文献

JEANNETTE EXPEDITION JOURNALS, DIARIES, AND OFFICIAL GOVERNMENT PUBLICATIONS

Ambler, James Markham. " The Private Journal of James Markham Ambler, M. D. , Passed Assistant Surgeon, United States Navy, and the Medical Officer of the Arctic Exploring Steamer*Jeannette.* " Published in the *United States Naval Medical Bulletin*, Navy Dept. Bureau of Medicine and Surgery (Volume 11) . Washington: Government Printing Office, January 1917.

Danenhower, John Wilson. *Lieutenant Danenhower's Narrative of the "Jeannette.* " Boston: James R. Osgood and Company, 1882.

De Long, George Washington. *The Voyage of the Jeannette: The Ship and Ice Journals of George W. De Long, Lieutenant-Commander U. S. N. and Commander of the Polar Expedition.* Edited by Emma De Long. 2 vols. Boston: Houghton, Mifflin, 1883 – 1884.

Harber, Giles. *Report of Lieut. Giles B. Harber, U. S. N. , of His Search for the Missing People of the Jeannette Expedition, etc.* Washington, DC: Government Printing Office, 1884.

Jeannette *Inquiry. Before the Committee on Naval Affairs of the United States House of Representatives, Forty-eighth Congress.* Washington, DC: Government Printing Office, 1884.

Loss of the Steamer Jeannette: *Record of the Proceedings of a Court of Inquiry Convened at the Navy Department, 1882.* Washington, DC: Government Printing Office, 1882.

ARCHIVES, MUSEUMS, AND PERSONAL PAPERS

Dartmouth College Library, Hanover, NH. George Wallace Melville Papers, 1881 – 1882, including his Arctic journal.

National Archives, Washington, DC. Official U. S. Navy papers of the

USS Jeannette Arctic Exploring Expedition, Naval Records Collection, records groups 24, 43, and 45.

National Archives at San Francisco, San Bruno, CA. Letters sent to the Bureau of Steam Engineering on the outfitting of the USS *Jeannette*.

Personal Papers of Emma Wotton De Long. Includes photographs, correspondence, and manuscripts. Loaned to the author by De Long descendant Katharine De Long.

Rutgers University, New Brunswick, NJ, Papers of Thomas Alva Edison.

Thomas Edison National Historic Park, West Orange, NJ.

United States Naval Academy Museum, Annapolis, Maryland. The De Long Family Papers and the *Jeannette* Expedition Artifacts Collection.

University of Erfurt Gotha Research Library, Gotha, Germany. The Correspondence of August Heinrich Petermann, Perthes Collection.

Vallejo Naval and Historical Museum, Vallejo, CA. Collected papers on the reconstruction and launch of the USS *Jeannette*.

PAMPHLETS AND MONOGRAPHS

Annual Report of the Superintendant of the United States Coast and Geodetic Survey. Vol. 15, 1883.

Bent, Silas. *An Address Delivered Before the St. Louis Mercantile Library Association, January 6th, 1872, upon the Thermal Paths to the Pole, the Currents of the Ocean, and the Influences of the Latter upon the Climates of the World.* St. Louis: R. P. Studley Co. , 1872.

Geographical Society of the Pacific. *An Examination into the Genuineness of the "Jeannette" Relics: Some Evidence of Currents in the Polar Regions.* San Francisco: John Partridge, Printer and Publisher, 1896.

Hooper, Calvin. *Report of the Cruise of the U. S. Revenue Steamer* Thomas Corwin, *in the Arctic Ocean, 1880.* Washington, DC: Government Printing Office, 1881.

———. *Report of the Cruise of the U. S. Revenue Steamer* Thomas Corwin, *in the Arctic Ocean, 1881.* Washington, DC: Government Printing Office, 1884.

Hooper, Samuel L. *Occasional Papers of the California Academy of Sciences*: *The Discovery of Wrangel Island.* San Francisco: Academy, 1956.

Knorr, E. R. *Papers on the Eastern and Northern Extensions of the Gulf Stream.* Washington, DC: Government Printing Office, 1871.

Melville, George. "Remarks on Polar Expedition." *Proceedings of the American Philosophical Society* 36 (October 29, 1897): 454 – 461.

Nelson, Edward W. *Report upon Natural History Collections Made in Alaska Between the Years 1877 and 1881.* Washington, DC: Government Printing Office, 1887.

Petermann, August H. *The Search for Franklin*: *A Suggestion Submitted to the British Public.* London: Longman, Brown, Green, and Longmans, 1852.

Rosse, Irving C. *The First Landing on Wrangel Island—with Some Remarks on the Northern Inhabitants.* New York: 1883. Reprint, Lexington, KY: Filiquarian Publishing, 2012.

NEWSPAPER ARCHIVES CONSULTED

Chicago Tribune

Daily Alta California

Newport Daily News

Newport Mercury

New-York Commercial Advertiser

The New York Herald

The New York Times

The Philadelphia Inquirer

The Philadelphia Public Ledger

The San Francisco Call

San Francisco Chronicle

The Times (London)

The Vallejo Evening Chronicle

SELECTED ARTICLES

Hanlon, John. "The Cradle of Tennis Was Meant to Be Rocky." *Sports Illustrated*, September 2, 1968.

Horch, Frank. "Photographs and Paintings by William Bradford."

American Art Journal 5, no. 2 (November 1973): 61 – 70.

Houston, Robert B., Jr. "If It Had Been God's Will: Dr. James M. M. Ambler and the *Jeannette* Expedition." *Virginia Cavalcade*, Summer 1986, 16 – 29.

Kilkenny, Anne-Marie Amy. "Life and Scenery in the Far North: William Bradford's 1885 Lecture to the American Geographical Society." *American Art Journal* 26, no. 1 – 2 (1994): 106 – 108.

Lamb, Julia. "'The Commodore' Enjoyed Life—but N. Y. Society Winced." *Smithsonian*, September 1978, 132 – 140.

Maury, T. B. "The Gateway to the Pole." *Putnam's Monthly Magazine*, November 1869.

Tammiksaar, E., N. G. Sukhova, and I. R. Stone. "Hypothesis Versus Fact: August Petermann and Polar Research." *Arctic* 52, no. 3 (September 1999): 237 – 244.

BOOKS

Albanov, Valerian. *In the Land of White Death: An Epic Story of Survival in the Siberian Arctic.* New York: Modern Library, 2000.

Anderson, Alun. *After the Ice: Life, Death, and Geopolitics in the New Arctic.* New York: HarperCollins, 2009.

Baldwin, Hanson. *Admiral Death: Twelve Adventures of Men Against the Sea.* New York: Simon and Schuster, 1939.

Bancroft, Hubert Howe. *The Works of Hubert Howe Bancroft.* Vol. 33, *History of Alaska, 1730 – 1885.* San Francisco: A. L. Bancroft & Company, 1886.

Berens, S. L., and John E. Read. *Nansen in the Frozen World.* Chicago: National Publishing Co., 1897.

Berton, Pierre. *Prisoners of the North.* New York: Carroll & Graf, 2004.

Bockstoce, John R. *Whales, Ice, and Men: The History of Whaling in the Western Arctic.* Seattle: University of Washington Press, 1986.

Borneman, Walter R. *Alaska: Saga of a Bold Land.* New York: HarperCollins, 2003.

Brandt, Anthony. *The Man Who Ate His Boots: The Tragic History of the Search for the Northwest Passage.* New York: Alfred A. Knopf, 2010.

Cane, André. *Hôtes James Gordon Bennett: Hôte Prestigieux et Fantasque de la Côte d'Azur.* Saint-Paul-de-Vence: Bernard de Gourcez, 1981.

——. *James Gordon Bennett.* Saint-Paul-de-Vence: Bernard de Gourcez, 1937.

Carlson, Oliver. *The Man Who Made News: James Gordon Bennett.* New York: Duell, Sloan and Pearce, 1942.

Caswell, John Edwards. *Arctic Frontiers: United States Explorations in the Far North.* Norman, OK: University of Oklahoma Press, 1956.

Cherry-Garrard, Apsley. *The Worst Journey in the World.* New York: Penguin Classics, 2005.

Clarke, Arthur C. *Voice Across the Sea.* New York: Harper & Row, 1959.

Crockett, Albert Stevens. *When James Gordon Bennett Was Caliph of Bagdad.* New York: Funk & Wagnalls, 1926.

De Long, Emma Wotton. *Explorer's Wife.* New York: Dodd, Mead, 1938.

De Long, George W., and Raymond Lee Newcomb. *Our Lost Explorers: The Narrative of the* Jeannette *Arctic Expedition as Related by the Survivors.* Hartford: American Publishing Company, 1882.

De Long, Thomas A. *The De Longs of New York and Brooklyn.* Connecticut: Sasco Associates, 1972.

Di Duca, Marc. *Lake Baikal: Siberia's Great Lake.* Chalfont St. Peter: Bradt Travel Guides, 2010.

Di Robilant, Andrea. *Irresistible North: From Venice to Greenland on the Trail of the Zen Brothers.* New York: Alfred A. Knopf, 2011.

Dolin, Eric Jay. *Leviathan: The History of Whaling in America.* New York: Norton, 2007.

Dowdeswell, Julian, and Michael Hambrey. *Islands of the Arctic.* Cambridge: Cambridge University Press, 2002.

Ellsberg, Edward. *Hell on Ice: The Saga of the* Jeannette. Connecticut: Flat Hammock, 1938.

Emerson, Charles. *The Future History of the Arctic.* New York: PublicAffairs, 2010.

Espenhorst, Jurgen. *Petermann's Planet: A Guide to German Hand-atlases and*

Their Siblings Throughout the World, 1800 - 1950. Schwerte: Pangaea Verlag, 2003.

Felsch, Philipp. *Wie August Petermann: Den Nordpol Erfand.* Schweden: Sammlung Luchterhand, 2010.

Figuier, Louis. *Earth and Sea,* London: T. Nelson and Sons, 1870.

Fiske, Stephen. *Off-Hand Portraits of Prominent New Yorkers.* New York: Arno Press, 1884.

Flaubert, Gustave. *The Letters of Gustave Flaubert, 1830 - 1857.* Vol. 1. Cambridge, MA: Harvard University Press, 1980.

Fleming, Fergus. *Barrow's Boys: A Stirring Story of Daring, Fortitude, and Outright Lunacy.* New York: Grove, 2001.

———. *Ninety Degrees North: The Quest for the North Pole.* New York: Grove, 2001.

Frazier, Ian. *Travels in Siberia.* New York: Farrar, Straus and Giroux, 2010.

Frost, Orcutt. *Bering: The Russian Discovery of America.* New Haven: Yale University Press, 2003.

Gifford, Bill. *Ledyard: In Search of the First American Explorer.* New York: Harcourt, 2007.

Gilder, William Henry. *Ice-Pack and Tundra: An Account of the Search for the Jeannette and a Sledge Journey Through Siberia.* New York: Charles Scribner's Sons, 1888.

Gordon, John Steele. *A Thread Across the Ocean: The Heroic Story of the Transatlantic Cable.* New York: Perennial, 2002.

Gray, Edward G. *The Making of John Ledyard: Empire and Ambition in the Life of an Early American Traveler.* New Haven: Yale University Press, 2007.

Gusewelle, C. W. *A Great Current Running: The U. S. -Russian Lena River Expedition.* Kansas City: Lowell Press, 1994.

Guttridge, Leonard F. *Ghosts of Cape Sabine: The Harrowing True Story of the Greely Expedition.* New York: G. P. Putnam's Sons, 2000.

———. *Icebound: The Jeannette Expedition's Quest for the North Pole.* Annapolis: Naval Institute Press, 1986.

Hamilton, Richard F. *President McKinley, War and Empire.* New Brunswick,

NJ: Transaction Publishers, 2007.

Harvey, Miles. *The Island of Lost Maps: A True Story of Cartographic Crime.* New York: Random House, 2000.

Hearn, Chester G. *Navy: An Illustrated History.* London: Zenith, 2007.

——. *Tracks in the Sea: Matthew Fontaine Maury and the Mapping of the Oceans.* New York: International Marine/McGraw-Hill, 2002.

Heuglin, M. Theodor von, and August Heinrich Petermann. *Reisen Nach dem Nordpolarmeer in den Jahren 1870 und 1871. In (drei) Theilen und Einem Wisenschaftlichen Anhang.* With a foreword by August Petermann. Braunfdjweig: Drud un Berlag von George Wejtermann, 1872.

Hoehling, A. A. *The Jeannette Expedition: An Ill-Fated Journey to the Arctic.* New York: Abelard-Schuman, 1967.

Holland, Clive. *Farthest North: Endurance and Adventure in the Quest for the North Pole.* London: Robinson, 1994.

Hudson, Frederic. *Journalism in the United States: From 1690 to 1872.* New York: Harper & Brothers, 1873.

Jefferys, C. P. B. *Newport: A Concise History.* Newport: Newport Historical Society, 2008.

Kalman, Bobbie, and Ken Faris. *Arctic Whales and Whaling.* New York: Crabtree, 1988.

Karsten, Peter. *The Naval Aristocracy: The Golden Age of Annapolis and the Emergence of Modern American Navalism.* Annapolis: Naval Institute Press, 2008.

Kennan, George. *Siberia and the Exile System.* 2 vols. New York: Century Co., 1891.

——. *Tent Life in Siberia: An Incredible Account of Siberian Adventure, Travel, and Survival.* New York: Skyhorse, 2007.

Kish, George. *North-east passage: Adolf Erik Nordenskiold—His Life and Times.* Amsterdam: Nico Israel, 1973.

Kolbert, Elizabeth, ed. *The Arctic: An Anthology.* London: Granta, 2008.

——, ed. *The Ends of the Earth: An Anthology of the Finest Writing on the Arctic.* New York: Bloomsbury, 2007.

——. *Field Notes from a Catastrophe: Man, Nature, and Climate Change.*

New York: Bloomsbury, 2006.

Laney, Al. *Paris Herald: The Incredible Newspaper.* New York: D. Appleton-Century, 1947.

Lansing, Alfred. *Endurance: Shackleton's Incredible Voyage.* New York: Carroll & Graf, 1959.

Larson, Edward J. *An Empire of Ice.* New Haven: Yale University Press, 2011.

Lecanu, Gérald. *Mémoire en Images: Le Havre.* Saint-Cyr-sur-Loire: Alan-Sutton, 1995.

Lessard, Suzannah. *The Architect of Desire: Beauty and Danger in the Stanford White Family.* New York: Dial, 1996.

Linder, Chris. *Science on Ice: Four Polar Expeditions.* Chicago: University of Chicago Press, 2011.

Littlepage, Dean. *Steller's Island: Adventures of a Pioneer Naturalist in Alaska.* Seattle: Mountaineers, 2006.

Loomis, Chauncey C. *Weird and Tragic Shores: The Story of Charles Francis Hall, Explorer.* New York: Alfred A. Knopf, 1971.

Lopez, Barry. *Arctic Dreams: Imagination and Desire in a Northern Landscape.* New York: Bantam, 1986.

Lot, Arnold S. *A Long Line of Ships: Mare Island's Century of Naval Activity in California.* Annapolis: United States Naval Institute, 1954.

Lourie, Peter. *Whaling Season: A Year in the Life of an Arctic Whale Scientist.* New York: Houghton Mifflin Books for Children, 2009.

Markham, Albert Hastings. *The Life of Sir Clements R. Markham.* London: Murray, 1917.

Matthiessen, Peter. *Baikal: Sacred Sea of Siberia.* San Francisco: Sierra Club Books, 1992.

Maury, Matthew Fontaine. *The Physical Geography of the Sea.* New York: Harper & Brothers, 1856.

McGhee, Robert. *The Last Imaginary Place: A Human History of the Arctic World.* New York: Oxford University Press, 2005.

McGinniss, Joe. *Going to Extremes.* New York: Alfred A. Knopf, 1980.

McGoogan, Ken. *Fatal Passage.* New York: Carroll & Graf, 2001.

——. *Race to the Polar Sea: The Heroic Adventures of Elisha Kent Kane.* Berkeley: Counterpoint, 2008.

Melville, George. *In the Lena Delta.* London: Longmans, Green and Co., 1885.

Middleton, Nick. *Going to Extremes,* London: Channel 4 Books, 2001.

Millard, Candice. *The Destiny of the Republic: A Tale of Medicine, Madness and the Murder of a President.* New York: Doubleday, 2011.

Morris, James McGrath. *Pulitzer: A Life in Politics, Print, and Power.* New York: HarperCollins, 2010.

Mowat, Farley. *The Polar Passion.* Salt Lake City: Peregrine Smith Books, 1973.

——. *The Siberians.* New York: Bantam Books, 1970.

Muir, John. *The Cruise of the* Corwin. New York: Houghton Mifflin, 2000.

Murphy, David Thomas. *German Exploration of the Polar World: A History, 1870 – 1940.* Lincoln: University of Nebraska Press, 2002.

Nansen, Fridtjof. *Farthest North: The Incredible Three-Year Voyage to the Frozen Latitudes of the North.* New York: Modern Library, 1999.

——. *The First Crossing of Greenland.* London: Birlinn, 1902.

Nichols, Peter. *Final Voyage.* New York: G. P. Putnam's Sons, 2009.

Niven, Jennifer. *Ada Blackjack: A True Story of Survival in the Arctic.* New York: Hyperion, 2003.

——. *The Ice Master: The Doomed 1913 Voyage of the* Karluk. New York: Hyperion, 2000.

Noble, Dennis L., and Truman R. Strobridge. *Captain " Hell Roaring" Mike Healy: From American Slave to Arctic Hero.* Tallahassee: University Press of Florida, 2009.

Nordenskiöld, Adolf Erik. *The Voyage of the* Vega *Round Asia and Europe.* New York: Macmillan and Co., 1882.

Nourse, J. E. *American Explorations in the Ice Zones.* Boston: D. Lothrop Company, 1884.

O'Connor, Richard. *The Scandalous Mr. Bennett.* New York:

Doubleday, 1962.

Ovsyanikov, Nikita. *Polar Bears: Living with the White Bear.* Hong Kong: Voyageur, 1996.

Parry, Richard. *Trial by Ice: The True Story of Murder and Survival on the 1871 Polaris Expedition.* New York: Ballantine, 2001.

Perry, Richard. *The Jeannette, and a Complete and Authentic Narrative Encyclopedia of All Voyages and Expeditions to the North Polar Regions.* San Francisco: A. Roman, 1883.

Petermann, August Heinrich, and Thomas Milner. *The Atlas of Physical Geography.* London: Wm. S. Orr and Co. , 1850.

Philbrick, Nathaniel. *In the Heart of the Sea: The Tragedy of the Whaleship Essex.* New York: Penguin, 2000.

——. *Sea of Glory: America's Voyage of Discovery; The U. S. Exploring Expedition.* New York: Penguin, 2003.

Poe, Edgar Allan. *The Narrative of Arthur Gordon Pym and Related Tales.* New York: Oxford University Press, 1994.

Potter, Russell A. *Arctic Spectacles: The Frozen North in Visual Culture, 1818 – 1875.* Seattle: University of Washington Press, 2007.

Rawicz, Slavomir. *The Long Walk.* Guilford, CT: Lyons Press, 2010.

Riffenburgh, Beau. *The Myth of the Explorer.* Oxford: Oxford University Press, 1994.

Riordan, Pauline, and Paul Bourget. *World Weather Extremes.* Fort Belvoir, VA: U. S. Corps of Army Engineers, Engineer Topographic Laboratories, 1985.

Robertson, Charles L. *The " International Herald Tribune": The First Hundred Years.* New York: Columbia University Press, 1987.

Robinson, Michael F. *The Coldest Crucible: Arctic Exploration and American Culture.* Chicago: University of Chicago Press, 2006.

Sachs, Aaron. *The Humboldt Current: Nineteenth-Century Exploration and the Roots of American Environmentalism.* New York: Penguin, 2006.

Sale, Richard. *The Scramble for the Arctic: Ownership, Exploitation and Conflict in the Far North.* London: Frances Lincoln, 2009.

Sante, Luc. *Low Life: Lures and Snares of Old New York.* New York: Farrar, Straus and Giroux, 1991.

Seitz, Don C. *The James Gordon Bennetts: Father and Son.* New York: Bobbs-Merrill, 1928.

Smits, Jan. *Petermann's Maps: Carto-bibliography of the Maps in " Petermanns Geographische Mitteilungen,"* 1855 – 1945. Goy-Houten: Hes & De Graaf, 2004.

Smyth, W. H. *The Sailor's Word-Book.* London: Conway Maritime, 1991.

Steele, Peter. *The Man Who Mapped the Arctic.* Vancouver, BC: Raincoast, 2003.

Stefansson, Vilhjalmur. *The Adventure of Wrangel Island.* New York: Macmillan, 1925.

Still, William N. , Jr. *American Sea Power in the Old World: The United States Navy in European and Near Eastern Waters, 1865 – 1917.* Westport, CT: Greenwood, 1980.

Stross, Randall. *The Wizard of Menlo Park: How Thomas Alva Edison Invented the Modern World.* New York: Three Rivers, 2007.

Tayler, Jeffrey. *River of No Reprieve: Descending Siberia's Waterway of Exile, Death, and Destiny.* New York: Mariner Books/Houghton Mifflin, 2006.

Thomas Edison: Life of an Electrifying Man. Minneapolis: Filiquarian Publishing, 2008.

Thubron, Colin. *In Siberia.* New York: HarperCollins, 1999.

Toll, Ian W. *Six Frigates: The Epic History of the Founding of the U. S. Navy.* New York: Norton, 2006.

Tyson, George E. *Arctic Experiences: Aboard the Doomed Polaris Expedition and Six Months Adrift on an Ice-Floe.* New York: Harper Brothers, 1874. Reprint, New York: Cooper Square Press, 2002.

Vidal, Gore. *1876: A Novel.* New York: Random House, 1876.

Wheeler, Sara. *The Magnetic North: Notes from the Arctic Circle.* New York: Farrar, Straus and Giroux, 2011.

Williams, Glyn. *Arctic Labyrinth: The Quest for the Northwest Passage.* New York: Allen Lane, 2009.

Williams, Henry Llewellyn. *History of the Adventurous Voyage and Terrible*

Shipwreck of the U. S. Steamer "Jeannette," in the Polar Seas. New York: A. T. B. De Witt, 1882.

Worster, Donald. *A Passion for Nature: The Life of John Muir.* New York: Oxford University Press, 2008.

Young, Allen. *Cruise of the 'Pandora.' Extracts from the Private Journal Kept by Allen Young, Commander of the Expedition.* London: Wm. Clowes & Sons, 1876.

Young, Allen William. *The Two Voyages of the 'Pandora' in 1875 and 1876.* London: Edward Stanford, 1879.

图书在版编目（CIP）数据

冰雪王国：美国军舰珍妮特号的极地远征／（美）汉普顿·塞兹（Hampton Sides）著；马睿译. -- 北京：社会科学文献出版社，2017.4（2023.7 重印）

书名原文：In the Kingdom of Ice：The Grand and Terrible Polar Voyage of the USS Jeannette

ISBN 978 - 7 - 5201 - 0215 - 5

Ⅰ.①冰⋯ Ⅱ.①汉⋯ ②马⋯ Ⅲ.①纪实文学 - 美国 - 现代②极地 - 科学考察 Ⅳ.①I712.55②P941.6

中国版本图书馆 CIP 数据核字（2017）第 005591 号

冰雪王国
——美国军舰珍妮特号的极地远征

著　者／〔美〕汉普顿·塞兹（Hampton Sides）
译　者／马　睿

出 版 人／王利民
项目统筹／段其刚　董风云
责任编辑／张金勇　李　洋　刘玉静
责任印制／王京美

出　　版／社会科学文献出版社·甲骨文工作室（分社）（010）59366527
　　　　　地址：北京市北三环中路甲 29 号院华龙大厦　邮编：100029
　　　　　网址：www. ssap. com. cn
发　　行／社会科学文献出版社（010）59367028
印　　装／三河市东方印刷有限公司

规　　格／开本：889mm×1194mm　1/32
　　　　　印　张：17.625　插　页：0.625　字　数：403 千字
版　　次／2017 年 4 月第 1 版　2023 年 7 月第 8 次印刷
书　　号／ISBN 978 - 7 - 5201 - 0215 - 5
著作权合同
登 记 号／图字 01 - 2016 - 0689 号
定　　价／82.00 元

读者服务电话：4008918866